SCIENCE FICTION

Herausgegeben
von Wolfgang Jeschke

Von **Gordon R. Dickson** erschienen in der Reihe
HEYNE SCIENCE FICTION & FANTASY:

Nichts für Menschen · 0603656
Der ferne Ruf · 0603662
Uralt, mein Feind · 0603682
Sturm der Zeit · 0603871
Wolf und Eisen · 0605662

DRACHENRITTER-ZYKLUS:

1. *Die Nacht der Drachen* · 0603769; auch: 0605902
2. *Der Drachenritter* · 0605903
3. *Drachen an der Grenze* · 0605904
4. *Drachen im Krieg* · 0605905
5. *Der Drache, der Graf und der Troll* · 0605906
6. *Der Drache und der Dschinn* · 0605907

GORDON R. DICKSON

WOLF UND EISEN

Roman

Aus dem Amerikanischen
von
MICHAEL MORGENTAL

Deutsche Erstausgabe

WILHELM HEYNE VERLAG
MÜNCHEN

HEYNE SCIENCE FICTION & FANTASY
Band 0605662

Titel der amerikanischen Originalausgabe
WOLF AND IRON
Deutsche Übersetzung von Michael Morgental
Das Umschlagbild und die Illustrationen im Text
sind von Zoltán Boros – Gábor Szikszai

Umwelthinweis:
Dieses Buch wurde auf
chlor- und säurefreiem Papier gedruckt.

Redaktion: Wolfgang Jeschke

Amerikanische Erstausgabe 1990 by
TOR Books, Tom Doherty Associates, Inc., New York
Mit freundlicher Genehmigung des Autors
und Paul und Peter Fritz, Literarische Agentur, Zürich
(# 38355)

Printed in Germany 1997
Umschlaggestaltung: Atelier Ingrid Schütz, München
Technische Betreuung: M. Spinola
Satz: Schaber Satz- und Datentechnik, Wels
Druck und Bindung: Ebner Ulm

ISBN 3-453-11947-9

*Das Buch ist Harry Frank
und Martha Frank gewidmet,
ohne deren Hilfe ich es
nie hätte zu dem machen
können, was es ist.*

Ich danke allen genannten Personen
für ihre Hilfe:

CHRIS CLAYTON
JUANITA COULSON
JOHN FENTRISS, Dalhousie University, Halifax, Nova Scotia
HARRY FRANK, University of Michigan, Flint
MICHAEL LONGCOR
PETER MCLEOD, University of British Columbia, Vancouver, Canada
JOHN MIESEL
SANDRA MIESEL
KENNETH S. NORRIS, University of California, Santa Cruz
ANNE PASSOVOY, Chicago, Illinois
ROBERT D. PASSOVOY, Chicago, Illinois
IRENE PEPPERBERG, Northwestern University, Evanston, Illinois, Department of Anthropology
EDWARD O. PRICE, University of California, Davis

KAPITEL 1

Ein Mann war nach Nordwesten unterwegs – von allen im Stich gelassen und untauglich für diese Reise.

Jeebee hatte es auf dem Elektrobike, einer Variante des Mountainbikes mit einem Elektromotor, unversehrt so weit geschafft, weil er durch Nord-Indiana, Illinois, Iowa und Minnesota immer bei Nacht gefahren war. Als er jedoch auf halbem Weg durch South Dakota war, senkte sich der schwere Himmel, der ihn seit dem Vortag begleitet hatte, noch tiefer. Ein später Aprilregen begann zu fallen, kalt und bitter im Nordwind.

Seine Oberbekleidung aus einem atmungsaktiven, aber wasserdichten Stoff hielt die Nässe zum größten Teil von ihm ab. Doch trotz der langen Krempe seiner Baseballkappe und seiner Bikerhandschuhe legte der Regen ihm eine eisige Maske über das Gesicht und eisige Ketten um seine ungeschützten Handgelenke.

Am ersten verlassenen Gebäude, das er fand, hielt er an. Es handelte sich um ein kürzlich niedergebranntes und teilweise eingestürztes Farmhaus. Zwischen den verkohlten und herabgestürzten Balken suchte er sich einen Weg in einen Teil des Gebäudes, wo er vor dem Regen geschützt sein würde.

Nachdem er das motorisierte Mountainbike mit einer Plastikplane aus seinem Rucksack abgedeckt hatte, zog er sich in das Haus zurück. Er aß etwas von dem kalten Büchseneintopf, den er erst vor ein, zwei Tagen in einer anderen zerstörten Behausung gefunden hatte. Dann legte er sich hin und wartete stundenlang darauf, daß der Regen aufhörte.

Schließlich schlief er ein. Doch er träumte schlecht, träumte vom Weglaufen und Sichverbergen in einer zugrunde gerichteten, zusammengebrochenen Welt. Er erwachte erschöpft und drehte sich um; sofort kam wieder der Schlaf über ihn. Diesmal träumte er den alten Alptraum, den er aus Michigan nach Westen mitgebracht hatte. Er träumte, daß er wieder in der Studiengruppe arbeitete und daß der Computerbildschirm, vor dem er saß, mit den Symbolen seiner Gleichungen übersät war.

Plötzlich erschien nahe der Mitte des Bildschirms eine Dunkelheit, zuerst nur so groß wie eine Nadelspitze, und tilgte einige der Symbole aus. Die Schwärze wuchs, breitete sich über den Schirm aus und löschte seine ganze Arbeit. Er hatte schon lange zuvor erkannt, daß es sich hierbei um sein Wissen um die Unausweichlichkeit des bevorstehenden Zusammenbruchs handelte, obwohl er mit Symbolen jonglierte, um zu beweisen, daß der Kollaps nicht unbedingt kommen müsse. Jetzt drang die Unausweichlichkeit in seine Träume ein und unterbrach und vernichtete im Rückblick alles, was er zu tun versucht hatte – er und die anderen in der Studiengruppe in Stoketon, Michigan.

Sein Traum veränderte sich. Die Dunkelheit kroch aus dem Bildschirm heraus und wurde zu einer schwarzen Gestalt, die ihn verfolgte. Er fand sich in einer Situation nach der anderen wieder, in eine Ecke gedrängt, ohne einen Ort, an den er fliehen konnte, und die Dunkelheit rückte näher. Sie wuchs riesig an und löschte alles aus, während sie immer näher kam, um auch ihn auszulöschen.

Schweißgebadet wachte er auf. In der Lichtlosigkeit seiner Schlafstelle kam er sich vor wie ein nacktes Tier; wie eine Muschel, die man ihrer Schale beraubt hatte. Nach einiger Zeit schlief er wieder ein. Diesmal schlief er ohne Unterbrechung den Schlaf der Erschöpfung und erwachte erst am frühen Nachmittag des nächsten Tages.

Als er nach draußen schaute, fand er, daß der Tag kaum heller war als die Nacht zuvor. Die dicke Wolkendecke war endlich da und dort aufgerissen und ließ dann und wann Sonnenstrahlen hindurch. Daß er Sonnenlicht sah, munterte ihn unsinnigerweise so sehr auf, daß er die Gelegenheit ergriff und zur Abwechslung einmal bei Tageslicht weiterfuhr, zumal das umliegende Territorium so menschenleer zu sein schien, wie es ihm letzte Woche vorgekommen war.

In der zweiten Hälfte des Nachmittags zogen sich die Wolken jedoch bald wieder zu, und es fing erneut zu regnen an.

Jeebee zog den Schirm seiner Kappe herunter, um die Regennässe abzuhalten. Obwohl dieses Flachland mit seinen spärlichen Baumgruppen und nur gelegentlich einem zerstörten Gehöft verlassen genug erschien, konnte man nicht sicher sein. Seine Oberbekleidung, die fürs Camping bestimmt war, hielt ihn auch weiter trocken. Außerdem wirkte der Regen an diesem Tag auf seinem Gesicht und an seinen Händen nicht so kalt, und somit fühlte er sich nicht ungemütlich.

Doch im Verlaufe des Nachmittags nahm die Dunkelheit der Wolken zu, die Temperatur fiel, der Regen ging in Graupelschauer über und peitschte die nackte Haut seines Gesichts, während der Nordwind stärker wurde.

Wie ein Tier dachte er wieder an einen Unterschlupf und begann sich danach umzuschauen. Als er etwas später zu einem anderen Holzverhau kam, der einmal eine Ranch gewesen war, bevor Dynamit oder ein Bulldozer sie in einen Trümmerhaufen verwandelt hatten, gab er es für diesen Tag auf weiterzuziehen und suchte nach einer Lücke in dem Schutt.

Endlich fand er eine: ein Loch, das weit genug unter die lockeren Bautrümmer hineinzuführen schien, um den Schluß nahezulegen, daß es drinnen einen ziemlich regendichten Bereich gab. Jeebee legte sein Bike unter einem Überhang aus zerschmetterten Balken nieder, der es vor dem Regen schützen würde, und kroch hinein. Er schob seinen Rucksack vor sich her und machte sich auf die Möglichkeit gefaßt, daß er auf den Bau eines verwilderten Hundes oder von etwas Schlimmerem gestoßen war.

Doch es zeigte sich weder Mensch noch Tier, um ihm das Eindringen zu verweigern, und die Öffnung führte tiefer hinein, als er vermutet hatte. Es war schön, den Regen durch die Trümmer, die über ihm lagen, nur wie von fern prasseln zu hören, während alles um ihn herum völlig trocken und staubig war. Er kroch weiter hinein, so weit er konnte, bis plötzlich seine rechte Hand, die sich vorausstastete, über einen Rand ins Leere glitt.

Er hielt an, um das zu überprüfen, fand etwas Raum über seinem Kopf und riskierte es, einen Kerzenstummel aus seinem Biker-Rucksack anzuzünden. Das Licht leuchtete ihm voraus, hinab in eine fast intakte Tiefgarage, in der sich keine Autos mehr befanden. Hier gab es nur Mauern aus Schlackensteinen und darüber die massive Überdachung durch die Fundamente eines eingestürzten Hauses.

Jeebee prägte sich das Bild, das sich da unten seinen Augen bot, so gut ein, wie er konnte, dann löschte er die Kerze, um sie zu schonen. Er ließ sich in die pechschwarze, nach Staub riechende Dunkelheit hinunter, bis er ebenen Boden unter den Stiefelsohlen spürte. Als er unten war, zündete er für einen Augenblick noch einmal die Kerze an und schaute sich um.

Der Ort war eine Goldgrube. Offensichtlich hatte seit der Zerstörung des Hauses niemand mehr seinen Fuß hier hineingesetzt, und von den Dingen, die sich ursprünglich in diesem Teil des Gebäudes befunden hatten, war nichts geraubt worden.

In dieser Nacht schlief er warm und trocken, und

genoß sogar den Luxus, daß ihm einige Zeit eine halb gefüllte Kerosinlaterne leuchtete, die er dort gefunden hatte. Am nächsten Tag vergrößerte er den Eingang und zog das Bike herein, damit es von außen nicht gesehen werden konnte.

Als Jeebee zwei Tage später diesen Ort verließ, wieder bei Tageslicht und durch ein separates, sorgfältig gegrabenes Loch, das viel größer war als das erste, da war er reich. Doch noch mehr Reichtümer ließ er zurück. Es gab da mehr Dinge, als er und das Bike tragen konnten, aber daß er beide Öffnungen des Unterschlupfs, den er gefunden hatte, sorgfältig abdeckte und tarnte, war nicht bloß ein Mangel an Wohltätigkeit gegenüber seinen Mitmenschen. Er hatte schmerzlich die Lektion gelernt, seine Spur zu verwischen, so daß niemand den Verdacht, ein anderer sei hier gewesen, hegen und versuchen würde, ihn aufspüren, um ihm abzunehmen, was er bei sich trug. Ansonsten hätte er sich nicht um die Dinge gekümmert, die er zurückließ. Denn sein Weg führte ihn immer noch westwärts nach Montana, zur Twin Peaks Ranch seines Bruders Martin, von der er immer noch fast sechshundertfünfzig Kilometer entfernt war.

Jeebee konnte jedoch nichts dagegen tun, daß seine Reichtümer ihm ein bißchen zu Kopf stiegen. Zum einen ging er ein kalkuliertes Risiko ein, indem er erneut bei Tageslicht auf dem Bike losfuhr. Es stimmte, daß dessen Motor fast lautlos war. Doch es handelte sich dabei um ein noch im Versuchsstadium befindliches modernes Gerät aus den Tagen, als nur diejenigen, die ihn gut kannten, ihn Jeebee genannt hatten.

Für alle anderen hatte er in jenen Tagen – unglaublich, das war erst Monate her! – Jeeris Belamy Walthar geheißen. Selbst damals war das Bike der experimentelle Prototyp eines neu entwickelten Fahrzeugs gewesen, dessen Batterie täglich vom Sonnenlicht aufgeladen wurde, das auf eine Decke mit Miniatursolarzellen fiel. Eine Decke, die auseinandergefaltet eine Energiesammelfläche von etwas mehr als drei Quadratmetern ergab, die dem Sonnenlicht ausgesetzt wurde. In der gegenwärtigen Zeit waren Decke und Bike zusammen von unschätzbarem Wert. Es stimmte ebenfalls, daß er auf dem Bike in offenem Gelände wie hier vermutlich schneller war als alle anderen, Reiter zu Pferd eingeschlossen. Aber dies wirkte in diesen katastrophalen Tagen auch als offene Einladung zu Angriff und Überfall, so wie es einst eine dicke Brieftasche gewesen war, wenn man vor Dieben damit protzte.

Abgesehen von dem Bike hatte Jeebee jedoch eine gute Wahl getroffen. Der Kompaß, der an einer Kordel um seinen Hals hing, war stabil und vielseitig verwendbar, und sein Rucksack enthielt außer der kostbaren Solarzellendecke ein Schweizer Armeemesser, ein Seil, eine wärmereflektierende Plastikplane von etwas mehr als einem Quadratmeter, eine Erste-Hilfe-Tasche, Rasierzeug und etwas Essen. Auch ein Fernglas – ein Opernglas –, dazu ein dickes, bleistiftähnliches Gerät, das einen Keramikfilter enthielt, der die meisten Bakterien bis hinab zur Größe von 2 wµ aussondern konnte, ein paar Kerzen, einen wasserdichten Behälter für Streichhölzer, einen zusätzlicher Pullover und saubere Unterwäsche.

Jetzt trug er dazu noch die alte, aber immer noch solide vernähte Lederjacke eines anderen Mannes, die er aus der Garage mitgenommen hatte. An seinem Gürtel hingen Schraubenzieher, Gartenmesser und andere einfache Handwerkzeuge.

Bis jetzt hatte sich Jeebee auf seiner Reise von Büchsennahrung aus geplünderten Häusern und von Kleinwild ernährt. Aber ihm wurde die Munition knapp – er war nie ein besonders guter Schütze gewesen. Ein kleiner Vorrat Extrapatronen für das zerlegbare Gewehr vom Kaliber .22, das er mit sich trug, befand sich in dem anderen Tornister auf dem Gepäckträger des

Bikes. Außerdem hatte er aus der Kellergarage ein paar Konserven mit Lebensmitteln mitgenommen, die vielleicht noch eßbar waren – was man immer erst wußte, wenn man eine Konserve aufmachte und an ihrem Inhalt roch.

Am Schluß hatte er in der Garage noch eine rund sechs Meter lange schwere Metallkette aus robusten Gliedern gefunden; jetzt trug er sie über seinem Gürtel um die Taille gewickelt.

Inzwischen hatte er gelernt, nicht irgendwelchen Straßen zu folgen, die ihn zu bewohnten Häusern oder sogar zu kleinen Städten führen würden. Also nahm er Abkürzungen zwischen den Hügeln, auf dem gleichen Kompaßkurs nach Westen, den er in den vergangenen zwei Wochen eingehalten hatte, seit er um sein Leben gerannt war, um aus Stoketon wegzukommen.

Selbst jetzt empfand er eine kalte Übelkeit in der Magengrube, wenn er an Stoketon dachte. Um ihn zu retten, war ein Wunder nötig gewesen. Seine Schießhemmung war ihm treu geblieben, und als schließlich Buel Mannerly aus dem Gras aufgestanden war und mit der Schrotflinte auf Jeebees Kopf gezielt hatte, da war er unfähig gewesen zu schießen, obwohl Buel in wenigen Sekunden auf ihn geschossen hätte. Nur das dämliche Glück, daß jemand anderer aus dem Dorf genau in diesem Augenblick auf Jeebee feuerte und damit Buel einen Schreck einjagte, so daß er sich auf den Boden fallen ließ, hatte für Jeebee den Weg zur Deckung hinter den Bäumen und zur Flucht freigemacht.

Nicht nur Mangel an Mumm hatte ihn davon abgehalten zu feuern, so erinnerte sich Jeebee jetzt, als er das Bike im Sonnenlicht und der leichten Brise an einem Hügel entlangsteuerte. Ihm mußte mehr als allen anderen bewußt sein, daß er, wie alle anderen, das Produkt seines eigenen Teilmusters der quantitativen Soziodynamik war, und das hatte ihn mehr als alles andere davon abgehalten, auf Buel zu schießen.

In einer zivilisierten und technisierten Welt hatte eine Reaktion wie die seine einstmals einen Überlebenstyp gekennzeichnet. Jetzt kennzeichnete sie das Gegenteil. Er blickte auf sein Bild im Rückspiegel am linken Lenker des Bikes. Das Spiegelbild seines Gesichts erwiderte seinen Blick. Mit dem ungestutzten Bart wirkte es brutal, mit den Runzeln, die in die von Sonne und Wind gegerbte Haut eingegraben waren, erschien es listig. Doch darüber hatte der Schirm seiner Mütze die Haut vor der Sonne geschützt, seine Stirn war immer noch blaß, die Augen immer noch blau und unschuldig. Die obere Hälfte seines Gesichts verriet ihn. Er besaß keinen instinktiven Mut, nur die Überreste eines Pflichtgefühls, Gefühl einer Pflicht gegenüber einer gerade flügge gewordenen Wissenschaft, der es kaum gelungen war zu entstehen, bevor die Welt auseinandergefallen war.

Und ein verzweifeltes, instinktives Bedürfnis zu überleben.

Der Zorn darüber, daß er diese Pflicht vernachlässigt hatte, war ursprünglich während der ersten paar Tage nach der Flucht aus Stoketon sein Antrieb gewesen. Ohne diesen Zorn hätte er bei dem Gedanken an die Hunderte und Aberhunderte von Kilometern ungeschützten Weges bis zur Sicherheit der Twin Peaks Ranch aufgegeben. Dort würde er sich hinter einem Bruder verstecken können, der mehr an diese Zeiten angepaßt war. Doch was er gelernt und erarbeitet hatte, das hatte ihn angetrieben – die Bedeutung eines Wissens, das für die Zukunft gerettet werden mußte.

Auf der ganzen Welt gab es jetzt vielleicht vierzig oder – wenn es hochkam – sechzig Frauen und Männer, Experten für angewandte Mathematik und Verhaltensforscher wie er selbst, die sich in den Komplexitäten der QSD, der quantitativen Soziodynamik genügend auskannten, so daß sie unabhängig voneinander zu dem gleichen Schluß gelangt waren wie er.

Eine Sekunde lang tanzten vor seinem geistigen Auge die eleganten mathematischen Notationen, die die unwiderlegbare Wahrheit über die Menschheit in diesem Frühling der Auflösung und der Katastrophe verkündeten.

Wie er dürften auch die anderen zu dem Schluß gekommen sein, daß das Wissen der QSD geschützt, an einen sicheren Ort gebracht und im geheimen für jene Zeit aufbewahrt werden mußte, da fünfzig oder tausend Jahre später die Mehrheit der Menschheit sich wieder zu zivilisiertem Verhalten zurückentwickeln würde. Nur wenn alle, die die Mathematik der QSD verstanden, ihr Bestes versuchten, gäbe es überhaupt eine Chance, daß es einem von ihnen gelänge, dieses großartige neue Werkzeug für den nächsten Aufschwung der Menschheit zu retten.

Es handelte sich um ein Wissen, das sowohl die Gegenwart wie auch die Zukunft deuten konnte. Deshalb wußten diejenigen, die damit gearbeitet hatten, von welch vitaler Bedeutung es war. Es durfte nicht verlorengehen. Sonst müßten zukünftige Generationen einen weiteren Zyklus wie den gegenwärtigen erleiden, einen Zyklus der Zerstörung und des Chaos.

Es war bitter, daß die anderen wie Jeebee unter diesen Umständen keine Überlebenskämpfer waren. Die höchst zivilisierte, intellektuelle Natur ihrer eigenen, individuellen Verhaltensmuster machte sie unfähig für die primitive, gewalttätige Welt, die sich jetzt um sie herum neu bildete. Es war eine grausame Ironie, daß sie die schwächsten, nicht die stärksten Werkzeuge zur Bewahrung des Wissens waren, von dem sie allein wußten, daß es bewahrt werden mußte.

Aber sie konnten es versuchen. Er konnte es versuchen. Vielleicht konnte er sich irgendwie mit dieser Zeit der Barbarei arrangieren. Welche Ironie, daß nach allen Ängsten vor der weltweiten nuklearen Vernichtung, vor dem Treibhauseffekt und ähnlichem, die Welt tatsächlich schließlich mit einem Wimmern gestorben war!

Nein – er korrigierte sich –, nicht mit einem Wimmern. Mit einem Knurren.

Es hatte mit einem allgemeinen wirtschaftlichen Zusammenbruch begonnen, der durch die Überbevölkerung noch kompliziert worden war. Eine Zeit des Lärms und der Ideen, der Verschwendung und der Erregungen. Eine Zeit der Frustration, die sich zu Raserei auswuchs, während Arbeitslosigkeit und Inflation weltweit anstiegen.

Am Ende hatte es einen völligen Zusammenbruch der Ressourcenverteilungssysteme gegeben, und das mit allen vorhersehbaren Folgen, die sich in einem Mahlstrom positiven Feedbacks gegenseitig verstärkten – wie ein Thermostat, der durchgedreht ist und immer mehr Brennstoff in den Ofen leitet, während die Raumtemperatur ansteigt. Vorhersehbar – und vorhergesagt von all den mathematischen Modellen der Studiengruppe, der Jeebee angehört hatte.

Selbst das weckte in ihm ein bitteres, stummes Gelächter. Die Soziodynamik war neu, doch sie hatte ihre Wurzeln in den erbärmlich einfachen und künstlich statischen Optimierungsmodellen, mit denen die Verhaltensforscher einer früheren Zeit das Jagdverhalten von Tieren vorhergesagt hatten.

Doch als sie auf die menschliche Gesellschaft und die Probleme der Nachbildung dynamischer Prozesse angewandt wurde, waren die Ergebnisse ebenso unausweichlich wie erschreckend. Unabhängig voneinander, doch fast gleichzeitig, waren die Voraussagen weltweit in der Fachliteratur erschienen – von Leuten wie Pjotr Arazavin, Noshiobi Hideki … und Jeeris Belamy Walthar, mit freundlichen Grüßen …

Unterschiedlicher Meinung waren sie nur über das Ausmaß der gesellschaftlichen Entropie – des Chaos – gewesen, das notwendig war, um den Sprung zu dieser neuen, wilden Form sozialer Organisation auszulösen. Niemand von ihnen war schuld daran, daß sich die Schwelle als niedriger erwies, als sie erwartet hatten.

So wurden Städte zu Schlachtfeldern und standen jetzt als stumme, verwüstete Zeugnisse der Toten da, übriggeblieben von Aufruhr und Revolution. Isolierte Gemeinschaften entwickelten sich zu kleinen, primitiven, sich selbst verteidigenden Territorien. Und die vier apokalyptischen Reiter waren wieder unterwegs – die heraldischen Symbole der neuen Ordnung.

Somit war eine Zeit des Blutvergießens gekommen, eine Zeit der Dezimierung und Umformung der Bevölkerung – das Muster, von dem die QSD vorhergesagt hatte, daß es die Wiederherstellung der sozialen Ordnung bei denen optimieren würde, die die QSD-Muster für das Überleben unter den Bedingungen eines Kampfes mit Zähnen und Klauen aufwiesen. Eine neue Mittelalterlichkeit war über die Erde gekommen. Die eisernen Jahre waren zurückgekehrt; am besten geeignet für die unmittelbare Aufgabe des Überlebens waren jene Menschen, für die Ethik, Gewissen und alles, was über den reinen Pragmatismus der körperlichen Gewalt hinausging, puren Ballast darstellten.

Und so würde es weitergehen, sagten die Modelle der QSD voraus, bis sich wieder eine neue, junge Ordnung bilden konnte, die die kleinen Dorffestungen zu Bündnissen einte, die Bündnisse zu Königreichen und die Königreiche zu souveränen Nationen, die wieder beginnen konnten, miteinander in diplomatischen Systemen zu verhandeln. Nach fünfzig Jahren, fünfhundert Jahren, tausend Jahren – wie lange es eben dauern würde.

Und inzwischen bemühte sich ein kleiner Anachronismus aus einer abgestorbenen Zeit, ein schwaches Individuum der verweichlichten Jahrhunderte, das neuerdings gesetzlose Land zu durchqueren, und trug mit sich ein kostbares geistiges Kind an einen Ort, wo es in

Sicherheit so viele Jahrhunderte schlafen konnte, wie notwendig waren, bis Vernunft und Zivilisation neu geboren werden würden...

Jeebee konnte sich gerade noch fangen, bevor er in Selbstmitleid badete. Nicht, daß er sich des Selbstmitleids besonders schämte. Zumindest glaubte er nicht, daß er sich dessen besonders schämte. Aber emotionale Nabelschau jeder Art lenkte seine Aufmerksamkeit von seiner Umgebung ab, und das konnte gefährlich werden. Und tatsächlich, kaum hatte er diese Stimmung abgeschüttelt, da registrierte seine Nase einen schwachen, doch öligen Geruch, den die Brise mit sich trug.

Im Handumdrehen würgte er den Motor des Bikes ab, sprang ab und schleifte es mit sich in den Schutz naher Weidenschößlinge. Dort lag er stumm und steif und versuchte zu identifizieren, was er gerochen hatte.

Die Tatsache, daß ihm dies nicht gelang, machte den Geruch nicht weniger alarmierend. Alle ungewöhnlichen Erscheinungen – Geräusche, Gerüche oder anderes – waren potentielle Warnungen vor der Anwesenheit anderer Menschen. Und wenn andere Menschen in der Nähe waren, dann wollte Jeebee sie sich aus der Entfernung anschauen, bevor er ihnen die Gelegenheit gab, ihn zu sehen.

In diesem Fall war der Geruch unbekannt, doch – das konnte er schwören – nicht völlig fremd. Irgendwo war er ihm schon einmal begegnet. Nachdem er einige Minuten lang in den Weiden verborgen gelegen und Ohren und Augen bis zum äußersten angestrengt hatte, um zusätzliche Informationen zu bekommen, stand er vorsichtig auf, schob sein Bike, ohne den Motor anzulassen, und versuchte, dem vom Wind herbeigewehten Geruch bis zu seiner Quelle zu folgen.

Er mußte eine kleine Entfernung über zwei Anhöhen zurücklegen, bevor der Geruch merklich stärker wurde. Doch dann kam der Augenblick, wo er auf dem Bauch liegend (das Bike lag zehn Fuß weiter hinten) über einen langen Hang hinab auf eine wimmelnde Masse grauer und schwarzer Körper blickte. Es handelte sich um eine große Herde von Targhee-Schafen – die flüchtige Erinnerung des Geruches eines Schafstalls vor zwölf Jahren bei einer staatlichen Landwirtschaftsmesse kam ihm plötzlich wieder zu Bewußtsein. Bei der Herde dort unten waren drei Jungen, die ohne Sättel auf kleinen struppigen Ponys ritten. Hunde waren nicht zu sehen.

Der Gedanke an Hunde jagte einen alarmierenden Stich durch seine Nerven. Er war schon drauf und dran, zu seinem Bike zurückzukriechen und sich davonzumachen, als plötzlich ein Widder aus der Herde ausbrach, verfolgt von einem Schäferhund, einem kleinen braun-weißen Collie, der inmitten der wimmelnden schwarzen Rücken und weißen Gesichter verborgen gewesen war. Das Schaf rannte geradewegs den Hügel empor, auf dem Jeebee versteckt lag.

Er lag da und hielt den Atem an, bis der Hund, der den Widder in die Hinterbeine biß, das Schaf wieder zurück in die Masse der Herde getrieben hatte. Jeebee atmete erleichtert auf, doch in diesem Augenblick drehte sich der Hund, nachdem er den Widder wieder sicher zu den anderen Schafen zurückgebracht hatte, herum, hielt den Kopf in Jeebees Richtung und schnupperte prüfend im Wind.

Der Wind wehte vom Hund zu Jeebee. Es war nicht möglich, daß der Hund ihn witterte, sagte sich Jeebee, und doch schnupperte die Hundenase weiter den Wind. Einen Moment später begann der Hund zu bellen; dabei schaute er geradewegs in die Richtung von Jeebees Versteck.

»Was ist los, Snappy?« rief einer der Jungen auf den Ponys. Er wendete sein Pferd und kanterte auf den Hund zu, den Abhang hinauf.

Jeebee geriet in Panik. Auf Händen und Knien kroch

er zurück, und als er auf der Silhouette des Hügels sichtbar wurde, hörte er plötzlich einen hohen Schrei, gefolgt vom abrupten Getrampel galoppierender Pferdehufe.

»Faß ihn – *faß ihn!*« rief eine Stimme. Ein Gewehrschuß krachte.

Wohl wissend, daß er jetzt voll zu sehen war, sprang Jeebee verzweifelt auf das Elektrobike und trat den Motor an. Glücklicherweise startete der auf der Stelle. Jeebee schoß davon, ohne zurückzublicken, und achtete überhaupt nicht auf die Richtung, in die er fuhr, außer, daß er von den Leuten, die hinter ihm waren, davonfuhr und dabei einer Strecke folgte, die möglichst frei war von Buckeln und Hindernissen.

Erneut krachte ein Schuß. Jetzt hörte er einige Stimmen, die erregt und voller Jagdfreude schrien. Eine Kugel pfiff nah an seinem Kopf vorüber. Das Elektrobike gewann nur langsam Geschwindigkeit; sein sanft winselnder Motor überdeckte das Geräusch der Verfolgerschreie nicht. Aber Jeebee fuhr bergab, und die hüpfende, oszillierende Nadel des Tachometers entfernte sich allmählich weiter von der Nullmarke.

Wieder ein Gewehrschuß, jetzt etwas weiter hinter ihm, und diesmal hörte er keine Kugel vorüberpfeifen. Die Schüsse waren nur vereinzelt gefallen, was daraufhin deutete, daß nur einer der Jungen bewaffnet war. Und bei dem Gewehr handelte es sich vermutlich um einen alten Einzellader, den man nach jedem Schuß neu laden mußte – was auf dem Rücken eines galoppierenden Pferdes ohne Sattelleder oder Steigbügel zum Festhalten nicht leicht war. Jeebee riskierte einen Blick über die Schulter.

Die drei hatten die Jagd schon aufgegeben. Er sah sie auf dem Kamm einer Anhöhe hinter sich, wie sie auf ihren Pferden saßen und schauten. Sie hatten fast zu leicht aufgegeben, dachte er – und dann fielen ihm die Schafe ein. Die Jungen würden sich nicht zu weit von der Herde entfernen wollen, für die sie verantwortlich waren.

Er fuhr weiter und drosselte seine Geschwindigkeit nur ein wenig. Da sie ihn gesehen hatten, war er bestrebt, sich so weit aus ihrem Gebiet zu entfernen wie möglich, bevor sie die Nachricht an ältere Reiter auf besseren Pferden mit besseren Waffen weitergeben konnten. Aber er begann jetzt instinktiv der Gefahr von Steinen und Löchern auf seinem Weg etwas mehr Aufmerksamkeit zu schenken.

In ihm begann ein neues Unbehagen zu nagen. Hunde bedeuteten für ihn Schwierigkeiten, wie einer gerade bewiesen hatte. Auf andere Menschen konnte er achtgeben und ungesehen an ihnen vorüberschlüpfen, doch Hunde hatten Nasen und Ohren, mit denen sie ihn in der Dunkelheit oder im Versteck wahrnahmen, und Schafhirten bedeuteten Hunde – viele Hunde. Hier draußen hatte er Rinder erwartet, keine Schafe. Nach den Straßenkarten, die alles waren, wonach er sich orientieren konnte, sollte er derzeit eigentlich erst ein Drittel des Weges durch South Dakota hinter sich gebracht haben.

Ihn durchflutete ein Gefühl äußerster Einsamkeit. Er war ein Ausgestoßener, und es gab niemanden, der ihm beistand, und niemanden, auf den er hoffen konnte. Wenn er wenigstens einen Gefährten hätte, der ihn auf dieser langen, gefährlichen Reise begleitete, dann gäbe es vielleicht eine echte Chance, daß er das Haus seines Bruders erreichte. So wie die Dinge lagen, befürchtete er am meisten, daß er in einem dieser Augenblicke der Verzweiflung einfach aufgeben würde, haltmachen und umkehren – oder einfach darauf warten, daß er von bewaffneten Reitern wie denen, die ihn gerade verfolgten, niedergeschossen würde. Oder daß er einfach schutzlos in ein Lager oder eine Stadt gehen würde, um ausgeraubt und umgebracht zu werden – nur damit er alles endlich hinter sich hätte.

Jetzt kämpfte er gegen das Gefühl der Einsamkeit, gegen die Verzweiflung, und zwang sich, ohne Emotionen nachzudenken. Was war unter diesen Umständen für ihn das Beste, was er tun konnte? Ohne das Elektrobike wäre er sicherer, doch dann käme er auch nicht annähernd so schnell voran.

Wenn er Glück hatte, dann konnte er mit dem Bike dieses Schafland in ein oder zwei Tagen hinter sich lassen. Wenn er die Solarzellendecke benutzte, um die Batterie aufzuladen, dann konnte er etwa zehn Stunden lang mit einer Geschwindigkeit von zehn Meilen pro Stunde fahren, bevor er wieder aufladen mußte. Sechshundertfünfzig Kilometer – das hörte sich nach einer unglaublich großen Entfernung an, bedeutete jedoch tatsächlich nur fünfzig Stunden einer solchen Fahrt. Das Bike würde ihn hinbringen; er mußte ihm nur vertrauen. Es ging einfach nur darum, weiterzumachen und einfach zu hoffen, daß er entkäme – wie gerade eben –, falls er wieder in Schwierigkeiten geraten würde.

Aber er mußte wieder dazu übergehen, sich tagsüber irgendwo zu verstecken und nur bei Nacht zu reisen. Bei Tag zu reisen war zu gefährlich. Damit wollte er auf der Stelle beginnen – doch selbst bei gutem Mondlicht würde er Schwierigkeiten haben, alle Steine und Schlaglöcher zu erkennen, die dem Bike in den Weg kamen, wenn er so wie jetzt abseits der Straßen fuhr. Und wenn er auf den Straßen fuhr, dann erhöhte sich die Chance, daß er gesehen wurde. Doch das Verlangen nach dem Licht eines selbst verregneten Tages war zu stark. Nein, er würde versuchen, soviel Zeit wie möglich gutzumachen, während der Tag noch andauerte. Wenn die Nacht kam, würde er entscheiden, ob er weiterfuhr oder nicht…

Während er dies dachte, erreichte er den Gipfel der kleinen Anhöhe, auf die er hinaufgefahren war, und schaute auf einen Fluß hinab, der gut hundertfünfzig

Meter breit schnell von Norden nach Süden floß und somit seinen direkten Weg nach Westen kreuzte.

Jeebee starrte bestürzt auf den Fluß. Dann fuhr er vorsichtig den vor ihm liegenden Abhang hinab, bis er direkt am Rand des schnell strömenden Wassers anhielt.

Der Fluß war offensichtlich von den Frühlingsfluten angeschwollen, trug gefährlich viel Treibgut mit sich und war voller schneller Strömungen. Jeebee stieg von seinem Bike, kauerte sich nieder und tauchte eine Hand ins Wasser. Es hatte die Temperatur frisch geschmolzenen Schnees. Seine Finger wurden gefühllos. Er stand auf, stieg wieder auf das Bike und schüttelte den Kopf. Ruhiges Wasser, warmes Wasser – das zu durchschwimmen hätte er riskieren können, wobei er das Bike und seine sonstigen Habseligkeiten auf einem selbstgefertigten Floß hätte vor sich herschieben können. Aber bei einem Fluß wie diesem war das unmöglich.

Er würde stromauf- oder stromabwärts fahren müssen, bis er eine Brücke fand, auf der er den Fluß überqueren konnte. Welche Richtung sollte er wählen? Er blickte stromabwärts. In der Vergangenheit hatte diese Richtung immer zur Zivilisation geführt – was in diesem Fall Behausungen und mögliche Feinde bedeutete. Er drehte das Bike stromaufwärts und fuhr los.

Glücklicherweise handelte es sich bei dem Land direkt neben dem Fluß um ein noch nicht überflutetes Hochwasserbett, das flach und offen vor ihm lag. Jeebee kam gut voran, wobei er Flußschleifen abschnitt und soviel Zeit wie möglich einsparte. Er kam um eine Biegung und sah plötzlich das Ende einer Brücke vor sich, die gerade und hoch über dem grauen, schnellen Wasser aufragte.

Eine Eisenbahnbrücke.

Seine erste Reaktion war ein purer Reflex aus einer zivilisierten Zeit, als es gefährlich war, eine Eisenbahnbrücke zu überqueren, aus Angst, man würde auf halbem Weg von einem Zug auf den Gleisen erwischt. Dann meldete sich die Vernunft, und sein Herz klopfte schneller vor Hoffnung. Für seine Zwecke war eine Eisenbahnbrücke und der Weg entlang weiterer Gleise jenseits der Brücke das Beste, was ihm hatte begegnen können.

Heutzutage würde es auf diesen Gleisen keine Züge mehr geben. Und für ein Fahrzeug wie sein Bike dürfte der Bahnwärterweg neben den Gleisen fast so gut sein wie eine Autobahn. Er fuhr den Hang des Flußufers hinauf bis zur Böschung der Bahnlinie, hielt an, um das Bike auf die Schwellen zwischen den Schienen zu heben – nur für die Überquerung der Brücke – und stieg wieder auf. Eine kurze, holperige Fahrt brachte ihn sicher über das Wasser, das noch Augenblicke zuvor eine unüberwindbare Barriere gewesen war.

Auf der anderen Seite des Flusses gab es, wie er erwartet hatte, auf dem Bahndamm zu beiden Seiten der Schwellen genügend Platz, um auf dem Bike zu fahren. Er hob die Maschine von den Schwellen auf den Schotter und begann die Fahrt entlang der Bahnlinie. Jetzt befand er sich zwischen Pappeln, die ihm den Blick auf die umgebende Landschaft versperrten. Dann und wann waren die Gleise unterspült, wo der Regen Teile des Dammbelags die Böschung hinabgewaschen hatte, doch meistenteils war es wie eine Fahrt auf einem gut gepflegten Feldweg. Er kam gut voran, zehn bis fünfzehn Meilen pro Stunde.

Jetzt befand er sich wieder in der weiten Landschaft, durch die er schon zuvor gefahren war, doch da hatte es nur wenige Baumgruppen gegeben. Nun war das Land auf beiden Seiten der Bahnlinie bis zum nahen Horizont der Sicht entzogen, bis dort, wo die Gleise in der Ferne zwischen niedrigen Hügeln verschwanden. Und nirgendwo waren Schafe zu sehen, überhaupt keine Anzeichen von Mensch oder Tier.

Jeebee gönnte sich einen seltenen Augenblick der Entspannung und erlaubte sich, Hoffnung zu hegen. Überall westlich des Mississippi, in der Prärie, konnte sich eine Eisenbahnlinie über lange Entfernungen zwischen den Städten erstrecken. Mit etwas Glück war er vielleicht schon aus dem Schafland draußen. Weiter im Westen, so hatte Martin vor zwei Jahren im letzten der seltenen Briefe geschrieben, die Jeebee von seinem Bruder bekam, als noch die Post funktioniert hatte, waren die isolierten Rancher des Rinderlandes vom Zusammenbruch der Maschinerie der Zivilisation weniger in Mitleidenschaft gezogen worden. Recht und Ordnung existierten noch, zumindest in einer gewissen Weise. Aber um dorthin zu gelangen, mußte Jeebee die Beute, die er in der Kellergarage mitgenommen hatte, gegen Dinge eintauschen, die er brauchte.

Das erste wäre ein wirksameres Gewehr als die .22. Die .22 war eine gute kleine Feuerwaffe, aber es fehlte ihr an Durchschlagskraft. Ihre Kugeln waren zu leicht, um die Wucht zu haben, die einen angreifenden Menschen oder ein großes Tier aufhalten konnte. In der Gegend von Montana, nach der er unterwegs war, gab es noch Wölfe, Bären und sogar dann und wann noch Berglöwen. Ganz zu schweigen von wildem Freilandvieh, das auch ziemlich gefährlich werden konnte.

Überdies könnte er mit einer schwereren Büchse Rinder erlegen – oder sogar Hirsche oder Bergschafe, wenn er das Glück haben sollte, auf sie zu stoßen –, um die Nahrungsvorräte zu ergänzen, die er mit sich trug. Und damit kam er zu seinem zweitgrößten Bedürfnis: die richtige Art von Proviant. Konserven waren bequem, doch schwer, und es war unpraktisch, sie im Rucksack zu tragen. Was er wirklich brauchte, war bestrahltes Fleisch. Oder, wenn es das nicht geben sollte, Suppenpulver, gewöhnliches Mehl, getrocknete Bohnen und möglicherweise Speck.

Als es ihm endlich gelungen war, bei lebendigem

Leibe aus Stoketon zu entkommen, hatte er seinen Weg mit einigen solcher Vorräte im Rucksack begonnen. Als er seine Sachen gepackt hatte, um wegzugehen, war ihm tatsächlich nie der Gedanke gekommen, die Einheimischen würden nicht ihn einfach gehen lassen, sondern tatsächlich vorhaben, ihn umzubringen. Obwohl er die drei Monate zuvor in der Gemeinde fast isoliert gewesen war, hatte er immer noch den Eindruck gehabt, er sei einer von ihnen, nachdem er fünf Jahre dort gewohnt hatte.

Aber natürlich war er nie einer von ihnen gewesen. Was ihn dazu verleitet hatte zu glauben, er kenne sie, war ihre beiläufige Höflichkeit im Supermarkt oder im Postamt gewesen, dazu die echte Freundschaft, die ihn mit seiner Haushälterin, Ardyce Prine, verbunden hatte. Mrs. Prine hatte ihr ganzes Leben dort zugebracht und gehörte jetzt in ihren Sechzigern zur tonangebenden Generation der Einheimischen.

Doch als die Unruhen zu gefährlich wurden, als daß er es noch hätte riskieren können, ins Zentrum von Stoketon zu fahren, zu dem Gebäude, wo seine Studiengruppe untergebracht war – zur Denkfabrik, wie seine Nachbarn in Stoketon die Einrichtung nannten –, da hatten die Einheimischen begonnen, ihn als einen Außenseiter zu betrachten, ohne den sie besser zurechtkämen. Es gab in der Tat in ihrem Leben wirklich keinen Platz für ihn. Besonders, als dieses Leben eine autarke Wirtschaft entwickelte, in der lokale landwirtschaftliche Erzeugnisse und Fleisch gegen am Ort hergestellte Schuhe und Kleider getauscht wurden. Jeebee produzierte nichts, was die anderen brauchten.

Solange Ardyce noch seine Haushälterin gewesen war, hatte man ihn toleriert, aber es war der Tag gekommen, da sie nicht mehr erschien. Es gab nur eine kurze förmliche Mitteilung, die ihr Enkel überbrachte und die besagte, sie könne nicht länger für ihn arbeiten.

Danach hatte er gespürt, wie sich die unsichtbare

Feindschaft seiner Nachbarn um ihn schloß. Als er versuchte, Stoketon zu verlassen und sich auf den Weg nach Westen, nach Twin Peaks, zu machen, entdeckte er, daß sie ihm mit Gewehren auflauerten. Damals hatte er nicht verstehen können, warum. Aber jetzt verstand er es. Wenn er versucht hätte, sich nackt aus dem Staub zu machen, dann hätten sie ihn vielleicht gehen lassen. Doch jetzt betrachteten sie selbst die Kleider, die er trug, als Eigentum von Stoketon. Buel Mannerly, der Drogist, war wie ein Dämon aus der Finsternis des Abhangs aufgetaucht, die Schrotflinte in der Hand und bereit, Jeebee den Weg zu versperren. Nur dieser glückliche Fehlschuß, der von irgendwo aus der Dunkelheit gekommen war, hatte es Jeebee ermöglicht davonzukommen.

Aber dann war er unterwegs mit seinen Vorräten verschwenderisch umgegangen, da er noch nicht begriffen hatte, wie schwer es sein würde, sie mit etwas Eßbarem aufzufüllen, ganz zu schweigen von den spezielleren und teureren Lebensmitteln.

Statt dessen hatte er auf die harte Art lernen müssen, indem er von Gemüse aus verlassenen Gärten und von Funden in den Ruinen einsamer und geplünderter Häuser lebte. An beiderlei Orten gab es nur wenig zu finden. Jetzt, drei Wochen später, war wenigstens ein Teil von ihm reif, weise und wachsam geworden – die ganze Zeit lauschten seine Ohren, waren seine Augen in Bewegung, und die Nase war empfindsam für jeden Geruch, der Gefahr bedeuten mochte ...

Er begann von den Dingen zu träumen, die er eintauschen wollte, sobald er einen Ort fand, wo man das in Sicherheit tun konnte.

Zusätzlich zu einem schweren Gewehr brauchte er dringend ein zweites Paar Stiefel. Die er jetzt trug, würden nicht mehr den ganzen Weg nach Montana halten, falls das Bike kaputtging oder er es aus irgendeinem Grund aufgeben oder gegen etwas eintauschen mußte.

Außerdem – ein Revolver samt der entsprechenden Munition wäre von unschätzbarem Wert. Doch von einer solchen Handfeuerwaffe zu träumen war, wie wenn man von einem Stück Himmel träumte. Waffen waren das letzte, was in diesen Tagen jemand zum Tausch anbieten würde.

Er war so in seine Gedanken vertieft, daß er sich fast unvermutet in eine Kurve zwischen zwei niedrigen Hügeln einfahren sah. Die Bahnlinie bog zwischen zwei massige, grasbewachsene Schultern offenen Landes ein und verschwand im Schatten einer Gruppe von Pappeln am anderen Ende der Kurve. Der Regen hatte vor einiger Zeit aufgehört. Jeebee folgte der Biegung der Schienen, tuckerte in den Schatten der Pappeln hinein und auf der anderen Seite wieder hinaus – und fand sich am Eingang zu einem kleinen Tal wieder. Er sah vor sich eine Bahnstation, einige Verladepferche für Schafe und eine Gruppe von Gebäuden – alles weniger als eine halbe Meile entfernt.

KAPITEL 2

Reflexartig schaltete Jeebee den Motor des Bikes ab, wie zuvor, als er die Schafe gerochen hatte, und legte sich neben dem Gleis auf den Boden. Er lag auf den harten Steinen der Gleisschotterung und starrte durch einen Schirm aus hohem, trockenem Gras auf die Gebäude, die ein bißchen tiefer vor ihm lagen.

Noch während er so dalag, wußte Jeebee, daß es fast sicher unnötig gewesen war, sich so auf den Boden fallen zu lassen. Falls es in der kleinen Gemeinde dort vorn Menschen gab, dann hätten sie das Winseln seines Elektromotors schon hören können, bevor noch der Ort für ihn hinter den Bäumen sichtbar wurde. Er blieb liegen, doch in der kleinen Ortschaft und ihrer Umgebung gab es keine Anzeichen von Bewegung. Und auch keine Geräusche, obwohl die dünnen Schlote auf einigen der Gebäude graue Rauchfäden in das Blau des inzwischen größtenteils klaren Spätnachmittagshimmels schickten.

Die Gebäudegruppe wirkte wie eine Verladestation für Schafe, die sich zu einem kleinen Dorf entwickelt hatte. Es gab zwei Häuser, bei denen es sich um Läden handeln konnte, doch die Mehrzahl der Gebäude – Holzhäuser, die mit grauen, noch ungestrichenen Brettern verkleidet waren – konnte alles mögliche sein, von Wohnhäusern bis zu Lagerschuppen.

Jeebee rollte sich halb auf die Seite und drehte sich nach hinten, um an seinen Rucksack heranzukommen und das Fernglas herauszunehmen. Es hatte nur Stärke vier; er hatte es eigentlich vorige Weihnachten gekauft, um es einem Freund von der Studiengruppe zu schenken, doch dann hatte er entdecken müssen, daß der Freund zusammen mit Frau und Sohn vor dem Feiertag hastig und bei Nacht verschwunden war.

Er hatte kein besseres Glas mehr beschaffen können, bevor sein eigener Aufbruch durch die Feindschaft der Nachbarn beschleunigt worden war, und in normalen Zeiten hätte er nicht daran gedacht, ein solches Fernglas einzupacken. Aber es vergrößerte immerhin ein bißchen, obwohl die Linsen aus einem Material zu bestehen schienen, das nur wenig besser war als Fensterglas.

Er setzte das Fernglas an die Augen und spähte zu den Gebäuden hinüber. Diesmal entdeckte er mit Hilfe des Glases nach langem Suchen einen Hund, der anscheinend schlief, und zwar neben drei hölzernen Stufen, die zu einem langen, mit Fenstern versehenen Gebäude führten, von dem Jeebee vermutet hatte, es sei ein Laden. Er starrte lange auf den Hund, doch der bewegte sich nicht.

Jeebee hielt das Fernglas an die Augen, bis sie zu tränen begannen. Dann setzte er es ab und nahm sein Gewicht von den Ellbogen, die trotz der Lederjacke von den Schottersteinen schmerzten, auf die er sie gestützt hatte. Er versuchte abzuschätzen, auf was für eine Art von Ort mit was für Leuten er da wohl gestoßen war.

Wenn da nicht der aufsteigende Rauch gewesen wäre, dann hätte er fast glauben können, so flüsterte ein verrückter Wunschgedanke, daß er auf eine Gemeinde gestoßen war, wo Krankheit oder eine andere Ursache die Bevölkerung ausgelöscht hatte – die Hunde eingeschlossen. In dem Fall hätte er nur hinabgehen müssen, um sich an den Besitztümern zu bedienen, die dort herumliegen mochten.

Die Einsicht, wie lächerlich es war, daß ein solches Glück gerade ihm zufallen sollte, half ihm, die wirklichkeitsfremden Vorstellungen beiseitezuschieben. Aber immerhin schienen die Gebäude fast zu ruhig zu sein, als daß man dem Frieden trauen konnte. Natürlich war jetzt später Nachmittag, und die meisten Leute hier konnten der Ankunft eines Fremden auf friedliche Weise gleichgültig gegenüberstehen.

Aber auch das war ein an den Haaren herbeigezogener Gedanke. In diesen Tagen würde niemand fremden Besuchern unbekümmert gegenübertreten. Nein, dort unten waren Menschen, genau wie die Leute in Stoketon und überall anderswo. Die einzige Frage war, wie sie reagieren würden, sobald sie wußten, daß er da war. Um das beantworten zu können, brauchte er noch mehr Hinweise.

Er lag da und wartete. Nach etwa zwanzig Minuten öffnete sich die Tür eines ladenähnlichen Gebäudes – nicht desjenigen, vor dem der Hund lag – und Leute kamen heraus. Als sie erschienen, erhob sich der Hund und begrüßte sie freundlich, soweit es Jeebee aus der Entfernung erkennen konnte. Der Hund trottete auf sie zu. Es kam insgesamt ein halbes Dutzend Männer heraus, die sich in Richtung der anderen Gebäude zerstreuten. Es war unmöglich zu erkennen, was sie wohl alle in dem einen Gebäude gemacht hatten. Doch ihre Versammlung gab dem Gebäude eine besondere Bedeutung.

Jeebee lag da und beobachtete. Kurz nachdem der letzte Mann verschwunden war, ging die Tür wieder auf. Als letzte erschien eine Gestalt in Röcken, warf dem Hund etwas hin und ging wieder hinein. Der Hund lief hinüber, legte sich nieder und begann daran zu kauen.

Jeebee blieb an Ort und Stelle und dachte nach. Er konnte seine Stellung bis zum Abend beibehalten und dann das Bike um die Bahnstation schieben, um in sicherer Entfernung wieder entlang der Gleise weiterzufahren. Während er noch darüber nachdachte, brach das Geratter von Eisenrädern auf Schienen durch die Stille. Einen Augenblick später erblickte er auf dem

Gleis jenseits des Gebäudes eine handgetriebene Draisine, auf der zwei Männer die gegenüberliegenden Enden des schaukelartigen Antriebshebels pumpten. Das Fahrzeug fuhr westwärts und entfernte sich von ihm und der Bahnstation, bis man nichts mehr von ihm hörte oder sah.

Jeebee blickte hinterher. Ihn fröstelte. Ein solcher Wagen, angetrieben von zwei Männern, konnte auf einer guten Bahnstrecke eine Geschwindigkeit von 30 km/h oder mehr erreichen. Und war damit schneller als sein Bike, wenn dessen Batterie schwach war, was inzwischen der Fall sein mußte.

Er hatte Glück gehabt, daß die Draisine nicht früher und nicht auf ihn zu gefahren war, sondern in die entgegengesetzte Richtung. Natürlich hätte er wahrscheinlich den Bahndamm verlassen und zwischen den Pappeln verschwinden können, bevor man ihn entdeckte. Aber trotzdem ...

Plötzlich faßte er – aus einer Art emotionaler Erschöpfung – einen Entschluß. Irgendwann mußte er einfach einmal aufhören, nur Vermutungen anzustellen. Irgendwo würde er einen Versuch riskieren müssen zu tauschen, und dieser Ort schien dafür so geeignet zu sein wie jeder andere. Er entdeckte, daß es ihm nichts mehr ausmachte, was bei einer Begegnung mit diesen Leuten herauskommen mochte.

Er stellte das Bike auf und setzte sich darauf. Dann nahm er die .22 aus dem Tornister auf dem Gepäckständer, setzte sie zusammen und lud sie.

Mit dem Gewehr in der Hand fuhr er die Bahnstrecke entlang und dann zu den Gebäuden hinab.

Als er den Ort erreichte, ertönte wütendes Gebell. Fast ein Dutzend Hunde verschiedener Rassen, alles Hütehunde, sammelten sich um ihn, als er mit dem Bike direkt vor die Stufen des Gebäudes fuhr, aus dem zuvor all die Leute gekommen waren. Der Hund, den er ursprünglich gesehen hatte, war mit unter denen, die ihm jetzt lärmend folgten. Wie die anderen schien er damit zufrieden zu sein, warnend und herausfordernd zu bellen, zeigte jedoch keine Neigung zu beißen, was nach Jeebees Meinung ein gutes Zeichen bezüglich der Einstellung der Hundebesitzer gegenüber Fremden war.

Er stoppte das Bike, stieg ab, lehnte es seitlich an die Stufen und schob seinen Rucksack mit einem Ruck höher auf die Schultern. Dann klopfte er. Niemand antwortete.

Einen Augenblick später klopfte er erneut. Als immer noch keine Antwort kam, legte er die Hand auf den Türknopf. Der drehte sich leicht, und die Tür ging auf. Jeebee trat ein und ließ das Gebell der Hundemeute hinter sich. Der Lärm hörte nicht auf, als er aus dem Blickfeld der Tiere verschwunden war, sondern tönte weiter, gedämpft von den Wänden und Fenstern des Gebäudes.

Jeebee blickte sich in dem Raum um, den er betreten hatte. Hier war es kaum wärmer als draußen, vermutlich war nicht geheizt. Der Raum war ziemlich groß. Da standen sechs runde Tische mit je vier Stühlen. An einer Wand befand sich eine kurze, hohe Bar. Auf den Borden dahinter standen nur ein paar umgedrehte Gläser. Hinter der Bar gab es eine weitere Tür. Sie führte vermutlich tiefer in das Gebäude, war jedoch zu. Am einen Ende der Bar waren einige Teller und Tassen sowie etwas Silbergeschirr aufgestapelt. Es sah aus, als stammte alles von Gästen, die gerade gegangen waren.

Das Gebell der Hunde vor dem Haus war eifrig und aufgeregt geworden, durchsetzt mit einem erregten Aufjaulen, dann verstummte es unerklärlicherweise bis auf vereinzeltes Winseln. Jeebee trat schnell zum nächsten Fenster und blickte hinaus.

Eine seltsame weibliche Gestalt kam auf die Stufen des Eingangs zu. Eine Frau, die so groß wie Jeebee und schwerer als er sein mußte, es sei denn, ihr Leibesumfang beruhte auf zusätzlicher Kleidung unter ihrem Gewand. Sie trug ein Kleid im Stil des 19. Jahrhunderts aus rostig-schwarzem Stoff, das bis zu den Schäften ihrer schweren Stiefel hinabfiel. Auf dem Kopf hatte sie einen echten Kiepenhut. Die breiten Schultern gebeugt, ging sie mit langen, schweren Schritten und stemmte sich gegen den Zug an einer straff gespannten Kette, deren anderes Ende um den Hals eines Hundes geschlungen und mit einem Schnappschloß gesichert war, das gerade noch über dem dichten, struppigen Haar im Nacken des Hundes zu sehen war.

Dieser Hund hatte die übrige Meute in Erregung versetzt. Für einen Hütehund war er ungewöhnlich; er erinnerte mehr an einen Deutschen Schäferhund als an andere Rassen. In seiner Erscheinung und der Art, wie er lief, gab es auch einen Unterschied, den Jeebee nicht genau bestimmen konnte. Der Hund hatte lange Beine und eine lockere, fast schlurfende Art zu laufen. Mit seinem massigen Körperbau war er anderthalbmal so groß wie die meisten anderen Hunde, die ihn umgaben. Sein struppiges Fell hatte das dichte Haar eines Hundes, der den Winter zum größten Teil im Freien verbrachte.

Er schenkte den anderen Hunden keinerlei Aufmerksamkeit, beachtete sie nicht, als seien sie gar nicht vorhanden, und lief vor der großen Frau her, den Kopf gesenkt und nach vorn geschoben, als verfolgte er zielbewußt einen Auftrag. Bei seinem Näherkommen hatten sich die meisten anderen Hunde vorgedrängt, doch jetzt wichen sie zurück und setzten oder legten sich hin und beobachteten den Neuankömmling mit gespanntem Interesse. Doch vier größere Hunde blieben auf allen vieren stehen, knapp neben dem Weg zu den Stufen. Am vordersten stand der größte von ihnen, ein Hund, der in der Zeichnung seines Fells einem Collie ähnelte, doch kurzes Haar, starke Knochen und einen breiten Schädel hatte. Er erinnerte Jeebee an die europäischen Schafhütehunde, von denen er im Magazin *National Geographic* Bilder gesehen hatte.

Er wich nicht zurück, als der angeleinte Hund, an der Kette ziehend, an ihm vorüberkam. Jeebee sah, wie der Hund an der Kette den Kopf hob, einen Moment lang nach links schaute und dem Collie in die Augen blickte. Dann wandte er sich wieder ab, ohne jede weitere Bewegung oder Äußerung, und führte, immer noch an der Kette ziehend, die Frau vorwärts und die Stufen zur Tür hinauf.

Jeebee sah, wie sich die Klinke drehte. Die Tür öffnete sich, und die beiden traten in den Raum, in dem Jeebee wartete. Mit einer vorsichtigen Bewegung schloß die Frau die Tür hinter sich. Der Hund wandte sich sofort ihr zu, sie griff in eine tiefe Tasche ihres voluminösen Kleides und holte etwas heraus, anscheinend einen Leckerbissen, den sie ihm ins offene, wartende Maul schob.

Der Hund schluckte den Bissen und wandte sich Jeebee zu, hob die lange Nase und schnupperte prüfend.

»Paß auf!« befahl die Frau dem Hund, dann schaute sie auf Jeebee. Mit einer heiseren, tiefen Stimme, die wie die eines sehr alten Menschen klang, sagte sie: »Ich habe Sie gesehen, wie Sie hier ankamen. Ich bin nur hinausgegangen, um meinen Wachhund hier zu holen.«

Jeebee spürte das glatte Metall des Abzugsbügels der .22 in seiner rechten Hand. Die Frau trug, wie er jetzt aus der Nähe sah, einen engen schwarzen Ledergürtel um die Taille, daran hing ein kleines Halfter, aus dem der Griff eines kurzläufigen Revolvers schaute. Sie roch nach schmutzigen Kleidern. Er hatte keinen Zweifel, daß sie die Handfeuerwaffe benutzen konnte und benutzen würde, wenn sie es für vorteilhaft hielte. Und ihn überkam der alte Zweifel, ob er wirklich die .22 anlegen und zurückschießen könnte, selbst wenn es darum ginge, sich seiner Haut zu wehren.

Der Hund legte sich hin, schob seine Hinterbeine

unter seinen Körper, richtete den Kopf auf und stützte sein Gewicht leicht auf seine Ellbogen und Vorderbeine. Sein Blick blieb auf Jeebee gerichtet, aber das war alles. Die Frau hob den Kopf und schaute Jeebee an. Mit den schweren Backenknochen und den dünnen Lippen wirkte ihr gebräuntes Gesicht männlich. Tiefe Falten liefen auf beiden Seiten des Mundes von der Nase zum Kinn. Sie muß mindestens fünfzig sein, dachte Jeebee.

»Also dann«, sagte die Frau, »was bringt Sie in den Ort?«

»Ich bin gekommen, um etwas zu tauschen«, erwiderte Jeebee.

In seinen Ohren klang seine eigene Stimme seltsam, wie die krächzenden Töne einer altmodischen Phonographenplatte, bei der die meisten tieferen Töne bei der Aufnahme verlorengegangen waren.

»Was haben Sie?«

»Verschiedene Sachen«, sagte Jeebee. »Wie sieht's bei Ihnen aus? Haben Sie oder jemand anderer hier Schuhe, Lebensmittel und vielleicht ein paar andere Dinge, die Sie mit mir tauschen könnten?«

Seine Stimme klang jetzt normaler. Bevor er in den Ort gekommen war, hatte er seine Mütze tiefer ins Gesicht gezogen, und er hoffte, daß sie in diesem dunklen Raum, der nur von den Fenstern auf der rechten Seite erleuchtet wurde, die blasse Unschuld seiner Augen und seiner Stirn nicht sah.

»Ich kann mit Ihnen tauschen, was Sie wollen – wahrscheinlich«, antwortete die Frau. »Kommen Sie. Du komm auch!«

Die letzten Worte waren an den Hund gerichtet und wurden durch einen Ruck an der Kette unterstrichen. Der Hund erhob sich stumm wieder auf alle viere und ging erneut voran, als die Frau Jeebee zu der anderen Tür führte. Sie traten in einen anderen Raum, der aussah, als wäre er früher einmal ein dürftiger Ersatz für eine Hotellobby gewesen. Vom anderen Ende führte ein schäbiger brauner Korridor weg, zu dessen beiden Seiten Türen angeordnet waren.

In der Lobby stand eine ausrangierte Ladentheke. Auf ihr und einem weiteren halben Dutzend runder Tische und ein paar gewöhnlichen Holzstühlen lagen Haufen von Gegenständen, die auf den ersten Blick jede Art von vorstellbarem Trödel zu sein schienen, von alten Reifenmänteln bis zu metallenen Kaffeekannen mit den Dellen und Spuren langen Gebrauchs. Als Jeebee genauer hinschaute, entdeckte er, daß die Dinge in dem Raum grob geordnet waren. Kleidung füllte zwei Tische, und auf einem weiteren Tisch waren zusammen mit den Kaffeekannen lauter Kochutensilien gestapelt.

Die Frau führte den Hund ans Ende der Theke. Dort hingen zwei verschieden lange Ketten, eine lange und eine sehr kurze. Beide waren an ihrem Ende in das dicke Holz der Thekenfläche geschraubt.

Sie begann das Ende der Leitkette an die kürzere der beiden festgeschraubten zu schließen, doch dann besann sie sich offensichtlich anders und verband sie stattdessen mit der langen Kette, wodurch der Hund, wie Jeebee feststellte, jede Stelle in dem Raum erreichen konnte.

»Paß auf!« befahl die Frau erneut dem Hund. Diesmal blieb er stehen, fast als hätte er sie nicht gehört. Sein Blick blieb auf Jeebee gerichtet.

Die Frau schaute auch auf Jeebee. Als er ihren Blick erwiderte, zeigte sie mit dem Kinn auf den Hund und sagte: »Ein reinrassiger Wolf, also versuchen Sie nicht, etwas wegzunehmen.«

»Schauen wir mal, was Sie haben«, erwiderte Jeebee mit emotionsloser Stimme.

Sie winkte ihn zum anderen Ende der Ladentheke, das freigeräumt war. Jeebee knöpfte seine kürzlich erworbene Lederjacke auf – der Hund schnupperte wieder prüfend – und nahm von seinem Gürtel die Schraubenzieher, Meißel, Feilen und anderen kleinen Handwerkzeuge ab, die er mitgebracht hatte. Als er damit fertig war, wickelte er die Metallkette von seiner Hüfte los und legte sie auf die hölzerne Thekenfläche.

»Vielleicht können Sie die gebrauchen«, sagte er und nickte so beiläufig wie möglich in Richtung des Hundes.

»Vielleicht«, sagte die Frau mit einer vollkommen ausdruckslosen Stimme. »Aber man braucht ihn nicht viel zu halten. Er macht, was ich ihm sage.«

»Sie sagten, er sei ein Wolf?« fragte Jeebee skeptisch, während die Frau die Werkzeuge untersuchte.

»Stimmt«, erwiderte sie. »Er ist kein Hüter. Er ist ein Killer.« Sie blickte Jeebee eine Sekunde lang an. »Was sind Sie – Rinderzüchter?«

»Ich nicht«, sagte Jeebee. »Mein Bruder schon. Ich bin jetzt unterwegs zu ihm.«

»Wohin?« fragte sie.

»Nach Westen«, sagte er. »Wahrscheinlich kennen Sie ihn nicht.« Er begegnete ihrem Blick. Es war ein Moment, in dem er so viel wie möglich geltend machen mußte. »Aber er hat eine ziemlich große Ranch, er ist dort draußen – und er wartet darauf, daß ich auftauche.«

Der letzte Teil, die Lüge, kam so heraus, daß es nach Jeebees Meinung überzeugend klang. Vielleicht hatte die Wahrheit der vorhergehenden Sätze übergegriffen. Die Frau schaute ihn jedoch ohne jede Veränderung ihres Gesichtsausdrucks an, dann widmete sie sich wieder der Untersuchung der Werkzeuge.

»Wie kommen Sie darauf, daß ich Rinderzüchter wäre?« wollte Jeebee wissen. Ihr Schweigen war irritierend. Etwas in ihm wollte sie am Reden halten, als könnte nichts schiefgehen, solange sie weiterredete.

»Die Rinderzüchterjacke«, sagte sie, ohne aufzublicken.

»Die Ja…« Er biß sich auf die Zunge. Natürlich, sie

sprach von der Lederjacke, die er trug. Ihm war nicht bewußt gewesen, daß es in der Kleidung einen wahrnehmbaren Unterschied zwischen Schafzüchtern und Rinderzüchtern gab. Trugen die Schafzüchter auch Lederjacken? Anscheinend nicht. Oder zumindest nicht in diesem Ort.

»Hier bei uns ist Schafland«, sagte die Frau und schaute immer noch nicht auf. Diese Feststellung wirkte auf Jeebee wie ein Gewehr, das in der Luft hing, auf ihn gerichtet war und jeden Augenblick losgehen konnte.

»Wirklich?« fragte er.

»Ja, wirklich«, antwortete sie. »Hier sind keine Rinderzüchter mehr übrig. Der da hat einem Rinderzüchter gehört.« Sie zeigte mit dem Daumen auf den Hund, fegte die Werkzeuge und die Kette vor sich zu einem Haufen zusammen, als gehörten sie ihr schon. »Also gut, was wollen Sie?«

»Ein Paar gute Stiefel«, sagte er. »Etwas Speck, Bohnen oder Mehl. Eine Handfeuerwaffe – einen Revolver.«

Bei den letzten Worten schaute sie auf.

»Revolver«, sagte sie verächtlich. Sie schob den Haufen aus Geräten und Kette zu ihm. »Sie sollten lieber weiterziehen.«

»Schon gut«, sagte er. »Es schadet ja nichts, wenn man mal fragt, oder?«

»Revolver!« sagte sie aufs neue, tief aus der Kehle, als wollte sie gleich ausspucken. »Ich gebe Ihnen zehn Pfund Korn und fünf Pfund Hammelfett, für alles. Und Sie können auf dem Tisch da drüben nach einem Paar Stiefel schauen. Das wär's dann.«

»Nein, warten Sie ...«, sagte Jeebee. Der Weg, den er seit Stoketon zurückgelegt hatte, hatte ihn nicht völlig ahnungslos über die Zeiten gelassen, in denen er jetzt lebte. »Reden Sie nicht so. Sie wissen – ich weiß –, diese Sachen hier sind viel mehr wert als das da. Sie können solche Metallgegenstände nicht mehr bekommen. Sie wollen mich ein wenig übers Ohr hauen, das ist schon in Ordnung. Aber reden wir doch etwas vernünftiger darüber.«

»Nix reden«, sagte sie. Sie kam um die Theke und schaute ihn an. Jeebee spürte, wie ihr Blick im Schatten des Schirms seiner Mütze suchte, um seine Schwäche und seine Verletzbarkeit zu sehen. »Mit wem wollen Sie denn sonst noch tauschen?«

Sie starrte ihn an. Plötzlich spülte die große Woge aus Einsamkeit und Müdigkeit aufs neue über Jeebee hinweg. Sein Verstand sagte ihm, daß ihre Worte nur der erste Schritt zu einem Feilschhandel waren. Jetzt war es an ihm, ein Gegenangebot zu machen, sich verächtlich über das zu äußern, was sie hatte, zu wettern und zu protestieren. Doch er konnte es nicht. Er war emotional zu isoliert, innerlich zu leer. Schweigend schob er die Kette und die Werkzeuge zu einem Haufen zusammen und begann sie wieder an seinem Gürtel zu befestigen.

»Was tun Sie da?« schrie die Frau plötzlich.

Er hielt inne und schaute sie an.

»Schon gut«, sagte er. »Ich geh damit woandershin.«

Noch während er dies sagte, überlegte er, ob sie nicht den Wolfshund auffordern würde, ihn anzugreifen, und ob er aus dieser Bahnstation überhaupt lebend davonkommen würde.

»Woanders?« knurrte sie. »Habe ich Ihnen nicht gerade gesagt, daß es hier in der Gegend keinen anderen Ort zum Handel gibt? Was stimmt denn mit Ihnen nicht? Haben Sie nie zuvor Tauschhandel betrieben?«

Er schaute sie stumm an.

»Schauen Sie!« sagte sie und griff unter die Theke. »Sie wollten einen Revolver eintauschen. Schauen Sie ihn sich an!«

Er langte nach der vernickelten kurzläufigen Waffe, die sie ihm hingeworfen hatte. Der Revolver war mit Rostflecken überzogen. Als er den Hammer zurückzog, wurde auf dessen Unterteil eine dicke Schmutzschicht sichtbar. Im besten Fall war dies irgend jemands billige Schutzwaffe fürs Wochenendvergnügen gewesen, fünfzehn oder zwanzig Dollar wert. Jeebee kannte sich mit Schußwaffen nicht wirklich aus, aber der geringe Wert dieses Stücks war offensichtlich.

Plötzlich hatte er einen klaren Kopf. Wenn sie wirklich tauschen wollte, dann bestand immer noch Hoffnung.

»Nein«, sagte er und schob ihr den billigen und schmutzigen Revolver wieder zu. »Hören wir auf mit dem Unsinn. Ich gebe Ihnen das alles für ein Gewehr. Ein Jagdgewehr, eine .30/06 und Munition dafür. Lassen Sie die Lebensmittel, die Stiefel und das Übrige.«

»Legen Sie das Motorrad dazu«, erwiderte sie.

Er lachte. Und war so schockiert, sich lachen zu hören, als hätte er das Gelächter einer Leiche gehört.

»Sie werden doch wohl nicht so dumm sein!« Er wies mit der Hand auf den Haufen auf der Theke. »Nun gut, man kann aus dem Blatt einer Autofederung neue Werkzeuge machen – wenn man höllisch schwitzen möchte. Aber eine solche Kette können Sie nicht machen. Diese Kette ist eine Menge wert. Besonders für jemanden wie Sie, der Waren beschützen muß. Und wenn das hier Schafland ist, dann fehlt es Ihnen nicht an Gewehren. Zeigen Sie mir eine .30/06 und ein halbes Dutzend Schachteln Patronen dafür.«

»Zwei Schachteln!« stieß sie hervor.

»Zwei Schachteln und fünf Stäbe Dynamit.« Jeebee wurde fast schwindlig angesichts des Erfolgs seines Feilschens.

»Ich habe kein Dynamit. Nur verdammte Narren haben das Zeug bei sich.«

»Dann sechs Schachteln.«

»Drei.«

»Fünf«, sagte Jeebee.

»Drei.« Sie richtete sich hinter der Theke auf. »Das wär's. Soll ich das Gewehr holen?«

»Holen Sie's«, sagte er.

Sie wandte sich um und ging durch den Korridor zur zweiten Tür auf der linken Seite. Man hörte einen Schlüssel im Schloß knirschen, und die Frau ging durch die Tür. Einen Augenblick später kam sie wieder heraus, sperrte die Tür wieder zu und brachte ein Gewehr mit zwei Schachteln Patronen. Sie legte die Sachen auf die Theke.

Jeebee nahm das Gewehr gierig in die Hand und begann es zu prüfen. Doch in Wahrheit war er sich nicht einmal sicher, ob er eine .30/60 in Händen hielt. Doch er hatte lang genug mit der .22 gelebt, um zu wissen, wo man bei einem Gewehr nach Spuren des Gebrauchs und nach Schmutz suchen mußte. Diese Waffe schien sauber, erst kürzlich geölt worden und in gutem Zustand zu sein.

»Schauen Sie es sich nur an, Mister«, sagte die Frau. »Ich habe noch ein anderes, das Ihnen vielleicht besser gefällt, aber es ist nicht hier. Ich werde es holen.«

»Paß auf!« sagte sie zu dem Wolf, oder was immer das Tier sein mochte. Jeebee sah, daß es sich um einen Rüden handelte. Das Tier bewegte sich nicht und hielt seinen Blick auf Jeebee geheftet. Die Frau ging durch die Tür und schloß sie hinter sich.

Jeebee stand reglos da und lauschte, bis er hörte, wie die Außentür zugeschlagen wurde. Der Knall hallte durch das Gebäude. Dann ließ er mit einer langsamen Bewegung, um bei dem Hund keinen Reflex auszulösen, die Hand zu einer der Patronenschachteln gleiten, die die Frau gebracht hatte, öffnete sie mit den Fingern dieser einen Hand und holte zwei Patronen heraus. Er legte eine auf die Theke und lud langsam die andere in den Ladeschlitz des Gewehrs. Er zögerte, aber der Hund hatte sich nicht bewegt. Mit einer schnellen Bewegung schob er die Patrone in Schußposition ...

Er hörte, wie sie locker im Gewehr klickte, als er es anhob.

Langsam nahm er die Patrone wieder heraus und legte das Gewehr nachdenklich auf die Theke. Die Munition vom richtigen Kaliber befand sich vermutlich in dem Zimmer am Korridor, doch seine Chancen, dorthin zu gelangen...

Andrerseits konnte er es genausogut versuchen. Er machte einen Schritt weg von der Theke in Richtung auf den Korridor. Der Wolfshund bewegte sich nicht.

Er stand wie eine Statue, ohne den Schwanz zu bewegen, und gab keinen Laut, kein Zeichen von Drohung von sich, doch auch keinerlei Zeichen, daß er in seiner Wachsamkeit nachlassen würde. Der Hund war die Verkörperung eines Professionellen im Dienst. Natürlich, dachte Jeebee, natürlich würde der Hund ihn nie die Tür des Zimmers mit den Gewehren erreichen lassen, und erst recht würde er nicht zulassen, daß Jeebee das Türschloß aufbrach und in den Raum eindrang. Er starrte das Tier an. Es mußte nahezu hundertzwanzig Pfund wiegen, eine Vernichtungsmaschine aus Fleisch und Blut. Vor einigen Jahren hatte er in einem Videofilm gesehen, wie Kampfhunde trainiert wurden.

Da zog das ferne Geräusch von gerade noch hörbaren Stimmen seine Aufmerksamkeit an. Sie kamen von außerhalb des Gebäudes.

Er legte die .30/60 hin und machte einen Schritt zur Tür zum vorderen Raum. Damit bewegte er sich auch auf den Wolfshund zu, und bei diesem ersten Schritt bewegte sich das Tier nicht. Doch beim zweiten kam es auf ihn zu. Der Hund knurrte nicht und drohte nicht, doch in seinem pelzigen Schädel glänzten seine Augen wie Stückchen vergoldeten Porzellans: undurchsichtig und ohne Gefühl, dachte Jeebee.

Doch seine Bewegung hatte ihn weit genug in den vorderen Raum gebracht, daß er sich hinkauern und aus einem Winkel durch das Fenster schauen konnte. Er sah den Bereich vor dem Haus mit den drei Stufen vor der Eingangstür. Dort stand die Frau, jetzt von fünf Männern umringt, die alle Gewehre oder Schrotflinten bei sich trugen. Jeebee stand auf und strengte in dem warmen, stillen Raum seine Ohren aufs äußerste an. Schwach drang ihr Wortwechsel durch das Glas zu ihm.

»Wo seid ihr gewesen?« wetterte die Frau. »Er war drauf und dran, mit den Sachen abzuhauen. Ich möchte, daß zwei von euch nach hinten gehen ...«

»Jetzt wart mal«, unterbrach einer der Männer sie. »Er hat dieses kleine Gewehr. Keiner möchte ein Loch von einer .22 in den Bauch bekommen, bloß weil du sein Bike haben willst.«

»Hab ich gesagt, daß ich es für mich selbst haben möchte?« fragte die Frau. »Der ganze Ort kann es benutzen. Ist es das nicht wert?«

»Nicht, wenn man dafür niedergeschossen wird, nein«, sagte der Mann. »Hetz doch deinen Wolf auf ihn.«

»Damit er zusammengeschossen wird!« rief die Frau mit ihren tiefen, heiseren Stimme.

»Warum nicht?« sagte einer von den anderen. Sein Bart hing bis zum Gürtel hinab, schwarz wie Jeebees Bart, doch sein massiger Körper und die Runzeln um die Augen legten die Vermutung nahe, daß er zwanzig Jahre älter war als Jeebee.

»Was diesen Wolf angeht, bist du sentimental«, fuhr er fort, »und du bist es schon immer gewesen, seit du ihn als Welpen von diesem Trapper gekauft und die ersten paar Tage aufgezogen hast, bevor Callahan ihn dir abkaufte ...«

»Das reicht jetzt!« versetzte die Frau.

»Nein, es ist mir Ernst damit«, redete der Mann weiter. »Wenn du nicht weichherzig mit dem Wolf bist, warum hast du uns dann davon abgehalten, ihn zu töten, als wir Callahans Haus demoliert haben? Dieser Wolf ist zu nichts gut, verdammt noch mal. Er hat meinen Corduroy umgebracht, und der war so gut wie der beste Hund hier ...«

»Ich habe gesagt, es reicht!« Die Frau schien zu wachsen, bis sie alle Männer überragte, und ihre Stimme ließ durch das Glas hindurch selbst Jeebee frösteln. »Ich bin niemandem gegenüber weichherzig, Jim Carlsen! Denk daran! Bei Callahan hatte keiner von euch den Mumm, seine Frau und das Baby zu töten. Nein, aber seinen Wolf würdet ihr erschießen! Wollt ihr herausfinden, wie weichherzig ich bin?«

Es folgte ein Augenblick absoluter Stille und völligen Schweigens vor dem Gebäude. Und er dehnte sich. Dann zog der schwarzbärtige Mann seinen Blick von der Frau ab, räusperte sich und spuckte neben sich auf den Boden.

»Verdammt! Mach's auf deine Weise«, hörte ihn Jeebee kaum hörbar sagen. Der Mann hielt immer noch seinen Blick von der Frau weggerichtet.

»Also gut!« sagte sie. »Ich möchte nichts mehr davon hören, den Wolf zu töten. Er ist ein wertvolles Tier. Wie das Ding da eine wertvolle Maschine ist!« Sie zeigte auf das Elektrobike. »Man muß ein Risiko eingehen, wenn man Profit machen will.«

»Trotzdem geh du rein und schick den Bastard raus zu uns!« sagte ein Mann eigensinnig. »Schick ihn raus, ohne daß er Verdacht schöpft, und gib uns eine Chance, daß wir ihn erschießen und dabei in Sicherheit sind.«

»Wenn er herauskommt«, sagte die Frau, »dann möchte er seinen Handel abgeschlossen haben und mit einer geladenen .30/06 herauskommen, statt bloß mit dieser .22. Wollt ihr das durchstehen, wenn ich ihn gehen lasse? Ich habe meinen Teil getan und mich mit ihm befaßt. Jetzt seid ihr alle dran ...«

Der Streit ging weiter. In Jeebee Innerem wuchsen Einsamkeit und Leere. Er schloß die Augen und wünschte sich, daß die gesamte gegenwärtige verrückte Welt verschwände ...

Ein instinktives Gefühl, bedrängt zu werden, ließ ihn die Augen wieder öffnen, und er sah, daß die Schnauze des Hundes ihn fast berührte und daß die goldenen Augen die seinen fixierten. Zwischen beiden Gesichtern waren keine vierzig Zentimeter mehr.

Einen Augenblick blieb das Tier still stehen. Dann reckte es seinen Hals und schnupperte erneut an Jeebee. Seine schwarze Nase bewegte sich über Jeebees Körper oberhalb der Taille hin und erforschte schnüffelnd die Lederjacke. Beiläufig schloß Jeebee beide Hände um die .22, die er noch im Schoß hielt, und drehte mit der linken die Mündung des Gewehrs auf den Kopf des Wolfshundes zu, während die rechte nach dem Abzug tastete. Auf diese kurze Entfernung müßte eigentlich sogar eine kleine Kugel wie die seines Gewehrs direkt durch das Gehirn des Tieres gehen ...

Sein Finger fand den Abzug und verharrte zitternd. Der Wolfshund achtete nicht auf Jeebees Vorbereitungen. Er schob seine Nase in die aufgeknöpfte Öffnung an der Oberseite der Jacke und schnupperte. Dann zog er abrupt seinen Kopf zurück und blickte Jeebee direkt in die Augen.

In diesem Augenblick wußte Jeebee, daß er es nicht tun konnte. Nicht auf diese Weise. Er konnte diese Kreatur nicht einmal töten, um sich selbst zu retten. Sie hatte ihm nichts getan. Sie verhielt sich jetzt sogar fast freundlich. Jeebees Schießhemmung war wieder da ... und was spielte das für eine Rolle? Selbst wenn er den Hund tötete, würden am Ende die Männer draußen ihn, Jeebee, töten. Was für eine Art von idiotischem Wachhund war das, der zulassen würde, daß man ihm ein Gewehr direkt an den Schädel hielt und abdrückte?

Die forschende Nase hatte inzwischen ihre Aufmerksamkeit in eine andere Richtung gelenkt und arbeitete sich an Jeebees rechtem Ärmel herab. Sie erreichte das

Ende des Ärmels, der lange Rachen öffnete sich und entblößte Zähne, die doppelt so groß waren, wie es Jeebee bisher an Hunden gesehen hatte, und diese Zähne schlossen sich sanft um die Ärmelstulpe und zupften daran. Dann schob der Hund den Ärmel tiefer in sein Maul, so daß die breiten Reißzähne sich um das Leder schlossen. Er kaute einen Moment lang daran, dann ließ er den Ärmel los, legte den Kopf zurück und blickte mit seinen goldenen Augen zu Jeebee auf.

Plötzlich erkannte Jeebee die Bedeutung der Situation. Es lag natürlich an der Jacke, sagte ihm eine innere Stimme. Die Jacke und der Hund mußten gleicherweise aus dem zerstörten Haus gekommen sein, wo er die Kette gefunden und in jener Nacht Unterschlupf gesucht hatte. Die Jacke mußte noch nach dem Rinderzüchter riechen, den die Frau erwähnt hatte und der zweifellos von dieser Frau und ihren Freunden umgebracht worden war. Der Mann, dem dieser Wolfshund ursprünglich gehört hatte. Jetzt hatte Jeebee die Lederjacke schon einige Tage getragen, und dadurch hatte sich der Geruch des ursprünglichen Besitzers mit seinem vermischt, bis sie nur noch ein Geruch waren. Und vor allem rochen die Jacke und Jeebee beide nicht nach Schafen und Schafzucht, wonach für die empfindsame Nase des Hundes dieser ganze Ort, seine Menschen und seine Gebäude riechen mußten.

Wie auch sonst der Wolfshund auf Jeebee reagieren mochte, er schien – zumindest versuchsweise – bereit zu sein, ihn zu akzeptieren, und würde ihn nicht sinnlos angreifen. Zum erstenmal wurde Jeebee bewußt, was er in diesem Raum bemerkt hatte, ohne ihm sonderlich Beachtung zu schenken. Am Ende der Theke, wo die beiden Ketten befestigt waren, besonders an der Stelle, wo die kurze Kette hing, war alles, was in Reichweite der Kette lag, von Hundezähnen angebissen oder zerrissen. Das schwere Holz der Theke war mit Löchern überzogen, eine Strebe zwischen zwei Beinen eines Stuhls, der in der Nähe stand, war fast in zwei Stücke zernagt. Jeebee ging auf, daß dieses Tier vielleicht ebenso allein und ohne Freunde war wie er selbst.

Aus einem plötzlichen Impuls heraus langte er hinab und öffnete die Schließe, mit der die Kette am Hals des Hundes befestigt war.

Der Wolfshund schüttelte sich, als wäre er eben aus dem Wasser gekommen, und schaute Jeebee wieder neugierig an.

Jetzt spürte Jeebee allerdings, daß die Zeit drängte. Er mußte wieder an die Gefahr denken, die immer noch in der Nähe auf ihn lauerte. Während er noch die .22 in der einen Hand hielt, schnappte er sich mit der anderen die .30/06 von der Theke und lief mit beiden Gewehren zu dem Zimmer am Korridor, das die Frau betreten hatte. Der Wolfshund begleitete ihn.

Die Tür des Zimmers ließ sich nicht öffnen. Doch es war nur ein Schlag mit dem Kolben seiner .22 nötig, um das billige Schloß an der Türklinke aufzubrechen; die Tür schwang auf und gab den Blick frei auf einen Ständer mit Gewehren und Schrotflinten. Er fand Schachteln mit Munition für die .22 und tauschte die .30/06, die die Frau ihm gegeben hatte, gegen eine, die die gleiche Munition verwendete, aber so umgebaut worden war, daß sie an der Unterseite ein viereckiges Magazin von etwa der Größe einer Schachtel Küchenstreichhölzer hatte, das statt des gewöhnlichen Ladestreifens sechzehn Patronen aufnehmen konnte.

Dann stopfte er sich die Taschen mit Munition für beide Gewehre voll.

Er würde das Bike und den Tornister, der sich auf dem Gepäckständer befand, mit dessen gesamtem Inhalt zurücklassen müssen, aber vielleicht konnte er immer noch lebendig aus dieser Falle davonkommen. Hastig lud er das Schachtelmagazin des Gewehrs voll. Er trat zu dem einzigen Fenster, das es in dem Raum gab, und fand, wie er gehofft hatte, daß es auf die Rückseite des Gebäudes ging. Durch die schmutzige Scheibe sah er einen leichten grasbewachsenen Hang, der zu Bäumen hinaufführte, die einen niedrigen Hügel krönten und den Rand eines Waldes bildeten, der sich nordwärts erstreckte und Teil desselben Waldes war, durch den die Eisenbahnschienen ihre Kurve gezogen hatten, bevor sie diese Station erreichten.

Jeebee nahm in jede Hand ein Gewehr, zerschmetterte mit ihren Kolben das Fensterglas und schlug die Scherben ab, die noch im Fensterrahmen steckten. Er warf die Gewehre nach draußen, packte den inneren Rand des Fenstersimses und sprang hinaus und hinab ins Gras, etwa mehr als einen Meter tief.

Er packte die Gewehre und begann auf die Bäume zuzulaufen. Neben ihm tauchte der Wolfshund auf – er war ihm offensichtlich gefolgt. Obwohl Jeebee so schnell lief, wie er konnte, rannte der Hund ohne sonderliche Eile neben ihm her und schaute immer noch eher interessiert als besorgt drein. Lauf, du Idiot! dachte Jeebee, doch ihm fehlte der Atem, um es laut auszusprechen.

Als er hinter sich jemanden rufen hörte, schaute er schnell über die Schulter zurück und sah, daß der Mann mit dem gürtellangen schwarzen Bart mit einem Gewehr in den Händen hinter ihm um die Hausecke gekommen war. Der Ruf war nicht zu verstehen, Jeebee ignorierte ihn und lief so schnell weiter, wie er konnte.

Die erste Baumreihe ragte nahe vor ihm auf, vielleicht nur noch ein Dutzend Schritte entfernt, doch jetzt war hinten auch der Lärm von Hundegebell zu hören, und Jeebee wußte, daß Hunde ihn leicht einholen konnten. Eine plötzliche panische Angst ließ ihn haltmachen und sich umdrehen. Wenigstens würde er, wenn er unterging, so wirken, als sei er bereit zu kämpfen.

Zu dem Mann, den er einen Augenblick zuvor gesehen hatte, hatte sich ein zweiter gesellt, der in einer Hand, die an seiner Seite herunterhing, eine Pistole hielt. Doch zwischen den beiden und Jeebee befand sich eine ziemlich große Meute der hiesigen Hunde, die er zuvor gesehen hatte.

Sie schwärmten hinter ihm den Hang hinauf, angeführt von dem großen, kurzhaarigen collieartigen Hund. Die beiden Männer blieben mit ihren Feuerwaffen einfach stehen, anscheinend reichte es ihnen, wenn die Hunde Jeebee einfingen und zu Boden rissen. Es war ersichtlich, daß sie ihn lieber als Gefangenen haben wollten, damit er ihnen die Funktionsweise des Elektrobikes erklären konnte, anstatt daß sie ihn als stumme Leiche zurückgebracht hätten.

Jetzt, dachte er, war der Augenblick, wo er schießen sollte. Wo die beiden Männer dort hinten noch nicht schußbereit waren. Doch er brachte es nicht fertig. Aber auf die Hunde konnte er schießen.

Doch jetzt, als er angehalten hatte, sah er, daß der collieartige Hund der restlichen Meute ein gutes Stück voraus war. Der Wolfshund hatte neben Jeebee haltgemacht und sich ebenfalls umgedreht. Plötzlich setzte er sich in Bewegung. Wie ein grauer Blitz stürmte er auf die herannahenden Hunde zu. Der unbeholfen wirkende, schlurfende Gang, den Jeebee durch das Fenster bemerkt hatte, war verschwunden. Kopf und Ohren aufgerichtet, lief der Wolfshund in großen, fließenden Sprüngen, die Jeebee an Delphine erinnerten, die er einmal gesehen hatte, wie sie gegen die Bugwellen eines Kreuzfahrtschiffes ankämpften – ›Draufgänger vor dem Wind‹ hatte Herman Melville sie in Moby Dick genannt, und diese Worte, die auf seltsame Weise zu diesem Augenblick paßten, kamen Jeebee unerwarteterweise in den Sinn.

Die Hunde, die direkt hinter dem Collie kamen, wirbelten herum und flohen mit eingezogenen Schwänzen. Der Collie jedoch, den Jeebee jetzt als den Hund erkannte, der Wolf den Zutritt zum Laden hatte verwehren wollen, stutzte, sprang auf die Kehle des Wolfshundes zu.

Der Wolfshund tat nichts, um dem Angriff auszuweichen. Er schloß einfach seinen Rachen um den Nacken des Angreifers. Es gab keinen Laut, doch plötzlich wurden die Beine des Collies steif, und sein Körper zuckte, als die Eckzähne des Wolfshundes das Rückenmark durchtrennten.

Der Collie fiel zu Boden.

Der Wolfshund stand einen Augenblick über ihm. Der Mann mit dem Gewehr hatte endlich seine Waffe gehoben und auf Jeebee gezielt. Jetzt visierte er statt dessen Jeebees Begleiter an, der sich von seinem toten Gegner abwandte.

Jeebee ließ die .22 fallen und riß die .30/06 an die Schulter. Die imaginäre Linie, die von der Kimme übers Korn ging, traf den Bart des Mannes oberhalb des Brustkorbs. Diesmal feuerte Jeebee ohne zu zögern.

Dann hob er die .22 auf und wandte sich ab, wobei er hinter sich die Pistole bellen hörte, und tauchte in den schattigen Schutz des Waldes. Beim Knall von Jeebees Schuß war der Wolfshund losgerannt. Jetzt war er weit vor ihm und nicht mehr zu sehen.

KAPITEL 3

Jeebee stapfte durch die Wälder. Seit seiner Flucht aus der Bahnstation hatte er schon gut zwei Stunden Weges zurückgelegt. Doch jetzt stand die sinkende Sonne schon knapp über dem Horizont, und er suchte einen Platz, wo er die Nacht über kampieren konnte.

Als er schon zwischen den Bäumen gewesen war, der Sicht der anderen entzogen, hatte er noch zwei weitere Schüsse aus dem Revolver gehört, aber offensichtlich hatte keine der Kugeln in seiner Nähe eingeschlagen. Niemand schien sich die Mühe gemacht zu haben, ihm zu folgen. Und dafür hätte es auch keinen wichtigen Grund gegeben, dachte er bei sich. Sie hatten sein Bike, und ihn in den Wäldern zu verfolgen hätte für sie das fast sichere Risiko bedeutet, daß er mehr als nur einen von ihnen töten oder schwer verwunden würde, bevor sie ihn töteten oder fingen.

Und er hatte auch kein weiteres Zeichen mehr gesehen von... – plötzlich stellte er fest, daß er das Geschöpf, das er befreit hatte, nicht länger als Wolfshund betrachten konnte. Kein Hund hatte sich jemals so vorwärtsbewegt, wie Jeebee es bei seinem Begleiter beobachtet hatte, als dieser sich umwandte und den Collie angriff. Hunde sprangen nicht wie Hirsche. Dieses Geschöpf konnte nur ein echter Wolf sein, und nichts anderes.

Jeebee kam zu einer kleinen Öffnung inmitten der Bäume, einer Art Lichtung im Westentaschenformat. Dahinter wurde der Wald dünner, und jenseits davon konnte er schon wieder offenes Land sehen. Es hatte auf jeden Fall wenig Sinn, heute noch weiterzugehen.

Er beglückwünschte sich dazu, daß er immer noch eine Notfallflasche mit Wasser in seinem Rucksack hatte.

Am Rand der Lichtung fand er zwei Bäume, die nahe genug zusammenstanden, daß er an ihnen seine wärmereflektierende Plastikplane befestigen konnte. An einer Stelle, die knapp zwei Meter von der Plane entfernt war, trug er Brennholz zusammen und entzündete es. Als die kleinen Zweige, mit denen er begonnen hatte, in Flammen aufgingen, legte er nach und nach immer größere tote Äste darauf, die er im Wald gesammelt hatte. Schließlich hatte er ein kleines, aber warmes Feuer brennen, und außerdem einen Stapel mit noch mehr Brennholz, der ihn durch die Nacht bringen würde.

Seine anfängliche Beschwingtheit, entstanden aus der Flucht vor den Leuten von der Bahnstation und verstärkt durch die Tatsache, daß er jetzt ein schwereres Gewehr und mehr Munition hatte, begann ihn langsam zu verlassen.

Er nahm den Rucksack ab und ließ sich nieder, um eine Inventur seiner derzeitigen Habseligkeiten zu machen.

Abgesehen vom Inhalt des Rucksacks enthielten seine Taschen nur die Schachteln mit Munition für die .22 und die .30/60 und ein paar Packungen mit bestrahlten Lebensmitteln, dazu etwas Unterwäsche und Socken. Am wertvollsten war die Munition, die er mitgenommen hatte, und die .30/60.

Trotzdem, so hielt er sich vor Augen, war der Vorrat an Munition nicht unerschöpflich. Je weiter er nach Westen kam, desto schwieriger würde es werden, überhaupt Munition zu finden.

Er aß ein bißchen von seiner bestrahlten Notfallnahrung und spülte sie mit Wasser aus der Plastikflasche hinunter. Als er fertig war, war die Flasche nur wenig mehr als halb voll; das bedeutete, daß er morgen als erstes nach einer Quelle mit trinkbarem Wasser suchen mußte. Außerdem mußte er in den nächsten zerstörten Gebäuden, auf die er stoßen würde, nach Decken suchen, um die zu ersetzen, die er auf dem Bike mit sich geführt hatte und die jetzt für immer verloren waren. Heute nacht würde er sich in die Solarzellendecke einwickeln. Sie hatte nicht die Eigenschaften der wärmereflektierenden Plane, aber sie würde ihm wenigstens helfen, seine eigene Körperwärme zu bewahren.

Inzwischen fand er sich am Feuer sitzen, in die Flammen starren und noch nicht bereit zum Schlafen, aber seine Stimmung war so tief gefallen, wie es überhaupt nur möglich schien, und es hatte ihn eine geistige Erschöpfung befallen, die die Erschöpfung des Körpers widerspiegelte.

Jetzt war es völlig dunkel. Das Licht der Flammen seines Lagerfeuers schuf eine Mauer aus Dunkelheit um ihn, so daß er die Bäume, die die Lichtung umgaben, kaum noch sehen konnte. Jeebee vergaß seine Umgebung und starrte nur in die Flammen, die über den brennenden Zweigen tanzten, vor dem Hintergrund der völligen Schwärze der Nacht.

Das Knacken des brennenden Holzes riß ihn aus dem unruhigen Dösen, in das er gesunken war, und im Schein der roten, hüpfenden Flammen nahm er wahr, daß Wolf zurückgekehrt war und sich ihm lautlos und neugierig genähert hatte, bis er fast über ihm stand. Seine Ohren waren angelegt und er reckte den langen Hals vorsichtig in Richtung auf Jeebees Stiefel.

Wolf – sagte Jeebee stumm, den Namen, den er dem anderen in Gedanken gegeben hatte, doch er wagte nicht den Zauber des Augenblicks zu brechen, indem er den Namen laut aussprach und möglicherweise das Tier verscheuchte.

Jeebee bewegte sich nicht. Wolfs forschende Schnüffelei wich schließlich einem fast explosiven Ausstoßen der Luft, das an den Haaren auf Jeebees Schienbein kitzelte. Jeebee unterdrückte den Impuls, sein Bein zurückzuziehen. *Aha!* kam ihm ein verrückter Gedanke. *Wölfe schnaufen und pusten!*

Nach und nach wanderte Wolfs forschende Schnauze Jeebees Körper hinauf, bis ihre Nasen nur noch wenige Zentimeter von einander entfernt waren. Die Augen, die aus der Entfernung wie vergoldetes Porzellan aussahen, erschienen aus der Nähe wie kaleidoskopische Mosaike aus Braun, Gelb und Grün. Jeebee fand es schwierig zu atmen. Der rauhe Pelz von Wolfs Brust strich über seinen Handrücken, und er begann unbewußt das dicke Fell am Hals zu kraulen.

Überrascht bemerkte er, daß die Zähne des Collies weder Kratzer noch Bißwunden hinterlassen hatten. Zögernd, fast scheu, schnellte Wolfs Zunge zu Jeebees Nasenspitze vor. In diesem Augenblick der Berührung barst die übergroße Spannung, die Jeebee zurückgehalten hatte.

Impulsiv, überwältigt und dankbar für diese winzige Andeutung von Vertrauen warf er seine Arme um Wolfs Hals und umarmte ihn.

Wolf knurrte überrascht, schloß mit einem Klicken der Zähne das Maul und wich mit einem Ruck zurück. Einen Moment lang zögerte er, ein Vorderbein angehoben. Ein Ausdruck der Unsicherheit und der Verwirrung beherrschte kurz sein Gesicht und seine Gestalt. Dann war er plötzlich fort, verschwunden aus dem kleinen Kreis des Feuerscheins.

Einen Augenblick lang konnte Jeebee nicht glauben, daß er Wolf schon wieder verloren hatte. Langsam dämmerte ihm die Tatsache, daß der andere fortgegangen war, während er dasaß und wartete, horchte und unwillkürlich hoffte, daß Wolf zurückkehren würde. Doch Wolf kam nicht. Nach einer Weile wickelte sich Jeebee in die Solarzellendecke und schlief ein.

Als er am frühen Morgen steif und fröstelnd neben dem erloschenen Feuer erwachte, war Wolf wieder da.

Er lag auf der anderen Seite des Haufens aus verbranntem Holz und Asche. Als Jeebee sich jedoch aufsetzte, war Wolf auf der Stelle auf den Beinen und verschwand zwischen den Büschen und Bäumen, die den Lagerplatz umgaben.

Trotzdem fühlte Jeebee, wie ein großes Glücksgefühl in ihm aufwallte. Der andere war zurückgekommen. Er war durch Jeebees Versuch, ihn zu halten, nicht für immer verscheucht worden.

Es ist nicht seine Schuld, dachte Jeebee, während er dastand und auf die graue, tote Asche urinierte. Wenn jemand, den er, Jeebee, kaum kannte, versuchte, ihn zu packen, dann würde er sich diesem Versuch auch entziehen. Er fragte sich, ob es eine Chance gab, daß Wolf bei ihm bliebe. Er durfte nicht vergessen, es Wolf zu überlassen, die ersten Schritte nach eigenem Empfinden zu unternehmen. Wenn Wolf nicht verschreckt würde, könnte er vielleicht Jeebee auf seiner Reise begleiten – ein Stück Weges wenigstens. Bis jetzt war Jeebee noch gar nicht bewußt geworden, wie hungrig er nach irgendeiner Art von Begleiter geworden war.

Die Sonne war gerade aufgegangen. Jeebee trank so wenig wie möglich aus seiner Wasserflasche, nahm einen Streifen bestrahltes Rindfleisch aus seinem Rucksack, um daran zu kauen, und setzte sich in Bewegung. Jetzt, wo er wach und erfrischt war, arbeitete sein Denken wieder. Er hatte vielleicht noch ein halbes Pfund Rindfleisch in seinen Taschen. Das reichte ihm für zwei Mahlzeiten – für Wolf wären es vielleicht nur anderthalb Bissen gewesen. Sie würden beide Nahrung brauchen, doch falls Wolf ihn überhaupt eine gewisse Strecke seiner Reise begleitete, dann konnte man sich sicher darauf verlassen, daß er selbst für seine Nahrung sorgte.

Jeebee konnte sich auf seine eigenen Bedürfnisse konzentrieren. Davon war Wasser am vordringlichsten. Doch während er nach Wasser suchte, konnte er auch nach Anzeichen von Wild Ausschau halten. Nach allem, was ihren Weg kreuzte – Eichhörnchen, Stachelschweine, Waldmurmeltiere. Auf Anzeichen von Rotwild oder Wild allgemein zu hoffen, wäre zu viel gewesen. Doch falls es auftauchte, dann hatte er jetzt die .30/06.

Selbst wenn er auf ein so großes Tier wie einen Hirsch stieß und es erlegen konnte, dann würde das nur eine vorübergehende Lösung sein. Bis jetzt hatte er Glück gehabt und Lebensmittel gefunden, wenn er geplünderte Häuser und ihre Vorratsräume aufsuchte. Doch das war ein Glück, das wahrscheinlich in diesem weniger besiedelten Landstrich nicht andauern würde.

Er träumte davon, daß Wolf sich dafür entschied, mit ihm in Kontakt zu bleiben. Falls Wolf dies tat, und vorausgesetzt, sie würden zu einem Team, gäbe es dann eine Methode, fragte sich Jeebee, wie Wolf ihm helfen könnte, Wild zu finden? Ihm fiel ein, daß er gelesen hatte, Löwinnen würden bei den Jagd zusammenarbeiteten, indem die eine das Wild dorthin trieb, wo die andere auf der Lauer lag. Arbeiteten Wölfe auch auf diese Art zusammen? Oder, falls nicht, gab es noch eine Art und Weise, wie er Wolf dazu bringen konnte, daß er ihm jagdbare Tiere vor die Büchse trieb?

Er seufzte. Die ganze Idee war nichts anderes als ein Wunschgedanke. Wolf war sichtlich kein Hund, der gelenkt oder dressiert werden konnte. Auf jeden Fall handelte es sich bei all dem nur um Vermutungen, bis Wolf ihm mehr vertrauen würde. Doch die Automatik seines Denkens speicherte die Möglichkeit zu späterem Gebrauch in den Tagen, die folgen würden, während er weiter nach Westen zog und Wolf weiterhin mit ihm in Verbindung blieb.

Jeebee erkannte, daß es jetzt nur eine realistische Antwort für ihn gab. Aus Angst, in einen Hinterhalt zu geraten, hatte er bisher die häufiger benutzten Ostwestverbindungen vermieden. Diese Routen benutzten manchmal einen der alten *Highways*, der Hauptverkehrsstraßen, doch häufiger verliefen sie parallel dazu. Die meisten Straßendecken waren noch gut, doch mangels Benutzung ergriffen bereits Pflanzen von ihnen Besitz. Trotzdem bedeuteten sie für gewöhnlich immer noch die besten Routen durch das Land. Unglücklicherweise führten sie für gewöhnlich auch auf dem kürzesten Weg in die nächste Ortschaft.

Jeebee konnte es nicht riskieren, wieder einen bewohnten oder einstmals bewohnten Ort zu betreten. Seine letzte Erfahrung war ein noch mildes Beispiel dessen, was ihm begegnen konnte. Doch an einer Straße und mit den Waffen zur Hand, die er jetzt hatte, konnte er vielleicht andere Reisende finden, mit denen ungefährlicher zu tauschen oder Handel zu treiben war.

Oder um sie zu berauben. Er schob diesen Gedanken von sich. So verzweifelt war er noch nicht. Zumindest jetzt noch nicht.

Glücklicherweise hatte er es nicht gewagt, es der Frau von der Bahnstation zu zeigen, doch in einer Geldkatze, die er unter seinem Hemd um die Taille gegürtet trug, befanden sich dreiundzwanzig Goldmünzen, die er vor langer Zeit gekauft hatte, als Ergebnis einer beiläufigen Antwort auf eine Anzeige in einer Zeitschrift, die einen ›Die-Münze-des-Monats‹-Plan anbot. Er hatte regelmäßig für die Münzen gezahlt, bis er eines Tages erkannte hatte, daß er kein großes Interesse an einem solchen Plan hatte und dann wieder ausgeschieden war.

Doch jetzt waren sie da, unter seinem Hemd. Wenn er jemanden finden konnte, von dem zu kaufen sicher war, dann würde er lieber kaufen als rauben – weil er dabei vielleicht auch töten müßte.

Doch er sagte sich jetzt, daß er auch dies tun würde, wenn nötig, um am Leben zu bleiben und sicher zur Ranch zu gelangen.

Sein Wissen von der QSD mußte überleben, und deshalb mußte auch er überleben. Sonst hätte das Leben jetzt keinen Sinn mehr für ihn.

Während er dahinging, in jeder Hand ein Gewehr, begann er Pläne zu machen. Ihm fehlten seine Landkarten sehr, von denen die meisten beim Elektrobike zurückgeblieben waren. Aber aus dem Gedächtnis wußte er, daß die nächste Bundesstraße, die von Osten nach Westen verlief, im Süden der Gegend sein mußte, in der er sich jetzt befand.

Es war seltsam, wie die Studiengruppe in Stoketon für ihn schon fast zu etwas Traumhaftem geworden war – wie eine Kindheitserinnerung an ein Zuhause, in dem man einmal vor langem für kurze Zeit gelebt hatte, Jer Shandeau, Peter Wilbiggin, Kim Allen – diese und alle anderen, mit denen er dort zusammengearbeitet hatte – hatten schon die Art von abendlicher Aura angenommen, die immer Menschen in Sagen und Märchen zu umgeben schien. Jetzt war es schwer zu glauben, daß sie und das Leben, das er mit ihnen geteilt hatte, überhaupt wirklich gewesen waren.

Er rief seine herumschweifenden Gedanken scharf zurück. Er hatte darüber nachdenken wollen, daß es notwendig war, die Route zu ändern. Dieser Tag würde wärmer werden als der vorige. Das mildere Frühlingswetter zog unaufhaltsam nach Norden. Bis jetzt war der heutige Tag voller Sonnenschein, mit einer gelegentlichen Wolke, und die Wärme hob seine Stimmung.

Er hatte sich daran gewöhnt, die Sonne als Zeitmesser zu benutzen. Obwohl er immer noch seine Uhr mit einer experimentellen Hundert-Jahre-Batterie trug, hatte er die Gewohnheit abgelegt, darauf zu schauen. Die Sonne sagte ihm, daß der Vormittag vielleicht zu einem Viertel verstrichen war. Süden war also weniger als eine halbe Wendung nach links. Um diese Tatsache zu überprüfen, zog er die Kordel hoch, an der sein

Kompaß ihm um den Hals hing und legte das Gerät auf seine Handfläche. Der Kompaß bestätigte, was Jeebee aus der Sonnenstellung abgelesen hatte, doch in dem, was von seiner Nadel abgelesen werden konnte, war er ein klein wenig präziser.

Seit sie ihren Lagerplatz von letzter Nacht verlassen hatten, hatte Jeebee sich instinktiv durch die Wälder bewegt. Die Wendung nach Süden würde sie ins offene Grasland hinausführen.

Mehr als je zuvor bedauerte er, daß er seine Landkarte von South Dakota verloren hatte.

Welcher Art würde die Ostweststraße sein, auf die er zuerst stieß, wenn er nach Süden ging? Er wünschte sich einen früheren Highway, der nach Westen verlief, und nicht bloß einen jener zweispurigen Asphaltstreifen, der zwei kleine Städte miteinander verband.

Die Routen der früheren Highways würden mehr Reisende anziehen und ihn mit einer größeren Auswahl von Menschen konfrontieren. Jeebee schätzte sich etwas südlich der einstigen Stadt Pierre in South Dakota zu befinden.

Pierre war ein zu großer Ort, als daß Jeebee sich ihm gefahrlos nähern könnte. Wenn überhaupt von der Stadt noch etwas übrig war, dann waren diese Überreste gewiß in Territorien aufgeteilt, die von gut bewaffneten und wachsamen Banden beherrscht wurden, die miteinander in Fehde lagen und alle nach leichter Beute Ausschau hielten, wie sie Jeebee als Einzelgänger darstellte.

Die Richtungsänderung führte ihn unglücklicherweise aus dem gelegentlichen Schutz der Bäume heraus, unter dem zu reisen er vorzog, wenn er verfügbar war. Auch Wolf schien es so zu halten. Eins war gewiß: Wolf konnte kommen und gehen wie ein Schatten.

Aber er folgte offensichtlich einem Kurs, der annähernd parallel zu Jeebees Route verlief, und manchmal blieb er jetzt, wo fast zwei Wochen seit ihrer ersten Begegnung vergangen waren, über Nacht bei Jeebee.

Jeebee durchquerte nun einen Landstrich, der einmal zum größten Teil Farm- oder Weideland gewesen war. Dann und wann überquerte er Landstraßen, und immer wieder sah er in der Ferne Farmgebäude.

Das beschleunigte seinen Schritt.

Doch wie zur Entschädigung dafür hörte das regnerische Wetter auf, das häufige Schauer mit sich gebracht hatte, und es folgte eine Reihe von warmen und sonnigen Tagen. Das tote Gras auf den unbestellten Feldern trocknete aus, dazwischen erschienen ein paar Halme von frischem Grün.

Er umging diese Felder, indem er, so weit er konnte, in Deckung blieb. Dabei lernte Jeebee seine ersten Lektion von Wolf. Es war an einem späten Nachmittag, und diesmal hatte Wolf sich früh zu ihm gesellt. Sie waren an einem schmalen Streifen von Gestrüpp und Bäumen angelangt, der sich zu seiner Rechten erstreckte, und ohne nachzudenken war Jeebee in ihn eingebogen, in der Absicht, das Farmhaus zu umgehen, das er hinter dem Laubwerk sehen konnte.

Wolf zögerte. Nach ein paar Schritten hatte Jeebee erkannt, daß er nicht mehr bei ihm war; er schaute zurück und sah Wolf stehen, den Blick auf ihn gerichtet. Jeebee stand still, und nach einem Moment der Unsicherheit trottete Wolf weiter und kam zu ihm.

Doch allmählich konnte Jeebee schon Wolfs Körpersignale lesen. In diesem Augenblick zeigten sie ausgesprochenen Argwohn gegenüber diesem Weg.

Jeebee selbst war stehengeblieben und studierte jetzt die vierbeinige Gestalt neben sich, um herauszufinden, was ihm denn diesen Eindruck von Argwohn vermittelte. Einen Moment später erkannte er, daß Wolf sich aufrichtete, den Hals reckte und die Ohren vorwärts spitzte, um alles, was Gefahr anzeigen mochte, zu hören, zu sehen und zu riechen, doch sein Hinterteil war leicht geduckt und sein Schwanz war gesenkt, und damit wurde angezeigt, was Jeebee als Unsicherheit zu deuten gelernt hatte. Im ganzen war Wolfs Körper gespannt, und Jeebee glaubte, in Wolfs ausdrucksvollem Gesicht lesen zu können – und Wolfs Gesicht war jetzt genau wie sein Körper sehr ausdrucksvoll –, es war ein Ausdruck, den Jeebee als Widerstreben oder Zögern deutete.

Jeebee runzelte die Stirn und blickte durch den fast undurchdringlichen Schirm der Bäume nach vorn. In diesem Augenblick begann in der Ferne, rechts von ihnen, ein Hund zu bellen.

Jeebee schaute sich nach Wolf um, doch Wolf war schon verschwunden. Im Laufe der Monate seit der Flucht aus Stoketon hatte Jeebee seine eigene Wachsamkeit entwickelt. Der Wind wehte ungefähr aus der Richtung des Gebells; trotzdem hatte Wolf es für angebracht gehalten, ihm aus dem Weg zu gehen, und es würde Jeebee nicht schaden, dies ebenfalls zu tun. Er wandte sich um und schlug sich durch die Büsche. Wenn das Gebell da vor ihnen auch sonst nichts bedeuten mochte, so hatte es doch die mögliche Anwesenheit lebendiger Menschen signalisiert. Und es war wahrscheinlich, daß diese Menschen ihn so behandelten wie die Leute von der Bahnstation, wo er sein Elektrobike verloren hatte – und er wußte nicht, wie sie auf Wolf reagieren würden.

Wolf erschien erst wieder, als Jeebee sein Nachtlager aufgeschlagen hatte und ein letztes Scheit ins Feuer legte, das er in einer schützenden Baumgruppe angelegt hatte. Im Laufe der Tage, die sie bis jetzt zusammengewesen waren, hatten sich Wolfs Abend- und Morgengrüße aus jenem vorsichtigen Beschnuppern weiterentwickelt, das sein Verhalten sowohl im Laden wie auch am Lagerfeuer des ersten Abends nach ihrer Flucht aus der Bahnstation gekennzeichnet hatte. Jetzt erschien Wolf so stumm und plötzlich, wie er es immer tat. Er ging langsam zu dem Platz, wo Jeebee saß, beschnupperte ihn, untersuchte ihn einen Moment lang, und dann kam er ein wenig näher – nahe genug, daß er sich in der Reichweite von Jeebees Hand befand.

Jeebee streckte die Hand langsam aus und kraulte den Pelz unter Wolfs Hals – dieser Pelz schien geradezu danach zu verlangen, gekrault zu werden. Vom Hals bewegte sich Jeebee allmählich, wie er es im Laufe der Tage nach und nach zu tun gewagt hatte, hinab zu Wolfs Brust und Rippenbögen, wobei er acht gab, seinen freiwilligen Partner nicht allzu plump-vertraulich zu behandeln. Während seine Finger sich bewegten, kraulte und klaubte er Büschel loser Haare heraus, ein Zeichen, daß Wolf seinen Winterpelz verlor.

Wolf kam näher, um sich berühren zu lassen, und nahm eine Haltung entspannter Erwartung ein. Sein Schwanz wedelte kurz, nur ein bißchen hin und her – aber er wedelte. Jeebee kraulte und striegelte ihn jetzt auf beiden Seiten, doch als er ihm ein paar verführerische Haarbüschel von den unteren Rippen zupfte, drehte Wolf den Kopf zu der aufdringlichen Hand, zog sich zurück, starrte sie einen langen Augenblick an, dann zog er sich zurück und legte sich neben Jeebees Platz nieder.

Das war eine deutliche Aussage, daß Wolf genug davon hatte, berührt zu werden. Jeebee respektierte es und saß einfach da, wo er war, stocherte dann und wann im Feuer herum und hing seinen Gedanken nach, während die einfache Tatsache, daß Wolf bei ihm war, ihm Freude bereitete. Jetzt, wo er hier mit Wolf neben sich vor dem Feuer saß, ging ihm auf, wie sehr er sich verändert hatte, seit er aus Stoketon geflohen war.

Als Jeebee die Stadt verließ, während Buel Mannerlys Schrotkörner über ihn dahinpfiffen und ihn zur Eile antrieben, hatte er geglaubt, er fliehe mit nur einem Bruchteil der Hilfsmittel, die er brauchen würde, um in dieser neuen, grausameren Welt zu überleben. Jetzt entdeckte er, daß er mit noch viel weniger überlebte.

Natürlich war ihm nie der Gedanke gekommen, daß er sogar dieses Wenige, was er jetzt noch besaß, vor seinem besten und einzigen Freund schützen mußte, für den er Wolf jetzt hielt. Inzwischen hatte Jeebee entdeckt, daß seine Plane und alles andere, was er bei sich trug, der Gefahr ausgesetzt war, von Wolf zerrissen zu werden, wenn Jeebee sie ihm überließ. Aus der Erfahrung hatte er gelernt, daß die Spuren von Nagen und Kauen, die er im Laden der Frau gesehen hatte, nicht so sehr – wenn überhaupt – Zeichen von Wolfs Fluchtversuchen waren, sondern einfach Ausdruck der instinktiv eigensinnigen, destruktiven Natur seiner Spezies.

Jeebee hatte damals geglaubt – und tatsächlich glaubte er es im Nachhinein immer noch –, daß er selbst an Körperkraft, Fertigkeiten und notwendigem Kampfinstinkt weniger hatte, als nötig war, um in der neuen Welt zu überleben. Aber es war unverkennbar, daß er zäher wurde und lernte. Es war seltsam, daß in gewisser Hinsicht das Überleben in dieser rauheren Welt eher mehr Empfindsamkeit erforderte.

Das Leben hatte ihn nicht gelehrt, wie man mit seinen Mitmenschen um das Überleben kämpft. Doch es hatte aus ihm einen hervorragenden, sorgfältigen Beobachter gemacht, der alles bemerkte, was es zu sehen gab, und die Beobachtungen zusammenfügte, um zu Schlüssen zu gelangen, die auf dem besten Verständnis beruhten, das er erreichen konnte, und dies war möglicherweise eine entscheidend nützliche Fähigkeit.

Wolf seinerseits war zum Überleben gerüstet. Vom ersten Abend an, als die Aufmerksamkeit von Jeebees Intellekt sich mit der Frage beschäftigt hatte, ob Wolf ein Hund war oder nicht, hatte er automatisch alles bei sich notiert, was er den anderen hatte tun sehen, und er hatte versucht, einen Sinn darin zu erkennen. Wenn er an den Augenblick der Flucht aus der Bahnstation dachte, und wie Wolf den Collie getötet hatte, dann konnte er nicht anders, als die Tatsache zu akzeptieren, daß Wolf in der Tat ein Wolf war. Nach dem Zeugnis der Worte des schwarzbärtigen Mannes, die Jeebee durch das Fenster mitgehört hatte, war Wolf von einem Trapper gefangen und dann seit seiner Zeit als Welpe von jenem Mann aufgezogen und gezähmt worden, dem die Lederjacke gehört hatte, die Jeebee jetzt trug. Die gleiche Jacke, die mehr als alles andere Wolf veranlaßt hatte, sich Jeebee anzuschließen. Doch wenn Jeebee auch mehr über Wolf gelernt hatte, so hatte sich damit nur das Tor zu noch größeren Rätseln geöffnet. Es mußte einen bestimmten Grund geben, warum Wolf immer wieder fortging – wie es auch einen Grund geben mußte, warum er immer wieder zurückkehrte. Genauso wie es einen Grund für das Begrüßungs- und Berührungsritual geben dürfte, das Wolf jedesmal mit Jeebee vollzog, wenn er wieder auftauchte.

Sein Verstand sagte Jeebee, daß Wolfs Gesichts- und Körperausdruck weit mehr Bedeutung zukam, als er bei einem Tier erwartet hatte. Hunde konnten wahrscheinlich lernen, den Ausdruck menschlicher Gesichter zu deuten. Gewiß lernten sie die Töne menschlicher Stimmen zu deuten. Doch Wolf war in einem Ausmaß ein Beobachter, wie es Jeebee bei Hunden nie gesehen hatte.

Es würde Jeebees Aufgabe sein zu lernen, sich wie ein Wolf zu verhalten und wie ein Wolf zu denken – und am Ende zu ›sprechen‹, wie Wölfe sprachen, wenn er wirklich mit Wolf kommunizieren wollte. Er konnte damit beginnen, indem er versuchte, die Dinge zu sehen, wie sie ein Wolf sehen würde.

Wenn er jetzt zwei und zwei zusammenzählte, dann ging ihm auf, daß Wolf während seiner Abwesenheit jagen mußte. Doch die Jagd durfte ihn nicht zu weit weg von Jeebees Reiseroute führen, sonst bedeutete es zuviel Anstrengung, zurückzukommen und Jeebee zu finden – besonders, wenn die Belohnung dafür nur in Jeebees Gesellschaft bestand. Kurz gesagt, Wolf mußte irgend etwas davon haben, daß er bei Jeebee war, da er so ausgezeichnet befähigt war, auf sich allein gestellt zu überleben. Doch worin bestand dieses Etwas?

Jeebees Gedanken wurden unterbrochen, weil Wolf aufstand. Er hob den Kopf und prüfte einen Moment lang die Gerüche, die die Brise ihm zutrug. Dann senkte er den Kopf, doch er blieb stehen.

Außerhalb des Kreises, den der Feuerschein beleuchtete, wich das Zwielicht dem Dunkel der Nacht. Plötzlich stieg in der Ferne ein unheimlich schriller Schrei in die ruhige Luft empor, zitterte, fiel dann ab und endete in wiederholtem Jaulen. Diesmal erkannte Jeebee etwas, das er schon in Radio- und Fernsehsendungen gehört und gesehen hatte. Es war das Geheul eines Cojoten.

Wolf reckte sich, hob die Schnauze in die Luft und öffnete seinen Rachen. Ein Geheul kam aus der pelzigen Kehle, und es hatte weniger Klangfülle, als Jeebee erwartet hatte. Tatsächlich war es ein hohes, trillerndes, fast sopranartiges Heulen. Am Ende von Wolfs Geheul folgte kein Jaulen. Es ging Jeebee durch Mark und Bein. Es weckte etwas in ihm, und plötzlich ertappte er sich dabei, wie er den Kopf zurücklegte, die Hände um den Mund wölbte und selbst dem fernen Cojoten mit einem Geheul antwortete – mit einem langen, langgezogenen Heulen.

Wolf heulte sofort aufs neue, zusammen mit Jeebee – seine Stimme glich sich an Jeebees Ruf an und verflocht sich mit ihm.

Stille strömte herein. Jeebee blickte über das Feuer und sah, daß Wolf sich wieder niedergelegt hatte. Seine Augen waren auf Jeebee gerichtet.

»Weißt du, was mir nicht gefällt...«, begann Jeebee sanft und liebevoll, dann verbesserte er sich: »was mir nicht gefällt und weswegen ich dich beneide, du Racker? Es ist deine verdammte Nüchternheit gegenüber allen Dingen!«

Die goldenen Augen betrachteten ihn unablässig, während die Stille, die sie umgab, sich mit den leisen Geräuschen des nächtlichen Waldes füllte. Dann fielen Wolf die Augenlider herab, und er schloß die Augen. Jeebee legte sich nieder, wobei er seinen Rucksack als Kissen verwendete – und ihn so auch vor Wolfs Zähnen schützte.

Als er am nächsten Morgen bald nach Sonnenaufgang erwachte, war Wolf wieder fort. Das Feuer war aus, die Asche war kalt. Ihm war kalt, und er war mürrisch, und ihm kam der Gedanke, daß in diesem Augenblick Wolf vielleicht irgendwo etwas zum Fressen fand, während er selbst nichts hatte. Das versetzte ihn in schlechte Laune.

Er faltete seine Solarzellendecke zusammen, die er sich zum Schlafen umgewickelt hatte, und verstaute sie im Rucksack, dann schulterte er sein Gepäck und hängte sich auch das schwerere seiner beiden Gewehre über den Rücken. Es hing an einem Stück Kordel, das er von der Rolle abgeschnitten hatte, die er mit sich trug, um aus der wärmereflektierenden Plane eine Zeltbahn zu machen.

Doch die .22 hatte er immer in der einen oder anderen Hand, bereit zum Schuß auf Kleinwild oder zum Zweck der Verteidigung. Er trug sie locker an ihrem Mittelteil in der rechten Hand an der Seite. Immer häufiger trug er sie auf diese Weise, während er immer kundiger darin wurde, auf dem Boden, über den er ging, Laufspuren von Tieren zu erkennen. Bis jetzt hatte er nicht mehr erlegt als ein paar Backenhörnchen – oder waren es Streifenziesel? Er konnte sie nicht voneinander unterscheiden. Und er hatte sie schnell gegessen, roh, bevor Wolf vielleicht zufällig zurückkam und Jeebee sich verpflichtet fühlen würde, seine Beute mit ihm zu teilen.

Als Jeebee sich jedoch wieder auf den Weg machte,

wurde er vom Gehen warm, und seine schlechte Laune verflüchtigte sich. Seine Gedanken begannen sich mit einem Vorhaben zu beschäftigen.

Irgendwie mußte er das Nahrungsproblem in den Griff bekommen. Er kaute getrocknetes Gras, während er dahinging, weil er irgendwo gelesen hatte, das würde helfen. Doch dem schien nicht so zu sein. Es mußte eine Antwort auf das Bedürfnis seines Körpers nach Brennstoff geben – wenn er sie nur finden würde!

Wie gewöhnlich wechselten seine Gedanken, wenn sie mit einem Problem konfrontiert waren, sofort zu etwas anderem über. Wie so oft, hatte es mit Wolf zu tun. Wie weit ging er fort, wenn er weg war wie jetzt? Einem Impuls folgend blieb Jeebee stehen, hob den Kopf und wölbte die Hände um den Mund.

Wie am Abend zuvor heulte er.

Der Laut stieg empor, hing in der milden Morgenluft und erstarb. Dies war wieder ein strahlender Tag mit nur wenigen Wolkenfetzen, und es wirkte lächerlich, da zu heulen. Die Augenblicke vergingen, und Jeebee war schon drauf und dran, das Horchen aufzugeben und weiterzugehen, da ertönte aus der Ferne ein Geheul, das so offensichtlich als Antwort bestimmt war, daß Jeebee sich die Nackenhaare sträubten, als er es hörte. Doch es war nicht die hohe, trillernde Antwort, mit der Wolf am Vorabend auf den Cojoten reagiert hatte, sondern es klang tiefer und ähnelte mehr der traurigen Klage der Dampfpfeife einer Eisenbahnlokomotive.

War es Wolf – sein Wolf, der geantwortet hatte? Es konnte auch ein anderes wild lebendes Individuum seiner Art sein. Jeebee hob die Hände an den Mund, um erneut zu heulen, doch ein Instinkt schien ihn davor zu warnen, sein Glück erzwingen zu wollen.

Nicht jetzt. Irgendwann später konnte er es erneut versuchen, und wenn er wieder eine Antwort bekäme, würde er feststellen, ob sie genauso klang wie die Antwort, die er soeben bekommen hatte. Es war unwahrscheinlich, daß ein fremder Wolf ihm aus der Nähe antworten würde. Und wenn Wolf gleicherweise in der Nähe war, warum hatte er dann nicht auch geantwortet?

Die Frage war plötzlich vergessen, als er eine kleine Gestalt sah, die aus seinem Blickfeld nach rechts ins hohe Gras davonhuschte.

Die .22, die er solange in der rechten Hand getragen hatte, flog reflexhaft an die Schulter, und er schoß, kaum daß er die Bewegung registriert hatte. Jeebee schob eine weitere Patrone in die Kammer und ging so vorsichtig voran, als pirschte er sich an einen verwundeten Bären heran. Er stieß auf ein Stachelschwein, dem die Kugel der .22 den Kopf zerschmettert hatte.

Vorsichtig drehte er den Kadaver mit der Gewehrmündung auf den Rücken. Er hatte einmal etwas über Stachelschweine gelesen. In einigen Staaten waren sie als ›Überlebensnahrung‹ unter Schutz gestellt worden, da sie langsam genug waren, daß ein Mensch sie einholen und mit einer Keule oder einem schweren Stein töten konnte.

Während er sich an das Gelesene erinnerte, schlitzte er den Kadaver am Bauch auf, hakte einen Finger in den Schlitz und schleifte das Stachelschwein zu einer offenen Stelle, wo er ein Feuer machen konnte. Das Gewicht des toten Tieres, das an seinem Finger hing, machte ihn überglücklich.

Er baute mit dürrem Reisig und einigen abgestorbenen Zweigen von einem nahen Busch ein kleines, heißes Feuer. Dann begann er ungeschickt, aber mehr oder weniger erfolgreich, an das Fleisch des Tieres zu gelangen und es aus dem von den Stacheln geschützten Körper herauszuholen. Er war fast fertig, als Wolf erschien.

Jeebee erstarrte, das Messer in der Hand. In der Freude darüber, daß er plötzlich möglicherweise eine komplette Mahlzeit in Händen hatte, hatte er die Existenz seines Begleiters buchstäblich vergessen. Ganz gleich, ob Wolfs Rückkehr ein Ergebnis des gegenseitigen Geheuls war, oder ob er zufällig zurückgekommen war, diesmal wollte Jeebee seinen Bauch als erster vor allen anderen füllen. Wolf näherte sich ihm, doch er hielt weniger als sechzig Zentimeter von Jeebee entfernt an. Er winselte.

Jeebee wurde nervös, da er erwartete, Wolf würde einen Versuch unternehmen, an das Stachelschweinfleisch zu gelangen. Auf alles gefaßt, doch entschlossen, sein Essen zu verteidigen, löste Jeebee das meiste von dem Fleischklumpen von den Knochen und schnitt soviel ab, wie er meinte, auf einen Sitz essen zu können. Den Rest ließ er wieder auf den Kadaver fallen und schob ihn mit dem Gewehrlauf Wolf zu.

Wolf senkte seine Schnauze in den Kadaver. Jeebee versuchte die Stücke rohen Fleisches zu braten, indem er sie auf Stöcke spießte und über das Feuer hielt.

Wolf schien für die eßbaren Teile des Stachelschweins, die er bekommen hatte, nicht mehr als ein paar Sekunden zu brauchen. Als er fertig war, schob er sich an die andere Seite des Feuers heran, und Jeebee zog argwöhnisch die Stöcke zurück und hielt sie so nahe an sich wie möglich in der Hitze der Flammen. Eine Art Wahnsinn des Hungers überkam ihn, und er ertappte sich dabei, daß er es bedauerte, in der anderen Hand nur ein Messer zu haben. In diesem Augenblick wäre er durchaus bereit gewesen, Wolf zu töten, wenn dieser versucht hätte, ihm das Essen wegzunehmen.

Wolf versuchte es jedoch nicht. Statt dessen legte er die Ohren zurück, streckte die Schnauze vor und winselte leise, fast wie ein Welpe.

Jeebee traute ihm nicht. Er nahm einen Stock vom Feuer, schlang das halb verbrannte, halb rohe Fleisch hinunter, das daran stak, dann vertilgte er das andere. Wolf fuhr mit Betteln fort, bis alle Nahrung verschwunden war, doch als sie weg war, hörte er auf, blickte Jeebee einen Moment lang prüfend an, dann drehte er sich um und verschwand wieder im Gestrüpp.

Jeebee lehnte sich zurück und spürte jetzt, daß er sich Finger und Zunge verbrannt hatte. Doch ihn erfüllte ein unglaubliches Gefühl der Befriedigung, wie er es nie zuvor gekannt hatte. Den Bauch voll zu haben, wie jetzt gerade, war so, als wäre man Herr der ganzen Welt.

KAPITEL 4

Sie hatten den *Interstate Highway* erreicht, den Jeebee sich zum Ziel genommen hatte. Doch jetzt, wo sie dort waren, nahm er sich die Zeit, ein mehr als dreißig Kilometer langes Stück dieses Doppelbandes aus Asphalt hinauf und hinunter zu erforschen, bevor er sich an einem Beobachtungspunkt niederließ, um sich eine Kenntnis über diese Gegend und eine Nahrungsquelle zu sichern.

Die Frage der Nahrungsbeschaffung hatte das kritische Stadium erreicht. Wolf, der die meiste Zeit fort war, hatte keinerlei Mangelerscheinungen gezeigt. Für Jeebee war es unmöglich, nur durch den Augenschein zu erkennen, wie gut genährt Wolf war. Unter seinem zottig wirkenden Sommerpelz, der am Rücken und an den Flanken dunkel war, zum Bauch hin sich jedoch fast zu Weiß aufhellte, war er schlank, fast mager erschienen, seit er seinen Winterpelz verloren hatte. Doch ohne einen realen Beweis, der seine Meinung hätte stützen können, war sich Jeebee ziemlich sicher, daß Wolf, anders als er selbst, in der Lage gewesen war, irgendeine Beute zu finden und zu erlegen, selbst wenn es nicht mehr gewesen sein sollte als ein Hase oder ein Backenhörnchen.

In Jeebees Fall jedoch war der kleine Vorrat an bestrahlter Notfallnahrung schon lange aufgegessen. Seit dem Stachelschwein hatte er wenig gefunden, um seinen Bauch zu füllen, außer ein paar Pilzen, die er mit Sicherheit als Morcheln hatte identifizieren können – eine der drei Arten, die er von möglicherweise giftigen Pilzen unterscheiden konnte. Sie waren auf den verrottenden Wurzeln eines Baums in einem Waldstück gewachsen. Doch sie waren schnell verputzt und stellten seinen grummelnden Magen nicht sonderlich zufrieden. Er spürte ein ständiges Gefühl der Leere. Wenn nötig, konnte er es ignorieren, doch tatsächlich begleitete es ihn diese letzten paar Tage immerzu. Noch beunruhigender war eine allgemeine körperliche Schwäche. Er ermüdete schneller, als ihm lieb war, schon nach wenigen Stunden Fußmarsch.

Jetzt, am vierten Tag seiner Erkundung, war er auf ein verlassenes und halb eingestürztes Farmhaus gestoßen, das zuerst vielversprechend ausgesehen hatte. Wenn er auch nur etwas gekeimtes Getreide finden könnte, das ursprünglich eingelagert worden war, um Vieh zu füttern, dann könnte er es kochen und essen...

Doch nach einer gründlichen Durchsuchung der Scheune und der Überreste des Hauses hatte er nichts gefunden. Er war drauf und dran, das Haus zu verlassen, als er plötzlich Wolf erblickte, der seit Tagesanbruch nicht mehr bei ihm gewesen war und jetzt ebenfalls hier herumschnüffelte. Wolf beachtete Jeebee nicht, sondern schien ganz in seine eigenen Nachforschungen vertieft zu sein.

Jeebee empfand plötzlich so etwas wie Groll. Er war schon nahe daran gewesen, diesen Ort aufzugeben, weil es hier nichts gab, das es wert war mitgenommen zu werden. Doch nun, da Wolf hier suchte, wurde er plötzlich an die Tatsache erinnert, daß die scharfe Nase und heftige Neugier seines Gefährten vielleicht Dinge finden konnte, die er übersehen hatte.

Folglich nahm auch Jeebee seine Suche wieder auf. Er hatte das Haus ziemlich gründlich durchsucht und war sicher, daß er nichts übersehen hatte, was er essen konnte, doch jetzt wollte er noch einmal nachschauen. Er begann die unmittelbare Umgebung des früheren Wohnhauses abzusuchen.

Seine Suche führte ihn in einer Spirale vom Fundament des Gebäudes fort, bis er auf einen ziemlich großen Teppich aus totem Gras stieß, das um die dreißig Zentimeter hoch und Jahre alt war.

Es hatte nur nach einem Flecken Gras ausgesehen, doch sobald Jeebee ihn abzusuchen begann, kam auch Wolf herbei und schnüffelte ein paar Meter von ihm entfernt darin herum. Plötzlich schien er etwas gefunden zu haben, stellte Schwanz und Ohren auf, und seine Schnauze tauchte zwischen die Grashalme. Er schien mit etwas beschäftigt zu sein.

Jeebee ging schnell zu ihm hinüber. Nach ein paar Schritten sah er schon, daß Wolf auf einem kahlen Fleck im Gras stand und sich mit den Zähnen an einer Art Riegel abmühte, den man zuerst nach oben drehen und dann aus einer Haspe zurückschieben mußte, damit er einen Metalldeckel freigab, der auf gleicher Höhe mit dem ihn umgebenden Boden lag. Dessen graue Oberfläche war mit Rostflecken übersät, doch es schien sich um eine ziemlich dicke Eisenplatte zu handeln.

Inzwischen wußte Jeebee, daß es keinen Sinn hatte, Wolf beiseitezuschieben und sich selber an der Haspe zu schaffen zu machen. Alles, was Wolf im Maul hatte, verteidigte er unnachgiebig. Andrerseits war er so neugierig …

Jeebee zog sich ein Stück aus dem Grasteppich zurück und hob in aller Ruhe ein paar pflaumengroße Steine auf. Wolf hatte immer noch den Kopf gesenkt und mühte sich mit der Haspe ab. Jeebee warf einen Stein in das Gras etwa vier bis fünf Meter hinter Wolf, und eine Sekunde später einen zweiten etwa die gleiche Entfernung weiter weg. Wolf hob den Kopf, stellte die Ohren auf und sprang los. Er suchte im Gras etwa dort, wohin der erste Stein gefallen war, dann setzte er seine Suche weiter entfernt fort. Mit vier schnellen Schritten erreichte Jeebee die Metallplatte. Er langte hinunter und ergriff die Haspe, als Wolfs Schnauze wieder in seinem Blickfeld auftauchte.

Doch jetzt hielt Jeebee die Haspe, und wenn Wolf auch nichts hergeben wollte, was sich direkt unter seiner Nase befand, so schien er bisher in gleicher Weise Jeebees Eigentum an allem respektiert zu haben, was dieser in Händen hielt. Natürlich war dieser Respekt noch nicht an einem Ding auf die Probe gestellt worden, das Wolf wirklich haben wollte.

Jetzt, wo der Riegel zurückgeschoben war, war es für Jeebee offensichtlich, daß es sich bei der Metallplatte um eine Falltür über irgendeinem unterirdischen Raum handeln mußte. Er schaute sich um und entdeckte die beiden von Gras überwachsenen Angeln am anderen Rand des Deckels. Er packte den Riegel und hob an. Der Deckel war schwer, doch er öffnete sich ohne besondere Schwierigkeiten. Nur das Quietschen der Angeln zeigte an, daß er schon lange nicht mehr benutzt worden war.

Wolf wich zurück. Vor Jeebee gähnte im Boden ein schwarzes Loch von unbekannter Tiefe. Eine Leiter führte hinab.

Jeebee schaute zu Wolf hinüber. Der stand fünf oder sechs Schritte hinter ihm, seine Haltung verriet den Widerstreit zwischen Ängstlichkeit und Neugier, und seine hochgezogenen Augenbrauen verliehen ihm einen menschenähnlichen Ausdruck von Besorgnis, während er den Hals in Richtung Einstieg reckte.

Jeebee kam der Gedanke, es wäre klug, die Leiter so bald wie möglich hinabzusteigen, bevor Wolf seine Reaktion überwand und herausfinden wollte, was sich unter dem Metalldeckel befand.

Er drehte sich um, nahm die .22 in die Ellbeuge seines Arms und begann vorsichtig die Leiter hinabzusteigen. Die .30/06 hing an ihrer Schlinge auf seinem Rücken und drückte sich auf ungewohnte Weise an ihn, während er in die Finsternis hinabstieg.

Einen Augenblick später traf die Spitze seines linken Stiefels suchend auf etwas Festes, und Jeebee trat auf etwas hinab, das sich wie festgestampfter Erdboden anfühlte. Er fuhr suchend mit der Stiefelspitze herum, um sicherzugehen, daß es am Fuß der Leiter genügend Platz zum Stehen gab, dann stieg er auch mit dem zweiten Fuß hinunter.

Einige Augenblicke lang konnte er nichts sehen. Über sich hörte er ein fast quengeliges Gewinsel. Er schaute auf und sah ein plötzlich blendend helles Stück blauen Himmels, eingerahmt von der Öffnung der Falltür, und ein Stückchen von der Schnauze seines Partners, der immer noch fast einen Meter vom Rand der Öffnung entfernt stand und auf Jeebee herabschaute. Eine graupelzige Pfote langte versuchsweise nach der obersten Leitersprosse hinab und zog sich schnell wieder zurück.

Jeebee registrierte, daß Wolf entweder ungern unbekannte dunkle unterirdische Orte betrat oder nicht gern Leitern hinabstieg.

Ob Wolf ihn überhaupt hier unten sehen konnte, wußte Jeebee nicht. Und das war auch nicht wichtig.

Allmählich paßten sich seine Augen an die Düsternis an und zeigten ihm – wie ein Bild, das sich in einer Dunkelkammer im ersten Flüssigkeitsbad entwickelt – einen höhlenartigen Raum, der an allen Seiten von Regalen gesäumt war, in denen Konserven, einige Schachteln und sogar ein paar Einmachgläser standen.

Jeebee schoß das Wasser in den Mund. Das hier war etwas, das es auf jeder Farm gegeben hatte, bevor die Elektrizität auch auf dem Land Einzug gehalten und Kühlschränke und Kühltruhen mit sich gebracht hatte – ein Rübenkeller. Damals wären diese Regale voller Einmachgläser gewesen. Jetzt waren, aus welchen Gründen auch immer, die Besitzer dieses Hauses geflohen, als dieses Haus verwüstet wurde, oder kurz zuvor, und sie hatten es mit den vielen Dingen angefüllt zurückgelassen, die sie nicht mitgenommen hatten. Hier unten waren es Lebensmittel. Und zumindest das Zeug in den Konserven war vielleicht noch eßbar.

Jeebee ignorierte die Laute, die Wolf von Zeit zu Zeit oben von sich gab, fischte über die Schulter in seinem Rucksack und holte einen Kerzenstummel heraus.

Er zündete das Kerzenstück an und begann die Konserven eingehend zu untersuchen. Während die Hitze der Kerzenflamme ihm fast die Augenbrauen versengte, als er die Konserven an die Nasenspitze hielt, entdeckte er, daß die meisten an ihrem metallischen Boden datiert waren. Zu seiner Freude lag das Datum, das da aufgestempelt war, nicht mehr als neun Monate zurück, und nur in ein paar Fällen war es ein Jahr oder mehr.

Hastig stopfte er von den Konserven mit unproblematischem Datum so viele wie möglich in seinen Rucksack, füllte seine Taschen und war gerade dabei, seine Arme damit zu beladen, als ein Gedanke ihn innehalten ließ.

Für Wolfs Fänge dürfte es überhaupt kein Problem sein, eine dieser Konservendosen zu durchlöchern und aufzureißen, nach dem, was Jeebee ihn schon mit seinen Reißzähnen hatte tun sehen.

Langsam stellte er die paar zusätzlichen Konserven, die er gerade genommen hatte, zurück, langte hinter sich nach der .30/06 und tauschte sie gegen die .22 aus. Er sammelte wieder Konserven in die Ellbeuge des linken Arms, dann schaute er sich noch einmal im Rübenkeller um. Der Keller hatte ein hölzernes Dach, das mit Kanthölzern verstrebt war, etwa anderthalb Meter über dem Boden, und kräftig gebaute Regale an allen Seiten. Er würde zurückkommen.

Jeebee blies die Kerze aus, steckte sie wieder in den Rucksack, nahm die .30/06, mit dem Kolben nach vorn, in die rechte Hand und hielt sie mit den ersten drei Fingern balancierend in der Mitte, während er die letzten beiden benutzte, um sich an den Leitersprossen festzuhalten, während er hinaufstieg. Es war nicht unwahrscheinlich, dachte er, daß Wolf die Lebensmittel, die in den Einmachgläsern waren, gerochen hatte, wenn schon nicht die, die sich in den Konservendosen befanden. Die Lebensmittel in zumindest einigen der Einmachgläser waren vermutlich verdorben und ihr Geruch – der für Wolfs empfindsame Nase wahrnehmbar war, wenn auch nicht für Jeebee – war herausgesickert. Wenn dem so war, dann würde Wolf wissen, daß es sich bei den Sachen, die Jeebee jetzt nach oben brachte, zumindest um potentielle Nahrung handelte.

Jeebee wurde nervös, während er langsam und unbeholfen hinaufstieg. Zugegeben, Wolf hatte bisher nichts weggenommen, das Jeebee tatsächlich in Händen hielt, nicht einmal die Stücke Stachelschweinfleisch, die in Jeebees Nähe gewesen waren. Aber das war keine Garantie dafür, daß Wolf nicht versuchen würde, sich die Konservendosen anzueignen, die Jeebee jetzt trug, oder ihn dazu zu bringen, daß er sie fallen ließ.

Überdies war Wolf wirklich ein schrecklich gefährliches Tier, mit diesen Zähnen und der Schnelligkeit und Kraft, die Jeebee im Laufe der letzten Tage an ihm beobachtet hatte …

Trotzdem wurde ihm, als er sich dem oberen Ende der Leiter näherte, die seltsame Veränderung in seinem Innern bewußt. Seit Tagen war er Wolf aufrichtig und aus tiefem Herzen dankbar dafür gewesen, daß er bei ihm blieb. Trotz der unhündischen Fremdheit und – man durfte es durchaus so nennen – Selbstsucht des anderen war es kaum eine Übertreibung, wenn man sagte, daß Jeebee begonnen hatte, ihn zu lieben.

Bis zu diesem Augenblick. Jetzt, mit der Aussicht auf Nahrung für seinen hungernden Körper in den Taschen, im Rucksack und im Arm, hatte sich plötzlich alles verändert. Zu allererst war Jeebee sich der gewaltigen Macht des Hungers in sich bewußt geworden. Hatte der Hunger zuerst einem scharfen Stechen geglichen, so war er nun zu einem tiefen, anhaltenden Schmerz geworden, der ihn immer begleitete und ihm so vertraut war, daß ihm sein Verschwinden seltsam vorgekommen wäre. Er war wie ein bösartiges Tier, das in Jeebees Bauch geschlafen hatte, jetzt aber geweckt war. Tief in seinem Innern fiel eine primitive Entscheidung. Er hatte jetzt Nahrung in seinem Besitz, und niemand, nicht einmal Wolf, sollte ihm davon etwas wegnehmen.

Jeebee stieg weiter die Leiter hoch.

Als er den Kopf über den Boden hob und seine Augen Wolfs Blick begegneten, der weniger als zwei Meter von ihm entfernt war, schien ihn etwas an der Basis seines Hinterkopfs zu berühren. Von diesem Punkt strömte eine Kälte aus, als wäre er mit einem starken flüssigen Lösungsmittel besprüht worden; sie breitete sich zur Rückseite seiner Ohrmuscheln hin aus, lief den Nacken hinunter in die Rückenmuskeln und dann am Rückgrat hinab. Während Jeebee weiter hinaufstieg und schließlich auf ebenen Boden trat, engte sich seine Sicht mehr und mehr ein, bis er nichts mehr sah als Wolf direkt vor sich – und während dieser ganzen Zeit waren seine Augen Wolfs Blick nicht ausgewichen.

Wolf leckte mit der Zunge unsicher die Lippen und wich ein paar Schritte zurück. Dabei behielt er Jeebee ständig im Auge. Jeebee wartete, doch Wolf machte keine weitere Bewegung. Jeebee stand da, bereit, Wolf mit dem Schaft des Gewehrs einen Schlag zu versetzen, falls er versuchen sollte, eine der Konservendosen zu rauben, die er hielt.

Nach einem Augenblick des Wartens wandte Jeebee sich um, wobei er seine Augen immer noch auf Wolf gerichtet hielt, während er die Dosen absetzte, zog den Deckel hoch, schloß ihn wieder über dem Rübenkeller und schob den Riegel zu. Er nahm die Konservendosen wieder auf – das Gewehr in seiner Hand zeigte immer noch in Wolfs Richtung –, dann wandte er sich ab. Langsam ging er in Richtung seines Lagers los, nervös und darauf gefaßt, daß Wolf entweder mit seinen phantastischen Sprüngen plötzlich auf ihn losging oder sich hinter seinem Rücken wieder an die Tür des Rübenkellers heranmachte.

Doch Wolf tat keins von beiden. Als Jeebee sich weiter vom Keller entfernte, machte Wolf einen Bogen um ihn und tauchte wieder vier bis sechs Meter vor ihm auf. Er trottete langsam weiter und schaute sich immer wieder über die Schulter nach Jeebee um. So kehrten beide zum Lagerplatz zurück.

Von der Baumgruppe aus, in der Jeebee sein Lager aufgeschlagen hatte, hatte man keinen direkten Blick auf den Highway, doch von einem Hügel, der rund fünfhundert Meter weiter vorne lag, konnte man ihn überblicken. Von dort aus konnte Jeebee mit dem Operglas den Verkehr auf der Straße beobachten, während er unsichtbar zwischen den Büschen lag.

Als sie beide das Lager erreichten, umkreiste Wolf die tote Asche des Feuers vom Vorabend. Er blieb auf der anderen Seite stehen und beobachtete, wie Jeebee zu einer Wollpappel ging, die keine drei Meter von der Asche entfernt aufragte, und die Konservendosen so hoch hob, wie er nur reichen konnte, und sie auf einigen dicken Hauptästen des Baumes absetzte.

Die .30/06 hatte er widerstrebend gegen den Baum gelehnt, damit er die Dosen hochheben konnte. Doch Wolf stand nur da, beobachtete ihn und rührte sich nicht. Es war, als hätte er alles Interesse an den Dosen als Nahrungsmittel verloren und als wäre er nur wieder der gewöhnliche, neugierige Wolf, der ständig alles beobachtete, was um ihn herum vorging.

Als alle Konservendosen in Sicherheit waren, legte Jeebee das Gewehr hin und zog sich auf die niedrigeren Äste der Pappel hoch, bis er ein Bein über einen Ast legen und dort baumeln lassen konnte. Dann setzte er die Dosen auf höhere Äste um – so hoch, wie Wolf sicher nicht springen oder klettern konnte. Als dies getan war, ließ er sich wieder auf den Boden gleiten. Während er im Baum gewesen war, hatte Wolf sich auf eine Hüfte fallen lassen und seine Schnauze auf die Vorderbeine gelegt, während seine scheinbar schläfrigen Augen jede von Jeebees Bewegungen verfolgten. Vorsichtig holte Jeebee eine der Konservendosen aus seiner Tasche – es war eine Dose mit Schmorbraten. Das Wasser lief ihm im Mund zusammen, und die Hände zitterten ihm, während er sie hielt.

Er griff nach seinem großen Jagdmesser, knüpfte den Riemen los, der es fest in der Scheide hielt, zog es heraus und stieß mit der schweren Klinge ein Loch in den Deckel. Dann sägte er schartig am Rand der Dose entlang, bis der Deckel abging. Die ganze Zeit beobachtete er Wolf, doch Wolf schien alles Interesse daran verloren zu haben. Er gähnte ein paarmal, dann erhob er sich und begann am Rand der Lichtung am Fuß eines Baumes zu schnüffeln und nach einer Weile eifrig zu graben.

Jeebee steckte das Messer wieder in die Scheide, stellte die offene Konservendose voller Schmorbraten in eine der niedrigeren Astgabeln des Baums, und hob die .30/06 hinterher, die er quer über zwei Äste legte. Dann stieg er wieder in den Baum hinauf, wobei er achtgab, daß er weder die Konservendose noch das Gewehr verschob. Sobald er auf einem der Äste saß, nahm er das Gewehr in die linke Hand, schob die offene Dose zwischen die Knie und begann vorsichtig mit zwei Fingern zwischen den schartigen Rändern der Dose nach dem Schmorbraten zu greifen.

Er angelte Fleischstücke heraus und schob sie sich in den Mund. So köstlich das Stachelschweinfleisch auch gewesen sein mochte, es war nur noch eine blasse Erinnerung verglichen mit der Realität dessen, was er in Händen hielt. Das Fett, das er sich von den Fingern leckte, machte ihn fast wild vor Hunger, während aus seinem eingeschrumpften Magen ein Ekelgefühl aufstieg.

Er versuchte den Ekel zurückzudrängen, doch unwillkürlich mußte er sich auf den Boden unter dem Baum erbrechen. Wie ein Blitz war Wolf unter dem Baum und untersuchte, was los war.

Elend saß Jeebee auf dem Ast über seinem Gefährten. Sein Leib verlangte nach mehr Nahrung, doch sein Magen reagierte beim bloßen Gedanken daran mit Abwehr. Doch nach einer Weile beruhigte er sich, und Jeebee wagte etwas mehr zu essen. Er nahm kleine Mengen in gewissen Abständen und kaute sie gründlich durch, bevor er es riskierte, sie hinunterzuschlucken.

Schließlich gelang es ihm, etwas Nahrung bei sich zu behalten. Es war nicht überraschend, so sagte er sich, daß sein Magen, der so lange leer gewesen war, nicht in der Lage war, mit einem so plötzlichen Ansturm von Fett und Fleisch fertig zu werden.

Mit Bedauern warf er die leere Dose auf den Boden. Kaum prallte sie unten auf, da war auch schon Wolf über ihr. Jeebee ließ den Rest der Dosen noch auf dem Baum zurück, nahm die .30/06 und kletterte hinunter. Als er den Boden erreichte, lag Wolf da und hielt die Konservendose so geschmeidig mit den Vorderpfoten, daß sie einem fast wie menschliche Hände vorkamen. Mit seiner langen Zunge hatte er das Innere der Dose ausgeleckt, bis es aussah, als hätte man sie ausgewaschen.

Jeebee spürte einen vorübergehenden Gewissensbiß.

»Vielleicht später ...«, begann er und machte einen Schritt auf Wolf zu. Doch bei Jeebees erster Bewegung in seine Richtung knurrte Wolf, sprang hoch, packte die völlig leere Dose mit dem Maul und lief zwischen die Bäume davon. Jeebee seufzte und setzte sich nieder. Er holte den kleinen Schleifstein aus dem Lederhalfter an seinem Gürtel und begann die malträtierte Schneide des Messers zu schärfen.

Etwa fünfzehn Minuten lang saß er so da und wetzte das Messer, dann wartete er weitere fünfzehn Minuten.

Doch Wolf kehrte nicht zurück. Er hatte wahrscheinlich, so dachte Jeebee, die Konservendose genommen und irgendwo versteckt und sich dann auf eine seiner Jagdexpeditionen begeben. Doch Jeebee hatte keine Ahnung, was an der Dose noch dran sein sollte, nachdem Wolf das Wenige, das übriggeblieben war, ausgeleckt hatte. Es konnte kaum noch ein Geruch von dem Essen übrig geblieben sein, das ursprünglich darinnen gewesen war.

Er seufzte. Es gab noch soviel, was er über Wolf lernen mußte.

Es hatte auch keinen Zweck, hier weiter sitzen zu bleiben. Jeebee nahm seine beiden Gewehre und hängte sich die .30/06 wieder über den Rücken. Er nahm die .22 in die rechte Hand und ging zu der Stelle, die er als Beobachtungsposten ausgesucht hatte und von der aus er Ausschau halten und warten konnte, bis ein Reisender auf dem Highway auftauchte, um von ihm zu erwerben, was er brauchte.

KAPITEL 5

Jeebee lag in einem kleinen Wald zwischen zwei Zürgelbäumen auf dem Kamm einer Anhöhe, die sich etwa fünfundvierzig Meter nördlich vom *Interstate Highway*, erhob. Mit seinem billigen und unzureichenden Fernglas suchte er die beiden Fahrbahnen ab, so weit er damit schauen konnte.

Einen Moment lang meldete sich der Gedanke an Wolf. Jeebee war es ernst gewesen mit dem, was er im Augenblick ihrer Konfrontation empfunden hatte. Wenn er wieder dieser Situation gegenüberstünde, würde er sich ganz genauso verhalten. Doch hatte er vielleicht Wolf für immer vertrieben? Er schob den Gedanken beiseite. Wenigstens hielt das gute Wetter an.

Es sah so aus, als würde der Nachmittag wenigstens bis zum Sonnenuntergang klar und heiter bleiben. Eine leichte Brise wehte, am Himmel standen fast keine Wolken – und keine am Horizont. Am Tag zuvor hatte es geregnet; doch abgesehen davon hatten sie fast eine ganze Woche lang trockenes Wetter gehabt, und der Frühling beschleunigte das Wachstum neuer Vegetation. Schon stand zwischen den toten braunen Halmen vom Vorjahr das frische junge Gras gute fünfzehn Zentimeter hoch.

Seit seiner Ankunft vor einer halben Stunde hatte es bis jetzt kein Anzeichen von Verkehr auf dem Highway gegeben. Er erstreckte sich vor ihm vom rechten bis zum linken Horizont wie ein graues, doppelt breites Lineal. Im Augenblick war in beiden Richtungen keinerlei Bewegung zu sehen. Dieser kleine Hügel mit seiner Baumgruppe war nur einer von vielen ähnlichen, die etliche Kilometer weit nahe der Straße aufragten, aber er war dem Highway am nächsten, so daß keine anderen Bauminseln Jeebee die Sicht auf die Betonbänder verwehrten.

Auf den einstigen Autobahnen wie diesem *Interstate* gab es normalerweise sogar bei Nacht kaum Reisende, geschweige denn am Tag wie jetzt. Jeden, der dort unterwegs war, konnte man schon aus der Ferne deutlich kommen sehen. Falls solche Reisenden auftauchten, dann wären sie noch weit genug entfernt, so daß Jeebee sich klarwerden könnte, wie er sich ihnen gegenüber verhalten sollte.

Wenn der Einzelreisende oder die Gruppe gefährlich aussah, dann konnte er ruhig liegen bleiben, bis sie vorüber waren. Oder wenn sie jemanden losschickten, um die Wälder zu erkunden, bevor sie weiterzogen, dann würde er den Kundschafter rechtzeitig kommen sehen und konnte sich vom Hügel zurückziehen und einen sicheren Abstand zwischen sich und den Neuankömmlingen halten.

Die meisten, die bei Tag auftauchten, kamen wahrscheinlich eher in Gruppen, wenn sie schon riskierten, gesehen zu werden. Nur ein völliger Idiot würde unter solchen Bedingungen allein reisen und es wagen, die Aufmerksamkeit von Plünderern oder Marodeuren aus der Umgebung auf sich zu lenken. Jeebees Plan war es, die Nachmittage mit der Beobachtung des Verkehrs zuzubringen. Die Vormittage konnte er, wie er es heute getan hatte, den anderen notwendigen Aufgaben widmen: Nahrung zu finden und am Leben zu bleiben.

Doch heute hatte er die erste Anforderung durch seinen glücklichen Fund des Rübenkellers ziemlich gut erfüllt. Seit seiner Flucht aus Michigan hatte er bei allen verlassenen Farmgebäuden, die er durchsucht hatte, nach solchen unterirdischen Vorratsspeichern gesucht. Zweifellos war er, das war ihm jetzt klar, an einigen vorübergekommen, ohne etwas von ihnen zu ahnen.

Ohne Wolfs Neugier hätte er auch den von heute übersehen.

Natürlich blieb noch das Problem, eine Art Sack oder Behälter zu finden, den er im Baum aufhängen und mit möglichst vielen Konservendosen füllen konnte. Wolf, so hatte er herausgefunden, war mißtrauisch gegen alles, was er nicht kannte. Der Trick würde darin bestehen, dafür zu sorgen, daß der Behälter Wolf unbekannt blieb. Jeebees Ausflüge in den Rübenkeller, um neue Ladungen von Konservendosen zu holen, sollte lieber zu Zeiten stattfinden, da Wolf auf seinen eigenen Unternehmungen unterwegs war, etwa zur Jagd, wie gerade eben.

Natürlich konnte Jeebee nicht sicher sein, daß Wolf nicht jederzeit unerwartet auftauchen würde. Am häufigsten erschien er während der Morgendämmerung und im abendlichen Zwielicht. Aber er war auch schon unverhofft zu allen möglichen Zeiten aufgetaucht. Jeebee würde es einfach auf gut Glück versuchen müssen, in den Rübenkeller und zurück zu gehen, ohne daß ihm Wolf begegnete.

Doch einstweilen war Jeebees Bauch voll, und es galt, den Highway zu beobachten.

Am gefährlichsten würde es bei Tag sein, wenn eine bewaffnete und berittene Bande vorbeikäme. Eine Rotte von Plünderern. Dabei handelte es sich buchstäblich um moderne Reiternomaden, immer unterwegs und manchmal so zahlreich, daß sie sogar kleine Siedlungen bedrohten.

Ein solche Bande würde auch höchstwahrscheinlich Kundschafter vorausschicken, um die einzige Deckung zu erkunden, die zu sehen war – in diesem Fall Jeebees Wald. Überdies würden sie ihn zu Pferd leicht einholen, falls sie ihn erblickten. Sie würden sich nicht nur für alles interessieren, was er besaß, sondern auch für alles, was er ihnen über Dinge sagen konnte, die sie vielleicht haben wollten. Das bedeutete, daß sie ihn natürlich foltern würden, um alle Antworten, die er geben könnte, aus ihm herauszupressen, und danach würden sie ihn umbringen.

In einer solchen Situation konnte er von Wolf keine Hilfe erwarten. Sein Gefährte würde sich gegenüber den Fremden scheu zeigen – seltsam, wie ein potentiell so gefährliches und von Natur aus bewehrtes Tier auch so vorsichtig sein konnte, bereit, vor unbekannten Situationen zu fliehen –, und wenn nicht, dann würde eine einzige Kugel ihn erledigen, wahrscheinlich auf den ersten Blick abgefeuert von dem Reiter, der Jeebee gefangennehmen wollte.

Also wäre es für Jeebee am klügsten, sofort abzuhauen, sobald eine solche Gruppe auf dem Highway daherkam. Selbst zwei mit Gewehren bewaffnete berittene Männer waren möglicherweise gefährlich… es sei denn, sie waren sorglos, betrunken oder so mit Drogen vollgepumpt, daß sie an diesen Bäumen vorüberritten, ohne an die Gefahr zu denken, daß jemand sie aus dem Hinterhalt niederschießen könnte. Jeebee fragte sich, ob er es, wenn es dazu käme, wirklich fertigbrächte, zwei solche Männer niederzuschießen, bloß um an die Sachen zu kommen, die sie besaßen.

Er hatte schon einmal einen bewaffneten Mann niedergeschossen, der mit seinem Gewehr auf Wolf zielte. Doch falls sein Schuß den Mann getötet haben sollte, so war dies in Erregung geschehen. Brachte er das gleiche auch kaltblütig fertig?

Er dachte wieder an das Ausmaß seines Hungers und seine Bereitschaft, selbst auf Wolf loszugehen, wie vorhin am Rübenkeller. Die plötzliche, tiefe, instinktive Emotion jenes Augenblicks bewegte ihn in der Erinnerung wieder frisch. Ja, wenn sich bei Menschen, die vor ihm auftauchten, eine vergleichbare Notwendigkeit auftun sollte, dann war er fähig, auch seinesgleichen zu töten, wenn das der einzige Weg zum Überleben war.

Aber im tiefsten Innersten hoffte und glaubte er immer noch, daß er bekommen konnte, was er wollte, ohne jemanden töten zu müssen. Es ging darum, einfach den oder die richtigen Reisenden herauszusuchen.

Ideal wäre eine Familie mit Frauen und Kindern und nur einer einzigen bewaffneten Person. Vielleicht schon zu ideal. Eine solche Gruppe wäre so vernünftig, bei Nacht zu reisen, und da möglichst so, daß sie nicht gesehen wurde.

Wer auch immer es am Ende sein würde, Jeebee mußte eine Gruppe aussuchen, bei der es Grund zu der Annahme gab, daß er es riskieren konnte, sich ihr zu zeigen und zu versuchen, mit ihr in Verhandlungen einzutreten. Es sollte auch eine Gruppe sein, die das hatte, was er eintauschen oder kaufen wollte.

Seine Gedanken wanderten davon, während er in der warmen Sonne lag. Finger aus Licht hatten sich durch die Bäume getastet und den Schatten vertrieben. Selbst jetzt war es noch schwer für ihn, sich klarzumachen, wie sehr er sich verändert hatte, seit er aus Stoketon geflohen war …

Der gleichmäßige Fluß seiner Gedanken, der in der warmen Mittagszeit fast in Dösen übergegangen war, wurde abrupt unterbrochen, als er zu seiner Linken am fernen Ende der diesseitigen Fahrbahn eine Bewegung erblickte. Noch war es nicht möglich zu erkennen, wer oder was es war. Aber es war unzweifelhaft eine Bewegung, und sie kam auf ihn zu.

Er wartete und beobachtete geduldig, während sie näher kam, und dann löste sich die Bewegung in eine schwatzende Schar von Erwachsenen auf, die sich in lockeren Gruppen zu Fuß dahinbewegten.

Während sie sich näherten, musterte Jeebee sie sorgfältig. Sie waren nicht sonderlich sympathisch, ein ziemlich zerlumpter Haufen. Einige von ihnen hatten Gewehre, andere trugen überhaupt keine Waffen, und dazwischen gab es alles mögliche, von Küchenmessern, die in Gürteln steckten, bis zu Äxten, die in der Hand getragen wurden. Ein großer Mann, der erstaunlich sauber rasiert war, und das in einer Zeit, wo die meisten Männer einfach ihre Bärte wachsen ließen, marschierte voran und schien der Anführer zu sein. Er war von zwei etwas kleineren, bärtigen Individuen flankiert, die so etwas wie Unterführer sein mochten.

Jeebee meinte, von ihnen hätte er nicht viel zu befürchten. Sie schickten offensichtlich keine Kundschafter zu ihrem Flankenschutz aus, sondern verließen sich anscheinend nur auf ihre Zahl. Es mußten zwischen vierzig und fünfzig sein, je zur Hälfte Männer und Frauen. Letztere waren kaum von den Männern zu unterscheiden, da sie in etwa die gleiche Kleidung anhatten – Hosen, Hemden, Jacken und Hüte – und in den meisten Fällen das Haar kurzgeschnitten trugen. Überdies verbargen die vielen Kleider, die fast jedermann – auch Jeebee – heutzutage übereinander trug, körperliche Unterschiede.

Die ganze Gruppe wirkte irgendwie ausgehungert. Jeebee lief es kalt den Rücken bei dem Gedanken, sie könnten ihn entdecken und fangen, doch falls sie aus irgendeinem seltsamen Zufall ihre Aufmerksamkeit auf seinen Hügel lenkten, dann konnte er sich einfach von der Anhöhe in die Bodensenken zurückziehen. Er war sich ziemlich sicher, daß er schneller rennen konnte als sie. Zumindest konnte er sich lang genug von ihnen fernhalten, so daß es sich für sie nicht mehr lohnen würde, ihn zu jagen. Ansonsten müßte er sie bei der Verfolgung so weit auseinanderbringen, bis ihm nur noch zwei oder drei gefährlich nahekämen, und wenn er dann vom Boden aus mit einer festen Unterlage für das Gewehr, für die .30/06, feuerte, dann dürfte er mit ihnen fertig werden.

So sah er sie mit einer gewissen Spannung, doch ohne besondere Beunruhigung vorüberziehen. Sie zogen weiter nach Westen, von ihm ausgesehen nach rechts, bis sie in der Ferne verschwanden und Jeebee wieder in seine Gedanken versank.

Jetzt, da sie vorüber waren, war er angenehm überrascht, daß er so wenig Angst vor ihnen gehabt hatte. Er hatte sich wirklich verändert.

Es war schwer zu sagen, wie sehr, doch es handelte sich um keine geringe Veränderung. Er war immer noch so schnell bereit auszureißen, wie er es bei seiner Flucht aus Stoketon gewesen war, mit dem einen Unterschied, daß jetzt Situationen denkbar waren, in denen er statt davonzulaufen sich vielleicht umdrehen und zu einem Angreifer werden würde. Schwer zu glauben. Es widersprach allem, was sein ganzes Leben ihn gelehrt hatte, bis zu dem Augenblick, als er diese Flucht in die Sicherheit von Martins Ranch begonnen hatte.

Das war der Jeebee der Vergangenheit gewesen. Doch nun – er nahm für einen Moment eine Hand vom Fernglas und berührte den dicken, lockigen schwarzen Bart an seinem Kinn. Hatte der Bart vielleicht etwas damit zu tun? Nein. Er zog die Hand zurück. Das war lächerlich.

Was ihn tatsächlich verändert hatte, war die bloße Tatsache, daß er so lange überlebt hatte. Der Prozeß des Überlebens hatte ihn tagtäglich Lektionen gelehrt, die seine Überlebenschancen verbesserten. Der alte Jeebee, der aus Stoketon fortgerannt war, hatte viel mehr Hilfsmittel zum Überleben eingepackt, als er jetzt in dieser Welt besaß, und hatte sich damit fast keine Chance gegeben, in dieser Welt zu überdauern. Jetzt begann er nicht nur zu glauben, daß er es heil bis zu Martins Ranch schaffen könnte, sondern er gewöhnte sich daran, dies auch für selbstverständlich zu nehmen und sich nur mit den Problemen zu befassen, die am Weg auftauchten.

Das größte Problem war die plötzliche Entdeckung gewesen, welche Wildheit in ihm selbst steckte, unter der Patina von fünfundzwanzig Jahren Zivilisation …

Halt! Eine Bewegung in den Okularen seines Fernglases brachte ihn abrupt zurück in die Gegenwart.

Er kniff die Augen zusammen, um zu erkennen, um was es sich handelte. Am Ostrand seines Blickfeldes kam auf der Autobahn etwas in Sicht. Verdammt, dieses Opernglas war so klein! Er konnte nur die Bewegung an sich erkennen, und da sie einen Moment zuvor noch nicht sichtbar gewesen war, nahm er an, daß sie auf ihn zukam. Er würde warten müssen, bis etwas Genaueres zu erkennen war.

Während er angespannt wartete, bis ihm schließlich die Augen tränten, wurde der bewegte Fleck zu einer Gruppe berittener Gestalten. Sie waren noch zu weit entfernt, als daß er sie hätte zählen können, aber es schien, als müßten es mindestens vier sein, wenn nicht mehr.

Es waren mehr. Langsam wurde es im Blick durchs Fernglas klar, daß sie zu sechst waren, und alle ritten im Trab mit der unbewußten Leichtigkeit von Leuten, die schon lange ans Reiten gewöhnt waren. Hinter ihnen kam eine Anzahl von Packpferden, alle beladen. Noch wichtiger war, von Jeebees Standpunkt aus gesehen, daß jeder Reiter ein Gewehrfutteral am Sattel befestigt hatte, und daß aus jedem Futteral ein Gewehrkolben ragte.

Das war genau die Art von Reisenden, die Jeebee gefürchtet hatte. Allerdings war die Gruppe kleiner, als er es sich ausgemalt hatte.

Natürlich gab es die Chance, daß es sich bei ihnen um völlig harmlose Leute handelte, die einfach auf der alten Straße unterwegs waren, weil man auf deren Banketten und Mittelstreifen leichter und ungehinderter vorankam als auf einer Route abseits der Straße.

Aber wer darauf setzte, daß sie harmlos waren, der müßte auch glauben, daß ein Grizzly es genießen würde, wenn man ihn an den Ohren zieht.

Jeebee richtete sich auf und kauerte sich auf die Zehen, bereit, schnell aufzustehen und sich zurückzuziehen. Doch er merkte, wie seine Neugierde ihn an seinen Platz bannte. Die Gruppe war immer noch fern.

Er beschloß an seinem Platz zu bleiben.

Die Reiter kamen heran. Als sie sich dem Wald näherten, trennte sich plötzlich einer von den anderen, ritt auf Erkundung in das Gebiet links von Jeebee hinein und verschwand zwischen einigen Bäumen weiter unten an der Straße.

Jeebee wurde allmählich unbehaglich zumute. Es war ihm klar, daß der Reiter einen Kreis schlagen konnte, um diesen Teil des Waldes von hinten zu durchkämmen. Wenn dem so war, dann hatte er, Jeebee, vielleicht einen Fehler gemacht, als er zuviel Interesse für diese Reiter entwickelte. Vielleicht hatte er keine Zeit mehr, um über das offene Stück Land zu entkommen, das zwischen diesem Wald und dem anderen lag, wo er kampierte.

Er stand schnell auf, ging tiefer in das Wäldchen hinein und suchte nach einem passenden Baum, auf den er klettern konnte. Es mußte einer sein, dessen Hauptäste tief genug waren, daß er hinaufsteigen konnte, und doch mußte der Baum groß genug sein, damit Jeebee so hoch klettern konnte, daß die belaubten Zweige ihn vor jedem verbargen, der unter ihm vorbeiging.

Nach wenigen Minuten fand er einen geeigneten Baum, eine Wollpappel. Die unteren Äste waren ideal, denn er konnte sie erreichen, wenn er hochsprang, aber sie waren nicht so nah am Boden, daß man hätte denken können, der Baum sei leicht zu besteigen. Er zog sich hinauf – und war plötzlich dankbar für die Kraft, die seine Armmuskeln während der letzten paar Monate gewonnen hatten.

Er begann hinaufzuklettern. Wollpappeln waren für gewöhnlich leicht zu besteigen, und diese war keine Ausnahme. Er stieg hoch in den Baum hinauf, in eine Gabelung, wo ein Hauptast vom Stamm abzweigte. Er befand sich jetzt gute acht bis neun Meter über dem

Boden, und während er durch die Blätter hinabschauen und den Boden direkt unter sich sehen konnte, bezweifelte er, daß jemand, der nach oben schaute, durch das Laub hindurch seine Gestalt entdecken konnte.

Er saß da, und die Zeit verging nur langsam. Aber die vergangenen drei Monate hatten ihn Geduld gelehrt.

Die .22, die er mit heraufgebracht hatte, indem er sie jeweils auf einen höheren Ast legte, während er kletterte, tauschte er jetzt, wo er nahe am Wipfel versteckt saß, gegen die .30/06 aus, die über seinem Rücken hing. Er hängte die .22 an die Schlinge und legte die .30/06 geladen auf die Knie.

Falls der einzelne Reiter gegenüber dem Baum einen Verdacht hegte, dann wollte Jeebee in der Lage sein, ihn mit einem Schuß zu erledigen, egal, um wen es sich handelte. Er konnte längst noch nicht so gut mit einem Gewehr umgehen, wie er es sich gewünscht hätte, da derzeit Patronen so schwer zu bekommen waren. Aber er traute es sich durchaus zu, aus dieser kurzen Entfernung einen tödlichen Schuß auf ein sich langsam bewegendes Ziel abzugeben.

Als der Reiter endlich näher kam, hörte Jeebee Hufschläge in der Ferne, tiefer im Wald hinter ihm. Einen Augenblick dachte er, das Pferd und der Fremde würden außerhalb seiner Sichtweite vorüberziehen. Doch am Ende kamen beide fast direkt unter ihm vorbei. Und der Reiter war eine Frau.

Allerdings wäre Jeebee sich dessen nicht sicher gewesen, hätte sie nicht nach oben geschaut – zum Himmel offenbar und nicht so sehr in die Kronen der Bäume, die sie umgaben. Sie war mager und wie ein Mann gekleidet: Jeans, grob kariertes Hemd und dazu ein breitkrempiger Hut, in den sie vielleicht ihr Haar aufgesteckt hatte, oder vielleicht hatte sie auch kurzes Haar. In dem Sattelhalfter neben ihrem rechten Knie steckte ein Gewehr.

Fast vom ersten Augenblick an hatte Jeebee sie im Visier seines Gewehrs und folgte ihr mit dem Auge, bis sie weiter vorne sein Blickfeld verließ. Sie machte nicht den Eindruck, als erwartete sie wirklich etwas zu entdecken, sondern eher, als handelte es sich halb um eine Pflicht, halb um das Vergnügen, zur Abwechslung einmal allein zu reiten.

Erst lange nachdem die Hufschläge verklungen waren, wagte Jeebee hinunterzuklettern.

Er hielt die .30/06 jedoch schußbereit, bis er sicher auf dem Boden angekommen war, und selbst dann hängte er sie nicht wieder über den Rücken, sondern trug sie statt dessen, während er vorsichtig zum Waldrand ging und mit dem Opernglas die Straße hinauf und hinab schaute, ob die Reitergruppe noch zu sehen war.

Ja, er konnte sie gerade noch durch sein Fernglas erkennen. Dann steckte er es langsam weg.

Es war sowieso bald Zeit, um ins Lager zurückzukehren. Er konnte genausogut gleich losgehen. Als er kehrtmachte und sich wieder durch die Wälder schlug, überlegte er, ob sie die einzige Frau in der Gruppe gewesen war – oder ob vielleicht die Gruppe nur aus Frauen bestand, was ja auch möglich war. Er kam jedoch zu dem Schluß, daß er dies nicht ausmachen konnte.

Wenn sie die einzige Frau war, dann hatten die übrigen sie wahrscheinlich für die Suche ausgewählt, weil sie entweder am ehesten einen Beobachter in den Wäldern finden würde oder vielleicht diejenige war, auf die man am ehesten verzichten konnte, falls ein Hinterhalt drohte.

Die Antwort darauf würde er nie erfahren, genauso wie er nie die Zusammensetzung der Gruppe erfahren würde.

Die nächsten paar Tage hatten wenig zu bieten. Am ersten kamen überhaupt keine Reisenden. Am nächsten zog nur eine Familie vorüber, Vater, Mutter und drei halbwüchsige Kinder, zwei Mädchen und ein Junge. Jeebee überlegte, ob er sich ihnen nähern sollte, denn sie führten Packpferde mit sich, die eine beträchtliche Menge von Habseligkeiten zu tragen schienen, und deshalb wären die Reisenden vielleicht bereit gewesen, sich auf einen Tauschhandel einzulassen.

Aber sowohl die Menschen wie auch die Pferde sahen wild, abgemagert und verarmt aus. Das waren nicht ganz die Leute, nach denen er Ausschau hielt, und jetzt hatte er ja genügend Essensvorräte aus dem Rübenkeller. Er konnte warten.

Am darauffolgenden Tag regnete es, und erst am späten Nachmittag bewegte sich wieder etwas auf der Straße, als der Regen nachließ und dann ein alter Mann auf einem Fahrrad vorüberfuhr. Er war allein, trug kurze Hosen und war eher wie ein Pfadfinder gekleidet, doch sein unordentliches graues Haar fiel fast bis zur Mitte des Rückens hinab. Und der graue Bart reichte fast genauso weit über seine Brust. Er schien keine anderen Besitztümer bei sich zu haben als den Inhalt seiner Taschen oder was er in seinem rotschwarzen Holzfällerhemd, den gelbbraunen Shorts oder den Tennisschuhen versteckt haben mochte. Obwohl er nichts hatte, was sich lohnte, es ihm abzunehmen (außer dem Fahrrad), hätte jeder entlang der Straße, der es wollte, ihn einfach zum Spaß umbringen oder gefangennehmen können.

Kurz bevor Jeebee aufhören wollte – die Sonne stand schon nahe am Horizont –, kam eine Kolonne von fünf solide gebauten, schwer beladenen Pferdewagen vorbei, jeder mit seinem eigenen Kutscher, begleitet von fünfzehn bis zwanzig bewaffneten Reitern, Männern und Frauen, dazu eine Anzahl von kräftigen Pferden als Remonten und zum Wagenziehen, die von einigen der Reiter hinterhergetrieben wurden.

Einen Moment lang geriet Jeebee in Versuchung. Sie

hatten nicht ganz die Erscheinung einer Plündererbande, obwohl ihre Waffen und ihre Disziplin sie ziemlich gefährlich erscheinen ließen. Eher erschienen sie ihm wie eine Gruppe von Leuten, die beschlossen hatten, im Konvoi zu reisen, wie die Wagentrecks des 19. Jahrhunderts während der Besiedlung des Westens. Einer solchen Gruppe sollte eigentlich ein einzelner Mann, der auf sie zukam und seine friedlichen Absichten klar machte, indem er sein Gewehr mit beiden Händen hoch über den Kopf hielt, wenig Angst einjagen.

Als sie dann näher kamen, offenbarte sein Fernglas ihm ein interessantes Detail. Der Mann, der den ersten Wagen fuhr, hatte eine Kette um den Fußknöchel, die am Fußbrett des Kutschbocks befestigt war. Jeebee überprüfte die übrigen Wagen, sobald sie in Sicht kamen, und sah, daß alle Kutscher angekettet waren.

Auf der Stelle veränderte sich seine Einschätzung der Szenerie. Offensichtlich waren die Kutscher Leute, die man versklavt hatte, wodurch die anderen, bei denen es sich um eine moderne Version der Comancheros aus der Mitte des 19. Jahrhunderts im nördlichen Texas handeln mußte, völlig freie Hand hatten, ihre Gewehre einzusetzen, falls nötig, oder zu verfolgen, was ihr Interesse auf sich zog. Nachdem sie vorüber waren, stand Jeebee auf, etwas steif nach so vielen Stunden in liegender Stellung. Was er gerade gesehen hatte, machte ihn frösteln. Beinahe hätte er sich dem Schicksal ausgeliefert, mit einer Kette um den Fuß einen dieser Wagen zu fahren – oder noch schlimmer.

Ernüchtert kehrte er zu seinem Lager zurück und beschäftigte sich mit dem Lagerfeuer. Später am Abend legte er einige größere Scheite in die Glut, hängte sich die .30/06 über den Rücken und entfernte sich von den Flammen. Er zählte fünfzig Schritte ab, dann ging er einen vollen Kreis um seinen Lagerplatz, wobei er sich auf das Leuchtzifferblatt seines Kompasses verließ. Falls sich Sklavenjäger in der Nachbarschaft aufhielten,

dann wollte er dreifach sicher sein, daß man das Licht seines Feuers nicht sehen konnte.

Er war kaum zum Lagerplatz zurückgekehrt und hatte sich vor dem Feuer niedergelassen – jetzt war es nur noch ein kleines, gemütliches Feuerchen –, als Wolf zurückkehrte. Jeebee nahm seine Ankunft mit einem unmerklichen Nicken zur Kenntnis. Die aufwallende Freude, die er für gewöhnlich empfand, wenn sein Begleiter erschien, war durch die quälende Erinnerung an den Zug der Sklavenfänger getrübt. Jeebee starrte ungerührt durch die Rauchfetzen, durch Wolf und die hinter ihm stehenden Bäume hindurch, unfähig, das Bild der Ketten abzuschütteln.

Tiefe, heisere Laute, vermischt mit Gewinsel, brachten Jeebee abrupt in die Gegenwart zurück.

Wolf näherte sich ihm in einem seltsamen, halb sitzenden Kauern, mit gekrümmtem Rücken, den Schwanz zwischen die Beine geklemmt. Er hielt den Kopf gesenkt und hatte die Maulwinkel zur Parodie eines Lächelns zurückgezogen, so daß seine Lefzen die elfenbeinerne Reihe seiner hinteren Zähne freigaben. Jeebees erster Gedanke war, Wolf sei verletzt worden, vielleicht angeschossen von einem der bewaffneten Reiter, die er heute gesehen hatte. Er streckte prüfend die Hand aus, und im gleichen Augenblick legte Wolf sich auf die Seite und rollte sich auf den Rücken, wobei er jämmerlich winselte. Jeebee fuhr mit den Fingern auf der Suche nach Wunden durch das grobe Haar von Wolfs Brust und Bauch und ihn verließ der Mut, als seine Hand auf eine warme, klebrige Feuchtigkeit traf, die er zuerst für Blut hielt.

Wolf urinierte ausgiebig. Seine halb geschlossenen Augen und das starre Grinsen signalisierten absolute Entspannung und äußerste Zufriedenheit.

KAPITEL 6

Während der nächsten Woche kam eine Anzahl von Reisenden an Jeebees Ausguck vorbei. Aber sie gehörten alle in eine von zwei Kategorien: Bei den einen war es zu gefährlich, sich ihnen zu nähern, weil sie mögliche Angreifer darstellten, bei den anderen war es nicht sicher, sich ihnen zu nähern, weil sie vielleicht zu ängstlich waren.

Doch er hatte ja das Essen aus dem Rübenkeller; in einer anderen alten, verlassenen Farm hatte er ein Stück Segeltuch gefunden, aus dem er einen groben Sack machte, den er in den Baum hängte, so daß er jetzt einen beträchtlichen Vorrat an Lebensmitteln bei sich haben konnte, ohne daß er zu oft zu deren Quelle gehen mußte. Wolf unternahm keinen Versuch, von sich aus über den Rübenkeller herzufallen. Es gab dort sichtlich keine neuen Kratz- oder Grabspuren, außer denen, die dort schon zum Zeitpunkt von Jeebees Entdeckung gewesen waren, und Wolf war ihm nie auf dem Weg zum Rübenkeller gefolgt und auch nie überraschend aufgetaucht, wenn Jeebee gerade dort war.

Jeebee wurde sich auch einer subtilen Veränderung in Wolfs Verhalten ihm gegenüber bewußt. In jener Nacht, als Wolf sich so eigenartig benommen und auf Zuwendung begierig gezeigt hatte – als er sich zudringlich, doch zögernd genähert und zum erstenmal auf den Rücken gerollt und seinen Bauch zum Kraulen dargeboten hatte, da hatten sie beide eine Art Wasserscheide überschritten.

Jeebee hatte darüber nachgedacht, ohne daß er die volle Bedeutung dieses Ereignisses bestimmen konnte.

Er spürte nur, daß ihre Beziehung sich verändert hatte. Sie waren sich einander jetzt näher, und ihre jeweiligen Positionen waren schärfer definiert.

Sie waren in einem wichtigeren Sinn Partner geworden, mehr als nur Reisegefährten, und Wolf hatte in dieser Partnerschaft anscheinend die Rolle des Juniors übernommen. Tagsüber folgte er immer noch seinen eigenen Unternehmungen, doch seit jener Nacht ging er nicht mehr fort, bevor Jeebee aufwachte, und das auch erst, wenn Jeebee sein Einverständnis gezeigt, ihm fast eine ›Erlaubnis‹ zum Weggehen gegeben hatte, indem er wenigstens ein paar beruhigende Worte sprach und Wolf flüchtig hinter seinem Backenbart kraulte.

Obwohl er diese Veränderung erkannte, schob Jeebee jede Versuchung beiseite, die neue Autorität, die Wolf in ihm anerkannt haben mochte, für selbstverständlich zu nehmen.

Er war genauso wenig wie zuvor bereit, Wolf Nahrung wegzunehmen oder ihm in anderer Weise seinen Willen aufzuzwingen. Tatsächlich spürte er instinktiv, daß dies jetzt sogar noch gefährlicher sein konnte als vorher, als Wolfs wahrscheinlichste Reaktion darauf gewesen war, einfach wegzugehen.

Auf einer tieferen Ebene spürte er, daß ein solches Verhalten seinerseits ein Verrat an Wolfs Vertrauen wäre. Doch sein Leben seit Stoketon hatte ihn viel über die Ökonomie des Vertrauens gelehrt. Von welcher Natur auch immer Wolfs Ergebenheit ihm gegenüber sein mochte, alles, was gefressen, stibitzt, zerbrochen oder zerfetzt werden konnte, verwahrte Jeebee wie zuvor sicher außerhalb seiner Reichweite. Im Augenblick erstreckte sich Jeebees ›Vertrauen‹ nur auf den Luxus, sich keine Sorgen mehr zu machen, daß Wolf eines Morgens ohne ersichtlichen Grund fortgehen und nie wiederkommen könnte. Aber die Tatsache, daß er schon soviel Vertrauen haben konnte, war in sich selbst ein bedeutender Meilenstein.

In anderer Hinsicht begann Jeebee sich jedoch Sorgen zu machen, besonders als die zweite Woche an seinem Beobachtungspunkt begann. Er hatte immer noch reichliche Lebensmittelvorräte. Der Verkehr auf der Straße war von Tag zu Tag von sehr unterschiedlichem Charakter, und trotzdem hatte er noch niemanden gesehen, dem er sich zu nähern traute.

Jeebee klammerte sich immer noch an seinen ursprünglichen Glauben, daß schließlich jemand auftauchen würde, dem er sich nähern konnte. Doch zunehmend spürte er, wie ihm die Zeit davonlief, während er wartete. Die Zeit blieb nicht stehen. Die Ranch seines Bruders in Montana befand sich in einem höher gelegenen Landstrich und würde schon im Oktober verschneit sein. Jeebee hatte nur den Sommer und den Frühherbst für seine Reise, und außerdem hatte er noch ein gutes Stück Weg vor sich.

Als er eines Tages an seinem Ausguck lag und kurz vor Mittag die Straße beobachtete, sah er aus den Augenwinkeln eine Bewegung. Sie ging nicht auf der Straße vonstatten, sondern in dem Waldstück, das ihn umgab, knapp zwanzig Meter entfernt, zwischen den Bäumen zu seiner Linken.

Er schaute dorthin und sah Wolf. Sein Partner schien mit einem vierbeinigen Gefährten spielerisch herumzuspringen, doch Jeebee konnte zuerst nicht ausmachen, wer oder was dieser Gefährte war.

Doch als die Balgerei die beiden ihm näherbrachte, sah er, daß es sich bei dem anderen Tier nicht um einen Wolf handelte, sondern um einen kurzhaarigen gelben Hund, der so groß und fast so schlank wie Wolf war.

Jeebee setzte sich auf und beobachtete die beiden. Sie kamen sehr nahe an ihn heran, und schließlich kam Wolf in seiner Springerei direkt vor Jeebee zu stehen. Anscheinend wurde er dadurch an seine neue Verpflichtung gegenüber seinem Seniorpartner erinnert; er unterbrach das Spiel, trottete zu Jeebee und begrüßte ihn.

Jeebee konzentrierte sich darauf, Wolf am Hals zu kraulen. Der Hund blieb für einen Augenblick zögernd stehen, dann kam er langsam heran, bis er neben Wolfs Hinterteil stand. Hier zögerte er erneut und schaute Jeebee an. Jeebee achtete darauf, den Blick des Hundes nicht direkt zu erwidern. Er sah jedoch, daß es sich um eine Hündin handelte. Einen Augenblick später kam sie offensichtlich zu dem Schluß, daß sie Jeebee trauen konnte. Entschlossen schob sie sich vor und schnüffelte an Jeebees Arm.

»Na, wer bist du denn?« fragte Jeebee und schaute sie an.

Die Hündin wedelte mit dem Schwanz und schob sich an Wolf vorbei, um an Jeebees Jacke zu schnuppern. Jeebee hörte auf, Wolf zu kraulen. Statt dessen wandte er sich der Hündin zu und streichelte ihren Kopf. Eine Sekunde lang zog sie sich aus seiner Reichweite zurück, dann drängte sie wieder vor und wedelte erneut – und diesmal selbstbewußter – mit dem Schwanz.

Jeebee redete ihr wieder beruhigend zu und streckte die Hand aus, um sie oben am Kopf zu streicheln. Wolf schob seinen Körper zwischen die beiden und schob seinen Kopf unter Jeebees Hand. Jeebee fand sich einem seltsam hektischen Wettstreit im Gesichtlecken ausgesetzt, doch in Wolfs Verhalten war eine eigenartige Unterströmung von Spannung zu spüren. Sein Schwanz wedelte unsicher, und seine Augen zuckten zwischen Jeebee und der gelben Hündin hin und her. Trotz des deutlich hörbaren Gewinsels spürte Jeebee, wie Wolfs Brust vor unterdrücktem Knurren vibrierte. Er wußte nicht, ob das Geknurr ihm oder Wolfs neuer Freundin galt.

Eifersucht? fragte er sich. Dann tadelte er sich für diesen Gedanken – ein ausgesprochener Anthropomorphismus! Aber, dachte er dann, es war ein Etikett, das so gut paßte wie jedes andere auch. *Etwas* an der Situation beunruhigte Wolf. Eifersucht paßte jedoch nicht zu seinem Charakter, wie ihn Jeebee bisher erlebt hatte. Andrerseits hatte sich seine Beziehung zu Wolf auf eine Weise, die er nicht voll verstand, verändert. Jeebees neue Rolle konnte ebenso gut neue Barrieren wie neue Freiheiten bedeuten. Jeebee widmete seine Hand und seine Aufmerksamkeit Wolf.

»Du hast also eine Freundin zum Abendessen mitgebracht, was, alter Junge? Schade, daß ich nichts auf dem Ofen habe, was ich euch beiden anbieten kann.«

Auf den Klang seiner Stimme wedelte die Hündin lebhaft mit dem Schwanz. Als Jeebee sie jetzt aus den Augenwinkeln beobachtete, kam er zu dem Schluß, daß ihr Fell in Wirklichkeit nicht gelb, sondern von einem so hellen Braun war, daß das Sonnenlicht ihm einen gelblichen Farbton gab. Sie versuchte sich an Wolf vorbeizuschlängeln, doch der drehte seinen Körper geschickt und blockierte sie mit seiner Hüfte. Sie gab auf und trottete in den Wald davon. Sofort löste sich Wolf von Jeebee und rannte hinter ihr her. Jeebee wartete ein paar Minuten, aber die beiden kehrten nicht zurück, und er widmete sich wieder seiner Beobachtung der Straße.

Bis jetzt war an diesem Tag niemand aufgetaucht, und der Nachmittag war schon zur Hälfte vorüber. Jeebees Augen wurden müde vom Schauen durch die Linsen des Opernglases. Er suchte mit ihm die Straße ab, so weit er sehen konnte, bis zu ihrem Ost- und Westende, wo sie am Horizont verschwand. Einen Moment später glaubte er am Ostende, zu seiner Linken, etwas zu entdecken. Er war sich nicht sicher, selbst mit dem Fernglas. Es war nur ein Punkt, so weit weg, daß er auf der Straße gerade noch gesehen werden konnte – falls er überhaupt da war.

Jeebee musterte ihn weiterhin, und je länger er dies

tat, um so sicherer wurde er, daß dort tatsächlich etwas war. Falls ja, dann dürfte es nicht mehr als eine halbe Stunde von ihm entfernt sein. Doch wenn es da war, dann müßte es sich mit dem langsamsten Schrittempo vorwärts bewegen, in dem sich jemand bewegen konnte.

Er stellte sich darauf ein zu warten. Doch die Stunden vergingen, und nichts änderte sich. Aber wenn er das Straßenende untersuchte, dann war er sich immer noch sicher, daß er dort etwas sah.

Da an diesem Tag sowieso kein Reisender vorbeigekommen war, beschloß er, einen ungewöhnlichen Schritt zu tun und sich dem Highway zu nähern, um einen Blick darauf werfen zu können und sicher zu sein, daß die Erscheinung nicht nur in seiner Einbildung existierte.

Er zog sich zunächst von der Straße zurück. Auch wenn er seine Neugier befriedigen wollte, so durfte er doch kein Risiko eingehen. Die Route, der er folgte, verlief über einen langen Abhang durch eine Senke zu einer Stelle, wo er sich erneut unter dem Schutz einer ziemlich großen Baumgruppe befand, die einen alten Wasserlauf flankierte, bis er im Osten seines Ausgangspunktes herauskam und wieder auf den Fahrdamm stieß.

Er wiederholte etliche dieser Übergänge zwischen Gebieten mit guter Deckung, bis er sich etwa achthundert Meter von seinem ursprünglichen Beobachtungspunkt entfernt hatte. Von einem Gebüsch aus konnte er die Straße überblicken. Er drang zum äußersten Rand des Gestrüpps vor, legte sich nieder und richtete erneut sein Opernglas auf den Punkt.

Jetzt sah er, daß er ihn sich nicht eingebildet hatte. Es handelte sich eindeutig um ein Fahrzeug – anscheinend ein ziemlich großes Fahrzeug, doch waren keine Pferde vorgespannt. Da stimmte etwas nicht. Nie zuvor war auf der Straße vor ihm motorisierter Verkehr aufgetaucht, und Jeebee hatte ihn auch nicht erwartet. Öffentlich verfügbare Benzinvorräte waren schon vor etwas mehr als einem Jahr aufgebraucht gewesen, etwa acht Monate, bevor er Stoketon verlassen hatte.

Das Versiegen der Treibstoffvorräte für Motorfahrzeuge, so erinnerte sich Jeebee, war für die meisten Mitglieder der Studiengruppe, die noch übrig waren, das Signal zum Aufbruch gewesen. Es hatte Jeebees Bemühen ausgelöst, die notwendigen Dinge für seine eigene Flucht zusammenzutragen. Verschreibungspflichtige Medikamente für seine Notfallapotheke, das Elektrobike und die Solarzellendecke, mit der man die Batterie des Bikes aufladen konnte – all diese Dinge hatte er sich zu jener Zeit verschafft. Das Bike selbst war ein Versuchsfahrzeug gewesen, das er in einem kommerziellen Forschungs- und Entwicklungszentrum entdeckt hatte, wo man es zurückgelassen oder vergessen hatte.

Nur ein schwerer Transportlastwagen oder vielleicht ein Wohnmobil konnte so groß sein wie das, was er jetzt sah. Aber es war lächerlich zu glauben, eines von beiden könnte bis hierher gekommen sein. Ein solches Fahrzeug wäre ein auffälliges Ziel für alle menschlichen Beutejäger entlang der Autobahn und konnte unter keinen Umständen die Straße verlassen. Es wäre nichts anderes als eine fahrende Todesfalle für ihre Besitzer.

Jetzt war Jeebee neugierig geworden. Überdies verwunderte es ihn außerordentlich, daß dieses Ding sich nicht bewegt zu haben schien, seit er es entdeckt hatte. Die einzige mögliche Erklärung war, daß es sich in der Tat um einen Motorlastwagen handelte, der irgendwie genügend Treibstoff gehabt hatte, um bis hierher zu kommen, dem aber nun das Benzin ausgegangen war.

Diese Erklärung beruhte auf so vielen Zufällen, daß er sie nur schwer akzeptieren konnte. Er beschloß also, sich noch näher heranzupirschen, damit er sich davon überzeugen konnte, ob es stimmte, was er zu sehen glaubte.

Aber es wäre zu riskant gewesen, das bei Tageslicht zu versuchen. Im Gebüsch war er sicher, aber wenn er sich von einem Busch zum anderen bewegte, solange noch die Sonne am Himmel stand, wäre er zu ungeschützt und verwundbar, wenn er sich dem Fahrzeug näherte.

Er hatte sich ein wenig von Wolfs fast übermäßiger Vorsicht anstecken lassen, die dieser an den Tag legte, wenn es um Unbekanntes ging. Inzwischen war es später Nachmittag geworden. Jeebee würde zu seinem Lager zurückkehren und etwas essen, dann zurückkommen und sich bei Nacht an der Straße entlangarbeiten, um sich das Fahrzeug anzusehen. Er war versucht, einfach an Ort und Stelle zu bleiben, bis es dunkel war, und es dann zu erkunden, aber sein gesunder Menschenverstand widersprach ihm.

In jedem Fall war es sicherer, sich erst nach Sonnenuntergang einem Objekt zu nähern, das er eingehender anschauen wollte. Aber nicht bei Einbruch der Dunkelheit. Zu Beginn der Nacht würden die Leute instinktiv wachsamer und vorsichtiger sein. Jeebee hatte Zeit, und ein voller Bauch war immer eine kluge Vorsichtsmaßnahme gegenüber dem Unerwarteten.

So ging er zu seinem Lagerplatz zurück, aß, steckte drei zusätzliche Konservendosen in seinen Rucksack und füllte seine Wasserflasche auf. Er versteckte die .22 an einem sicheren Ort außer Reichweite in den Zweigen eines Baumes, der etwas von seinem Lagerplatz entfernt war, und nahm nur die geladene .30/06 und zusätzliche Patronen mit. Sobald die Sonne unterging, machte er sich auf seinen nächtlichen Erkundungszug.

Unter diesen Bedingungen ging er offener und gelassener, als er es bei Tageslicht getan hätte. Die Dämmerung und sogar die Nacht waren für ihn zu einer sichereren Reisezeit geworden als der Tag. Bei Nacht konnte er am Rand der Straße entlang direkt auf sein Ziel losgehen, wobei er einen der flachen Abwassergräben benutzte, damit nicht seine Silhouette vor den Sternen zu sehen war.

Er würde sich dem Fahrzeug aus einer Richtung nähern, in der die Leute dort vermutlich nicht Ausschau hielten. Es wäre für sie am natürlichsten, einen Angriff aus dem dunklen, offenen Land zu beiden Seiten der Straße zu erwarten, von dem aus sich Feinde unter dem Schutz der Bäume und tiefer Bodenfalten nähern konnte.

Folglich arbeitete er sich die Straße entlang, bis er seiner Schätzung nach mindestens drei Kilometer zurückgelegt hatte. Zu seiner Überraschung hatten die Leute von dem Fahrzeug, wer immer sie auch sein mochten, daneben im Freien ein Feuer entzündet, was nur bedeuten konnte, daß sie sich entweder ungewöhnlich sicher fühlten oder daß sie ungewöhnlich töricht waren.

Nur für den Fall, daß sie ungewöhnlich sicher waren, wechselte er aus dem Straßengraben in einen kleinen Wald über, der ziemlich nahe am Fahrzeug lag, weniger als neunzig Meter entfernt. Er befand sich windwärts, also dürfte kein Tier, das vielleicht bei ihnen war, seinen Geruch von dem leichten Nachtwind zugetragen bekommen.

Unter dem Schutz der Bäume holte er erneut sein Fernglas hervor. Es war kein Nachtglas, und er hatte etwas Schwierigkeiten, den Lichtpunkt zu finden. Es war ein loderndes Feuer. In seinem Schein konnte er mindestens zwei Leute ausmachen. Das eine war ein ziemlich großer Erwachsener, das andere entweder ein kleiner Erwachsener oder vielleicht ein Teenager, der ein rotes Hemd trug.

Er sah auch Hunde. Jeebee zählte mindestens fünf. Das bedeutete wahrscheinlich, daß noch mehr da waren, denn einige hatten den Kreis des Feuerscheins verlassen, während er zählte. Der leichte Nachtwind trug ihm aus der Entfernung schwach das Wiehern von Pferden zu.

Also hatten die Leute auch Pferde dabei. Er hatte recht gehabt, daß er vorsichtig gewesen war. In einer Gegend wie dieser konnte er nicht hoffen, zu Fuß einem berittenen Verfolger zu entkommen, der ihn sehen konnte.

Da er jetzt wußte, daß die beiden Menschen, die er gesehen hatte, Pferde und Hunde mit sich führten, begann er das Fahrzeug neu einzuschätzen. Das war nicht leicht, weil der Feuerschein nur eine Seite des Fahrzeugs beleuchtete und den Rest in Dunkelheit ließ. Aber allmählich kam Jeebee zu dem Schluß, daß es sich um eine Art großen Planwagen handelte, dessen kastenartiger Aufbau über hohe Seitenwände und ein gewölbtes Dach verfügte. Anscheinend lief er auf großen Rädern mit Lastwagenreifen.

Der Wagen war zu groß, als daß er nur von zwei Pferden gezogen werden konnte, aber ein Gespann von vielleicht vier oder sechs sollte bequem damit fertig werden. Wenn diese Räder so leicht rollten, wie sie aussahen, dann sollten vier Pferde ihn auf ebenen, gut befestigten Straßen leicht ziehen können.

Erstens, es handelte sich tatsächlich um einen von Pferden gezogenen Wagen nach dem Vorbild des alten Prärie- oder ›Conestoga‹-Typs, der in den Wagentrecks des neunzehnten Jahrhunderts, während der Wanderung der Siedler nach Westen, allgemein üblich gewesen war. Das gewölbte, segeltuchartige Dach und der rechteckige Aufbau ließen dies als fast sicher erscheinen. Er beschloß, sich das Gefährt noch eingehender anzuschauen, und das bei Tageslicht. Dafür würde er bis zu Beginn der Morgendämmerung da bleiben, wo er war. Falls der Wind sich nicht änderte und nicht die Botschaft von seiner Anwesenheit den Nasen dieser Hunde zutrug, würde er hier ziemlich sicher sein. Nach Monduntergang, in den dunklen Stunden vor Sonnenaufgang, konnte er näher herangehen, den Wagen im ersten Licht des Tagesanbruchs anschauen und sich gefahrlos davonmachen, bevor es hell wurde.

So blieb er an Ort und Stelle liegen und döste die Nacht hindurch. Gelegentlich wachte er auf, um aus seiner Wasserflasche zu trinken oder seine Blase zu entleeren. Vor dem ersten Morgenlicht wurde er wach und überlegte sich, wie er sich dem Wagen am besten nähern würde.

Die Schwierigkeit bestand darin, daß er mit der Gegend, in der er sich jetzt befand, nicht eingehend vertraut war, obwohl er auf seiner Suche nach verlassenen Farmen hier vorbeigekommen war. Der Wind wehte noch günstig für ihn, und er glaubte sich von seinen früheren Ausflügen entlang der Straße zu erinnern, daß es eine weitere kleine Baumgruppe gab, die sich näher am Standort des Wagens befand. Wenn er dieses Wäldchen rechtzeitig erreichte, dann konnte er das Fahrzeug im ersten Licht der Morgendämmerung betrachten und würde sich immer noch vor Sonnenaufgang davonstehlen können.

Jeebee setzte sich in Bewegung. Er mußte sich seinen Weg fast ertasten. Aber seine nächtlichen Fahrten in den ersten Wochen nach der Flucht aus Michigan hatten ihn gelehrt, wie er genau dies auf unbekanntem Terrain tun konnte. Schließlich erreichte er eine Baumgruppe, an die er sich zu erinnern glaubte. Er arbeitete sich langsam durch sie hindurch, bis er am Rand ankam, wo das offene Gelände zur Straße hin begann. Er legte sich hin und wartete.

Das Warten dauerte nur wenige Minuten. Die völlige Finsternis der Stunden vor der Morgendämmerung hatte begonnen nachzulassen; bald darauf fing der östliche Rand des Himmels an sich aufzuhellen – das Vorspiel zum Sonnenaufgang.

Jeebee schaute in Richtung der Straße auf die Stelle, wo er seiner Meinung nach den Wagen aus der Dunkelheit auftauchen sehen würde. Das Feuer war erloschen und bot keinen Anhaltspunkt mehr. Er lag völlig still da, und der Wind wehte weiterhin günstig für ihn.

Langsam wurde es hell. Langsam tauchte der Wagen aus der Dunkelheit auf, ein bißchen weiter entfernt, als er erwartet hatte.

Jeebee wartete. Das Licht wurde stärker, bald konnte er sein Opernglas verwenden. Das Fahrzeug war genau, was er sich gedacht hatte: ein übergroßer Planwagen vom Conestoga-Typ, der auf acht Paaren großer Räder mit Gummireifen lief.

Dahinter befand sich in einer Art Pferch aus Pfosten und Seilen eine Herde von vielleicht fünfzehn oder zwanzig Pferden. Sowohl Reit- wie auch Zugpferde. Drei weitere Pferde standen nahe an der Rückseite des Wagens nahe beisammen. Am Aussehen dieser drei Pferde war irgend etwas seltsam, doch das Licht war noch nicht stark genug, als daß Jeebee hätte sagen können, worum es sich handelte.

Die Hunde lagen schlafend auf dem Boden um den Wagen und die Asche des Feuers herum. Der Wagen war wirklich übergroß. Das Dach befand sich dreieinhalb Meter über der Straßendecke. Auch war die Vorderseite des Wagens hinter dem Kutschbock nicht offen, sondern mit einer hölzernen Wand abgeschlossen. Der Anblick der Deichsel, die dort herausragte, bestätigte Jeebee in seiner Vermutung, daß wenigstens vier Pferde nötig sein würden, um den Wagen zu ziehen.

Es waren noch keine Menschen zu sehen. Sie schienen alle im Wagen zu sein, und wieder dachte Jeebee, daß sie sich sehr sicher fühlen mußten, sonst hätten sie jemanden als Wachtposten aufgestellt. In der Zahl der Hunde hatte er sich getäuscht. Er zählte nicht weniger als neun schlafende Hunde in der Nähe der Feuerstelle.

Als der Tag heller wurde, begann das Schwarz und Grau des Wagens Farben zu weichen, und Jeebee entdeckte auf der Seitenwand des Wagens Buchstaben. Ein bißchen mehr Licht bestätigte, daß sie mit schwarzer oder roter Farbe auf die weiße Plane des Wagen gemalt waren. Die Buchstaben verkündeten:

PAUL SANDERSON & CO, HAUSIERER

Sie waren fast einen Meter hoch, und jetzt, wo der Morgen immer heller wurde, konnte Jeebee erkennen, daß sie tatsächlich in einem sehr leuchtenden Rot auf das weiße Tuch gepinselt waren. Sie sahen fast aus wie frisch gemalt. Insgesamt wirkte der Wagen mit allem Drum und Dran ungewöhnlich sauber und ordentlich. Er schien stabil gebaut und gut gewartet zu sein, und wirkte in diesem neuen unordentlichen und schmutzigen Zeitalter seltsam geschäftsmäßig.

Genau in diesem Augenblick rührte sich einer der Hunde, erhob sich und schüttelte sich. Es war Zeit zu gehen, doch Jeebee wollte noch einen weiteren Blick auf die drei Pferde auf der Rückseite des Wagens werfen. Er schwenkte das Fernglas auf sie und sah, daß die an den Wagen gebunden waren; sie waren gesattelt, mit einem vollen Packsack hinter dem Sattel und einem Gewehr in einem Futteral an der rechten Vorderseite. Das war ungewöhnlich. Jeebee trat den Rückzug an.

Im zunehmenden Licht kehrte er geduckt zu den Bäumen zurück, bei denen er die vergangene Nacht verbracht hatte. Von da aus unternahm er nun eine längere und eingehendere Observation des Wagens, denn jetzt half ihm das Tageslicht.

Inzwischen war die Sonne aufgegangen, und die Bewohner des Wagens schienen erwacht zu sein. Aus einem Metallrohr im Wagendach stieg Rauch auf. Auch die anderen Hunde waren inzwischen aufgestanden und strichen an der Vorderseite des Wagens herum. Nach einer Weile war es Jeebee, als trüge der Wind, der immer noch vom Wagen herwehte, ihm Küchengerüche zu. Schließlich kam die kleinere und – wie Jeebee jetzt sehen konnte – bartlose Gestalt aus dem Wagen und warf den Hunden einen Eimer voll Abfälle hin. Sie stürzten sich hungrig darauf und schlangen das Zeug hinunter.

Während die noch fraßen, brach ein Hund aus den Bäumen des Waldstücks, in dem Jeebee vorher gewesen war, und rannte zum Wagen hinab. Es war die gelbe Hündin, die Jeebee bei Wolf gesehen hatte. Sie sprang auf die schmächtige Gestalt zu, grüßte den Menschen überschwenglich und wurde mit lebhaftem Kraulen und Kosen belohnt.

Dann wandte sich die Gestalt der Vorderseite des Wagens zu. Jeebee konnte nichts hören, aber er bekam den Eindruck, die Person, die er beobachtete, habe gerufen. Binnen weniger Augenblicke erschienen zwei weitere Gestalten. Die eine war die größere Person, die Jeebee in der Nacht zuvor im Feuerschein gesehen hatte, offensichtlich handelte es sich um einen großen, etwas vierschrötigen Mann mittleren Alters mit einem kurzen, eckigen Bart. Ihm folgte ein kleinerer, glattrasierter Mann, der etwas trug, das sich als weitere Abfälle herausstellte, mit denen er die gelbe Hündin fütterte.

Nach einer Beratung unter den drei Gestalten ging der kleinere Mann wieder in den Wagen, die Person, die die gelbe Hündin bei ihrer Rückkehr begrüßt hatte, ging nach hinten zum Pferch, tauchte unter dem Seil durch und wählte sechs der schwereren Pferde aus, die sich widerstandslos aus dem Pferch zur Vorderseite des Wagens führen ließen. Sie trugen lockere Halfter aus Seilen um den Hals.

Der größere Mann übernahm sie und schirrte sie paarweise an der Wagendeichsel an. Die dritte Person ging nach hinten und holte drei frische Reitpferde herbei, um sie gegen die auszutauschen, die an der Rückseite des Wagens angebunden waren.

Die Ersatzpferde wurden an das Wagenende gebunden und bekamen Sattel, Zügel, Gewehre und alles Geschirr der anderen drei aufgeladen, die während der Nacht da gestanden waren. Die wiederum bekamen Seilhalfter mit kurzen, losen Enden um den Hals und wurden freigelassen. Wie Hunde folgten sie dem Menschen, der zum Pferch ging und ihn öffnete. Die Pferde vom Wagen schlossen sich den anderen an, blieben aber eng zusammen.

Es war offenkundig, daß die Bewohner des Wagens sich anschickten, weiterzuziehen. Ob die Entscheidung zum Aufbruch etwas mit dem Auftauchen der gelben Hündin zu tun hatte, wußte Jeebee nicht. Doch er wußte, daß er sich von seinem Standort zurückziehen und wieder auf vertrautes Terrain begeben wollte. Er kroch rückwärts, stand auf und lief in einem langsamen Trott los, als sich zwischen ihm und dem Wagen eine Bodenwelle befand.

Nun, wo er mehr über das Fahrzeug und dessen Leute wußte, achtete er bei der Rückkehr weniger darauf, daß er außer Sicht blieb. Er ging einfach in einer geraden Linie westwärts, wobei er von der Anhöhe, die zwischen ihm und dem Wagen lag, abgeschirmt wurde, bis er sich wieder unter den vertrauten Bäumen befand.

Während er lief, rechnete er im Kopf aus, wie lange der Wagen bräuchte, um bis auf gleiche Höhe seines gegenwärtigen Aufenthaltsorts zu gelangen. Er kam zu dem Schluß, daß er die Zeit hätte, seinen Lagerplatz zu umkreisen. Er konnte sicherstellen, daß da alles in Ordnung und die .22 noch sicher auf dem Baum versteckt war, ebenso der Sack mit den Lebensmitteln, den er getrennt davon aufgehängt hatte.

Alles war so, wie er es zurückgelassen hatte. Als er zu seinem Beobachtungspunkt zurückkehrte, nahm er die .22 mit. Die .30/06 hing immer noch an der Schlinge über seinem Rücken.

Er legte sich an seinem gewohnten Ausguck nieder

und benutzte das Opernglas, um die drei Leute vom Wagen zu mustern, während das Fahrzeug näher kam.

Die Aufschrift ›PAUL SANDERSON & CO, HAUSIERER‹ war an sich beruhigend. Sie besagte, daß die Leute vom Wagen es gewohnt waren, zu allen Zeiten und an allen Orten Menschen zu begegnen. Folglich würden sie nicht erschrecken und zu Abwehrreaktionen neigen, wenn jemand am Straßenrand auftauchte. Andrerseits wirkten sie sehr professionell und effizient. Und wenn sie mit einem solchen Fuhrwerk überlebt hatten und so weit gekommen waren, dann mußten sie noch besser zum Angriff fähig sein, als es den Anschein hatte.

Mit dem Vorteil seines Blickwinkels und seines leicht erhöhten Ausssichtspunktes sah er nun auch, was sich hinter dem Wagen befand.

Die zusätzlichen Pferde folgten dem Wagen in einer Herde und behielten anscheinend ihren Platz freiwillig bei. Der Mann, der die gelbe Hündin begrüßt hatte, ritt zwischen der Herde und dem Vorderteil des Wagens hin und her, wo der große Mann saß und das Gespann der sechs Pferde lenkte, die den Wagen zogen.

Der kleine Mann war nirgends zu sehen. Wahrscheinlich befand er sich im Wageninnern. Die drei frischen Pferde waren an die Rückseite des Wagens gebunden und mit Zügeln und Sätteln, Sattelsäcken und Gewehr ausgestattet worden; sie liefen an ihren Haltestricken hinterher, nutzten deren Länge aus, sträubten sich jedoch nicht dagegen. Anscheinend waren sie daran gewöhnt, dem Wagen zu folgen. Alles in allem vermittelte der Wagen den Eindruck einer unabhängigen Gemeinschaft, die gut organisiert und im Laufe der Zeit erprobt war, ein Inbegriff von Tüchtigkeit.

Jeebee wurde sich bewußt, daß er sich noch immer nicht klar war, ob er sich dem Wagen nähern sollte. Schon die Ordnung und die Disziplin, die er beobachtete, waren ein Faktor, der ihn drängte, mit diesen Leuten Kontakt aufzunehmen. Andrerseits erinnerte er sich an den Treck mit den Wagen, deren Kutscher alle an ihre Sitze gekettet gewesen waren. Was er sah, war irgendwie zu ordentlich und beruhigend, um wahr zu sein, genauso wie die Wagenkolonne auf den ersten Blick harmlos erschienen war. Es bestand immer die Gefahr, daß die Situation, die sich ihm darbot, nicht so harmlos war, wie sie schien. Es konnte eine Falle sein. Andrerseits mußte er irgendwann einmal ein Risiko eingehen. Diese Leute hier bildeten die bei weitem erfolgsversprechendste und anziehendste Gruppe von Reisenden, die er seit dem Beginn seiner Beobachtungen an diesem Highway gesehen hatte.

Der Wagen war nur noch etwa hundertdreißig Meter von seinem Aussichtspunkt entfernt und näherte sich im langsamen Trott der Zugpferde. Offensichtlich mußten diese häufig ausgetauscht werden, denn diese Gangart konnten sie nicht lange durchhalten. Dann wurde Jeebees Aufmerksamkeit plötzlich von den Pferden auf die Hunde gezogen, die den Wagen begleiteten.

Die anderen Hunde belästigten die gelbe Hündin. Keiner von ihnen war so groß wie sie. Doch fünf von ihnen versuchten sich ihr soweit zu nähern, daß sie sie besteigen konnten. Sie drehte immer wieder den Kopf zurück und schnappte nach ihnen, und gelegentlich blieb sie stehen und jagte sie davon, aber sie fielen wieder über sie her. Sie hatte ihren ziemlich schmalen, kurzhaarigen Schwanz schützend zwischen die Hinterbeine geklemmt. Sie war ein Weibchen und mußte läufig sein. Das würde erklären, warum Wolf versucht hatte, sie und Jeebee auseinanderzuhalten, besonders, falls er eigene Absichten ihr gegenüber hatte. Offensichtlich waren die anderen Hunde Rüden, und es wurde immer offensichtlicher, daß sie ihr bis an die Grenze ihrer Geduld zusetzten.

Sie und der Wagen waren inzwischen nur noch etwa

hundert Meter vom Rand von Jeebees schützendem Waldstück entfernt, als die Hündin anscheinend völlig die Geduld verlor, kehrtmachte und davonrannte. Mit einemmal lief sie geduckt davon, fort von den anderen Hunden, dem Wagen und allem anderen, auf Jeebee und den Wald zu.

Die anderen Hunde rannten hinter ihr her, doch der Mann auf dem Kutschbock rief sie zurück. Nur die Hündin selbst ignorierte seine Stimme und setzte ihre Flucht in den Wald fort.

Der Reiter verließ die Pferdeherde und galoppierte hinter der Hündin her. Doch bevor der Reiter sie einholen konnte, verschwand die Hündin etwa zwanzig Meter links von Jeebee im Wald. Auf einen weiteren Ruf vom Wagen hin machte der Reiter halt und drehte sich um, bevor er in den Wald eintauchen konnte. Die schlanke Gestalt im Sattel tat dies offensichtlich ungern, aber sie gehorchte. Jeebee vermutete, daß es sich bei dem Reiter um den Sohn oder einen jüngeren Verwandten des Wagenlenkers handelte.

Der Wagenlenker hielt sein Gefährt an, während der Reiter zu ihm zurückkehrte. Es folgte anscheinend ein Streit. Fetzen des Wortwechsels erreichten Jeebee, doch was er hören konnte, war zu bruchstückhaft, als daß er mehr als nur ein paar Worte hätte verstehen können, obwohl die beiden ziemlich aufgeregt und in etwas ärgerlichem Ton miteinander sprachen. Offensichtlich verbot der Wagenlenker dem Reiter, der Hündin in den Wald zu folgen.

Der Wagen blieb jedoch stehen, und der Streit ging weiter. Nach dem wenigen zu schließen, was Jeebee aufschnappen konnte, behauptete der Wagenlenker, der Reiter sei nur in Sicherheit, wenn er beim Wagen bliebe. Der Reiter seinerseits argumentierte, der Wald sei sicher.

Dann drang ein Fetzen ihres Gesprächs deutlich an Jeebees Ohr. Sie waren nur etwa dreißig Meter von ihm entfernt. Jeebee bekam nicht alle Worte mit, aber der Reiter sagte mit aufgeregter Stimme, daß sie auf keinen Fall weiterziehen würden, solange sie Greta nicht wieder bei sich hätten.

Genau in diesem Augenblick wurden die Stimmen übertönt vom Jaulen eines Hundes im Wald auf Jeebees rechter Seite. Jeebee richtete sein Opernglas geschwind in diese Richtung, doch die Baumstämme und das Gebüsch verbargen, was dort vor sich ging. Das Gejaul kam an ihm vorüber und bewegte sich in Richtung Straße, und Jeebee sah, daß die gelbe Hündin den Wald verlassen hatte, verbunden mit Wolf, der sie mit heftigen Bewegungen deckte.

Greta lief wieder auf den Wagen zu, und Wolf hatte keine andere Wahl, als ihr zu folgen, da sie mindestens soviel wog wie er. Der Wagenlenker griff hinter sich und holte ein Gewehr aus dem Wagen. Er legte es an die Schulter, bevor noch Jeebee erkannte, daß der Mann auf Wolf schießen wollte, der inzwischen bis auf fünfzehn Meter an den Wagen herangeschleift worden war.

Jeebee reagierte ohne nachzudenken und rappelte sich hoch. Er hatte schon vorher die .30/06 vom Rücken genommen und hinter sich an einen Baum gestellt. Jetzt packte er sie und stürmte aus dem Wald heraus und auf den Wagen zu.

»Halt!« rief er. »Nicht schießen! Er gehört mir! Er ist in Ordnung!«

Er rannte weiter auf den Wagen zu.

Das Gewehr in der Hand des Wagenlenkers wurde auf Jeebee geschwenkt, und der Reiter hatte plötzlich einen Revolver in der Hand und zielte ebenfalls auf ihn. Jeebee warf das Gewehr weg und lief weiter auf den Wagen zu, wobei er rief, sie sollten nicht schießen.

Doch bevor er dort ankam, löste sich Wolf von der Hündin und wurde sofort von den anderen Hunden angegriffen. Zu Jeebees Überraschung drehte sich die gelbe Hündin sofort herum und verteidigte Wolf, indem sie die anderen anknurrte und nach ihnen schnappte.

Sie wichen vor ihr zurück. Anscheinend war sie nicht nur die größte von ihnen, sondern auch die ranghöchste im Rudel. Jeebee hatte gerade keuchend den Wagen erreicht.

Er packte einen Rand des Kutschbocks, um sich aufrechtzuhalten und keuchte. Als er aufblickte, sah er das Gesicht eines breitschultrigen, stämmigen Mannes mit einem kurzen, graumelierten Bart und Haaren in der gleichen Farbe, und daneben das runde, junge Gesicht des Reiters, der sich jetzt unverkennbar als Frau entpuppte. Unter einem hellbraunen Hut blickten blaue Augen auf ihn.

»Nicht schießen!« schrie Jeebee mit einem letzten, atemlosen Keuchen.

KAPITEL 7

Der Wagenlenker ließ langsam sein Gewehr sinken, während Wolf zwischen den Bäumen verschwand.

»Schon gut«, sagte er. »Er ist abgehauen.« Die Stimme des Mannes war ein dünner, schriller Bariton. Er wandte seinen Blick Jeebee zu. »Was ist er denn, eine Cojote? Er ist so groß.«

Sie starrten einander wortlos an. Schließlich war Jeebee wieder bei Atem und bei Sinnen.

»Er ist ein Wolf«, antwortete er. »Sind Sie Paul Sanderson?«

Der andere nickte.

»Ich heiße Jeebee«, sagte Jeebee. »Jeeris Belamy Walthar. Auf Ihrem Wagen steht, Sie seien Hausierer. Ich könnte vielleicht Geschäfte mit Ihnen machen.«

Sandersons Blick huschte für einen Moment zum Waldrand hinauf, wo Wolf verschwunden war.

»Vielleicht«, sagte er zurückhaltend. Sein Gewehr zeigte immer noch auf Jeebee, in einem Halfter an seiner Hüfte steckte ein Revolver. »Wie viele von euch sind noch da oben im Wald?«

»Ich bin allein«, sagte Jeebee. »Das heißt, abgesehen von Wolf. Völlig allein. Schauen Sie, ich habe mein Gewehr weggeworfen. Ich möchte einfach nur ein paar Sachen von Ihnen kaufen, wenn Sie sie zu verkaufen haben.«

»Wir werden sehen.« Sanderson nickte der Reiterin zu. »Überprüf ihn!«

Jeebee hatte zwar bemerkt, daß sie eine Frau war, aber er hatte diese Tatsache nicht wirklich registriert.

Deshalb war es jetzt ein gewisser Schock, als sie – eine junge Frau, wenn nicht noch ein Mädchen – sich ihm von hinten näherte. Er spürte Finger, die sich sachlich in seine Stiefelschäfte schoben, dann die Hände, die leicht an seinen Beinen heraufwanderten, seine Hüften beklopften, seine Gesäßtaschen untersuchten, dann sein Hemd abtasteten, in seine Achselhöhlen hinauffuhren und dann von hinten über seine Brust liefen. Zum Schluß grub die Frau ihre Finger sogar noch einen Moment lang in seine langen Haare und seinen Bart. Dann lösten sich die Hände von ihm.

»Er hat nichts dabei, Dad.« Die Stimme war unverkennbar weiblich.

Sie umrundete ihn und stellte sich vor ihm auf. Ihr rundes junges Gesicht sah gesund aus und hätte eigentlich fröhlich gewirkt, doch im Augenblick zeigte es einen Ausdruck von Mißtrauen. Jeebee erblickte kurzes, sauberes hellbraunes Haar, das unter der weiten Krempe ihres staubigen braunen Hutes hervorschaute, und eine leichte, dunkelfarbene Lederweste, die die Frau aufgeknüpft über einem normalen gelbbraunen Arbeitshemd und Bluejeans trug. Das so gut wie einzige Zugeständnis an ihre Weiblichkeit war die Tatsache, daß die schweren Arbeitskleider anders geschneidert waren und sie ihr besser paßten als Sanderson die seinen, und der einzige helle Tupfer war das türkisfarbene Halstuch, das um ihren Hals geknüpft war.

Sie wischte sich die Finger an den Hosenbeinen ihrer Jeans ab, mit denen sie ihn durchsucht hatte. Jeebee empfand dies als Beleidigung, dann wurde er plötzlich verlegen. Sanderson kam vom Kutschbock herunter, wobei er sein Gewehr oben liegen ließ, und das Mädchen – als solches betrachtete Jeebee sie nun, denn sie konnte kaum älter als sechzehn oder siebzehn sein – hatte schon ihren Revolver ins Halfter gesteckt, bevor sie ihn durchsuchte.

»In Ordnung«, sagte Sanderson, der jetzt vor Jeebee auf dem Boden stand, »was brauchen Sie?«

»Ein paar Pferde«, sagte Jeebee. »Proviant und Werkzeuge.«

Sanderson lachte.

»Für jemanden, der hier mit nichts in der Hand dasteht«, sagte der Wagenbesitzer, »wollen Sie aber eine ganze Menge. Was bieten Sie denn für all das?«

»Oh, ich habe schon etwas, womit ich zahlen kann«, sagte Jeebee. Er langte zwischen den Knöpfen seines Hemdes zu der darunter befindlichen Geldkatze. Mit drei Fingern griff er hinein, nahm drei der schweren Münzen heraus und hielt sie auf der offenen Handfläche dem Wagenlenker hin.

»Also das hatten Sie in dem Versteckgürtel«, sagte das Mädchen. »Ich habe sie gespürt, Dad, aber ich dachte, das wäre nichts Gefährliches, deshalb habe ich nichts gesagt.«

Jeebee blickte auf Sanderson. Überrascht sah er, daß der Mann stumm lachte.

»Du hattest schon recht, Mary«, hörte Jeebee ihn sagen. Nach einem schnellen Blick auf seine Tochter heftete Sanderson seine Augen wieder auf Jeebee.

»Gold«, sagte er und schüttelte den Kopf.

»Aber das ist wirklich Gold!« sagte Jeebee eindringlich. »Das sind Goldmünzen!« Er hielt die mit Gold beladene Hand dem Wagenlenker hin. »Los«, forderte er ihn auf. »Prüfen Sie selbst. Reines Gold! Sie können ruhig hineinbeißen. Außerdem sollte jemand wie Sie Gold erkennen, wenn er es sieht.«

»Oh, ich glaube Ihnen. Das ist Gold. Das sind Krüger-Rands, schon gut«, sagte Sanderson. »Es ist nur so, daß Sie damit nicht viel kaufen können. Dafür kann ich Ihnen nicht viel anbieten. Bei den meisten Leuten ist es zu riskant, wenn man versucht, sie gegen etwas einzutauschen; es ist zu schwer, einen Käufer zu finden, dem man trauen kann. Die sicheren Sachen, die man jetzt tauscht, sind kleinformatige Dinge des Alltagsbedarfs, die man heutzutage nicht finden oder nicht leicht herstellen kann.«

Nachdem er geendet hatte, herrschte für einen langen Augenblick Schweigen, dann redete Sanderson weiter.

»Was haben Sie sich denn vorgestellt, was Sie außer Pferden kaufen wollen?« fragte er Jeebee.

»Was ich brauche, um zu überleben«, sagte Jeebee. »Ich bin unterwegs zur Ranch meines Bruders in Montana. Ich stelle mir vor, daß ich dort sicher bin. Ich hatte gehofft, zwei Pferde von Ihnen zu kaufen, eins zum Reiten und eins als Packpferd, und einen Spaten, eine Axt, einige Decken, einige Grundnahrungsmittel wie Mehl und Zucker und vielleicht Speck. Ich brauche auch eine Handfeuerwaffe. Einen Revolver, wenn Sie einen übrig haben, und Munition dafür und für das Gewehr, das ich da hinten auf den Boden geworfen habe, und dann für das andere, das ich oben in den Bäumen versteckt habe. Ich warte jetzt schon seit zwei Wochen darauf, daß jemand vorbeikommt, der so aussieht, als könnte ich ihm gefahrlos etwas abkaufen. Ich wäre vielleicht gar nicht zu Ihnen herausgekommen, wenn Wolf nicht gewesen wäre.«

»Wieviel vom dem Gold haben Sie denn bei sich?« fragte Sanderson.

»Dreiundzwanzig Münzen«, sagte Jeebee hoffnungsvoll.

»Nun, dann werde ich Ihnen mal was sagen«, sagte Sanderson, »mit diesem Gold würden Sie nicht mal eine Anzahlung für ein Packpferd leisten können. Vielleicht eine Schaufel, eine Axt, und eine Handfeuerwaffe – vielleicht.«

Er schaute Jeebee eine Weile an. »Haben Sie etwas anderes zum Tauschen?« fragte er dann.

»Nichts, worauf ich verzichten könnte«, sagte Jeebee.

Sanderson hielt eine Minute inne, als dächte er über

etwas nach. Jeebee war zwar etwa einen Zoll größer als Sanderson und vielleicht zwanzig Jahre jünger, aber der Wagenlenker war breitschultrig, kräftig gebaut und sah stark aus. Er nahm sein Gewehr und reichte es der jungen Frau. Sie nahm es wortlos.

»Kommen Sie«, sagte Sanderson zu Jeebee, »wir werden gehen und das Gewehr aufheben, das Sie weggeworfen haben, und uns anschauen, was Sie da haben.«

»Dad ...«, begann das Mädchen.

»Du bleibst da«, sagte Sanderson zu ihr. »Mach dir keine Sorgen um mich. Du bist es, die jemand benutzen könnte, der sich dort oben im Wald versteckt. Wenn sie mich haben, haben sie nichts. Alles, was wertvoll ist, ist hier unten, und du hast Nick bei dir.«

Jeebee blinzelte. ›Nick‹ mußte die dritte Person sein, die er in der Nacht zuvor im Feuerschein neben dem Wagen gesehen hatte. Er nahm an, daß dieser Nick, wer immer er sein mochte, sich im Wagen befand. Auf jeden Fall war Sanderson schon in Richtung der Bäume losgegangen. Jeebee holte ihn ein. Sie fanden das Gewehr – tatsächlich fand Sanderson es vor Jeebee, hob es auf, wog es in der Hand, drehte es herum und überprüfte den Mechanismus.

»Nichts Großartiges«, sagte er, »aber Sie haben es in einem ziemlich guten Zustand gehalten.«

Sanderson hatte die Patrone ausgeworfen, die Jeebee automatisch in dem Moment in die Kammer geschoben hatte, als der Wagen in seinem Fernglas auftauchte, und den Ladestreifen entfernt. Jetzt hob Sanderson die Patrone auf und gab sie zusammen mit dem Ladestreifen an Jeebee zurück.

»Stecken Sie das in Ihre Tasche«, sagte er. Jeebee nahm die Sachen wortlos entgegen. Sie gingen hinauf in den Wald. Jeebee holte die .22 und übergab auch sie an Sanderson. Die .22 war ein Einzellader. Sanderson warf auch die Patrone dieses Gewehrs aus und reichte sie Jeebee, damit dieser sie in die Tasche steckte, dann gab er ihm die Waffe zurück. Keiner von beiden sagte etwas, und sie gingen zwischen den Bäumen weiter, weg von der Straße und vom Wagen.

»Wo ist Ihr Lager?« fragte Sanderson, als sie in den Halbschatten des Waldes traten.

»In einem Wäldchen weiter hinten«, erwiderte Jeebee. »Wir können dorthin gehen, wenn Sie wollen, aber dort gibt es nichts. Überhaupt nichts. Es ist nur ein Platz, wo ich bei Nacht ein Feuer anzünde und schlafe.«

»Schauen wir trotzdem mal hin«, sagte Sanderson.

Sie gingen weiter durch das kleine Waldstück, über das offene Feld dahinter und wieder in den Wald. Als sie den Lagerplatz erreichten, ließ Sanderson seinen Blick herumwandern und heftete ihn sofort auf den Sack, den Jeebee aus Segeltuch gemacht und in den Baum gehängt hatte, vollgepackt mit Konservendosen aus dem Rübenkeller.

»Was ist das?«

»Konserven von Lebensmitteln, die ich aus einem Rübenkeller geholt habe«, antwortete Jeebee. »Wollen Sie, daß ich hochklettere und eine hole und sie Ihnen zeige, oder würden Sie gern selber hochklettern und schauen?«

»Ich habe eine bessere Idee«, sagte Sanderson. »Sie klettern hinauf und holen das ganze Ding runter.«

Jeebee zuckte die Achseln, kletterte den Baum hoch und holte den schweren Lebensmittelsack herunter. Dann öffnete er ihn.

»Du lieber Himmel, Sie haben nicht geschwindelt!« Sanderson stocherte mit der Stiefelspitze unter den Konservendosen herum. »Ist Ihnen schon von einer schlecht geworden?«

»Bis jetzt nicht«, antwortete Jeebee. »Sie haben alle noch nicht das Verfallsdatum erreicht, das aufgestempelt ist.«

»Trotzdem.« Sanderson ließ die Dosen in Ruhe. »Die

eignen sich nicht sehr zum Tauschen mit mir. Wir haben im Wagen genügend zu essen, und ich würde es nicht wagen, sie jemand anzubieten, für den Fall, daß ihm trotz des Datums schlecht wird.«

Er blickte sich auf dem Lagerplatz um.

»Sie hatten schon recht«, sagte er, »hier gibt es nichts als die Asche Ihres Feuers, die Sie zugedeckt haben.«

»Das habe ich Ihnen ja gesagt«, erwiderte Jeebee.

»Rufen Sie diesen Wolf herbei«, sagte Sanderson. »Mir wäre es angenehmer, wenn ich ihn im Auge haben könnte.«

»Er kommt nicht, wenn ich ihn rufe«, erwiderte Jeebee. »Er kommt und geht, wie es ihm gefällt.«

Sanderson blickte ihn an. »Warum sagen Sie dann, er sei Ihr Wolf?«

»Ich wollte nicht, daß Sie ihn erschießen.« Jeebee suchte nach einem Wort, das seine Beziehung zu einem Wolf erklären würde. »Er ist mein Partner.«

Das letzte Wort klang seltsam in der stillen Luft des kleinen Waldstücks. Sanderson lächelte. Es war nur Andeutung in den Mundwinkeln. Doch seine Augen schauten auf den leeren Lagerplatz.

»Mag sein«, sagte er. »Wie wissen Sie in diesem Fall, daß er nicht für immer fort ist?«

»Ich kann versuchen, ob er antwortet. Aber vielleicht tut er es nicht«, erwiderte Jeebee.

Er wölbte die Hände um den Mund, legte den Kopf zurück und heulte. Sie warteten, aber es kam keine Antwort. Jeebee zuckte die Achseln und heulte erneut. Wieder gab es keine Antwort.

»Vielleicht hört er mich nicht«, sagte Jeebee, »oder vielleicht hat er im Augenblick einfach keine Lust zu antworten. Lassen Sie mich es noch einmal versuchen.« Jeebee wandte sich mehr in Richtung des Highways und heulte ein drittes Mal. Es folgte ein langes Schweigen. Jeebee schüttelte den Kopf, doch im selben Moment kam aus weiter Ferne das lange Geheul, das wie das Pfeifen einer Lokomotive klang. Jeebee lächelte Sanderson an.

Sanderson nickte. Sein Gesicht verriet immer noch nichts, aber Jeebee bekam aus der Art und Weise, wie der Mann dastand, den Eindruck, daß ein Gutteil der Reserviertheit von ihm abgefallen war. Es war fast, als hätte Wolfs Antwortgeheul in dem Mann eine seltsame Saite des Verständnisses und der Freundschaft gegenüber Jeebee angeschlagen.

»Kommen Sie mit zurück zum Wagen«, sagte Sanderson.

Sie machten kehrt und gingen zusammen zurück.

»Erzählen Sie mir von sich«, bat Sanderson, als sie auf dem Rückweg waren. »Woher kommen Sie und was bringt Sie hierher?«

»Ich versuche die Ranch meines Bruders in Montana zu erreichen«, antwortete Jeebee. »Dort sollte ich eigentlich willkommen sein – und in Sicherheit. Auf mich allein gestellt bin ich nicht sonderlich sicher.«

Sanderson lachte kurz auf.

»Nicht in diesen Tagen, stimmt's? Selbst mit einem Wolf als Partner«, sagte er. »Aber erzählen Sie weiter. Was waren Sie, bevor Sie in den Westen aufbrachen? Und wie sind Sie so weit gekommen?« Doch bevor Jeebee antworten konnte, redete er weiter: »Nein, niemand von uns ist heutzutage sicher. Ich hatte Glück. Ich habe es vor etwa fünf Jahren kommen sehen und mich schon damals darauf vorbereitet. Auch wir im Wagen sind nicht sicher. Aber wir sind sicherer als die meisten. Die Leute brauchen Hausierer.«

Jeebee wagte nicht zu fragen, warum. Er wollte mehr über diesen Mann wissen, mit dem er vielleicht würde handeln müssen. Aber er hatte das Gefühl, eine direkte Frage nach dessen Herkunft sei nicht willkommen. Er beschloß, Sandersons Frage über seine eigene Herkunft zu beantworten.

»Ich war Dozent an einer Universität«, sagte Jeebee

zögernd, »Mitglied einer speziellen Studiengruppe der Universität von Michigan. Ein gutes Jahr, nachdem die Verhältnisse begonnen hatten sich zu verschlechtern, gingen die Leute von der Gruppe einer nach dem anderen fort und suchten sich sicherere Aufenthaltsorte. Die meisten von uns kamen sich in dem kleinen Ort, an dem wir waren, ziemlich sicher vor.«

»Und das war – wo?« fragte Sanderson.

»Stoketon hieß der Ort«, antwortete Jeebee. »Eine Kleinstadt. Ein hübsches Städtchen. Aber selbst dort wurde es schlimm, nachdem die Elektrizität und das Wasser abgestellt worden waren. Und natürlich waren schon lange vorher keine Ferngespräche mehr möglich gewesen. Auf jeden Fall gingen alle weg und sahen sich nach sichereren Orten um. Ich bin als letzter gegangen, und ich bin gerade noch mit dem Leben davongekommen. Das war vor einigen Monaten, um den Frühlingsanfang. Seitdem schlage ich mich nach Montana durch.« Jeebee ließ es darauf ankommen und fügte hinzu: »Sie kommen mit diesen Pferden auf dem Highway ziemlich gut voran.«

»Wenn wir fahren«, sagte Sanderson, »aber wir legen immer wieder einen Halt ein, für unsere Kunden. Erzählen Sie mir, wie Sie so weit gekommen sind.«

Für jemand, der nur auf dem Highway vorüberzog und schon durch die Art seines Gewerbes ständig neue Leute treffen mußte, hörte Sanderson mit einem – wie Jeebee fand – überraschend starken Interesse zu. Jeebee hatte noch nicht wirklich alles über seine Herkunft erzählt, als sie aus dem Waldstück traten und zum Wagen gingen. Das Pferd des Mädchens war an den Wagen gebunden, und sie selbst saß auf dem Kutschbock. Als die beiden Männer auftauchten, sprang sie herab und kam ihnen entgegen.

»Ich bin froh, daß du wieder hier bist, Dad«, sagte sie. »Ich war schon nahe dran, Nick hier zurückzulassen und dich suchen zu gehen!«

»Das wäre nicht klug gewesen, Mary«, sagte Sanderson und schüttelte den Kopf. »Du weißt, ich habe dir immer gesagt – bleib beim Wagen. Das ist dein Vorteil. Bleib beim Wagen. Du bist wie jemand, der ein Fort besitzt und nach draußen rennt, wo man weggeputzt werden kann, wenn man es verläßt.«

Er wandte sich Jeebee zu. »Jeebee«, sagte er, »dies ist meine Tochter...« Wieder dachte Jeebee, er habe den Namen ›Mary‹ gehört.

»M-e-r-r-y«, buchstabierte das Mädchen und blickte ihn kühl an. »Merry!«

»Ich werde es mir merken«, sagte Jeebee und errötete zu seiner Überraschung ein wenig unter seinem Bart.

»Merry«, sagte Sanderson, »das ist Jeebee – wie, sagten Sie noch mal, war Ihr voller Name?« fügte er an Jeebee gewandt hinzu.

»Jeeris Belamy Walthar«, antwortete Jeebee.

»Schön, Sie kennenzulernen, Jeebee«, sagte Merry gleichmütig. Dann blickte sie auf die beiden Gewehre, die Jeebee mit sich trug, eines in jeder Hand.

»Ganz recht, Merry«, sagte Sanderson. »Das ist alles, was unser Freund hier besitzt, außer seinem Wolf, und nicht einmal den besitzt er. Aber ich habe viel über ihn erfahren.«

Er gab ihr eine kurze Zusammenfassung von Jeebees Herkunft. »Ich glaube, Merry«, schloß er, »wir könnten Jeebee eine Chance bieten, daß er sich das verdient, was er braucht.«

Er wandte sich Jeebee zu. »Wären Sie damit einverstanden, ein paar Monate bei uns zu arbeiten, bevor wir den Schwenk nach Süden machen? Sie könnten dann wenigstens einen Teil dessen bezahlen, was Sie brauchen.«

KAPITEL 8

Dad?« fragte Merry und blickte ihn lange an. »Bist du dir sicher?«

»Er ist allein«, erwiderte Sanderson. »Ich glaube, er wird schon zu uns passen.«

Merry sagte nichts mehr. Dies war nicht ein Wortwechsel zwischen Vater und Tochter gewesen, sondern die Erklärung eines Anführers gegenüber einem Untergebenen.

»Aber erzählen Sie trotzdem Merry etwas mehr über sich«, sagte Sanderson zu Jeebee, »so wie Sie es mir erzählt haben.«

Jeebee war es mehr als nur ein wenig peinlich, doch er versuchte einige der statistischen Forschungen über die Weltwirtschaft zu erklären, an denen er mitgewirkt hatte, als die Weltwirtschaft und kurz darauf die Zivilisation zusammenbrachen. Er verhedderte sich in seinen eigenen Erklärungen und gab es schließlich auf. Aber Merrys gespannte Animosität ihm gegenüber schien überraschenderweise nachgelassen zu haben. Seltsamerweise war es so, als ob beide, Vater und Tochter, eine Verständigung außerhalb und jenseits normaler verbaler Erklärungen erwarteten.

»Aber dieser Ihr Wolf«, sagte Merry einen Moment später, als Jeebee schließlich verstummt war, »wie wissen Sie, daß er ein Wolf ist, und nicht bloß ein Hund, der einem Wolf sehr ähnlich sieht?«

Auch das war zu kompliziert für Erklärungen. Es war schwer, in der harten Logik der Worte eine Überzeugung darzulegen, die aus Erlebnissen entstanden war. Aber Jeebee hatte schon längst aller Zweifel aufgegeben.

»Er ist kein Hund«, sagte er kopfschüttelnd.

»Er könnte ein Mischling sein«, warf Sanderson ein, »ein Wolfshund. Aber was für einen Unterschied macht das? Merry, warum führst du Jeebee nicht herum und zeigst ihm alles?«

»Alles?« Merry blickte ihren Vater mit gerunzelter Stirn an.

»Nun ja«, sagte Sanderson, »du brauchst ihn nicht in unsere privaten Räume zu nehmen. Aber laß ihn in den übrigen Wagen schauen, zeig ihm die Pferde und alles andere.«

»Wie wäre es, wenn er zuerst seinen Wolf herholt?«

»Er wird nicht kommen«, sagte Jeebee. »Nicht, solange Sie alle hier sind. Sie sind fremd für ihn, und er traut Ihnen nicht.«

»Man hat auf ihn geschossen, oder?« fragte Merry.

»Etwas in der Art«, sagte Sanderson mit einem Anflug von Ungeduld in der Stimme. »Führe ihn schnell herum, Merry. Dann können wir wieder weiterziehen.«

»Kommen Sie«, sagte Merry zu Jeebee.

Nach wenigen Schritten waren sie am hinteren Ende des Wagens. Jeebee hatte erwartet, daß die Pferde alle verstreut wären, aber sie hatten einfach haltgemacht, wo sie waren, und fraßen friedlich Gras vom Mittelstreifen.

»Können Sie reiten?« hörte Jeebee Merry fragen.

Er drehte sich um und schaute sie an. Mit dem Schatten des breitkrempigen Hutes – eines großen Hutes, der einem Stetson ähnelte – über den blauen Augen wirkte sie streng.

»Nicht wirklich«, sagte Jeebee, da er sich unsicher war, welches Niveau an reiterischem Geschick sie mit ›reiten‹ meinte.

»Nun, dann werden Sie es eben lernen müssen«, sagte sie. »Ich hole das sanfteste Reitpferd heraus, das wir haben, und auf dem können Sie lernen, aber Sie sollten sich lieber auf ein Tier vorbereiten, das ein bißchen lebhafter ist als das, was man Ihnen einmal in einem Mietreitstall angeboten hat.«

Sie band ihr Pferd los, stieg auf und nahm vom Sattel eine Seilrolle, die dort gehangen hatte. Sie schüttelte sie aus, und Jeebee sah, daß es sich um ein Lasso handelte. Sie sammelte es wieder auf und ritt mitten zwischen die Pferde, ließ die Schleife fachmännisch über den Hals eines schlanken, grauen Tiers fallen und führte das zahm daherstapfende Pferd Jeebee zu.

»Hier, halten Sie sie«, sagte sie und reichte Jeebee das Lasso, so daß seine Hände sich nur etwa fünfzehn Zentimeter vom Hals des Pferdes entfernt um das Seil schlossen. Merry stieg ab und ließ ihre Zügel auf den Boden fallen. Ihr Pferd blieb an Ort und Stelle stehen. Die graue Stute, die Jeebee hielt, blickte ihn mit ruhigen Augen an.

»Ich hole etwas Geschirr«, sagte Merry.

Jeebee beobachtete, wohin sie ging, und sah, daß die Rückseite des Wagens, genau wie die Vorderseite, mit einer hölzernen Wand abgeschlossen war, in der sich eine regelrechte Tür befand. Eine herunterklappbare einzelne Stufe erleichterte es, den Eingang vom Boden aus zu erreichen. Merry verschwand durch die Tür und kam nach kurzer Zeit mit einem Sattel und einem Satz Zügel zurück. Sie trug den Sattel auf dem Unterarm. Zu beiden Seiten hingen die Steigriemen herab, und während sie ging, stießen die metallenen Steigbügel klimpernd aneinander.

Sie legte dem Pferd Sattel und Zügel an, zog den Sattelgurt straff und schnallte ihn am Bauch der grauen Stute zusammen.

»Alles okay«, sagte sie. »Steigen Sie auf.«

Jeebee legte seine beiden Gewehre hin, ergriff das Sattelhorn und fand mit der Stiefelspitze den Steigbügel, doch dann hielt er inne. Er befand sich auf der rechten Seite des Pferdes statt auf der linken, von der aus man gewöhnlich aufsaß.

»Ist schon in Ordnung«, sagte Merry, als er ansetzte, um das Tier herumzugehen, und in ihrer Stimme war ein Anflug von Ungeduld zu hören, »Sie können auf alle meine Pferde von beiden Seiten aufsteigen. Wenn Sie die Zügel auf den Boden fallen lassen, dann bleiben sie stehen und legen sich hin, so daß Sie sich zwischen ihre Beine legen und über ihren Körper ein Gewehr abfeuern können, wenn das nötig ist. Jetzt steigen Sie auf!«

Jeebee hob sich schwerfällig in den Sattel. Sein linker Fuß suchte nach dem anderen Steigbügel und fand ihn schließlich. Einen Augenblick lang empfand er ein Gefühl des Triumphs.

»Okay«, sagte Merry, »lassen Sie sie ein bißchen im Schritt herumgehen.«

Jeebee schlug mit beiden Fersen gegen die Flanken des Pferdes. Die Stute sprang mit einer Plötzlichkeit los, die ihn fast aus dem Sattel schleuderte. In Panik zog er kräftig an den Zügeln. Die Stute kam schlitternd zum Stehen und begann dann rückwärts zu gehen.

»Lassen Sie die Zügel los!« rief Merry.

Jeebee fummelte mit den Zügeln herum und ließ sie auf den Hals des Pferdes fallen. Die Stute blieb stehen. Jeebee schaute zu Merry hinüber und sah, wie sie ihn zornig anblickte. Doch dann ließ der Zorn in ihrem Blick nach und verschwand schließlich ganz.

»Nun, Sie können nichts dafür. Sie kennen sich einfach nicht aus«, sagte sie. »Also, damit sie vorwärts geht, brauchen Sie nur die Zügel von ihrem Hals zu heben. Das ist alles. Halten Sie sie einfach locker in der Hand.«

Vorsichtig folgte Jeebee ihrer Anweisung. Zu seiner Erleichterung begann die Stute langsam, aber stetig zu gehen. Merry stieg wieder auf ihr Pferd.

»So ist's recht. Jetzt führen Sie sie im Kreis herum«, sagte Merry hinter ihm. »Das machen Sie, indem Sie den gegenüberliegenden Zügel an die Seite ihres Halses legen. Legen Sie den linken Zügel an ihren Hals, und sie geht nach rechts.«

Jeebee gehorchte, und die Stute gehorchte ebenfalls. Sie ging einen ganzen Kreis, und dann wies ihn Merry an, die Stute in der entgegengesetzten Richtung herumgehen zu lassen. Danach leitete sie ihn zu einem Trab an, und er hopste eine Weile unbequem im Sattel auf und ab, bis sie den Trab zu einem Kanter beschleunigte und sich mit ihrem Pferd an seine Seite setzte. Nach einer kurzen Strecke brachte sie beide zu einem Halt, machte kehrt und führte Jeebee zurück zu den anderen Pferden.

Sobald sie angekommen waren, befahl sie ihm abzusteigen und saß selber ebenfalls ab, dann ließ sie die Zügel ihres Pferdes auf den Boden fallen, so daß es wie angebunden stehen blieb. Sie zeigte Jeebee, wie man den Sattelgurt am Bauch der Stute löste und Sattel wie Zügel abnahm. Dann ließ sie ihn beides durch die Hintertür des Wagens in einen winzigen Raum mit einer weiteren, verschlossenen Tür tragen. Dort wurde der Sattel an einem Haken aufgehängt, die Zügel kamen zu einigen anderen Zügeln an einen Holzpflock, der aus der Wand ragte.

Als sie ihn wieder ins Sonnenlicht hinausgeleitet hatte, ohne etwas über die andere Tür zu sagen, die ins Innere des Wagens führen mußte, hob Jeebee seine Gewehre wieder auf. Sie gingen zur Vorderseite, stiegen die Stufen neben dem Kutschbock hoch und betraten das Fahrzeug von der Vorderseite. Jeebee trat hinter ihr in einen Raum, der von der Birne eines altmodischen Autoscheinwerfers trüb erleuchtet wurde. Jeebee staunte: hier mußte es Elektrizität geben. Merry zeigte auf das Licht. »Autobatterie«, sagte sie knapp, »wird von einem Dynamo an den Wagenrädern gespeist.«

Der Raum war vollgestopft und bis zum gewölbten Dach vollgepackt mit Kisten, prall gefüllten Säcken aller Größen und hohen hölzernen Kommoden mit breiten, niedrigen Schubladen. In dem Raum schwebte das milde, angenehme Aroma eines Bioladens.

»Betreten Sie diesen Raum nur dann«, sagte Merry, »wenn Dad, Nick oder ich es Ihnen erlaubt haben.«

In der Mitte des vollgestopften Lagers führte ein schmaler Gang zu einer weiteren Tür. Merry ging voran, Jeebee hielt sich dicht hinter ihr. Sie kamen in einen zweiten vollgestopften Raum, der kaum lang genug war, daß unter dem gewölbten Dach zwei Hängematten von Wand zu Wand hängen konnten. Beide Hängematten hingen im Augenblick ordentlich zusammengerollt an nur einem Haken.

Unter dem Dach saß ein kleiner, tiefgebräunter alter Mann mit einem dreieckigen Gesicht auf einem geraden, hölzernen Stuhl hinter einer der beiden Feuerwaffen, die im Raum einander gegenüberstanden und die Jeebee als schwere, luftgekühlte Maschinengewehre erkannte. Die Gewehre standen vor Öffnungen in Stahlplatten, hinter denen sich wieder weißes Segeltuch spannte. Etwas wie das Rohr eines Periskops stieg vom Sockel der Wand empor und endete genau über dem Verschluß der Maschinengewehre in einer breiten, ovalen Linse.

Eine Anzahl weiterer Waffen hing an den Wänden und füllte den Raum. Dazu gehörten vier Rohre, die Jeebee als Raketenwerfer identifizieren konnte. Daneben war ihre Munition gestapelt; die Rohre waren aufrecht an einem Pfosten befestigt, der zur Mitte des Dachbogens hochragte.

»Sie können Ihre Gewehre zu den anderen in diesen Ständer da an der Seite stellen.« Merrys Stimme weckte ihn aus seiner Betrachtung des Raums. Sie wandte sich dem alten Mann zu, der sich nicht bewegt zu haben schien, doch jetzt einen Revolver locker in der Hand hielt. »Nick, das ist ...« Merry drehte sich wieder Jeebee zu. »Wie war noch mal Ihr Name?«

»Jeeris Belamy Walthar«, antwortete Jeebee. »Nennen Sie mich Jeebee. Jeder nennt mich so.«

»Nick Gage«, sagte der alte Mann. Er steckte seinen Revolver lässig unter den Sitz seines Stuhls, wo die Waffe anscheinend irgendwie festgehalten wurde.

Jeebee streckte ihm die Hand hin. Grobe, trockene Finger schlossen sich um seine Hand und schüttelten sie einige Male höflich, ohne daß der Mann von seinem Platz am Maschinengewehr aufgestanden wäre.

»Von dem Augenblick an, als Sie den Wald verließen, hatte ich Sie im Visier«, sagte Nick und tätschelte den Verschluß des Maschinengewehrs.

»Nick kann alles«, sagte Merry. »Er wird Ihnen alles über die Waffen beibringen. Ich werde aus Ihnen einen Reiter machen, so daß Sie schichtweise mit den Pferden reiten können. Wahrscheinlich können Sie nicht kochen?«

»Nicht sonderlich ...«, gestand Jeebee und wurde wieder verlegen.

»Nun, dann müssen wir beide, Nick und ich, Ihnen das auch beibringen.«

Merry wandte sich Nick zu.

»Dad sagt, wir nehmen ihn als Ersatz für Willie mit.«

»Willie hat einiges gekonnt«, sagte Nick. Seine Stimme war so nüchtern, daß alles, was er sagte, fast monoton klang. »Aber vielleicht können wir aus dem noch mehr machen. Überlaß ihn nur mir.«

»Merry!« ertönte Sandersons Stimme von der Vorderseite des Wagens. »Können wir jetzt losziehen?«

»Haben Sie noch etwas, das Sie holen müssen?« fragte Merry. Jeebee schüttelte den Kopf. Er hatte seine beiden Gewehre, auch wenn sie sich fast einen Meter von ihm entfernt in einem Gewehrständer befanden, und in dem Rucksack, den er trug, befand sich alles andere, was er besaß.

»In Ordnung, Dad!« rief Merry zurück. »Wir sind bereit. Ich komme gleich raus!«

Sie drehte sich um und ging fort und ließ Jeebee mit

Nick Gage allein. Einen Augenblick herrschte Schweigen. Sie sahen einander an.

»Hat sie oder Paul Ihnen viel erzählt?« fragte Nick.

»Nein«, sagte Jeebee und wurde plötzlich nachdenklich.

»Hab's mir schon gedacht. Ist auch richtig so«, sagte der alte Mann. »Es ist meine Aufgabe, Ihnen alles zu sagen. Schauen Sie mich gut an.«

Jeebee hatte ihn natürlich die ganze Zeit angeschaut. Und schaute ihn weiter an. Er sah nichts, was er nicht schon zuvor gesehen hatte.

»Sie sehen einen kleinen alten Mann, nicht wahr?« sagte Nick.

»Wenn Sie sich als solcher bezeichnen wollen«, erwiderte Jeebee. Es war ein seltsames Gespräch, und er wußte nicht recht, wie er es führen sollte. »Vielleicht sollte ich sagen, Sie haben recht.«

»Stimmt«, sagte Nick. Er streckte die linke Hand aus, mit der Handfläche nach oben. Hier war die Haut bemerkenswert rosa, im Kontrast zur ledernen Bräune des Handrückens und der gesamten sonstigen Haut von Nick, soweit sie sichtbar war. Es war nicht so sehr eine breite Hand als eine Hand, die sich ausgedehnt zu haben schien. An den Fingeransätzen waren zwischen den Fingern große Abstände. Eine Hand, die kurz, dick und stark wirkte, nicht übermäßig schwielig, aber an Arbeit gewöhnt.

»Was sehen Sie?« fragte Nick.

»Ihre Hand«, antwortete Jeebee.

»Stimmt«, sagte Nick wieder. Er schloß die Hand, und auf magische Weise hielt sie jetzt ein Messer mit einer etwa fünfzehn Zentimeter langen Klinge, die direkt auf Jeebee zeigte. »Und was sehen Sie jetzt?«

Jeebee holte Atem. Seine Bauchmuskeln hatten sich gestrafft, und er entdeckte, daß er näher bei Nick stand, als er gedacht hatte. Die Messerspitze war weniger als fünfzehn Zentimeter von eben diesen Bauchmuskeln entfernt.

»Ein Messer«, sagte er einen Moment später und versuchte dabei gelassen zu klingen.

»Ja, stimmt«, sagte Nick. Er steckte das Messer wieder in eine der geräumigen Taschen der Lederweste, die er über einem roten Hemd und Jeans trug, die sehr der Kleidung von Merry und ihrem Vater ähnelte. »Wenn Sie können, dann bringen Sie den Trick heraus, wie es gemacht wird, und sagen Sie es mir. Wenn Sie's tun, dann werden wir uns mal über Messer unterhalten.«

»Ich weiß nicht, wie Sie es gemacht haben«, gestand Jeebee. »Aber es muß von irgendwoher gekommen sein. Da kommt eigentlich nur Ihr Ärmel in Frage.«

»Gut geraten«, sagte Nick. »Wir werden uns also über Messer unterhalten, aber nicht heute. Heute muß ich Ihnen alles zeigen. Inzwischen ...«

Er knöpfte seinen linken Hemdärmel auf und zog ihn hoch. An seinem Unterarm war ein Gurt mit einem Lederschlauch daran befestigt.

»Damit wird es gemacht«, sagte Nick. »Schauen Sie sich das gut an. Das ist ein Trickzeug. Es ist auch verdammt unnütz; alles Trickzeug ist unnütz. Trickzeug braucht man nur alle tausend Male einmal, aber jedes zehnte Mal kommt es einem in den Weg und bringt einen um.«

Er langte hoch, knöpfte etwas los, und die ganze Vorrichtung glitt von seinem Arm herab. Er legte sie auf den Klapptisch an der Wand neben seinem Stuhl. »Einstweilen denken Sie daran, daß es ein Trick ist. Ich weiß noch viel mehr davon. Da ich Tricks weiß, die Sie nicht kennen, bin ich nicht alt und nicht klein. Ich bin größer als Sie. Also tun Sie, was ich sage, und ich tue, was Paul sagt. Einverstanden?«

»Einverstanden«, sagte Jeebee, »jedenfalls für den Augenblick.«

»Das reicht mir«, sagte Nick und stand auf. »Kommen Sie jetzt mit mir, und ich werde Ihnen beibringen, was Sie alles über den Wagen wissen müssen und was Sie zu tun haben werden.«

Nick langte in eine Schublade unter der Tischfläche neben seinem Stuhl und holte eine etwa drei Seiten lange, mit Schreibmaschine getippte Liste hervor. Er reichte sie Jeebee.

»Das ist eine Checkliste von Sachen, die Sie tun oder überprüfen sollen«, sagte er. »Sie werden diese Liste alle vierundzwanzig Stunden komplett durchgehen. Der Teil der Liste, der unter ›Ruheraum‹ aufgeführt ist, befaßt sich mit diesem Raum hier. Wir nennen das hier den Ruheraum, damit wir ihn in Gegenwart anderer Leute erwähnen können, ohne zu verkünden, daß wir bewaffnet sind. Nach einer Weile werden Sie die Liste auswendig kennen und die Sachen automatisch erledigen können. Solange keiner von uns Ihnen eine andere Arbeit zuweist, wie etwa Geschirrspülen oder einen Reifen wechseln oder etwas holen oder bringen, gehen Sie einfach zu dem nächsten Punkt auf der Liste über und erledigen ihn. Jetzt kommen Sie mit mir.«

Er führte Jeebee durch den Wagen, dann ringsherum und schließlich zeigte er ihm das Fahrzeug noch von unten. Jeebee erfuhr, daß der Wagen innen schwer gepanzert war, überall – allerdings wurde Jeebee nicht überall herumgeführt. Die beiden Bereiche, die Nick ihm nicht zeigte, waren die Schlafräume von Paul Sanderson und Merry. Ansonsten lernte Jeebee die Waffen, die unzähligen Speicherplätze, die Ausstattung des Wagens selbst und alles, was damit zu tun hatte, kennen.

Es gab einen seltsamen kleinen Raum, der auf der Innenseite ganz mit Metall ausgekleidet war. Auf einer stabilen Unterlage stand da ein Amboß, daneben auf einem Dreifuß eine Schale aus schwarzem Metall. In der Schale befanden sich schwarze Brocken umgeben von grauer Asche.

»Hier schmiede ich.« Nick wies auf zwei große Luftlöcher, eines in der Wand nahe am Boden, das andere in der Decke. »Dahinter stecken batteriebetriebene Ventilatoren. Ich werde Ihnen einmal zeigen, wenn ich arbeite. Hier drin wird's dann ganz schön heiß.«

Das glaubte ihm Jeebee aufs Wort. In dem kleinen Raum war kaum Platz für sie beide. Aber ihn faszinierte die Vorstellung, daß hier geschmiedet wurde. Es war einer seiner Kinderträume gewesen, Stücke aus weißglühendem Metall zusammenzuhämmern und Dinge daraus zu formen.

Sie verließen den Raum, und Jeebee bekam Gelegenheit, seine Liste zu studieren. Auf ihr war auch eine Anzahl von Autobatterien angeführt. Zwei waren jeweils angeschlossen und arbeiteten, zwei waren geladen und einsatzbereit, und acht weitere waren brandneu, nicht mit Säure gefüllt und warteten darauf, als Ersatz für die derzeit arbeitenden Batterien zu dienen.

Die in Betrieb befindlichen Batterien wurden von einem Dynamo gespeist, der an die Wagenräder angeschlossen war, wie Merry gesagt hatte, und sorgten in jedem Raum des Wagens für Licht, wenn die Glühbirnen eingeschaltet waren.

Später hielten sie zum Mittagessen an, und Nick führte Jeebee um die Außenseite des Wagens herum. Dort befand sich ein langes Rohr, das so in den Kasten des Wagens eingebaut war, daß es von außen gesehen nur eine leichte Ausbuchtung des Sockels des Wagenkastens zu sein schien; außerdem war es außen schwarz gestrichen, so daß es wie ein etwa zwanzig Zentimeter breiter Schmuckstreifen aussah. Das Rohr enthielt Wasser, das beim Einfüllen durch eine Art Destillierapparat lief und gereinigt wurde. Von der schwarzen Farbe absorbiert, erhitzte die Sonnenwärme dieses Wasser. Es diente vor allem zum Kochen auf einem Herd, den man entweder mit Elektrizität oder mit gewöhnlichen Brennstoffen wie Holz beheizen konnte.

»Das einzige, worum Sie sich keine Gedanken machen müssen«, sagte Nick, als sie die Besichtigungstour beendet hatten, »sind der Wagen und das Lenken. Für das Lenken ist Paul verantwortlich – und er wird es Ihnen beibringen, weil Sie da am Ende auch mal drankommen werden, obwohl er am liebsten selbst lenkt. Dann sind da noch die Pferde, und dafür ist Merry verantwortlich. Wie gut können Sie schießen?«

Jeebee war es ein bißchen müde geworden, seine Fähigkeiten zu verkleinern. »Ich bin nicht gerade der beste Schütze der Welt ...«, begann er.

»Mehr brauche ich nicht zu hören«, fiel ihm Nick ins Wort. »Jeder, der mir sagt, daß er nicht gerade der beste Schütze der Welt ist, kann nicht einmal auf anderthalb Meter ein Faß treffen. Na schön, Merry wird Ihnen das Schießen ebenso beibringen wie das Reiten. Sie ist eine geborene Schützin, sogar besser als ich – und das will etwas heißen.«

»So?« fragte Jeebee.

»Das stimmt schon. Sie werden es schon noch sehen«, versicherte Nick. »Jetzt ist es genug. Es ist Zeit, daß der Wagen für heute bald anhält. Wir machen immer kurz vor Sonnenuntergang halt, so daß alle Leute in der Gegend, wo wir sind, eine Chance haben, uns für eine Weile an Ort und Stelle zu sehen und die Nachricht zu verbreiten. Das bringt Kunden. Heute abend werde ich kochen. Sie können mir dabei helfen.«

KAPITEL 9

Das Essen, das Nick zubereitete, war im wesentlichen ein Eintopf aus Rindfleisch und Gemüse. Zu Jeebees Überraschung öffnete der Alte einen anscheinend dick isolierten und dicht schließenden Schrank in dem Raum, der die Handelswaren enthielt; darin befand sich eine hübsche Menge Speck und Räucherfleisch sowie etwas, das für Jeebee wie das Hinterviertel eines offensichtlich erst kürzlich geschlachteten Tiers von Rindergröße aussah.

Während er Nick bei der Zubereitung der Mahlzeit zuschaute und half, fragte er sich stumm, wie die Leute hier wohl an solches Frischfleisch kamen, wenn sie sich anscheinend nicht die Zeit nahmen, danach zu jagen. Dann dämmerte es ihm, daß natürlich das Fleisch vom selben Ort gekommen war wie das Gemüse. Paul hatte wohl Kunden entlang seiner Route, die solche Dinge tauschten. Das Räucherfleisch und der Speck waren dann wohl für eine Zeit bestimmt, wo es solches Frischfleisch nicht geben würde.

Der Wagen verfügte über einen kleinen Metallherd, der so sinnreich konstruiert war, daß man ihn leicht von seinem Ofenrohr abnehmen und an isolierten Handgriffen ins Freie schaffen konnte.

An diesem Abend trug Nick den Herd hinaus, nachdem der Wagen haltgemacht hatte, und übernahm das Kochen. Der Herd hatte unter seiner soliden Metallplatte einen Feuerkasten, der mit Stücken schon brennenden Holzes von dem Feuer gefüttert wurde, das Nick direkt neben dem Wagen entzündet hatte, nachdem sie ihre Reise für den Tag unterbrochen hatten.

Zum Eintopf aßen sie Brot, das aus einem anderen Schrank geholt wurde und das auch eingetauscht sein mußte. Beides wurde auf Tabletts mit Vertiefungen gereicht, wie sie Jeebee von der Mensa gewöhnt war. Aus dem Wagen wurden Klappstühle gebracht und rings um das Feuer aufgestellt, und sie aßen alle mit ihren Tabletts auf den Knien. Als sie fertig waren, gaben die anderen drei Jeebee ihre Tabletts und ihr Besteck, und Nick führte ihn um die Ecke und zeigte ihm, wie man aus dem solar geheizten Tank auf der anderen Wagenseite heißes Wasser holte. Das Wasser kam aus einem Hahn am einen Ende des Tanks und floß in ein Waschbecken, das sich an der Seite des Wagens wie ein Klapptisch herausklappen ließ.

»Waschen Sie sich die Hände, bevor Sie die Teller waschen«, riet ihm Merry.

Einen Moment lang fühlte sich Jeebee vom Ton ihrer Stimme gereizt. Doch mit Überraschung stellte er fest, daß er sich weniger ärgerte, als er es früher einmal in einer solchen Situation getan hätte, und der Ärger verflog im Nu. Zu dieser neuen Zeit gehörte es, daß Befehle erteilt wurden und daß die, die sie entgegennehmen mußten, sich nicht darüber ärgerten.

Jeebee befand sich in diesem Wagen am unteren Ende der Rangordnung. Deshalb erschien es natürlich, daß alle ihm Befehle geben würden. Außerdem waren seine Hände wirklich schmutzig, wie er erkannte, als er sie anschaute. Er nahm die Seife vom Waschbecken und etwas Wasser aus dem Tank und wusch sich unter dem Hahn. Das Wasser war bemerkenswerterweise nicht bloß warm, sondern heiß. Er feuchtete seine Hände an, dann drehte er das Wasser zu, während er sich einseifte. Das war ein Matrosentrick, um Wasser zu sparen, wie er gelesen hatte. Er rieb seine seifigen Hände gründlich gegeneinander, dann drehte er den Hahn wieder kurz auf und spülte die Seife ab.

Jeebee schämte sich ein wenig darüber, daß er vergessen hatte zu bemerken, wie schmutzig seine Hände gewesen waren. Mit sauberen Händen füllte er jetzt den Tiegel mit Wasser und wusch ab.

Nick erschien rechtzeitig und zeigte ihm, wohin er das Geschirr stellen sollte, dann führte er ihn zurück zum Feuer, wo Paul und Merry saßen, sich unterhielten und sich an den Farben und der Wärme des Feuers erfreuten, während der Sonnenuntergang erlosch und der Tag sich abkühlte. Nick nahm einen der beiden leeren Stühle. Jeebee zögerte, sich auf den anderen zu setzen.

Er wandte sich Paul zu und wartete, bis Vater und Tochter ihr Gespräch unterbrachen. Paul blickte Jeebee fragend an.

»Wolf wird nicht zum Wagen herkommen«, sagte Jeebee, »aber ist daran gewöhnt, jeden Abend im Zwielicht mit mir zusammenzukommen, und dann in der Morgendämmerung. Wenn es Ihnen nichts ausmacht, gehe ich in den Wald hinauf, wo er zu mir kommen und sich sicher fühlen kann.«

Paul nickte. Er stand auf und ging in den Wagen. Einige Minuten später kam er mit etwas zurück, das wie eine sehr lange Angelspule mit einer langen aufgerollten Schnur aussah. Ihr Sockel war an einen Metallblock geschweißt, so daß die Spule aufrecht hingestellt werden konnte. Paul trug die Vorrichtung zu seinem Stuhl, setzte sich wieder hin und stellte die Spule neben sich, dann zog er das Ende der Schnur hoch und reichte es Jeebee.

»Halten Sie sie fest, wenn Sie in den Wald hinaufgehen«, sagte Paul. »Haben Sie eine Uhr?«

Jeebee nickte, zog den Ärmelaufschlag seiner Lederjacke zurück und zeigte die Digitaluhr, die er um das rechte Handgelenk gebunden trug. »Hier«, sagte er zu Paul. Tatsächlich war die Uhr ein Versuchsmodell mit einer Hundert-Jahre-Batterie, die erste und einzige ihrer Art. Sie war genauso wenig wie das Elektrobike auf dem Markt erhältlich gewesen, als die Welt auseinanderfiel. Doch da die anderen sich nicht die Mühe machten, ihm über das Notwendige hinausgehende Informationen über sich und ihre Besitztümer zu geben, hielt es Jeebee nicht für nötig, ihnen mehr zu sagen, als unbedingt notwendig war.

»Halten Sie die Schnur fest«, sagte Paul, »und ziehen Sie ungefähr alle fünf Minuten daran. Wenn Sie keine Antwort spüren, dann warten Sie ein wenig und ziehen noch einmal. Wenn Sie einen einzelnen Ruck als Antwort spüren, dann können Sie ruhig weitere fünf Minuten dort oben bleiben. Wenn Sie drei schnelle Rucke spüren, dann hören Sie mit dem auf, was immer Sie dort tun, und kommen Sie zurück. Wenn Sie gar nichts spüren, dann können Sie nach Belieben tun, was Sie wollen. Also dann, gehen Sie los.«

»Gut«, sagte Jeebee. Er nahm das Ende der Angelschnur und wickelte sie einige Male um seine linke Hand, dann ging er über das ziemlich ebene Gelände auf einige Bäume zu, die keine fünfzig Meter entfernt waren.

Die Schnur war leicht und spulte sich ohne weiteres ab. Jeebee merkte kaum, wie sie an seiner Hand zog, während er etwa zwölf Meter weit in die Baumgruppe hineinging. Er fand eine kleine, offene Stelle, die genaugenommen nicht mehr als ein breiter Fleck zwischen den Baumstämmen war, und setzte sich hin.

Langsam erlosch das Tageslicht. Er erinnerte sich daran, daß er normalerweise an seinen Ruheplätzen ein Feuer angelegt hatte. Wolf erwartete das vielleicht. Jeebee band die Schnur an einen nahen Baumstamm und kratzte einige Zweige und herabgefallene Äste zusammen, damit er trockenes Holz hatte. Dann benutzte er den Feueranzünder, den er wie ein Klappmesser zusammengefaltet in seiner Hosentasche trug, und erzeugte einen Funken, der das trockene Laub und den sonstigen Zunder erfaßte, den er unter eine kleine Pyramide von Zweigen gelegt hatte.

Eine winzige Flamme züngelte empor. Behutsam und vorsichtig nährte er sie mit etwas kräftigeren Stücken von trockenen Zweigen, und nach wenigen Minuten hatte er ein kleines, aber fröhliches Feuerchen brennen.

Er wartete neben dem Feuer, doch Wolf zeigte sich nicht. Jeebee wartete, bis es völlig dunkel war, und zog jedesmal an der Schnur, wenn der stumme Wecker seiner Uhr ihm in den Fünf-Minuten-Intervallen, auf die er ihn eingestellt hatte, eine Vibration ans Hautgelenk schickte. Schließlich stellte er sich der Tatsache, daß Wolf nicht kommen würde, zumindest nicht in dieser Nacht. Mit einem leichten Gefühl innerer Leere löschte er das Feuer und verließ den Wald wieder, wobei die Schnur offensichtlich von der Spule automatisch wieder aufgewickelt wurde.

Als Jeebee wieder im Freien stand, sah er den Wagen deutlich. Das Fahrzeug war von innen her erleuchtet wie eine Laterne. Die dicke rote Schrift hob sich schwarz vom gelb beleuchteten Segeltuch der Außenseite ab. Der mondlose Himmel über ihm war mit Sternen übersät. Doch deren Licht verkündete nur ihre Gegenwart.

Die von Laternen beleuchteten Buchstaben verkündeten ›PAUL SANDERSON & CO, HAUSIERER‹ fast so deutlich wie bei Sonnenschein. In dieser Beleuchtung diente die Aufschrift bei Nacht ebenso gut als Signal und Werbung wie bei Tag. Jeebee ging darauf zu.

Als er näher kam, sah er die anderen drei noch an ihrem Feuer sitzen. Ein schwarzer L-förmiger Metallstab stak mit dem langen Ende senkrecht neben dem Feuer; am kurzen waagrechten Ende hing eine Kaffeekanne über den Flammen. Die drei hatten Tassen in der Hand.

»Haben Sie ihn nicht gefunden?« fragte Paul, als Jeebee näher kam. »Nehmen Sie sich die Kaffeetasse dort auf Ihrem Stuhl.«

»Stimmt, er ist nicht gekommen«, sagte Jeebee

ausdruckslos und füllte seine Tasse. Er kostete die schwarze Flüssigkeit. Es war echter Kaffee.

»Hab ich mir schon gedacht«, sagte Paul mit einem Nicken. »Die Hunde hätten ihn verbellt, wenn er gekommen wäre.«

Jeebee schaute sich nach den Hunden um, doch er sah nur die gelbe Hündin Greta. Sie lag mit dem Kopf auf den Stiefeln von Merry, die mit der Kaffeetasse in der Hand auf der anderen Seite des Feuers saß.

»Wo sind die übrigen?« fragte Jeebee.

»Auf ihren Posten«, antwortete Nick. »Hinter den Pferden und um uns herum.«

»Was meinen Sie, warum wir die Hunde haben?« fragte Paul. »Wenn sich jemand uns nähert, dann schlagen sie Alarm. Die Pferde tun das übrigens auch, aber sie entdecken es nicht so schnell wie die Hunde, wenn sich uns jemand nähert.«

»Alle außer Greta«, sagte Jeebee. »Ist sie auch auf Posten?«

»Greta«, sagte Paul und schaute auf seine Tochter, »Greta ist Merrys besonderer Liebling. Sie hat uns gefunden und von Anfang an hat sie sich zu Merry hingezogen gefühlt.«

Jeebee setzte sich auf seinen Stuhl, die Tasse in der Hand, und blickte durch die Flammen Merry an. Sie erwiderte seinen Blick. Für ein so heiteres Gesicht war es kein unfreundlicher Blick, aber er war auch nicht herzlich. Sie hatte kaum ein halbwegs freundliches Wort zu ihm gesagt, seit sie einander begegnet waren, stellte Jeebee fest. Dann bereute er den Gedanken. Die Zeiten waren jetzt anders. Es war natürlich, einem Fremden zu mißtrauen, und für diese Leute war er immer noch fremd – wie auch sie für ihn.

Seine Gedanken wanderten umher, während er an dem heißen schwarzen Kaffee nippte. Er fragte sich, was Wolf wohl jetzt tat. Plötzlich bemerkte er eine Gestalt neben sich und wurde abrupt aus seinen Gedanken gerissen. Als er den Kopf drehte, war seine Nase nur wenige Zoll von Gretas Schnauze entfernt. Sie stand neben ihm, lehnte sich an ihn und wedelte mit dem Schwanz, die Ohren angelegt und ein Lächeln auf dem Gesicht. Als er sie anschaute, schmiegte sie sich an ihn, schnupperte eifrig an seinen Hosenbeinen und begann seine Jacke zu untersuchen. Schließlich beendete sie ihre Erkundung und leckte kurz sein Gesicht, bevor er ihrer Zunge ausweichen konnte. Er wischte sich das Gesicht ab und wehrte einen neuen Schlenker der Zunge ab. Er tätschelte sie, und sie kauerte sich neben ihm nieder. Genaugenommen rollte sie sich fast neben ihm zusammen und legte den Kopf auf seine Stiefel, wie sie es bei Merry getan hatte.

Beim Gedanken an Merry schaute Jeebee durch die Flammen erneut zu der jungen Frau hinüber. Jetzt zeigte ihr Gesicht einen Ausdruck, der – so meinte Jeebee – noch weniger freundlich war als zuvor. Zum erstenmal kam Jeebee der Gedanke, daß sie es vielleicht übelnehmen könnte, wenn ihr Hund Jeebee so schnell so viel Aufmerksamkeit schenkte. Sie hätte ja wohl auch allen Anlaß dazu, wenn sich ein Hund, der speziell ihr gehörte, sich so mit einem Fremden einließ. Jeebee schämte sich fast, es sich einzugestehen, aber seine Vermutung über Merrys vermutlichen Ärger löste in ihm ein hinterhältiges Gefühl des Triumphs aus. Er mochte nicht wie sie reiten oder ein halbes Dutzend anderer Dinge tun können, aber Hunde mochten ihn – oder zumindest dieser Hund schien ihn zu mögen.

Erst da ging ihm auf, daß nicht er, sondern vielleicht Wolfs Geruch an seinen Kleidern Greta angelockt hatte.

Sie saßen noch eine Weile um das Feuer und tranken Kaffee. Es wurde sehr wenig geredet. Jeebee schien es, daß die anderen drei nicht viel redeten, weil sie einander einfach so gut kannten, daß es wenig zu sagen gab. Was ihn anging, so hatte er ihnen nichts zu sagen, und vielleicht sagten sie nichts zu ihm, weil sie so wenig über ihn wußten.

Schließlich schüttete Paul den Kaffeesatz aus seiner Tasse ins Feuer, stand auf und streckte sich.

»Bei Tagesanbruch müssen wir losziehen«, sagte er, »wenn wir das Anwesen von Borgstrom morgen am späten Vormittag erreichen wollen.«

Merry war fast gleichzeitig mit ihrem Vater aufgestanden. Sie pfiff scharf. Greta zog den Kopf von Jeebees Stiefeln, stand auf und trottete zu Merry hinüber.

»Paß auf«, sagte Merry zu dem Hund und wandte sich dem Wagen zu. Greta drehte den anderen den Rücken zu, machte ein paar Schritte und ließ sich ins Gras fallen. Sie legte die Vorderpfoten übereinander und blickte in die Dunkelheit hinaus. Paul verschwand, gefolgt von Merry, im Wagen.

»Na ja«, sagte Nick, nachdem die anderen einige Zeit fort waren, »ich glaube, wir sollten uns auch in die Falle hauen. Sie nehmen die Hängematte auf der Südseite, Jeebee.«

Jeebee empfand einen seltsamen Widerwillen, in den Wagen zu gehen. Er hatte so viele Nächte unter den Sternen geschlafen, daß der Gedanke, im Wagen zu ruhen, ihm fast vorkam, als müßte er sich in eine Gefängniszelle begeben.

»Ich kann hier draußen schlafen«, sagte er.

»Nein«, erwiderte Nick ruhig, »Sie schlafen drinnen, wo ich ein Auge auf Sie haben kann, bis wir Sie besser kennen. Ihnen wird diese Hängematte gefallen, sobald Sie sich daran gewöhnt haben.«

Er schüttete den kleinen Rest Flüssigkeit aus seiner Tasse ins Feuer. An Jeebee vorbeiblickend, sagte er fast in einem Konversationston: »Können Sie sich vorstellen, wie Sie stinken?«

Jeebee zuckte zusammen. Daran hatte er nicht gedacht. Natürlich, das wäre ein Grund für das Benehmen, das Merry ihm gegenüber an den Tag gelegt hatte.

Wie lange war es her, daß er die Kleider, die er auf dem Leib trug, gewaschen hatte? Wie lange, seit er noch ordentlich sauber gewesen war? Er konnte sich nicht erinnern. Auf jeden Fall waren es Monate. Zumindest seit er aus Stoketon abgehauen war. Diese Leute hier konnten ihn vermutlich aus zehn Metern Entfernung riechen.

»Ich hatte es vergessen…«, sagte er.

Nicks Augen begegneten wieder Jeebees Blick. »Wir haben drinnen eine große metallene Wanne«, sagte er. »Groß genug, daß man reinpaßt. Ich kann Ihnen auch etwas Seife, eine Schere und ein Rasiermesser geben, wenn Sie wollen. Vielleicht finde ich für Sie noch ein paar frische Kleider.«

Ein Gefühl der Dankbarkeit wärmte Jeebees Herz.

»Danke«, sagte er. »Ich könnte das alles gebrauchen. Sie wissen nicht, was es bedeutet…«

»Doch, das weiß ich schon«, sagte Nick. »Mir ist es auch so gegangen. Außerdem muß ich mit Ihnen heute nacht den Ruheraum teilen.«

Nick ging in den Wagen und kam mit der Wanne wieder heraus. Wie er vorher gesagt hatte, war sie groß – fast einen Meter breit und an den Seiten einen halben Meter hoch, und sie war aus galvanisiertem Eisen gefertigt. Mit Jeebees Hilfe füllte Nick sie zur Hälfte mit warmem Wasser aus dem Tank an der Seite des Wagens und setzte sie in der Nähe des Feuers ab. Dann holte er ein schweres Stück gelber Seife, die selbstgemacht aussah. Die Kleider waren eine Jeans und ein Hemd; die Schere war groß, und das Rasiermesser war gut geschliffen. Nick hatte auch ein Handtuch gebracht. Er legte alles neben Jeebee auf den Boden.

»Sie werden Ihr Hemd, Ihre Socken und Ihre Unterwäsche waschen müssen«, sagte er. »Benutzen Sie dazu das Badewasser, nachdem Sie sich selbst gereinigt haben. Wringen Sie danach die Kleider aus und bringen

Sie sie in den Wagen. Sie werden neben Ihrer Hängematte ein paar Haken finden, Hängen Sie die Sachen daran zum Trocknen auf. Schlafen Sie in dem frischen Hemd. Es ist neu, die Jeans ebenfalls. Paul wird sie Ihnen später berechnen.«

»Danke«, sagte Jeebee. »Damit ist es mir ernst. Es wird gut sein, saubere Kleider, das heißt neue Kleider anzuhaben.«

Nachdenklich faßte er sich an den Bart und ans Haar.

»Den Bart werde ich abrasieren«, sagte er, »aber das Haar – ich glaube, das werde ich nur ein bißchen schneiden.«

Nick wandte sich dem Wagen zu.

»Gute Nacht«, sagte er. »Ich werde die Laterne im Ruheraum klein stellen. Sie drehen sie dann ab, nachdem Sie Ihre Hängematte aufgehängt haben. Übrigens, die sichere Methode, um in eine Hängematte zu kommen, ist, daß man sich zuerst in ihre Mitte setzt. Ich meine damit nicht nur die Mitte zwischen den beiden Enden, sondern auch die Mitte quer gesehen. Dann legen Sie sich hin und schwingen die Beine hoch, während Sie sich an den Rändern der Hängematte festhalten. Wenn Sie das richtig machen, dann dreht sie sich nicht herum und schmeißt Sie nicht auf den Boden. Das Moskitonetz ist hochgepinnt, und Sie können es so lassen. So früh im Jahr gibt es noch keine Moskitos.«

Nick ging wieder in den Wagen, und diesmal kam er nicht mehr heraus.

Jeebee schnitt seinen Bart so kurz, wie er es mit der Schere konnte, dann benetzte er die Stoppeln gründlich mit Badewasser und Seife und rasierte sich vorsichtig mit dem Rasiermesser – und das blind. Er hatte nicht daran gedacht, Nick um einen Spiegel zu bitten.

Als er schließlich fertig war – er hatte sich nur ein paarmal leicht geschnitten –, reinigte er das Rasiermesser, schälte sich aus seinen alten Kleidern und ließ sich langsam in dem immer noch warmen Wasser nieder. Er seufzte und lehnte sich gegen den gebogenen Metallrand der großen Wanne. Die Wärme durchdrang langsam seinen Körper.

Er dachte an Wolf und an die Leute im Wagen. Es war töricht von ihm, er wußte es, aber er fühlte sich von Merrys Verhalten ihm gegenüber ein wenig beunruhigt. Er sagte sich, dies sei einfach eine seiner Schwächen, da er sich wünschte, daß jedermann ihn mochte. Natürlich spielte auch die Tatsache mit, daß sie eine Frau war und er schon lange keine Frau mehr gesehen hatte – abgesehen von der monströsen Dame in dem langen schwarzen Kleid an der Bahnstation, wo er auf Wolf gestoßen war. An der Frau vom Laden war nichts sexuell attraktiv gewesen. Doch Merry war anders.

Es lag nicht daran, daß er etwa starkes Verlangen nach ihr gehabt hätte. Es war einfach die Tatsache, daß sie eine Frau war. Er war ein Mann und sich folglich ihrer bewußt – sagte er sich. Jetzt, wo er die Sterne betrachtete, schien es ihm, daß sie wenigstens einmal ihm hätte zulächeln können. Das wäre nicht zuviel von ihr verlangt gewesen, und ihm hätte es eine Menge bedeutet.

Er schob den Gedanken beiseite. Wieder war er dem Selbstmitleid gefährlich nahe. Erneut richtete er seine Gedanken auf Wolf.

Wolf war frei. Vielleicht war er für immer verschwunden. Und selbst wenn nicht, dann würde etwas, das zwischen ihm und Jeebee existiert hatte, zerstört werden, wenn Jeebee jemals versuchen sollte, Wolf zu fangen oder ihn mit Gewalt an einen Ort wie diesen Wagen zu bringen.

Aber andrerseits, wie würde er jemals Wolf dazu bringen, daß er sich ihm wieder anschloß? Nun, zumindest konnte Jeebee in der Abenddämmerung immer in den jeweils nahen Wald gehen und dort heulen und warten. Vielleicht hätte er an diesem Abend im

Wald heulen sollen. Aber er hatte gefürchtet, gestand er sich jetzt ein, keine Antwort zu bekommen.

Vielleicht würde schließlich Wolf irgendwie auftauchen und verlockt werden, näher an den Wagen heranzukommen.

Vielleicht…

Das Wasser kühlte ab. Jeebee wusch sich und stieg aus der Wanne. Sofort überfiel ihn die nächtliche Brise, raubte ihm die Wärme des Wassers und hüllte ihn in eine Kälte, die sich anfühlte, als wäre er in Eis begraben. Er trocknete sich ab und zog schnell seine neuen Hosen und das neue Hemd an. Dann wusch er im Badewasser die Socken und die Unterwäsche, die er getragen hatte, außerdem die Shorts und das T-Shirt, die er schon lange in seinen Taschen schmutzig mit sich getragen hatte für den Tag, an dem er sie würde reinigen können. Irgendwie war dieser Tag bisher nie gekommen. Die Unterwäsche drohte schon in seinen Händen zu zerfallen.

Nachdem er seine Oberkleidung gewaschen hatte, leerte er die Waschwanne und spülte sie aus.

Er hob die Wanne mit seinen feuchten Kleidungsstücken darin und ging zum Wagen. Die Nachtluft strich ihm kühl über das frisch rasierte Gesicht. Er stieg in den Wagen und ging an den Waren vorbei in den Waffenraum. Nick lag in der rechten Hängematte und schlief offensichtlich schon. Er schlief still, ohne zu schnarchen. Jeebee fand eine freie Stelle auf dem Boden, wo er die Wanne bis zum Morgen abstellen konnte, dann hängte er seine nassen Sachen an die Haken über der Wanne zum Trocknen auf. Schließlich hängte er seine Hängematte auf und fand, daß es nicht so schwer war, sich hineinzulegen, wie Nick ihn hatte glauben lassen. Es ging nur darum, den Punkt des Gleichgewichts zu finden. Als er darin lag, streckte er sich vorsichtig aus. Es war überraschend bequem. In der zusammengerollten Hängematte war auch eine Decke gewesen, und die zog er jetzt über sich.

Jeebee empfand sich von Wänden, Dach und Boden eng umschlossen, und er dachte erneut an Wolf.

»Ich werde nie einschlafen«, sagte er sich.

Doch noch während er dies dachte, fiel er in einen traumlosen Schlaf.

KAPITEL 10

Drei Tage später kam Wolf in der Abenddämmerung, und sie trafen sich in einem kleinen Waldstück in der Nähe des Halteplatzes.

Wolf legte seine Pfoten auf Jeebees Schultern, leckte mit seiner Zunge, der man nicht ausweichen konnte, Jeebees Gesicht ab, und tollte um Jeebee herum, bevor er innehielt und ihn sorgfältig von oben bis unten abschnupperte. Dann setzte er sein Begrüßungszeremoniell fort, das damit endete, daß er sich auf dem Rücken rollte und zu einem Kraulen am Bauch einlud. Jeebee tat ihm den Gefallen.

Jeebee war sich schon fast sicher gewesen, daß Wolf ihn für immer verlassen hatte. Die Rückkehr seines Partners erfüllte ihn mit Wärme und Dankbarkeit. Er raufte ausgelassen mit ihm und kraulte mit Genugtuung den pelzigen Bauch. Schließlich wurden beide ruhig. Die Sonne war schon untergegangen, aber am Himmel war noch Licht. Jeebee stand auf und verließ den Wald in Richtung auf den Wagen, der etwa fünfzig Fuß entfernt im offenen Grasland neben dem alten Highway stand.

Wolf folgte ihm bis zum Waldrand, doch dort blieb er stehen. Jeebee versuchte mit ihm zu spielen, um ihn zum Weitergehen zu verlocken. Doch Wolf ließ sich nicht mitziehen. Er blieb stehen und beobachtete Jeebee, ging aber nicht weiter ins Freie, und allmählich wurde es dunkel um sie.

Am Ende war es offensichtlich, daß nichts Wolf bewegen würde, den Schutz der Bäume zu verlassen.

»Gute Nacht, Wolf«, sagte Jeebee schließlich. »Vielleicht morgen abend um die gleiche Zeit?«

Wolf erwiderte freundlich seinen Blick, aber ansonsten schenkte er dem Klang von Jeebees Stimme wenig Aufmerksamkeit. In dieser Hinsicht war er einem Hund sehr unähnlich. Grundlage seiner Kommunikation schienen eher Körperhaltungen als Laute zu sein. Doch Jeebee war inzwischen daran gewöhnt. Er drehte sich um und ging zum Wagen hinab, der wieder von innen erleuchtet war. Er blieb einige Male stehen und schaute zurück, doch bis die Dunkelheit Wolf völlig verbarg, konnte er ihn gerade noch am Waldrand ausmachen.

Jeebee ging um den Wagen herum und fand die anderen um das Feuer sitzen, das jeden Abend angezündet wurde. Sie waren offensichtlich schon mit dem Essen fertig. Paul und Merry sprachen über die Möglichkeit, einige ihrer Pferde loszuwerden und dafür andere, jüngere zu kaufen. Merry wollte noch warten, bis sie wenigstens noch einen weiteren Helfer eingestellt hatten. Jeebee hatte in den letzten paar Tagen erfahren, daß normalerweise zum Wagen nicht bloß vier, sondern fünf Leute gehörten. Mit anderen Worten wurden noch ein Paar Hände und ein Paar Füße gebraucht.

Jeebee wandte sich Nick zu, doch Nick schien nicht zum Reden aufgelegt zu sein. Seine Gedanken waren woanders. Er wies Jeebees Versuch, ihn ins Gespräch zu ziehen, nicht zurück, doch seine Antworten waren kurz, und er blickte ins Feuer.

Sich selbst überlassen, beschäftigte sich Jeebee damit, den restlichen Inhalt des Kochtopfs aufzuwärmen und sein Tablett zu füllen.

Er setzte sich zum Essen auf seinen Klappstuhl, doch seine Gedanken waren noch mit der Suche nach einer Methode beschäftigt, mit der er Wolf dazu bringen könnte, sich der Gruppe vom Wagen anzuschließen. Doch mit dieser Suche hatte Jeebee sich schon beschäftigt, seit er sich dem Wagenteam angeschlossen hatte. Paul traute ihm noch nicht so sehr, daß er ihm die Waffen zurückgegeben hätte. Doch soweit Jeebee es einschätzen konnte, kam er mit allen gut zurecht, außer daß Merry immer noch Distanz hielt und jede Art von Vertraulichkeit zurückwies.

Jeebees Gedanken wanderten in eine andere Richtung. Er konnte nicht behaupten, daß er seine Sache besonders gut gemacht hatte, von einigen Fällen abgesehen, aber gewiß hatte er es auch nicht schlecht gemacht, wenn man bedachte, daß er in dieser Art von Arbeit noch keinerlei Erfahrung gehabt hatte, was die anderen drei ja wußten.

Bei einem der wenigen Male, wo er zumindest eine gewisse Anerkennung gewonnen hatte, war sie von Nick gekommen. Das war bei den Lektionen gewesen, die Merry – und auch Nick – ihm hinsichtlich der verschiedenen Waffen des Wagens gegeben hatten. Sie reichten von kurzläufigen Revolvern, die klein genug waren, um in Jeebees Stiefelschaft zu passen, bis zu dem Maschinengewehr vom Kaliber .30 und den Raketenwerfern mit ihrer Munition.

»Haben Sie früher wirklich keine Gewehre im Haus gehabt und mit ihnen gearbeitet?« fragte Nick, als Jeebee nach einigen Versuchen eines der luftgekühlten Maschinengewehre erfolgreich zum Reinigen zerlegt und wieder zusammengebaut hatte.

»Das stimmt. Ich hatte nie damit zu tun«, erwiderte Jeebee. »Aber mein Vater arbeitete gern mit der Hand. Davon habe ich etwas aufgeschnappt, als ich noch ein Kind war. Und ich möchte auch gerne wissen, wie die Dinge funktionieren. Als ich jung war, habe ich immer Uhren und ähnliches auseinandergenommen, um zu sehen, ob ich sie wieder zusammenbauen und in Gang setzen kann.«

»Nun, dafür haben Sie sicher ein Talent«, sagte Nick.

»Ich wünschte, ich hätte das gleiche Talent zum Reiten und Wagenlenken«, sagte Jeebee nachdenklich.

»Das kommt schon noch«, sagte Nick. »Sie müssen

sich nur daran erinnern, daß Sie bei einem Pferd immer die Oberhand behalten müssen.«

»Merry scheint das keine Mühe zu bereiten«, sagte Jeebee.

»Nun, sie hat Pferde gern«, sagte Nick, »so wie Sie gerne wissen wollen, wie etwas funktioniert. Außerdem hat sie so viel mit den Pferden gearbeitet, daß die schon tun, was sie will, sobald sie ihnen nur den Sattel auf den Rücken legt. Die meisten zumindest. Es gibt immer ein paar Dickköpfe. Wissen Sie, daß es früher, als noch Rodeos veranstaltet wurden, einige Pferde gab, die niemand reiten konnte?«

»Nein«, erwiderte Jeebee.

»Nun ja, es hat solche gegeben«, sagte Nick. »Ich habe selber welche gesehen. Auf einige waren Preise ausgesetzt für jeden, der sie reiten würde. Aber diese Pferde wollten nicht nur die Menschen abwerfen, sie wußten auch, wie sie es anstellen mußten. Wenn ein Pferd Sie wirklich abwerfen will, dann wird es das schaffen. Das heißt – wenn es weiß wie, wie ich schon sagte.«

»Ich kann verstehen, was es bedeutet, das Gespann unter Kontrolle zu halten«, sagte Jeebee.

Obwohl Nick wie auch Paul ihn vorher gewarnt hatten, war es für Jeebee ein Schock gewesen, als er zum erstenmal versucht hatte, die Zügel der sechs Pferde zu halten, die den Wagen zogen. Zunächst hatte er gedacht, sie würden automatisch gemeinsam ziehen. Sie konnten es und taten es auch, doch der Wagenlenker mußte sicherstellen, daß sie es taten.

Jedes Pferd hatte seinen eigenen Kopf, wenn man es sich selbst überließ. Fast ebenso bestürzend war die Erfahrung gewesen, daß die sechs Pferde des Gespanns leicht völlig außer Kontrolle geraten konnten, wenn eines von ihnen aus irgendeinem Grund auch nur stolperte. Paul brachte ihm bei, wie man die Zügel getrennt zwischen Zeige-, Mittel- und Ringfinger jeder Hand hielt, während man mit der übrigen Hand für einen starken Griff sorgte. Jeebee kam es vor, als gäbe es keine Möglichkeit, einen starken Griff zu halten, wenn er auf diese Weise die dicken Lederriemen zwischen den Fingern hatte, aber Paul beharrte darauf, daß Jeebee mit der Zeit die notwendige Kraft bekommen würde.

»Einstweilen geben Sie mir die Zügel wieder«, sagte er, »falls Ihre Hände zu müde werden und sie loslassen. Wickeln Sie sie niemals – auch nicht, wenn Sie allein hier oben sind – um etwas, um den Zug wegzunehmen. Das würde damit enden, daß das Gespann davonläuft und sich die Hälfte von den Tieren das Bein bricht.«

Er schaute Jeebee streng an.

»Verstanden«, sagte Jeebee.

Mehrmals am Tag wechselten sie die Pferde. Jeebee hatte mitbekommen, daß der Wagen mit seiner Metallpanzerung auf der Innenseite, seiner Warenladung und seiner Übergröße selbst für sechs frische Pferde nicht leicht zu ziehen war. Da Paul nicht wollte, daß Fremde erfuhren, wie der Wagen zur Verteidigung ausgestattet war, wechselte er die Pferde häufig, so daß das Gespann, das jeweils zog, immer ausgeruht war.

Zum Auswechseln der Gespanne waren die Bemühungen des Lenkers und mindestens noch einer weiteren Person erforderlich. Am Anfang hatte Jeebee dabei mehr Angst davor gehabt, die Pferde könnten ihn treten oder stoßen, als er zugeben wollte.

Allmählich verlor er diese Angst, weil er mitbekam, daß ein Pferd einen nicht treten kann, solange es nicht zuvor sein Gewicht auf das gegenüberliegende Bein verlagert. Wenn man darauf achtgab, wie das Pferd stand, dann wußte man, ob es sich auf einen Tritt vorbereitete oder nicht.

Trotzdem war sein ganzer Mut nötig, wenn er unter den Bauch eines der großen, kräftigen Zugpferde schlüpfen mußte, um sie anzuspannen, während die anderen drei dies anscheinend erledigten, ohne nachzudenken.

Allmählich erkannte er, daß es wohl ebenso wie für das Zerlegen und Zusammensetzen von Waffen auch ein Talent für den Umgang mit Pferden und für das Wagenlenken gab. Als er dies begriffen hatte, begann er Paul eingehend daraufhin zu beobachten, wie der Hausierer mit seinem Gespann umging. Paul zog es offensichtlich vor, meistens selbst zu lenken. Besonders gehörte es zu seiner Geschäftspolitik, dafür zu sorgen, daß immer er der Wagenlenker war, wenn der Wagen an einem bewohnten Ort auftauchte, wo sie vielleicht Geschäfte machen würden.

In ähnlicher Weise beobachtete Jeebee Merry und achtete auf die kleinen Dinge, die sie tat und die vielleicht unbemerkt bleiben würden, aber im Umgang mit den Ersatzpferden wichtig sein konnten. Doch es war schwer, von ihr zu lernen, außer wenn sie bewußt vorhatte, ihm etwas beizubringen. Paul war viel offener als sie. Jeebee kam schließlich zu dem Schluß, daß sie vieles von dem, was sie wußte, unbewußt aufgeschnappt hatte, durch Beobachtung oder einfach durchs Tun, so daß sie sich kaum der Tatsache bewußt war, daß sie es wußte.

Die erste Hürde für Jeebee war gewesen, reiten zu lernen. Er sah sich schließlich mit der Tatsache konfrontiert, daß er nie in der Lage sein würde, so leicht im Sattel zu sitzen wie sie, die sich mit dem Pferd bewegte, als wäre sie mit ihm zusammengewachsen. Trotzdem lernte er, wie man ein Pferd sattelte und aufstieg, wie man auf ihm sitzen blieb und wie man es dazu brachte, daß es dorthin ging, wohin man wollte. Er lernte auch, wie man Sattel und Zügel auflegte und abnahm.

Langsamer ging es mit den Tricks, wie man die freien Pferde zusammentrieb, die dem Wagen folgten. Wenn Merry hinter ihnen her ritt, schienen sie automatisch dem Wagen zu folgen und ebenso automatisch zusammenzubleiben. Wenn der Wagen anhielt, dann blieben sie stehen, und sie waren es anscheinend zufrieden, einfach das Gras dort zu rupfen, wo sie standen, ohne sich zu weit zu entfernen. Die Hunde, so fand Jeebee heraus, trieben schnell jedes Pferd zurück, das ernsthaft versuchte, sich von der Herde abzusondern.

Doch selbst mit der Hilfe der Hunde hatte er keine wirkliche Kontrolle über die freien Pferde. In dem Augenblick, wo er seine Augen von einem Tier abwandte, schien es sich schon von den übrigen zu entfernen. Andrerseits schien Merry schon vorher zu wissen, wann ein Pferd versuchen wollte, sich allein davonzumachen, und wenn es dies dann tat, war sie vor ihm und blockierte ihm mit ihrem Reittier den Weg.

»Also, haben Sie heute abend Ihren Wolf zu sehen bekommen?«

Die Worte rissen Jeebee plötzlich aus seinen Gedanken. Er war wieder am Feuer mit seinem Essenstablett auf den Knie, und Paul hatte ihn angesprochen. Er fühlte sich abrupt und grundlos schuldig, als wäre er ein Schüler in einer Klasse, der unaufmerksam gewesen war und den plötzlich der Lehrer aufgerufen hatte.

»Ja«, antwortete er.

»Ich habe mir schon gedacht, daß Sie dies all die Abende gemacht haben«, fuhr Paul fort, »aber wir hier stellen keine Fragen. Haben Sie ihn jeden Abend gesehen?«

»Nein«, sagte Jeebee. »Heute abend kam er zum erstenmal.«

Es folgte ein Augenblick des Schweigens, in dem nur das Knistern des Feuers zu hören war.

»Ich habe versucht, ihn dazu zu bringen, daß er mir hierher folgt. Ich wollte ihn zum Wagen bringen und sehen, ob er von Zeit zu Zeit wenigstens ein bißchen mit uns wandern würde«, sagte Jeebee. Er war plötzlich überrascht über sich selbst, daß er diesen Leuten so viel von sich erzählte, wo sie doch immer noch in vieler

Hinsicht ihm gegenüber zurückhaltend waren. »Er wäre sowieso die meiste Zeit fort. Aber mir wäre es lieb, wenn er mehr in der Nähe wäre. Haben Sie etwas dagegen?«

Er sprach damit Paul Sanderson direkt an.

Paul runzelte die Stirn. »Hmm«, sagte er und kratzte sich mit dem linken Zeigefinger am Kiefergelenk, nahe am Hals. In der Stille war deutlich das Schaben des Fingernagels am Bart zu hören. Jeebee wartete und horchte auf eine Antwort, doch seine Augen waren auf Merry gerichtet. Merry jedoch sagte nichts.

»Die meisten Menschen haben falsche Vorstellungen über Wölfe«, sagte Nick unerwartet. »Sie meinen, die wären böse, weil sie Wild und Vieh töten. Das ist nicht so. In Wahrheit sind sie scheu. Scheu vor Gewehren, scheu vor Fallen, scheu vor Menschen. Gute Jäger, aber scheu. Dieser Wolf wird hier niemanden stören, falls er zum Wagen herkommt.«

Jeebee hielt es nicht für klug zu erwähnen, wie völlig destruktiv Wolfs unschuldige, aber entschlossene Neugier sein konnte.

»Nur solange er nicht dem Gespann in den Weg kommt«, sagte Paul nachdenklich, fast zu sich selbst.

»Er wird durchaus dem Gespann aus dem Weg bleiben, besonders wenn es in Bewegung ist«, sagte Nick. »Möchtest du einem Gespann dieser Größe im Weg sein, wenn es direkt auf dich zukommt?«

»Die anderen Hunde würden über ihn herfallen, wenn er kommt«, sagte Merry unerwarteterweise. »Greta hilft dem Wolf vielleicht, wenn sie ihn gern genug hat.«

Unerwartet nickte Paul leicht. »In Ordnung«, sagte er, »wenn Sie ihn zu uns hierherbringen können – ich habe nichts dagegen. Er und die Hunde werden sich zusammenraufen müssen. Wir haben dann alle nichts dagegen? Merry? Nick?«

»Kein Grund, warum nicht, wenn er keine Schwierigkeiten macht«, sagte Merry.

»Ich habe dir gerade gesagt, was ich denke«, sagte Nick.

Jeebee spürte, wie ihrer aller Einstellung ihm gegenüber plötzlich wärmer geworden war. Wie damals, als Paul ihn unerwartet eingeladen hatte, sich ihnen anzuschließen, konnte Jeebee nicht herausfinden, was er getan oder gerade gesagt haben mochte, so daß sich ihre Gefühle ihm gegenüber zum besseren gewandelt hatten.

Die anderen gaben ihm auch weiterhin keinen Hinweis. Ein wenig später war das gemeinsame Sitzen am Lagerfeuer zu Ende. Wie gewöhnlich blieb Nick noch ein wenig am Feuer, nachdem Merry und ihr Vater in den Wagen gestiegen waren.

Jeebee reinigte sein Tablett und schickte sich gerade an, die anderen einzusammeln und zum Waschen zu bringen, als Nick plötzlich aufstand.

»Gehen wir mal ein Stückchen«, sagte er abrupt.

Verwundert schloß Jeebee sich ihm an. Der kleine ältere Mann führte ihn aus dem Kreis des Feuerscheins in die Dunkelheit. Wie gewöhnlich konnte man durchaus etwas sehen, sobald man vom Licht fort war und die Augen sich an die Nacht gewöhnt hatten. Seit Jeebees Rückkehr zum Wagen war der Mond aufgegangen, ein Dreiviertelmond, der ziemlich viel Licht auf die Erde ergoß.

Etwa dreißig Schritte vom Wagen entfernt blieb Nick stehen und sagte leise, doch in einem Gesprächston: »Hören Sie, Jeebee, vielleicht haben Sie jetzt den Punkt erreicht, wo Sie einige Dinge wissen sollten.« Dann schwieg er.

»Ich bin bereit zu lernen, was immer zu lernen ist«, sagte Jeebee, um ihn zum Weiterreden zu bewegen.

»Hier geht es nicht so sehr ums Lernen.« Nick hielt wieder inne. »Sie sollten folgendes über Paul und Merry begreifen. Sie zeigen es nicht so, aber dieser Wagen und alles, was damit zusammenhängt, die

Route und all das, das hat Paul nur für Merry gemacht.«

»Ich glaube, ich kann Ihnen nicht folgen«, sagte Jeebee nach einem Moment des Überlegens.

Nick seufzte. Sein Seufzer klang fast ärgerlich. »Ich versuch mal, es Ihnen zu erzählen«, sagte er. »Also, Merrys Mutter ist vor etwa fünf Jahren gestorben. Paul war Verkäufer gewesen, aber es gefiel ihm besser, einen Reparaturladen zu betreiben, als Immobilienverkäufer zu sein – und er war ein verdammt guter Immobilienverkäufer. Er hat eine Menge Geld damit verdient. Aber er zog es vor, Sachen zu reparieren, und so gründete er diesen Laden, damit er und Merry möglichst viel zusammensein konnten. Der Laden war an ihr Haus angebaut, und so war er immer zu Hause.«

»Meine Mutter starb, als ich sechzehn war«, sagte Jeebee plötzlich. Es überraschte ihn nicht nur, daß er das sagte; ihm wurde auch bewußt, daß er schon jahrelang nicht mehr daran gedacht hatte.

»Also gut«, sagte Nick, ohne Jeebees Einwurf zu beachten, »Paul ging es auch mit dem Reparaturladen gut – natürlich verdiente er nicht annähernd so viel, wie er mit dem Verkauf von Immobilien hätte verdienen können, aber er machte eine Menge Geld, zusätzlich zu dem, das er schon hatte. Also ging es ihnen ziemlich gut. Aber er sah es kommen, daß alles so den Bach hinabgehen würde, wie es dann auch gekommen ist. Und er machte sich Sorgen, wie er Merrys Sicherheit gewährleisten konnte in der Krise, die er kommen sah. Und so hat er vor fünf Jahren mit dieser Route begonnen. Sie verbringen den Winter im Osten und im Süden. Ich werde Ihnen nicht sagen, wo. Sie brauchen das sowieso nicht zu wissen. Aber sie verbringen ihre Winter im Osten und im Süden, wie ich schon sagte, und wenn dort unten die ersten Anzeichen des Frühlings kommen, dann machen sie sich auf den Weg nach Norden und Westen. Sie folgen dieser Route, die Paul festgelegt hat, mit diesem Wagen, den Paul teils selbst gebaut hat, teils hat bauen lassen. Er hat mit dieser Route schon damals begonnen, als noch Autos auf diesen Highways fuhren, nur daß damals der Wagen auf Nebenstraßen dahingezogen ist.«

Nick machte wieder eine Pause. Diesmal wartete Jeebee.

»Paul ist ein guter Hausierer. Muß er ja sein, als der Verkäufer, der er ist. Die Leute mögen ihn, wenn er es darauf anlegt, daß sie ihn mögen«, sagte Nick, »und allmählich hat er sich einen Kreis von Stammkunden aufgebaut. Es gibt natürlich immer Gefahren, aber hier im Wagen sind wir sicherer als die meisten. Die Leute kennen Paul inzwischen, und er folgt immer derselben Route, so daß die Einheimischen nicht auf ihn schießen. Ansonsten – nun, Sie haben ja unseren Ruheraum gesehen. Wir sind gut genug bewaffnet, um Widerstand zu leisten und jedem Angreifer eine blutige Nase zu verpassen. Aber das ist nicht der Punkt, über den ich mit Ihnen reden wollte. Was ich Ihnen sagen wollte, ist: wundern Sie sich nicht über die Art und Weise, wie sie miteinander reden. Dieser Wagen, diese Route, alles, was damit zusammenhängt, hat Paul für Merry geschaffen. Er lebt für Merry. Und Merry – sie würde ihren Vater um nichts in der Welt verlassen, weil sie weiß, daß es dann nichts mehr für ihn gäbe, wenn sie fortginge.«

Nick legte wieder eine Pause ein.

»Also, das sollten Sie wissen«, fuhr er nach einer Weile fort. »Sie sind ein junger Kerl, und Merry ist auch jung. Aber machen Sie sich keine falschen Hoffnungen, es sei denn, Sie wollen für den Rest Ihres Lebens beim Wagen, bei ihr und ihrem Vater bleiben.«

»Ich habe nicht …«, begann Jeebee, doch Nick unterbrach ihn.

»Sie brauchen nichts zu sagen«, erwiderte Nick. »Ich dachte nur, ich sollte es Ihnen sagen, das ist alles, damit Sie es verstehen.«

Nick verstummte. Jeebee stand da und wußte nicht, was er sagen sollte.

»Also, ich gehe ins Bett«, sagte Nick und ging zum Feuer zurück. Einen Augenblick später folgte ihm Jeebee, doch als er das Feuer erreichte, war Nick schon in den Wagen geklettert. Melancholisch gestimmt wusch Jeebee das Geschirr ab, löschte mit dem Waschwasser das Feuer und nahm die Tabletts mit sich in den Wagen, wo er sie an ihren üblichen Platz im Vorratsraum stellte, neben den Kühlschrank mit dem Rindfleisch. Dann ging er in den Ruheraum und sah, daß Nick schon in seiner Hängematte lag, das Gesicht zur Wand des Wagens gekehrt. Die Laterne war heruntergestellt, aber noch nicht aus. Jeebee hängte seine Hängematte auf, legte sich die Decke zurecht und kroch hinein, dann langte er hinauf und drückte den kleinen Hebel herunter, der die Lampe vollständig löschte.

Er lag da und starrte in die Dunkelheit über ihm. Er hatte wirklich nicht viel an Merry gedacht, sagte er sich zu seiner Verteidigung. Nicks Warnung war fast eine Beleidigung. Gleichzeitig fand er, daß er sich nicht wirklich beleidigt fühlen konnte. Die Wahrheit war doch, daß Merry eine Frau war. Sie war jung, und er konnte gar nicht anders, als auf sie zu reagieren, selbst wenn diese Reaktion nur Ärger über die Art war, wie sie ihn behandelte.

Während er immer noch an sie dachte, schlief er ein. Irgendwann in der Nacht träumte er, Wolf sei überraschenderweise in den Wagen gekommen, um nach ihm zu suchen.

Am nächsten Tag begann Nick ziemlich unerwartet, Jeebee in die Kunst des Schmiedens einzuführen. Obwohl die Temperatur in dem winzigen, mit Metall ausgekleideten Raum fast unerträglich wurde, sobald die Esse in Betrieb war, fand Jeebee es faszinierend. Er hörte eifrig zu, als Nick beschrieb, wie eine Schmiede überall aufgebaut werden konnte, wenn man einige grundlegende Werkzeuge hatte. Notwendig waren ein Amboß, eine Zange und das, was Nick einen Abschroter nannte. Dieses Werkzeug sah aus wie ein kleiner, aber kräftiger Meißel mit einem kurzen Ende, das in ein Loch an einem Ende des Ambosses paßte. Dort wurde er mit der Schneidekante nach oben hineingesteckt. Genau dafür wurde der Abschroter benutzt, erklärte Nick. Sein Zweck war es, das heiße Metall zu schneiden, sobald es zur richtigen Verformbarkeit erhitzt war. Das glühende Stück Stahl wurde mit der Zange gehalten, gegen die nach oben gerichtete Kante des Abschroters gelegt und dann gehämmert, bis der Abschroter hindurchschnitt.

Die restlichen Dinge, die für die Schmiedearbeit notwendig waren, konnte man entweder leicht finden, weil sie herumlagen, oder man konnte sie herstellen, sobald die Schmiede in Betrieb war. Eine Esse mit einer Feuergrube konnte man aus allen nichtbrennbaren Materialien bauen. Zum Beispiel aus Steinen, zusammengemörtelt mit allem, was dem Zweck diente und nicht brennbar war. Eine Luftzuführung würde man einbauen müssen, dazu einen Blasebalg, der Luft in diese Zuführung pumpte. Auch würde man Holzkohle herstellen müssen, indem man Hartholz ohne Sauerstoff verbrannte. Die altmodische Methode dafür bestand darin, daß man das Holz anzündete und mit Erde bedeckte, so daß es langsam verkohlte.

Außer dem Amboß, dem Abschroter und der Zange war ein Hammer nötig. Aber Nick sagte, den könne man wahrscheinlich in jedem verlassenen Bauernhof finden – idealerweise wäre es ein kurzstieliger Sechspfundhammer von der Art, die man Schlegel nannte.

Er ließ Jeebee sich mit dem Werkzeug in dem kleinen Raum an einigen einfachen Schmiedeaufgaben versuchen, und Jeebee nahm sich vor, daß er irgendwann eine eigene Schmiede haben würde. Das wäre, dachte er, zusätzlich zu allem anderen etwas, das ihn für die Ranch seines Bruders wertvoller machen würde – wenn er etwas vom Schmieden verstünde, und natürlich, je mehr er davon verstünde, um so besser.

Als Jeebee an diesem Abend suchend in ein nahegelegenes Waldstück ging, wartete Wolf wieder auf ihn. Von da an trafen sie sich fast regelmäßig in der Abenddämmerung, nachdem der Wagen für die Nacht haltgemacht hatte. Aber Jeebee konnte Wolf nicht dazu bringen, ihm zu folgen, wenn er sich abwandte und zum Wagen hinunterging.

Die Hunde vom Wagen hatten bei Wolfs Erscheinen nie Laut gegeben. Erst in der dritten Nacht erkannte Jeebee, daß er instinktiv mit dem Wind gegangen war, um seine Baumgruppe zu finden. Und im Windschatten hatte Wolf auf ihn gewartet. Soviel hatte von der elementaren Fähigkeit, im Wald zu überleben, schon auf Jeebee abgefärbt.

Jeebee fragte sich, ob vielleicht die Anwesenheit der Hunde Jeebee vom Wagen fernhielt. Er ging in seinen Überlegungen so weit, daß er tatsächlich überlegte, ob Wolf sich vielleicht sicherer fühlen würde, wenn er ihn an eine Leine legte und so versuchte, ihn zum Wagen zu holen. Vielleicht gäbe die Leine Wolf ein Gefühl der Sicherheit, und vielleicht würde sie die anderen Hunde fernhalten? Noch während er dies dachte, wußte er, daß es lächerlich war. Weder die Hunde noch Wolf würden sich unter solchen Bedingungen vertragen.

Es blieb nur, wie ein kleiner nagender Schmerz, Jeebees Sorge darüber, was Merry wirklich über Wolfs Auftauchen empfand. Die Hunde und Wolf würden, wie Paul gesagt hatte, sich zusammenraufen müssen. Merry hatte zugestimmt, daß Wolf sich zu ihnen gesellte – wenn er wollte –, doch ohne große Begeisterung, wie es Jeebee schien.

Die Hunde mochten offensichtlich von allen Menschen im Wagen Merry am meisten und gehorchten ihr auch am besten; allerdings hatten sich jetzt alle auch Jeebee genähert und sich mit ihm mehr oder weniger angefreundet. Aber nur im Falle von Greta, der gelben Hündin, kam das einer Freundschaft nahe. Wenn Greta nicht auf dem Wachtposten war, dann suchte sie immer zuerst Merry auf, es sei denn, Merry saß auf dem Pferd. Doch wenn das der Fall war und Jeebee außerhalb des Wagens und zu Fuß war, dann kam sie manchmal zu Jeebee, wedelte mit dem Schwanz, schnupperte an ihm und leckte ihm die Hände oder das Gesicht.

Greta war offensichtlich dominant gegenüber allen anderen Hunden und auch größer als sie. Erst später ging Jeebee nach einer Bemerkung Nicks auf, daß die anderen Hunde alle aus Würfen stammten, die sie – nach Kontakten mit anderen, unbekannten Hunden an Halteplätzen des Wagens – zur Welt gebracht hatte.

Sicherlich gehorchten ihr die übrigen Hunde, allerdings gewöhnlich nicht ohne Protest, wenn sie mit etwas beschäftigt waren, das sie behalten oder tun wollten. Als er ein paar Tage später das Verhalten der anderen Hunde Greta gegenüber beobachtete, kam Jeebee der Gedanke, Greta zu einem seiner Ausflüge in der Dämmerung in den Wald mitzunehmen, und wenn sie zu zweit zum Wagen zurückkehrten, würde das Wolf vielleicht soweit beruhigen, daß er ihnen folgte.

Tatsächlich versuchte er dies am nächsten Abend, und er wählte einen Moment, als weder Nick, Merry oder Paul in Hörweite waren.

»Komm, Mädchen«, sagte er zu der gelben Hündin, »komm mit mir. Wir machen einen Spaziergang.«

Die Hündin kam zu ihm und ging mit ihm ein kleines Stück. Doch etwa fünfzehn Meter vom Wagen entfernt blieb sie stehen und wollte nicht weitergehen. Als er sie leise rief, wedelte sie mit dem Schwanz, legte die Ohren an und winselte ein wenig, aber sie blieb stehen. Jeebee vermutete, daß sie vielleicht abgerichtet war, sich unter normalen Umständen nicht weiter als eine bestimmte Distanz vom Wagen zu entfernen. Gewiß tat dies für gewöhnlich keiner der anderen Hunde.

Er drehte sich um, ließ sie zurück und setzte seinen Weg in den Wald fort, wo er Wolf fand.

Nach der üblichen Begrüßung rieb Wolf diesmal den Hals gegen eines von Jeebees Hosenbeinen, nachdem er daran geschnuppert hatte. Plötzlich ging es Jeebee auf, daß dies dasselbe Bein war, gegen das sich Greta noch vor ein paar Minuten gepreßt hatte, als er zu ihr sprach. Es verwunderte ihn allerdings, daß Wolf jetzt am Geruch von Greta interessiert sein sollte, da die Hündin nicht mehr läufig war.

Er schob die Frage beiseite und dachte nicht mehr daran, bis am nächsten Abend Greta zu ihm kam und mit ungewöhnlichem Interesse an dem Hosenbein schnupperte, an dem Wolf seinen Hals gerieben hatte. Als er etwas später sich anschickte, den Wagen zu verlassen, trottete sie mit ihm mit, fast als wäre sie nun entschlossen, ihn zu begleiten.

Doch wieder ging sie nur wenig weiter als tags zuvor. Sie zögerte, wedelte mit dem Schwanz, legte die Ohren zurück und winselte laut, doch sie folgte Jeebee nicht weiter. Jeebee rief sie, doch sie kam nicht. Schließlich ließ er sie zurück und ging weiter, wobei er dachte, daß er sie vielleicht am Ende dazu bewegen könnte, den ganzen Weg mitzugehen. Der Gedanke heiterte ihn auf.

Als er den Wald erreichte, wartete dort Wolf auf ihn. Er rieb nicht mehr den Hals an Jeebee, wie er es am Tag zuvor getan hatte, sondern unterzog ihn einer sehr ausführlichen Untersuchung mit der Nase. Jeebee kam der erniedrigende Gedanke, daß er als eine Art olfaktorischer Kurierdienst zwischen der Hündin und dem Wolf zu fungieren schien. Überbrachte er vielleicht Liebesbriefe?

Er kicherte bei dem Gedanken, doch diesen Laut

ignorierte Wolf völlig, während er schnupperte. Als die Untersuchung beendet – oder die Botschaft überbracht – war, kehrte Wolf zu seinem allgemeinen Begrüßungsverhalten zurück, das damit endete, daß er sich auf den Rücken rollte und zum Bauchkraulen einlud.

Als an diesem Abend es um sie herum dunkel wurde und für Jeebee die Zeit kam, um zum Wagen zurückzukehren, hegte er eine geheime, aber starke Hoffnung, daß Wolf vielleicht diesmal ihm über den Waldrand hinaus folgen würde.

Doch auch diesmal tat er es nicht. Wolf kam so weit wie zuvor, bis zu dem Punkt, wo er ins offene Gelände schauen konnte, doch das war alles. Man konnte Greta sehen, wie sie im Feuerschein saß und herüberschaute. Jeebee ließ Wolf zurück und ging wieder zum Wagen hinab.

Am nächsten Tag kurz vor Mittag, als Jeebee Merry half und dabei lernte, wie man die Pferde zusammentrieb, ertönte im hellen Tageslicht ein Geheul aus einem naheliegenden Wald.

In der nachfolgenden Stille erklang vom Wagen her laut Jeebees Antwortgeheul. Merry wendete ihr Pferd und sah Jeebee an.

»Weshalb haben Sie das getan?« sagte sie wütend. »Schauen Sie sie doch nur an, jetzt sind sie alle erschrocken und laufen gleich auseinander.«

Aber nicht nur Jeebee hatte geantwortet, sondern Greta auch.

Merry starrte ungläubig auf die Hündin, dann setzte sie ihr Pferd in Bewegung.

»Helfen Sie mir!« rief sie über die Schulter Jeebee zu. »Wir müssen die Pferde zusammentreiben.«

Erst als es ihnen beiden und den Hunden gelungen war, die Pferde wieder zur üblichen Herde zusammenzutreiben, bemerkte Jeebee, daß die gelbe Hündin nicht mehr bei ihnen war.

»Schauen Sie«, sagte er zu Merry, »sie ist fort. Greta ist fort.«

»Greta?« Merry hielt ihr Pferd an und blickte sich um. »Ich glaube es nicht!«

Aber Greta war wirklich fort. Jeebee wartete ein Weilchen, bis Merry die Tatsache registriert hatte, dann brachte er sanft eine Erklärung vor.

»Ich glaube, sie ist in den Wald hinauf, um sich mit Wolf zu treffen«, sagte er.

»Das würde sie nicht tun...« Merry brach ab. Sie starrte Jeebee verärgert an. »Verdammt! Passen Sie auf die Pferde auf!«

Sie wendete ihr Pferd und galoppierte zur Vorderseite des Wagens. Dort gab es, wie Jeebee hören konnte, ein kurzes Gespräch zwischen Paul und seiner Tochter, doch er konnte nicht genau verstehen, was sie sagten. Die Stimmen verstummten, und der Wagen machte plötzlich halt. Merry kam wieder zurück nach hinten.

»Sorgen Sie dafür, daß die Pferde beisammen bleiben«, sagte sie. »Ich gehe hinauf und hole sie zurück.«

»Wenn ich Sie wäre, würde ich das nicht tun«, sagte Jeebee.

Sie blickte ihn zornfunkelnd an.

»Sie wissen, daß das alles Ihre Schuld ist!« sagte sie. »Sie und dieser Wolf! Warum sollte ich nicht gehen?«

»Warum?« sagte Jeebee. »Weil Wolf, falls Sie hinaufgehen, davonrennen wird, wenn er Sie kommen sieht. Und Greta wird ihm folgen, also werden wir wahrscheinlich beide verlieren. Sie werden überrascht sein, wie schwer es ist, zwei Tiere wie die zu finden, wenn die von Ihnen fortwollen und sich verstecken.«

Er hielt inne. Merry tat ihm leid.

»Es ist schon in Ordnung, wissen Sie«, sagte er. »Solange wir die beiden in Ruhe lassen, wird sie sich einfach in dem Wald dort mit Wolf treffen, sie werden eine kleine Weile zusammensein, und dann wird sie wieder zum Wagen zurückkommen. Genau wie Wolf mich nicht verlassen möchte, will Greta Sie und die andern hier unten nicht verlassen. Sie fühlt sich im Augenblick einfach nur in zwei Richtungen gezogen.«

Das nächste Waldstück befand sich an einem sanften Abhang, etwa hundertachtzig Meter entfernt. Merry schaute an Jeebee vorbei auf den Wald, ja, sie *starrte* auf den Wald.

»Wie lange werden wir warten müssen?« fragte sie. Ihre Stimme war plötzlich überraschend ruhig.

»Ich weiß es nicht«, antwortete Jeebee. »Aber ich glaube nicht, daß es lang dauert. Ich würde vorschlagen, daß Sie für vielleicht eine halbe Stunde anhalten – lang genug, um zu Mittag zu essen –, und wenn Greta bis dahin nicht aufgetaucht ist, dann weiterziehen. Sie wird dann mit Wolf lang genug zusammengewesen sein, daß ihr erster Impuls, zu ihm zu gehen, gestillt ist, und wenn sie sieht, daß Sie weiterziehen, dann wird sie Angst haben, Sie zu verlieren. Ich bin mir ziemlich sicher, daß sie dann herauskommen und folgen wird – genaugenommen bin ich mir ziemlich sicher, daß sie uns sogleich einholen wird.«

Ein langes Schweigen folgte. Merry erwiderte seinen Blick.

»Das hört sich sinnvoll an«, sagte sie ruhiger. »Hören Sie, es tut mir leid, daß ich aufgebraust bin. Als Sie sich uns angeschlossen haben, haben Sie deutlich genug gesagt, daß Sie dieses Tier nicht lenken können. Ich möchte Sie nicht für das tadeln, was er macht, aber vielleicht wäre es insgesamt besser gewesen, wenn wir ihn sofort erschossen hätten, als wir ihn zum erstenmal sahen.«

»Wenn Sie das getan hätten«, sagte Jeebee, »dann hätte ich Sie wahrscheinlich niedergeschossen. Und das meine ich ernst.«

Einen Moment lang trafen sich ihre Blicke, und zu Jeebees leichter Überraschung entspannte sich Merrys

Gesicht, dann entspannte sie sich noch etwas mehr, und am Ende lächelte sie.

»Er bedeutet Ihnen viel, nicht wahr?« sagte sie. »Es tut mir leid. Ich habe gedankenlos dahergeredet. Ich hätte nicht wirklich auf ihn geschossen, selbst damals nicht. Zumindest glaube ich es nicht. Dad hätte es vielleicht getan – aber selbst das bezweifle ich.«

Sie hob die Zügel und drückte ein Knie gegen die Flanke ihres Pferdes.

»Ich werde Dad überreden, daß er eine Weile haltmacht«, sagte sie und ritt davon.

KAPITEL 11

Zu Jeebees Überraschung schien es Paul überhaupt nichts auszumachen, eine halbe oder selbst eine ganze Stunde anzuhalten. Er entdeckte etwas Neues an dem Mann, der sich dieses Hausierergeschäft ausgedacht hatte und betrieb, nämlich, daß er eine sehr lebhafte Neugier für alles und jedes hegte.

Hinweise darauf hatte es schon gegeben, als er sich mit Jeebee unterhielt, während er ihm beibrachte, das Wagengespann zu lenken. Immer wieder hatte Paul eine freundliche Frage nach Jeebees Leben vor dem Aufbruch zur Ranch seines Bruders gestellt. Zuerst waren Jeebee diese Fragen fast nicht aufgefallen, während er sie beantwortete. Später dämmerte ihm, daß Paul langsam und sehr behutsam ihm seine persönliche Geschichte entlockte. Die Fragen kamen immer dann, wenn Paul Jeebee etwas über seinen eigenen Werdegang erzählt hatte, so daß es für Jeebee schwer war, nicht seinerseits etwas von sich zu erzählen.

Zuerst dachte Jeebee, Paul sei einfach daran interessiert, was für eine Art Mensch er am Straßenrand aufgelesen habe. Dann entdeckte er allmählich, daß Paul der Arbeit der Studiengruppe echtes Interesse entgegenbrachte. Jeebee versuchte sie in Worten zu erklären, die Paul verständlich wären, doch der schüttelte den Kopf.

»Das meiste verstehe ich nicht«, sagte er schließlich, »aber wenn ich mich nicht täusche, läuft es darauf hinaus, daß Sie diese Entwicklung fast so früh haben kommen sehen wie ich und nichts dagegen getan haben. Vor allem haben Sie nichts getan, um sich selbst zu retten, bis Sie verdammt nahe daran waren, in Ihrem eigenen Haus ausgeräuchert zu werden, und das von Nachbarn, die darauf aus waren, Sie umzubringen.«

Jeebee nickte.

»Warum?« hatte Paul gefragt. »Warum haben Sie so lange gewartet, wenn Sie alles schon kommen sahen?«

Jeebee zögerte. Nicht etwa, weil er die Antwort nicht wußte. Es war einfach schwer zu erklären. Schließlich zuckte er die Achseln.

»Wenn man als Wissenschaftler gut ist«, hatte er schließlich geantwortet, »dann muß man lernen, eine gewisse Distanz gegenüber dem Studienobjekt zu wahren. Wenn man das nicht tut, dann passiert es leicht, daß man in den Zahlen nur das sieht, was man darin sehen will. Jeder, der soziales Verhalten studiert, muß lernen, soziale Prozesse und soziale Triebkräfte als reine Abstraktionen zu sehen, die nichts mit ihm persönlich zu tun haben. Was in Stoketon geschah, war wie ein Lastwagen, der uns überfuhr, während wir noch damit beschäftigt waren, aufgrund seiner Geschwindigkeit und seines Gewichtes auszurechnen, wie schwer der Aufprall sein würde.«

Er hörte seine eigenen Worte, und sie klangen in seinen Ohren ein bißchen steif und akademisch. Aber sie waren absolut zutreffend – so war es tatsächlich geschehen.

Der Tag war hell und warm, so daß der leichte Fahrtwind angenehm war. Weder Jeebee noch Paul sagten eine Zeitlang ein Wort.

»Stehen Sie und Ihr Bruder sich sehr nahe?« fragte Paul.

»Ja«, sagte Jeebee und zögerte dann.

Er hatte nie darüber nachgedacht, aber jetzt wurde ihm klar, daß er Martin immer als so etwas wie einen entfernteren Zweitvater betrachtet hatte, der irgendwo hinter dem Schatten von Carey, ihrem eigentlichen Vater, verschwand.

»Das heißt«, fuhr Jeebee fort, »als wir jünger waren. Zwischen uns ist ein Abstand von achtzehn Jahren. Er ist der ältere. Ich pflegte ihn auf der Ranch zu besuchen und er besuchte manchmal uns – meinen Vater, meine Mutter und mich. Nach dem Tod meines Vaters – nun, tatsächlich nach dem Tod meiner Mutter, als ich sechzehn war – verloren wir ein wenig den Kontakt, doch wir schrieben uns hin und wieder Briefe. Aber ich habe ihn nicht mehr gesehen, seit ich etwa vierzehn oder fünfzehn Jahre alt war.«

»Wie kam es, daß Ihr Vater die Ranch verließ?« fragte Paul.

»Eine Ranch zu führen, lag ihm nicht besonders«, sagte Jeebee. »Meinem Großvater gefiel es, und Martin auch. Aber Dad hatte kein sonderliches Interesse dafür. Er blieb auf der Ranch, bis der Vietnam-Krieg begann. Obwohl er da schon einen Sohn hatte, Martin, wurde er trotzdem Soldat und zog in den Krieg. Er sagte meinem Großvater, daß er alle Ansprüche auf die Ranch aufgebe, so daß der Weg für Martin frei wäre, falls Dad umkommen sollte.«

Es folgte eine weitere lange Pause, während der Wagen auf seinem Weg dahinrollte und dahinholperte.

»Und nach dem Krieg«, sagte Jeebee unaufgefordert und plötzlich erleichtert – fast erfreut darüber, dies endlich jemandem erzählen zu können –, »kam das Gesetz zur Förderung der Ausbildung ehemaliger Soldaten. Dad hatte sich immer für Architektur interessiert. Also ging er auf die Universität, um Architekt zu werden.«

»Architektur«, sagte Paul nachdenklich, »himmelweit entfernt von Viehzucht.«

»Oh, Dad war immer praktisch orientiert«, sagte Jeebee. »Er baute gerne mit vorhandenem Material. Wenn er ein Grundstück auf einem felsigen Abhang sah, dann packte ihn auf der Stelle die Idee, aus dem Felsgestein ein Haus zu bauen. Ein Haus, das direkt aus dem Hang herauszuwachsen schien. Ein interessantes Stück Holz konnte in ihm die Vorstellung von verdübelten – anstatt genagelten – Häusern wecken, sogar von Blockhäusern.«

»Hat er versucht, Sie zum Architekten zu machen?« fragte Paul.

Jeebee schüttelte den Kopf. »Nein«, sagte er nachdenklich. »Weder er noch meine Mutter haben mich in irgendeine Richtung gedrängt. Sie haben mich beide geliebt, aber sie waren in gewisser Hinsicht ein seltsames Paar. Sie gaben ihrer Zuneigung kaum sichtbaren Ausdruck, nicht mir gegenüber, nicht einmal untereinander. Meine Mutter war Dozentin. Sie lehrte an der Universität Geschichte. Für gewöhnlich saß sie irgendwo auf ihrer Dozentenstelle fest, und ich zog mit Dad durchs Land. So war es die meiste Zeit, während ich die Grundschule und die Oberschule besuchte.«

Jetzt erinnerte Jeebee sich mit besonderer Schärfe daran. Er war größer und dünner gewesen als die meisten Jungen in seinem Alter und dazu ungelenk. Jedes neue Klassenzimmer war zu einer Arena geworden, und er wußte schon immer im voraus, daß er hier auf die Probe gestellt, getestet und für mangelhaft befunden werden würde. Klassenkameraden seines Alters, die viel kleiner, aber flinker waren als er, konnten ihn drangsalieren und in seinen Augen und den Augen anderer zum Schwächling abstempeln.

Als Heranwachsender hatte er sich daran gewöhnt, sich für einen Schwächling zu halten, und die Tatsache akzeptiert, daß er es körperlich mit dem Rest der Welt nicht aufnehmen konnte. Dann starb seine Mutter plötzlich an einer Viruspneumonie, als er sechzehn war. Und dann war sein Vater bei einem Unfall auf einer Baustelle ums Leben gekommen, als Jeebee auf dem College war.

Er erzählte Paul einiges davon.

»Sie waren also ein ziemlicher Einzelgänger?« bemerkte Paul.

Das ist nur zu wahr, dachte Jeebee. In der Studiengruppe in Stoketon war er ein Außenseiter gewesen, dem man eine besondere Bevorzugung durch den Direktor, Bill Bohl, nachgesagt, ihn aber trotzdem respektiert hatte.

»Ich glaube, man kann es so ausdrücken«, sagte er zu Paul. »Ich hatte Soziologie als Grundstudium gewählt. Aber mir hat dabei immer etwas gefehlt.«

»Wie meinen Sie das: ›gefehlt‹?«

»Nun, ich habe es erst später begriffen«, sagte Jeebee und fiel unbewußt in eine mehr akademische Ausdrucksweise. »Die Soziologie war auf wirklich unverantwortliche Weise gleichgültig gegenüber den ökologischen Faktoren, in denen doch alle sozialen und kulturellen Prozesse ihre Wurzeln haben. Außerdem war sie naiv in der Entwicklung mathematischer Modelle, die andere Sozialwissenschaften revolutionierten.«

»So?« fragte Paul. »Und was haben Sie getan?«

»Nun, ich hatte mich schon entschieden, daß ich Universitätsdozent werden wollte«, sagte Jeebee. »Als ich bereit war, mich für das Fachstudium zu bewerben, schien Wirtschaftsgeographie der beste Zugang zu den Fragen zu sein, hinter denen ich her war.«

»Und wo war das?«

»Das war auf dem Hauptcampus der Universität von Michigan in Ann Arbor«, sagte Jeebee. »Ich hatte großes Glück. Ich bekam Dr. Bill Bohl als Doktorvater.«

»Bill Bohl?« wiederholte Paul. »Ich glaube nicht, daß ich schon von ihm gehört habe.«

»Wahrscheinlich nicht, es sei denn, Sie wären selbst Akademiker und arbeiteten auf dem gleichen oder auf einem verwandten Gebiet«, sagte Jeebee, »aber es war das beste, was mir in meinem ganzen Leben passierte. Er war großartig. Als ich ihm begegnete, war er zweiundfünfzig, und er war weithin bekannt und anerkannt für seine Beiträge zur klassischen Ökonomie und zur innovativen Anwendung der allgemeinen Systemlehre auf Probleme der sozialen Ökologie.« Jeebee lachte. »Wenn Sie ihn gesehen hätten, dann hätten Sie nicht geglaubt, daß er so einflußreich war«, sagte er. »Er sah für sein Alter jung aus, war aber kahl wie ein Ei und hatte das Gesicht einer Bulldogge auf dem Körper eines Rugbyspielers aus einer Studentenmannschaft. Wenn man ihm begegnete, dann mochte man ihn wahrscheinlich beim ersten Mal nicht. Er war so direkt, daß es fast brutal wirkte.«

»Und er war nicht, was er zu sein schien?« fragte Paul.

Jeebee schüttelte den Kopf.

»Ich habe ihn sehr gut kennengelernt«, sagte er. »Hinter seiner Art zu reden und zu handeln war er wirklich sehr sensibel gegenüber den menschlichen Realitäten, die den Abstraktionen zugrunde lagen, mit denen wir arbeiteten. Tatsächlich glaube ich immer noch, daß er diese rauhe Schale bewußt entwickelt hatte, um seine Sensibilität vor den Leuten zu verbergen, mit denen er arbeiten mußte.«

»Sie mochten ihn also«, bemerkte Paul.

»Ja«, sagte Jeebee, »und er mochte mich, seltsamerweise.«

»Warum seltsamerweise?« fragte Paul. »Leute mögen sich oder sie mögen sich nicht. Da kann man keine Gründe dafür bestimmen.«

»O doch, er nannte mir von Zeit zu Zeit einige Gründe, warum er mich mochte«, sagte Jeebee. »Er dachte, ich hätte einen bemerkenswerten Enthusiasmus, und er sagte mir, ich hätte eine höchst ungewöhnliche intuitive Fähigkeit, soziale Prozesse in der Sprache der Mathematik darzustellen.«

»Hatten Sie die?« fragte Paul.

»Ja«, sagte Jeebee zögernd. »Zumindest was die Mathematik anging, hatte ich sie vermutlich. Zumindest verglichen mit den Leuten, mit denen ich zusammenarbeitete.«

Wieder folgte eine Weile Schweigen. Es war ein angenehmes Schweigen. Jeebee dachte an seine Tage an der Universität und an Bill Bohl. Paul brachte ihn wieder in die Gegenwart zurück.

»Nun, da waren Sie also und studierten für Ihren Doktortitel mit diesem Bill Bohl als Doktorvater«, sagte Paul. »Wie sind Sie von dort nach Stoketon gekommen?«

»Stoketon war für mich ein echter Durchbruch«, sagte Jeebee begeistert, »und ich hätte das nie bekommen, wenn Bill nicht eine so gute Meinung von mir gehabt hätte. Wissen Sie, noch bevor ich mit meiner Doktorarbeit fertig war, hatte Bill mich an einem halben Dutzend Artikel mitarbeiten lassen, die versprachen, neue Zugänge zur Entwicklung mathematischer Modelle zu eröffnen. Die Artikel fanden ziemlich viel Beachtung.«

»Ist das wichtig?« fragte Paul.

»Das ist sehr wichtig«, antwortete Jeebee, »besonders für jemand in dem Stadium, in dem ich mich befand.« Er machte eine Pause.

»Als ich dann meine Doktorarbeit abgeschlossen hatte, überredete mich Bill, an der Universität zu bleiben, und zwar mit einem Forschungsstipendium. Das brachte mir zwar so gut wie nichts ein, aber die Hauptsache war, daß ich auf diese Weise weiter mit Bill zusammenarbeiten durfte, und das zahlte sich später beträchtlich aus, als Bill Mittel bewilligt wurden, damit er das Studienzentrum für Quantitative Soziodynamik – die Stoketon-Gruppe – gründen konnte.«

»Er hat Sie eingeladen, da mitzumachen, nicht wahr?«

»Er hat mehr getan als mich nur einzuladen«, antwortete Jeebee. »Er hatte mich sogar in den Finanzierungsantrag mit aufgenommen, so daß aus den Gründungsmitteln mein Gehalt gezahlt wurde. Danach mußte die Universität nur noch ihren Segen dazu geben – mir einen nominellen akademischen Titel verleihen, der mich zu Gehaltsnebenleistungen berechtigte und mir Zugang zu den Bibliotheken gewährte, denn das gehörte zu der Fakultätsstelle. In Stoketon war ich Institutsdozent mit Forschungsauftrag auf einer Dauerstelle – im Unterschied zu unseren Experten, die kamen, eine Weile blieben und dann wieder gingen.«

»Ich stelle mir vor, daß es Ihnen dort gefallen hat«, sagte Paul.

»Ja«, sagte Jeebee in Erinnerung an jene Zeit, »mir hat es wirklich gefallen. Ich war eine Art Außenseiter, oder zumindest hielten mich viele von den anderen für einen sonderbaren Kauz. Aber es ist großartig, wenn man mit Leuten arbeitet, die selber gut sind, und wir kamen alle gut miteinander aus. Ich glaube, ich bin in Stoketon wirklich etwas geworden. Leider galt das nur für die akademische Arbeit, die ich damals machte. Was die Außenwelt angeht – die Art von Dingen, die ich brauche, um heutzutage zu überleben –, blieb ich genau so ein Einzelgänger und Einfaltspinsel wie schon immer. Das war einer der Gründe, warum meine Nachbarn mich am Ende davongejagt haben.«

»Bis dahin hatten Sie nicht vor, zu Ihrem Bruder zurückzukehren?« fragte Paul.

»O doch, natürlich hatte ich es vor«, sagte Jeebee. »Der Zusammenbruch war eingetreten. Wir hatten keine Verbindung mehr mit den umliegenden Städten. Die Wasserversorgung funktionierte nicht mehr. Es gab keine Elektrizität mehr. Stoketon verwandelte sich in eine kleine, verschworene, bewaffnete Gemeinschaft. Das Problem war, daß ich nicht wirklich ein Teil davon war. Ich war fast ein Teil gewesen, solange eine Frau, die dort lebte, für mich gearbeitet hatte. Aber als sie kündigte, war dies ein Zeichen – obwohl ich es zu jenem Zeitpunkt noch nicht erkannte –, daß man mich schnitt und als Außenseiter abgestempelt hatte. Glücklicherweise hatte ich schon einige Sachen zusammengetragen, mit denen ich nach Westen gehen wollte – unter anderem auch ein Elektrobike. Wie dem auch sei, als ich schließlich fortging, da schossen einige von den Leuten auf mich.«

Er zögerte.

»Ich verlor das Bike ein paar Wochen später in einem kleinen Ort, wo ich anhielt, weil ich dachte, daß ich dort vielleicht etwas tauschen könnte. Das war derselbe Ort, wo ich auf Wolf stieß.«

Wieder verstummte er und hing seinen Erinnerungen nach.

»Nun«, sagte Paul schließlich, die Augen auf die Ohren seiner Pferde gerichtet, »ich würde sagen, Sie sind etwas gewachsen, seit Sie dieses Ihr Stoketon verlassen haben.«

Danach waren sie eine Zeitlang schweigend weitergezogen, bevor sie von etwas anderem redeten.

Jeebee stellte fest, daß sie haltmachten, wie er es Merry empfohlen hatte, und damit wurde aus ihrem frühen Mittagessen fast etwas wie ein Picknick. Normalerweise aßen sie mittags unter der Fahrt ein Stück belegtes Brot und heißen Kaffee und gelegentlich ein Stück Pastete oder Kuchen, gebacken am Abend zuvor. Diesmal stellte Nick, der mit dem Kochen an der Reihe war, wieder im Gras neben dem Wagen einen Klapptisch auf, dazu Stühle für sie alle, und servierte ihnen Suppe, Kartoffeln und Schinkenstreifen, darüber eine selbstgemachte, sehr schmackhafte Soße.

Jeebee brauchte nicht zu sagen, daß dies alles – das Aufstellen des Tisches draußen im Gras eingeschlossen – mit einer besonderen Absicht geschah. Die Küchengerüche sollten sich ausbreiten und hinten im Wald die Nasen von Greta und Wolf kitzeln.

Wieviel von dem, was dann geschah, davon oder von

anderen Faktoren ausgelöst wurde, war unmöglich zu sagen, aber gerade als sie mit Essen fertig waren, zeigte sich Greta am Rand der Baumgruppe. Sie kam aus dem Wald und wedelte heftig mit dem Schwanz. Sie ließ sich auf ihre Ellbogen fallen und hielt ihr Hinterteil hoch, als verbeugte sie sich vor einem unsichtbaren Spielgefährten, dann stürmte sie mit einer Folge clownischer Sprünge in den Wald hinein und wieder heraus.

Jeebee holte sein Fernglas, stellte sich neben den Tisch und versuchte, in der Dunkelheit des Waldes etwas zu erkennen. Er war sich sicher, daß Wolf dort drinnen war, und daß Gretas Verhalten auf ihn zielte. Aber der Unterschied zwischen Licht und Schatten, besonders jetzt am hellen Mittag, verhinderte, daß er weit zwischen die Bäume hineinschauen konnte.

Kurz darauf spürte er, wie man ihm das Fernglas aus den Händen nahm und statt dessen etwas Rundes und viel Schwereres gab. Er stellte fest, daß Paul ihm ein gutes Fernglas gereicht hatte, viel größer und schwerer als das Opernglas.

Jeebee setzte es an die Augen und konnte schließlich einen Schatten ausmachen, der sich, als er ihn genau betrachtete, am Ende als Wolf entpuppte. Gleich im Schatten der nächsten Bäume stand Wolf, die Flanke Greta und dem Wagen hinter ihr zugekehrt. Er gab ein Bild wölfischer Verwirrung ab. Seine Vorderpfote war leicht gehoben, als wäre er nicht gewillt, noch einen weiteren Schritt aus der Sicherheit der Waldgrenze hinaus zu tun. Den Kopf, den er Greta und den anderen zugekehrt hatte, hielt er hoch, die Ohren waren als Zeichen äußerster Wachsamkeit aufgestellt und nach vorn gerichtet.

Jeebee war es, als könnte er selbst aus dieser Entfernung das wachsame Glänzen von Wolfs Augen erkennen, mit dem er sie alle scharf im Blick behielt. Jeebee meinte zu sehen, wie Wolf zitterte, während er dort stand. Trotzdem bewegte er sich nicht auf den Wagen zu.

Jeebee reichte das Fernglas an Paul zurück.

»Es scheint, ich bin nicht der einzige, der Wolf gerne für eine Weile hier unten hätte«, sagte er.

Paul hob das Fernglas an die Augen, stellte es ein und beobachtete eine Zeitlang.

»Er kommt heraus, glaube ich«, sagte er schließlich.

Tatsächlich bewegte sich Wolf in diesem Moment so weit vorwärts, daß das Sonnenlicht ihn am Waldrand auch dem unbewaffneten Auge sichtbar machte. Er stand immer noch in der seitwärts gerichteten wachsamen Haltung da und schaute auf Greta hinab. Kurz darauf drehte er sich und machte ein paar weitere Schritte auf die Leute am Wagen zu, dann hielt er an und bewegte sich wieder rückwärts.

»Greta!« rief Merry. »Greta, komm zurück!«

Ihr Ruf brach die Spannung zwischen Hündin und Wolf auf dem Hügel. Wolf machte beim ersten Wort kehrt und verschwand in der Dunkelheit. Greta richtete sich aus ihrer Spielstellung auf, schaute einen Moment lang stehend hinter ihm her, dann wandte sie sich langsam um und kam auf den Wagen zugetrottet, wobei sie sich immer wieder umdrehte und zum Wald zurückschaute. Doch Wolf zeigte sich nicht.

Als sie Merry erreichte, schmiegte sie sich an sie, kauerte sich nieder und bat offensichtlich um Verzeihung für alles, was sie getan und was Merry für falsch gehalten hatte.

»Schon gut«, sagte Merry, bückte sich und tätschelte die Hündin. »Braves Mädchen!« Greta sprang hoch und leckte vor überschwenglicher Freude, daß ihr verziehen worden war, Merrys Gesicht.

Merry führte die Hündin, die immer wieder hochsprang und ihr die Hände leckte, zurück zu den Pferden.

»Sieht so aus, als könnten wir uns wieder auf den

Weg machen«, sagte Paul. »Nick, bring die Sachen weg – Sie können ihm zur Hand gehen, Jeebee. Dann kommen Sie zu mir auf den Kutschbock, und wir lassen Sie wieder für eine Weile das Gespann übernehmen.«

An den folgenden Tagen fuhren sie weiter nach Westen und hielten hauptsächlich an abgeschiedenen Farmen an, wo Paul Geschäfte machte. Die Routine für diese Besuche bestand immer darin, daß Merry mit den Pferden zurückfiel und Jeebee sich in den Ruheraum des Wagens zu Nick und den Waffen zurückzog. Dann fuhr Paul, scheinbar allein, zu dem Ort, den er zu besuchen beabsichtigte. Merry blieb mit den Ersatzpferden weit genug zurück, so daß sie nicht zu sehen war.

Diese Prozedur, so erklärte Paul Jeebee, wurde selbst dann befolgt, wenn die Leute alte Bekannte waren und wußten, daß Merry Paul begleitete. Der Grund lag darin, daß niemand wußte, was dieser bestimmten Familie oder Gruppe – in manchen dieser abgeschiedenen Bauernhöfe hausten jetzt bis zu vierzig oder fünfzig Leute – möglicherweise zugestoßen war, seit Paul sie zum letztenmal besucht hatte. Falls es Schwierigkeiten geben sollte, wollte er Merry in sicherer Entfernung wissen, damit sie fliehen konnte. Aus demselben Grund hatten Nick und Jeebee ihre Waffen bereit und warteten im Waffenraum.

Wenn sich herausstellte, daß sich seit Pauls letztem Besuch nichts geändert hatte und die Leute noch freundlich waren, rief Paul für gewöhnlich Merry herbei und ließ entweder Nick oder Jeebee aus dem Waffenraum kommen und sich unter die Kunden mischen.

Was er in diesen isolierten Siedlungen zu sehen bekam, elektrisierte den Sozialwissenschaftler in Jeebee. Alle Gemeinschaften, bei denen sie haltmachten, waren geordnet und diszipliniert, was ihn nicht überraschte, da dies genau das war, was seine mathematischen Modelle vorhersagten. Aber er empfand die tiefe Befriedigung des Entdeckers, daß seine eigenen, aus dem Handgelenk geschüttelten Schätzungen der Spielarten ihrer sozialen Systeme dem, was er tatsächlich vorfand, so nahe kamen.

Sie waren alle, wie Paul Sandersons kleine Gruppe, Variationen eines gemeinsamen Themas der sozialen Anpassung, die sich auf Bemühungen alltäglicher Kooperation konzentrierten, die für das Überleben erforderlich waren.

Es gab natürlich Unterschiede im Hinblick auf soziale Macht und Autorität, und die Ehekonventionen variierten schon sehr. Im Laufe der Wochen, die er schon mit dem Wagen mitzog, war Jeebee ziemlich viel Monogamie begegnet – schließlich war ein einzelner Ressourcen-Sammler für das Überleben eines menschlichen Kindes nur unter einer begrenzten Anzahl von Ressourcen-Bedingungen adäquat. Es gab ein beträchtliches Ausmaß an Polygynie – schließlich gab es ja nur wenige Arten von Säugetieren, die nicht polygyn waren –, aber gelegentlich trat auch Polyandrie auf, allerdings selten und vor allem beschränkt auf Regionen, wo die Nahrungsmittelquellen besonders ergiebig waren.

Interessanterweise gab es weniger Promiskuität, als viele der früheren Futurologen sich vorgestellt hatten. Tatsächlich waren manche dieser kleinen Gruppen fast puritanisch in ihrer Einstellung gegenüber Sex, und Jeebee kannte auch den Grund dafür: Sexuelle Permissivität war einfach nicht die beste der konkurrierenden Reproduktionsstrategien.

Jeebee merkte, wie ihn all dies faszinierte, und teilweise wurde er wieder zu dem Forscher, der er einmal gewesen war. Noch interessanter wurde es, als ihm der Gedanke kam, daß man seine Kameradschaft mit Wolf auch als eine der Variationen von sozialer Ordnung betrachten konnte, die der allgemeinen gesellschaftliche Zusammenbruch hervorgebracht hatte.

Tatsache war, daß es sich bei Wolf um eine Person handelte – ein Individuum mit seinen eigenen Vorlieben, Abneigungen, Wünschen, Begierden und Absichten. Darin unterschied Wolf sich nicht von den Menschen in den Gemeinschaften, die Paul besuchte. Aber Wolf war auch das Produkt einer sozialen Ordnung, die sich in vieler Hinsicht nicht sonderlich von den menschlichen Ordnungen unterschied und in Wolf bestimmte instinktmäßige Muster des Verhaltens und der Reaktion geweckt hatte; und diese Muster hatten in Jeebees eigenen, ähnlich abgeleiteten Mustern und Reaktionen ein verwandtes Gegenstück gefunden.

Wahrscheinlich, so dachte Jeebee, wurzelte das wachsende Behagen, das er in seiner Beziehung zu Paul, Merry und Nick fand, in dem gleichen Bedürfnis, das Wolfs natürliche Scheu überwunden hatte und ihn am Ende dazu veranlassen könnte, sich dem Wagen und den damit verbundenen Menschen zu nähern.

Es blieb die Tatsache, daß Jeebee in seiner Beziehung zu Wolf eine emotionale Befriedigung gefunden hatte, die er nicht bei seinesgleichen fand – bei den drei Leuten im Wagen.

Seit dem Beginn ihrer Bekanntschaft hatte Jeebee diesem seinem Gefährten näherkommen wollen, und dafür war ein besseres Verständnis für das nötig, was Wolf zu ›Wolf‹ machte. Wenn Jeebee sich doch nur eingehender mit dem beschäftigt hätte, was Wölfe zu dem machte, was sie waren, damals, bevor die Welt auseinanderfiel und Bibliotheken wie Experten verschwanden...

Nun, es war sinnlos, sich nach etwas zu sehnen, das nicht verfügbar war. Deshalb beobachtete Jeebee jetzt Wolfs Annäherungen an den Wagen mit dem heftigen Verlangen, daß Wolf ganz herbeikäme. Wolf war frei – im absolutesten Sinn des Wortes. Es gab keine Möglichkeit, ihn zu zwingen irgendwohin zu gehen, wenn man ihn nicht verwundete oder einfing, was den ganzen

Sinn des Zusammentreffens mit ihm zerstören würde. Jeebee konnte nur seine Beobachtung fortsetzen und hoffen, daß Wolf sich dafür entscheiden würde, sich von selbst den Menschen im Wagen anzuschließen.

Allmählich wurde es offenkundig, daß er dies vielleicht tun würde.

Er begann öfter zu erscheinen, ein paar Stunden vor Sonnenuntergang, eine Stunde oder auch länger, bevor der Wagen für die Nacht haltmachte. Zuerst konnte man ihn nur gelegentlich sehen, wie er dem Wagen aus der Ferne seitlich folgte. Doch schließlich kam er näher an sie heran, so daß er sich, wenn es das Gelände erlaubte, mit etwa fünfzig Meter Abstand parallel zum Wagen bewegte.

Während er näher kam, lief Greta oft zu ihm und schloß sich ihm an. Wenn sie das tat, dann versuchten die anderen Hunde oft, mit ihr zu laufen – doch sie drehte sich immer um und trieb sie zurück zum Wagen. Schließlich gewöhnten sich die anderen Hunde an Wolfs Gegenwart und stimmten kein Gebell mehr an, wenn sie ihn erblickten.

Doch gelegentlich, wenn Greta nicht in der Nähe war, gingen einer oder mehrere von ihnen auf ihn los. In diesen Fällen verhielt sich Wolf unterschiedlich. Wenn mehrere Hunde in einer Gruppe auf ihn zu liefen, machte er gewöhnlich kehrt und floh.

Die Hunde vom Wagen folgten ihm immer ein paar hundert Meter, dann blieben sie stehen und kamen zurück, fast übermütig vor Stolz und Selbstzufriedenheit, daß sie den vermeintlichen Eindringling verjagt hatten. Jeebee freute sich insgeheim, als er sah, daß es Merry im Grunde genauso wenig gefiel wie Jeebee, wie die Hunde Wolf hetzten. Aber er erkannte ihr Dilemma: Wenn sie wirkungsvolle Wachhunde bleiben sollten, dann konnte Merry sie kaum dafür tadeln, daß sie das taten, was sie für ihre Pflicht hielten.

Wenn nur ein einzelnes Tier auf ihn losging, dann

ignorierte Wolf es für gewöhnlich fast. Kein einzelner Hund vom Wagen war eine echte Bedrohung für ihn. Gelegentlich war sein Verhalten so gleichgültig, daß der Hund sich ihm einfach anschloß, nachdem er Wolf beschnuppert hatte. Zweimal war der einzelne Hund einer von den Rüden und versuchte tatsächlich aggressiv zu werden. Beide Male wandte sich Wolf lediglich zur Seite, legte mit einer Körperdrehung sein Gewicht in die Wucht seiner linken Hüfte und warf so den anderen zu Boden. Nur ein anderer einzelner Angreifer vom Wagen war so hartnäckig, daß Wolf plötzlich auf ihn losging und ihn am Hals zu Boden drückte, wobei er Fell wie Hals mit seinem mächtigen Rachen wie in einem Schraubstock festhielt, der das andere Tier würgte und an Ort und Stelle bannte.

Der Hund jaulte auf und floh, sobald Wolf ihn losließ. Als der Hund wieder am Wagen eintraf, konnten Merrys forschende Finger an ihm kein Zeichen von Verletzungen finden.

Wolf mußte, so schloß Jeebee interessiert, einen fein entwickelten Sinn für die möglichen Reaktionen auf Bedrohungen haben.

Mit der Zeit jedoch entwickelten die Kontakte zwischen Wolf und den Hunden vom Wagen allmählich Muster der Toleranz zwischen ihm und zumindest einigen der Rüden, und allmählich kam Wolf näher und näher, bis er schließlich eines Tages Jeebee neben dem Wagen selbst begrüßte.

Inzwischen kamen sie in den westlichen Teil von South Dakota, in den Norden der Badlands. Das Land wurde rauher, und sie verließen die Route des *Interstate Highway* öfter, um zu Kunden zu gelangen.

Der Wagen war kräftig gebaut und konnte über ziemlich offenes Land gefahren werden, wenn es absolut notwendig war, aber es gab bestimmte Grenzen, bis wohin er kommen konnte. Folglich hielt sich Paul normalerweise an die Straßen. Oder an die Bankette alter Straßen, wenn die Straßen selbst zu viele Schlaglöcher und Vertiefungen aufwiesen. Dort, wo es für den Wagen unmöglich war, zu den Kunden zu gelangen, kamen die Kunden zu Paul.

Gewöhnlich bedeutete dies, daß Paul den Wagen am Nachmittag anhielt und bis zum folgenden Morgen wartete, bevor er weiterzog. Wenn diejenigen, die daran gewöhnt waren, mit ihm an diesem Ort Handel zu treiben, auftauchten, dann wurden die Geschäfte getätigt. Ansonsten, wenn niemand erschien, zog Paul am folgenden Morgen weiter. Die mit ihm Handel getrieben hatten, wußten ungefähr, wann er in ihrer Gegend fällig war, und wenn sie noch existierten oder an Handel interessiert waren, dann oblag es ihnen, sich zu zeigen.

Wenn sie nicht kamen, dann wurde dieser bestimmte Haltepunkt von Pauls Kundenliste gestrichen. Pauls Methode war es, eine Straße so weit zu fahren, wie er konnte, dann anzuhalten und in gewissen Abständen vier Schüsse in die Luft zu feuern, und das nicht aus seinem gewohnten Gewehr, sondern aus einem mit Schwarzpulver gefüllten Vorderlader.

Fast immer tauchten dann binnen einer halben Stunde ein oder mehrere Reiter auf und kamen zum Wagen. Ihnen folgten später dann der Großteil der Sippe oder der Familie. Einige Male beobachtete Jeebee, wie für ein oder zwei Tage eine kleine, provisorische Zeltstadt neben dem Wagen errichtet wurde, während man mit Paul Handel trieb, und daraus ergab sich eine gewisse Gastfreundlichkeit und Festlichkeit.

Dort, wo der Wagen querfeldein fahren konnte, reisten sie gelegentlich durch Gebiete, in denen es überhaupt keine Straßen gab, so wie ihre Vorläufer in den Wägen des 19. Jahrhunderts in noch wegeloses Gebiet gefahren waren. Gelegentlich kamen sie an Flüsse, und Jeebee war überrascht, als er feststellte, daß trotz seines ganzen Gewichts an Panzerung und Waren der Wagen so gebaut war, daß er wie ein Floß schwimmen konnte. Die Zugpferde schwammen und zogen ihn hinter sich her durch den Fluß, vorausgesetzt die Strömung war nicht zu heftig und der Grund nicht zu tief oder felsig.

War keins von beiden der Fall, dann wateten sie manchmal hindurch. Ansonsten wandten sie entweder stromauf- oder stromabwärts – abhängig von Pauls Kenntnis der besten Route –, bis sie an eine Stelle kamen, wo es möglich war, in Sicherheit entweder hinüber zu schwimmen oder zu fahren.

Das hatte zur Folge, daß sie insgesamt nicht schnell übers Land vorankamen. An manchen Orten gab es Aufenthalte bis zu zwei Tagen. Trotzdem verbrachten sie die meiste Zeit damit weiterzuziehen. Nach und nach gewöhnte sich Jeebee an die Routine des Wagens. Er wurde sachkundig im Umgang mit den Waffen, konnte das Gespann drei oder vier Stunden hintereinander lenken und war in der Lage, die nachfolgende Herde der Ersatzpferde hinter dem Wagen eng beisammenzuhalten, wenn sie hinter dem Wagen hertrotteten.

Er erfuhr mehr über seine Reisegefährten. Er entdeckte, daß Paul ein interessanter, gut informierter, wenn nicht sogar gebildeter und lebhafter Gesprächspartner war, sofern er Lust hatte zu reden. Nick redete sehr wenig und hatte Perioden, während derer er anscheinend überhaupt nicht reden wollte und am besten in Ruhe gelassen wurde.

Überraschenderweise entpuppte sich von den dreien Merry als die beste Gesellschaft für Jeebee.

Allmählich schmolz ihre Kälte ihm gegenüber dahin (sie war sowieso zu einem großen Teil nur ein äußerer Schutzpanzer gewesen), und als sie ihm gegenüber entspannter wurde, sprudelten bei ihr herzliche Stimmungen an die Oberfläche. Sie reagierte auf fast alles instinktiv und emotional, was zur Folge hatte, daß sie in einem Nu von Sommersonnenschein zu Donner und Blitz überwechseln konnte, und dann wieder zurück zum Sonnenschein, fast bevor noch der erste Regen von dem Gewitter zu fallen begonnen hatte.

Jeebee bemerkte amüsiert, daß nicht bloß Paul und Nick, sondern auch die Hunde ihre plötzlichen kleinen Wutausbrüche ernst nahmen. Besonders die Hunde zeigten eine Menge reumütiges und kleinlautes Verhalten, aber es war nach einer Weile für Jeebee völlig offensichtlich, daß sie sich darauf freuten, kurz darauf überschwenglich getätschelt zu werden und ihnen verziehen wurde, und sie wären nur beunruhigt gewesen, wenn dies nicht der Fall gewesen wäre.

Allmählich wurde ihm bewußt, wie er sich auf ihre plötzlichen und aus ganzem Herzen kommenden Begeisterungsausbrüche, ihre unvermittelten Zeichen tiefen Mitempfindens und Verstehens freute und sie genoß. Genauso allmählich wurde ihm klar, daß er sich völlig ohne Absicht in sie verliebt hatte. Dies mußte unvermeidlicherweise eine Auswirkung auf seine Partnerschaft mit Wolf haben.

Inzwischen war der Sommer gekommen, und es geschahen andere interessante Dinge. Sie befanden sich jetzt in einem Landstrich, wo der Boden viel mehr Deckung bot; nicht so sehr in Form von Bäumen, sondern von Hügeln und Gestrüpp. Die Folge war, daß Wolf dazu übergegangen war, bei seinen Besuchen ihnen nahe zu bleiben. Angelockt von Greta, aber auch einfach, weil er sich an den Wagen, die Pferde und die Menschen gewöhnte und ihnen gegenüber weniger scheu wurde, kam er nach und nach immer näher, bis er schließlich zumindest für kurze Zeitspannen buchstäblich neben dem Wagen dahinzog.

Nachdem Greta die anderen Hunde ein paarmal angeknurrt und nach ihnen geschnappt hatte, akzeptierten sie Wolf einfach, so wie sie Jeebee akzeptiert hatten.

Wolf seinerseits ignorierte sie mehr, als daß er sie akzeptierte.

Jeebee hatte erwartet, Wolf würde auch die Menschen vom Wagen mehr oder weniger ignorieren. Zum Teil tat er dies auch, da er mit ihnen nur etwa eine Stunde am Stück zusammen war und unerwartet kam und ging. Aber er behandelte die Umgebung des Wagens jetzt so, als hätte er ein Recht, dort zu sein. Jedem der Menschen gegenüber legte er ein anderes Verhalten an den Tag.

Er neigte dazu, Paul auszuweichen, war ihm gegenüber aber gleichbleibend höflich. Nick war der einzige, den er wirklich ignorierte und dem er generell auswich. Merry begrüßte er – zu Jeebees Überraschung –, wenn auch nur gelegentlich. Offensichtlich betrachte er Jeebee und sich selbst als gesellschaftliche Außenseiter.

Doch bei seiner ersten engen Begegnung mit Merry zeigte sich Wolf ihr gegenüber fast überschwenglich.

Dieses Verhalten hatte Jeebee am wenigsten erwartet. Als Wolf sich ihr näherte, saß Merry zufällig nicht auf ihrem Pferd, und die anderen Hunde waren zwar in Sichtweite, aber nicht nahe bei ihr. Wolf ging, die Ohren zurückgelegt, den Kopf gesenkt, direkt auf sie zu und wedelte mit dem Schwanz. Merry kauerte sich nieder und sprach mit ihm, als wäre er einer der Hunde. Er leckte ihr das Gesicht, duckte sich und urinierte ein paar Tropfen, dann ließ er sich auf die Seite fallen und rollte sich auf den Rücken, als würde er sie zum Kraulen seines Bauches einladen.

Jeebee konnte ein winziges Gefühl der Eifersucht nicht unterdrücken. Er war mehrere Wochen mit Wolf zusammengewesen, bevor der ihn zu so viel Vertrautheit aufgefordert hatte. Doch hier schien Wolf bereit zu sein, sich mit Merry anzufreunden, ohne daß weitere Artigkeiten und längeres Kennenlernen notwendig waren.

Da Jeebee sich unerwünscht vorkam, überließ er die

beiden einander und ging nach vorn, um sich Paul anzuschließen, der auf dem Kutschbock saß.

»Gut, daß Sie kommen«, sagte Paul. »Es wird Zeit, daß wir uns mal ein wenig unterhalten.«

»So?« erwiderte Jeebee. Er war sofort hellwach.

»Ja«, sagte Paul. »Wissen Sie, wo wir jetzt sind?«

Jeebee schüttelte den Kopf.

»Wir sind ein bißchen über Weston hinaus«, sagte Paul. »In Wyoming.«

»Wyoming?« Jeebee starrte Paul an. »Sie wissen doch, daß ich nach Norden in Richtung Montana unterwegs bin.«

»Ich weiß. Ich habe immer daran gedacht«, sagte Paul. »Sind Sie immer noch entschlossen, die Ranch Ihres Bruders zu suchen?«

»Ich muß«, sagte Jeebee. »Ich muß einen sicheren Ort für das Wissen finden, das ich in meinem Kopf habe, das Wissen über die Arbeit, die gemacht habe. Einen Ort, um es lebendig zu halten für eine Zeit, wenn die Zivilisation es wieder nutzen kann.«

»Ganz recht. Ich habe mir schon gedacht, daß Sie immer noch dieser Auffassung sind«, sagte Paul. »Deshalb möchte ich jetzt mit Ihnen reden. Etwa fünfzig Kilometer von hier, bevor wir auf den Ort stoßen, der einmal Buffalo gewesen ist, und bevor wir in die Bighorn Mountains kommen, werden ich nach Süden abbiegen, um den langen Schwenk hinunter und wieder zurück in den Osten zu beginnen. Also sind wir fast an der Stelle angelangt, wo wir in die eine Richtung gehen werden, und Sie in die andere.«

Jeebee erkannte mit einem plötzlichen Schock, daß er nicht erwartet hatte, ihre Trennung würde so schnell kommen. Es war gut einen Monat her, seit er sich ihnen angeschlossen hatte. Er hatte sich an das Leben im Wagen gewöhnt, und er war hier bei Paul, Merry und Nick fast mehr zu Hause, als er es jemals an einem Ort in seinem Leben gewesen war, außer in frühester Kindheit. Er erkannte plötzlich, daß er sich unbewußt darauf eingestellt hatte, daß dieser Stand der Dinge fast endlos andauern würde.

Selbst Wolf hatte sich daran gewöhnt. Er kündigte sein Eintreffen beim Wagen in der Morgendämmerung oder im abendlichen Zwielicht mit Heulen an, und die Hunde hatten begonnen, das Geheul zu erwidern.

Und er hatte sich auch das rückwärtige Trittbrett des Wagens als den Platz angeeignet, auf dem er sich niederließ, wenn er mit ihnen reiste. Dort lag er umfriedet und sicher – und *über* allen Hunden, die sich ihm nähern mochten.

Doch jetzt fand sich Jeebee auf einmal wieder mit der Aussicht konfrontiert, allein weiterziehen zu müssen. Allein besonders dann, wenn Wolf nicht mit ihm kommen würde, nachdem er Beziehungen zu Merry, Greta und den anderen Wagenhunden angeknüpft hatte. Der Gedanke, wieder allein zu sein, war für Jeebee, wie wenn man mit eiskaltem Wasser überschüttet wurde, nachdem man sich gerade an eine warme, sanfte Dusche gewöhnt hatte, um den schlafkalten Körper am Morgen aufzuwecken.

»Was sagten Sie, wo wir sind?«

»Kurz vor den Bighorn Mountains«, sagte Paul. »Übermorgen biege ich nach Süden ab. Ich dachte, Sie würden sich Pläne machen wollen.«

»Ja, das werde ich wohl müssen«, sagte Jeebee, den Kopf voller Fragen. Er versuchte sich eine Vorstellung der Grenze von Wyoming und Montana in Erinnerung zu rufen und überlegte, wie die Geographie von Montana weiter nördlich aussah. Es war fast fünfzehn Jahre her, seit er die Ranch seines Bruders besucht hatte, und damals war er erst zwölf gewesen. Er war nach Billings geflogen, sein Bruder hatte ihn am Flughafen abgeholt, und bis zur Ranch waren sie etwa anderthalb Stunden gefahren. Sie waren in nördlicher Richtung gefahren und waren in Musselshell durchgekommen, kurz bevor sie die Grenze der Ranch seines Bruders erreicht hatten.

»Ich wünschte, ich hätte eine bessere Vorstellung von der ganzen Gegend hier«, sagte er fast zu sich selbst.

Wortlos langte Paul hinter den Kutschbock, holte ein zusammengefaltetes Papier hervor und reichte es Jeebee.

Jeebee entfaltete eine Autokarte der *American Automobile Association*, die Montana und Teile der Nachbarstaaten Wyoming, South Dakota und North Dakota umfaßte. Er breitete sie auf den Knien aus und studierte sie.

»Wollen Sie einen Rat?« fragte Paul.

»Ja.« Jeebee blickte zu dem Mann mit den blauen Augen und dem grauen Bart auf. »Ich brauche alle Hilfe, die ich bekommen kann. Allen Rat, den ich bekommen kann.«

»Nun«, Paul reichte Jeebee die Zügel. »Hier, übernehmen Sie einmal das Gespann.«

Paul nahm die Landkarte von Jeebees Knien und legte sie auf seine eigenen, dann begann er mit einem Finger eine Route zu ziehen.

»Hier sind wir und nähern uns den Überresten von Buffalo vom Osten her, auf dem *Interstate 90.* Nun, Sie wollen nicht in die Berge geraten, besonders nicht in die Bighorns. Ich würde Ihnen vorschlagen, daß Sie schnurgerade nach Norden losziehen, Buffalo und Sheridan umgehen und einen Schwenk nach Osten machen, wenn Sie nach Montana kommen, um diese Reservation hier zu meiden. Wenn Sie versuchen, geradewegs durch sie hindurchzugehen, kann es sein, daß Sie in keine Schwierigkeiten geraten, und wenn Sie nicht hindurchgehen, dann bedeutet es für Sie bestimmt einen Umweg, aber auf dem Territorium der Reservation läuft alles ein bißchen anders – und wer könnte es den Leuten dort verübeln? Nein, ich würde vorschlagen, daß Sie die Reservation umgehen, dann wieder den Weg nach Nordwesten einschlagen – nach dem, was Sie mir erzählt haben, liegt die Ranch Ihres Bruders ziemlich in der Mitte des Staates, nicht wahr?«

»Die letzte Stadt, an die ich mich erinnern kann und durch die er mich auf dem Weg zur Ranch fuhr, vor vielen Jahren, war Musselshell«, antwortete Jeebee. Er hielt es nicht mehr für nötig, vor diesen Leuten sein Ziel geheimzuhalten.

»Nun denn«, sagte Paul und fuhr mit dem Finger über das Papier, »nachdem Sie den Ostrand der Reservation umgangen haben, halten Sie sich ungefähr in nordwestlicher Richtung; nachdem Sie zwischen der Reservation und dem *Custer National Forest* hindurch sind, gehen Sie genaugenommen nach Norden, quer über den alten *Highway 94* und dann direkt weiter nach hier. Hier ist Musselshell, am *Highway 12*. Ich meine die Stadt Musselshell.«

Jeebee nickte.

»Ich würde Ihnen diese Landkarte mitgeben«, sagte Paul, »nur gehört sie zu den Dingen, die heutzutage nicht leicht zu finden sind …«

»Ist schon in Ordnung«, unterbrach ihn Jeebee, »zu den Dingen, die ich in meinem Rucksack gerettet habe, gehören auch meine Straßenkarten für diesen Teil der Route – wie die hier.«

»Dann kann ja nichts schiefgehen«, sagte Paul. »Geben Sie mir wieder die Zügel.«

KAPITEL 12

»Nun«, sagte Paul, »nachdem wir nun die Geschichte mit der Karte erledigt haben, müssen wir über etwas anderes reden. Erinnern Sie sich daran, daß wir nie genau geregelt haben, was Sie für Ihre Arbeit bezahlt bekommen?«

Jeebee hatte sich schon halb vom Kutschbock erhoben. Jetzt setzte er sich wieder hin.

»Das habe ich ganz vergessen«, sagte er.

»Na, Sie würden einen schönen Hausierer abgeben«, sagte Paul trocken. »Nun, reden wir jetzt darüber. Sie sind mehr als einen Monat bei uns gewesen – sagen wir zwei Monate, so daß es zwei Monatslöhne plus ... Wieviele Goldstücke, sagten Sie, haben Sie da in Ihrem Gürtel?«

»Dreiundzwanzig«, antwortete Jeebee ohne nachzudenken.

»In Ordnung«, sagte Paul. »Dafür kann ich Ihnen im wesentlichen ein Reitpferd geben, Munition für Ihre zwei Gewehre, und einige Grundnahrungsmittel, Mehl, Speck und vielleicht ein paar andere Sachen wie Natron und Salz und Zucker. Ich kann Ihnen keine Winterkleidung geben, aber ich habe Decken und drei Plastikplanen, die gut genug zu der passen, die Sie haben, damit Sie mehr aufbauen können als nur ein kleines Schutzzelt. Dazu noch einen Sattel, ein Seil und Packausrüstung. Aber das ist's dann schon.«

»Kein Packpferd?« fragte Jeebee.

»Kein Packpferd«, bestätigte Paul. »Wenn Sie schlau sind, dann benutzen Sie das Pferd, das ich Ihnen gebe, als Packpferd und reisen zu Fuß. Auch könnten Sie mit einem einzigen Pferd besser auf Ihren Wolf achtgeben. Es tut mir leid, aber ich gebe Ihnen mehr, als Ihr Zeug derzeit wert ist. Natürlich bekomme ich auf lange Sicht gesehen mein Geld zurück, wenn ich jemanden finde, der Gold wirklich hortet und der bereit ist, einen guten Preis für die Goldmünzen zu zahlen. Aber ich werde sie einige Zeit mit mir herumtragen müssen – und das ist kein gutes Geschäft. Man braucht einen schnellen Warenumschlag, wenn man genug Profit machen möchte, um davon leben zu können. Dieser Wagen muß praktisch jedes Jahr nach der Reise überholt werden. Haben Sie das gewußt? Neues Material dafür kostet seinen Preis. Wie die Dinge stehen, wird der Gegenwert des einen Pferdes, das ich Ihnen gebe, ein Jahr oder mehr in diesen Goldmünzen gebunden sein, und wahrscheinlich werde ich ihn erst zurückbekommen, wenn ich jemanden finde, der sie zu dem Preis kauft, den ich haben möchte.«

»Nun«, sagte Jeebee entmutigt, »wenn's nicht geht, dann geht's halt nicht.«

»Es tut mir leid«, sagte Paul. »Sie sind uns allen inzwischen ans Herz gewachsen, und wir würden für Sie tun, was wir können. Aber heutzutage können wir es uns einfach nicht leisten, uns wie ein Wohltätigkeitsverein zu verhalten. Alle möglichen Dinge können passieren, die Merry in eine schwierige Lage bringen könnten, zum Beispiel daß ich krank werde oder bei einem Überfall umkomme. Es ist kein wirkliches Bargeld mehr im Umlauf, doch das, was man früher ›Cash flow‹ nannte, ist immer noch wichtig. Man braucht Dinge, die schnell weggehen, und man braucht jemanden, der weiß, wie man sie schnell umsetzt. Ich bin für beides verantwortlich. Wenn wir könnten, würden wir Sie schon mehr unterstützen. Aber wir können es nicht.«

»Nicht einmal Merry?« sagte Jeebee, motiviert von einem jähen Gefühl, das ihn losplappern ließ, bevor er nachdachte.

»Jetzt hören Sie mir mal zu«, sagte Paul, »etwas müssen Sie ganz klar verstehen. Merry mag Sie wahrscheinlich mehr als alle anderen, die wir bisher bei uns im Wagen mitgenommen haben. Aber sie hat von Anfang an gewußt, daß Sie wieder weggehen werden. Und ihr Leben ist an diesen Wagen gebunden. Er ist ihre Sicherheit, wie auch meine. Sie könnte ihn nicht verlassen und zum Beispiel mit Ihnen mitgehen. Und Sie sind entschlossen zu gehen. Haben Sie mir das nicht gerade gesagt?«

Jeebee zögerte.

»Wenn ich nicht gehen müßte, würde ich wirklich gerne bleiben«, sagte er. »Ich möchte, daß Sie das auch wissen.«

»Nun, da sehen Sie's«, sagte Paul. »Von Merrys Seite aus ist es Selbstverteidigung. Sie kann es sich nicht leisten, sich zu sehr an einen jungen Kerl wie Sie hinzuhängen, den sie möglicherweise nie wiedersehen wird.«

»Sie meinen ›wahrscheinlich‹, nicht wahr?« sagte Jeebee bitter.

»Wenn Sie die Wahrheit wissen wollen, ja«, antwortete Paul. »Nick sagte mir, daß Sie gut mit Waffen umgehen können. Nicht gerade der beste Schütze, aber gut in der Handhabung und in der Pflege. Sie haben bei uns eine Menge über Pferde und Handel und etwas vom Schmiedehandwerk gelernt, dazu noch ein paar andere Dinge. Betrachten Sie dieses Lernen als Teil Ihrer Bezahlung. Aber an Ihnen ist etwas Besonderes. Sie sind ein geborenes Unschuldslamm, Jeebee. Das müssen Sie begreifen. Das, was Sie veranlaßt hat, direkt auf Ihre Zahlen – oder was immer Sie da hatten – zu starren und zwar zu sehen, daß die Welt zusammenbrechen wird, aber dann doch noch zu glauben, das Ganze hätte irgendwie nichts mit Ihnen zu tun – dieses Etwas ist immer noch an Ihnen. Solange Sie nicht lernen, daß die Welt jetzt anders ist, daß man entweder der Überlegene ist oder der Unterlegene und daß es dazwischen nichts gibt, solange sind Sie eine wandelnde Gefahr für sich selbst.«

»Ich wünschte, ich wäre Wolf«, sagte Jeebee.

Diese Worte überraschten ihn. Aber Paul verstand.

»Er ist nur ein Tier, aber er weiß besser als Sie, um was es geht«, sagte Paul. »Weil er auf seine Instinkte hört. Lernen Sie von ihm, wenn Sie können, wie das Leben jetzt ist. Für Sie und mich ist es jetzt genauso wie für ihn.«

»Ich habe von ihm gelernt«, sagte Jeebee, »aber ich glaube nicht, daß ich die Dinge jemals so sehen könnte wie er.«

»Auch Sie haben Instinkte«, sagte Paul. »Hören Sie auf sie, und prägen Sie sich diese Vorstellung vom Überlegenen und Unterlegenen fest ein. Das wenigstens müssen Sie kapieren. Es gibt einen Grund, warum ich diesen Wagen führe und die Leute, die zu ihm gehören. Es gibt einen Grund, warum meine Tochter zuerst eine meiner Beschäftigten ist und dann erst meine Tochter, trotz allem, was sie mir bedeutet. Es ist so, weil es so sein muß, wenn wir alle überleben wollen. Das gleiche gilt für Sie. Lernen Sie das, und wenn Sie je wieder auf Merry stoßen, dann mag sich eine andere Situation ergeben.«

»Keine Chance bis nächstes Jahr.« Jeebee sah Paul an. »Glauben Sie, ich kann den Winter überstehen, wenn ich die Ranch meines Bruders nicht vorher finde?«

»Das liegt an Ihnen«, antwortete Paul.

Er zog an den Zügeln.

»Hüh, hott«, rief er dem Gespann zu.

Jeebee wußte, daß er damit entlassen war, und schickte sich an, den Kutschbock zu verlassen und ins Wageninnere zu gehen.

»Wenn es Ihnen nichts ausmacht«, sagte er, »ich möchte meine Pläne machen, und es gibt ein paar Dinge über das Schmieden, zu denen ich Nick befragen möchte.«

»Nur zu«, antwortete Paul, ohne seine Aufmerksamkeit vom Gespann und von der Straße abzuziehen, »wir werden heute abend sowieso ein bißchen eher haltmachen. Nick möchte schon jetzt ein besonderes Abendessen zu Ihrem Abschied zubereiten, auch wenn es noch ein paar Tage dauert, bis Sie wirklich weggehen.«

Jeebee ging in den Ruheraum, fand Nick und fragte ihn nach Papier und Bleistift.

»Wofür brauchen Sie das?« fragte Nick. »Sagen Sie bloß nicht, daß Sie einen Brief schreiben wollen.«

»Nichts dergleichen«, sagte Jeebee. »Ich möchte mir nur ein paar Notizen und Pläne aufschreiben.«

Nick stand auf und ging in das vordere Abteil, wo die Handelswaren aufbewahrt wurden, kramte herum und kam mit drei gespitzten Bleistiften, einem Kugelschreiber und einigen ziemlich dünnen Blättern Schreibmaschinenpapier zurück.

»Was für Notizen und Pläne?« fragte er, während Jeebee sich mit dem Papier und den Stiften an dem kleinen Klapptisch an der Wand des Ruheraums setzte.

»Zuerst«, sagte Jeebee, »möchte ich mir einige der Sachen aufschreiben, die Sie mir über die Errichtung meiner eigenen Schmiede erzählt haben.«

»Dann hat Paul Ihnen also erzählt, daß wir nach Süden abbiegen werden?«

Jeebee nickte.

»Na schön«, sagte Nick. »Was wollen Sie von mir hören?«

»Den ganzen Vorgang«, sagte Jeebee.

»Lassen Sie mich Ihnen zuerst ein paar andere Dinge sagen«, sagte Nick. »Vielleicht werden Sie die noch wichtiger finden.«

Er setzte sich auf seinen Sitz hinter dem nächsten Maschinengewehr, drehte seinen Stuhl so, daß er sein Gesicht Jeebee zukehrte, der am Tisch saß, und schaute über die Mündung des Maschinengewehrs hinweg durch das Fenster, wo eine Klappe in der äußeren Segeltuchhülle des Wagens die Schießscharte verbarg, die in die metallene Panzerung des Wagens eingelassen war. Dann schaute er wieder auf Jeebee.

»Wissen Sie viel über Montana?« fragte er.

»Nein«, gestand Jeebee. »Ich war dort vor etwa fünfzehn Jahren bei meinem Bruder zu Besuch. Aber in Wirklichkeit habe ich nicht mehr viele Erinnerungen daran. Ich war erst zwölf. Mein Bruder ist achtzehn Jahre älter als ich. Tatsächlich erinnere ich mich mehr daran, wie ich hingeflogen bin – es war mein erster Flug allein –, als an die Fahrt zur Ranch. Und was die Ranch angeht, so erinnere ich mich bloß an das Ranchhaus und die Gebäude, die es umgaben. Ich weiß, daß wir mehr als eine Stunde fahren mußten, um von Billings, wo ich das Flugzeug verließ, dorthin zu kommen. Gegen Ende sind wir viel bergauf und bergab gefahren.«

»Das wird Rinderland sein. Dazu braucht man Grund und Boden unter den Kiefern«, sagte Nick. »Sie müssen auch noch etwas anderes begreifen. Eine Menge dieser Ranches haben den Wechsel zu den heutigen Verhältnissen leichter und natürlicher vollzogen als Leute, die näher an den Städten wohnen. Besonders leichter als jemand, der weiter aus dem Osten kommt. In vieler Hinsicht ging es bei ihnen nicht so sehr anders zu als zur Zeit ihrer Urgroßeltern. Wie einige dieser Farmen, bei denen Sie unseren Tauschhandel miterlebt haben, waren sie fast schon bereit, auf sich allein gestellt zu funktionieren, noch bevor sie es tatsächlich mußten.«

»Das kann ich verstehen.« Jeebee kannte Nick inzwischen gut genug, um zu begreifen, was eine solche Aussage bedeutete, nämlich daß Nick ihm mehr als das zu sagen hatte. Doch Nick hatte es gern, wenn sein Zuhörer ihm versicherte, daß er interessiert war. »Warum sagen Sie mir das?«

»Einfach weil Sie viel über das Land anderer Leute

reisen werden, über andere Ranches, die anderen Leuten als Ihrem Bruder gehören«, sagte Nick. »Sie werden am besten daran tun, so viel wie möglich außer Sichtweite zu bleiben. Denken Sie dran, ein Gewehrschuß ist weit zu hören. Das ist das Schlimme. Das Gute ist, daß die Echos des Schusses helfen, den Ort zu verheimlichen, von dem das Geräusch ausging, wenn dort hohe Felsen sind. Aber es dürfte trotzdem klug sein, wenn Sie Ihr Gewehr nur dann benutzen, wenn Sie unbedingt müssen – und Sie werden vom Land leben müssen. Haben Sie daran schon gedacht?«

»Ich hatte daran gedacht, wie es ist, vom Land zu leben«, sagte Jeebee. »Aber nur soweit, daß ich mir dachte, es müßte dort oben mehr großes Wild geben, als ich früher gefunden hatte. Hirsche oder etwas Ähnliches.«

»Dort wird es mehr Wild geben, mehr Hochwild«, sagte Nick. »Aber da kommt die Geschichte mit dem Geräusch des Gewehrschusses ins Spiel. Was immer Sie tun, schießen Sie auf keinen Fall auf Rinder. Sie gehören alle irgend jemandem, und dort ist man schon immer grob mit einem umgesprungen, der die Kühe eines anderen getötet hat. Da sind Sie kein Nachbar, der schnell mal Fleisch braucht oder so was. Die Leute dort kennen Sie nicht, als brauchen sie Sie nicht, folglich werden sie Sie nicht ungeschoren davonkommen lassen, wenn Sie etwas töten, das ihnen gehört.«

»Ich verstehe«, sagte Jeebee. »In Ordnung, da werde ich achtgeben. Haben Sie sonst noch einen Rat?«

»Nein.« Nicks Augen kehrten zu dem Segeltuch zurück, das draußen am Wagen die Schießscharte abdeckte. »Nun, was wollten Sie sich über das Schmieden aufschreiben?«

Jeebee sagte es ihm und notierte sich dann eifrig die Antworten mit seinem Bleistift und machte Skizzen.

Als dies erledigt war, kehrte Nick zu seinen Pflichten am Wagen zurück, doch Jeebee blieb mit seinen Stiften und dem vollgeschriebenen Papier sitzen, wo er war, und dachte nach.

Er wußte, daß Paul so großzügig war, wie er nur konnte. Aber er erkannte jetzt auch, daß das, was Paul ihm anbot, ihm nur eine minimale Chance zum Überleben bot – ganz zu schweigen von einer Chance, Martins Ranch zu finden. Wenn es nur eine Möglichkeit gäbe, wie er es rechtfertigen könnte, mehr von dem, was er brauchte, von Paul zu verlangen …

Während er sich mit diesem Rätsel beschäftigte, schweiften seine Gedanken unwillkürlich ab. Er dachte an Wolf und fragte sich, ob Wolf ihn wirklich weiter begleiten würde, wenn er fortging. Wenn man Wolfs gelegentliche Wärme gegenüber Merry sowie seine Anhänglichkeit gegenüber der Hündin Greta in Betracht zog, dann war es möglich, daß er lieber beim Wagen bliebe als allein mit Jeebee weiterzuziehen.

Es käme ganz und gar nicht überraschend, dachte Jeebee düster, wenn Wolf sich dafür entschiede, bei den anderen zu bleiben. Seine Gedanken wanderten zurück zu einer Erinnerung an die Tage, bevor er Sanderson – Co. begegnet war, an die Zeit, da er und Wolf zusammen gewandert waren, getrennt vom Rest der Welt. Die damalige Leere des Landes schien sich ihm jetzt wieder zu nähern. Wenn er die anderen und den Wagen verließ, dann würde er wieder in diese Leere eintauchen.

Dieser Gedanke brachte ihn zurück zu seinem früheren Problem. Es mußte eine Möglichkeit geben, wie er es rechtfertigen konnte, mehr von den Vorräten des Wagens zu verlangen, besonders ein zweites Pferd als Packpferd, damit er auf dem anderen reiten konnte. Ohne Reittier war er in einem Land, wo alle beritten waren, ernstlich im Nachteil. Wenn es nur einen Weg gäbe, etwas von größerem Wert herbeizuschaffen, damit er ein zweites Pferd bekäme …

Seine Gedanken schweiften frei über ein Feld ganz unterschiedlicher Möglichkeiten. Wenn es sich doch nur herausstellte, daß etwas, das er mit sich trug, Paul sehr viel wert war. Wenn ihm doch nur etwas einfiele, auf das er Paul hinweisen könnte, etwas, mit dem der andere einen unmittelbaren Profit machen könnte – auf dem letzten Teil dieser Reise …

Plötzlich schüttelte ihn eine Idee, viel heftiger als alle Schlaglöcher der Straße, in die ihre Räder immer wieder gerieten und dabei den ganzen Wagen durchrüttelten. Er ging nach vorn und setzte sich wieder neben Paul.

»Sie verkaufen doch meistens an Farmer, nicht wahr?« fragte er.

»Ziemlich oft.« Paul warf ihm einen kurzen Seitenblick zu. »Und an ein paar andere Leute. Aber heutzutage betreibt fast jeder ein bißchen Landwirtschaft. Um was geht's?«

»Farmer pflanzen Feldfrüchte«, sagte Jeebee. »Eine dieser Feldfrüchte – eine der wichtigsten Feldfrüchte – ist Weizen. Aus Weizen macht man Brot, Weizen ist auf alle möglichen Arten nützlich. Aber was ist, wenn die Weizenkörner von einer Pflanzenkrankheit befallen werden und das Getreide unbrauchbar ist?«

Paul lachte. »Die letzten Lieferanten, die Chemikalien zur Bekämpfung von Pflanzenkrankenheiten herstellten, haben vor mehr als einem Jahr ihren Betrieb eingestellt«, sagte er, »soweit ich herausfinden konnte.«

»Das habe ich mir gedacht«, sagte Jeebee, »wenn also heutzutage die Leuten pflanzen, dann pflanzen sie nur ihre Saaten und beten, daß das Getreide schon richtig wachsen wird, ohne daß es von – sagen wir – Meltau befallen wird?«

»Natürlich«, antwortete Paul, »aber was können sie heutzutage dagegen tun? Es gibt keine Möglichkeit, diese Krankheiten zu bekämpfen, wenn man nicht an die Chemikalien kommen kann.«

»Tatsächlich«, sagte Jeebee, »gibt es vielleicht etwas …«

Paul blickte ihn prüfend an.

»Also«, fuhr Jeebee fort, »nehme ich an, Sie könnten überall einen guten Markt für eine Weizensaat finden, die dem Meltau widersteht, und wo das Saatgut aus jeder Ernte Jahr um Jahr dem Meltau widersteht? Habe ich recht?«

Pauls Blick war jetzt mehr neugierig als prüfend.

»Natürlich könnte ich das«, sagte er. »Worauf wollen Sie hinaus?«

Jeebee redete weiter, als hätte Paul nichts gesagt. »Und so etwas wäre Ihnen doch etwas wert – also, wenn ich Ihnen etwas davon bringen oder Ihnen zeigen könnte, wo Sie das herbekommen – vielleicht nicht sofort, aber am Ende doch –, das wäre Ihnen doch etwas wert, oder?«

Paul nickt langsam. »Was haben Sie auf dem Herzen?«

»Ich habe gerade an etwas gedacht«, sagte Jeebee. »Ich glaube, ich weiß, wo so etwas zu finden ist. Die Leute dort waren gerade dabei, mit genetisch verändertem Weizen zu experimentieren, der eine natürliche Widerstandskraft haben sollte, besonders gegen die Welke, aber auch gegen einige der anderen Krankheiten, die den Weizen befallen. Ich könnte vielleicht eine Quelle dafür ausfindig machen. Wenn ich das könnte, wieviel könnten Sie mir noch zahlen, ein zusätzliches Pferd und weitere Vorräte?«

Paul schaute ihn einen Moment lang an, dann blickte er wieder prüfend auf die Pferde, schließlich richtete er die Augen erneut auf Jeebees Gesicht. Es war zu sehen, daß er nachdachte.

»Wenn Sie mich wirklich zu so etwas führen könnten – es würde davon abhängen, ob Sie tatsächlich solches Saatgut herbeibrächten oder ob Sie mir nur sagen könnten, wo man es irgendwo entlang der Route finden kann –, das wäre mir schon ganz schön was wert«, sagte er schließlich nachdenklich. »Genau könnte ich es erst sagen, wenn ich gesehen habe, was Sie anbringen.

Aber es besteht eine gute Chance, daß ich Ihnen das zusätzliche Pferd geben könnte, und dazu ein paar weitere Dinge, die Sie für nützlich halten dürften. Vielleicht sogar ein paar Sachen, an die Sie von selbst nicht gedacht hätten. Nun, wissen Sie wirklich, wo es diesen genetisch veränderten Weizen gibt? Oder woher man ihn bekommen kann?«

»Ich weiß, wo welcher sein müßte«, antwortete Jeebee, »aber ich werde erst dann sicher wissen, ob er da ist, wenn ich tatsächlich hinreite und selber nachschaue. Aber ich weiß nicht, warum er nicht dasein sollte. Wenn er da ist, dann gibt es vielleicht mehr davon, als man tragen kann. Wenn das der Fall ist, dann kann ich soviel bringen, wie ich auf die Pferde packen kann, die Sie mich mitnehmen lassen. Wenn es sich herausstellt, daß dort das Saatgut erst später verfügbar sein wird – sagen wir irgendwann in diesem Herbst –, dann können Sie es vielleicht so einrichten, daß Sie nächstes Jahr hier zu einer Zeit vorbeikommen, wo Sie selber Weizen ernten können.«

»Brr!« rief Paul und zog kräftig an den Zügeln. Der Wagen kam zu einem Halt, die Pferde warfen die Köpfe hoch, schauten nach hinten und wurden unruhig, als ärgerten sie sich darüber, daß sie durch einen so plötzlichen und unerklärten Halt in ihrer Arbeit unterbrochen worden waren.

»Also«, sagte Paul und wickelte die Zügel um die Bremsstange links vom Kutschbock, damit er die Hände frei hatte, »jetzt kann ich mich damit befassen, ohne daß ich mir Gedanken über das Gespann oder über die Straße machen muß. Wo ist dieses Getreide, von dem Sie reden?«

»Ich denke, ich kann es finden«, sagte Jeebee. »Aber ich verkaufe Ihnen ja den Ort. Wenn Sie einmal wissen, wo es ist – sobald jemand weiß, wo es ist, dann kann er sich einfach selbst bedienen. Genaugenommen können die Leute, die in der Umgebung wohnen, sich schon selbst bedient haben, aber eigentlich müßte genug davon dasein, falls ich recht habe, so daß Sie davon nehmen könnten, was Sie brauchen,«

»Sind wir nahe dran?« fragte Paul und schaute Jeebee unentwegt an.

»Eigentlich sind wir daran vorbeigekommen«, sagte Jeebee. »Es ist hinter uns, ein Stück nach Norden; ich vermute mal, daß man etwa fünf Tage mit dem Wagen zurückfahren müßte. Dann vielleicht ein Fußmarsch von drei Tagen nach Norden. Dann einen Tag oder zwei, um das Getreide zu suchen und einzusammeln, und drei Tage für den Rückweg.«

»Nun«, Paul saß eine Weile da und dachte nach, »es wären zwei Leute mit Packpferden nötig, wenn man dieses Unternehmen richtig durchziehen möchte. Das bedeutet natürlich, daß man diese Strecke, für die der Wagen fünf Tage bräuchte, in ungefähr ein oder zwei Tagen zurücklegen müßte, wenn man vernünftig reitet, denn wir haben ja auf dieser Strecke oft haltgemacht. Die Strecke nach Norden wäre wahrscheinlich... vielleicht zwei Tage zu Pferd?«

»Ich weiß es nicht«, sagte Jeebee. »Ich habe meine ganze Reise selbst zu Fuß gemacht und neige dazu, in Fußmärschen zu denken. Ich weiß, wo es war oder ist, weil man es mir vor etwa drei Jahren gesagt hat. Aber ich bin nie dort gewesen, und es jetzt zu finden, nachdem die Dinge sich geändert haben, kann vielleicht ein wenig dauern. Das heißt, den genauen Ort zu finden. Aber ich erinnere mich definitiv daran, daß es in der Nähe einer kleinen Stadt namens Wayne war, nördlich von hier.«

Nick streckte neugierig den Kopf durch den Vordereingang des Wagens heraus, und im gleichen Augenblick kam Merry angeritten und schaute so verärgert drein wie eines der Pferde.

»Was ist los?« fragte sie. »Warum halten wir an?«

»Jeebee ist mit etwas herausgerückt, das für uns vielleicht interessant ist«, sagte Paul knapp.

Der Ausdruck von Ärger verschwand von Merrys Gesicht. Sie schaute Jeebee neugierig an und sagte nichts.

»Los«, sagte Paul zu Jeebee, »erzählen Sie's ihnen.«

Jeebee tat es, und sie hörten ihm zu.

KAPITEL 13

Vier Tage später, kurz vor Mittag, hielten Jeebee und Merry ihre Reitpferde auf dem Gipfel einer kleinen, offenen Anhöhe an, von der aus sie ihre Umgebung überblicken konnten. Hinter ihnen blieben – aneinandergebunden mit einem Leitseil, dessen Ende an Merrys Sattel geknüpft war – die Packpferde geduldig auf der Stelle stehen, senkten den Kopf und begannen von der spärlichen Vegetation zu fressen, die den sandigen Boden des Hügels bedeckte.

Jeebee und Merry holten ihre Ferngläser heraus und begannen das umgebende Terrain abzusuchen. Jeebee benutzte jetzt ein hervorragendes Glas der Stärke 8 x 40, Marke Bausch – Lomb Elite, das Paul ihm für dieses Unternehmen geliehen hatte. Mit einem Fernglas gleichen Typs suchte Merry die linke Hälfte der sichtbaren Landschaft ab, während Jeebee die rechte Seite überprüfte.

»Wir fallen hier oben auf wie ein helles Licht, falls jemand uns beobachtet«, brummte Jeebee. Die Monate seiner Wanderung vor der Begegnung mit dem Wagen hatten ihn gelehrt, in Deckung zu bleiben und Orte zu vermeiden, wo er sich vom Himmel abheben würde. An einer so offenen Stelle wie dieser fühlte er sich unbehaglich.

»Da kann man nichts machen«, erwiderte Merry, ohne das Fernglas von den Augen zu nehmen. »Alles, was ich auf dieser Seite sehen kann, sind Waldstücke und ein paar Felder. Nichts zu sehen vom *State Highway 37.* Aber er muß hier irgendwo sein.«

Sie senkte ihr Glas.

»Wir können meilenweit sehen«, sagte sie, »und Sie hatten nichts dagegen, als ich vorschlug, hier heraufzukommen.«

»Nein«, sagte Jeebee.

Er senkte sein Glas, und sie steckten beide ihre Ferngläser in die Etuis, die an ihre Sättel geschnallt waren. Merry holte eine Landkarte heraus, die sie über ihrem Sattelhorn entfaltete.

Sie hielt inne, als sie Jeebee in seinem Rucksack, der hinter seinem Sattel festgebunden war, nach etwas fingern sah.

»Was ist das?« fragte sie, als er es herausholte.

»Das ist eine meiner Karten«, erwiderte er. »Sie umfaßt auch dieses Gebiet.«

Er entfaltete die Karte. Sie zeigte schräge, parallele Linien, die von oben nach unten deutlich über das Kartenbild gezogen waren. »Es ist Zeit, meinen Kompaß herauszuholen.«

Merry schaute ihn an, während er sein Hemd aufknöpfte und den Kompaß herauszog, den er um den Hals hängen hatte. Seine entfaltete Karte lag auf der ebenen Oberfläche des Rucksacks hinter seinem Sattel, und jetzt drehte Jeebee sich um und legte seinen Kompaß darauf.

»Da!« sagte er. »Sehen Sie die Biegung des Flusses direkt hinter den Bäumen dort, etwa acht Kilometer entfernt? Nun, das muß nach dieser Karte ein Teil des Cross River sein, und jetzt schauen wir mal, der Azimut darauf wäre … etwa siebenunddreißig Grad Abweichung vom magnetischen Nordpol, und wenn man jetzt etwa acht Kilometer auf einen rückwärtigen Azimut rechnet, dann müßten wir uns etwa hier befinden.«

Er zog mit der Sockelplatte des Kompasses eine weitere Linie auf der Karte und machte einen kleinen Punkt.

»Und die Straße, die wir suchen, ist hier …« Er legte

erneut den Kompaß auf die Karte und drehte an dem Gehäuse, das die Nadel enthielt. »Etwa achtundsechzig Grad und vermutlich weniger als drei Kilometer, bevor der Fluß eine Biegung macht und sich von uns entfernt.«

Er faltete die Landkarte zusammen, steckte sie weg und hängte seinen Kompaß – der finnischen Marke Suunto – wieder an der Kordel um den Hals und ließ ihn im Hemd verschwinden. Dann wandte er sich Merry zu, die ihn die ganze Zeit aufmerksam beobachtet hatte.

»Wir reiten in diese Richtung«, sagte er. »Wir dürften überhaupt nicht lange brauchen.«

Sie schaute ihn unverwandt an.

»Das nennt man Kompaß-Orientierung, in einfacher Form«, sagte er. »Wenn man auf der Karte Linien zieht, die parallel zum magnetischen Nordpol verlaufen, dann braucht man sich nicht mit all den heiklen kleinen Rechnungen abzuplagen, mit denen der Unterschied zwischen dem echten und dem magnetischen Nordpol ausgeglichen wird. Man verwendet einfach den Kompaß, um Winkel zu messen – wie mit einem Winkelmesser.«

Er stieg auf und ritt voran. Er schaute nicht zurück, doch er hörte, wie sie ihm zusammen mit den Packpferden folgte, während er den Hügel hinab in die Richtung ritt, in die er gezeigt hatte. Ihn umgab ein angenehmes Fluidum des Erfolgs, doch er war inzwischen klug genug, es Merry nicht allzu deutlich zu zeigen.

»War das der Grund«, fragte Merry und schloß mit ihrem Pferd zu ihm auf, »weshalb Sie nicht widersprochen haben, als ich vorschlug, dort hinaufzugehen?«

»Teilweise«, sagte Jeebee. »Natürlich hätte es auch sein können, daß wir einfach die Straße in Sicht bekommen.«

»Aber Sie haben gehofft, daß wir sie nicht sehen wür-

den«, sagte Merry, »damit Sie diese Show mit der Kompaß-Orientierung abziehen konnten.«

Das stimmte natürlich, aber er war nicht bereit, es zuzugeben. Nicht, wo er doch endlich etwas gefunden hatte, worin er besser war als sie. »Es lohnt sich immer, wenn man bei Gelegenheit die ganze Gegend überprüft«, antwortete er.

Sie redeten nicht mehr, bis sie zu einem Waldstück an der Straße gelangten, die sie gesucht hatten.

Inzwischen hatte Jeebee eifrig nachgedacht. Es wäre nicht nur schneller, sondern auch sicherer, wenn sie geradewegs auf ihr Ziel zuritten – oder zumindest auf das Gebiet ihres Ziels zu, denn Jeebee wußte nur ungefähr, wo sich die einstige Saatgutfarm befand. Es würde ihnen mindestens einen Tagesritt ersparen, wenn sie direkt darauf zuritten. Anderseits zögerte er, Merry seinen Standpunkt aufzuzwingen.

Nach all den Wochen, in denen er sich allein in Richtung Westen durchgeschlagen hatte und dabei die Kompaß-Orientierung benutzt hatte, um sicherzustellen, daß er in die angestrebte Richtung reiste, fühlte er sich jetzt unbehaglich, weil er von ihrer Art, ihr Ziel zu finden, abhing. Gleichzeitig wollte er ihre Methoden nicht ohne guten Grund in Frage stellen.

Sie hatte es von Anfang an als selbstverständlich angesehen, daß sie die Leitung der Expedition haben würde. Jeebee sollte nur die Richtung beisteuern. Auch ihr Vater und Nick hatten es als selbstverständlich angenommen. Keiner von ihnen hielt Jeebee für fähig, auf einer Reise durch unbekanntes Gebiet, in dem es durchaus feindlich gesinnte Leute geben konnte, für sich selbst, geschweige denn für jemand anderen und eine Koppel von wertvollen Pferden zu sorgen.

Am Anfang war er etwas überrascht gewesen, daß Paul Merry auswählte, ihn zu begleiten, zumal Paul vorher dagegen gewesen war, daß sie auch nur allein in den Wald neben dem Highway ging. Doch diesmal handelte es sich einfach um eine Entscheidung, bei der ein gewisses Risiko eingegangen werden mußte. Am Ende war die Entscheidung offensichtlich. Der Wagen blieb die sichere Zuflucht für Vater, Tochter und Nick. Paul selbst konnte ihn genauso wenig verlassen, wie ein Kapitän sein Schiff verlassen konnte, um auf eine Spritztour oder ein Abenteuer zu gehen.

Ginge Paul verloren, dann konnten Nick und Merry den Hausierhandel keinesfalls ohne ihn fortsetzen. Er war der Mann, an den die Kunden unterwegs gewöhnt waren und mit dem sie Handel trieben. Auch wenn sie Merry und Nick vielleicht kannten, so würden sie ihnen doch nicht so sehr vertrauen, und einige würden vielleicht sogar versuchen, sie zu übervorteilen – was leicht in einer Schießerei enden konnte.

Nein, Paul mußte beim Wagen bleiben. Nick war keine Wahl als Jeebees Begleiter, da er von Natur aus jemand war, der den anderen folgte. Damit blieb nur Merry übrig. Sie war nicht nur fähig zu befehlen, sie war auch daran gewöhnt, denn in allen Angelegenheiten außer der Gesamtleitung des Wagens regelte sie viele Dinge. Die Pferde, die Hunde und anscheinend ein großer Teil des inneren Betriebs des Wagens gehörten zu ihren alltäglichen Verantwortlichkeiten.

Jeebee hatte schon bei den ersten Planungen für den Abstecher gemerkt, daß seine Fertigkeiten in der Kompaß-Orientierung und jeder Vorschlag, er könnte einen schnurgerade verlaufenden Weg zu ihrem Zielgebiet ausarbeiten, wahrscheinlich unwillkommen gewesen wären – bei Paul und Nick ebenso wie bei Merry. Sie hatten wenig Verständnis für sein Wissen und seine Fähigkeiten. Vorschläge von seiner Seite hätten nur den Verdacht wecken können, er wolle sich als Führer vorschlagen statt Merry. Merry war für die anderen beiden Männer zu wertvoll, als daß sie sie einem Menschen anvertraut hätten, der erst kürzlich zum Wagen gestoßen war. Nur die Überzeugung, daß sie das Kommando fest in Händen haben würde, ließ es in den Augen von Paul und Nick zweckmäßig erscheinen, daß sie mit Jeebee loszog.

Aus diesem Grund hatte Jeebee es lange vermieden, Kompaß und Karte hervorzuholen. Aber für ihn war Zeit ein ebenso kritischer Faktor wie für die anderen, und Merrys Methoden der Suche nach Landstraßen, die ihnen ihre Route zeigen würden, hatten zur Folge, daß zuviel Tageslicht mit Raten verlorenging und unnötig viele Stunden mit blinder Suche nach Landmarken verschwendet wurden.

Er und Merry ritten deshalb jetzt in beiderseitigem Schweigen dahin, wobei Jeebee nicht recht wußte, wie er sich verhalten sollte. Er hatte kein Anzeichen von Wolf gesehen, hatte aber das Gefühl, daß Wolf bei ihnen war oder zumindest in die gleiche Richtung zog und mit ihnen in Kontakt blieb. Er war versucht gewesen, ein Geheul anzustimmen, um zu sehen, ob Wolf antwortete. Doch da Merry wissen würde, warum er heulte, befürchtete er, daß auch das sie beleidigen könnte. Er fand sich in einem seltsamen Gefühl der Hilflosigkeit gefangen.

Unerwartet begann Merry zu sprechen.

»Wie haben Sie eigentlich diese Kompaß-Orientierung gelernt?« Ihr Ton klang so ruhig, als hätten sie die ganze Zeit hindurch einfach miteinander geplaudert.

»Ach so, das«, antwortete Jeebee etwas verlegen, »eigentlich habe ich das bei den Pfadfindern gelernt. Ich wollte immer ein wenig auf Entdeckungsreise gehen, doch es sah so aus, als hätte ich nie wirklich die Zeit dafür. Und meine üblichen Beschäftigungen ließen mir nicht die Freiheit, mich aufzumachen und in unbekanntem Gelände herumzutreiben.«

Er zögerte. Es machte ihn verlegen, so viel über sich selbst zu reden. Doch er gab sich einen Ruck und fuhr fort.

»Ich sagte mir, daß jeder ...« Er brach ab. »Ich will

sagen, ich dachte, daß ich wenigstens in der Lage sein sollte, ein Leichtflugzeug zu fliegen und ein kleines, aber seetüchtiges Boot selbst zu navigieren. Tatsächlich versuchte ich einige Male, Unterricht für beides zu nehmen, doch es sind immer wieder andere Angelegenheiten dazwischengekommen. Bei drei verschiedenen Gelegenheiten nahm ich einige Flugstunden, aber immer kam etwas dazwischen, und ich mußte noch einmal von vorn anfangen. Nachdem es mir einige Male so gegangen war, gab ich auf. Genauso war es mit dem Steuern eines Segelbootes auf dem Ozean. Ich wohnte nicht nahe genug am Meer. Aber Kompaß-Orientierung kann man überall üben.«

»Lebt Ihre Familie noch? Ich meine, leben Ihre Eltern noch?« fragte Merry.

Jeebee schüttelte den Kopf.

»Nur mein Bruder«, sagte er, »und er ist, wie ich vielleicht schon gesagt habe, achtzehn Jahre älter als ich. Ich war ein unerwarteter Nachzügler, als meine Mutter Mitte vierzig war, und damals war mein Vater Architekt. Wissen Sie, mein Großvater besaß die Ranch, die jetzt meinem Bruder gehört. Doch Dad und er konnten sich nie einig werden. Damit möchte ich nicht sagen, daß sie sich gestritten haben, sondern einfach, daß sie die Dinge mit verschiedenen Augen sahen.«

Er zögerte. »Also ging mein Vater nach Vietnam. Danach ging er aufgrund des GI-Gesetzes noch einmal auf die Universität und wurde Architekt. Die Ranch wollte er nie haben, und mein Bruder und mein Großvater kamen gut miteinander aus. So bekam mein Bruder die Ranch, als mein Vater starb.«

Er zögerte wieder, da er unsicher war, ob er nicht zuviel erzählte. »Mein Vater starb bei einem Unfall auf einer Baustelle«, sagte er, »als ich noch auf dem College war. Meine Mutter war an Lungenentzündung gestorben, als ich sechzehn war.«

Schweigend ritten sie eine Weile dahin.

»Das muß schwer für Sie gewesen sein«, murmelte Merry schließlich. Jeebee wußte nicht recht, ob die Worte wirklich an ihn gerichtet waren oder ob sie mit sich selbst sprach.

»Eigentlich nicht«, sagte Jeebee. »Wir waren eine Familie von Individualisten. Wir drei gingen mehr oder weniger unserer eigenen Wege. Mein Vater ging in seiner Architektur auf, und meine Mutter unterrichtete an einer Reihe von Colleges. Ihr Leben war die akademische Welt, in der sie sich aufhielt.«

»Hatten Sie je ein Haustier? Einen Hund?« fragte Merry.

»Nein«, sagte Jeebee. »Ich habe einfach eine Menge gelesen – und mit Dingen experimentiert. Ich wollte immer alles wissen. Zum Beispiel sagte mir einmal der Großvater eines Freundes, daß die Holzfäller in früheren Zeiten die beiden Klingen einen Doppelklingenaxt verschieden schärften.«

Er bildete mit den Händen in der Luft ein umgekehrtes »V«. Die Fingerspitzen trafen sich vor seiner Nase.

»Die eine Schneide wurde so geschärft«, sagte er und bog seine Finger nach außen. »Die andere wurde abgeschrägt – so. Ich versuchte es in einem Buch nachzuschlagen, aber ich konnte nichts und niemanden finden, der seine Behauptung untermauerte. Also kaufte ich mir eine Doppelklingenaxt und baute mir eine Art kleiner Guillotine. Ich ließ den Kopf der Axt zwischen zwei Pfosten in ein Stück Holz fallen, zuerst mit der einen Schneide der Axt, dann der anderen, und verglich die Schnitte, die die verschiedenen Schneiden erzeugt hatten. Ich fand heraus, daß es wirklich einen Unterschied gab, und später fand ich heraus, warum dieser Unterschied nützlich war. Wenn man einen Baum fällt, wissen Sie, dann hackt man zuerst waagrecht, in gleicher Höhe. Dann hackt man in einem Winkel abwärts durch den Baumstamm, oberhalb der ersten Kerbe und haut ganze Stücke auf einmal heraus.«

»Ja«, sagte Merry. »Ich habe schon gesehen, wie Bäume gefällt werden.«

»Wie sich herausstellte«, fuhr Jeebee fort, »eignet sich die flache V-Form einer Schneide am besten für waagrechte Schläge. Die abgeschrägte Schneide schiebt ein Holzstück heraus, wenn man abwärts auf die waagrechte Kerbe zuhackt, und ist folglich dafür am besten geeignet. Es war nicht wirklich wichtig, ob ich so etwas selbst herausfand oder nicht, aber es gefiel mir. So war es immer bei mir. Mein Kopf ist voll von allen möglichen Dingen, die ich aufgeschnappt habe, weil sie interessant waren, und ich wollte sie selbst ausprobieren. So war es auch mit der Kompaß-Orientierung.«

Nachdem er soviel erzählt hatte, kam Jeebee sich töricht vor. Er hatte den Eindruck, daß er zuviel von sich erklärt hätte. Merry war wahrscheinlich nicht im geringsten an so vielen persönlichen Einzelheiten interessiert. Andrerseits hatte sie damit angefangen, indem sie nach seiner Familie gefragt hatte.

»Sie wollen also sagen«, stellte Merry fest, »daß sie keine Zeit für Haustiere hatten.«

»Vermutlich ja«, sagte Jeebee.

»Ich hatte nur überlegt«, sagte Merry, »wie Sie Wolf gefunden haben und was Sie für ihn empfinden. Ich hätte erwartet, daß Sie viele Haustiere gehabt haben.«

»Wolf ist kein Haustier!« sagte Jeebee, und die Worte klangen schärfer, als er sie beabsichtigt hatte. »Er ist mein Partner.«

»Sie glauben das wirklich, nicht wahr?« sagte Merry nachdenklich. »Dad sagte, daß Sie ihm das erzählt hätten. Sie reden über Wolf, als wäre er eine Person. Empfinden Sie das wirklich so?«

»Ich glaube«, antwortete Jeebee langsam, »es hängt davon ab, was Sie unter ›Person‹ verstehen. Haustiere sind ähnlich wie Kinder. Wenn Sie einmal darüber nachdenken, Erwachsene halten doch Kinder nicht wirklich für ›Personen‹. Wenn wir sagen ›Personen‹, dann meinen wir in Wirklichkeit ›Erwachsene‹. In diesem Sinn ist Wolf wirklich eine ›Person‹ – keine menschliche Person, sondern ein unabhängiges, erwachsenes Individuum mit seiner eigenen Sicht der Welt. Wenn ein Hund überleben will, dann muß er sich verhalten, als betrachtete er die Welt durch die Augen seines Herrn. Das gleiche gilt für Kinder – sie das zu lehren ist doch, was die Psychologen ›Sozialisation‹ nennen. Vielleicht sind deshalb Kinder – und Hunde – von uns so abhängig und so begierig, uns zu gefallen. Ihr Überleben hängt von uns ab. Nicht so bei Wolf. Er überlebt gut, indem er die Welt mit seinen eigenen Augen anschaut – genau wie jeder andere Erwachsene. Er ist in keiner Hinsicht von mir abhängig. Er bleibt bei mir, weil er mich mag. Er ist auf die gleiche Art bei mir, wie ein anderer Erwachsener bei mir sein würde, und er kann jederzeit fortgehen, wenn er es will. Wir beide wissen das.«

»Trotzdem ...«, sagte Merry, »gibt es wirklich einen Unterschied zwischen ihm und den Hunden, außer daß sie zahm sind und er wild ist?«

»Ja, es gibt einen«, sagte Jeebee. »Natürlich weiß ich, daß sie sich paaren können. Das haben wir ja gesehen. Aber da ist noch mehr dran. Ich mag zwar keinen Hund oder Hunde gehabt haben, aber ich habe welche gekannt, als ich ein Junge war. Einige von ihnen waren viel ›wilder‹ als Wolf – aber sie haben gedacht wie Kinder. Nehmen Sie einem Hund ein Spielzeug weg und verstecken Sie es, und er wird sich verhalten, als hätte es nie existiert. Wenn ich etwas verstecke, das Wolf haben möchte, dann sollte ich lieber mit einem Vorhängeschloß absperren – und dann den Schlüssel verstecken.«

Merry beobachtete ihn aufmerksam.

»Sie scheinen ihn unheimlich gut zu verstehen«, sagte sie.

Er schüttelte den Kopf.

»Ich habe erst angefangen, ihn ein wenig zu verstehen. Dort, wo ich ihn fand, sagte man mir, er sei ein Wolf, aber ich habe es nicht wirklich geglaubt. Ich dachte, er sei bestenfalls ein Wolfshund. Aber der Unterschied ist zu fundamental. Deshalb bin ich mir jetzt sicher, daß er ein echter Wolf ist. Ich habe immer gehofft, daß ich eines Tages auf einen Ort stoße, wo es eine Bibliothek gibt und wo ich mehr über Wölfe herausfinden kann. Selbst wenn man in die Bibliothek eingebrochen hat, dann waren vermutlich die Leute, die das getan haben, an den meisten Büchern gar nicht interessiert. Ich könnte vielleicht ein informatives Buch über Wölfe finden und über sie dort nachlesen. Aber wissen Sie, es ist wie mit dem Schärfen der zwei Schneiden der Doppelklingenaxt. Ich bin noch auf keinen Ort gestoßen, wo ich Informationen über Wölfe hätte finden können – bis zum heutigen Tag.«

»Ich glaube, Dad könnte Ihnen vielleicht etwas sagen«, bemerkte Merry nachdenklich. »Wir haben immer ein bißchen weiter südwestlich von hier bei einem Kunden angehalten, bevor wir aufgehört haben, über die Berge zu ziehen, und der hatte einige Wölfe. Ich selber habe sie nie gesehen, aber Dad hat sie gesehen.«

»Warum Sie nicht?« fragte Jeebee.

»Der Mann war ein bißchen verrückt, glaube ich«, antwortete Merry. »Er wollte mich nicht auf seinem Grundstück haben. Es dauerte sogar etwas, bis er Dad auf sein Anwesen und in sein Haus ließ. Aber schließlich gestattete er es Dad, und Dad lernte ihn näher kennen. Dann begann er Dad unter Druck zu setzen, er solle ein oder zwei Tage bei ihm bleiben. Offensichtlich war er begierig nach Gesellschaft, doch er traute keinem.«

»Das überrascht mich nicht«, murmelte Jeebee.

»Dad ließ ihm seinen Willen«, fuhr Merry fort, »denn der Mann kaufte eine Menge und brauchte eine Menge.

Als Dad von einem Besuch zurückkam, erzählte er mir von den Wölfen. Der Mann hielt sie alle getrennt, jeden in einem eigenen Käfig. Drei oder so waren es. Dad sagte, der Mann versuche, die originale Wolfsrasse wieder herauszuzüchten. Ich erinnere mich daran, weil der Mann eine ganze Bibliothek voller Bücher über Wölfe hatte. Dad weiß einiges über Wölfe, und ich erinnere mich, daß er mir erzählte, wie er sich mit diesem Mann stritt, weil er die Wölfe wie Hunde in einem Zwinger hielt. Dad weiß über viele Dinge eine Menge mehr, als den meisten Leuten bewußt ist.«

Sie blickte zu Jeebee hinüber.

»Und er erzählte mir, er wisse über Wölfe, daß sie Rudeltiere seien und Gesellschaft bräuchten.«

»Was sagte der Mann?« fragte Jeebee.

»Oh, der Mann sagte, er habe versucht, sie zusammen zu halten, aber sie hätten zuviel miteinander gekämpft, und er habe die Nase voll davon gehabt, daß er immer den örtlichen Tierarzt kommen lassen mußte, damit der sie wieder zusammennähte. Ich weiß, daß Dad sagte, er habe die Bücher dieses Mannes durchgeschaut und einige davon wiedererkannt – und tatsächlich eine Untersuchung gefunden, wo Wolfswelpen, die von den anderen Mitgliedern des Wurfes getrennt wurden, Symptome von Stress zu zeigen begannen. Einer ist sogar daran gestorben.«

»Das überrascht mich wirklich nicht«, sagte Jeebee nachdenklich. »So unabhängig Wolf auch ist, er scheint von Zeit zu Zeit Gesellschaft mehr zu brauchen als Nahrung. Eines Abends, als wir oberhalb des Highway kampierten – wo ich euren Wagen zum ersten Mal sah –, da kam er zum Lagerplatz zurück und erwartete unsere übliche Balgerei. Ich war beschäftigt und beachtete ihn nicht. Er benahm sich verzweifelter, als ich ihn je zuvor gesehen hatte, wenn er ein paar Tage lang hungrig bleiben mußte. Es hört sich an, als sei der Mann, mit dem Ihr Vater gesprochen hat, verrückt. Wie weit, würden Sie sagen, ist das Haus dieses Mannes mit den Wölfen vom jetzigen Standort des Wagens entfernt?«

»Etwa zweieinhalb Wochen mit dem Wagen«, antwortete Merry. »Sie können es im Reiten wahrscheinlich in einer Woche schaffen, wenn Sie Ihr Pferd nicht zu sehr antreiben wollen, was Sie natürlich nicht tun sollten.«

»Ich würde mir gern einmal seine Bücher anschauen«, sagte Jeebee sehnsüchtig.

»Ich weiß nicht, ob er der Typ ist, der sie Ihnen leihen würde. Oder ob er Sie überhaupt auf sein Anwesen läßt«, sagte Merry. »Andrerseits, vielleicht hat inzwischen schon jemand sein Haus geplündert. Wenn man nur das Haus geplündert und verwüstet, aber nicht unbedingt niedergebrannt hat, dann sind die Bücher vielleicht noch da. Natürlich haben wir ihn schon eine Weile nicht besucht.«

»Ich muß diese Bücher sehen«, sagte Jeebee.

Merry schaute ihn mit einem Stirnrunzeln an, dann glättete sich ihre Stirn wieder.

»Halten Sie an«, sagte sie abrupt und brachte ihr Pferd zum Stehen. Jeebee hielt neben ihr an, unter ihnen blieb die Kolonne der Packpferde am Leitseil ebenfalls stehen.

»Lassen Sie mich die Karte sehen.«

Jeebee holte die Karte heraus und reichte sie Merry, ohne ein Wort zu sagen. Sie entfaltete das Blatt.

»Können Sie mir zeigen, wo wir den Wagen verlassen haben?« fragte sie.

Er beugte sich hinüber und tippte mit dem Bleistift auf einen schwach markierten Punkt auf der Karte. Merry nahm den Bleistift, studierte eine Weile die Karte und markierte einen Punkt, der sich ungefähr hundertsechzig Kilometer westsüdwestlich von ihrem derzeitigen Standort entfernt zu befinden schien.

»Sein Haus steht am Ende eines sackgassenförmigen

Canyons etwa eine Stunde Ritt nördlich von Glamorgan«, sagte sie.

Er schaute auf den Punkt, wie ein Goldgieriger auf eine Schatzkarte schauen mochte.

»Das ist großartig«, sagte er, »danke!«

Sie lächelte, und ihr ganzes Gesicht strahlte. Doch dann wurde ihr Ausdruck wieder nüchtern. Sie hob die Zügel ihres Reittiers und ritt weiter, ein kleines Stück vor ihm.

KAPITEL 14

Vielleicht, so dachte Jeebee, hatte das Wandern mit Wolf ihn zu einem besseren Beobachter und empfindsamer für die kleinen Signale der Körpersprache gemacht. Aber etwas an der Geschichte mit der Landkarte vermittelte ihm das eindeutige Gefühl, daß Merry eine Art Waffenstillstand angeboten hatte, zumindest für den Augenblick. Oder wenn keinen Waffenstillstand, dann zumindest das Signal ihrer Bereitschaft zu einer engeren Kameradschaft zwischen ihnen beiden.

»Was Sie mir über diesen Mann mit den Wölfen erzählt haben«, sagte er, wobei er zu ihrem Rücken sprach, »ist für mich von großer Bedeutung. Wenn ich wieder zum Wagen komme, werde ich Ihren Vater nach ihm ausfragen. Selbst wenn ich jetzt nicht dorthin gehen kann, so kann ich doch später meinen Weg finden, wo ich doch jetzt weiß, wo sein Haus ist, und dann kann ich schauen, ob noch welche von seinen Büchern da sind.«

Merry verhielt ihr Pferd, bis beide Seite an Seite ritten.

»Ihnen bedeutet das wirklich viel, mehr über Wölfe zu erfahren, und über Wolf?« sagte sie und schaute ihn an.

»Ja«, antwortete Jeebee. »Wie ich schon sagte, er ist eine Person. Und in ihm stecken so viele Möglichkeiten wie in jedem beliebigen Menschen – nur kann man seine Sprache nicht ganz sprechen oder verstehen. Auch ähneln die Wölfe in sozialer Hinsicht und im individuellen Charakter uns Menschen mehr, als ich je gedacht hatte. Es könnte sein, daß es uns helfen würde, unsere eigene Spezies zu verstehen, wenn wir sie besser verstünden. Die Geschichte mit dem Instinkt zum Beispiel ...«

Er brach ab, da er das Gefühl hatte, er rede zuviel.

»Dad wird Ihnen gerne von diesem Typen erzählen, glaube ich«, sagte Merry, nachdem sie einen Moment lang darauf gewartet hatte, daß er fortfuhr. »Wie ich schon sagte, die Leute kapieren es nicht, aber Dad hat viel mehr studiert und weiß viel mehr über eine Menge Dinge, als die Leute so mitbekommen.«

»Ich bin auch schon zu diesem Schluß gekommen.« Jeebee befürchtete, er könnte etwas Falsches sagen und sie abschrecken, doch gleichzeitig hegte er den verzweifelten Wunsch, eine Art festerer Brücke zwischen ihnen zu bauen, bevor sie ihre getrennten Wege würden gehen müssen.

»Wirklich?« Merry schaute ihn an, und ihre strahlend blauen Augen strahlten noch mehr, als sie ihn musterten. »Kaum jemand merkt das. Ich hätte nicht erwartet, daß Sie's bemerken.«

»Mein ganzes Leben lang war ich daran gewöhnt, mit Leuten zu reden, die voller Informationen über Dinge sind, die ich nicht weiß«, sagte Jeebee. »Eigentlich wissen viele von ihnen etwas, aber sie können nicht reden. Das ist eigentlich nicht ihre Schuld. Sie würden gerne kommunizieren, aber sie wissen einfach nicht wie. Ihr Vater weiß es. Das habe ich fast von Anfang an gemerkt.«

»So?« Merry schaute ihn gespannt an.

»Ja«, sagte Jeebee.

»Wie?« wollte sie wissen. Als er nicht sofort antwortete, fuhr sie fort: »Ich meine, wie haben Sie es herausgefunden? Sie sagen, Sie haben es selbst bemerkt. Aber woran haben Sie es bemerkt – das heißt, bevor ich es gerade eben erwähnt habe.«

Jeebee zuckte die Achseln. »Erfahrung«, sagte er. »Eine Menge Dinge. Wie ich schon sagte, ich bin gewöhnt daran, mit Leuten zu reden, die eine Menge wissen, wovon ich wenig weiß. Man lernt die Zeichen erkennen. Ihr Vater zeigte sie.«

»Aber welche Zeichen?«

»Das kann ich Ihnen nicht sagen«, sagte Jeebee. »In seinem Fall ist es die Art, wie er Fragen beantwortet. Was er sagt. Was er nicht sagen will. Die Art, wie er manchmal nachdenkt, bevor er spricht… eine Menge Dinge, aber glauben Sie mir, ich weiß, worüber ich spreche. Ihr Vater ist nicht nur sehr fähig und intelligent, sondern ein belesener Mann. Ein Autodidakt, würde ich meinen. Aber er verfügt über Wissen.«

Merry schaute ihn weiterhin fast argwöhnisch an.

»Kein anderer, den ich kenne, hat das je gemerkt«, sagte sie. »Das heißt, abgesehen von ein paar Leuten, die ihn vor Jahren gekannt haben. Aber die sind jetzt alle fort oder tot. Was ist anders an Ihnen, daß Sie es merken?«

Jeebee empfand eine seltsame Müdigkeit. »Es ist Teil meines…« Er brach ab. »Mein ganzes Arbeitsleben hindurch – vielleicht hat es schon mit meinen Eltern angefangen – war ich eigentlich mit Leuten zusammen, die von und mit ihrem Wissen leben. Das ist kennzeichnend für sie. Es ist die gleiche Art charakteristischer Kennzeichen, die nach vierzig Jahren Berufsausübung einen Lehrer wie einen Lehrer aussehen lassen, einen Doktor wie einen Doktor, und so fort. Die Kennzeichen zeigen es, die Art, wie sie reden und handeln, zeigt es.«

»Er hat nichts über diese Saatgutfarm gewußt«,sagte Merry.

»Ich habe nur durch Zufall davon erfahren«, sagte Jeebee. »Meine Arbeit brachte mich mit jemandem zusammen, der für eine der großen Saatgutfirmen arbeitete, und er bot mir an zu zeigen, wie eine solche Versuchsstation aussieht. Ich war damals zu einer Art Urlaub in Denver, und dort, wohin wir jetzt unterwegs sind, gab es ein paar Dinge, die er mir unbedingt zeigen wollte, im Hinblick auf die Feldfrüchte, mit denen sie experimentierten. Also nahm er mich dorthin mit. Das ist der einzige Grund, warum ich davon weiß.«

»Warum sind Sie dorthin gegangen?«

»Die Saatgutfarm war ein kommerzielles Unternehmen, aber das sozialdynamische Modell, an dem ich arbeitete, mußte alle Faktoren berücksichtigen, die die Verteilung von Ressourcen – besonders von Lebensmittelressourcen – beeinflussen konnten.«

Sie ritten eine Weile schweigend dahin. Merry schaute nicht länger auf Jeebee, sondern blickte nachdenklich auf die nächste Baumgruppe hinter dem Stück offenen Geländes, durch das sie gerade zogen.

»Wissen Sie, worauf Dad auf lange Sicht aus ist?« sagte sie schließlich, ohne den Kopf zu wenden.

»Ich glaube schon«, antwortete Jeebee.

Sie warf ihm einen schnellen Blick zu. »So? Worauf ist er denn aus?«

»Wenn er noch zwanzig Jahre weitermachen kann«, sagte Jeebee, »dann plant er – stelle ich mir vor – entlang seiner Route so etwas wie Stationen einzurichten. Orte, wo Waren sicher gelagert werden können und wo verläßliche Leute arbeiten, die ein Stammpersonal bilden. Mit ein oder mehr Personen, die sie beaufsichtigen. Schließlich können sich die Stationen zu lokalen Verkaufsstellen für die Waren entwickeln, die er selbst über Land gefahren hat, und die Waren werden direkt von den Stellen, wo er sie aufkauft, zu den Stationen geliefert, statt an ihn für seinen Hausierhandel. Das Land wird wieder wachsen, und er möchte mit ihm wachsen.

Dann wird Paul irgendwo seßhaft sein, wahrscheinlich weiter im Osten, er wird von den Stationen Informationen über ihren Bedarf bekommen, und er wird die Sachen kaufen und ihnen schicken lassen. Außerdem wird er sich für sein Hauptquartier den denkbar stärksten Ort ausgesucht haben, eine Gemeinschaft, die wächst und den Kern einer neuen Stadt bildet.«

Sie holte tief Luft. »Das meinen Sie also«, sagte sie.

»Ich bin mir dessen fast sicher«, antwortete Jeebee ruhig. Er wollte sie immer noch nicht scheu machen oder verärgern. »Das Unternehmen Ihres Vaters ist ein Mikrosystem zur Ressourcenverteilung. In seiner gegenwärtigen Form ist es ziemlich optimal an den derzeitigen Stand der gesellschaftlichen Organisation angepaßt. Im Laufe der nächsten zwanzig Jahre werden die isolierten Gehöfte, die Sie besuchen, wieder ausgedehnte Gemeinschaften werden ...«

»Um so besser für uns«, unterbrach sie ihn.

Er hob einen Moment die Hand, um sie zu bremsen, und fuhr fort: »Die Nachfrage nach Ressourcen wird sich ändern. Ihr Vater ist Verkäufer genug, um zu wissen, daß sich auch die Vertriebssysteme werden entsprechend ändern müssen. Außerdem muß er sich etwas Besseres wünschen, nicht nur für Sie, sondern auch für sich. Besonders wenn er älter wird und es für ihn nicht mehr so leicht sein wird, auf der Straße unterwegs zu sein wie jetzt.«

Sie blickte nach vorn, ohne zu antworten, und sie ritten schweigend weiter, bis sie sich inmitten der Bäume befanden.

Doch das Eis war gebrochen. Nach einer kleinen Weile fragte sie ihn noch mehr über seine Kindheit, und er erzählte ihr davon, dann fragte er sie seinerseits nach ihrer Kindheit. Es stellte sich heraus, daß sie beide als Kinder isoliert gewesen waren, bei Leuten, zu denen sie nicht gehörten, wegen der Umzüge ihrer Eltern oder aus anderen Gründen, die sie nicht beeinflussen konnten. Sie redeten weiter miteinander, während der Tag voranschritt.

Als sie kurz vor Sonnenuntergang anhielten und die Packpferde anpflockten, bevor sie ein Feuer machten und sich für Nacht niederließen, hatten sie sehr viel über einander erfahren. Sie sprachen miteinander wie Menschen, die sich schon seit Jahren kannten.

Als das Feuer aus ein paar kurzen Holzstücken lebhaft emporzüngelte, holte Jeebee den tragbaren Herd aus einer der Packtaschen, die die Packpferde getragen hatten, bevor die beiden sie für die Nacht abgeladen hatten.

Der Herd, ein kleineres Duplikat des Herds, auf dem sie am Wagen kochten, war aus Metall und bestand aus nur zwei kleinen Fächern, wie eine Miniaturkommode mit zwei Schubladen, eins über der anderen. Ins untere kamen die brennenden Kohlen aus dem Holz eines Feuers, das schon eine Weile brannte. Dann hob man einen Deckel, um an das obere Fach zu kommen, und auf der Metallplatte, die seinen Boden bildete, konnte man Nahrung erwärmen oder kochen, während die brennenden Kohlen darunter durch die Schlitze, die an beiden Seiten des Herdes angebracht waren, Luft einzogen und die metallene Fläche über ihnen erhitzten.

An diesem Abend wärmten sie nur die Zutaten für einen Eintopf auf, die sie mit Wasser aus den Behältern, die sie mitführten, vermischten, und bereiteten so eine warme Mahlzeit. Kurz bevor sie fertig war, legte Jeebee zum Aufwärmen vier der kleinen, weichen Brötchen hinein, die Nick schon am Wagen gebacken und ihnen mitgegeben hatte. Sie schmeckten gut.

Sie hatten bis auf zwei Brötchen alles gegessen, als Wolf aus der Dunkelheit auftauchte, wie ein Zauberer aus einem scheinbar leeren Kabinett. Gerade war er noch nicht hier gewesen, im nächsten Augenblick kam er ums Feuer, den Kopf gesenkt und mit dem Schwanz wedelnd. Er hatte gelernt, daß man um das heiße Metall des Herdes einen Bogen machen mußte. Zuerst ging er zu Merry, die ihm am nächsten war, und leckte ihr Gesicht, als sie sich niederhockte. Er ließ sich von ihr streicheln und ging nach einer kleinen Weile weiter zu Jeebee, kauerte sich nieder und rollte sich auf seinen Rücken.

Jeebee kraulte ihn am Bauch.

Wolf stand wieder auf und lud beide zum Spielen ein, duckte sich über die Vorderpfoten und reckte das Hinterteil in die Luft. Als Jeebee nach ihm griff, wich er aus und versuchte, Jeebee dazu anzustiften, daß er ihn jagte. Jeebee ging in die Hocke und setzte sich hin. Wolf kam für einen Augenblick zu ihm zurück, dann tollte er zu Merry hinüber und lud sie zum Spiel ein.

»Er wird Sie ermüden, wenn Sie versuchen ihn zu jagen«, sagte Jeebee.

»Das glaube ich auch«, sagte Merry. Sie redete Wolf mit leiser, weicher Stimme zu, hauptsächlich unsinnige Wörter. Wolf winselte und leckte ihr das Gesicht.

Nachdem er einige Minuten dieses Hin und Her zwischen den beiden Menschen fortgesetzt hatte, schnürte er direkt am Herd vorüber. Mit einer Schnelligkeit, der das Auge kaum folgen konnte, drehte er mit einem Mal den Kopf, schnappte die beiden Brötchen von der noch heißen Herdplatte, wo sie aufgebacken wurden, und schlang sie hinunter – wobei er fast daran erstickte, denn er versuchte gleichzeitig noch zu knurren, um Jeebee und Merry zu warnen, daß sie ihm ja die Brötchen nicht abnahmen.

Nachdem er dies vollbracht hatte, wanderte er hinüber, um die Packtaschen der Pferde zu inspizieren, doch die lagen schon auf dem Boden, inmitten der vier Pferde, die annähernd im Kreis um ihre Lasten angepflockt waren. Als er sich ihnen näherte, rückten die Pferde zusammen und schauten Wolf alles andere als freundlich an. Als berührte ihn das überhaupt nicht, machte er kehrt und wanderte zurück zum Feuer, ließ sich auf die Seite fallen und drehte seinen Bauch der Wärme zu. Schläfrig beobachteten seine Augen Merry und Jeebee.

»Bleibt er jetzt?« fragte Merry. Auf ihrem Gesicht war

ein sanfter Ausdruck, den Jeebee nie zuvor gesehen hatte.

»Wahrscheinlich über Nacht«, sagte Jeebee.

Sie ließen sich wieder am Feuer nieder und setzten ihr Gespräch fort.

Es war erstaunlich, dachte Jeebee, wieviel man über sie erfahren konnte. Wieviel er über sie wissen wollte. Er hatte schon lange nicht mehr so ausgedehnt lange mit jemandem gesprochen. Damals in der Studiengruppe hatte er an langen Diskussionen teilgenommen, aber die waren ganz anders gewesen als das, was hier und jetzt vor sich ging, ein vertrautes, warmes Gespräch. Nicht nur vom Intellekt, sondern auch von seinen Gefühlen her wünschte er sich, es möge ohne Ende weitergehen. Irgendwann während des Gesprächs schaute Jeebee hinüber und sah, daß sie nur noch zu zweit waren. Das Feuer war herabgebrannt, und der Platz, wo die Pferde standen, lag im Dunkeln verborgen.

»Wolf ist fort«, sagte er und griff nach einer Fackel, die aus zusammengebundenen trockenen Zweigen bestand. »Wir sollten lieber einmal die Packtaschen überprüfen. Wir wollen doch nicht, daß er sie auseinanderreißt.«

»Glauben Sie, daß er so etwas macht?« fragte Merry.

Jeebee nickte. »Ich glaube, er folgt einem Instinkt, wenn er Sachen aufnagt. Das ist auch etwas, worüber ich in diesen Wolfsbüchern etwas finden könnte.«

Er steckte das andere Ende seiner Fackel in die glühenden Kohlen des Feuers, und sie loderte fast sofort auf. In ihrem Licht gingen sie zusammen los, um die Traglasten und die Pferde zu überprüfen. Die Pferde waren auf der Hut, jedes schaute in eine andere Richtung. Doch alles schien unberührt zu sein.

Sie hatten etwa die Hälfte des Rückwegs zum Lagerfeuer zurückgelegt, als das Feuer von Jeebees Fackel das mit Wasser durchtränkte Ende ihres Griffs erreichte und erlosch. In der darauf folgenden plötzlichen Dunkelheit stolperte Merry und stieß gegen Jeebee, der automatisch nach ihr langte, um sie aufzufangen.

Plötzlich hielt er sie, und ohne nachzudenken, ohne irgendeine bewußte Absicht, schlang er seine Arme um sie, einen Augenblick später fand er in der Dunkelheit ihre Lippen und küßte sie.

In einem Versuch, sich von ihm zu loszureißen, drängte sie sich gegen ihn, doch dieser Versuch hielt nicht an, sondern brach ab, bevor sie sich mit aller Kraft von ihm lösen konnte.

Einen langen Moment stand sie da und ließ sich einfach küssen. Dann spürte Jeebee, wie sich ihre Arme langsam um seinen Rücken schlossen und wie sie ihn an sich drückte. Und dann erwiderte sie seine Küsse.

Eine Weile hielten sie sich umschlungen. Mit einem Mal riß sie sich abrupt mit einem heftigen Stoß aus seinen Armen los, drehte sich um und stolperte schnell über den nachtdunklen Boden auf das Feuer zu. Er folgte ihr langsam.

Als er wieder in den offenen Feuerschein der kleinen Lichtung trat, wo sie sich für die Nacht niedergelassen hatten, stand sie auf der anderen Seite des sterbenden Feuers und kehrte ihm den Rücken zu. Er blieb stehen und wußte nicht, was er tun oder sagen sollte.

Keiner von beiden sprach ein Wort. Das Feuer knisterte, Funken flogen zwischen ihnen hoch, den Sternen entgegen.

»Nun«, sagte Merry mit belegter Stimme, »jetzt weißt du's!«

»Was weiß ich?« fragte Jeebee verwirrt. Was er getan hatte, paßte gar nicht zu ihm. Doch ihre Reaktion war genauso unerwartet gewesen.

»Daß ich einfach auch nur ein Mensch bin wie du!« sagte Merry, immer noch mit dem Rücken zu ihm. »Verdammt, bleib mir vom Leib, oder ich bring dich um!«

Jeebee fand sich in seiner Unerfahrenheit und Verwirrung nicht mehr zurecht. Er verstand sie nicht, und er verstand sich selber nicht. Er war total verwirrt. Ihm wurde nur bewußt, daß er sich schon lange gewünscht hatte, seiner impulsiven, momentanen Regung nachzugeben, wie er es gerade eben getan hatte.

»Wenn es das ist, was du willst«, sagte er wie benommen.

»Das ist es, was ich will!« sagte Merry und redete dabei immer zum dunklen Wald. »In ein paar Tagen verläßt du uns!«

»Du könntest mit mir kommen«, sagte Jeebee unwillkürlich und schlug damit, plötzlich verwegen geworden, Nicks Warnungen in den Wind.

»Ich kann den Wagen nicht verlassen«, sagte sie heftig. »Das weißt du! Genau wie du weißt, daß ich keine Chance habe, irgendwo zu bleiben und jemandem zu begegnen. Das weißt du!«

»So ist's doch nicht«, sagte Jeebee, der nicht recht wußte, worüber er eigentlich redete, aber mehr gegen die Emotionen in ihrer Stimme protestierte, als gegen die Worte, die sie sagte. »Ich werde bloß ...«

»Du wirst bloß deinen Weg gehen und ich den meinen!« Merry drehte sich um und schaute ihn durch den Feuerschein hindurch an. »Damit ist es mir ernst. Mit jedem Wort ist es mir ernst.«

Jeebee schüttelte den Kopf, nicht als Verneinung, sondern einfach, weil ihm nichts anderes einfiel, was er hätte tun sollen. Er setzte sich auf seiner Seite des Feuers im Schneidersitz nieder, als wollte er sie besänftigen, indem er nicht größer erschien als sie, trotz des Abstands und des Feuers zwischen ihnen. Ohne ein Wort zu sagen wandte sie sich zur Seite, ging zu ihren Vorräten und stellte in die Laterne, die sie mitgebracht hatte, eine neue, hausgemachte Kerze, die sie unterwegs von einem Kunden eingetauscht hatten, dann stellte sie die Laterne auf die Seite und ging zu ihrem

Schlafsack auf ihrer Luftmatratze. Sie setzte sich nieder, zog die Stiefel aus, doch sonst nichts, legte sich im Schlafsack auf die Seite und zog den Reißverschluß bis oben hoch.

Jeebee blieb allein am Boden sitzen und starrte ins Feuer. Er saß lange da und fand auf nichts hier oder anderswo eine Antwort.

KAPITEL 15

Während der nächsten fünf Tage, die sie brauchten, um die Saatgut-Versuchsfarm zu finden, näherte sich Merry Jeebee nie auf weniger als knapp zwei Meter. Er seinerseits gab acht, nichts zu tun, was so aussehen könnte, als versuchte er in diesen Privatbereich einzudringen, den sie um sich aufgerichtet hatte. Ansonsten tat sie so, als hätte jener Augenblick mit Jeebee nicht stattgefunden. Sie ignorierte diesen Moment so erfolgreich und vollständig, daß Jeebee sich dabei ertappte, wie er bisweilen fast daran zweifelte, daß die Umarmung überhaupt stattgefunden hatte. Nur der auch weiterhin eingehaltene Abstand zwischen ihnen bezeugte die Tatsache, daß sich der Vorfall wirklich ereignet hatte.

Als sie sich endlich ihrem Ziel näherten, umgingen sie die kleine Stadt Wayne, wie sie auch alle anderen Wohnstätten oder menschlichen Behausungen während ihrer Reise umgangen hatten. Jeebees Landkarte führte genügend Landschaftsmerkmale auf, so daß sie eine Route durchs Gelände festlegen konnten, auf der sie den durch Wayne verlaufenden Ost-West-Highway einige Kilometer westlich der Stadt überquerten. Merry hatte wissen wollen, warum sie nicht direkt auf Wayne zu geritten waren, und Jeebee erklärte: da sie Wayne höchstwahrscheinlich in jedem Fall verfehlen würden, würde es Zeit sparen, wenn sie sicher wüßten, ob sie ostwärts oder westwärts fehlgegangen seien. Beruhigend weit westlich der Stadt und ihrer möglichen Einwohner konnten sie einen Bogen nach Norden schlagen und im Zickzack suchen, bis sie auf die Saatgutfarm stießen.

Folglich machten sie einen Bogen um den unsichtbaren Standort von Wayne, und ihr Zickzackkurs brachte sie schließlich zur Saatgutfarm. Beinahe wären sie über einen Zipfel des Farmlandes hinweggegangen, ohne es zu merken. Nur die Tatsache, daß es sich um offenes Land handelte, ließ sie anhalten und genauer hinschauen. Einige junge Büsche und unreife Baumschößlinge verschleierten in einem gewissen Ausmaß eben diese Offenheit, doch als die beiden prüfend schauten, wurde es ihnen klar, daß sich zwischen dieser üppigeren Bepflanzung und um sie herum einmal organisierte Pflanzungen befunden hatten.

Sie arbeiteten sich hindurch und entdeckten Felder, die mit dem einen oder anderen Saatgut bepflanzt worden waren – Gebiete, in denen die in Reihen stehenden Halme der Pflanzen selbst jetzt noch das Unkraut des Spätfrühlings überragten. Die Felder variierten der Größe nach und waren voneinander durch offene Flächen getrennt, auf denen nur Unkraut wuchs.

»Man hat mir erzählt, das seien Pufferzonen«, erklärte Jeebee. »Sie haben ein Versuchsgebiet vom anderen abgehoben und auch als Wege gedient, über die Mähdrescher und andere Maschinen an die Felder herankamen.«

Schließlich kamen sie zu dem anscheinend einzigen Gebäude auf dem Anwesen. Es war schon aus der Ferne zu sehen gewesen, denn es war nicht gerade ein kleines Bauwerk. Wie Wolf, wie alle Menschen heutzutage, näherten sie sich dem fremden Gebäude vorsichtig.

Es handelte sich um ein großes Haus aus Fertigbetonteilen mit einem Dach und einer Seitenwandung aus Wellblech, etwa fünfundvierzig Meter lang und so hoch wie eine durchschnittliche Scheune. Aus der Entfernung sah es verlassen aus; nachdem sie es mit ebensoviel Wachsamkeit, wie sie Wolf selbst an den Tag gelegt hätte, durch ihre Ferngläser geprüft hatten, beschlossen sie, eine Nacht zu warten. Es war klüger zu sehen, ob nach Einbruch der Dunkelheit dort ein Licht angezündet wurde oder jemand sich umherbewegte.

So kampierten sie zwischen einigen Bäumen am Rand des offenen Geländes und beobachteten während der Nachtstunden abwechselnd das Gebäude. Doch es gab kein Anzeichen dafür, daß sich dort jemand aufhielt, und so gingen sie beim ersten Licht der Morgendämmerung hinüber und fanden es menschenleer. Die schweren Metalltüren einer Ladehalle standen halb offen, was anzeigte, daß der Ort schon einige Zeit sich selbst überlassen war. Am Boden des Türspalts waren Blätter und vom Wind angewehte Zweige aufgehäuft.

Die Türen waren offensichtlich schon einige Zeit nicht mehr bewegt worden, und es war nicht leicht, sie aufzuschieben. Doch Jeebee und Merry bekamen sie so weit auf, daß sie sich ins Innere hindurchquetschen konnten.

Durch Fenster hoch in der Wand – die meisten von ihnen waren noch nicht zerbrochen –, drang Licht in das Innere. Ein dämmeriges Licht, in dem Stäubchen tanzten. Doch als sich ihre Augen daran angepaßt hatten, war es für ihre Zwecke so nützlich wie volles Tageslicht.

Sie fanden Säcke voll Saatgut, die am anderen Ende des Gebäudes aufgestapelt waren, wo sich eine Laderampe befand. Davor war ein großer Fülltrichter, durch den – wie sich Jeebee erinnerte – das schon gesammelte Saatgut geschickt worden war, um geworfelt und gereinigt zu werden. Die Säcke trugen Aufkleber mit Daten vom späten August des vergangenen Jahres. Aber die einzige Identifikation des Saatgutes selbst schien ein Buchstabe zu sein, auf den vier Ziffern und dann ein Datum aus dem vorletzten Jahr folgten.

Saatgut, das nur anderthalb Jahr alt, war zu verwenden, aber wie konnten sie entscheiden, welche Art sie nehmen sollten?

Jeebee und Merry schauten sich weiter um. Am einen Ende des Gebäudes gab es vor riesigen Metalltüren, die auf Rollen liefen, einen großen, leeren Bereich. Jeebee glaubte sich zu erinnern, daß dort große Maschinen geparkt gewesen waren, Mähdrescher und Sämaschinen. Doch jetzt stand dort nichts davon. Vielleicht hatte man sie fortgebracht, als der Zerfall der Welt begonnen hatte. Vielleicht waren sie auch nie regelmäßig dort gewesen.

Sie fanden einen staubigen Raum, eine Kabine, die in der Nähe der Laderampen in eine Ecke gebaut war. Sie enthielt ein paar große Metalltische, vier Aktenschränke und eine Anzahl von Regalen, auf denen Glasbehälter mit Saatgutproben in keiner erkennbaren Ordnung standen. Die Aufkleber trugen Symbole, die weder Merry noch Jeebee deuten konnten. Doch an einer Wand hing eine große Karte, die ein Gelände zeigte, das in rechteckige Abschnitte eingeteilt war. Sie zog sofort Jeebees Aufmerksamkeit an.

Als er näher trat, sah er, daß es sich bei der Karte eigentlich um ein Papier- oder Plastikblatt handelte, das etwa zweieinhalb Meter breit und einszwanzig hoch war. Es war mit einer Glasscheibe abgedeckt, auf der Linien gezogen und Notizen eingetragen waren, wahrscheinlich mit einer Art Fettstift. Wie der Buchstabe und die Zahlen auf den Aufklebern der Säcke war das auf die Glasplatte Geschriebene nicht zu entziffern.

»Ich glaube, das beste, was wir tun können«, sagte Jeebee schließlich, »ist, selber auf die Felder hinauszugehen und einfach nach einem Feld von gesunden Wildwachsenden zu suchen.«

»Wildwachsende – was heißt das?« fragte Merry.

»So werden wildwachsende Kulturpflanzen genannt, hat man mir erklärt, die sich selbst überlassen werden und sich einfach selber wieder aussäen und ohne menschlichen Eingriff zu einer zweiten Erntereife heranwachsen.«

Sie gingen folglich los und begannen ihre Suche. Jeebee war froh, daß sie Pferde hatten, denn sie mußten ein ziemlich großes Gebiet absuchen. Glücklicherweise waren auf der Saatgutfarm alle Markierungstafeln noch an Ort und Stelle, nicht nur diejenigen, die die verschiedenen Felder eines bestimmten Versuchstyps einer Pflanze identifizierten, sondern auch die, welche die Korridore markierten, die die Felder trennten. Sie fingen mit Korridor Nr. 1 an und gingen nach und nach die übrigen durch, wobei sie an dem Ende begannen, wo sich das Gebäude befand, und dann bis zum Rand des Farmgebiets vorstießen.

Jeebee hatte sich halb darauf verlassen, sein Gedächtnis würde ihn zu den Weizenfeldern führen, wo genetische Experimente durchgeführt worden waren. Doch dies war nicht der Fall.

»Bist du sicher, daß sie tatsächlich noch mit krankheitsresistentem Winterweizen experimentiert haben?« fragte Merry, nachdem sie einige Stunden lang zwischen den Feldern hin- und hergeritten waren.

»Ich bin mir natürlich nicht sicher«, sagte Jeebee, »aber es erscheint mir nicht sinnvoll, daß sie es aufgegeben hätten.« Er wies mit der Hand auf das Feld zu ihrer Linken, an dem sie gerade vorbeikamen. Es war ein Feld mit hohen, grünen Halmen, die schon eine gewisse Höhe hatten, aber von einer Art grauem Staub überpudert waren. »Das wollen wir nicht haben«, sagte er zu ihr, »pulvriger Meltau. Wenn wir einfach ein Feld mit gesunden, grünen, wildwachsenden Pflanzen finden, dann wissen wir, daß wir am Ziel sind. Zu schade, daß wir nicht ein bißchen später im Jahr herkommen, denn dann könnten wir eigentlich einen Teil des Saatguts selber ernten. Aber es gibt eine gute Chance, daß wir ein gesundes Feld finden, das sich wieder ausgesät hat und gut gedeiht, und dann nehmen wir einfach seine Codenummer. Alle Säcke im Gebäude hinten, die den gleichen Code auf ihren Aufklebern haben, dürften dann gesundes, genetisch resistentes Saatgut enthalten.«

Der Nachmittag war schon weit fortgeschritten, als sie endlich ein Feld mit dichtstehenden grünen Weizenhalmen fanden, die etwa kniehoch standen.

Jeebee lenkte sein Pferd zu einer Ecke des Feldes. Die Halme waren federig und grün und sahen im Vergleich zu den kurzen, grau überstäubten Stengeln, die sie bis jetzt gefunden hatten, gesund und kraftstrotzend aus.

»Schau dir das an!« Jeebee zeigte auf die jungen Pflanzen. »Danach haben wir gesucht. Jetzt müssen wir nur nach dem Markierungsschild für dieses Feld suchen und die Codenummer ablesen.«

»Das dürfte nicht allzu schwer sein, solange das Schild noch steht«, sagte Merry. »Wir müssen nur am Rand entlang reiten, bis wir darauf stoßen.«

Das taten sie dann auch und entdeckten so schließlich das Markierungsschild.

»G-4370A«, las Jeebee. »Ich glaube, ich kann es mir merken. Meinst du, wir sollten es uns aufschreiben?«

»Ja, das meine ich«, antwortete Merry. Jeebee schaute zu ihr hinüber und sah, wie sie mit einem Bleistift in ein kleines Taschennotizbuch schrieb. »Gehen wir zurück zum Gebäude und schauen wir nach Säcken mit passenden Aufklebern.«

Als sie wieder im Gebäude waren, erwies sich die Jagd nach den Säcken im Staub und im trüben Licht als fast so frustrierend wie die Suche auf den Feldern. Doch schließlich fand Merry, wonach sie suchten.

»G-4370A!« rief sie. »Jeebee, hier sind sie!«

Er hatte gerade die Aufkleber auf Säcken untersucht, die etwa fünf Meter entfernt standen. Er eilte zu ihr und betrachtete die Aufkleber.

»Sieht schön aus, nicht wahr?« sagte Merry und grinste.

Jeebee erwiderte ihr Grinsen.

»Jetzt müssen wir nur noch die Packpferde abladen«,

sagte er, »und uns auf den Rückweg machen. Wahrscheinlich wird nicht alles von diesem Korn aufgehen. Es ist zwar über ein Jahr alt. Aber das meiste dürfte noch recht gut keimen.«

Sie beluden ihre sechs Packpferde, und als sie fertig waren, waren sie voller Staub, von der Arbeit erschöpft, und es juckte sie überall. Aber sie waren unendlich froh – und es war noch mehr zwischen ihnen geschehen. Die Distanz, die Merry Jeebee gegenüber eingehalten hatte, war verschwunden. Sie hatten immer enger zusammengearbeitet, bis praktisch alle Barrieren zwischen ihnen gefallen waren.

Die ersten drei Nächte schliefen sie beide wie Tote, jeder in seinem eigenen Schlafsack. In der vierten Nacht lag Jeebee wach, obwohl Merry auf der Stelle eingeschlafen war. Er wurde sich bewußt, wie er neben dem Feuer lag und ihren regungslosen Schlafsack betrachtete, unter dem sich ihre Gestalt abzeichnete. In diesen letzten paar Tagen war ihm sehr vieles klar geworden. Er erkannte, daß es mehr als nur die Arbeit war, was sie zusammengebracht hatte. Wortlos hatten sie beide anerkannt, was ihnen gemeinsam war. Er wußte, wenn er jetzt zu Merry in ihrem Schlafsack hinüberginge, dann würde sie ihn nicht abweisen.

Dieser Teil des Kampfes war vorbei. Sie waren beide bereit, einander zu gehören, und sie wußten es beide. Er spürte seine Erektion, die ihn schon seit Stunden wachhielt. Trotzdem blieb er still liegen, wo er war. Denn sie hatte recht gehabt.

Das Zeitalter der eisernen Jahre war über die Welt herabgekommen, und es band die Menschen an Pfade, denen sie folgen mußten, ob sie wollten oder nicht. Genau wie Wolf durch seinen Instinkt gebunden war, der ihm gesagt hatte, er solle nicht an einen unbekannten Ort hinuntergehen, wie etwa den Rübenkeller. Komme, was da wolle, sie mußten sein, was sie waren.

Sie mußten tun, was sie zu tun hatten. Und was ertragen werden mußte, mußte ertragen werden, ob es ihnen gefiel oder nicht. Die einzige Kontrolle, die sie über die Situation hatten, lag darin, wie sie sie trugen.

Merry hatte recht gehabt. Jeebee mußte fortgehen, und sie mußte weiterziehen. Theoretisch gab es keinen Grund, warum sie sich nicht nächstes Jahr wieder treffen konnten. Aber praktisch waren die Chancen gering. In dieser neuen Welt hatten zwei Menschen, die auseinandergingen, viel weniger Chancen, sich je wieder zu begegnen, als früher. Viele Dinge konnten jedem von beiden zustoßen und ihre Wiederbegegnung verhindern.

Die Situation lief darauf hinaus, daß sie das, was sie ertragen mußten, so leicht wie möglich machten. Es war besser, sie blieben auseinander, vergaßen einander und schauten in verschiedene Richtungen. Auf lange Sicht wäre es am einfachsten, wenn sie möglichst wenige Erinnerungen hatten, die sie vergessen mußten.

Also, er würde hier an seinem Platz bleiben. Er würde hier einschlafen, so wie sie dort drüben eingeschlafen war, und sie würden zum Wagen zurückkehren, zusammen, aber getrennt, in dem Wissen, daß es nicht anders ging, daß sie es nicht anders einrichten konnten. Wie Wolf hatten sie nur eine beschränkte Wahl.

Ihr stummes gegenseitiges Einverständnis, daß sie beide einander begehrten und doch nicht haben konnten, hatte sie näher zusammengebracht, als Jeebee seiner Erinnerung nach jemals einem Menschen in seinem Leben gewesen war. Während der Tage, als sie mit dem Saatgut zurück zum Wagen ritten, ritten sie die meiste Zeit schweigend Seite an Seite, einfach weil keine Notwendigkeit zum Reden bestand. Es war, als flösse eine unsichtbare Strömung zwischen ihnen hin und her und als wären sie dadurch so tief verbunden, daß Worte unnötig waren.

Sie erreichten schließlich den Wagen gerade zu Beginn der Abenddämmerung und wurden von Paul und Nick begrüßt, die vor dem Fahrzeug standen und beobachteten, wie sie heranritten.

Wolf, der den ganzen Tag nicht zu sehen gewesen war, kam ihnen fast auf den Fersen herbeigetrottet. Die Hunde vom Wagen kamen herbei, um Wolf zu begegnen, und zum erstenmal sah Jeebee Wolf ihnen gegenüber fast schüchtern auftreten, mit zurückgelegten Ohren und gesenktem Schwanz.

Die Hunde umschwärmten ihn. Als Jeebee und Merry schließlich bei Nick und Paul eintrafen, dachte Jeebee einen Augenblick, die Hunde würden Wolf begrüßen. Das taten sie auch, aber fast in einem negativen Sinn. Sie umschwärmten Wolf in einer generell feindlichen Art und Weise, wobei ihn keiner von ihnen direkt herausforderte, doch alle bellten ihn an und kniffen ihn von der Seite oder von hinten. Überraschenderweise nahm Greta an dieser Art Begrüßung auch teil.

Wolf erduldete es und protestierte kaum. Nur wenn einer zu aufdringlich wurde, begann er seinerseits zu drohen. Schließlich ließen die Hunde von ihren unfreundlichen Aufmerksamkeiten ab, und einer nach dem anderen verließ die Gruppe, die ihn, wie es schien, dafür bestraft hatte, daß er so lange weggewesen war, ohne sich mit ihnen in Verbindung zu setzen.

Später war die Ruhe wieder hergestellt, die Packpferde wurden von ihrer Last befreit und das Saatgetreide auf Lagerplätze im Wagen verfrachtet, die schon dafür hergerichtet waren. Offensichtlich hatten Paul und Nick den Lagerraum umgeräumt.

Paul und Nick untersuchten das Getreide, befanden es für gut und lauschten mit Interesse während des Abendessens der Schilderung des Rittes und wie sie das Getreide aufgespürt hatten.

»Ich glaube«, sagte Paul nachdenklich, »nächstes Jahr machen wir einfach einen Schwenk so weit nach Norden und laden das Korn direkt in den Wagen.«

Den größten Teil des Berichts hatte Merry abgegeben, Jeebee hatte sich nur zu Wort gemeldet, wenn es darum ging, die Sache mit dem Unterschied von hybriden und genetischen Getreidesorten, den Grund für die unterschiedliche Anordnung der Felder und die Versuchsfarmen als Ganzes zu erklären.

Merry schien es zufrieden zu sein, daß er dies tat, und sie war vor ihrem Vater und Nick ganz warmherzig zu ihm; gleichzeitig dachte Jeebee, sie zeige eine gewisse Erleichterung darüber, daß sie sich wieder am Wagen in der vertrauten Umgebung befand.

Am nächsten Tag gingen sie alle, Jeebee eingeschlossen, wieder zu ihren alten Routinetätigkeiten über.

Der Wagen zog weiter, während Jeebee es übernahm, auf die Pferde achtzugeben. Merry arbeitete zusammen mit Nick im Wagen. Jeebee fühlte sich in einem zeitlosen Augenblick gefangen, in dem er weder an die Zukunft noch an die Vergangenheit denken konnte, und im Moment hatte er keine besondere Lust, an eines von beiden zu denken.

Nachdem sie kurz zum Mittagessen angehalten hatten – wie gewöhnlich unterwegs: belegte Brote und Kaffee –, übernahm Merry die Pferde, und Jeebee übernahm den Kutschbock, während Paul den einzigen Luxus genoß, den er sich erlaubte: ein kurzes Mittagsschläfchen, während der Wagen dahinzog.

Nach seinem Nickerchen kam Paul heraus und setzte sich neben Jeebee auf den Kutschbock. Doch er unternahm keine Anstalten, Jeebee die Zügel abzunehmen. Nach einer Weile begann er zu reden.

»Morgen«, sagte er, »werden wir nach Süden abbiegen. Dann werden Sie uns verlassen.«

»Ja«, sagte Jeebee. Es gab nicht viel mehr zu sagen.

»Wir werden heute abend etwas früher haltmachen und eine Art Abschiedsparty veranstalten«, sagte Paul. »Ich werde Sie auszahlen, und ich glaube, Sie werden ganz schön gut ausgerüstet sein mit den Sachen, die ich Ihnen geben kann. Auch hat jeder von uns ein kleines persönliches Geschenk für Sie. Sie werden alles bekommen, während wir heute abend nach dem Essen noch ums Feuer sitzen.«

Jeebee war so überrascht, daß er Paul einen Moment lang schweigend anstarrte. Nur einen Moment, denn länger konnte er seine Augen nicht von der Straße und den Pferden wenden, doch sein Blick war prüfend und fragend.

»Geschenke?« fragte er. »Ich bin doch bei Ihnen noch nicht so ...« Er verstummte.

»Sie sind lange genug bei uns gewesen«, sagte Paul. »Auf jeden Fall können wir doch tun, was wir wollen, nicht wahr?«

»O ja, natürlich«, sagte Jeebee. »Es ist nur so, mit Geschenken habe ich nicht gerechnet.«

»Nun«, sagte Paul, holte seine Pfeife heraus, stopfte sie und zündete sie an, »Sie werden sie bekommen.« Er zündete ein Streichholz an und hielt die Flamme an den Tabak in seiner Pfeife, dann zog er lang und kräftig, bis die zusammengepreßten Krümel glühten.

Einen Moment später redete er weiter. »Ich sehe, daß Sie und Merry sich zusammengerauft haben.«

Jeebee schaute ihn wieder an, diesmal nur aus den Augenwinkeln, und er sah, daß Pauls Blick auf die Zugpferde gerichtet war.

»Ja«, sagte Jeebee nach einer Weile, unfähig an etwas anderes zu denken, was er hätte sagen können.

»Das hatte ich gehofft«, sagte Paul, der scheinbar immer noch zu dem Gespann vor dem Wagen sprach. »Das war auch ein Grund, weshalb ich wollte, daß sie Sie begleitet.«

Diesmal schaute Jeebee ihn nicht an. »Ich dachte, es

gäbe keine Wahl«, sagte er. »Sie konnten ja nicht den Wagen verlassen, und Nick...«

»Oh, ich hätte schon den Wagen verlassen können.« Paul nahm die Pfeife aus dem Mund, blies eine Wolke blauen Rauchs in die Luft und blickten zu den wenigen weißen Wolken empor, die wie Tupfen am blauen Himmel über ihnen schwebten. »Es wäre nicht so klug gewesen, wie euch beide gehen zu lassen. Aber Merry wäre schon selbst mit dem Wagen zurechtgekommen, wenn sie es hätte müssen. Sie weiß alles, was es zu wissen gibt. Sie kann zwar noch nicht mit den Kunden umgehen wie ich, aber die meisten kennen sie, und sie weiß, wie man mit ihnen Handel treiben muß. Nick würde für sie arbeiten. Nein, wenn ich gedacht hätte, es sei wirklich das beste, dann hätte ich mit Ihnen gehen können. Ich dachte einfach, es sei besser, wenn sie mitginge.«

Jeebee fuhr eine Weile schweigend, während diese Worte auf ihn wirkten. Offenbar war das stumme Einverständnis, zu dem er und Merry gelangt waren, offensichtlich, zumindest für ihren Vater, und wahrscheinlich auch für Nick.

Jeebee beschloß, diese Tatsache zu akzeptieren. »Es war nicht leicht«, sagte er.

»Hatte mir auch nicht vorgestellt, daß es leicht wäre«, sagte Paul und paffte seine Pfeife. »Die meisten wichtigen Dinge sind nicht leicht.«

Jeebee lachte unfroh. »Da haben Sie recht.« Er blickte selbst nach vorn und zu den Wolken empor. Sie schienen sich zu bewegen und zusammen mit dem Wagen dem Weg zu folgen, obwohl er wußte, daß dies nur eine Illusion war. Doch wenn man gerade sah, wie sie sich zu bewegen schienen, dann war es, als behauptete der Wagen seinen Platz, während die Erde sich unter ihm drehte, so daß Jeebee, wenn er den Wagen und dessen Insassen verließe, von der rotierenden Welt davongetragen würde, weit weg von ihnen.

KAPITEL 16

Für Jeebee war es seltsam und er konnte es sich auch nur schwer eingestehen, daß er nicht nur Merry, sondern auch Paul und Nick gefühlsmäßig so nahegekommen war. So nahe, daß der Gedanke, sich von ihnen trennen zu müssen, ihn quälte. Noch schwerer und seltsamer war es jedoch, die Tatsache zu akzeptieren, daß sie ihrerseits ihn vielleicht ebenfalls liebgewonnen hatten.

Offensichtlich verhielt es sich jedoch so. Sein ganzes Leben hatte Jeebee gelehrt, seiner Wahrnehmung zu vertrauen. Wenn er einem Problem – sei es körperlich, intellektuell oder emotional – gegenüberstand, dann war seine instinktive Reaktion immer, es zu zerlegen und herauszufinden, warum es so war, wie es war – so wie er es vielleicht mit einem unbekannten Mechanismus getan hätte, der nicht funktionierte, wie die nicht funktionierenden Wecker seiner Kindheit.

Dieses Bedürfnis – zu zerlegen und zu verstehen –, regte sich in ihm instinktiv. Als Ergebnis davon war er jetzt mit der Tatsache konfrontiert, daß in der Gegenwart Freundschaften stärker und plötzlicher über einen kommen konnten als in früheren, mehr technisch orientierten Zeiten.

Gleichzeitig gehörte die Art und Weise der Trennung zu den Dingen, die sie alle um des Überlebens willen tun mußten. Er und Merry konnten nicht zusammenbleiben. Paul konnte Jeebee nichts im Tausch geben, was er nicht zuvor verdient oder bezahlt hatte, ganz gleich, wie sehr der andere ihn inzwischen mochte. Es gab jetzt einen Punkt, an dem Wohltätigkeit zu einem unnötigen Opfer wurde, und ein unnötiges Opfer konnte einen Schritt in Richtung Selbstzerstörung bedeuten.

Doch während der Stunden, die sie jetzt fuhren, bevor sie haltmachten, diskutierten er und Paul, was Jeebee als Bezahlung für sein Gold und das mitgebrachte Saatgut bekommen würde. Jeebee hatte vorher nicht daran gedacht, daß er eine Wahl würde treffen müssen. Er konnte ein Reitpferd haben und ein Packpferd. Außerdem empfahl ihm Paul nachhaltig, er solle Fallen mitnehmen, um den Eindruck zu unterstreichen, er sei Trapper. Dann würde man ihn wenigstens nicht als Plünderer betrachten.

»Nein«, hatte Jeebee gesagt, »es wäre zu gefährlich für Wolf, wenn ich anfinge, Fallen aufzustellen.«

Er hatte die Doppelklauen der Metallfallen gesehen, mit ihren versetzten Zähnen und steifen Sprungfedern, und der Teil seines Wesens, der Mitgefühl mit anderen empfand, hatte sich vorgestellt, wie es wäre, ein Tier zu sein, das mit einem Bein in diesen Klauen gefangen wäre.

»Machen Sie, was Sie wollen«, sagte Paul, »aber ich sage Ihnen was. Ich habe keine Kaltwetterkleidung, die ich Ihnen geben könnte. Während des Winters besuche ich meine Kunden nicht, und der Platz, den ich für Waren habe, ist beschränkt, deshalb fahre ich solche Sachen nicht mit mir herum. Das bedeutet, daß Sie selbst sich Ihre warme Kleidung werden machen müssen. Ich kann Ihnen kräftige Nadeln und Faden geben, und Anleitungen, wie man Häute gerbt und benutzt. Glauben Sie, Sie schaffen es dann allein?«

Jeebee nickte.

»Die Sache ist die«, sagte Paul, »Sie selbst müssen sie herstellen, wenn die Zeit dafür kommt, wenn die Jahreszeit von Schnee und Eis kommt. Eine der besten Methoden, sich mit Winterkleidung auszurüsten, ist die Verwendung von Tierfellen, und es gibt nur zwei Wege, wie man an die kommt. Der eine ist Schießen, der andere Fallenstellen. Das Fallenstellen ist für Sie praktischer.«

»Trotzdem werde ich es mit dem Schießen versuchen«, sagte Jeebee. »Was können Sie mir sonst noch geben?«

Es stellte sich heraus, daß Paul ihm nicht nur für das Saatgut, das er mit Merry gebracht hatte, sondern auch für die wertvolle Information über den Ort der Saatgutfarm folgendes geben konnte: die beiden Pferde komplett mit Sattel und Packsattel, die Zügel, Halteseile und Satteltaschen. Dann Munition für Jeebees zwei Gewehre, dazu Kochutensilien, etwas leichte Kleidung, Salz und Speck, und schließlich legte Paul noch verschiedene kleinere Artikel dazu, die beim Aufschlagen eines Lagers nützlich waren.

»Nun«, sagte Paul am Schluß, »Sie können etwas von diesem Saatgut haben. Wenn das Korn wirklich dafür entwickelt wurde, im Norden zu wachsen, dann werden Sie sich eine eigene Saatgutquelle anpflanzen wollen. Wenn Sie das tun und sich jedes Jahr um diese Zeit ungefähr in dieser Gegend mit mir treffen wollen, dann können wir daraus einen regulären Tauschhandel machen. Oder wenn sich herausstellt, daß ich das Saatgut oder das Gold für mehr loswerde, als ich im Augenblick denke, dann werde ich Ihnen die Differenz erstatten, wenn wir nächstesmal Handel miteinander treiben. Ist das fair genug?«

»Ja«, erwiderte Jeebee.

Sie hielten zum Kampieren am Straßenrand an, während noch gut zwei Stunden Tageslicht übrig waren. Jeebee schirrte das Gespann ab und brachte die Pferde nach hinten zum Rest der Herde, die Merry für die Nacht versorgte. Dann wurden in Gegenwart von Paul wie auch von Merry und Nick sein Sattel und sein Packpferd ausgewählt.

Noch vor drei Monaten hatte Jeebee nichts über

Pferde gewußt. Jetzt wußte er nur ein bißchen mehr, aber er hatte genug aufgeschnappt, um erkennen zu können, daß er zwei gute Tiere bekam. Sein Reitpferd war ein großer Brauner, sein Packpferd eine kleine schwarz-weiß gefleckte Stute mit kräftigen Beinen, ruhig und freundlich. Sie war eines der Packpferde auf dem Ritt zur Saatgutfarm gewesen.

Jeebee kannte sie. Sie hieß Sally. Der Braune, Brute, war eines der Zugpferde, die er nie geritten hatte. Er legte Brute jetzt den Sattel auf, den Paul herbeibrachte, um beide auszuprobieren. Ein guter Sattel, dachte er. Doch Brute hatte offensichtlich seinen eigenen Kopf und ein etwas launenhaftes Temperament, doch auch er war in allen wesentlichen Dingen gut. Jeebee ritt etwa fünf Minuten auf ihm herum und ließ ihn schließlich am Straßenrand etwa hundert Meter in einem vollen Galopp zurücklegen, bevor er wendete und zum Wagen zurückkehrte. Brute war sowohl schnell wie auch stark und hatte eine gute Lunge.

»Ich mag ihn«, sagte Jeebee. »Das heißt, ich mag beide.«

»Es sind gute Pferde!« bemerkte Merry.

»Das hatte ich mir schon gedacht«, sagte Jeebee hastig. »Ich meinte nur, Sie würden gern wissen, daß sie mir gefallen.«

»Es ist immer gut, das zu hören«, antwortete Paul.

Sie nahmen Brute den Sattel wieder ab, trugen alles, was für Jeebee bestimmt war, an einer Stelle nahe der Vorderseite des Wagens zusammen, und Nick begann mit den Vorbereitungen für das Abendessen.

In der Zwischenzeit kramte Paul unter seinen Handelswaren und holte unerwarteterweise eine Flasche mit Bourbon-Whiskey heraus.

»Wo haben Sie denn die her?« fragte Jeebee. Er wußte, daß Paul es nicht gern hatte, wenn man ihn nach der Herkunft seiner Waren befragte. Das hatte er in der Zeit, die er mit dem Wagen mitgezogen war, auf fast osmotische Weise mitgekommen. Aber die Worte kamen ihm über die Lippen, bevor er sie zurückhalten konnte.

Etwas lahm fügte er hinzu: »Alkohol war doch das erste, wofür man alles auf den Kopf stellte, als der Zusammenbruch begann.«

Paul kletterte mit der Flasche vom Wagen herab und begann Drinks in die Gläser zu füllen, etwa halb Whiskey und halb Wasser aus dem durch Verdunstung gekühlten Wassersack, der neben dem Kutschbock hing.

»Ich habe auch selbstgebranntes Zeug da drinnen, wenn Ihnen das besser schmeckt«, sagte er. »Ich habe mir bloß gedacht, für diesen besonderen Anlaß wäre auch ein besonderer Drink vonnöten.«

Jeebee hatte nicht gewußt, daß Paul Alkohol trank. Doch jetzt stellte sich heraus, daß er es tat, und zwar mit Maßen. Jeebee und Nick nahmen je ein Glas, Merry nur ein kleines.

In der Vergangenheit hatte Jeebee nie an Alkohol gedacht, es sei denn, er fand sich plötzlich in einer Situation wieder, wo man von ihm erwartete, daß er mittrank, und er hatte den Geschmack nie wirklich gemocht. Aber aus irgendeinem Grund schmeckte es ihm jetzt gut. Nun, wo er in der Spätnachmittagssonne am Rand des zerfallenden Highway stand, am Ende eines Tages, den er im Freien zugebracht hatte, da erzeugte die Mischung aus Whiskey und dem gekühlten Wasser aus dem Sack in seinem Mund irgendwie eine angenehme und merkwürdige Empfindung.

Nick kam aus dem Wagen. Offensichtlich hatte er sich dafür entschieden, drinnen zu kochen. Er trug die üblichen vier Metallklappstühle herbei und stellte sie auf dem Bankett auf. Sie saßen dort zu viert, genossen ihre Drinks und schauten dem Nachmittag beim Verklingen zu, wie vier Leute auf einer Bank vorm Haus, bevor die Zivilisation verschwunden war – wie vor ihr das Römische Reich und andere Imperien.

Dann und wann stand Nick auf und ging wieder in den Wagen, um nach dem Essen zu schauen. Aber er war nie lange weg.

Es war eine eigenartige, fast goldene Stunde. Jeebee ertappte sich dabei, wie er dachte: wenn Wolf dagewesen wäre und stumm in der Nähe gelegen hätte, dann wäre alles, was in seiner gegenwärtigen Existenz wichtig war, in diesen vorübergehenden und doch so zeitlosen Augenblick eingeschlossen gewesen. Er lächelte ein wenig wehmütig über seine Phantasievorstellung einer vollkommenen Szene. Wenn Wolf tatsächlich dagewesen wäre, dann wäre er nicht ruhig gelegen – nicht mit all den neuen und unerforschten Dingen um sich herum. Er hätte an den Klappstühlen genagt, irreparable Zahnspuren auf Jeebees neuen Besitztümern hinterlassen und im großen und ganzen die Heiterkeit des Abends gestört. Manchmal war das beste an Wolfs Gefährtenschaft seine Abwesenheit.

Aber Wolf war wieder während der vergangenen Nacht fortgewesen und noch nicht zurückgekehrt. Schließlich ging die Sonne unter, und sie entzündeten ihr Lagerfeuer, nahe am Wagen, aber doch so weit weg, daß keine Brandgefahr bestand. Nick brachte das Abendessen heraus.

Es war eine bemerkenswerte Überraschung. Nick hatte eine Suppe gekocht, auf die ein kleines Brathähnchen und Bratkartoffeln folgten.

»Woher haben Sie denn das Hähnchen?« fragte Jeebee, als sie alle um den Tisch saßen und zu essen begannen.

»Aus einer Dose«, sagte Nick und grinste. Es war ein verschmitztes Grinsen. »Nur selten sind sie so ganz in die Dose gekommen wie das hier. Ich meine, als Ganzes gekocht, abgepackt, und wenn man es herausholt, dann kann man es aufwärmen. Das waren meistens Produkte für Restaurants. Das hier habe ich mir schon eine ganze Weile aufgehoben. Ich hatte auch etwas Wein, aber der ist mir sauer geworden. Man kann in einem Wagen, der so herumrumpelt wie unserer, keinen Wein aufheben.«

»Das macht nichts«, sagte Jeebee. Sie tranken jetzt alle blankes Wasser, nachdem einer nach dem anderen aufgehört hatte, Whiskey nachzuschütten. »Es könnte nicht besser sein.«

»Er hat recht, Nick«, sagte Merry.

Nicks V-förmiges Gesicht runzelte sich zu einem noch tieferen Grinsen.

»Ein besonderer Anlaß«, sagte er. »Es gibt auch ein Dessert.«

Der Nachtisch entpuppte sich als eine Art nahrhafter Plumpudding, sehr schwarz und krümelig, mit einer dicken, butterig schmeckenden weißen Soße oder Glasur oben drauf – es war unmöglich zu sagen, um was es sich bei der Garnierung handelte. Auf jeden Fall war der Pudding sehr süß und sättigend. Für Jeebee, der noch vor Wochen mit ständigem Hunger gelebt hatte, schien es der beste Nachtisch zu sein, den er je gekostet hatte.

Nach dem Essen räumte Nick die Essenstabletts weg, ohne sie an Jeebee zum Abwaschen weiterzureichen.

Sie saßen am Tisch neben dem Feuer und tranken Kaffee. Paul paffte seine Pfeife. Im Freien war der Tabakduft für Jeebees Nase ein Wohlgeruch. Nick blieb eine ganze Weile länger im Wagen, als es nach Jeebees Meinung für das Abwaschen und Wegräumen des Geschirrs nötig gewesen wäre, doch dann erschien er wieder am Feuer; er trug mit sich etwas, das in ein Tuch eingewickelt war und ein bißchen wie ein Brett aussah, sechzig Zentimeter lang und zehn oder zwölf Zentimeter breit.

Er setzte sich hin und legte es auf Jeebees Knie. Paul holte ein kleines, ähnliches in ein Tuch gewickeltes Päckchen aus seiner Tasche, und Merry zauberte scheinbar aus dem Nichts einen ziemlich massigen Ge-

genstand hervor, der etwa zwanzig bis fünfundzwanzig mal fünfzehn Zentimeter maß, ebenfalls in ein Tuch gehüllt und hübsch mit einem Band umwickelt war.

»Bescherung!« rief Merry.

Jeebee starrte auf die drei Päckchen.

»Das sollen *kleine* Geschenke sein?« fragte er.

»Vielleicht ein bißchen größer als klein«, sagte Paul und paffte selbstzufrieden eine Rauchwolke.

Die drei Päckchen lagen bereit, und offensichtlich sollte er sie selbst auspacken. Jetzt erhob sich die Frage, wen er beleidigte, wenn er sie in der falschen Reihenfolge auspackte.

Er überlegte kurz und kam zu dem Schluß, daß er auf Nummer Sicher ginge, wenn er Merrys Päckchen zuerst öffnete.

»Merry«, sagte er, während er sorgfältig das Band aufzuknüpfen begann, »ich weiß nicht, was ich sagen soll ...«

Er brach ab. Das Band, das er hatte aufknüpfen wollen, hatte sich zu einem Knoten verheddert.

»Ach, reiß es einfach auf«, sagte Merry.

Es kam ihm brutal vor, ein Päckchen, das so sorgfältig eingewickelt worden war, so zu behandeln, doch er zog an dem Band und es zerriß. Danach ging das Tuch ab und enthüllte unter einer inneren Verpackung aus Karton, die die Form des Geschenkes verschleiert hatte, ein Fernglas der Stärke 8x40, Marke Bausch and Lomb Elite. Die Verpackung hatte absichtlich den Inhalt nicht erkennen lassen.

Paul runzelte die Stirn. »Das ist ja dein Fernglas, Merry«, bemerkte er.

Sie schaute ihn an. »Und ich schenke es Jeebee«, erwiderte sie gleichmütig.

Paul paffte an seiner Pfeife und sagte nichts.

Staunend nahm Jeebee das Fernglas und hob es an die Augen. Er schaute auf den Horizont, wo gerade der Mond aufgegangen war. Es war ein perfektes Pendant zu dem Fernglas, das Paul ihm geliehen und wieder zurückgenommen hatte. Ein großartiges Geschenk!

»Du solltest mir das nicht schenken«, sagte er zu Merry.

»Nun, ich hab's dir aber geschenkt«, erwiderte Merry. »Jetzt mach die anderen Geschenke auf.«

Jeebee griff nach dem kleinen Päckchen, das Paul auf den Tisch gelegt hatte. In diesem Fall hatte die Hülle das Geschenk nicht verschleiert. Es genügte, die Schnur herunterzureißen und das Tuch auseinanderzufalten, um zu enthüllen, was seine Finger Jeebee schon verraten hatten – es handelte sich um einen kleinen Revolver.

»Das ist ein Smith & Wesson .38 Bodyguard Airweight«, sagte Paul. »Ich werde Ihnen Munition dafür geben, bevor Sie losziehen.«

Dieser Revolver würde in seine Hand passen. Jeebee hatte von sehr kleinen Selbstladepistolen gehört, aber nie von Revolvern dieser Größe. Die Waffe hatte eine Ummantelung über dem Hahn, damit er sich nicht in Kleidungsstücken verfing, und sah tatsächlich fast wie ein Spielzeug aus. Aber ganz offensichtlich war er keins.

»Das ist ein Revolver für den Stiefel. Stecken Sie ihn in den Schaft Ihres Stiefels, und dann sollte er nicht zu sehen sein, aber gleichzeitig kommen Sie leicht an ihn heran«, sagte Paul mit der Pfeife im Mund. »Er ist gut für eine Schußweite bis etwa sechs Meter. Sie sollten lieber damit ein wenig üben – wie ich schon gesagt habe, werde ich Ihnen die Patronen geben –, damit Sie eine Vorstellung davon bekommen, wie man mit ihm schießt. Wir können das morgen früh tun, bevor Sie losziehen.«

Jeebee hatte versucht, nicht daran zu denken, daß morgen Paul den Wagen nach Süden lenken würde. Es war, als dringe ein Winkel Leere in ihn ein. Als würde der Wagen ihm alles wegnehmen, was er kannte. Er hatte nie gedacht, daß er sich so fühlen würde, wenn einmal der Zeitpunkt da wäre.

»Und jetzt wird Nick gleich platzen, wenn du nicht sein Geschenk auspackst«, sagte Merry und holte ihn jäh in die Gegenwart zurück.

Die Größe und Form von Nicks Geschenk hatte ihn zögern lassen – er wußte nicht genau, warum. Das war zumindest einer der Gründe, weshalb er es bis zuletzt aufgehoben hatte, obwohl es ja nur natürlich gewesen war, Merrys Geschenk als erstes zu öffnen, weil sie die Frau war, und Pauls als zweites, weil er der Anführer war.

Doch jetzt nahm er das Geschenk des kleinen Mannes zur Hand. Seine Knie hatten ihm verraten, daß es ein wenig schwerer war, als er erwartet hatte. Schwer im Verhältnis zu seiner Größe, so wie die Handfeuerwaffe, die Paul ihm geschenkt hatte, wegen ihre geringen Größe leicht gewesen war.

Er öffnete das letzte Paket und entdeckte darin zwei weitere Päckchen, ein großes und ein kleineres. Er öffnete das kleinere und fand darin drei Gegenstände: einen gewöhnlichen Zimmermannshammer, eine große Kneifzange, und etwas, das wie ein kleiner, eiserner Meißel aussah, jedoch nur einen kurzen, dicken Griff hatte; das ganze Ding war keine zwölf Zentimeter lang.

»Ein Abschroter!« sagte er und erkannte in dem meißelartigen Werkzeug das gleiche wieder, das er mit der Meißelkante nach oben in einem Loch in einem der Hörner von Nicks Amboß hatte stecken sehen.

»Ganz recht«, sagte Nick, »damit und mit dem Hammer können Sie mit dem Schmieden anfangen. Jedes gute stabile Stück Stahl kann als Amboß dienen. Das können Sie selber finden, und Sie können sich Ihre eigene Esse samt Blasebälgen bauen. Aber Sie brauchen den Hammer, um damit das Metall zu schlagen, den Abschroter, um es zu schneiden, wenn es heiß genug ist, und die Kneifzange, um es zu halten, bis Sie sich selbst eine reguläre Schmiedezange schmieden können. Außerdem können Sie die Kneifzange einfach auch als Kneifzange verwenden. Eine Kneifzange ist sehr oft nützlich – öffnen Sie jetzt das andere Päckchen!«

Die letzten Worte kamen etwas abrupt, noch bevor Jeebee dem kleinen Mann danken konnte. Er gehorchte und öffnete das größere Päckchen.

Auf die Tischplatte fiel ein Messer, das in einer frisch zusammengenähten Lederscheide steckte und fast so groß war wie ein kleines Schwert. Als Jeebee es aus der Scheide zog, entpuppte es sich als ein Bowiemesser.

Es besaß einen zwölf Zentimeter langen Griff, der aus Lederscheiben bestand, die mit einer Art Klebstoff getränkt waren, der sie so hart machte wie das Plastik, an das sich Jeebee aus einer jetzt verschwundenen Welt erinnerte, und die eng zusammengepreßt waren zwischen dem Schild und einem schweren Messingknauf, der an das Ende des Griffzapfens geschraubt war und ein Gegengewicht zu der massiven, dreißig Zentimeter langen Stahlklinge bildete. Es war vom Heft bis zur nach oben gekrümmten Spitze sorgfältig und gleichmäßig feingeschliffen; auf seinen Rücken war eine dicke Plattierung aus Messing gelötet. Das Messer blitzte im Feuerschein, als Jeebee es drehte und wendete und sein Gewicht erspürte. Es war ein kostbares und – tödliches Geschenk, das nur für einen einzigen Zweck bestimmt war, nämlich jedem lebenden Wesen Schaden zuzufügen, gegen das es gerichtet wurde, genau wie die Pistole, die Paul ihm gegeben hatte.

Es war eigenartig, dachte Jeebee, wie natürlich diese kriegerischen Geschenke erschienen und auf welch seltsame Weise diese Szene sich von der Umgebung unterschied, in der er sich noch vor einem Jahr befunden hatte. Jetzt saß er im Freien an einem offenen Feuer, umgeben von Dunkelheit, ausgestattet mit zwei tödlichen Waffen und einem Fernglas. Solche Geschenke hätte ihm früher niemand gemacht, das Fernglas vielleicht ausgenommen, und selbst das war viel stärker und teurer als jedes Glas, das ihm sogar sein engster Freund in jener vergangenen Zeit geschenkt hätte.

»Fühlen Sie mal die Schneide«, sagte Nick und lenkte Jeebees Aufmerksamkeit wieder auf das Messer. »Nein, benutzen Sie den Daumenballen, ganz leicht, und streichen Sie über die Schneide, von Ihnen weg.«

Jeebee folgte Nicks Aufforderung. Die Schneide war scharf wie ein Rasiermesser.

»Sie möchten es so scharf behalten«, sagte Nick. »Sie werden es wahrscheinlich nie benutzen, aber für alle Fälle... Tragen Sie einstweilen weiter das Messer, das an Ihrem Gürtel hängt und benutzen Sie es für alle gewöhnlichen Zwecke. Außer zum Üben – bevor Sie morgen früh losziehen, werde ich Ihnen zeigen, wie Sie damit üben – wird dieses neue Messer hoffentlich nie seine Scheide verlassen. Darüber werde ich Ihnen morgen auch erzählen.«

»Danke, Nick. Danke euch allen«, sagte Jeebee und schaute sie der Reihe nach an. »Ich weiß nicht, wie ich euch danken soll, Aber Nick...« Er wandte sich wieder dem kleinen Mann zu. »Woher haben Sie das denn?«

»Ich habe es vor einiger Zeit eingetauscht«, sagte Nick. »Als ich es bekam, sah es noch nicht so aus wie jetzt. Man hatte es als ein Teil eines Sammlersets hergestellt. Es sollte eine ziemlich genaue Replik des Messers sein, dem Jim Bowie seinen Namen gegeben hat, aber soweit ich herausfinden konnte, weiß niemand genau, wie das ›Original‹-Bowiemesser wirklich ausgesehen hat. Wahrscheinlich besaß er ein halbes Dutzend Messer wie dieses, von unterschiedlicher Größe und jedes ein bißchen anders als die anderen.

Wie dem auch sei, es war ein Sammlerstück, aber man hatte es für alles mögliche und unmögliche verwendet, bis hin zum Hacken von Brennholz. Das kann man auch damit machen, aber ich möchte nicht, daß Sie es dafür benutzen. Ich habe dem Messer einen Kampfschliff verpaßt statt des Meißelschliffs, den es hatte, als ich es bekam. Es sieht also vielleicht verdammt robust aus, aber schneiden Sie damit keine Zweige, spitzen Sie damit keine Stöcke und lassen Sie es vor allem auf nichts Hartes fallen. Ich habe einen Wetzstein, den Sie zusammen mit dem Messer mitnehmen sollen, und ich werde Ihnen beibringen, wie man ihn benutzt. Mit etwas Übung werden Sie die Schneide nachschärfen können, aber wenn Sie eine Scharte reingemacht haben oder es wieder abschrägen müssen, dann werden Sie Ihr halbes Leben lang nach einem Stein suchen, der für diese Arbeit lang genug ist.«

»Glauben Sie mir«, sagte Jeebee aufrichtig, »ich werde sehr gut darauf aufpassen.«

»Sie wissen nichts über den Umgang mit einem Messer, oder?« Nick schaute ihn über den Tisch hinweg an.

Jeebee schüttelte den Kopf.

»Gut«, sagte Nick, »besser so. Wenn Sie es nicht wissen, dann werden Sie wahrscheinlich nicht so schnell versuchen, es zu benutzen, und dabei umgebracht werden.«

Jeebee starrte ihn an. »Wofür schenken Sie es mir dann?« fragte er.

»Das sage ich Ihnen morgen. Nun gut – eines sage ich Ihnen schon heute. Wenn Sie es je benützen müssen, dann erinnern Sie sich nur an eine Regel. Vergessen Sie alles andere. Erinnern Sie sich einfach daran, daß Sie das Gewicht und die Schärfe für sich arbeiten lassen müssen. Ziehen Sie es durch den Bauch des Gegners hoch. Zielen Sie damit auf die Eier – Entschuldigung, Merry, auf den Schritt – und dann haben Sie die beste Chance, im Bauch zu landen. Kapiert?«

Jeebee nickte.

»Sie müssen es wirklich bis unter das Brustbein hochziehen. Wenn Sie da tief genug drin sind, dann treffen Sie das Herz, oder Sie durchschneiden eine Hauptarterie. Die Klinge ist lang genug, denn Sie müssen mit ihr unter die Rippen kommen. Wenn Sie jedoch *zwischen* die Rippen hineinstechen, dann müssen Sie gut sein – und Glück haben. Versuchen Sie das nie! Ich werd's Ihnen morgen früh zeigen.«

KAPITEL 17

Kurz nach Tagesanbruch – noch vor dem Frühstück, da Nick gesagt hatte, Jeebee würde mit leerem Magen schneller lernen, und wenn er nicht schneller lernte, dann wäre er zumindest leichter auf den Füßen – standen die beiden Männer parallel zu einander vor dem Wagen und sahen sich an. Sie standen etwa anderthalb Meter auseinander. Jeebee hatte gerade Zielübungen mit der kleinen Handfeuerwaffe absolviert, die Paul ihm geschenkt hatte. Wie Paul vorhergesagt hatte, zog sie hoch und nach links, aber am Ende der Übung brachte Jeebee seine Schüsse mit zufriedenstellender Gleichmäßigkeit an.

»Stecken Sie den Revolver in Ihren Stiefel«, sagte Paul danach. »Sie werden einfach eine Menge üben und sich an ihn gewöhnen müssen. Laden Sie ihn dazu immer mit leeren Patronenhülsen. Das sorgt dafür, daß der Schlagbolzen nicht abgenutzt wird. Wenn er nicht die Ummantelung hätte, dann würde ich wahrscheinlich vorschlagen, daß Sie den Hahn auf einer leeren Kammer ruhen lassen, aber mit nur fünf Schuß werden Sie wahrscheinlich alle Feuerkraft haben wollen, die er bietet. Jetzt laden Sie ihn nach und stecken Sie ihn in Ihren Stiefel – nein, in den Stiefel, an dem außen das Bowiemesser angegurtet ist.«

Ein bißchen verwundert gehorchte Jeebee. Er trug jetzt wadenhohe Reiterstiefel, die man ihm gegeben hatte und die bis zehn Zentimeter unter seine Knie reichten. Die Scheide mit dem großen Messer war an die Außenseite des einen Stiefels geschnallt.

»Na, vielleicht kapieren Sie's allmählich?« sagte Nick.

»Sie greifen nach unten, und alle meinen, daß Sie nach dem großen Messer greifen, statt dessen greifen Sie nach der Pistole in Ihrem Stiefel. Sie könnten vielleicht sogar Glück haben, wenn jemand mit einer Waffe auf Sie zielt und eine zweite Person Ihnen das Bowiemesser abzunehmen versucht – weil es so groß ist und soviel Aufmerksamkeit auf sich zieht –, aber nicht daran denkt, nach einer zweiten Waffe in den Stiefel zu schauen.«

Jeebee nickte.

»In Ordnung«, sagte Nick, »jetzt können Sie diese Riemen lösen, die den Bowiegriff an Ihr Bein halten, dann ziehen Sie das Messer heraus und lassen Sie mich sehen, wie Sie damit stehen.«

Jeebee band die Riemen los, zog das Messer und stellte sich damit hin. Mit der großen Waffe in der Hand kam er sich ein wenig töricht vor.

Nick schaute ihn an und nickte. »Genau, wie ich gedacht habe«, sagte er, »Sie wissen nicht einmal, wie man sich hinstellt, oder?«

»Nein«, antwortete Jeebee.

»Schon gut«, sagte Nick, »dann fangen wir von vorne an. Als erstes denken Sie daran, daß dieses große Messer hauptsächlich zur Tarnung dient. Ihre wirkliche Waffe ist dieser kleine Revolver dort unten in Ihrem Stiefel. Aber es könnte eben vorkommen, daß aus irgendeinem Grund ein Revolver nicht passend oder gar nicht da ist, oder irgend so etwas. Also müssen Sie das Messer benutzen. Wenn das der Fall ist, dann gelten folgende Regeln.«

Plötzlich hatte Nick ein Messer in der Hand, das beträchtlich kleiner als das von Jeebee war.

»Die erste Regel für einen Messerkampf«, sagte Nick, »lautet – unterlassen Sie ihn! Wenn Sie meinen, daß möglicherweise jemand ein Messer gegen Sie zieht, dann hauen Sie von dort ab – wo auch immer das sein mag. Die beste Methode, um so etwas zu vermeiden, ist sicherzustellen, daß es überhaupt nicht anfängt.

Die zweite Regel lautet«, fuhr er fort, »wenn Sie jemanden so stehen sehen wie mich jetzt, dann hauen Sie ab. Der Grund dafür ist, daß der Mann, den Sie sehen, etwas davon versteht, wie er seine Klinge benutzt. Schauen Sie, wie ich stehe.«

Jeebee schaute. Nick stand ihm voll zugewandt, die Füße fast parallel. Der linke Fuß befand sich ein wenig hinter dem rechten, und beide Füße waren leicht gespreizt. Den linken Arm, der kein Messer hielt, hielt Nick, am Ellbogen nach oben abgewinkelt, vor sich, der rechte Arm ahmte diese Stellung fast nach und hielt in der Faust das Messer, die Klinge nach oben, die Spitze auf Jeebee gerichtet.

»Nun«, sagte Nick, »wenn Sie keine Möglichkeit haben, vor jemand abzuhauen, der so oder so steht«, er veränderte plötzlich seinen Griff und hielt das Messer wie einen Eispickel, wobei die Klinge entlang seinem Handgelenk lag, »und Ihnen einen Kampf aufzwingt, dann ist wahrscheinlich Ihr einziger Vorteil die Länge des Messers. Die meisten guten Messerkämpfer ziehen eine kurze Klinge vor, weil sie schnell ist, aber eine lange Klinge gibt Ihnen Reichweite. Lassen Sie sie für Sie arbeiten. Bleiben Sie stehen und lassen Sie ihn auf sich zukommen. Warten Sie nicht auf eine empfindliche Stelle, greifen Sie den Teil seines Körpers an, der in Reichweite kommt. Wenn Sie ihn in die Messerhand schneiden, ist der Kampf halb gewonnen, aber wenn er so steht wie ich, dann wird er vermutlich versuchen, Ihren Angriff auf sich zu ziehen oder Ihr Messer mit der leeren Hand ablenken. Sie können seine Möglichkeiten beschränken, indem Sie ihn nach rechts umkreisen – das heißt, zu der Seite hin, die das Messer hält. Doch wenn seine leere Hand Ihnen zu nahe kommt, dann verpassen Sie ihr einen Schnitt. Tun Sie alles, was Sie tun müssen, um ihn von sich fernzuhalten. Wenn ein Mann mit einem kleinen Messer nahe an Sie herankommt, dann ist die Reichweite auf seiner Seite. Er könnte Sie drei-, vielleicht vier- oder fünfmal verletzen, bevor Sie das große Bowiemesser in Bewegung setzen. Also benutzen Sie den Knauf. Der ist nicht nur zum Schmuck und zur Balance da. Er ist eine Waffe. Schlagen Sie damit Ihrem Gegner ins Gesicht, auf die Schläfe, sogar auf seine Messerhand.

Wenn Sie tief genug schneiden, dann wird er langsamer werden. Schnitte töten, aber sie töten nicht schnell. Deshalb haben Messer eine Spitze. Also denken Sie an das, was ich Ihnen gestern abend gesagt habe. Gehen Sie auf den Bauch los – aber zielen Sie niedrig und ziehen Sie hoch. Wenn Sie gerade zustechen und er zieht seine Hüften zurück, dann treffen Sie entweder daneben oder Sie erwischen mit dem Schwung nach oben sein Brustbein. Wenn Sie niedrig zielen, sind Sie unter dem Brustbein – und dort wollen Sie ja hin. Wenn er eine Menge Kleider trägt, dann versuchen Sie auf eine Stelle loszugehen, wo die Kleider geknöpft werden, denn dickes Tuch und vor allem dicke Lagen von Stoff können eine Messerklinge besser aufhalten, als Sie sich je träumen lassen. Wenn also jemand auf Sie losgeht, der um seinen linken Arm eine Jacke oder einen Gürtel oder sogar ein Hemd gewickelt hat, dann glauben Sie bloß nicht, daß Sie ihn da schneiden könnten.

Also gut. Es gibt noch eine ganze Liste anderer Dinge, die Sie nicht tun dürfen. Selbst wenn Sie meinen, Sie seien ebenso gut wie Ihr Gegner – falls Sie das je werden, wobei ich um Ihretwillen hoffe, daß Sie's nicht werden –, kämpfen Sie nicht mit den Leuten, die ich Ihnen aufzählen werde. Erstens, kämpfen Sie nicht gegen jemanden von meiner Größe oder gegen jemanden, der noch kleiner ist, besonders wenn er so jung ist wie Sie oder jünger, es sei denn natürlich, er ist ein Kind. Doch selbst dann, selbst wenn er noch ein Kind ist, könnten Sie in Schwierigkeiten geraten. Der Grund dafür ist: Wenn er kleiner ist als Sie, dann sind seine Reflexe wahrscheinlich schneller als die Ihren.

Zweitens, aus dem gleichen Grund sollten Sie es nicht mit jemandem aufnehmen, der größer ist als Sie. Er könnte vielleicht gerade soviel größer und schwerer sein, daß er reichlich einstecken kann, um an Sie ranzukommen. Und wenn er an Sie herankommen kann, dann besteht die Möglichkeit, daß er entweder Sie umbringt oder Ihnen nachhaltig Schaden zufügt, selbst wenn er dabei stirbt. Lassen Sie sich in überhaupt keinen Kampf verwickeln, wenn der Gegner um sich herum Freunde hat. Die müssen sich gar nicht mal einmischen und ihm helfen. Es könnte Ihnen einfach passieren, daß Sie nach hinten ausweichen müssen und Ihnen plötzlich ein Stuhl im Weg ist, wo vorher kein Stuhl war, ganz zu schweigen davon, daß Sie tatsächlich zu Fall gebracht werden. Tragen Sie das große Messer bei jedem Wetter, damit es aussieht, als seien Sie daran gewöhnt, es zu benutzen, aber versuchen Sie zu vergessen, daß Sie es haben, außer daß Sie es reinigen und schärfen, wenn Sie meinen, daß es nötig ist. Ansonsten vergessen Sie es einfach. Es ist wie eine Schwimmweste auf einem Luxusdampfer: er ist da, aber 99,9 Prozent der Zeit brauchen Sie nicht einmal an sie zu denken. Genau so sollten Sie nie daran denken, dieses Messer zu benutzen, bis es keine andere Möglichkeit mehr gibt. Erinnern Sie sich an diesen Trick mit dem Messer aus dem Unterarm, den ich Ihnen an Ihrem ersten Tag im Wagen gezeigt habe? Nun, dieses Bowiemesser ist einfach ein anderes Trickzeug. Denken Sie daran!«

»Das werde ich«, sagte Jeebee.

Das Messer verschwand so magisch aus Nicks Hand, wie es erschienen war.

»Also«, sagte er, »wenn Sie alles über den Revolver und das Bowiemesser vergessen, dann habe ich hier einige Stöcke, und ich werde Ihnen einfach ein paar Dinge vorführen, die Ihnen vielleicht helfen, wenn es echte Probleme mit einem Messer gibt. Nehmen Sie einen der längeren Stöcke. Wir werden sie wie Messer verwenden.«

Die Stöcke waren etwa so dick und rund wie Besenstiele. Jeebee nahm einen, der etwa vierzig Zentimeter lang war und stellte sich etwas mehr als eine Armlänge entfernt von Nick auf. Dabei versuchte er dessen Haltung nachzuahmen.

»Wenn Sie den besten Gebrauch von der längeren Klinge machen wollen«, sagte Nick, »dann sollten Sie wahrscheinlich nicht so stehen wie ich. Lassen Sie Ihren rechten Fuß vorangehen. Sie werden dann nicht viel Gebrauch von Ihrer leeren Hand machen können, aber dafür wird sich Ihre Reichweite um weitere fünfzehn Zentimeter vergrößern. Ganz recht, das ist schon besser. Dann gehen Sie auf mich los!«

»Nein«, sagte Jeebee vorsichtig, »Sie gehen zuerst auf mich los.«

»Gut. Sie haben daran gedacht«, sagte Nick, »lassen Sie den Gegner den ersten Schritt machen.« Er redete immer noch, als Jeebee plötzlich merkte, wie er von etwas zu Fall gebracht wurde, das sich hinter seinem rechten Fußknöchel verhakt hatte. Er fiel schwer auf den Rücken, und einen Moment später drückte einer von Nicks Stiefeln den Arm zu Boden, der den Stock hielt, während der andere mit dem Rand der Sohle leicht auf Jeebees Adamsapfel ruhte.

»Ich dachte, Sie wollten mir etwas vom Messerkampf zeigen!« sagte Jeebee vorwurfsvoll.

»Das gehört zum Messerkampf«, sagte Nick. »Das ist die ›dritte‹ Hand. Ich finde immer, daß die Leute sich diesen Teil besser einprägen, wenn ich ihn ihnen einfach zeige, bevor ich darüber rede. Wissen Sie noch, was ich gerade getan habe?«

Jeebee mußte innehalten und sich erinnern, als ließe er in seinem Kopf noch einmal ein Videoband ablaufen. Er erinnerte sich daran, wie Nick plötzlich auf den Boden gefallen und er selbst dann zu Fall gebracht worden war – das war alles, an was es sich erinnerte.

Er sagte es. Nick lachte. »Schauen Sie mal«, sagte er, »ich wiederhole es für Sie, und diesmal langsam.«

Er nahm das Gewicht seines einen Stiefels von Jeebees Arm und die Berührung seines anderen Stiefels von Jeebees Kehle und trat zurück.

»Das ist's, was ich gemacht habe«, sagte Nick. Er ließ sich plötzlich senkrecht sinken, bis er auf einem Bein hockte. Das andere Bein schoß vor und vollführte mit Schwung in voller Länge einen Bogen, die Stiefelspitze nach innen gekehrt.

»Das hat Sie umgeworfen«, sagte Nick. »Dann mußte ich nur noch Ihnen auf den Arm und auf den Hals treten. Wenn ich gewollt hätte, dann hätte ich Ihnen die Kehle zermalmen können, und alles wäre dann vorbeigewesen.«

»Dieses In-die-Hocke-Gehen und den Beinschwung werde ich üben müssen«, sagte Jeebee zerknirscht.

»Üben Sie alles, was Sie wollen«, sagte Nick, »aber denken Sie daran, daß dies nur eine Ihrer Möglichkeiten ist. Wenn Sie kämpfen, dann ist ein Messer nur eines der Dinge, mit denen Sie kämpfen. Die meisten Leute vergessen das, genau wie die meisten Leute meinen, wenn man mit einer Schußwaffe auf sie zielt, dann sei alles vorbei und man könne gleich aufgeben. Nicht unbedingt! Wenn Sie daran interessiert sind, dann werden wir jetzt im Stehen mit den Stöcken selbst arbeiten.«

Sie übten eine Weile mit den Stöcken. Jeebee versuchte verzweifelt, mit seinen längeren Armen und seinem längeren Stock Nicks Stock davon abzuhalten, ihn zu berühren, hatte aber keinen Erfolg. Wenn sie wirklich Messer in Händen gehabt hätten, dann hätte Nick ihn ein dutzendmal töten können.

Gleichzeitig reagierte Jeebees Verstand in seiner üblichen Weise, indem er versuchte, sich einzuprägen, was er da mitmachte, und ein Muster darin zu sehen. Er begann gerade etwas zu sehen, was er für das Muster hielt, als Nick ihn unterbrach.

»Es reicht.« Nick langte mit der linken Hand nach dem Stock, den Jeebee hielt. »Sie fangen an nervös zu werden und blindlings herumzustochern. Wenn Sie von uns fort sind, dann versuchen Sie es auf die gleiche Weise, wie Sie es mit Schattenboxen versuchen würden. Stellen Sie sich einfach vor, daß ich oder jemand anderer mit einem Messer auf Sie losgeht, und dann stellen Sie sich vor, was Sie tun müssen, um ihn zu blockieren. Doch jetzt gehen wir frühstücken.«

An diesem Morgen bereitete Merry das Frühstück zu, und da Jeebee den Wagen verließ, würde Nick danach abwaschen. Sie aßen Pfannkuchen und Speck, und als sie fertig waren, nahm Merry ihre Schürze ab und legte ihre Hand auf Jeebees Arm.

»Komm mit«, sagte sie, »komm mit mir zu den Pferden.«

Jeebee schluckte ein letztes siruptriefendes Stück Pfannkuchen hinunter, trank den restlichen Kaffee aus seiner Tasse und stand auf. Sie verließen beide den Wagen und gingen zusammen nach hinten, wo die Pferde angepflockt waren.

Merry ging flott, so daß er weit ausschreiten mußte, um mit ihr Schritt zu halten. Es war fast, als zöge sie ihn mit unsichtbaren Fingern am Ohr hinter sich her. Hinter dem Wagen sah Jeebee, daß ein schon gesatteltes Pferd daran gebunden war; an diesen Sattel war mit einem Leitseil ein weiteres Pferd gebunden, das sein Packpferd sein mußte. Es hatte nur eine Decke auf dem Rücken, die mit einem Riemen um den Bauch gegurtet war.

Neben dem Pferd lag auf dem Boden ein Haufen Sachen, fertig für die Reise.

»Hier sind deine Sachen«, sagte sie über die Schulter, »und hier ist etwas, das ich dir besonders geben möchte.«

Sie knöpfte die Zugschnur eines Beutels auf und holte einen Knäuel mit dunkelblauem Garn heraus, in dem zwei lange Stricknadeln stecken.

»Es gibt auch ein Buch dazu«, sagte sie, kramte in einer Schachtel und holte es heraus. Es war eigentlich kein Buch, sondern eine dicke Broschüre mit einem Umschlag aus Papier, auf dem der Titel gedruckt war: *Einführung ins Stricken.* Sie schob es ihm in die Hand.

»Lies das jetzt«, sagte sie streng, »und dann arbeite mit den Nadeln und dem Garn. Lerne Sachen für dich zu stricken. Du wirst sie dringender brauchen, als du jetzt denkst, und sie können für dich nützlicher sein, als du dir vorstellen kannst. Du wirst dich den ganzen Winter irgendwo aufhalten, wo du nichts zu tun hast als zu stricken, also kannst du genauso gut auf der Stelle anfangen, es zu lernen. Du wirst Socken, Pullover und alles andere brauchen. Schau mal hier!«

Sie holte aus der gleichen Schachtel ein Paar Socken, die aus leuchtend roter Wolle gestrickt waren. Sie sahen riesig aus, und Jeebee schätzte, daß sie gut bis zu seinen Knien reichen würden, wenn nicht höher. Die Fußteile waren sehr groß, die Wadenteile sehr weit. Er wurde etwas verlegen, da sie offensichtlich die Größe seiner Füße und Beine geraten und sich dabei verschätzt hatte.

»Ich glaube, du kapierst es nicht«, sagte sie und schaute ihm ins Gesicht. »Wenn der Winter kommt, dann wirst du alle möglichen Arten von Kleidern übereinander tragen müssen, dazu drei oder vier Paar Socken. Das ist das Paar, das du über alle anderen drüberziehst, und deshalb habe ich es so groß gemacht. Ich habe es genau nach dem Schema und den Anleitungen auf Seite 49 gestrickt. Als erstes solltest du versuchen, ein weiteres Paar Socken wie diese zu stricken, und du dann kannst dieses Paar anschauen und sehen, wie nahe du hinkommst. Verstehst du?«

»Oh, ich verstehe!« sagte Jeebee. »Ich… danke dir.

An so etwas habe ich nie gedacht. Ich werde es genau so machen, wie du sagst. Ich werde stricken lernen.«

»Beim Lernen wirst du eine Menge Fehler machen, und es wird niemand da sein, der dir hilft. Du wirst mit dem Buch alleine sein«, sagte Merry. »Aber wenn du nicht aufgibst, wirst du soweit kommen, daß du Socken, Pullover und alles mögliche stricken kannst. Auch Handschuhe. Vergiß die Handschuhe nicht!«

Sie reichte ihm die Broschüre, kramte wieder in der Schachtel und holte einen weiteren in Papier gebundenen Band heraus. Sie schob ihn Jeebee in die Hände.

»Das«, sagte sie, »ist eine Anleitung, wie man Tiere häutet, wie man die Felle gerbt und wie man sie benutzt, um Kleidung und Schuhe herzustellen. Studier das auch!«

»Wird gemacht«, sagte er. Die Sachen, die auf den Rücken von Sally, dem Packpferd, kommen sollten, waren auf dem grünen Plastikzeltboden aufgehäuft, der an den Rändern zusammengebunden werden konnte, um den Inhalt vor Regen zu schützen. Jeebee bückte sich und legte die Sachen, die sie ihm gerade gegeben hatte, in einen der Packsäcke, in dem noch Platz war.

Dann hielt er inne und starrte auf die Sachen, die vor ihm auf dem Zeltboden lagen.

»Nun«, sagte Merry forsch, »schauen wir mal, wie du Sally belädst und ob du es richtig machst.«

Er richtete sich auf und schaute sie an.

»Es war nicht die Rede davon, daß ich das ganze Zeug bekommen sollte«, sagte er und zeigte auf die Sachen auf dem Zeltboden. »Paul sagte ...«

»Er hat seine Meinung geändert«, sagte Merry. Sie schaute ihn direkt an. Er erwiderte ihren Blick und suchte nach Worten, die er ihr sagen wollte, und fand keine.

»Paul hat nur versprochen ...«, begann er schließlich unsicher.

»Es ist wegen deines Goldes«, sagte sie und blitzte ihn an, als wollte sie ihn zu einem Streit herausfordern. »Er hatte zuerst den Minimalwert veranschlagt, den er dafür bekommen könnte. Statt dessen hat er sich nun entschlossen, es zum Maximalwert zu taxieren. Zwischen beidem kann ein großer Unterschied sein, besonders wenn er diese Münzen in einer der Städte im Süden verkaufen kann, die nicht niedergebrannt wurden oder wo nicht alle sich gegenseitig zusammengeschossen haben, nachdem kein Strom, kein Wasser und keine Lebensmittel mehr geliefert wurden.«

»Mir hat er nichts davon gesagt, daß er seine Meinung geändert hat.« Selbst in seinen eigenen Ohren klangen seine Worte schwach und wenig überzeugend. Es war kaum Pauls Art, seine Gründe für seine Entscheidungen zu verkünden, selbst wenn es sich um eine so bedeutsame Änderung handelte.

Jeebee schaute wieder auf die Sachen, die auf dem Zeltboden lagen. Neben dem Mehl, der Munition, den Kleidern und anderen Dingen von relativ geringem Wert, die Paul ihm versprochen hatte, lagen da eine Doppelklingenaxt, eine einfache Axt, ein kleines Zelt mit einem Rahmen aus Aluminiumstäben sowie eine große Anzahl anderer Dinge, die – vom Standpunkt von Jeebees Überleben aus gesehen – einen unerwarteten Luxus darstellten.

Er schaute erneut Merry an.

»Du hast damit was zu tun«, sagte er.

»Wie kommst du darauf?«

»Ich weiß es einfach«, sagte er. »Paul würde das nicht von selbst tun, und Nick könnte Paul nicht dazu bringen, seine Meinung zu ändern, selbst wenn Nick es wollte. Dann mußt du's gewesen sein.«

Zum ersten Mal wich ihr Blick dem seinen etwas aus. Ihr Gesichtsausdruck veränderte sich nicht wirklich, doch als Jeebee dies gesagt hatte und sie einen Moment schweigend da stehen sah, war er sich plötzlich dessen sicher, das er nur vermutet hatte, bevor er es ausgesprochen hatte.

»Was hast du gegeben – was hast du versprochen, damit ich all dies bekomme?« wollte Jeebee wissen. »Ich nehme doch nicht …«

»Nichts!« sagte sie fast heftig. »Ich habe nichts hergegeben oder versprochen. Dad versteht mich. Ich habe ihm gesagt, daß du diese Dinge brauchst, falls du eine Chance haben sollst, am Leben zu bleiben, bis wir nächstes Jahr wiederkommen.«

»Und er hat mitgemacht – einfach so?«

»Schon gut!« sagte sie. »Ich habe ihm gesagt, ich würde dir meine eigenen Sachen geben, wenn er sie dir nicht gibt, und er hat gesagt, daß er in diesem Fall keine Wahl hat, denn dann würde er sie ja ersetzen müssen, damit ich sie immer noch habe. Ja, ich weiß, es war hart, ihm das anzutun. Er liebt mich, Jeebee. All das …« – sie wies auf den Wagen – »… all das hat er für mich getan. Ich habe ihm in diesem Fall keine Wahl gelassen, nein. Aber ich würde es sofort wieder tun. Ich sage dir, ich möchte, daß du am Leben bleibst.«

Sie standen da und schauten sich einen langen, schmerzlichen Augenblick lang in die Augen. Dann bückte sich Jeebee zu dem Haufen auf dem Zeltboden und begann mit dem Beladen des Packpferdes. Als sie zu zweit nach dem Saatgut unterwegs gewesen waren, hatte immer Merry das Beladen der Pferde in die Hand genommen. Selbst wenn sie Jeebee erlaubt hatte zu helfen, so hatte sie doch strikt die Aufsicht geführt.

Merry hatte erklärt, daß nicht nur jedes Pferd am besten dran war, wenn man es mit der optimalen Last belud, die das Tier tragen konnte, sondern daß manche Pferde ihre Lasten am besten trugen, wenn die auf eine Art angeordnet waren, die an das betreffende Pferd angepaßt war. Jeebee hatte ihre Anweisungen befolgt, zugehört und am Ende zu seiner Überraschung mehr gewußt, als er je vermutet hatte, das es über das Beladen eines Packpferdes zu wissen gab.

In diesem Fall konnte er davon ausgehen, daß Merry ihm keine Ladung bereitgelegt hatte, die für Sally zu schwer oder zu unbequem wäre, und er erinnerte sich, daß Sally hoch auf ihrer linken Flanke einen kitzligen Punkt hatte und daß es am besten war, wenn nichts direkt darauf drückte.

Während er seine Arbeit tat, erwartete er zu hören, daß Merry ihn dabei korrigierte. Doch sie sagte nichts. Als er schließlich alles auf dem Rücken des Pferdes verstaut, die Ladung vollständig mit dem Zeltboden als Regenplane abgedeckt und alles mit einem Seil in einer Rautenschlinge gesichert hatte, hörte er hinter sich einen leisen Seufzer.

Er drehte sich um und schaute Merry ins Gesicht.

»Alles in Ordnung«, sagte Merry einen Moment später. »Du machst es schon gut. Denk bloß dran, sie kann vielleicht noch weitere fünfzig Pfund bequem einen ganzen Tag lang tragen, im Schritt – aber nicht mehr, tagein, tagaus.«

Sie schauten sich wieder unglücklich in die Augen.

»Du mußt nicht gehen«, sagte Merry schließlich und hob die Schultern. Die Worte klangen, als hätte sie sich dazu zwingen müssen.

»Doch«, sagte Jeebee mit einem Kloß im Hals, »du weißt, daß ich muß. Und es gibt überhaupt keine Hoffnung ...« Er verstummte.

»Ich kann Dad nicht verlassen«, sagte sie. »Und du weißt das. Aber bei uns wärest du so sicher wie bei allen anderen.«

»Es geht nicht nur um die Sicherheit«, sagte er. »Ich brauche einen Ort, wo ich arbeiten kann.«

»Welche Arbeit?«

»Vielleicht bringe ich eines Tages heraus, wie uns all das widerfahren ist. Wie man vielleicht verhindern kann, daß es wieder geschieht.«

Sie schüttelte langsam den Kopf. »Warum du?« fragte sie. »Und welchen Unterschied macht das jetzt noch?«

»Es macht einen Unterschied, weil wieder eine zivilisierte Welt zusammenwachsen wird«, sagte er. »Das weißt du. Paul weiß es auch. Er plant sogar dafür – für deine Zukunft. Das weißt du auch. Vielleicht muß nicht ich es sein, der es herausfindet, aber ich kenne niemanden anderen, der es mit den Mitteln versucht, die ich kenne.«

Er hatte ihr nie von seiner persönlichen Geschichte soviel erzählt, wie er es gerne getan hätte, und was dies ihm bedeutete – obwohl sie sich auf dem Ritt zur Saatgutfarm viel unterhalten hatten. Sie hatte vielleicht nicht die richtigen Fragen gestellt, um ihn zum Reden zu bringen, und er hatte seine Schweigsamkeit noch nicht überwunden, die einfach ein Leben lang seine Gewohnheit gewesen war. Deshalb spürte er jetzt plötzlich, während er noch redete, daß Merry nicht verstehen würde, wovon er sprach.

Vielleicht verstand sie ihn nicht, aber auf jeden Fall schien sie ihm unbesehen zu glauben.

»Wir werden nächstes Jahr um die gleiche Zeit, plus/minus eine Woche, wieder hierherkommen«, sagte sie.

»Ich werde da sein«, sagte er.

Sie standen noch einen Augenblick lang einander gegenüber. Dann wandte er sich ab, da ihm nichts mehr zu sagen einfiel, setzte seinen Fuß in den Steigbügel von Brutes Sattel und stieg auf das Reitpferd. Er schaute auf sie von oben herab.

»Also dann«, sagte er, »ich glaube, ich mache mich auf den Weg.«

Er konnte sich nicht überwinden, »Auf Wiedersehen!« zu sagen, und anscheinend sie auch nicht. Doch als er die Zügel hob und Brute den ersten Schritt tat, da faßte Merry mit einer Hand Jeebees Knie und hielt das Pferd an.

»Ich liebe dich!« sagte sie.

Er schaute auf sie hinunter und spürte den Druck ihrer Hand an seinem Knie. Jetzt war es offen gesagt. Wie ein nacktes, zweischneidiges Schwert zwischen ihnen, und er erinnerte sich daran, als wäre es gerade erst vor einem Augenblick gewesen, der Druck ihres Körpers an den seinen, als er sie auf dem Ritt zur Saatgutfarm einen Moment lang in den Armen gehalten hatte.

Er wußte jetzt, daß sie sich nicht mehr dagegen wehren konnte. Wenn er jetzt vom Pferd stiege und seine Arme um sie legte und sie küßte, dann würde sie mit ihm gehen. Oder würde er bleiben? Die Stärke des Gefühls zwischen ihnen war fast überwältigend. Sie konnten in jeder Richtung alles auf eine Karte setzen – daß es funktionieren würde, wenn sie mit ihm käme, oder daß es funktionieren würde, wenn er bei ihr bliebe.

Aber dies war keine Welt mehr für Spieler. Die letzten paar Monate und Wochen, besonders die zurückliegenden Wochen, hatten es ihn gelehrt. Daß sie nicht wagten, sich zu küssen, obwohl er fast ausgehungert war.

»Und Gott weiß ...«, sagte er und saß immer noch im Sattel. Die Worte kamen aus seinem Mund, nachdem er einen Moment gebraucht hatte, um seine Stimme zu finden. *»Gott weiß, daß ich dich liebe!«*

Er schüttelte die Zügel, und Brute setzte sich in Bewegung. Sally folgte gehorsam am Ende des Seils, das sie an Brute und Jeebee band. Wolf, der die ganze Zeit auf dem Trittbrett vor der Hintertür des Wagens gelegen war und sie von dort aus beobachtet hatte, sprang herab und trabte los, um Jeebee einzuholen.

Auf halbem Weg zu den Bäumen jenseits des Banketts der Straße drehte sich Jeebee im Sattel halb um, schaute zurück und sah Merry immer noch dort stehen, wo er sie zurückgelassen hatte. Sie schaute hinter ihm her. Er hob die linke Hand und winkte. Ihre Hand antwortete ihm.

Er wandte sich wieder nach vorn, ritt zwischen die Bäume hinein, und der Wagen mit allem, was um ihn war, war aus seinem Blick verschwunden.

KAPITEL 18

»Verdammt!« Jeebee fuhr beim Geräusch seiner eigenen Stimme im Schweigen der Murray-Kiefern zusammen. Zu seiner Linken, auf der Seite des westlichen Horizonts, standen Berge. Er ritt durch den Norden von Wyoming, auf die Grenze von Montana zu.

Er hielt Brute an. Sally, das Packpferd, spürte, wie das Seil, das es an Jeebees Sattel band, plötzlich locker wurde und blieb ebenfalls stehen – wenn es darum ging, daß ein anderes Pferd ihm dicht auf den Fersen folgte, zeigte Brute keinerlei Respekt vor Geschlecht oder Freundschaft. Wie ein professioneller Boxer, der auf einen ausgeteilten Hieb antwortete, schlug er dann mit seinen beiden eisenbeschlagenen Hufen aus.

Also hielten alle an, sogar Wolf, der zur Zeit mit ihnen wanderte. Er schaute zu Jeebee hoch.

»Was ist denn mit mir los?« fragte ihn Jeebee. »Es ist doch erst Ende Juni! Ich habe doch jede Menge Zeit, diesen Kunden von Paul zu suchen, der Wölfe hielt, und nachzuschauen, was für Bücher über Burschen wie dich er vielleicht hat!«

Wolf beobachtete ihn nur. Der einzige wahrnehmbare Ausdruck auf seinem Pelzgesicht war der einer sanften Neugier. Jeebee hatte nicht gewußt, ob er mit ihm losziehen würde oder nicht. Es stimmte schon, Wolf hatte ihn und Merry auf dem Ritt zur Saatgutfarm begleitet, aber Jeebee war immer mehr zu der Überzeugung gelangt, dieses goldäugige Individuum hätte Merry inzwischen lieber als ihn und würde sich dafür entscheiden, beim Wagen zu bleiben.

Jeebee hatte so viele Fragen über Wolf und seinesgleichen im Kopf – und damit erinnerte er sich wieder daran, warum er gerade geflucht und angehalten hatte.

Es war weniger als anderthalb Tage her, seit er sich von Merry, Paul und Nick getrennt hatte. Der Wagen hatte den *Interstate Highway 90* eine sichere Anzahl von Kilometern vor den Ruinen von Buffalo verlassen. Dann hatte er einen Schwenk gemacht, um im Süden auf den *Highway 87* zu stoßen, Pauls üblichen Weg nach Texas. Von Texas würde er nach Osten abbiegen und während des Spätsommers und der Herbstmonate auf einer Route durch die Südstaaten zu Pauls Hauptquartier irgendwo in den Carolinas zurückfahren.

Seit er den Wagen verlassen hatte, war Jeebee nach Norden gezogen, da er plante, der Route des *Interstate Highway 90* nach Norden und Westen über die Grenze von Montana in Richtung auf Billings zu folgen. Sein Plan war gewesen, Buffalo östlich zu umgehen und dann der Ostseite des *Highway 90* zu folgen.

Er befand sich noch kurz vor Buffalo und östlich von *Highway 87.* Beide Pferde benahmen sich gut, und sein Weg schien klar zu sein. Außer daß ihm plötzlich in diesem Augenblick der Gedanke gekommen war, seine Route zu ändern. Er langte in seinen Rucksack, der direkt hinter seinem Sattel befestigt war, und suchte den Behälter, der seine eigenen markierten und linierten Karten enthielt. Er fand die braune Kartentasche aus Plastik, nahm sie heraus und suchte die Karte, die er brauchte.

Anstatt direkt nach Norden zu reiten und den *Interstate Highway 90* zu überqueren, um auf dessen östlicher Seite weiterzuziehen, während die Straße nach Norden verlief, wäre es sehr einfach für ihn, sich nach Westen zu wenden, den *Highway 87* zu überqueren und einen Schwenk nach Nordwesten zu machen, bis er auf *Highway 16* traf, die Straße, die von Buffalo über den Powder River Pass und den Ten Sleep Canyon durch die Bighorn Mountains führte.

Auf der anderen Seite der Berge lag Worland, und von dort würde eine Tagesreise ihn nach Glamorgan bringen, der kleinen Stadt, in deren Nähe Walter Neiskamp sein Haus hatte, der Mann, der Wölfe rückzuzüchten versuchte. Paul hatte die Position von Neiskamps Haus sorgfältig mit einem kleinen Kreuz in roter Tinte gekennzeichnet.

Jeebee hoffte, er könnte, sobald er Glamorgan gefunden hätte, den Mann dazu überreden, daß er ihm entweder einige seiner Wolfsbücher verkaufte oder ihm erlaubte, sie zu lesen. Danach würde er nordwärts nach Montana ziehen, wobei er in etwa *Highway 310* folgen wollte, der die Grenze kurz oberhalb von Frannie und unterhalb von Warren überquerte, und von dort dann weiter hinauf auf Billings zu und um die Stadt herum.

In der Gegend oberhalb von Billings konnte er im großen und ganzen den Routen der Staatsstraße 3 oder von *Highway 87* in Richtung auf den Musselshell River und *Highway 12* folgen, der ostwärts zur Stadt Musselshell führte. Dort war alles Ranch-Land, östlich der Little Snowy Mountains, hinter denen sich die Big Snowy Mountains erhoben.

Es war noch früh am Tag. Nur zehn Meilen oder weniger trennte ihn von dem Punkt, wo *Highway 16,* der über den Powder River Pass verlief, vom *Interstate 90* abzweigte. Bis Mittag konnte er es bis *Highway 16* schaffen.

Hin und her gerissen saß er im Sattel, während Brute unruhig unter ihm scharrte.

Das starke Verlangen, Neiskamps Haus zu erreichen und wenigstens einen Blick auf die Wolfsbücher zu werfen, kam fast wie ein Zwang über ihn. Das Gegengewicht war nur die Angst vor der Überquerung des Passes.

Es war unwahrscheinlich, daß eine Beute, die Reisende wie er mit seinen beiden beladenen Pferden darstellten, es wert wäre, daß sich jemand in einem Land wie diesem am Paß auf die Lauer legte. Doch andrerseits würde er zweifellos an Stellen kommen, wo der einzig für ihn gangbare Pfad die Straße selbst war, solange er die Pferde bei sich hatte.

Wieder einmal langte der Finger der Angst in sein Inneres. Sobald er den Paß erreicht hätte, wäre er eine leichte Beute für jeden, der mit einem Gewehr entlang der Straße auf der Lauer läge. Dagegen konnte er nichts tun. Aber auf jeden Fall wäre es sicherer, bei Nacht zu reisen, wie er es am Anfang getan hatte, bevor er nach South Dakota gekommen und auf den Wagen gestoßen war.

Es war bemerkenswert, aber zum erstenmal in seinem Leben erlebte er zwei ineinander verflochtene Empfindungen, die er beide früher nicht bei sich für möglich gehalten hätte. Da war die Angst – eine fast abergläubische Angst – vor der Überquerung des Passes. Irrationalerweise schien eine Stimme in seinem Innern zu behaupten, er werde, wenn er versuchen sollte, den Paß zu überqueren, dies nie bei lebendigem Leibe schaffen und folglich Merry nie wiedersehen. Diese zweite Vorstellung ließ eine gräßliche innere Leere in ihm entstehen.

Es war eine echte, wenn auch grundlose Angst. Aber seltsamerweise spürte er gleichzeitig mit ihr verflochten – bemerkenswert nach all diesen Monaten, die ihn gelehrt hatten, kein Risiko einzugehen, auf Nummer Sicher zu gehen und immer die am besten geschützte Route zu wählen – ein irrationales Verlangen, diese Angst auf die Probe zu stellen. Nie zuvor in seinem Leben hatte er etwas wie dieses Verlangen gespürt. Es war, als müßte er den Paß überqueren, und zwar als Prüfung, die er um seiner selbst willen zu bestehen hatte.

Er hatte sich immer gefragt, wie jemand den Wunsch haben konnte, bewußt Gefahren herauszufordern. Diese Gefahr hier war nicht unbedingt lächerlich, aber er entdeckte in sich ein grimmiges Verlangen, ihr auf jeden Fall zu trotzen. Es war, als wäre die Überquerung des Passes ein Feind, den er aufsuchen und mit dem er die Schwerter kreuzen mußte – wo er es doch sein Leben lang vermieden hatte, mit irgend jemandem Schwerter zu kreuzen.

Nach einer längeren Pause, in der er unentschlossen an Ort und Stelle verweilt hatte, trug schließlich dieses letzte, unerklärliche Bedürfnis den Sieg davon.

»Na, Wolf, es sieht so aus, als gingen wir nach Westen«, sagte er – und erkannte plötzlich, daß Wolf schon in das kleine Waldstück verschwunden war, das sie umgab.

Er wendete die Pferde. Die Möglichkeit, daß im Paß der Tod auf ihn lauerte, ging immer noch wie ein Gespenst vor ihm her. Doch sein Verlangen, den Paß zu durchqueren, schob das Phantom beiseite. Etwas Neues rührte sich in ihm. Ein Fatalismus, ein fast körperliches Verlangen nach einem Wagnis. Die Herausforderung lockte ihn auf eine Art, die er nie zuvor empfunden hatte. Er wünschte sich, Wolf wäre bei ihm. Es war, als wirkte Wolf als eine Art Katalysator, um seine Entscheidung zu prüfen. Jeebee stieß ein Geheul aus.

Brute und Sally, die schon daran gewöhnt waren, daß er solche Laute von sich gab, reagierten darauf nicht und gingen gleichmütig weiter.

Jeebee heulte zweimal, aber es kam keine Antwort. Es war unwahrscheinlich, daß Wolf in der kurzen Zeit, seit er fort war, sich zu weit entfernt hatte, um ihn zu hören; allerdings kam es manchmal vor, daß Geräusche einen narrten, besonders bei Bergen in der Nähe. Aber es gab ja sowieso keine Garantie, daß Wolf auf ein Geheul antwortete. Jeebee zuckte die Achseln. Er konnte nichts tun. Wie schon zuvor war es Wolfs Sache, sie zu finden und zu begleiten, wenn er das wollte.

Jeebee mußte also die Entscheidung allein und ohne Hilfe treffen. Sein Fatalismus hielt ihn gepackt. Er hob wieder die Zügel, ritt über die Straße und wandte sich nach Norden.

Gegen Mittag erreichte er den Wald direkt über einem Teilstück des *Highway 16.* Außer Sichtweite der Straße hielt er an und lud Sattel wie Last von den beiden Pferden ab, dann band er sie etwa drei Meter voneinander entfernt an.

Für sich legte er den Zeltboden über seine Sachen und rollte darüber die Schaummatratze aus. Wolf war an die Packlast gewöhnt und hatte das Interesse daran verloren – hoffte Jeebee zumindest. Doch selbst wenn seine destruktiven Triebe erwachten, während Jeebee schlief, so würde Jeebee sofort erwachen, wenn Wolf an der Zeltplane zupfte, falls er versuchen sollte, an die darunterliegenden Sachen zu kommen. Allerdings war das Bett, das bei dieser Maßnahme herauskam, nicht gerade sehr bequem.

Aber für ein Nickerchen würde es ausreichen. Jeebee legte sich nieder, wobei er sich absichtlich nicht zudeckte, damit die Kühle der nachmittäglichen Schatten ihn später aufweckte. In den letzten paar Monaten hatte sich eine innere Uhr bei ihm entwickelt, die auf die Zeit eingestellt werden konnte, zu der er zu erwachen wünschte. Als er auf seinen Sachen lag, schloß er die Augen, drehte sich zur Seite und sank fast auf der Stelle in Schlaf.

Als er erwachte, war er steif und ihn fröstelte. Doch dieses Gefühl störte ihn nicht. Wie ein Tier wußte er, daß Aufstehen und Bewegung ihn schnell erwärmen würden.

Er hatte eine Stelle ausgesucht, die nicht weit von einem kleinen Wasserlauf entfernt war, und er führte die Pferde zum Wasser, bevor er Sallys Last zwischen ihr und Brute aufteilte. Auf den Hängen, die ihnen bevorstanden, würde er sie beide als Packpferde einsetzen, und er selbst würde den Paß zu Fuß überqueren.

Der Himmel über ihm war noch hell vom späten

Nachmittag. Die Kühle, die Jeebee geweckt hatte, kam aus dem mit Bäumen bestandenen Abhang hinter ihm, auf den der Schatten des dahinter aufragenden Berges fiel. Selbst als er mit Tränken und Beladen der Pferde fertig war, lagen Teile der Straße, die sich unter ihm nach Osten öffnete, noch im Sonnenlicht.

Doch der Tag ging seinem Ende entgegen.

Plötzlich kehrte die Angst zurück. Dabei war es so unsinnig, daß irgend jemand sich die Mühen machen sollte, den seltenen Reisenden aufzulauern, die einen solchen Paß benutzen würden.

Andrerseits, wenn jemand hier lauerte, wo auf der einen Seite der Straße sich der Berg erhob und auf der anderen der Hang jäh abfiel, dann hätte der Reisende keinerlei Chance, heil davonzukommen.

Im riesigen Schatten des Berges, mit dem indirekten Licht über ihm, kam Jeebee ein Gedanke. Nach jenem ersten Abend am Wagen hatte er sich während der ganzen Zeit, die er bei Sanderson – Co. zugebracht hatte, gewissenhaft rasiert. Er hatte sich immer glattrasiert, weil er wußte, daß er so Merry besser gefiel. Seit er den Wagen verlassen hatte, hatte er darauf nicht mehr geachtet; dunkle Stoppeln überzogen Kinn und Wangen.

Plötzlich überkam ihn ein starker Impuls, sich zu rasieren. Es war, als wirkte ein glattrasiertes Gesicht wie eine Art Talisman, der ihn gegen alles schützen würde, was ihn von der Wiedervereinigung mit Merry abhalten könnte. Dieses Gefühl war noch stärker als jenes, das ihn herausgefordert hatte, den Paß trotz seiner grundlosen Angst zu überqueren. Doch Jeebee ertappte sich dabei, wie er in diesem Augenblick völlig daran glaubte.

Er hielt die Pferde an, holte sein Rasierzeug aus dem Rucksack hinter dem Sattel, nahm etwas Wasser aus dem Wassersack und erzeugte mit der Seife, die er mit sich trug, Rasierschaum. Sorgfältig setzte er das Rasiermesser an, das eines von Merrys Geschenken an ihn gewesen war, vermittelt durch Nick – was er allerdings erst ein paar Wochen nach jenem ersten Tag herausgefunden hatte, an dem Nick es ihm gegeben hatte. Er schabte damit sein Gesicht sauber.

In der kühlen Abendbrise fühlte sein Gesicht sich jetzt nackt an. Er packte sein Rasierzeug ein und zog weiter.

Der Tag ging schnell zur Neige. Doch kurz darauf erschien Wolf wieder. Er war nur wenige Stunden weg gewesen, doch seine Heimkehr war so begeistert und zeremoniell, als wären sie Wochen getrennt gewesen. Jeebee erinnerte sich, wie die Wagenhunde Wolf nach seiner Rückkehr von der Saatgutfarm attackiert hatten, und plötzlich kam ihm der Gedanke, daß Wolfs Begrüßung vielleicht in Wirklichkeit einen instinktiven Akt der Besänftigung darstellte. Er setzte den Gedanken auf die Liste der Dinge, die er würde überprüfen müssen, sobald – und falls – er die Bücher fand. Nachdem die Formalitäten erfüllt waren, ließ sich Wolf auf alle viere fallen, schüttelte sich wie ein nasser Hund und stand in einer Haltung ruhiger Erwartung da. Offensichtlich wartete er darauf, daß Jeebee Brute bestieg. Es schien ihn zu verwirren, daß Jeebee die Straße zum Paß hinauf vorausging, die Leitseile der beiden Pferde in der Hand. Nachdem er sich überzeugt hatte, daß sie tatsächlich wieder auf dem Marsch waren, schloß er sich ihnen an, doch etwa zwanzig Minuten später bemerkte Jeebee, daß Wolf schon wieder verschwunden war.

Jeebee ging weiter. Er bemerkte, daß die Steigung der Straße ihn zu einem langsamen, wenn auch stetigen Schritt zwang. Es war erst der Beginn des Aufstiegs, aber schon fiel gelegentlich das Land auf der einen Seite in ein tiefes Tal ab, das dicht mit Kiefern bestanden war und wo die Pferde nicht vorangekommen wären. Die vernachlässigte Straßendecke wies nur geringe Wetterschäden auf. Die Luft wurde kühler.

Inzwischen begann der blaue und wolkenlose Himmel im Westen zu verblassen, während er im Osten dunkel wurde. Die Schatten in der Tiefe jenseits des linken Straßenrands wurden undurchdringlich.

Vollmond war eben vorüber, das Wetter war in der letzten Zeit heiter gewesen. Jeebee hoffte, das Mondlicht würde ihm beim größten Teil der Überquerung des Passes helfen.

Doch es würde noch eine Weile dauern, bis der Mond aufging. In den Tiefen zu seiner Linken und auf den ansteigenden Hängen zu seiner Rechten standen Murray-Kiefern so dicht wie Soldaten bei einer Parade. Hoch und kerzengerade wie die Masten von Segelschiffen aus dem 19. Jahrhundert, wuchsen sie als Ergebnis ihres Kampfes um das Sonnenlicht auf diesem abschüssigen Boden enger beieinander, als es möglich schien, und hatten nur an ihren Wipfeln Zweige.

Nachdem er das vergehende Tageslicht mit der Dunkelheit verglichen hatte, die schon zwischen den Bäumen herrschte, konzentrierte Jeebee sich zur Orientierung auf die Straßendecke. Es gab nirgends Zeichen von Besiedlung in der Gegend oder von anderen Reisenden, die in letzter Zeit hier durchgekommen wären. In der zunehmenden Dunkelheit sah der Asphalt mehr und mehr aus, als hätte sich schon seit Jahren niemand mehr um ihn gekümmert. Er hatte Risse, da und dort Schlaglöcher, und eine Streu aus Zweigen und Kiefernnadeln war darauf gefallen oder geweht worden.

Jeebees Karte hatte für die Strecke von Buffalo nach Ten Sleep auf der anderen Seite der Berge eine Entfernung von etwa achtzig Kilometer angegeben. Er war ein gutes Stück hinter Buffalo auf die Straße gestoßen und mußte nicht Ten Sleep selbst erreichen, aber es würde immer noch einen langen, harten Marsch bedeuten, um in einer Nachtreise die niedrigeren Höhen auf der anderen Seite des Passes zu erreichen.

Besonders hart würde es für die beladenen Pferde werden, aber da konnte er wenig tun.

Sie trotteten bergauf. Wenigstens hatte er, so sagte er sich, einem der Tiere die größere Last abgenommen, denn Sallys Last wog wenig mehr als fünfzig Kilo, und er selbst trug rund zwölf mit seinem eigenen Rucksack, den Waffen und seiner Ausrüstung. Als er sich vor dem Aufbruch am Wagen gewogen hatte, hatte er überrascht festgestellt, daß er jetzt vierundachtzig Kilo wog, das meiste davon waren Muskeln – ein Gewicht und eine Kondition, die in seinem früheren Leben als Erwachsener für ihn unvorstellbar gewesen war. Trotzdem wurde es jetzt schwieriger, und trotz der Kälte infolge der Höhe spürte er den Schweiß, der unter den Riemen des Rucksacks ihm das Hemd an den Rücken klebte.

Nach einer Weile ging der Mond auf, und sie beschleunigten ihr Tempo, zumindest bis Wolf sich ihnen wieder anschloß und die Tatsache, daß Jeebee zu Fuß reiste, zu Spielen ausnutzte, indem er mit seinen Zähnen nach dem flatternden Saum von Jeebees schweren Arbeitshosen oder seiner Jacke schnappte oder versuchte, die Zügel zu erwischen, mit denen Jeebee Brute führte.

Jeebee lernte jedoch das Verhalten seines Gefährten immer mehr verstehen. In ihm keimte der Verdacht, daß Wolf ihn von dem Gedanken abbringen wollte, weiterzuziehen. Er legte die Zügel über die Schulter. Wolf hätte leicht hoch genug springen können, um sie zu schnappen, und tat dies tatsächlich auch ein paarmal, aber wenn Jeebee darauf beharrte, die Zügel wieder an sich zu nehmen, dann rutschten sie leicht durch die Lücke hinter Wolfs Eckzähnen. Jeebee wußte: Wenn Wolf ernsthaft an den Zügeln interessiert gewesen wäre – und ihn nicht nur hätte zum Spiel verlocken wollen –, dann hätte er sie mit seinen massiven Backenzähnen gepackt, und selbst für Brute wäre es dann schwer gewesen, sie loszureißen. Als es offensichtlich wurde, daß Jeebee sich nicht zum Spiel verleiten ließ, gab Wolf sein Vorhaben auf, und zwar, wie es Jeebee schien, mit dem wölfischen Äquivalent eines gutmütigen Achselzuckens.

Die Straße war jedoch ständig steiler geworden, und obwohl Wolf immer noch von Zeit zu Zeit kleine Seitenausflüge unternahm, war er von da an im allgemeinen bei ihnen.

Seit sie den Wagen verlassen hatten und die Hunde nicht mehr da waren und ihn daran hindern konnten, war Wolf ein paarmal versuchsweise auf Sally losgestürzt, wobei er vielleicht spürte, daß sie durch die Last, die sie trug, verletzbarer war. Aber Sally hatte schon vor langem gelernt, die unerwünschten Zudringlichkeiten drei oder vier ungebärdiger Wagenhunde abzuwehren. Ein einzelner Hund – oder Wolf – war mehr eine Plage als eine Bedrohung. Und als Wolf zum erstenmal ihren Schwanz gepackt hatte, war Jeebee erleichtert gewesen, als er entdeckte, daß der Tritt, den Wolf als Lohn für seine Bemühungen bekommen hatte, keine gebrochenen Knochen zur Folge gehabt hatte. Brute seinerseits hatte bei Wolfs erstem Annäherungsversuch nur die Ohren zurückgelegt, und seitdem hatte Wolf einen weiten Bogen um ihn gemacht. Doch Jeebee wußte, wie hartnäckig Wolf sein konnte, und so hatte er sich angewöhnt, die Pferde so anzubinden, daß sie weit genug auseinander waren, um nicht in die Versuchung zu geraten, sich gegenseitig zu treten, aber doch auch nahe genug beieinander, daß sie sich, wenn nötig, gegenseitig unterstützen konnten, wenn es darum ging, Wolf abzuwehren.

Der Mond war schon ein gutes Stück über die Berggipfel zu ihrer Linken emporgestiegen, als sie eine breite Stelle an der Straße erreichten. Es handelte sich um einen Aussichtspunkt. Eine Tafel an einem Pfosten informierte die Reisenden, daß dies der Scheitelpunkt des Passes war. Jeebee konnte in der Dunkelheit die Aufschrift nicht lesen, doch er machte halt, damit sich die Pferde ausruhen konnten.

Er hatte ihnen nach seiner Uhr ungefähr jede halbe Stunde einen kurzen Halt zum Ausruhen gegeben, so daß sie wenigstens fünf Minuten nur zu stehen brauchten, wenn auch noch beladen. Ihr Atem dampfte ein wenig, und er ließ sie abkühlen, bevor er etwas Wasser in seinen Hut goß. Er versuchte auch etwas zu finden, das von Sallys Ladung auf Brutes Rücken umgeladen werden konnte, doch es gab wenig zu tun, wenn er nicht die Lasten völlig abnehmen und alles auf dem Boden ausbreiten wollte, was ein Durcheinander zur Folge gehabt hätte, wenn Wolf all diese Dinge sah und damit spielen wollte. Bis jetzt schienen beide Pferde den Aufstieg im Schrittempo ziemlich gut durchzustehen. Die steile Straße hatte sie nicht zu sehr erschöpft.

Im Augenblick war Wolf wieder einmal nicht in der Nähe. Jeebee hatte den Verdacht, er hätte sich vielleicht einfach hingelegt und gehofft, daß Jeebee zur Vernunft kommen und diesen Nachtmarsch aufgeben würde. Der Mond stand jetzt voll über ihm, und sein Licht schimmerte über Felsen, Straße und Himmel. Doch trotz dieser Helligkeit verschmolzen die Kiefern um ihn herum schon in sehr kurzer Entfernung zu einer dichten schwarzen Masse. Jeebee hatte den Scheitelpunkt des Passes erreicht und begann jetzt mit den Pferden den Abstieg auf der anderen Seite.

Er hatte vorgehabt, wieder auf Brute zu reiten, sobald es bergab ginge. Doch nun, wo sie tatsächlich den Punkt erreicht hatten, an dem er sich wieder in den Sattel hatte schwingen wollen, benutzte er seine eigene Müdigkeit als Maß und kam zu dem Schluß, je mehr er die Pferde schonen könne, desto besser. Und als sie nach einem kleinen, mehr oder weniger ebenen Stück den Hang in die Gegenrichtung hinabzusteigen begannen, da fand er, daß er vielleicht müde sein mochte, aber noch eine Menge Kraft zum Gehen in sich hatte.

Trotzdem schätzte er, daß sie seit ihrem Ausgangspunkt schon mehr als zwanzig Meilen zurückgelegt hatten. Wenn er noch weitere dreißig schaffte – wenn sie alle noch weitere dreißig schafften –, dann würden sie sich nach seinen Berechnungen im Ten Sleep Canyon befinden und sich von der Straße entfernen können, um einen Platz zu suchen, wo sie kampieren und ausruhen konnten.

Kurz darauf war Wolf plötzlich wieder bei ihnen und zog vor Jeebee her, in der Position, die er gewöhnlich einnahm, wenn sie zusammen reisten.

Sie stapften dahin. Der Mond sank nun zum dunklen Rand des Canyons hinunter, während sie in die Tiefen jenseits des Passes hinabstiegen. Die Stunden vergingen langsam. Jeebee wagte außer zu kurzem Ausruhen nicht anzuhalten, da er fürchtete, er könnte den drei Tieren Flausen in den Kopf setzen. Einmal blieb Wolf abrupt zurück, Jeebee wandte sich um und sah, wie die dunkle, pelzige Gestalt hinter ihm auf der Straße lag. Die Bedeutung dieses Zeichens war völlig offenkundig. Wolf wollte für seinen Teil diesem Marsch ein Ende setzen.

Jeebee wandte den Kopf wieder nach vorn und ging weiter. In ihm war eine Leere. Zum erstenmal seit langer Zeit hielt er es ernsthaft für möglich, daß er Wolf für immer von sich gestoßen hatte.

Doch was ihn von innen her antrieb, ließ ihm keine Wahl, und die beiden Pferde, die ihm folgten, hatten auch keine Wahl. Sie gingen weiter.

Sie gingen gute fünfzehn Minuten und länger allein weiter, bis Jeebees Ohren zwischen dem weichen Hufschlag der Pferde auf dem Asphalt wieder das Kratzen von Krallen vernahm. Er ging weiter, ohne nach hinten zu schauen, und einen Augenblick später holte Wolf sie ein, ging an ihnen vorbei und nahm seine gewöhnliche Stelle an der Spitze ein.

Aus den Augenwinkeln sah Jeebee, der sich auf die Straße unmittelbar vor sich konzentrierte, wie Wolf über die Schulter zu ihm zurückschaute. Doch Jeebee weigerte sich, diesen Blicken zu begegnen. Er ging einfach weiter und richtete seinen Blick auf die Straßendecke unmittelbar vor sich. So gingen sie weiter, nur vom Geräusch ihrer Füße auf der Straße begleitet, und der Mond sank immer tiefer auf die dunkle Silhouette der Felsen zu, die die Canyonwände krönte. Kurz bevor er ganz unterging, winselte Wolf einmal.

Da schaute Jeebee zu ihm hin und blickte lange in Wolfs Gesicht, das die Nacht verhüllte und dessen Augenfarbe jetzt in der Dunkelheit verschwunden war. Jeebee sagte nichts. Er wechselte nicht einmal seinen Gesichtsausdruck, sondern schaute wieder weg, ging weiter und legte sich in die Halfterseile, an denen er die erschöpften Pferde mit sich zog.

Zu viert gingen sie weiter. Nun, da der Mond verschwunden war, war die Straße nur noch ein dunkles verschwommenes Band, im Sternenschein keine zehn Meter weit zu sehen. Jeebee war jetzt zu erschöpft, um dafür dankbar zu sein, daß die Nacht wolkenlos war, so daß es wenigstens genug Licht gab, daß sie nicht über den Rand der Straße in den Abgrund traten.

Sie gingen weiter. Der Mond war jetzt schon so lange untergegangen, daß Jeebee fast vergessen hatte, wie die Straße in seinem Licht ausgesehen hatte. Von Zeit zu Zeit stolperten er und die Pferde, da sie die Spalten in der Straßendecke nicht mehr sehen konnten. Doch seine Füße meldeten es ihm automatisch, wenn er den Asphalt verließ, und hielten ihn auf der Straße.

Die Zeit kam ihm endlos vor. Schließlich begann zwischen den Lichtpunkten der Sterne der Himmel in seiner Schwärze nachzulassen. Gewiß war jetzt der Abhang etwas weniger steil. Nach Jeebees optimistischster Schätzung waren sie jetzt nahezu fünfzehn Meilen hinabgestiegen, seit sie den höchsten Punkt des Passes hinter sich gelassen hatten.

Sie befanden sich immer noch zwischen den Felswänden und abgrundtiefen Hängen, und während über ihm der Himmel heller wurde, sammelte sich unten die Finsternis. Trotzdem würden sie bald in ein Gelände kommen, wo sie ohne Gefahr die Straße verlassen und einen Platz zum Lagern suchen konnten. Es würde vielleicht ein Lager ohne Wasser sein, aber wenigstens würden die Pferde, Wolf und er sich ausruhen können. Aber noch gab es nicht genug Licht, um zu sehen, ob ihre Umgebung in dieser Hinsicht schon besser wurde.

Es schien, als würde der Himmel über ihm nie hell werden und der Tag nie kommen. Während Jeebee einen Fuß vor den anderen zwang, kam es ihm vor, als wäre sein Rucksack voller Ziegelsteine. Er war sich bewußt, daß die Pferde und auch Wolf, der sich immer noch vor ihm bewegte, genauso müde waren, doch er fühlte in sich keine Kraft mehr für Mitleid mit ihnen.

Seine ganze Aufmerksamkeit war darauf gerichtet, seine Beine in Bewegung zu halten. Jedes Bein schien eine Tonne zu wiegen. Doch während er sie in Bewegung hielt, einen Schritt nach dem anderen, bewegte sich der übrige Körper mit ihnen mit.

Eine Wut stieg in Jeebee darüber auf, daß sein Körper nicht in der Lage war, immer weiter zu gehen und so eine noch größere Strecke zurückzulegen. Er schürte und ermunterte diese Wut, damit sie ihn seine wunden Füße und seinen müden Körper vergessen ließe. Zu seiner eigenen Überraschung fluchte er über Wolf, wenn es schien, als geriete der ihm zwischen die Beine.

Kaum hatte er die Worte ausgestoßen, da hielt er inne. Er starrte auf Wolf und machte sich auf dessen Reaktion gefaßt. Doch Wolf, dessen Augen jetzt im beginnenden Licht der Morgendämmerung wieder golden schimmerten, während über ihnen der Himmel erblaßte, schaute nur kurz zu ihm zurück und dann wieder fort. Sie gingen weiter.

Plötzlich wurde Jeebee sich bewußt, daß es Tag war. Die Sonne war noch nicht über die Felswände emporgestiegen, die sie umgaben. Doch der Himmel war jetzt morgenhell, und das Tagesgestirn würde sich sehr bald über die Felsberge erheben. Um Jeebee herum war alles vollkommen sichtbar. Das schien mit einem Schlag gekommen zu sein. Entweder so, oder er war einfach marschiert, ohne – müde wie er war – zu merken, wie die Dinge um ihn herum immer heller wurden. Ihm fiel ein, was er einmal über den Ersten Weltkrieg gelesen hatte, wo ganze Regimenter in einem Gewaltmarsch nach dem anderen in französische Städte marschiert waren, alle in geschlossenen Kolonnen und auf den Beinen schlafend, während sie marschierten.

Als er das gelesen hatte, hatte er es nicht glauben können. Doch hätte er jetzt in diesem Augenblick, während er ging, einschlafen können? Vielleicht. Oder er hatte es einfach nicht bemerkt – zu sehr auf seine Füße konzentriert, um zu bemerken, wie sich von Augenblick zu Augenblick die Beleuchtung um ihn herum veränderte. Auf jeden Fall war der Tag gekommen, und jetzt konnten sie haltmachen, einen Platz finden zum Lagern und zum Ausruhen.

Er hob den Kopf und blickte um sich. Die Wände des Canyons hatten sich geöffnet, und weiter vorn begannen sie sich zu weiten. Er hatte sich schon an die zwei senkrecht hochragenden Felswände gewöhnt, die anscheinend nur ein paar hundert Meter auseinander waren, dazwischen eine jähe Tiefe, die so steil abfiel, daß er ihren Grund nicht sehen konnte. Nur gelegentlich hatte er das Rauschen des Flußwassers tief unten gehört. Nun öffneten sich plötzlich die gleichen zwei Wände und gaben einem weiten Gelände zwischen sich Raum, einem Land, das in gigantischen Wellen dahinrollte, wie Gezeitenwogen eines wilden Meeres, die wie verrückt aus jeder Richtung gegeneinander anbrandeten.

Doch die Wellen waren reglose, massive Hänge aus Erde, zum größten Teil von Murray-Kiefern bestanden.

Er hatte den Paß hinter sich gebracht und befand sich endlich im Ten Sleep Canyon.

Ihre Straße klammerte sich immer noch an die senkrechte Felswand auf der rechten Seite. Zur linken jedoch blickte Jeebee hinaus auf ein Panorama von Hängen, die schwarz waren vor Bäumen und die das Licht des neues Tages erhellte. In diesen offeneren Raum drang hier und da die Morgensonne; die vier Reisenden hatte sie jedoch noch nicht erreicht.

Doch nun stieg die Straße vorübergehend wieder etwas an. Seit sie den höchsten Punkt des Passes überquert hatten, war sie im allgemeinen abwärts gegangen, nur dann und wann war eine kleine Steigung wie diese gekommen, als würde die Straße es sich selbst noch einmal anders überlegen. Wie die früheren Steigungen wäre auch diese normalerweise kaum zu bemerken gewesen, doch jetzt waren sie alle vom Nachtmarsch her der Erschöpfung nahe. Die zusätzliche Anstrengung, bergauf zu gehen, und sei es nur für eine kurze Strecke, erschien wie eine schwere Last. Jeebees Beine fühlten sich an wie aus Gummi, und sie gaben nach, als er die Steigung der Straße in Angriff nahm.

Diese Anhöhe war hoch genug, um die Sicht auf die Fortsetzung der Straße dahinter zu blockieren. Die Pferde folgten Jeebee im Abstand ihrer Halfterseile, vor ihm Wolf, der sich noch leicht, wenn auch etwas vorsichtig, bewegte – auf Pfoten, die schon wund sein mußten.

Während er ihn noch beobachtete, erreichte Wolf den Scheitel der Anhöhe und trat auf einmal in die volle Beleuchtung durch das zunehmende Sonnenlicht, und dieser Augenblick prägte sich für immer in Jeebees Gedächtnis ein: Wolf, der sie hinauf ins Sonnenlicht führte, während die übrigen sich noch in der Dunkelheit abplagten, doch hinter ihm stetig hinaufstiegen.

In einem neuen Ausbruch von Glück hüpfte Jeebee das Herz im Leibe. Plötzlich erinnerte er sich an das, was er vergessen hatte. Irgendwo hatte er es während der dunklen Stunden verloren: seine Furcht vor der Überquerung des Passes und seine abergläubische Angst, daß er, wenn er ihn überquerte, Merry nie wiedersehen würde.

Nun war im Sonnenlicht, das plötzlich goldenes Feuer um Wolf entzündete, beides hinweggewischt. Es war vorbei. Jeebee hatte die Überquerung geschafft. Er hatte gewonnen.

Zugegeben, er hatte nichts anderes besiegt als Schatten im eigenen Innern. Doch da war das gleiche Gefühl, das er gehabt hatte, nachdem er erfolgreich aus dem Keller herausgekommen und mit den Konservendosen in den Armen an Wolf vorübergegangen war, und das Gefühl, das auf den Abend folgte, als Wolf auf eine neue, seltsam unterwürfige Weise zu ihm gekommen war. In beiden Fällen hatte er die Empfindung gehabt, er habe eine Art Wasserscheide in seinem Leben überschritten. Dieses Gefühl war jetzt sehr stark.

Er hatte eine weitere Sproße der Leiter genommen. Er war jetzt anders, als er je zuvor gewesen war. Er hatte sich dem Paß und dessen Schatten gestellt, war durch sie hindurchgegangen und hatte sie hinter sich gelassen.

Jetzt war endlich der Morgen da. Das Land zwischen den sich weitenden Wänden des Canyons war für die Pferde nicht länger zu steil. Sie konnten sich einen Platz suchen, wo sie anhalten, lagern und sich ausruhen würden.

»Los«, sagte er zu den Pferden.

Er wandte sich seitwärts und führte sie von der Straße herunter und schließlich zwischen die Bäume. Die Pferde hätten nicht wissen können, daß der Nachtmarsch vorüber war. Aber es schien, als höben sie den Kopf und als bewegten sie sich williger.

Am Grund der Senke fand Jeebee einen Wasserlauf, der sich dort im Laufe der Jahrhunderte seinen Weg gegraben hatte. Der Bach war schmal, aber ein wenig zu breit, als daß Jeebee hätte hinüberspringen können, und seine Tiefe schwankte von etwa fünfzehn bis vielleicht sechzig Zentimeter. Sanft plätscherte er zwischen den nahe stehenden, nackten Stämmen der Kiefern dahin. Einen Moment lang sah Jeebee in der Mitte des Wassers die dunkel-bleichen Schatten von Fischen aufzucken, bevor sie wieder verschwanden.

Inmitten der Bäume gab es keine Lichtung, die für ein Lager ideal gewesen wäre. Aber das spielte keine Rolle. Wolf lief voraus und begann aus dem Bach zu trinken, und die Pferde stießen ihn buchstäblich zur Seite und senkten die Köpfe, um ihre Mäuler einzutauchen. Jeebee selbst beobachtete sie einen Augenblick lang, dann wandte er sich um und ging ein Stückchen bachaufwärts, bevor er sich selbst flach auf den Boden fallen ließ und, den Kopf über den Rand des Ufers gebeugt, trank. Das Wasser war eiskalt. Später fielen ihm die *Giardia lamblia* ein, die Erreger der Giardiasis, und die Gefahr einer parasitischen Infektion aus dem klarsten der fließenden Wasserläufe. Doch das kam erst später.

Nachdem er getrunken hatte, schien eine gewaltige Anstrengung nötig zu sein, um seinen müden Körper auch nur wieder aufzurichten. Doch es gab Dinge, die gerade jetzt getan werden mußten, bevor er sich ausruhen durfte. Wolf hatte sich in einer kleinen natürlichen Kuhle unter einer der Kiefern niederfallen lassen und schien schon zu schlafen.

Jeebee spürte die große Versuchung, Wolfs Beispiel zu folgen. Doch die Pferde mußten abgeladen und abgesattelt werden, und alles, was sie getragen hatten, mußte in Sicherheit gebracht werden – in Sicherheit vor

Wolfs Neigung, alles auseinanderzureißen, sobald er genügend ausgeruht war und sich wieder frisch fühlte. Auf ihrem Ritt zu der Saatgutfarm hatten Jeebee und Merry ihre Lasten in der Mitte eines aus Seilen bestehenden Pferchs abgelegt, in dem auch die Pferde frei herumliefen. Wolf hätte es nicht gewagt, in diesen Pferch einzudringen, denn die Pferde wären aufgeschreckt worden und hätten ihn angegriffen, da sie gemeint hätten, er ginge auf sie los. Ein einzelner Wolf würde sich nicht mit einem halben Dutzend Pferde streiten.

Jetzt, wo Jeebee nur zwei Pferde hatte, war ein Pferch aus Seilen nicht die Lösung. Doch in der Zeit beim Wagen hatte er mit Pauls und Nicks Hilfe eine oder mehrere Methoden gefunden, um dieses Problem zu lösen, und eine von ihnen konnte er bei Bäumen etwa dieses Durchmessers anwenden.

Die Pferde hatten getrunken. Jeebee führte sie zu den Bäumen und band sie dort vorübergehend fest, wobei er die Seile sehr kurz hielt, damit sie nicht verlockt würden sich hinzulegen, bevor er bereit war, ihnen ihre ausgedehnte Ruhezeit zuzugestehen.

Dann holte er aus Sallys Last ein Beil heraus, einen Flaschenzug mit einem Seil und ein Paar Klettereisen, die Nick für ihn im Wagen geschmiedet hatte und die er jetzt an die Absätze seiner Stiefel schnallte. Dann nahm er einen breiten, langen Gürtel, bei dessen Herstellung ihm Nick ebenfalls geholfen hatte, befestigte ihn um seine Taille und um den zwanzig Zentimeter dicken Stamm einer Kiefer.

Der Gürtel war locker genug, so daß fünf bis zehn Zentimeter Abstand zwischen Jeebee und dem Baumstamm waren. Dann kletterte er etwa vier bis fünf Meter an dem Baum hoch, indem er seine Klettereisen in die Rinde schlug und den Gürtel hinaufschob, damit der seinen Oberkörper hielt.

Die Klettereisen fest in der Rinde, lehnte er sich

gegen den Gürtel und hackte zu beiden Seiten zwei tiefe Kerben in den Baumstamm, dann verankerte er dort den Flaschenzug, indem er ihn mit einem Seil fest um den Baum und in die Kerben band. Dann kletterte er wieder hinunter und brachte das eine Ende des Seils mit, das er durch die Rollen gezogen hatte.

Er band es locker an den Baum, dann holte er Sally und band sie ebenfalls an diesen Baum. Er lockerte das Seil der Rautenschlinge, die die Last auf ihrem Rücken hielt, dann holte er unter der Traglast die Zugseile eines lockeren Netzes hervor, das er zwischen die Decken gelegt hatte, die den Rücken des Pferdes abpolsterten. Jetzt holte er die Seile heraus und zog sie zusammen, so daß das Netz die Traglast in einer Art Sack hielt. An den Enden des Netzes waren Metallösen fest angebracht; durch sie zog Jeebee das freie Ende des Flaschenzugseils, das jetzt von der Last hinauf zu der an den Baum gebundenen Doppelrolle lief und dann wieder hinab und hinauf durch die einzelne Steigrolle, die er am Netz befestigt hatte, und er begann am anderen Ende des Seils zu ziehen.

Das Seil, das durch die Rollen lief, straffte sich und begann langsam und ruckend die Traglast zu den Rollen hinaufzuheben. Sally holte tief Luft, als das Gewicht der Last von ihrem Rücken genommen wurde. Die Traglast stieg langsam hoch; mit jedem Ruck bewegte sie sich um ein Viertel dessen nach oben, was Jeebee gerade am anderen Ende des Seils heruntergezogen hatte. Ein langsames, aber sicheres Verfahren.

So hob Jeebee schließlich die Last bis zu den Kerben hoch – so hoch, daß kein Wolfssprung sie erreichen konnte. Dann zwang er seinen müden Körper, noch einmal hochzuklettern und dann die Last hochzuhieven, die Brute getragen hatte, bis auch sie in Sicherheit war.

Als er damit fertig war, hängte er beide Pferde wieder an lange Leinen, band sie sicher an verschiedene

Bäume, doch nahe genug, daß sie sich später gegen jedes ungebührliche Interesse von Wolfs Seite zu Hilfe kommen konnten. Im Augenblick lag Wolf flach auf der Seite am Bach und sah aus, als könnte er nicht einmal mit Dynamit geweckt werden.

Beide Pferde legten sich fast auf der Stelle hin – ein klares Zeichen dafür, wie erschöpft sie nach dem langen Marsch waren. Jeebee breitete die Zeltplane aus, die er von Brute genommen hatte, als er das Reitpferd absattelte, entrollte darauf seine Matratze und deckte sich mit den zwei freien Pferdedecken zu. Er rollte sich zusammen und fiel sofort in einen tiefen Schlaf.

KAPITEL 19

Jeebee tauchte aus seinem Schlaf so plötzlich auf wie eine Kugel aus dem Lauf eines Gewehrs.

Diese Gewohnheit hatte er in jenen ersten paar Wochen seiner einsamen Flucht aus Michigan angenommen. Solange er im Wagen schlief, hatte er sie abgelegt. Doch sie war wiedergekehrt, als er und Merry hinter dem Saatgut hergewesen waren – und jetzt war sie wieder da. Offenbar war das Schlafen im Freien zum Auslöser dieses Reflexes geworden.

Er erwachte und entdeckte, daß Wolf mit seinen Zähnen eine Ecke des Zeltbodens gepackt hielt, um ihn unter Jeebee hervorzuziehen.

»Nein!« rief Jeebee instinktiv – und ebenso instinktiv setzte er sich auf und stieß mit der Faust gegen Wolfs Kopf.

Seine Knöchel trafen schmerzhaft auf harten Knochen. Wolf ließ los und wich einen Schritt zurück. Er hielt seine Augen ohne Feindseligkeit auf Jeebee gerichtet und hatte den Kopf leicht zu Seite geneigt.

»Nein! Laß los!« rief Jeebee.

Er legte sich wieder hin und erwartete, jeden Augenblick wieder das Zupfen zu fühlen, das ihn geweckt hatte. Aber es kam nicht, und als er den Kopf hob, um zu schauen, war Wolf verschwunden. Da er noch zuviel Schlafbedürfnis hatte, um sich weiter Gedanken zu machen, schloß Jeebee die Augen und war sofort wieder eingeschlafen.

Als er zum zweitenmal erwachte, war nichts von Wolf zu sehen. Die beiden Pferde waren aufgestanden und schauten ihn an. Die Sonne stand hoch am Himmel. Aber die Wipfeläste der Murray-Kiefern drängten sich in ihrem heftigen Kampf um das Tageslicht so eng aneinander, daß hier unten auf dem dicken Teppich aus welken braunen Kiefernnadeln alles in angenehmem Schatten lag. Brute hob den Kopf und wieherte.

Jeebee schälte sich aus seinem Lager. Natürlich, die Pferde mußten aus dem Wasserlauf trinken, von dem ihre Haltestricke sie noch abhielten, und das wenige Futter, das sie zwischen den Nadeln am Boden hatten finden können, war längst abgegrast.

Jeebee warf die letzte der Decken beiseite, in die er sich gewickelt hatte, und kam taumelnd auf die Beine. Plötzlich wurde er sich bewußt, daß er infolge der Wärme des Tages unter den Decken in Schweiß gebadet war. Er stapfte zu den Pferden hinüber, band sie los, rollte die freien Enden der Halteseile zusammen und führte die Tiere hinab zum Bach.

Sie tranken gierig und erinnerten ihn daran, wie trocken sein eigener Mund war. Er ging bachaufwärts, um selbst zu trinken, doch dann erinnerte er sich an die Gefahr einer Parasiteninfektion. So blieb er nur stehen, um seine Blase zu entleeren, dann band er die Pferde wieder an, ließ die Traglast mit den Wassersäcken herab und trank von ihrem desinfizierten Inhalt.

Nachdem diese grundlegenden Bedürfnisse gestillt waren, belud er die Pferde wieder, hängte ihnen Futterbeutel mit etwas Getreide um und ließ sie fressen.

Für sich selbst holte er sich aus dem Sattelsack die letzten Mürbekuchen, die Nick für ihn gebacken hatte, bevor Jeebee sich vom Wagen verabschiedet hatte. Diese harten, mehligen kleinen Kuchen, reich an Fett und Zucker, schmeckten köstlich nach dem langen Tag- und Nachtmarsch fast ohne Essen. Sein Gewissen peinigte ihn ein wenig, weil er sie jetzt schon aß. Er hätte sie, sagte er sich, statt dessen noch ein oder zwei Tage aufheben und versuchen können, Wild aufzustöbern oder einen verlassenen Bauernhof mit verwilderten

Erntefrüchten zu finden, um seinen leeren Magen zu füllen.

Statt dessen verzehrte er alle Kuchen und leckte sich sogar noch die Krümel von den Handflächen. Dann ging er noch einmal an den Wassersack, trank soviel, wie er konnte, dann schüttete er den geringen Rest weg. Am Bach füllte er den Wassersack wieder und gab eine der Desinfektionstabletten hinein, die er von Paul bekommen hatte. In ein paar Stunden würde auch dieses Wasser sicher zu trinken sein. Sally trug jetzt die volle Traglast und Brute war wieder gesattelt. Jeebee führte beide Pferde zum Bach hinab und gab ihnen die Gelegenheit, ein letztesmal zu trinken.

Die Bäume standen hier noch zu dicht und der Boden fiel zu steil ab, als daß sie leicht abseits der Straße hätten reisen können. Jeebee stieg auf Brute und führte alle zurück auf die rissige Straße, in Richtung auf Ten Sleep.

Er zog in einem gemächlichen Schritt nach Norden und brauchte so acht Tage, bis er die Gegend von Glamorgan erreichte, wo Walter Neiskamp lebte, der Mann, der Wölfe rückgezüchtet hatte und ein Kunde von Paul Sanderson gewesen war.

Die kleine Stadt – sie bestand aus kaum mehr als ein paar Häuserblöcken zu beiden Seiten der Hauptstraße, mit nicht mehr als drei Reihen von Häusern hinter den Läden – befand sich nahe an der Grenze zu Montana. Jeebee näherte sich ihr gerade bei Einbruch der Nacht und kampierte in dem Waldstück, das ihr am nächsten lag, etwa achthundert Meter entfernt. Den nächsten Tag und die folgende Nacht brachte er damit zu, den Ort zu beobachten. Vorsicht war ihm inzwischen zur zweiten Natur geworden. Doch er sah kein Anzeichen von Leben in Glamorgan. Tagsüber bewegten sich dort keine Menschen, nach Einbruch der Dunkelheit flakkerte in keinem Fenster ein Licht.

Schließlich näherte Jeebee sich vorsichtig dem Ort. Wolf, der ihn eingeholt hatte, folgte ihm vielleicht dreißig Meter weit aus dem Schutz der Bäume und blieb dann stehen und ließ Jeebee allein weitergehen. Es war alles offenes Gelände, doch Jeebee hatte für seine Erkundung die Zeit unmittelbar vor Beginn der Dämmerung gewählt. Falls sich aus irgendeinem Grund herausstellen sollte, daß er schließlich doch flüchten mußte, konnte er wenigstens damit rechnen, daß die Dunkelheit ihn aufnehmen und seine Flucht unterstützen würde. Er näherte sich dem Ort in einer Serie von Zickzacks und hielt sich dabei unterhalb des Kamms des offenen, aber hügeligen Geländes, das die Stadt umgab. Ihn verwirrte, daß jedes Anzeichen von Leben fehlte. Die Großstädte und sogar die größeren Städte hatten sich wirkungsvoll zerstört, sobald Energiezufuhr, Wasserversorgung und Nachrichtenaustausch mit der Außenwelt abgeschnitten waren und ihre Bewohner begonnen hatten, untereinander um die lebensnotwendigen Vorräte zu kämpfen, die dort noch verfügbar waren.

Doch kleine Städte wie diese hatten normalerweise überlebt. Zum einen waren sie nahe am Land, was bedeutete, daß sie mit ihren bäuerlichen Nachbarn Handel treiben konnten. Zum anderern waren die Bewohner selbst Landleute und deshalb mehr daran gewöhnt, sich selbst zu versorgen. Schließlich würde es an einem solchen Ort nur wenig geben, worum man kämpfen konnte.

So dachte Jeebee. Doch als die Schatten tiefer wurden und er es endlich wagte, um die Häuser und Läden herum sich auf die Hauptstraße zu schleichen, da mußte er sich der Tatsache stellen, daß die Stadt völlig tot war. Einige Häuser am anderen Ende der Straße waren in Brand gesteckt worden und bis auf Balkengerippe niedergebrannt. Die Schaufenster der Läden waren eingeschlagen, und im Innern der Geschäfte

lagen Sachen verstreut, als hätte hier eine Jagd nach allem stattgefunden, was nützlich oder wertvoll war.

Zum erstenmal wurde ihm die völlige Stille des Ortes bewußt. Der Gewohnheit folgend, die ihm in den letzten paar Monaten in Fleisch und Blut übergegangen war, und mit der Möglichkeit rechnend, daß sich jemand in diesem ansonsten menschenleer wirkenden Ort versteckt haben könnte, hatte er sich mit äußerster Vorsicht bewegt. Nun wurde es ihm zur absoluten Gewißheit, daß hier niemand war. Ein schwacher Wind pfiff leise durch einige der zerbrochenen Türen und Fenster, doch das war alles, was an seine Ohren drang, und zum erstenmal akzeptierte er die Tatsache, daß er völlig allein war.

Der Ort war von einer beträchtlichen bewaffneten Streitmacht geplündert worden und war gegenwärtig nicht mehr als eine Geisterstadt.

Jeebee bemühte sich nicht mehr darum, besonders still zu sein oder im Schutz der Schatten bleiben, sondern wagte sich in einige Läden und Gebäude entlang der Straße. Doch sie waren alle leer. Es gab keine Anzeichen von Menschen, weder von lebenden noch von toten.

Er arbeitete sich die Straße hinab und stieß an ihrem Ende auf einen kleinen Friedhof. In einer Ecke war offensichtlich ein großes Stück umgegraben worden, an dessen Ende man ein grobes Holzkreuz in die Erde gesteckt hatte, das allerdings keinerlei Zeichen oder Botschaft trug.

Also war wenigstens jemand entkommen und zurückgekehrt oder vorbeigekommen, hatte die Toten hier gefunden und sie in einem Massengrab beerdigt. Anders konnte es nicht sein. Und wer hatte den Ort geplündert? Wahrscheinlich eine ziemlich große Bande, da sie die kleine Stadt so gründlich ausgeraubt hatten.

Jeebee zitterte. Bis jetzt hatte er Glück gehabt und

war keiner dieser nach dem Zusammenbruch entstandenen Banden begegnet.

Das andere Ende der winzigen Stadt reichte in das Tal zwischen den Ausläufern der Berge, an deren Fuß die Stadt gebaut war. Ein Kiesweg, den schon kleine Frühlingspflanzen überwucherten, führte in das Tal hinein. Jeebee folgte ihm. Walter Neiskamp, der Kunde von Paul Sanderson, hatte gerade an einer solchen Straße gelebt, ein wenig von der Stadt entfernt – vielleicht achthundert Meter.

Jeebee war jedoch nur wenige hundert Meter gegangen, als sich durch eine Biegung des Weges ein Hügel zwischen ihn und die tote Stadt schob. An dieser Stelle kam Wolf aus den Schatten und schloß sich ihm wieder an. Zusammen zogen sie weiter. In den dunklen Bäumen, die die Straße flankierten, wisperte und murmelte ein leichter Nachtwind, während der letzte Rest Tageslicht verging. Kleine Fetzen Mondlicht ließen genug erkennen, so daß Jeebee nicht vom Weg abkam.

Mit einem Mal war der Weg nicht mehr mit Kies gestreut und wurde einfach zu einem gefurchten Pfad, den kleine Pflanzen dicht überwucherten. Dieser schmale Steig endete schließlich in einer offenen, baumlosen Mulde, die – wie Merry es beschrieben hatte – völlig von den nahen Hängen der Bergausläufer umgeben war und kaum genügend Platz für das Haus und das Anwesen bot.

Ein kleiner Wasserlauf gluckerte im Mondlicht und floß auf der anderen Seite des Hauses davon, hinein zwischen die Bäume auf Jeebees rechter Seite. Offensichtlich hatten die Plünderer diesen Ort ebenfalls heimgesucht. Jeebee ging auf das Haus zu, um es zu untersuchen. Wolf folgte vorsichtiger und blieb etwas hinter ihm, doch er zeigte – wie Jeebee bemerkte – im Gegensatz zu seiner üblichen Vorsicht eine ungewöhnliche Bereitschaft, das Unbekannte zu untersuchen.

Doch kurz vor dem Betreten des toten Hauses

scheute Wolf. Jeebee war selbst einen Moment lang vor dem Eingang stehen geblieben, vor einer Tür, von der nur wenig mehr als ein paar Holzstücke übrig waren, die an den Angeln hingen – offensichtlich Ergebnis einer Explosion im Hausinnern. Dann trat Jeebee ins Haus.

Er wäre in völlige Finsternis getreten, wenn nicht die Explosion Öffnungen geschaffen hätte. Vielleicht hatten die Plünderer eine Granate geworfen, oder einen Sprengkörper mit noch größerer Zerstörungskraft, vielleicht ein oder zwei Stangen Dynamit, und zwar durch die Fenster neben der Tür. Ebenso war von dem Raum, den er betrat, das Dach zur Hälfte weggerissen worden, und das Licht des aufsteigenden Mondes schien durch dieses Loch hell herein und enthüllte in Schattierungen von Schwarz und Grau eine Szene völliger Zerstörung.

Anscheinend hatte es in diesem ziemlich großen Raum nur ein Möbelstück gegeben: ein Sofa, dessen Kissen jetzt auseinandergerissen und dessen Untergestell zerbrochen waren. Es befand sich an der gegenüberliegenden Wand, zerschlagen in zwei Hälften, die in einem Winkel von dreißig Grad zueinander lagen.

Im Fußboden waren ebenfalls Löcher, doch keines groß genug, als daß man hätte hindurchfallen können. Jeebee faßte einen Entschluß, griff in seinen Rucksack und ging das Risiko ein, eine Kerze anzuzünden.

Das zitternde Licht der Kerzenflamme zeigte ihm in einer anderen dunklen Wand eine etwas kleinere Tür. Er ging hindurch und kam in einen Gang, der ihn zu zwei Schlafzimmern führte, oder zumindest einer der Räume war Schlafzimmer gewesen: das Bett darin war anscheinend völlig unberührt, abgesehen davon, daß keine Laken oder Decken mehr darauf waren. Das andere Zimmer war eine Art Lagerraum voller Papier. Er kam an ein paar anderen Räumen vorbei, die mit allerlei Krimskrams und Trödel aus Leder und Metall vollgestopft waren, und gelangte schließlich zu einem Zimmer mit lauter Regalen auf allen vier Seiten – mit Regalen voller Bücher, von denen keines beschädigt oder gestohlen zu sein schien.

Jeebee stockte der Atem. Wenn das die Bibliothek des Walter Neiskamp gewesen war, dann bestand die Möglichkeit, daß sich genau die Bücher noch hier befanden, die er lesen wollte. Für die Plünderer waren sie uninteressant gewesen. Doch vernünftigerweise würde er sie bei Tageslicht durchschauen.

Er wollte sich gerade umwenden und das Haus wieder verlassen, doch als er sich im Korridor befand, sah er, daß nur noch eine Tür übrig war. Er gab seiner Neugier nach, trat hindurch und fand sich in der Küche wieder.

Die Fenster waren eingeschlagen, und auch hier hatte es eine Explosion gegeben, allerdings war sie anscheinend etwas weniger stark gewesen als die im Wohnzimmer. Noch wichtiger war, daß auf dem Boden dieses Raums die Überreste eines Menschen lagen. Kleine Aasfresser hatten sich darüber hergemacht, denn es war kaum mehr als das Skelett übrig. Die Kleider schienen darauf hinzudeuten, daß es sich eher um einen Mann gehandelt hatte als um eine Frau.

Jeebee war plötzlich froh, daß Wolf nicht mit ihm gekommen war, denn Wolf wurde von jeder Art Aas angezogen. Er machte kehrt und verließ das Haus auf dem Weg, den er gekommen war. Er trat ins Freie, blies seine Kerze aus und steckte sie wieder in den Rucksack. Wolf, der auf ihn gewartet hatte, begrüßte ihn wie einen lang vermißten Kameraden. Jeebee machte sich auf den Weg zu dem Bereich hinter dem früheren Haus.

Überraschenderweise zeigte sich Wolf dort viel weniger zögernd. Hinter dem Haus hatte es eine Anzahl von drahtumzäunten Pferchen gegeben, von denen einige kleine einzeln abgeschlossen werden konnten. Weitere Türen in ihnen führten zu einem größeren

Pferch, der eine Art Auslauf gewesen zu sein schien. Wenn der Mann namens Neiskamp Wölfe gehalten hatte, dann zweifellos hier, und tatsächlich sah Jeebee im Mondlicht da und dort auf dem dunklen Boden einiger Wolfspferche weiße Knochen schimmern.

Er fand die Türen zu den Pferchen. Schlösser war ein zu starkes Wort für die Vorrichtungen, die vermutlich nur dazu gedient hatten, die Türen vor den Tieren im Innern geschlossen zu halten. Zum Öffnen mußte er nur einen hölzernen Zapfen aus einem Schnappriegel ziehen, der die jeweilige Tür sicherte. Die erste Tür öffnete sich mit einem metallischen Kreischen, das in der stillen Nacht schrecklich laut klang. Er trat in den Pferch, Wolf schob sich an ihm vorbei, lief voraus und begann sofort dort zu schnuppern, wo Jeebee etwas hatte weiß schimmern sehen.

Als er Wolf einholte, fand Jeebee die Knochen eines Tieres, das ungefähr Wolfs Größe gehabt hatte. Im Mondlicht konnte man es nicht sicher sagen, doch es schienen die Knochen eines Wolfs zu sein, an denen sich noch Reste von Fell befanden und vielleicht sogar noch Fetzen von verwestem Fleisch. Allerdings war dies in der Dunkelheit schwer zu erkennen.

So gut es im Mondlicht ging, untersuchte Jeebee den Schädel des Kadavers. Er wies auf der Vorderseite ein großes Loch auf, als sei das Tier erschossen worden. Wolf schob sich an Jeebee vorbei, senkte seine Nase auf die Überreste und schnüffelte daran herum, dann machte er kehrt und begann den Pferch zu erforschen.

Jeebee ließ ihn gewähren und ging zum nächsten Verschlag. Auch hier lagen Knochen. Alles in allem fand er sechs Käfige, die jeweils Überreste eines Kadavers enthielten, und jeder Kadaver hatte ein Loch im Kopf.

Es war ziemlich offensichtlich, daß die Tiere absichtlich getötet worden waren. Ob Neiskamp sie selbst aus eigenen Beweggründen getötet hatte, zur Tat getrieben durch die Ankunft der Plünderer, oder ob – das war wahrscheinlicher – die Plünderer sie umgebracht hatten, blieb eine ungelöste Frage, und die Antwort war wahrscheinlich unwichtig. Jeebee verließ die Pferche wieder, wobei er die Tür offen ließ, damit Wolf ihm folgen konnte, und nach einer Weile kam Wolf auch heraus.

Diese Bibliothek würde man bei Tageslicht untersuchen müssen, dachte Jeebee. Es gab keinen Grund, warum er nicht in dem halbzerstörten Haus Unterschlupf suchen sollte, doch Wolf war immer noch nicht bereit, es zu betreten, und auch Jeebee selbst hatte ein ungutes Gefühl bei dem Gedanken.

Schließlich kampierte er, nachdem er die Pferde geholt hatte, direkt vor dem Haus, auf der Ostseite, wo das Sonnenlicht ihn früh wecken würde.

Ein paar Stunden später weckte ihn der heller werdende Himmel. Er stand auf und machte sich ein Frühstück, dann führte er die Pferde zu dem kleinen Wasserlauf und tränkte sie. Hier gab es genügend für sie zu fressen. Um das Haus herum wuchs reichlich Gras, und die Pferde hatten fast die ganze Nacht ruhig gegrast. Nachdem er sie getränkt hatte, band er sie wieder fest, aß von seinen Vorräten und wandte sich wieder dem Haus zu. Wolf hatte sich davongemacht und war nirgends zu sehen.

Als sich das Tageslicht auf die abgerundeten Hänge der Bergausläufer ergoß, die das Haus umschlossen, und als die Sonne selbst am Himmel emporstieg, zeigte es sich, daß das Haus schlimmer zerstört war, als es bei Mondlicht ausgesehen hatte. Anscheinend hatten die Plünderer wenig Zeit vergeudet, nachdem sie den Sprengstoff hineingeworfen hatten.

Als er die Beschädigungen betrachtete, war sich Jeebee noch sicherer, daß man Dynamit benutzt hatte und nicht Granaten. Als er durch die Hintertür in die Küche ging, fand er seine Vermutung bestätigt, weil um die dort liegende Leiche herum einige Feuerwaffen verstreut waren, eine Schrotflinte und zwei Gewehre sowie ein paar Pistolen. Alle waren von der Explosion zu sehr beschädigt, als daß sie noch funktionierten – zweifellos war das auch der Grund, weshalb man sie liegen gelassen hatte.

Jeebees Vermutung war, daß Neiskamp versucht hatte, die Plünderer mit Schüssen abzuhalten. Vielleicht hatte er gehofft, sie von dem Versuch abzubringen, sich zu holen, was sich im Haus befand. Auf jeden Fall hatte seine Verteidigung nicht funktioniert. Man hatte kurzerhand Dynamit durchs Fenster geschmissen.

Jeebee ging weiter in die Bibliothek. Dieser Raum war halbvoll mit heruntergestürzten Trümmern des Daches – Ergebnis der Explosion, die das Dach so sehr ramponiert haben mußte, daß es allmählich nach innen einstürzte.

Das helle Licht des Tages strömte herein und enthüllte einen Raum, in dem sich noch weniger Möbel befanden als im Wohnzimmer mit seiner einzigen Couch. Tatsächlich waren die Couch, das Bett im Schlafzimmer, der kleine Tisch neben dem Bett und zwei Stühle und der Tisch in der Küche anscheinend die komplette Möblierung des Hauses. Doch die Bücherregale waren voll. Jetzt, wo das Tageslicht durch das aufgerissene Dach drang und er weder Kerze noch andere Beleuchtung brauchte, begann Jeebee den Staub von den Rücken der Bücher zu wischen, die er aus den Fächern nahm, um sie zu inspizieren.

Es war eine langsame und staubige Aktion, denn er mußte jedes Buch abwischen, bevor er den Aufdruck auf dem Rücken erkennen konnte. Es gab eine bemerkenswerte Anzahl von Zeitschriftenausgaben, wie z. B. vom *National Geographic,* die in selbstgemachten Dekkeln gebunden waren. Zahlreich waren auch Bücher über den Westen vertreten, besonders geschichtliche Darstellungen des Aufstiegs der Rinderindustrie.

Aber es gab auch eine beträchtliche Anzahl von historischen Büchern über die Indianer der Ebenen und der Gebirge des Westens. Nachdem er das Zimmer zur Hälfte durchstöbert hatte, fand Jeebee, was er suchte: eine ansehnliche Anzahl von Büchern über Wölfe. Er nahm sie heraus, identifizierte eines nach dem anderen und stapelte sie auf dem Boden. Sie sahen durchaus so aus, als könnte man sie der Last, die Sally schon trug, hinzufügen, ohne sie zu überfordern.

Insgesamt waren es achtzehn Bücher. Jeebee nahm sie und verließ das Haus.

KAPITEL 20

An den folgenden Tagen hatte Jeebee Zeit zu lesen, denn er reiste weiterhin bei Nacht und kampierte während des Tages. Der erste Teil der hellen Stunden war notwendigerweise dem Schlaf gewidmet, doch danach gab es immer drei oder vier Stunden, bevor er sich bei Sonnenuntergang hinreichend sicher fühlte, um weiterzuziehen.

Während dieser wenigen Stunden kümmerte er sich zuerst – soweit nötig – um die Lasten und das Wohlergehen der Pferde und füllte dann an der jeweils verfügbaren Frischwasserquelle den Notfall-Wassersack, den er an den Sattel gehängt trug. Er hatte von Paul einen großen Vorrat der Sterilisierungstabletten bekommen, doch ihm wurde bewußt, daß er sie sehr schnell verbrauchte.

Als er sie jetzt abzählte und an die restlichen Tage des Sommers und möglicherweise auch des Herbstes dachte, konnte er den Zeitpunkt kommen sehen, an dem ihm nichts anderes mehr übrig bleiben würde, als sein Trinkwasser abzukochen, um sich dessen Ungefährlichkeit sicher zu sein.

Doch einstweilen blieben ihm jedenfalls täglich zumindest ein paar Stunden übrig, und in dieser Zeit nahm er soviel von dem Inhalt der Bücher aus den Regalen in Neiskamps zerstörtem Haus in sich auf, wie er konnte.

Aus akademischer Gewohnheit begann er immer damit, daß er die Literaturverzeichnisse las, die in allen Büchern bis auf eines enthalten waren, und dann verglich er sie miteinander, um zu sehen, welcher der

Bände, die er aus Neiskamps Haus genommen hatte, am häufigsten aufgeführt wurde.

Nur zwei der Titel kamen ihm bekannt vor, obwohl er keines der beiden Bücher gelesen hatte. Das eine war *Never Cry Wolf* (›Keine Angst vor Wölfen‹) von Farley Mowat, das er nur zweimal zitiert fand, beidemal bezeichnet als ›semifiktional‹; wie er wußte, war dies die akademische Abkürzung für »Machen Sie sich nicht die Mühe, es zu lesen. Keine ernsthafte Arbeit.« Das andere war *Wolf and Man: Evolution in Parallel* (›Wolf und Mensch: Parallele Evolution‹) von Roberta L. Hall und Henry S. Sharp, an das er sich irgendwie erinnerte. Vielleicht hatte eine Besprechung des Buches einmal seine Aufmerksamkeit angezogen, da die Idee, die im Titel zum Ausdruck kam, ihn faszinierte.

Er las den Stapel durch, beginnend mit den in den Literaturverzeichnissen am meisten aufgeführten Werken, L. David Mechs *The Wolf* (›Der Wolf‹) und einem ähnlich betitelten Band von einem schwedisch-deutschen Biologen namens Erik Zimen, und so arbeitete er seine Liste ab.

Als er schließlich zu *Never Cry Wolf* kam, erkannte er, daß es sich dabei offensichtlich um die Quelle für einen Film handelte, den er einmal gesehen hatte. Die Authentizität dieses Buches mochte zweifelhaft sein, doch Jeebee erkannte, daß es nicht nur gut geschrieben war, sondern daß der Autor auch ein erstklassiges Beispiel für Pro-Wolf-Propaganda geliefert hatte. Er steckte es beiseite für eine spätere Zeit, wenn Wolfs Überleben im Rinderland von Montana vielleicht ein gutes Stück Public Relations nötig machen würde.

Obwohl Mechs *The Wolf* offensichtlich – und, soweit er es beurteilen konnte, verdientermaßen – von anderen Autoren als eine Art Bibel betrachtet wurde, gab es einige andere Bücher, die Einsichten boten, die er unmittelbarer auf die Beobachtungen anwenden konnte, die er in seiner persönlichen Beziehung zu Wolf gemacht hatte. Eines davon war ein Band von Henry Frank, der erst 1987 erschienen war; er trug den Titel *Man and Wolf: Advances, Issues, and Problems in Captive Wolf Research* (›Mensch und Wolf: Fortschritte, Themen und Probleme in der Forschung an Wölfen in Gefangenschaft‹). Dieses und Zimens ausgezeichnetes Buch begannen ihm wirklich das Grundlagenwissen zu liefern, nach dem sein akademisch ausgebildeter Intellekt verlangte, um einen Kontext zu bekommen, in den er seine nur halb formulierten Spekulationen einfügen konnte.

Bis auf nur drei halfen ihm alle Bücher, die er mitgenommen hatte, gewaltig. Es war ein seltsamer Prozeß, als hätte ein Stück Wüste, das plötzlich bewässert worden war, begonnen in alle Richtungen zu sprossen und sich zu einem Ort des Grünens und des Wachstums zu entwickeln. Jeebee hatte absolut keine Ahnung gehabt, daß schon soviel Arbeit für das Verständnis von Wolf und seiner Spezies geleistet worden war.

Gleichzeitig war es frustrierend. Die meisten der mehr wissenschaftlichen Arbeiten erhöhten sein Wissen beträchtlich, aber irritierenderweise machten sie ihm auch bewußt, wieviel mehr es noch gab, was er von den Wölfen nicht wußte. Seine beschränkten Erfahrungen mit einem Mitglied der Spezies reichten nicht aus, so sagte er sich, um vollen Gebrauch von den Informationen zu machen, die er in den Büchern fand.

Er hatte Wolf all diese Wochen eingehend beobachtet. Doch seine Lektüre sagte ihm, daß Wolf einen anderen Charakter hätte, wenn er anerkanntes Mitglied eines Rudels wäre. Eine große Rolle schien Wolfs Alter zu spielen. Er erinnerte sich daran, wie massig und schmuddelig Wolf ausgesehen hatte, als er ihn zum ersten Mal gesehen hatte. Falls Jeebee das, was er las, richtig verstand, bereiteten dieser dichte, unsaubere Pelz und die massige Erscheinung einen noch jungen

Wolf, der vielleicht nicht mehr als ein Jahr alt war, auf seine erwachsene Größe vor.

Falls dies der Fall war, dann war Wolf jetzt viel eher die Persönlichkeit, die einen Partner für Jeebee abgeben konnte. Den Textpassagen, die Wölfe mit Hunden verglichen, entnahm er, daß das Sozialverhalten des erwachsenen Hundes in vieler Hinsicht dem des unreifen Wolfes ähnlich war, der noch umgänglich war, noch nicht bereit, erwachsene Autorität im Ringen um einen Platz in der Rangordnung herauszufordern. Anscheinend war es ganz normal, daß erwachsene Mitglieder einer domestizierten Spezies Charaktereigenschaften beibehielten, die nur in jugendlichen Mitgliedern ihrer wilden Vorfahren gefunden wurden. Die Bücher bezeichneten dieses Phänomen als ›Neotenie‹. Den Unterschied zwischen kindlichen Hunden und Wolf als einer erwachsenen Person, den er Merry aufgezeigt hatte, traf die Sache genauer, als er es sich vorgestellt hatte.

Jeebee spürte in sich ein Verlangen aufsteigen, unter diesem Aspekt auch Spekulationen über die Menschheit anzustellen, doch schob er dies einstweilen mit Nachdruck beiseite. Er hatte genug zu tun.

Er wußte fast nichts über Wolfs frühe Geschichte, doch einiges von dem, was er jetzt zum erstenmal las, erlaubte ihm, gestützt auf seine neuerworbenen Kenntnisse, einige Schlüsse zu ziehen. Wolfs Sehfähigkeit war völlig in Ordnung, folglich war es unwahrscheinlich, daß er seiner Mutter weggenommen oder Waise geworden war, bevor er etwa zehn Tage oder zwei Wochen alt gewesen war. Wolfswelpen, denen vor diesem Alter die Muttermilch entzogen wurde, tendierten anscheinend dazu, grauen Star zu bekommen.

Natürlich hätte es sein können, daß Wolf zu einem Wurf Hundewelpen gegeben worden war, die noch gesäugt wurden, doch der Hundebesitzer hätte ihn wahrscheinlich bei der Mutter gelassen, bis er im Alter von fünf oder sechs Wochen entwöhnt worden wäre. Doch in diesem Fall hätte sich Wolf nicht so zu Jeebee hingezogen gefühlt, wie es der Fall war.

Wolfswelpen, die nach der Geburt mehr als etwa drei Wochen bei ihrer Mutter blieben, verloren anscheinend die Fähigkeit, bleibende Bindungen an Menschen zu entwickeln und begannen bald auf Menschen so zu reagieren, wie es jeder wilde Wolf tun würde. Das wurde sogar in Fällen dokumentiert, wo die Mutter selbst völlig zahm war. Jeebee schloß daraus, daß dies auch geschehen würde, wenn ein Wolfswelpe von einer Mutterhündin aufgezogen wurde. Also war Wolf anscheinend von dem Rinderzüchter namens Callahan aufgezogen worden, und dies hatte nicht früher als zwei und nicht später als drei Wochen nach seiner Geburt begonnen.

Den Büchern entnahm Jeebee auch, daß Wölfe, die nur unter Menschen aufwuchsen, später selten fähig waren, normale Beziehungen mit anderen Mitgliedern der Hundefamilie einzugehen. Folglich war Wolfs Beziehung zu Greta ein starker Beweis dafür, daß ihm zumindest periodisch Kontakt mit anderen Hunden erlaubt worden war, und zwar ab der Zeit kurz nach seiner Entwöhnung. Wenn er jetzt an Wolfs Verhalten gegenüber den Hunden an der Bahnstation zurückdachte, dann erschien es Jeebee durchaus wahrscheinlich, daß einige der älteren Hunde – vielleicht auch der Collietyp, der von Wolf bei ihrer Flucht getötet wurde – auch auf der kleinen Ranch lebte, wo Jeebee die Jacke aufgestöbert hatte, die anfangs Wolfs Aufmerksamkeit auf sich zog.

Im Gegensatz zu den Wölfen, so sagten die Bücher, durchliefen Hundewelpen offensichtlich zwei solche sensitiven Prägungsperioden oder ›Fenster‹ – eine, die ihnen erlaubte, normale soziale Bindungen mit anderen Hunden einzugehen, und eine zweite, die ihnen gestattete, Beziehungen zu Menschen zu entwickeln.

Hunde waren folglich in der Lage, ›Doppelidentitäten‹ zu entwickeln und in dieser Beziehung flexibler als Wölfe und lebten völlig zufrieden in zwei Welten. Anders als ein Hund lebte selbst ein von Menschen aufgezogener Wolf nie wirklich in einer menschlichen Welt.

Wie ein Autor es formuliert hatte, behandelten Wölfe, die von Menschen – oder in sehr früher Beziehung zu Menschen – aufgezogen wurden, Menschen wie Wölfe. Das heißt, sie schienen von den Menschen zu erwarten, daß sie dieselben instinktiven Konventionen einhielten, die auch das Sozialleben der Wölfe beherrschten. Jeebee vermutete, daß dies die Wurzel des populären Mythos war, daß jeder Wolf schließlich ›auf seinen Besitzer‹ losgehen oder zum wilden Verhalten ›zurückkehren‹ würde. Dies trug auch viel zur Erklärung einer Reihe von Punkten in Wolfs Verhalten bei.

Doch während die Bücher viel erklärten, erklärten sie – zumindest für Jeebee – nicht genug, um ihm die Handhabe zu liefern, die er für ein umfassendes Verständnis von Wolfs Verhalten brauchte.

Diese Seiten enthielten so frustrierend viel, das er, wie er wußte, nicht herausfinden würde können. Informationen, die unter der Oberfläche der Worte zu liegen schienen, unsichtbar und spürbar, aber eben dem Auge verborgen. Er fragte sich, ob er sich dies nur einbilde, und seine Antwort lautete: nein. Da war Wissen verborgen – seine Jahre der Suche nach Antworten auf akademischem Niveau hatte eine Sensibilität in ihm entwickelt, eine Nase, die es ihm verriet, wenn es Informationen zu entdecken gab.

Sein Problem war, so dachte Jeebee, als er Mitte Juli unter den Sternen eines fast immer klaren Himmels nach Norden ritt; sein Problem war, daß ihm seinerseits in fast gleichem Ausmaß Erfahrungen fehlten.

Das Problem war, daß die Leute, die diese Bücher schrieben, wußten, worüber sie sich ausließen, und daß sie hauptsächlich für Leser schrieben, die in den meisten Fällen auch wußten, worüber die Autoren schrieben. Das fehlte Jeebee. Er hatte keinen Kontext, in den er die meisten seiner neuen Informationen stellen konnte, und die Folge davon war, daß einzelne Fakten frei in seinem Kopf herumwanderten und versuchten, sich mit anderen einzelnen Fakten zusammenzutun und Löcher in fast jedem Gewebe zu finden, in das sein Denken sie einzupassen versuchte, um ein Muster zu erhalten, das Wolfs Verhalten erklärte.

Er überquerte westlich von Warren die Südgrenze von Montana und zog weiter nach Norden, kreuzte wieder *Highway 310* und ritt östlich an Bridger vorbei. Das Land bestand jetzt entweder aus Hügeln und Bergen oder aus offenem, ansteigendem Weideland und bot sehr wenig Schutz durch Bäume. Wie Paul es ihm geraten hatte, umging er die Reservation der Crow-Indianer, die inzwischen östlich von ihm lag, und schwenkte ziemlich nahe an Silesia heran. Er kam auch nahe an Laurel vorbei, doch dann machte er erneut einen ungewöhnlich weiten Bogen um Billings – oder was einst Billings gewesen war.

Er hatte das unbehagliche Gefühl, daß in diesem Teil des Landes sogar Städte von der Größe von Billings die Krisen überlebt haben könnten, die weiter östlich die Städte zerstört hatten. Billings konnte immer noch gefährlich sein, wenn er sich ihm zu sehr näherte. Um sicherzugehen, zog er im großen und ganzen nordwärts auf Broadview und Slayton zu, machte dann einen Bogen um die Westseite von Molt und ritt durch die Wildreservate von Halfbreed und Hailstone weiter in nördliche Richtung.

Inzwischen hatte vieles von dem, was er gelesen hatte, Zeit gehabt, in sein Bewußtsein einzusinken und dort zu arbeiten. Daraus ergab sich eine Folgerung als offensichtlich. Er würde mit dem arbeiten müssen, was die Bücher ihm hatten sagen können, und versuchen, soviel wie möglich von dem anzuwenden, was er nur halb verstanden hatte, indem er Wolf mehr und genauer beobachtete.

Glücklicherweise verbrachte Wolf jetzt nicht soviel Zeit von Jeebee getrennt. Er tauchte häufig während des Tages auf und oft auch für kurze Perioden, während denen er mit Jeebee zusammen dahinzog. Jeebee vermutete, daß es am Unterschied in ihrem Reisetempo lag, daß Wolf sich so oft davonmachte. Wolfs normaler Gang war ein Trott, der vielleicht zwei oder drei Kilometer pro Stunde schneller war als die Schrittgeschwindigkeit der beiden Pferde. Die Pferde legten ungefähr fünf Kilometer pro Stunde zurück, was auch das normale Schrittempo eines Menschen war. Doch Jeebee erschien es nicht sinnvoll, sie zu einem schnelleren Gang anzutreiben.

Die Gedanken, die ihm seit seiner Bekanntschaft mit Wolf gekommen waren, wuchsen jedoch weiter. Die Bücher, besonders die Schriften von Harry Frank, hatten ihm auch eine weitere bemerkenswert faszinierende Information vermittelt, nämlich daß der ›Geist‹ des Wolfes in zwei scharf getrennte Systeme geteilt zu sein schien.

Das höhere und – für Jeebee – interessantere System enthielt eine menschenähnliche Intelligenz. Die Arten von Aufgaben, die Wölfe unter Laborbedingungen vollbracht hatten, ließen an Fähigkeiten denken, die denen von Delphinen vergleichbar waren, die in den siebziger Jahren des vorigen Jahrhunderts soviel öffentliches Interesse geweckt hatten. Verglichen z. B. mit ihrem domestizierten Vetter, dem Hund, waren ihre Fähigkeiten zum Lösen komplexer Probleme wirklich bemerkenswert. Jeebee selbst hatte gesehen, wie Wolf etwas einsetzte, das er nur als Täuschung bezeichnen konnte, wenn Wolf ›vorgab‹ zu spielen, so daß er sich an ein kleines Tier, das er fangen wollte, heranarbeiten oder dessen Neugier auf sich ziehen konnte.

Er hatte auch gesehen, wie Wolf das Problem der

Überquerung eines kleinen, aber schnellfließenden Flusses gelöst hatte. Ein Baum war über den Fluß gefallen und wurde teilweise von einem Felsblock in der Mitte der Strömung gestützt, so daß sein anderes Ende hoch über dem strudelnden Wasser und den Felsen in die Luft ragte. Wolf hatte anscheinend erkannt, daß der Baum sich auf der anderen Seite weit genug hinabneigen würde, wenn er auf ihn hinauflief und sein Gewicht auf das andere Ende legte, so daß er dann auf das andere Ufer hinabspringen konnte. Jeebee hatte dies beobachtet, während er fünfundzwanzig Meter flußabwärts sich rutschend und gleitend über die Felsen des gleichen Flußbettes arbeitete, wobei es ihm vorkam, als zöge das Wasser an seinen Unterschenkeln und als drohte es ihm die Füße unter dem Leib wegzureißen – während Wolf trocken und bequem dalag und ihn vom gegenüberliegenden Ufer aus angrinste.

Irgendwo in seinem Hinterkopf wunderte sich Jeebee noch darüber, warum es für ihn so wichtig sein sollte, Wolf zu verstehen. Der Grund dafür war natürlich teilweise offensichtlich. Wolf war zu einem Zeitpunkt in sein Leben getreten, als er sich verzweifelt einsam gefühlt hatte, tatsächlich am Tiefpunkt eines Lebens, das auf viele Arten immer einsam gewesen war. Er liebte Wolf. Er konnte nicht wirklich erwarten, daß dieses Gefühl erwidert wurde, doch aus rein menschlichen emotionalen Gründen wollte er, daß es erwidert würde. Wenigstens in einem gewissen Sinn suchte er nach einem Weg, in Wolfs Verhalten die Tatsache hineinzulesen, daß es eine wirkliche, persönliche Zuneigung für den menschlichen Gefährten geben könnte.

Doch da war noch etwas anderes. Es gab auch eine schwer faßbare Verbindung zwischen einem Verständnis für Wolf und dem persönlichen dunklen Schatten, dem Alptraum, der ihn seit Stoketon verfolgt hatte. Sobald er Wolf einmal verstünde, könnte sich aus der Ähnlichkeit der sozialen Instinkte von Wolfs Gattung und der Menschen ein tieferes Verständnis für das Thema ergeben, an dem Jeebee mit der Studiengruppe in Michigan gearbeitet hatte.

Gewiß wäre es besser gewesen, wenn das, was mit der Welt geschehen war, nicht geschehen wäre. Seit der Einrichtung der Studiengruppe hatte Jeebee die Empfindung gehabt, daß sie auf einer Spur waren, die zu einem besseren Verständnis der Menschheit und deren Wechselfälle führen würde. Vielleicht hätte sich dies sogar als eine Grundlage erweisen können, um solche Katastrophen vorauszusehen und zu verhindern, wie sie der Zusammenbruch ausgelöst hatte.

Gewiß müßte eigentlich sogar jetzt noch die Welt in der Lage sein, sich in nur ein paar Jahrhunderten wieder aus eigener Kraft aus dem Schlamassel herauszuziehen – möglicherweise vielleicht schon viel eher. Es existierte noch zuviel Technik des 20. Jahrhunderts, als daß das Wissen davon verlorengehen könnte. Menschen wie Paul Sanderson würden Wege finden, sie zu gebrauchen, sie lebendig zu halten und sie wieder zu dem zu machen, was sie war, bevor alles auseinanderfiel.

Irgendwie, so meinte Jeebee, könnte ein Verständnis für den Zusammenbruch und für die Gründe, warum er stattgefunden hatte, mit dem Verständnis verknüpft werden, das er von Wolf und dessen Natur brauchte. Es war eine schwer faßbare Beziehung, ein Gespenst von einer Beziehung, doch er hatte es gelernt, sich auf dieses Gefühl zu verlassen, wenn solche Fragen sein Denken reizten.

Er hatte auch gelernt, wie er mit ihnen umgehen mußte. Und zwar: jede von ihnen so weit wie möglich aus seinem Denken zu verbannen, weiterzumachen und darauf zu warten, daß in seinem Hinterkopf die Verknüpfungen erfolgten, die sein bewußtes Denken nicht zustande gebracht hatte.

Dieses Verlangen, Wolf zu verstehen, stand in einem

Zusammenhang mit dem Problem, warum die Menschheit diesen partiellen Selbstmord begangen hatte. Das war das andere Element in seinem Bedürfnis zu verstehen. *Vergiß es einstweilen,* sagte er sich. Aber es war nicht leicht, es zu vergessen.

Nachdem sie an Billings vorüber waren, befanden sie sich jenseits der großen Städte. Sie zogen entweder über offenes Weideland oder zwischen Bergausläufern dahin. Es war Hochsommer, und die Tage waren oft heiß. Doch die gingen vorüber, und dazwischen war das Wetter sehr angenehm, besonders bei Nacht. Jeebee war wieder zu dem gleichen im Freien lebenden Wesen geworden, zu dem er sich auf dem ersten Teil seiner Flucht nach Westen entwickelt hatte.

Wieder fiel er in die Gewohnheit zurück, immer gleich viel Kleidung zu tragen, ganz egal, welche Temperatur herrschte und ob er Wärme brauchte oder ob es zu heiß war – außer daß er die Lederjacke wegsteckte. Die Sitte, sich täglich zu rasieren, die er für kurze Zeit auf dem Paß wieder angenommen hatte, war erneut vergessen. Sein Bart war aufs neue voll und schwarz. Es war fast, als wäre seine Kleidung zu seinem Pelz geworden, wie bei Wolfs Fell, und es gab keine Gründe, warum er daran denken sollte, sie zu verändern, bloß um sich an kleine Veränderungen der Temperatur anzupassen.

So ließ er seinen Bart wachsen und lebte in seinen Kleidern. Diese Dinge waren unwichtig. Wichtig war die Tatsache, daß er sich jetzt in einer Gegend befand, wo er leichter sichtbar und auffälliger sein würde. Folglich achtete er darauf, so weit wie möglich unter dem Schutz von Bäumen, in Bodensenken oder entlang von Flußtälern zu ziehen.

In dieser Gegend waren die Flüsse besonders in den Hochsommermonaten schmal und flossen nicht schnell. Doch hatten sie im allgemeinen ihr Bett tief unter die Fläche des umliegenden Geländes gegraben. Auch wurden sie im allgemeinen von dichten Weidenbeständen begrenzt und verborgen; die Büsche standen manchmal so eng beieinander, daß es schwierig war, durch sie hindurchzukommen.

Diese Weiden boten sich Jeebee jedoch als Versteck an, wenn er den Verdacht hegte, jemand könnte in der Gegend sein. Zwischen den Büschen konnte er samt den Pferden und allem Drum und Dran verschwinden und einfach still abwarten, bis der oder das Unbekannte, ob Tier oder Mensch, vorüber war.

Da er sich auf diese Weise dahinbewegte, war es außergewöhnlich, andere Menschen zu Gesicht zu bekommen, auch wenn es sich hier um eine Gegend handelte, die von der Veränderung der Welt fast unberührt geblieben war. An den meisten Gebäuden, die er sah, zog er in einer sicheren Entfernung vorüber, und in vielen von ihnen brannte abends Licht oder es gab andere Anzeichen dafür, daß sie bewohnt waren.

Doch eines Nachts stieß er auf eine Gruppe von Farmgebäuden, die niedergebrannt worden waren – und das vor nicht allzu langer Zeit, denn sie waren noch vom Geruch verbrannten Holzes umgeben, und als er mit einem Finger über die Reste eines ausgebrannten Fensterrahmens fuhr, sah er im Mondlicht, daß seine Fingerkuppe rußgeschwärzt war.

Zugegeben, es war nicht die Jahreszeit für Regen, und es hatte in den letzten paar Wochen bemerkenswert wenig geregnet, so daß Jeebee sich daran gewöhnt hatte, daß die Rinder sich um das verfügbare Wasser versammelten und möglichst nahe daran weideten. Doch das Gebäude mußte irgendwann seit dem Schnee des letzten Winters verbrannt sein, möglicherweise im letzten Monat oder so, denn in den Räumen, die jetzt den Elementen ausgesetzt waren, gab es erst wenige Spuren der Verwitterung.

Die Entdeckung der toten Gebäude beunruhigte ihn.

Ein solcher Ort konnte Aasfresser anlocken. Er zog weiter ins Vorgebirge hinein, wobei er immer noch so weit wie möglich Flußbetten und Weidenbeständen folgte. Schließlich kam er in eine Gegend, wo es einen gewissen Schutz unter Bäumen gab, wo sich aber immer noch Weiden am fließenden Wasser drängten.

Hier oben im Hügelland erlaubte Jeebee es sich, öfter während der Stunden des Tageslichts zu reisen, weil die Gegend frei von Menschen war. Er nahm die Gewohnheit an, zu Fuß zu gehen und Brute am Zügel zu führen, während Sally an den Sattel auf Brutes Rücken gebunden war. Das lag zum einen daran, daß er die Pferde schonen wollte, zum anderen aber hatte er mehr und mehr Erfahrung darin gewonnen, das Gelände, das vor ihm lag, zu sondieren; gleichzeitig meinte er, er sei so weniger leicht zu sehen, als wenn er auf dem Rücken des Pferdes säße, selbst hier unten in der Senke des Flußbetts.

Eines Morgens – es wurde gerade hell – scheute Brute plötzlich – er blieb stehen und bockte mit allen vieren. Jeebee blieb wie angewurzelt stehen und blickte schnell um sich. Es war kurz vor Sonnenaufgang, fast schon heller Tag. Alles war deutlich zu sehen, ausgenommen was die Weidenbüsche dem Blick entzogen, die direkt vor ihm und auch dichtgedrängt am anderen Ufer eines Wasserlaufs standen, der nicht mehr als sechs bis acht Meter breit sein konnte. Es war nichts zu sehen, was das Pferd hätte beunruhigen können, doch auch Sally zog nervös an ihrem Seil und wollte kehrtmachen.

Jeebee zog hart an den Zügeln, doch Brute widerstand ihm mit aller Kraft und bewegte sich nicht einen einzigen Zentimeter vom Fleck.

»Was ist denn mit euch los, zum Teufel noch mal?« knurrte Jeebee – und war von seinen eigenen Worten überrascht. Nicht nur, weil er über die Pferde geflucht hatte – noch vor einem Jahr wäre es ihm nicht einmal im Traum eingefallen zu fluchen.

Bestürzt erkannte er, daß er sich so sehr verändert hatte. Die Zurückhaltung, die seine zweite Natur gewesen war, soweit er sich zurückerinnern konnte, war durch die Ereignisse der letzten paar Monate von ihm abgefallen. Mit Unbehagen erinnerte er sich daran, wie er genauso überrascht gewesen war, als er in sich die Bereitschaft entdeckt hatte, Wolf – wenn nötig – zu töten, um die Lebensmittel aus dem Rübenkeller für sich zu behalten.

Dann vergaß Jeebee, plötzlich nachdenklicher geworden, seinen vorübergehenden Unwillen. Er hatte gelernt, der Wahrnehmung der Tiere mehr zu vertrauen als seiner eigenen. Und wenn auch die Nasen der Pferde nicht an die überragenden Fähigkeiten von Wolfs Geruchsorgan herankamen, so waren sie doch viel besser als seine menschliche Nase. Plötzlich wurde ihm bewußt, daß der Wind ihnen vom Oberlauf des Flusses entgegenwehte, aus der Richtung, in die sie unterwegs waren.

Er machte kehrt und führte die Pferde zurück, bis die Spannung von ihnen abfiel, dann band er sie an einer kleinen offenen Stelle am Flußufer an. Dort konnten sie grasen und trinken, während sie auf ihn warteten. Jeebee blickte sich nach Wolf um. Noch vor einer kleinen Weile war er in der Nähe gewesen. Wo war er jetzt?

Jeebee wölbte die Hände um den Mund und heulte. Er wartete. Es kam keine Antwort. Er heulte erneut.

Immer noch keine Antwort. In der kurzen Zeit, seit Jeebee ihn zum letztenmal gesehen hatte, konnte Wolf eigentlich nicht außer Hörweite geraten sein. Jeebee hatte darauf vertraut, daß Wolfs natürliche Neugierde ihn dazu veranlassen würde, zurückzukommen und zu untersuchen, was Jeebee zu diesem Ruf veranlaßt hatte. Doch als nach einer Wartezeit von drei Minuten auch auf ein drittes Heulen hin keine Antwort kam, gab Jeebee auf. Er zog die .30/06 aus ihrem Futteral an Brutes Sattel, überprüfte, ob sie voll geladen war, und machte sich noch einmal, diesmal allein, auf den Weg flußaufwärts.

Er ging aus Prinzip vorsichtig voran. Die Weidenbüsche standen hier dicht genug, um etwas bis zur Größe eines Ochsen oder Freilandstiers zu verbergen.

Jeebee trug das Gewehr ausbalanciert in der rechten Hand, den Zeigefinger am Abzugsbügel, so daß dessen Knöchel den Schaft heben und senken konnte. Seine linke Hand war frei, um Weidenzweige beiseite zu schieben – doch leise, so leise wie möglich. Ein großes Tier, das schon so hochgeschreckt war, daß es dabei war, ihn anzugreifen, wäre von einer Kugel aus einem Gewehr dieses Kalibers nicht mehr gestoppt worden.

Ein Weidenbestand versperrte ihm den Weg. Darauf folgte ein kleines offenes Stück, dann ein weiteres Weidengestrüpp und eine weitere offene Stelle mit mehr Erde als Gras. Jeebee befand sich auf dem Niedrigwasserufer. Jetzt im Juli hatte der Fluß nicht mehr seine Frühlingsfülle, die dieses Gelände bis über Jeebees Kopf hinaus überflutet und auch die unteren Hälften der Weidenstämme mit reißendem und schäumenden braunen Wasser überschwemmt hätte, hinauf bis zur eigentlichen Uferkrone auf beiden Seiten.

Er ging ein Stück weiter. In den Weiden zu seiner Linken gab es eine Lücke, so daß er einen Moment lang aus den Augenwinkeln direkt zur Uferkrone hinaufsehen konnte. In diesem Augenblick dachte er, er hätte Wolfs grauen, jetzt hager wirkenden Körper vorübergleiten sehen, parallel zu seinem eigenen Pfad. Doch als er den Kopf drehte, um richtig hinzuschauen, war die Lücke leer.

Wunschdenken, sagte er sich. Nicht, daß er große Hoffnung gehabt hätte, Wolf käme ihm bei Schwierigkeiten zu Hilfe. Er war nicht von der Art, daß er im Stil von Filmhunden angestürzt käme, um seinen menschlichen Gefährten zu verteidigen. Wolfs Handlungen wurden ausschließlich vom zweckmäßigen Eigeninteresse seiner wilden Instinkte gesteuert.

Doch wenn Wolf wirklich bei ihm gewesen wäre, dann hätte der wölfische Geruchssinn ihm mehr darüber sagen können, was die Pferde erschreckt hatte, und aus Wolfs Reaktionen hätte Jeebee eine deutlichere Warnung vor jeder tierischen Gefahr ablesen können, die vor ihm lauerte.

Jeebee schob sich durch den letzten Busch eines Weidengestrüpps und betrat eine weitere Lichtung. Dies war die bisher größte. Sie verengte sich in Richtung auf das obere Ufer, doch sie war offen genug, daß Jeebee jetzt endlich Wolf oben deutlich sah, wie er interessiert zu ihm herabschaute – doch eben nur schaute.

Jeebee wandte sich nach vorn, um weiterzugehen. Ohne einen Laut, der ihn gewarnt hätte, brach etwas vor ihm durch die Weiden – ein Paar schwarzer Hunde, schien es, einer so groß wie Wolf oder noch größer, der andere ein halberwachsener Welpe. Sie kamen auf ihn zugestürmt, der Große voran, der Kleinere hinterher.

O nein! Zwei Rancherhunde! dachte Jeebee noch, und daß er nicht auf sie schießen durfte, ganz gleich ob sie freundlich waren oder nicht. Denn wenn es sich um Rancherhunde handelte, dann ritt ihr Besitzer vielleicht in geringer Entfernung vorbei und würde das Geräusch eines Gewehrs deutlich hören können.

Er streckte die Hand vor, die das Gewehr hielt, wie man einen Stock benutzen mochte, um sich ein Tier vom Leib zu halten, das einen entweder bedrohte oder allzu freundlich an einem hochzuspringen versuchte. Plötzlich erhob sich die größere Kreatur auf die Hinterbeine, und die Ereignisse überstürzten sich, doch Jeebee sah alles sehr deutlich und sein Geist war ganz ruhig und hellwach. Bloß sein Körper schien sich nur langsam seinen Wünschen gehorchend zu bewegen.

Was er für einen Hund gehalten hatte, war aufgerichtet zu einem nachtdunklen Monstrum mit struppigem

Kopf und einem Rachen voll unglaublich großer Zähne geworden. Es war so groß wie er selber. Jeebee blickte in tiefliegende Augen und spürte den Hauch eines heißen Atems auf seinem Gesicht.

Im letzten möglichen Augenblick erkannte er, daß es sich bei dem Wesen um eine Schwarzbärin und deren Junges handelte, obwohl er sich einen erwachsenen Bären nie so mager vorgestellt hätte.

Ein mächtiger Hieb fegte das Gewehr aus seiner Hand. Es flog auf den Fluß zu. Jeebee hatte nicht mehr Zeit zu sehen, wohin es fiel, den ein zweiter schwerer Hieb streifte seinen Kopf auf der rechten Seite, und ein weiterer traf seinen linken Oberarm.

Die Zeit hatte sich abrupt verlangsamt. Jeebee bemerkte plötzlich, daß Wolf wie durch einen Zaubertrick erschienen war und mit schier unmöglicher Schnelligkeit zu ihnen stieß. Er kam nicht mit den hohen, federnden Sprüngen, mit denen er den Collie am Bahnhof angegriffen hatte, sondern als ein grauer Fleck, der eng an den Boden geschmiegt lief. Der Augenblick, als Wolf ihn und den Bären erreichte, prägte sich in Jeebees Gedächtnis als Schnappschuß von Wolf ein, wie er mit tief hängendem Schwanz, gesenkten Ohren und leicht geöffnetem Rachen hinter dem Bären herankam. Jeebee bekam diesen mächtigen Rachen nur kurz zu sehen, wie er sich für einen Sekundenbruchteil um das linke Bein des Bären schloß und die Reißzähne tief in den Knochen schlug, bevor Wolf fast auf der Stelle wieder losließ und zurücksprang.

Der Bär drehte sich geschwind um, doch zu spät, um Wolf noch zu erwischen.

Jeebees Geist schien unheimlich schnell, doch mit ungewöhnlicher Klarheit und Ruhe zu arbeiten und trieb ihn an wie eine seelenlose Maschine. Er beugte sich nieder und griff nach der Pistole in seinem Stiefel. Noch während er die Hand ausstreckte, erkannte er, wie nutzlos die leichten Kugeln waren, wenn es darum ging, einen solchen Feind aufzuhalten. Seine Finger schlossen sich statt dessen um das übergroße Messer in der Scheide an der Außenseite seines rechten Stiefels.

Er packte den Griff und zog das Messer heraus, wobei er die Lederkordel, die es am Herausfallen hindern sollte, durchriß, als wäre sie nur ein Faden. Währenddessen spürte er über seinem Kopf den Luftzug eines weiteren Hiebs der Bärenpranke, der ihn verfehlte, weil er sich gebückt hatte. Als er sich aufrichtete, warf ein weiterer massiver Schlag ihn fast um. Diesmal hatte es seinen linken Oberschenkel getroffen.

Während er sich straffte, stieß er die Messerspitze instinktiv nach vorn, wie Nick es ihn gelehrt hatte, in die Leistengegend des Bären; er spürte, wie die Klinge eindrang, und drückte sie nach oben. Ein weiterer Schlag streifte seine Schulter nur leicht. Dann fiel der schwarze Körper nach hinten, von ihm weg. Er starrte ungläubig darauf nieder. Wie Nick ihm beigebracht hatte, war die Spitze seiner Klinge nach oben gegangen. Sie war an der Oberseite des weichen Bauchbereichs eingedrungen. Irgendwie mußte er noch Glück gehabt haben, daß er ein lebenswichtiges Organ getroffen hatte – vielleicht hatte er tatsächlich das Herz erreicht, dort oben drinnen hinter dem Brustbein …

Das Junge war verschwunden. Jeebees linkes Bein gab plötzlich unter ihm nach, und er mußte sich setzen. Etwas geriet ihm ins linke Auge. Er tastete mit der Hand danach, und als er sie zurückzog, war sie feucht und rot. Als er höher langte, entdeckte er, daß etwas in Fetzen herunterhing – ein Teil seiner Kopfhaut, wie sich herausstellte. Er schob sie wieder hoch.

Wolf, der erneut angegriffen hatte, war gerade noch zurückgesprungen, als der Bär umfiel. Jetzt umkreiste er wachsam dessen Hinterteil. Nun, wo der Bär am Boden lag, näherte Wolf sich ihm vorsichtig, und während Jeebee seine Kopfhaut wieder an Ort und Stelle schob, machte Wolf einen letzten Schritt und

reckte seinen Hals, bis seine Nase fast die schwarze pelzige Hinterpfote berührte. Seine Ohren zuckten auf und nieder, während er daran schnüffelte. Schließlich versetzte er mit seiner Nasenspitze dem Bein des Bären einen scharfen Stoß und sprang zurück. Dann blieb er stehen und beobachtete mit aufgestellten Ohren und funkelnden Augen den Bären.

Der tote Bär zeigte keinerlei Reaktion. Wolf näherte sich ihm selbstbewußt und begann den Kadaver gründlicher zu untersuchen.

Jeebee achtete nicht mehr auf Wolf. Sein Messer stak immer noch aufrecht im Oberbauch des nun offensichtlich toten Tiers. Instinktiv zog er es heraus und wischte es am Hosenbein ab, bevor er es wieder in die Scheide steckte.

Überraschenderweise spürte er keine Verletzung. Zweifellos würde er sie im nächsten Augenblick fühlen. Sein Geist war immer noch von dieser wunderbaren Klarheit und Ruhe erfüllt. Die Klauen des Bären konnten ihn mit den Bakterien aus dem Schmutz, der an ihnen haftete, infiziert haben, sagte er sich ohne jede Emotion. Er würde so schnell wie möglich die Antibiotika in seinem Packsack hinter Brutes Sattel brauchen. Er sollte zu den Pferden zurückgehen, solange er sich noch bewegen konnte.

Er versuchte erneut aufzustehen und stellte fest, daß sein linkes Bein sich weigerte, ihn hochzuheben. Als er auf den Schenkel schaute, wo er den Hieb gespürt hatte, sah er, daß das Hosenbein zerrissen und blutig war. Da gab es fast genug Blut, um damit ein Bild zu malen. Der Gedanke war komisch, aber Jeebee war nicht zum Lachen.

Mit den Fingerspitzen tastete er seinen Schenkel ab. Zerrissenes Tuch, Furchen im Fleisch und ... Löcher, wo die Klauen aufgeschlagen waren. Also oberflächliche Wunden, aber die Quetschung würde ihn binnen weniger Stunden unbeweglich machen. Er mußte die Pferde erreichen. Zweifellos gab es unter den gequetschten Partien innere Blutungen. Dafür würde er kalte Kompressen machen, sobald er bei den Pferden war. Das Flußwasser dürfte kalt sein.

Er tastete seinen linken Oberarm ab und spürte dort etwas Feuchtes. Wieder war an seinen Fingern Blut. Glücklicherweise schien er nirgendwo anders noch zu bluten. Er schaute um sich. Sein Gewehr war nur knapp zwei Meter entfernt und ragte halb über den Uferrand. Er rollte sich auf seine unverletzte rechte Seite und kroch über den Boden zu der Waffe. Als er sie erreicht hatte, benutzte er sie als Stütze und stand mit seinem heilen Bein auf.

Er begann das Ufer entlangzuhumpeln, flußabwärts, zurück zu den Pferden.

KAPITEL 21

Der Rückweg durch die Weiden war mühsam. Jeebees Wunden schmerzten immer noch nicht, obwohl er sich ihrer bewußt war.

Immer noch hielt dieselbe Klarheit des Denkens und der Wahrnehmung an, und seine ganze Aufmerksamkeit war wie bei einer psychisch bedingten Einengung des Gesichtsfeldes nur auf den Ernst des Augenblicks konzentriert – und auf das, was sofort getan werden mußte. Die Zeit floß jetzt in ihrem normalen Tempo.

Er mußte an seine Erste-Hilfe-Vorräte gelangen, zu den Pferden. In den Büchern über Wölfe und in Texten über Erste Hilfe hatte er einiges über Wunden, die von großen Tieren verursacht wurden, gelesen, und danach bestand seine größte Gefahr wahrscheinlich darin, daß sein Arm und sein Bein von den Prankenhieben der Mutterbärin tiefe und schwere Quetschungen und Blutergüsse davongetragen hatten. Dort, wo diese Pranken ihn getroffen hatten, war das Fleisch unter der Haut wohl schon von Blut aus geplatzten inneren Blutgefäßen überschwemmt.

Wahrscheinlich würde er nicht viel Blut verlieren – er verlor nicht einmal jetzt viel, abgesehen von seiner Kopfhaut –, was am wenigsten wichtig erschien. Doch der wirkliche Schaden waren die inneren Verletzungen unter der Haut. Das würde bedeuten, daß die Wunden anschwollen, was etwa vierundzwanzig Stunden dauern würde, bis der Höhepunkt erreicht war.

Behandlung von Schwellungen? Jeebee bemühte sich zu erinnern, was er darüber in Erste-Hilfe-Handbüchern gelesen hatte. Kalte Kompressen! Im Augenblick hatte er weder Kompressen noch Material dafür bei sich. Aber das Wasser im Fluß ganz in der Nähe kam aus den Bergen. Es dürfte eiskalt sein, und bei den Pferden hatte er Kleider, die er zerreißen und fest um die untere wie um die obere Wunde wickeln konnte. Und auch um den Kopf, wo es noch am meisten blutete.

Je früher die Kälte auf die Wunden einwirken konnte, desto besser. Bei seinem gegenwärtigen Gehumpel würde es noch eine Weile dauern, bis er die schätzungsweise fünfzig Meter zurück zu den Pferden hinter sich gebracht hatte. Gott sei Dank hatte er sie dort festgebunden, wo es Wasser und Gras gab, bevor er losgegangen war.

Die Weidengestrüppe hielten ihn auf. Manchmal konnte er sich durch sie hindurchschieben, manchmal mußte er um sie herumgehen, aber er kam nur langsam voran. Er warf einen Blick auf den Wasserlauf. Der war höchstens acht Meter breit und anscheinend weniger als einen Meter tief. In ihm wuchsen keine hinderlichen Weiden, und dort zu gehen hätte den doppelten Vorteil, daß er das verletzte Bein in die Kälte des Wassers tauchen und wenigstens beginnen würde, die Beinwunde auszuwaschen.

Außerdem könnte er auch während des Gehens ständig Wasser auf seinen Arm spritzen. Beides würde helfen, den schlimmsten Schmutz abzuwaschen, den zweifellos die Klauen und Prankenballen der Bärin hinterlassen hatten. Gleichzeitig konnte er sein Ziel in der Hälfte der Zeit erreichen, die er sonst brauchen würde, wenn er immer um diese Weiden herumhumpelte oder sich seinen Weg durch sie hindurch bahnte. Und das Wasser würde ihn nicht langsamer machen als die Weiden.

Er schwenkte auf den Fluß zu und hielt am Ufer an, als ihm plötzlich einfiel, daß das Wasser toxische Organismen mit sich führen könnte. Da gab es einen Parasiten namens *Giardia*, der aus den Exkrementen von Bibern und anderen wilden Tieren stammte und in Gebirgsflüssen des Westens wie diesem hier auftreten sollte.

Doch hatte er eine Wahl? Es war ein Hasardspiel, bei dem die Möglichkeit einer Infektion gegen die nahezu sichere Gewißheit stand, daß seine Wunden ihn bewegungsunfähig machen würden, und das auf vielleicht lebensbedrohliche Weise. Unfähig zu gehen, unfähig aufzustehen, würde er Schwierigkeiten haben, an Essen oder Wasser zu kommen, und außerdem wäre er jedem Raubtier oder menschlichen Feind gegenüber hilflos. Als er in das Wasser hinabstieg, das fast bis zu seinen Hüften reichte, und spürte, wie sein unversehrtes Bein auf dem Flußbett auftraf, erinnerte er sich gerade noch rechtzeitig daran, den Revolver aus seinem Stiefel zu nehmen und in den Gürtel zu stecken.

In den Büchern, die er aus den Ruinen von Walter Neiskamps Haus mitgenommen hatte, wurde berichtet, daß gewöhnlich ein Wolf, der Zeichen von Schwäche oder Behinderung zeige, von anderen Mitgliedern des Rudels belästigt oder attackiert wurde. Ein verletzter Wolf, der einen hohen Rang einnehme, sei ein Ziel, das besonders zum Angriff einlade. Zugegeben, letzteres kam im allgemeinen nur dann vor, wenn der angreifende Wolf alt genug war, um ›politisch‹ zu werden – das heißt: besorgt um seinen Rang im Rudel. Das konnte, wie Jeebee gelesen hatte, irgendwann nach dem zweiten Lebensjahr des Wolfes geschehen, wenn Rudelwölfe die Geschlechtsreife erreichen.

Jeebee vermutete, daß Wolf erst etwa ein Jahr alt gewesen war, als er ihn kennengelernt hatte; theoretisch zu jung, um schon ›politisch‹ zu sein. Doch alle Bücher – sowohl die formellen akademischen Arbeiten wie auch die in der ersten Person erzählten Berichte von Wolfsenthusiasten, die keine Wissenschaftler waren – stimmten darin überein, daß Wölfe die Bücher über ihr mutmaßliches Verhalten nicht lasen; somit war das einzige, was man über sie voraussagen konnte, daß sich ihre Reaktionen nicht voraussagen ließen. Im Treffen von Entscheidungen waren Wölfe individuelle Personen, wie Jeebee selbst es an Wolf mit eigenen Augen gesehen hatte.

Und eine Voraussage war sogar noch problematischer, wenn Franks Behauptung stimmte, daß einige Aspekte im Verhalten der Wölfe nicht vom eigenen hochentwickelten kognitiven System des Tieres gesteuert waren, sondern von einem separaten Instinktsystem – das zum großen Teil unabhängig von dem bewußten, denkenden System arbeitete. Instinktive Verhaltensmuster, die von Reizen ausgelöst wurden, die ein Mensch vielleicht nicht einmal wahrnahm, konnten einen Wolf zu einem Verhalten veranlassen, das sein eigenes Bewußtsein nicht steuern konnte. Raubtierverhalten konnte durch die unbeholfenen, unkoordinierten Bewegungen eines verkrüppelten Rudelmitglieds genauso leicht ausgelöst werden wie durch das Umsichschlagen eines verletzten Hirsches. Was für kameradschaftliche Gefühle Wolf auch immer für Jeebee haben mochte, die Verletzungen des Menschen konnten einen Angriff provozieren. Daß Wolf später vielleicht etwas empfinden würde, das mit Reue verwandt war, stellte nur einen geringen Trost dar; Jeebee mußte sich entweder so normal wie möglich bewegen, wenn Wolf in der Nähe war, oder reglos bleiben – wie es kranke und verwundete Wölfe tun.

Die ganze Zeit, während er diesen Gedanken nachhing, suchte er sich nahe am Ufer seinen Weg flußabwärts: das Ende des Gewehrlaufs in der rechten Hand, klopfte er mit dem Gewehrkolben unter Wasser den Grund vor seinen Füßen ab wie ein Blinder, der mit seinem Stock nach Schlaglöchern oder Hindernissen sucht.

Bis jetzt hatte er Glück gehabt und war auf nichts

dergleichen gestoßen. Und er war auch über keine aus dem nahen Ufer ins Wasser ragende Wurzel gestolpert. Jetzt war es nicht mehr weit bis zu den Pferden. Immer noch war sein Geist glasklar und diamantenscharf und konzentrierte sich auf die Suche nach allem, was er tun oder ertragen mußte.

Vielleicht, so dachte Jeebee, war es sein eigenes, menschliches Instinktsystem, das ihm – ausgelöst durch die Notwendigkeit zu überleben – jetzt half.

Doch schließlich watete er um die letzte Biegung des Flusses und sah die Pferde, wo er sie angebunden hatte. Es war Zeit, nach einer Stelle zu schauen, wo er, so verletzt, wie er war, hochklettern konnte, heraus aus dem Fluß auf das Ufer. Das Wasser ging ihm bis zu den Hüften, und er mußte das etwa sechzig Zentimeter hohe hellbraune lehmige Ufer erklimmen. Er löste das Problem schließlich, indem er sich mit dem Oberkörper aufs Ufer legte, wobei er immer noch das Gewehr hielt, und dann seinen Körper aus dem Fluß rollte, um seine Beine hinter sich aus dem Wasser zu ziehen. Er rollte über die Pistole in seinem Gürtel und quetschte sich dabei.

Mit Hilfe des Gewehrs kam er auf die Beine und humpelte zu den Pferden. Wolf war nirgendwo zu sehen, wie Jeebee zufrieden feststellte. Vielleicht war seine Angst vor einem instinktiven Angriff töricht, aber er wollte es lieber nicht darauf ankommen lassen.

Glücklicherweise war sein rechter Arm von der Bärin weniger verletzt worden als der linke. Er war Rechtshänder. Nick Gage hatte ihn zwar mit der Pistole in der linken Hand üben lassen, aber linkshändig traf er einfach nicht genau.

Er umwickelte seine Wunden mit nassen Kompressen aus Streifen einer zerschnittenen und zerrissenen Decke und schluckte seine erste Dosis eines Antibiotikums. Es war Augmentin, das er genau für einen solchen Fall in seinem Rucksack aus Michigan mitgebracht hatte. Er spülte die Pille mit desinfiziertem Wasser aus dem Sack hinunter, den er immer am Sattel mitführte. Erst danach nahm er sich die Zeit, das Wasser aus seinen Stiefeln zu entleeren und die nassen Socken auszuziehen.

Jetzt begann er seine Wunden zu spüren. Dabei handelte es sich noch nicht um einen echten Schmerz, er war sich einfach bewußt, daß sie da waren. Doch es gab noch allerhand zu tun, bevor er ihnen nachgeben durfte. Wie es schien, hatten fast sofort nach Verlassen des kalten Wassers die Schwellungen in Bein und Arm begonnen sich zu entwickeln und diese Gliedmaßen zu versteifen. Falls er bald die Bewegungsfähigkeit verlieren sollte, dann gab es da noch einiges, was unbedingt vorher erledigt werden mußte.

Vielleicht würde er nicht mehr in der Lage sein, die Pferde abzuladen. In diesem Fall müßte er einige Tage lang Sally mit ihrer Traglast und Brute mit seinem Sattel beladen stehen lassen, und das war unvorstellbar. Hier gab es keine Bäume, die hoch genug gewesen wären, um Sallys Last daran hochzuziehen, heraus aus Wolfs Reichweite – selbst wenn Jeebee im Augenblick in der Lage gewesen wäre, auf einen Baum zu klettern. Schon der Gedanke daran war lächerlich, so verletzt wie er jetzt war.

Das Beste, was er tun konnte, war, sowohl die Traglast wie den Sattel abzuwerfen und beide Pferde an einer Stelle zu lassen, wo sie Wasser und Gras erreichen konnten.

Sobald die Traglast auf dem Boden liegen würde, wüßte er nicht mehr, wie er deren Inhalt vor Wolf schützen sollte. Dann kam ihm der Gedanke, daß er sie zwischen die beiden Pferde fallen lassen und sich selbst darauflegen konnte. Er hoffte, daß auf diese Weise Wolf nicht darankommen würde. Ein gewagtes Unternehmen, aber er mußte jetzt ein Wagnis eingehen.

Zum ersten Mal ging ihm auf, wie selbst eine geringfügige Wunde einen Wolf so sehr lähmen konnte, daß sie seine Überlebensfähigkeit bedrohte.

Mit nur einer Hand war es nicht leicht, aber es gelang ihm, das Seil auf Sallys Traglast zu entknoten und herunterzuwerfen, und dann mit noch mehr Schwierigkeiten den Sattelgurt zu lösen, der die Decke darunter festhielt. Er drängte Sally gegen einige Weiden, so daß die schlanken Stämme den Sattelgurt gegen ihre andere Flanke drückten, während der sich löste, und so gelang es Jeebee, die Last langsam heruntersinken zu lassen, während er sie mit dem unverletzten Arm zu Boden zog.

Er konnte nicht mehr tun, als ihren Fall mit diesem einen Arm abzufangen. Aber am Ende hatte er einen relativ ordentlichen Haufen vor sich liegen, den er noch zusammenschieben konnte, so daß der Zeltboden ihn und seine Sachen bedecken würde, sobald er sich auf sie niederlegte.

Es blieben noch einige Dinge zu tun. Arm und Bein begannen jetzt ausgesprochen zu schmerzen, und Jeebee dachte an Dilaudid, das Schmerzmittel, das sich auch in seinem Rucksack befand.

Doch so schlimm war es noch nicht – wahrscheinlich weit entfernt davon, wie schlimm es noch werden würde –, und er mußte noch Brute den Sattel abnehmen und den Rucksack unter die Zeltplane legen, damit er seine Medikamente dann zur Hand hatte, wenn er sich kaum noch bewegen konnte.

Er löste Brutes Sattelgurt und ließ Sattel, Rucksack und Satteldecke herunter. Unglücklicherweise fielen sie alle auf der anderen Seite des Pferdes hinab, doch Jeebee bekam ein Ende des Sattelgurtes zu fassen und zog alle drei unter Brutes Bauch hindurch zu sich her. Brute war entweder ungewöhnlich gut gelaunt oder es war ihm gleichgültig, denn er unternahm keinen Versuch, auf einen der Gegenstände zu treten oder dagegen zu protestieren, daß da unter ihm etwas vonstatten ging.

Jeebee zog Sattel und Rucksack zu sich, schnallte den Rucksack ab, holte die Medikamente heraus und verstaute alles unter der Zeltplane; den Beutel mit den Medikamenten legte er so nieder, daß er ihn zum Greifen nahe hatte, sobald er sich hinlegen würde.

Eins mußte er noch unbedingt tun, doch nun verließ ihn allmählich der seltsame Zustand intensiver Klarheit, in dem er sich bis jetzt befunden hatte. Zum erstenmal spürte er, wie eine Schwäche seine Beine erfaßte und wie sich in Bein, Arm und Kopf der Schmerz ausbreitete.

Er zwang sich, unter der Zeltplane herumzusuchen, bis er einen leeren Wassersack fand. Er warf Desinfektionspillen hinein und humpelte zum Fluß, um den Sack mit Wasser zu füllen. Dabei nutzte er die Gelegenheit, noch einmal seine drei unförmigen Verbände an Bein, Arm und Kopf gründlich zu befeuchten.

Einen Moment lang dachte er, die neuerliche Befeuchtung des Verbandes um seinen Kopf hätte die aufgeplatzte Kopfhaut so sehr strapaziert, daß sie wieder heftig zu bluten begonnen hatte. Doch das war nur schon getrocknetes Blut, das wieder aufgeweicht worden war. Er wischte sich mit der unverletzten Hand die rötliche Nässe aus den Augen, nahm den gefüllten Wasserbeutel und humpelte, das Gewehr immer noch als Stütze benutzend, zu dem Haufen unter der Zeltplane zwischen den beiden Pferden. Heilfroh, daß er es geschafft hatte, setzte er sich schließlich darauf nieder.

Im Sitzen nahm er auch den halbvollen Sack mit desinfiziertem Wasser, der schon am Sattel gehangen war, zu sich, so daß er jetzt innerhalb der Reichweite seines Arms einen vollen und einen halbvollen Wassersack hatte. Er zog die Säcke mit unter die Plane und schob die weicheren Materialien unter sich so zusammen, daß sie eine Art Bett bildeten. Er stapelte sie am Fußende hoch, um die Beine hochzulegen, und zog die nassen Kleider aus. Er hatte Glück und fand unter der Packplane zusammen mit den Decken trockene Unterwäsche, Hosen und ein Hemd.

Er zog die nasse Kleidung vom Leib und rubbelte sich mit einem trockenen Hemd trocken. Die Lufttemperatur des zunehmenden Tages mußte schon 10 Grad betragen, doch er begann zu zittern, da die Unterkühlung einsetzte. Er fluchte leise, als er merkte, daß er die trockenen Kleider nicht über seine Kompressen ziehen konnte; er warf sie hin, um sich darauf zu legen, und beschränkte sich auf Unterhosen und Strümpfe. Dann rollte er sich in die Decken und schob sich unter die Zeltplane. Er zitterte, sein Gesicht war gerötet. Er keuchte schwer. Die Augen taten ihm weh, er begann sich tatsächlich sehr schwach zu fühlen, und der Schmerz meldete sich viel heftiger aus den verletzten Körperpartien.

Jeebee lag da und dachte, er wolle es so lang wie möglich hinausschieben, eine der Dilaudid-Tabletten zu nehmen. Doch da seine Gedanken sich mit nichts anderem beschäftigten als mit der Empfindung des Schmerzes, schien dieser schnell zuzunehmen und den Punkt zu erreichen, an dem er unerträglich wurde. Inzwischen fühlte Jeebee sich schon so schwach, daß aufzustehen nur noch im Notfall in Frage kam.

Schließlich wurde ihm warm, und er versuchte im Sonnenlicht zu dösen. Mitten am Nachmittag wachte er jedoch auf und zitterte erneut. Es gab keine Decken mehr, die er sich noch zusätzlich hätte aufhäufen können. Verzweifelt zog er an der Zeltplane und mühte sich schwach um mehr Bedeckung. Doch dann schob er sie wieder zurück, um sicherzustellen, daß sie immer noch die ganze Traglast bedeckte.

Jetzt war es Zeit! Er fingerte im Medikamentenbeutel herum und holte den Behälter mit Dilaudid hervor. Unbeholfen schüttelte er eine der kleinen, orangefarbenen, zwei Milligramm wiegenden Pillen aus der Flasche in die rechte Hand und spülte sie mit einem Schluck Wasser aus dem halbgefüllten Wassersack hinunter.

Er hielt das Fläschchen hoch und las die Hinweise zur Anwendung: viermal täglich ein bis zwei Pillen, und das maximal eine Woche, doch wenn möglich auch weniger. Er wußte, daß diese Pillen zwar wirksam waren, aber süchtig machten, und hier draußen allein medikamentensüchtig zu werden war das letzte, was er wollte. Wenn das Medikament verbraucht war, gab es keine Möglichkeit, mehr davon zu bekommen, selbst wenn es für ihn sicher wäre, mehr davon einzunehmen.

Jeebee entspannte sich und schloß die Augen. Seine Wunden arbeiteten jetzt, und der Schmerz in ihnen schien im Rhythmus seines Herzschlags zu pulsieren. Doch allmählich begann das Dilaudid zu wirken, und er schlief ein.

Er erwachte im Tageslicht eines jungen Morgens und bemerkte, wie Wolfs große, klebrige Zunge ihm über Stirn und Kopfhaut fuhr.

»Hau ab!« rief er – oder versuchte er zu rufen –, doch statt eines strengen Gebrülls kam nur ein schwaches Gekrächze heraus. Einen Augenblick später traf ihn der Schmerz.

Es war schwer vorzustellen, daß er soviel Schmerz empfinden konnte. Jeebee schaute auf den Arm und das Bein und fand sie zu scheinbar gargantuesken, unnatürlichen Proportionen angeschwollen.

Mit zitternder rechter Hand wühlte er in seinen Sachen nach dem Medikamentenbeutel. Er war nur noch teilweise von der Zeltbahn bedeckt, und die Verbände an Arm und Bein waren verrutscht – und nach dem zu schließen, wie er den Wind am Kopf spürte, saß auch der Kopfverband nicht mehr richtig. Doch in diesem Augenblick zählte nichts außer Dilaudid.

Er fand den Beutel, fand die Flasche mit dem Dilaudid. Er schüttelte eine Pille aus der Flasche auf seine

Brust. Linkisch schraubte er mit einer Hand den Deckel wieder auf die Flasche und legte sie weg. Dann folgte erneutes Wühlen nach dem Wassersack – nach irgendeinem Wassersack. Er fand ihn, nahm einen Schluck und spülte damit die Pille hinunter.

Er seufzte erleichtert. Der Schmerz hatte natürlich noch kein bißchen abgenommen, doch Jeebee wußte, daß er schließlich nachlassen würde.

Er schaute auf die Zeltplane hinab, die ihn hätte bedecken sollen. Jemand hatte darunter herumgestöbert und sie soweit zurückgeschoben, bis sein linker Arm und sein linkes Bein freigelegt waren. Die Verbände waren weggezerrt und die Wunden saubergeleckt worden. Jeebee hob die rechte Hand zum Kopf und fand, daß an der Wunde in seiner Kopfhaut jede Kruste von getrocknetem Blut fehlte und sie statt dessen mit einer hauchdünnen Schicht überzogen war, wie sie vielleicht eine dünne, getrocknete Lösung von Zuckersirup zurückgelassen hätte. Aus früheren Erlebnissen wußte er, daß es sich dabei um die getrockneten Überreste von Wolfs Speichel handelte. Wolf mußte die Wunden geleckt haben, wie er solche Wunden auch an sich selbst oder an einem Rudelkameraden geleckt hätte.

Jetzt, wo er allmählich völlig wach wurde und das Dilaudid in seinem Organismus unterwegs war, um den Schmerz zu lindern, kam ihm eine verschwommene Erinnerung daran, daß er zuvor wenigstens einmal dadurch geweckt worden war, wie Wolf ihn abgeleckt hatte. Jeebee erinnerte sich jetzt daran; er hatte Wolf angebrüllt und angeknurrt, damit er aufhöre – er erinnerte sich auch, daß er zuerst hektisch nach der Pistole gefingert hatte, bis er erkannte, daß Wolf nur versuchte, ihm zu helfen, und er erinnerte sich, daß er weitere Dosen von Dilaudid genommen hatte.

Wieviel hatte er in diesem Zustand der Verwirrung eingenommen? Er wußte es nicht mehr, doch da er sich daran erinnerte, wie er jedesmal, wenn er erwacht war, schwere Schmerzen gespürt hatte, so hatte er wahrscheinlich die zulässige Dosis nicht zu weit überschritten ...

»Mhrmmp ...? Mhrmmp ...? Mhrmmp ...?«

Wolf war immer noch bei ihm und gab kleine, fragende Laute von sich, die tief aus seiner Kehle kamen. Jeebee erhob sich halb auf dem Ellbogen des unverletzten Arms und schaute Wolf an, der daraufhin hastig einige Schritte zurückwich. Er beobachtete Jeebee jetzt mit weit zurückgelegten Ohren – ein starkes Signal für friedliche Absichten – und wedelndem Schwanz. Sein Kopf war ein wenig zur Seite geneigt, was Jeebee aufgrund langer Erfahrung während ihrer gemeinsamen Monate als einen interessierten, besorgten Gesichtsausdruck deutete.

»Tut mir leid«, sagte Jeebee heiser und schaute Wolf an. »Ich bin nicht verrückt ...«

Er versuchte sich höher zu heben, doch der Schmerz hielt ihn zurück und der Ellbogen gab unter ihm nach. Wolf trat einen Schritt vor. Jeebee erkannte, daß er buchstäblich nicht aufstehen konnte. Er langte mit der Hand in Wolfs Richtung, Wolf machte einen weiteren Schritt nach vorn und leckte an Jeebees Hand. Jeebee griff in das dichte Haar unter Wolfs Hals und kraulte ihn dort.

Wolf leckte seine Hand aufs neue. Dann fiel aller Anschein von Interesse oder Sorge von ihm so plötzlich ab, als hätte man einen Schalter ausgeknipst. Er drehte sich plötzlich um, trottete zwischen den Weiden davon und ließ Jeebee allein.

Jeebee blieb an Ort und Stelle liegen. Langsam begann das Dilaudid zu wirken, der Schmerz ließ nach. Er wurde sich der Tatsache bewußt, daß ihn die volle Blase quälte.

Er befand sich in einer verzwickten Lage. Er konnte sich buchstäblich nicht bewegen. Auch wenn der Schmerz nachgelassen hatte, so waren doch der linke

Arm und das linke Bein so steif wie Holz. Doch mit etwas Anstrengung konnte er sich wieder etwas auf die rechte Seite rollen, wenigstens so weit, daß er über den Rand der Waren, die unter ihm aufgehäuft lagen, hinaus urinieren konnte. Eine Welle von Wärme durchflutete ihn, Erleichterung stieg in ihm auf. Dann fiel ihm ein, daß Dilaudid wie Kodein, Morphium und alle anderen Opiate, die Aktivität des Parasympathikus erhöhte – was bedeutete, daß es damit seine normale Darmaktivität verlangsamte und Verstopfung verursachte. Falls er einige Tage an das Bett auf der Traglast gefesselt bleiben sollte, dann war diese Nebenwirkung hilfreich. Und wenn er sich richtig erinnerte, dann verursachte Dilaudid auch Empfindungen von Ekel, was für die nächsten ein, zwei Tage seinen normalen Hunger verringern würde.

Die körperliche Erleichterung war beträchtlich.

Er legte sich wieder hin und entspannte sich. Jetzt, so früh am Tag, lag er im Schatten, aber in ein paar Stunden würde die Sonne hoch am Himmel stehen und direkt auf ihn scheinen. Nun, dagegen konnte er nichts ausrichten, außer vielleicht etwas, das greifbar lag, verwenden, um seine Augen vor der direkten Sonneneinstrahlung zu schützen.

Mit dem Dilaudid in seinem Organismus fühlte er sich allmählich relativ behaglich, und er war ausgeschlafen. Sein Gemütszustand war viel ruhiger, als er erwartet hatte. Anscheinend war etwas von Wolfs Pragmatismus auf ihn übergegangen. Hier, neben dem kleinen Fluß und inmitten der Weiden, befand er sich in Gefahr. Ein Rancher, ein Rancherhund oder sogar ein weiterer Bär konnten hier über ihn stolpern. Er mußte wieder reiten können, oder zumindest lang genug auf dem Pferd sitzen, um sich aus diesem Weideland wegzubegeben, hinauf in das Land der Vorgebirge, wo die Rinder wohl kaum hinkämen, und die Rancher folglich auch nicht.

Ein echtes Problem würde es werden, die Sachen, auf denen er lag, wieder Sally aufzupacken. Er würde sich vielleicht in ein, zwei Tagen wieder irgendwie hochrappeln können, aber es war fast unvorstellbar, daß er in der Lage sein sollte, wieder zu packen und zu satteln.

Andrerseits konnte er diesbezüglich im Augenblick nichts tun. Sein Körper brauchte Ruhe. Seine Wunden brauchten kalte Kompressen. Und er mußte weiterhin seine Gliedmaßen hochlegen.

Im Augenblick waren die kalten Kompressen außer Frage. Er konnte sich nicht einmal zum Uferrand ziehen, um die Tücher, die er um die verletzten Körperstellen gewickelt hatte, ins Wasser zu tauchen. Andrerseits konnte er seinen Arm, sein Bein und seinen Kopf einigermaßen hochlegen.

Kurz bevor er eingeschlafen war, hatte er offensichtlich einen Teil der Sachen, auf denen er lag, so aufgestapelt, daß Haufen entstanden waren, auf denen sein Arm und sein Bein liegen konnten. Während das Dilaudid den Schmerz milderte, legte er schwerfällig seine Gliedmaßen wieder auf diese Haufen. Alles andere mußte warten, bis er wieder stärker war.

Ihm fiel jetzt aus den Wolfsbüchern ein, daß der Speichel von Wölfen sehr säurehaltig und deshalb bakterienabtötend war. Wolf hatte ihm wahrscheinlich einen Gefallen getan, als er die Wunden sauberleckte. Es gab keine wirklichen Blutungen mehr, doch wenn Jeebee den Hals verdrehte, so daß er Arm und Bein sehen konnte, dann sah er an den Stellen, wo die Verbände weggezerrt worden waren, an den verletzten Partien ein gewisses Maß an Eiterbildung. Wolfs Nase würde den Geruch dieser wunden Stellen aufnehmen und vielleicht würde er sie wieder automatisch mit seiner Zunge reinigen.

Jeebees Gedanken schweiften etwas ab. Er staunte immer noch über die Sorge, die Wolf für ihn hegte. In seinen Gedanken hatte er Wolf an erster Stelle als Gefahr, nicht als Hilfe, gesehen. Auf den ersten Blick hin schien das Verhalten seines Partners dem zu widersprechen, was er an vielen verschiedenen Stellen in den Büchern gelesen hatte. Er erinnerte sich an die leisen Geräusche, irgendwo zwischen einem Winseln und einem Knurren, die Wolf gemacht hatte, als er kurz vor seinem Weggehen Jeebee beobachtete. Gewiß hatte Wolf besorgt geklungen.

Aber es mußte noch eine vernünftigere Erklärung dafür geben. Jeebee durchforschte seine Erinnerungen an die Lektüre der Wolfsbücher. Sein Gedächtnis war zwar gut, aber nicht eidetisch oder photographisch. Jedoch, jede Tatsache, auf die er stieß und die irgendwie an Wissen anknüpfen konnte, das er schon in seinem Kopf hatte, tat dies im allgemeinen auch und blieb dann weiterhin hängen wie angeklebt.

Doch nirgendwo gab es in den Büchern eine spezifische Erklärung dafür, daß Wolf mehr um ihn besorgt war, als Jeebee erwartet hatte, oder für seine plötzliche Verhaltensänderung. Jeebee lag sinnend da, während die Sonne am Himmel emporstieg und die Schatten um ihn herum kürzer wurden. Er befand sich immer noch im Schatten, doch bloß von den Füßen aufwärts. Noch eine Stunde – noch eine halbe Stunde, und er würde einen Sonnenschutz für seine Augen nötig haben.

Plötzlich kam ihm eine Antwort. Er hatte einen Fehler gemacht, als er die Situation nur vom Standpunkt des Amateurs aus betrachtet hatte, der er im Umgang mit Wölfen letztlich war. Der Wolf war ein soziales Lebewesen, und Jeebee war Sozialwissenschaftler. Wenn er nun aber alles, was er über das Rudelverhalten von Wölfen gelesen hatte, vom Standpunkt des Sozialwissenschaftlers aus überdachte, so ging ihm auf, daß das Verhalten eines Wolfes in einem Rudel nicht notwendigerweise dem Verhalten eines Wolfes gleichen mußte, der sich in einer solchen Situation befand, wie sie jetzt zwischen ihm und Wolf bestand.

Ein Wolfsrudel ähnelte offensichtlich eher einem italienischen Fürstenhof der Frührenaissance, wo jeder dem anderen zulächelte, während er sich sorgfältig den eigenen Rücken freihielt und nach einer günstigen Gelegenheit ausschaute, die den Rücken eines anderen, besonders eines Höhergestellten, seinem Dolch preisgeben würde.

Unter Wölfen war der Rang wichtig, doch das galt nur unter den Bedingungen eines Rudels. Die Situation, die zwischen Jeebee und Wolf bestand, unterlag nicht den Rudelbedingungen.

Ihm fiel auf, daß man immer eine Menge Studien über Wölfe in Rudeln angestellt hatte, aber er hatte fast nichts über nomadische Wölfe gelesen, die allein oder in Paaren wanderten. Im Falle eines Rudels bestand eine subtile Balance zwischen den Vorteilen der Zugehörigkeit zu einer kooperativen sozialen Gruppe und dem Wettbewerb um die Privilegien eines hohen Rangs – besonders um das Privileg der Fortpflanzung. Jeebee und Wolf waren bei ihrer Reise ein Paar Junggesellen, für die kein Wettbewerb um Fortpflanzungsrechte die Rangfolge zu einem Streitpunkt machte und deren Partnerschaft durch die ganz natürliche Gemeinschaftsorientierung ihrer jeweiligen Arten zusammengehalten wurde.

Gewiß war die Gemeinschaftsorientierung vorhanden – das Bedürfnis beider Seiten nach Gesellschaft.

Jeebee war überglücklich gewesen, in Wolf jemanden zu haben, der sein Leben mit ihm teilte. Er erinnerte sich auch daran, wie er Merry von Wolfs erstem völlig unterwürfigen Annäherungsversuch erzählt hatte; der hatte sich ereignet, nachdem Jeebee die Leute gesehen hatte, die an die Wagen gekettet waren und als er Wolf im wesentlichen ignoriert hatte, zu einer Zeit, als sie sich für gewöhnlich nahe gewesen waren.

Wolf schätzte offensichtlich eine solche soziale Anteilnahme ebenso wie Jeebee. Es wäre folglich wenig sinnvoll, die Quelle von Trost und Freude nur um eines relativen Ranges willen zu zerstören. Außerdem, wenn man dies täte, dann hätte es keinen Sinn, daß man in der Hierarchie um einen Platz aufgestiegen war, denn die Hierarchie wäre dann auf ein einziges Individuum beschränkt und würde aufhören zu existieren.

Die Sonne kletterte stetig am Himmel empor, bis Jeebee voll im Sonnenlicht lag. Er zog den Zipfel der einen leichten Decke, die teilweise unter ihm lag, über den oberen Teil seines Kopfes, um seine Augen abzuschirmen. Er würde nicht mehr als etwa eine Stunde so liegen müssen, denn inzwischen müßte die Sonne sich soviel weiterbewegt haben, daß eine Gruppe Weiden ihm Schatten spendete. Während er mit bedeckten Augen dalag und die Wirkung des Narkotikums in seinem Organismus zunahm, schlummerte er ein.

Er schlief leicht und erwachte, als Wolf ihn beschnüffelte. Jeebee öffnete die Augen und sah, daß Wolf jetzt seine Aufmerksamkeit auf das verletzte Bein richtete. Er leckte es mit einer stetigen Bewegung der Zunge. Danach ging er dazu über, die Armwunde zu lecken, wobei er in jeder anderen Hinsicht Jeebee ignorierte, als wäre er mit einer eigenen Angelegenheit beschäftigt; dann ging er zum Kopf über.

Diesmal blieb Jeebee still liegen und ließ Wolf gewähren. Er schloß nur erneut die Augen, als die breite Zunge sich ihnen näherte. Als sie zu lecken aufhörte, öffnete Jeebee wieder die Augen. Wolf wich gerade zurück. Er legte sich auf den Bauch, die Vorderpfoten ausgestreckt, die Hinterpfoten zur einen Seite abgewinkelt, und legte den Kopf auf die überkreuzten Vorderpfoten. Seine Augen schienen nicht fokussiert zu sein, als schaute er auf nichts. Doch Jeebee hatte gelernt, daß jeder Bewegung, die er jetzt machte, eine leichte Bewegung eines Wolfsohrs folgen würde. Er hatte verstehen gelernt, daß in Augenblicken wie diesen Wolf tatsächlich alles beobachtete.

Doch so, wie die Dinge lagen, konnte er sich nicht bewegen – oder zumindest konnte er sich nur ein winziges bißchen bewegen, und das nur mit viel Schmerz und Schwierigkeiten. Das Dilaudid hatte nicht den Schmerz weggenommen, sondern ihn auf einen Grad reduziert, wo Jeebees Geist noch arbeiten konnte. Es war jetzt mitten am Nachmittag, soweit Jeebee es nach Licht und Schatten, die ihn umgaben, sagen konnte. Vielleicht war es bald Zeit für eine weitere Schmerztablette, doch im Moment sicher noch nicht. Außerdem: je weniger Opiat, desto besser.

Mit Entsetzen erinnerte er sich plötzlich daran, daß er beim letzten Aufwachen nach dem Dilaudid gesucht hatte, aber nicht mehr wußte, ob er das Antibiotikum genommen hatte. Er fragte sich, ob er es überhaupt eingenommen hatte, gleich nachdem er zu den Pferden zurückgekehrt war. Unter Schmerzen tastete er mit der Hand des heilen rechten Arms nach dem Medikamentenbeutel. Als er ihn gefunden hatte, nahm er die Flasche mit dem Augmentin heraus und schüttete die Pillen vorsichtig auf seine Brust, so daß keine herunterrollen und auf dem Boden verlorengehen konnte. Als er die Pillen so plaziert hatte, daß er sie zählen konnte, wenn er den Hals reckte, teilte er sie mit den Fingern in Teilmengen zu je fünf auf.

Ursprünglich waren es sechzig gewesen. Er hatte sie auf ein Rezept des Arztes bekommen, der die Studiengruppe betreut hatte. Jetzt zählte Jeebee nur siebenundfünfzig.

Er hatte die erste am Morgen des Vortags genommen. Das bedeutete, er mußte die anderen beiden während der nebelhaften Aufwachperioden genommen haben, an die er sich nur verschwommen erinnern konnte. Die Verschreibung lautete auf drei Pillen täglich, mindestens eine Woche lang, in einem schweren Fall bis zu zehn Tage.

Der Arzt hatte die Wirksamkeit des Augmentins sehr gelobt. Es sollte, hatte er gesagt, gegen gram-negative und gram-positive Bakterien ebenso wirksam sein wie gegen Staphylokokken und anaerobe Bakterien.

Mühsam sammelte er die Pillen – bis auf eine einzige – wieder in die Flasche, schloß sie sorgfältig und steckte sie weg. Dann spülte er mit einem Minimum an Bewegung die übriggebliebene Pille mit Wasser aus dem leichteren der beiden Wassersäcke hinunter.

Vorsichtig, denn jede Bewegung tat der wunden Seite seines Körpers weh, versuchte er beide Säcke zu heben, um abzuschätzen, wieviel Wasser noch in ihnen war. Der, aus dem er getrunken hatte, war nahezu leer. Auch aus dem anderen war etwas entnommen worden, aber er war mindestens drei Viertel voll. Jeebee schätzte, er würde bis zum nächsten Tag durchhalten können, ohne einen ernsten Wassermangel zu spüren.

Eine Weile dachte er daran, das verbleibende Wasser zu rationieren. Doch dann entschied er sich dagegen. Er wußte nicht, ob in Fällen ernster Quetschungen nicht eine adäquate Aufnahme von Wasser für die Heilung notwendig war. Wahrscheinlich war es besser zu trinken, wann immer er durstig war, und den Körper entscheiden zu lassen, wieviel und wann.

Sicher würde er morgen mit neuem Dilaudid in seinem Organismus und unter dem Zwang leerer Wassersäcke dazu fähig sein, über den Boden zum Fluß zu kriechen und beide Säcke wieder zu füllen.

Erneut forschte er in seinem Rucksack, um zu kontrollieren, ob die großen gelben Pillen zur Desinfektion des Wassers noch greifbar waren und wie viele übrig waren. Er hatte aus den Vorräten des Wagens von diesen Pillen soviel mitgenommen, wie seiner Meinung nach für ein Jahr reichen würde. Es mußten noch einige hundert übrig sein. Wenn die einmal verbraucht waren – nun, dann konnte er alles Wasser, das er trinken oder beim Kochen verwenden wollte, immer fünf Minuten lang abkochen. Er wünschte sich jetzt, er hätte nicht den Trinkschlauch mit dem Keramikfilter verloren, den er aus Stoketon in seinem Rucksack mitgenommen hatte. Damit hätte er es riskieren können, direkt aus dem Fluß zu trinken. Doch vor etwa zwei Wochen hatte er nach dem Schlauch gesucht und ihn nicht mehr gefunden.

Sein halbbetäubter Geist ging zu anderen Dingen über, die getan werden mußten. Wolf lag immer noch vor ihm, anscheinend ohne ihn zu beachten, doch in Wirklichkeit hellwach. Das große Problem, so dachte Jeebee erneut, würde sein, Sally vor dem Aufbruch zu beladen. Eine Alternative wäre, seine Vorräte zu verstecken, eine Grube zu graben, wo er sie verbergen konnte, und diese dann so abzudecken, daß weder Wolf noch sonst ein wildes Tier sie aufgraben würde.

Doch im Augenblick befand er sich in einem körperlichen Zustand, wo das genauso wenig möglich war wie das Beladen der Pferde. Eine endgültige Lösung bestünde darin, von den Vorräten das zu nehmen, was absolut notwendig war und was Brute tragen konnte, und den Rest einfach zurückzulassen. Natürlich würde er Sally für einen späteren Gebrauch mitnehmen. Und er hoffte, er würde zurückkommen und wenigstens einen Teil seiner Besitztümer finden können.

Aber so, wie er das offene Land jetzt kannte, wußte er, wie unwahrscheinlich es war, daß er – selbst nach nur einem Tag Abwesenheit – zurückkommen und einen Haufen von Waren und Lebensmitteln unberührt vorfinden würde. Menschen mochten das Versteck nicht finden, aber die wilden Tiere würden es aufspüren, und in weniger als einer Woche wäre, selbst wenn er zurückkäme, wahrscheinlich nichts mehr da, was sich aufzuheben lohnte.

Nun, er würde warten und schauen, um wieviel –

wenn überhaupt – es ihm morgen besser ginge. Auf jeden Fall wäre er morgen mit der Aufgabe konfrontiert, zum Fluß zu kriechen. In gewissem Ausmaß hing alles von der Wirksamkeit des Antibiotikums ab, und davon, wieviel seine Genesung von der Tatsache gefördert wurde, daß er die letzten paar Monate ein körperlich aktives Leben geführt hatte und sich körperlich in einem ziemlich guten Zustand befand.

Seine Gedanken schweiften, vielleicht ausgelöst durch Wolfs Anwesenheit, in eine andere Richtung ab. Das Problem war, daß durch die Wolfsbücher sein Interesse für seinen vierbeinigen Partner eher angefacht als gestillt worden war. Am Anfang hatte er Wolf einfach nur wegen seiner eigenen emotionalen Bindung an den Vierbeiner verstehen wollen. Dann hatte sich daraus eine echte wissenschaftliche Neugier für Wolf und seine Spezies entwickelt. Jetzt war sogar noch ein weiterer Schritt gefolgt. Jeebee sah jetzt, daß es nicht nur befriedigend sein würde, Wolf besser zu verstehen, sondern vielleicht lebenswichtig – vielleicht am Ende eine Sache von Leben oder Tod.

Zum Beispiel hatte Wolf ihn damit überrascht, daß er die Bärin angriff, als Jeebee selbst angegriffen wurde. Der Selbsterhaltungsinstinkt des Wolfes hätte ihn klugerweise von jedem Kampf mit einem Raubtier abhalten sollen, das größer war als er selbst. Was war stärker gewesen als diese Klugheit? Nur in Filmen hatte Jeebee einmal gesehen, daß ein normalerweise wildes Tier auf Hundeart dem Menschen zu Hilfe gekommen war, mit dem es vertraut war. Auf Hundeart – vielleicht war das die Antwort. Das Verhalten der Hunde hatte seine Wurzeln im Verhalten der Wölfe, und die evolutionäre Stütze des Überlebens der Wölfe waren soziale Organisation und Kooperation.

In dem Buch über die parallele Evolution hatte Sharps Kapitel die Ähnlichkeiten zwischen Wolfsrudeln und Gruppen menschlicher Jäger hervorgehoben.

War Wolfs Eingreifen der instinktive Akt eines kooperativen Jägers gewesen? Zum Teufel! Spekulieren bedeutete, sich nutzloserweise gehenzulassen. Soweit er wußte, waren Wölfe – oder einige Wölfe, wie einige Menschen – einfach dazu disponiert, ihren Freunden zu helfen.

Der Wissenschaftler in Jeebee scheute vor Schlüssen zurück, die auf ungenügenden Daten beruhten. Und der Überlebenskämpfer in Jeebee erkannte: wenn er unrecht hatte im Hinblick auf Situationen, in denen Wolf ihm vielleicht zu Hilfe kommen würde, dann hatte er möglicherweise auch unrecht bezüglich anderer Situationen – Situationen, in denen Wolf sich als tatsächliche Bedrohung für ihn erweisen konnte, indem er nicht nur angesichts einer Bedrohung von außen abseits stand, sondern ihn plötzlich angriff, weil Jeebee ohne es zu wissen unbewußt einen Reiz ausgelöst hatte.

Er mußte also die Bücher noch einmal lesen und dabei ihren Inhalt mit anderen Augen betrachten und dann viele Vergleiche und Überprüfungen anstellen, um die Elemente, die für den Wolfscharakter grundlegend waren, von denen zu trennen, die durch ihrer beider soziale Beziehung – Mensch und Wolf als freie Individuen miteinander verbunden – bedingt waren.

Ihr Zusammensein konnte Vorteile enthalten. Wenn sie fähig waren, als Team zusammenzuarbeiten, dann konnten sie gemeinsam auch mit größeren Tieren fertig werden als jeder für sich allein. Doch dann wären sie nicht länger unabhängig, und die Probleme, die zwischen zwei Individuen entstehen konnten, die die Welt durch so verschiedene Augen sahen, waren unendlich viel schwieriger vorauszusehen als solche, die zwischen menschlichen Partnern entstehen mochten.

Wettbewerb auf dem Gebiet der Fortpflanzung glaubte er von seinen Besorgnissen ausnehmen zu können, aber was war mit dem Wettstreit um Nahrung? Stritten sich Rudelgenossen oder Paare ohne Territorium über die Aufteilung der Beute? Vielleicht nicht, denn sonst wären ja die niedrigstrangigen Mitglieder eines Rudels allein besser dran, und die Gruppe würde sich schnell auflösen. Aber gab es andere, weniger offensichtliche Quellen für Spannungen, die er in Betracht ziehen sollte? War die soziale Rangfolge, die für einen Wolf in einem Rudel offensichtlich von vitaler Bedeutung war, für ein wanderndes Paar wie ihn und Wolf wichtig...? Seine Gedanken ließen von der Frage nach Wolf ab. Der Schmerz wurde wieder ziemlich schlimm, und die Idee, mehr Dilaudid zu nehmen, wurde zu einer Versuchung.

Jeebee entdeckte plötzlich, daß er der Spekulationen müde war. Er versuchte sich daran zu erinnern, wann genau Wolfs Lecken ihn völlig geweckt hatte.

Er schaute zur Sonne hoch, dann fluchte er plötzlich in Gedanken über seine eigene Dummheit.

Er hob das rechte Handgelenk und schaute auf die Uhr. Er hatte diese Uhr völlig vergessen, samt ihrer wertvollen Batterie, die hundert Jahre halten sollte. Es handelte sich um eine Digitaluhr mit verschiedenen Modi. Countdown, Stoppuhr und Wecker waren die drei Extramodi. Der reguläre Uhrenmodus konnte die Stunden und Minuten entweder in der angelsächsischen A.M./P.M.-Weise oder in der sogenannten ›Militärzeit‹ anzeigen, wo 1:00 P.M. zu 1300 Uhr wurde.

Damit würde er von jetzt an seine Medikamentendosierung kontrollieren. Auch würde er sich morgen so oder so zum Fluß schleppen, seine Wassersäcke füllen und damit beginnen Pläne zu machen, wie er von hier fortkäme. Er hatte genug davon, den Invaliden zu spielen – und nachzudenken.

KAPITEL 22

Am dritten Tag nach der Begegnung mit der Bärin hatten zu Jeebees unendlicher Freude die Schwellungen seines Armes und seines Beines nachgelassen. Beide Gliedmaßen sahen immer noch etwa ein Drittel dicker aus als normal. Jedoch hatte die hölzerne Steifheit etwas nachgelassen, die als Folge der Schwellung der Blutgefäße über das verletzte Bein und den verletzten Arm gekommen war. Unter ihrer starren Kappe aus getrocknetem Blut und Haar fühlte sich auch seine verletzte Kopfhaut besser.

Arm oder Bein allzuviel zu beugen war noch zu schmerzhaft, aber Jeebee probierte, bis er überzeugt war, daß es wirklich eine Verbesserung gegeben hatte und sie nicht nur ein Produkt seiner Einbildung war.

Durch diese Tatsache und seine bisher letzte Dosis von Dilaudid mit neuem Mut beseelt, konnte er von seinem Bett herunterkriechen und sich mit den zwei geleerten Wassersäcken zum Fluß schleppen. Dort füllte er sie wieder und gab in jeden ein paar sterilisierende Tabletten.

Es würde eine halbe Stunde dauern, bevor das so behandelte Wasser unbedenklich zu trinken war. Doch Jeebee hatte das meiste, das noch übrig gewesen war, getrunken, bevor er sich auf den Weg zum Fluß gemacht hatte, und er konnte leicht diese dreißig Minuten warten, oder sogar ein bißchen länger, wenn nötig.

Er hatte auch die rauhen Verbände von Bein und Arm – in den Gürtel gesteckt – mitgebracht. Nun tauchte er sie ins Wasser und wickelte sie wieder um die wunden Stellen, wo sich die feuchte Kälte angenehm anfühlte.

Jeebee bemerkte plötzlich, daß er, beschäftigt mit der Vorbereitung des Ausflugs zum Ufer, zwar an das Dilaudid gedacht, aber sein Augmentin vergessen hatte.

Doch eine Verzögerung der Einnahme des Antibiotikums um eine halbe Stunde würde nichts ausmachen.

Er hatte sich eine Stelle ausgesucht, wo im Ufer eine leichte Senke war, die ihm auf der linken Seite eine Erhebung anbot, auf der er sich setzen und den linken Arm und den linken Fuß in den nassen Lappen hochlegen konnte. Nachdem er dies getan und die Wassersäcke neben sich gelegt hatte, entspannte er sich. Nach dem schweren Weg zum Fluß war es sinnlos, früher als notwendig zurückzukehren.

Glücklicherweise war Wolf weggewesen, als er sich aufgemacht hatte, sonst würde der andere, wie Jeebee sich vorstellen konnte, dagegen protestieren, daß Arm und Bein wieder umwickelt waren. Sollte Wolf protestieren, dann würde er, so hatte Jeebee beschlossen, einfach selbst die Gliedmaßen auswickeln und Wolf an sie heranlassen. Der Gedanke, daß Wolf an dem Lappen um sein linkes Bein in dem empfindlichen Zustand, in dem es sich jetzt befand, herumzerren würde, gefiel Jeebee ganz und gar nicht.

Er würde auf jeden Fall, so dachte er, die Gliedmaßen in dem Augenblick auswickeln, wo er Wolf sah, und sie dann offen lassen. Wenn Wolf sie ableckte, so dürfte das nichts ausmachen. Wenn nicht, dann würde er die Tücher einfach zu einem Bündel zusammenfalten und sie direkt auf die verletzten Hautpartien legen, so daß er selbst sie wegziehen oder Wolfs Nase sie leicht wegheben konnte.

Das Dilaudid, das er eingenommen hatte, begann gerade voll zu wirken. Ihm begann schon so behaglich zu werden, wie er es in den vergangenen sechsunddreißig Stunden kaum für möglich gehalten hatte, als ihm plötzlich bewußt wurde, daß er den Darm entleeren mußte.

Auf recht unbequeme Weise und mit unbeholfenem Krebsgang gelang es ihm, von dem Platz, an dem er lag, zu einer Stelle ein Stück weiter unten am Ufer zu gelangen und seine Notdurft zu verrichten.

Danach bekleidete er seinen Unterkörper wieder und begab sich erneut zu seiner Ufermulde, wo er Arm und Bein wieder hochlegte.

Die unbeholfenen Bewegungen hatten den beiden verletzten Gliedmaßen nicht gut getan. Es dauerte etwas, bis der Schmerz wieder nachließ, trotz des Dilaudids, das er eingenommen hatte. Er lag voll im Sonnenlicht, und die Wärme war willkommen, besonders wegen der kalten Verbände. Er döste halb ein, und etwas später, als Wolf zurückkam, deckte Jeebee die Wunden auf. Doch Wolf schnupperte nur an ihnen, ohne zu lecken. Jeebee schlummerte wieder ein, und als er erwachte, entdeckte er, daß er wieder im Schatten lag. Er fror. Wolf war fort.

Jeebee kroch zurück zu seinem Bett auf dem Laststapel und legte sich für die Nacht zurecht.

Am nächsten Tag ging es ihm viel besser. Er hatte weniger Schmerzen, und die Schwellung in Arm und Bein hatte so weit nachgelassen, daß er Knie und Ellbogen etwas beugen konnte. Noch ein weiterer Tag würde vergehen, bevor er daran denken konnte weiterzuziehen. Weiterziehen würde zumindest bedeuten, daß er Brute würde satteln müssen, und dazu wäre notwendig, daß er aufstand, hob und eine Anzahl anderer Dinge tat, die im Augenblick noch über seine Kräfte gingen.

Am Tag darauf jedoch ging es ihm soviel besser, daß er sich zu einem Experiment entschloß, indem er versuchte Brute zu satteln.

Zuerst war es nötig, eine Krücke anzufertigen. Das

Problem dabei war, daß nicht einmal die dickste Gerte der Weiden, die am Fluß wuchsen, stark genug war, um ihn zu tragen. Glücklicherweise besaß er jedoch einige zusammenklappbare Zeltstangen. Es gelang ihm, eine auseinanderzuklappen und fest mit einem Lederriemen zu umwickeln, damit sie nicht unter seinem Gewicht einknickte.

Die Krücke, die er auf diese Weise bekam, war kürzer, als ihm lieb war. Aber wenn er sie vorsichtig benutzte, gab sie nicht unter ihm nach. Auch hatte er nichts, was leicht oben als Querstück angebracht werden konnte, das er unter die Achsel hätte schieben können. Schließlich befestigte er am oberen Ende der Stange ein dickes Tuchbündel, das in seine Achselhöhle paßte. Es funktionierte, schnürte ihm aber nach wenigen Minuten das Blut im Arm ab.

Sein erster Versuch, mit dieser Stütze auf die Füße zu kommen, wirkte komisch. Aber er kam doch hoch und konnte sich stützen. Er schob den Sattel zurecht, so daß er, auf die Stange gestützt und sich an ihr mit aller Kraft seiner linken Hand festhaltend, mit der rechten hinablangen und den Sattel heben konnte.

Der Sattel war für einen einzigen Arm schwer zu heben, ganz zu schweigen davon, ihn auch noch mit einem Arm auf den Rücken des Pferdes zu werfen.

Glücklicherweise befand sich Brute anscheinend noch in einer umgänglichen Stimmung; er wich nicht zur Seite und versuchte nicht, dem Sattel auszuweichen, während Jeebee sich bemühte, das Ding auf das Pferd zu manövrieren. Zu seiner eigenen Überraschung hatte Jeebee noch mehr Kraft in seinem rechten Arm, als er gedacht hatte.

Die Art, wie er bei den Leuten vom Wagen gelebt – und gegessen – hatte, mußte offensichtlich eine dauerhaftere körperliche Stärkung zur Folge gehabt haben, als er gedacht hatte. Und es war in ihm auch ein gewisses Maß an Verzweiflung am Werk. Wenn er sonst nichts schaffen sollte, wenn er sogar alles andere zurücklassen müßte, um hier einer Gefahr zu entkommen, so mußte er doch diesen Sattel auf Brutes Rücken legen und festgurten können.

Er brauchte dafür fast zwei Stunden. Die meiste Zeit verwendete er darauf, eine Methode zu entwickeln, wie er unter Benutzung des Knies und nur einer Hand den Gurt fest genug ziehen konnte, so daß der Sattel dann, wenn er darin saß, nicht seitlich abrutschen und ihn vom Pferd werfen würde. Ein solcher Sturz wäre jetzt nicht nur schmerzhaft, sondern könnte ihn für einige weitere Tage außer Gefecht setzen.

Schließlich hatte er den Sattel auf dem Pferd und richtig festgegurtet. Er versuchte aufzusitzen, aber das ging noch über seine Kräfte. Er schnallte den Gurt los und ließ den Sattel wieder auf den Boden fallen.

Als die Erregung seiner Bemühungen abgeklungen war, machte ihm ein Stechen bewußt, daß es Zeit für eine weitere Schmerztablette war. Bis jetzt hatte er sich an drei Tabletten Dilaudid pro Tag gehalten. Er war entschlossen, nicht mehr zu nehmen, damit er sicher sein konnte, daß er am Ende der sieben Tage in der Lage wäre, auf das Medikament zu verzichten.

Nach vierzig Minuten Ruhe auf seinem provisorischen Bett war der Schmerz jedoch vergangen. Und zwar so weit, daß Jeebee dachte, er könnte vielleicht versuchen, Sally die Satteldecke aufzulegen und dazu wenigstens einige der notwendigeren Sachen aufzuladen. Die Decke war leicht, er hatte eine Methode entwickelt, wie er mit seiner unverletzten Hand und einem Knie als Halt den Sattelgurt festziehen konnte; bei Sally war es viel wahrscheinlicher als bei Brute, daß sie still stand, während er ihr Sachen auflud.

Er rappelte sich wieder auf seine Krücke hoch. Doch zunächst gab es das Problem, mit einer Hand einen Ankerknoten an einen Ring am Sattelgurt zu knüpfen, wo er doch daran gewöhnt gewesen war, ihn mit beiden

Händen zu binden. Er versuchte verschiedene Methoden, wobei er nicht nur sein Knie, sondern auch möglichst viel die Hand seines verletzten Arms benutzte, um das Seil stillzuhalten, während er dessen Ende um und durch den Metallring fädelte. Schließlich fand er einen Weg, wie er es festbinden konnte. Dann kam die relativ leichte Aufgabe, das Seil rückwärts und vorwärts durch die anderen Ringe zu schlingen, die es an den Sattelgurt hielten, und am Schluß das fast unmöglich scheinende Problem, das Seil festzuziehen und den abschließenden Knoten zu schlingen.

An dieser letzten Aufgabe scheiterte er. Als die Sonne unterging, hatte er zwar den Knoten geknüpft, aber das Seil war nirgendwo auch nur annähernd so fest gezogen, wie es eigentlich hätte sein sollen, und er wußte nicht, ob die Traglast sich nicht durch die Bewegungen der Stute verlagern würde, wenn sie versuchte, sie zu tragen.

Jeebee war erschöpft, und der Schmerz war doppelt so stark zurückgekehrt. Es war schließlich Zeit, sich ein neues Dilaudid zu genehmigen. Er nahm das Medikament ein, sackte auf sein Bett und fiel abrupt in Schlaf, doch nach einer kleinen Weile erwachte er hungrig.

Er hatte von einer Mischung von Trockenfrüchten und Nüssen und etwas getrocknetem Rindfleisch gelebt; mit beidem hatte Merry ihn versorgt, als er loszog. Davon war noch genug für zwei oder drei leichte Mahlzeiten übrig. Er machte einen Kompromiß, indem er nur eine Handvoll davon aß und dafür reichlich aus den Wassersäcken trank.

Wieder schlief er ein, immer noch hungrig.

Plötzlich erwachte er und fühlte sich beunruhigt, ohne zu wissen, warum. Die Sonne war gerade aufgegangen. Ihr Licht begann die Landschaft zu überfluten.

Nach ein paar Minuten hörte er das Geräusch eines einzelnen, fernen Gewehrschusses.

Er wartete ängstlich. Das Geräusch wiederholte sich nicht. Jeebee vermutete jedoch, daß es vorher andere Schüsse gegeben hatte und daß sie ihn geweckt hatten.

Unter allen Umständen mußte er von seinem gegenwärtigen, exponierten Aufenthaltsort verschwinden, ob er nun fähig war weiterzuziehen oder nicht. Auch wenn dies bedeutete, daß er sein nächstes Dilaudid vorzeitig nehmen mußte.

Er rappelte sich wieder auf die Beine und begann ernsthaft damit, die beiden Pferde zu satteln und zu beladen.

Ob es am neu eingenommenen Dilaudid lag oder an dem, was er früher gelernt hatte, oder ob es die Notwendigkeit war, nichts zurückzulassen, was seine Anwesenheit hier verraten würde, es gelang ihm Stück für Stück die ganze Traglast auf Sally hinaufzubekommen und festzubinden und Brute zu satteln.

Die Sonne stand hoch, und er zog nicht gern bei Tageslicht dahin. Doch die Pferde waren jetzt reisebereit, und er mußte mit ihnen losreiten. Er konnte es nicht riskieren, hier noch länger zu warten.

Er stützte sich schwer auf seine behelfsmäßige Krücke, brachte seinen Fuß in den Steigbügel, bekam das Sattelhorn fest zu packen und versuchte tapfer, sein verletztes Bein über Brutes Rücken zu schwingen, um im Sattel zu sitzen zu kommen. Aber so sehr er sich auch anstrengte, es gelang ihm nicht.

Jeebee sagte sich, er werde nicht aufgeben. Er lehnte sich keuchend an Brutes Flanke, die nasse Stirn gegen das Leder des Sattelhorns gepreßt. Wolf war mittlerweile zurückgekommen, stand vielleicht dreieinhalb Meter entfernt und beobachtete ihn.

Jeebee unternahm drei weitere Versuche, bevor er endlich in einem Wunder der Wut über sich selbst das Bein über das Pferd und sein Hinterteil in den Sattel bekam. Abzusteigen, so erkannte er jetzt, würde fast genauso schmerzhaft sein. Doch das zählte jetzt nicht. Nun konnte er losziehen. Er hob die Zügel und sprach zu Brute.

»Los, du Bastard«, sagte er – und Brute setzte sich inmitten der Weiden in Bewegung. Sally zottelte gehorsam am Ende des Seils hinterher, das sie an Brutes Sattel band. Jeebee sah Wolf nicht mehr. Er wußte nicht, ob er bei ihm war oder nicht. Aber er hegte keinen Zweifel mehr, daß Wolf, solange er am Leben war, ihn vermutlich irgendwo einholen würde. Es spielte sowieso keine Rolle. Jeebee war wieder unterwegs, und er zog flußaufwärts auf das Vorgebirge zu.

Gegen Mittag war er erschöpft und machte halt. Da ihm nichts anderes übrig blieb, ließ er die Pferde gesattelt und beladen und schlief neben ihnen auf dem Boden, bis es fast dunkel war. Bei Einbruch der Nacht zog er weiter. Er ließ es darauf ankommen und verließ den Weidengrund des Flusses zugunsten einer direkteren Route über Land zu dem Vorgebirge, das er am Ende des Tages gesehen hatte.

Später konnte er sich an diesen Teil seiner Reise nie mehr klar erinneren, bis zu dem Zeitpunkt, als er die brennenden Gebäude erblickte. Jetzt, wo er endlich wieder im Sattel saß, hatte er begonnen zu hoffen, er könnte es in einem Nachtritt bis ins Vorgebirge schaffen.

Zugegeben, diese Nacht folgte auf einen Tag, der sein Äußerstes gefordert hatte. Aber er hatte vorher soviel gegeben und nahm an, daß er es jetzt auch schaffen könnte. Allerdings beunruhigten ihn noch bis zu einem bestimmten Grad die Schmerztabletten, die er vielleicht würde einnehmen müssen, um sein Ziel zu erreichen. Ihm fiel dunkel ein, daß er einmal über Sanitätsoffiziere in Feldlazaretten während des Vietnamkriegs gehört hatte, sie seien Dilaudid-süchtig geworden, weil sie vierundzwanzig Stunden rund um die Uhr hatten operieren müssen und dies nur durchhielten, wenn sie das Medikament nahmen.

Doch das Dilaudid war das einzige, was ihn durchbringen konnte. Wie es sich herausstellte, brachte es ihn durch, aber es war nicht leicht. Jetzt, wo er auf dem Pferd saß und dahinritt, zögerte er immer noch seine erste Schmerztablette für den Ritt hinaus. Doch selbst wenn die Pferde nur im Schritt gingen, war das Reiten für ihn beschwerlich. Es ging nicht so sehr darum, daß er nicht mit dem Schmerz von einer Minute zur anderen fertig wurde. Das Problem war, daß die Spannung, die durch den Widerstand gegen den Schmerz in ihm entstand, ihn erschöpfte. Jedesmal, wenn Brutes Hufe auf dem Boden aufschlugen und seinen verletzten Körper durchrüttelten, mußte er sich gegen eine neue Welle von Schmerz stemmen. Aber es gab darüber hinaus noch weitere Dinge, mit denen er sich befassen mußte.

Eins davon war die Frage, wie er sein verletztes Bein plazieren sollte. Im Steigbügel war es genauso unbequem wie außerhalb. Er hatte den Steigbügel auf dieser Seite absichtlich verkürzt und war jetzt froh, daß er dies getan hatte. Doch selbst diese Stellung war nicht gut. Am Ende schob er nur seine Stiefelspitze in den Steigbügel und versuchte sein Bein zu vergessen.

Als der Mond aufging und sein spärliches Licht Jeebee auf dem Weg half – Gott sei Dank war der Himmel klar und die Pferde fanden ihren Weg, das heißt: sie wußten, wohin sie ihre Hufe zu setzen hatten –, konnte er die Tatsache nicht mehr ignorieren, daß diese Reitstellung mit dem linken Bein, das herunterhing, bedeutete, sich Schwierigkeiten zu schaffen. Er nahm eine weitere Tablette Dilaudid. Sobald es begonnen hatte zu wirken, zog er unter großer Anstrengung mit der Hand das linke Bein hoch, bis das Knie teilweise um den Sattelknopf geknickt war und das Bein selbst nahezu waagrecht gehalten wurde.

Dies war eine gefährlich lockere Art, im Sattel zu sitzen, selbst wenn Brute nur im Schritt ging. Jeebee war sich nicht sicher, wie lang er so weiterreiten konnte, ohne daß er seinem Bein weiteren Schaden zufügte. Gott sei Dank ließ sich das Knie wenigstens so weit biegen.

Normalerweise hätten selbst in einer Gangart wie dieser drei bis fünf Stunden gereicht, um sie sicher in die Hügel zu bringen. Sie mußten einen Platz finden, der hoch genug über allen Ranches lag, einen Platz, an dem sowohl er als auch die Pferde sich für den Rest der Nacht verstecken konnten.

Plötzlich kam Jeebee der Gedanke, daß er tatsächlich den Ritt besser durchhielt, als er erwartet hatte. Zusammen mit der Wirkung des Dilaudid schien ihm eine Art halbhysterischer Zustand der Entschlossenheit zu Hilfe gekommen sein, um den Ritt zu überstehen.

Es handelte sich dabei um einen Zustand, der sich nicht sehr von dem Schock unterschied, in den er während seiner Begegnung mit der Bärin geraten war. In diesem Zustand vergingen die frühen Nachtstunden wie ein schlimmer Traum, der ihn teilweise gegen die körperlichen Opfer seiner Vorgehensweise abschirmte – und auch gegen das Gefühl, er sei so erschöpft, daß er anhalten müßte.

Schließlich stieg er nach ein oder zwei Versuchen gar nicht mehr vom Sattel herunter, einfach weil er Angst davor hatte, abzusteigen und nicht mehr hinaufzukönnen. Wenn das geschähe, dann wäre er hier im Freien gefangen, denn um ihn herum gab es nichts als Beifußstauden und offenes Gelände, das eigentlich mit Gras bedeckt sein sollte. Es war aber kahl von der Dürre der letzten paar Jahre, doch selbst in einem feuchten Jahr wäre es baumlos gewesen. Irgendwie mußte er in Bewegung bleiben, bis er zu einem Ort kam, wo er sich und die beiden Pferde mit ihren Lasten verstecken konnte.

Am Ende geriet Jeebee in einen fast traumähnlichen

Zustand, in dem nur ein kleiner Teil seiner Sinne und seines Sehvermögens noch normal Wache hielten. Seine Augen schienen sich sogar unnatürlich gut an das reduzierte Licht des abnehmenden Mondes anzupassen, so daß er den Eindruck hatte, er könne sehen, wohin sie gingen, und auch das Gelände vor ihnen so gut wahrnehmen, als herrschte Tageslicht. Aber der kleine, vernünftige Teil seines Geistes beharrte darauf, daß dies nicht stimmen konnte.

Doch in diesem Zustand bemerkte irgendwann nach Mitternacht sein vernünftiger Teil ein Glühen am Horizont. Es mußte nach Mitternacht sein, denn der Mond begann schon zu sinken, was bedeutete, daß Jeebee seinen Weg in fast völliger Dunkelheit finden müßte, nur noch vom Licht der Sterne begleitet.

Das Glühen kam von einem Ort direkt vor ihm. Es wuchs und schwand auf seltsame Weise. Fasziniert ritt er eine Zeitlang direkt darauf zu, bevor ihm aufging, daß er den Schein eines großen Feuers sah, das irgendwo vor ihm brannte.

Die Halluzination von Tageslicht in seinem gegenwärtigen Zustand schloß Vorsicht nicht völlig aus. Sobald es ihm aufging, daß das Licht dort vorn von einem unwahrscheinlich großen Feuer stammte – von einem Feuer, wie es auf einer Ranch mit ihren Gebäuden ausbrechen mochte –, begann er sofort von der direkten Linie abzuweichen, der er bisher in Richtung auf das Glühen gefolgt war. Diese Maßnahme war so instinktiv wie die Faszination, die ihn angezogen hatte.

Er schlug einen weiten Bogen nach links, doch nicht so weit, daß er nicht einen Blick auf den Brandort bekommen würde, wenn er sich ihm näherte.

Mit dem Dilaudid in seinem Organismus war sein Geist immer noch so klar, wie es bei diesen Ärzten in Vietnam gewesen sein mußte. Eine brennende Ranch mochte sehr wohl helfende Nachbarn angezogen haben, was bedeutete, daß um das Lodern dort eine Menge Leute versammelt sein konnten.

Andrerseits, wenn sich dort viele Leute befanden, dann waren sie höchstwahrscheinlich noch damit beschäftigt, das Feuer zu löschen. Überdies wußte er, wie täuschend ein solches Licht sein konnte. Wenn man eine kleine Weile in solche Flammen gestarrt hatte, selbst in einer gewissen Entfernung davon, dann erschien alles andere in völlige Dunkelheit getaucht.

Er müßte eigentlich in der Lage sein, ziemlich nahe daran vorbeizuziehen, ohne daß man ihn bemerkte.

Vielleicht.

KAPITEL 23

Jeebee war bei dem Bogen, den er nach links geschlagen hatte, an dem Punkt angelangt, wo er meinte, er würde hier besser am Feuer vorbeikommen als noch hundert Meter weiter links.

So änderte er seinen Kurs wieder in Richtung auf das Vorgebirge, auf die hohe Schwärze vor ihm, wo das Sternengesprenkel des Nachthimmels an einem welligen schwarzen Horizont endete.

Es wehte nur ein ganz leichter Nachtwind, der Jeebees rechte Wange kühlte, doch die Flammen dort vorn brannten lichterloh. Als er näher kam, sah er, daß ein heftiges Feuer die Nebengebäude einer Ranch, darunter auch die hohe Scheune, zerstörte. Auf den ersten Blick hatte es ausgesehen, als sei das Ranchhaus selbst fast verschont geblieben. Doch nun sah Jeebee eine kleine Flammenzunge, die erschien und wieder verschwand und dann flackernd an der Traufe entlanglief, und zwar an der Seite des Daches, wo er vorüberziehen würde.

Als er noch näher kam, hörte er auch Stimmengewirr – lautes Geschrei und Gebrüll, als handelte es sich bei dem Geschehen um einen lärmenden Festtrubel. Er begann schwarze Silhouetten von Gestalten zu unterscheiden, die tanzten oder umherliefen. Hin und wieder sah er unter ihnen auch ein reiterloses Pferd.

Der erste Gedanke seines müden Hirns war, daß er wohl auf das Heim eines unglücklichen Ranchers schaute, der sich die Feindschaft seiner Nachbarn zugezogen hatte. So wie er selbst es unbewußt damals in Stoketon, Michigan, getan hatte.

Dann verwarf er diese Idee, und auch die, daß es sich

bei den Gestalten, die er sah, vielleicht um Nachbarn handelte, die gekommen waren zu helfen. Jetzt hörte er Schüsse, doch es war unmöglich zu unterscheiden, ob sie in die Luft gefeuert wurden, ob sie von der Ranch kamen oder ob sie auf das Haus gezielt waren.

Schließlich erkannte er – und dabei wurde ihm eiskalt im Bauch –, daß es sich bei dem Geschehen höchstwahrscheinlich um den zerstörerischen Angriff eines großen, halbmilitärisch organisierten Haufens von nomadisierenden Plünderern handelte. Wenn das stimmte, dann handelte es sich hier um die Art von Leuten, von denen Nick Gage gesagt hatte, sie seien die einzige echte Gefahr für Pauls Wagen.

Solche Banden lebten von Augenblick zu Augenblick und hatten nicht einmal das Interesse, einen Hausierer am Leben zu lassen, um vielleicht mit ihm im nächsten Jahr um die gleiche Zeit Handel zu treiben. Im nächsten Jahr waren diese Comancheros der Letzten Tage vielleicht schon tot oder Hunderte von Kilometern weiter weg.

Sie lebten buchstäblich vom Land und von dem, was auf ihm noch geblieben war. Sie überlebten, indem sie sich von den Städten fernhielten und immer in Bewegung blieben, und zwar schnell genug, so daß keine lokale Gruppe rechtzeitig zusammengerufen werden konnte, um ihnen erfolgreich Widerstand zu leisten.

Als er auf gleicher Höhe mit den brennenden Gebäuden war – jetzt brannten alle, auch das Dach des Ranchhauses stand in Flammen –, hielt er an. Unbeholfen drehte er sich im Sattel um, griff mit der unverletzten Hand hinter sich und fingerte das Fernglas heraus, das Merrys besonderes Geschenk an ihn gewesen war.

Er hielt das schwere Glas an die Augen, dann mußte er es wieder absetzen und am Drehknopf nachstellen. Nach einigen Versuchen war es auf die Szenerie der brennenden Ranch scharf eingestellt.

Was Jeebee beobachtete, hatte einen seltsamen, grotesken Effekt. Die Silhouetten der Gestalten, die zwischen ihm und den Flammen hin und her liefen oder ritten, erschienen unnatürlich, wie schwarze Marionetten aus kräftigem Karton, die an unsichtbaren Drähten vor dem Feuer tanzten. Es war, als hielten sie eine wilde Feier ab, die jetzt außer Rand und Band geraten war, so daß etwas Frenetisches sie zu ihren Hampeleien vor dem tanzenden roten Licht antrieb.

Während er sie beobachtete, fiel eine der schwarzen Gestalten hin, aber die anderen beachteten sie nicht. Anscheinend waren im Ranchhaus noch Leute am Leben und schossen auf die Plünderer. Doch keiner der Verteidiger konnte noch lange durchhalten. An verschiedenen Stellen stand schon das Dach über ihrem Kopf in Flammen. Bald würde das Haus selbst zu einem Inferno werden.

Jeebee steckte das Fernglas weg und ritt weiter. Die Erinnerung an das eben Gesehene – die düsterroten Flammen, die schwarzen Gestalten und der orgiastische Tanz – hatte sich in sein Gedächtnis eingegraben, während er ungesehen vorübergezogen war. Seine eigenen Schmerzen und Unpäßlichkeiten lenkten seine Aufmerksamkeit wieder auf sich und weg von dem, was er gerade gesehen hatte. Er zog weiter.

Schnell hatte er die Ranch hinter sich gelassen und gelangte auf ansteigendes Gelände. Brute grunzte und neigte sich gegen den Hang, und Jeebee beugte sich auch im Sattel vor. Er war leer vor Müdigkeit. Nach einer Weile hielt er die Pferde kurz an und wendete Brute, so daß er auf den Weg zurückschauen konnte, den er gekommen war.

Zwischen ihm und der Ranch befand sich jetzt ein Hügelrücken, so daß er das Feuer nicht mehr sehen konnte. Vor dem sternenübersäten Himmel wirkte der Flammenschein viel schwächer. Jeebee wußte, daß er noch nicht soviel weiter geritten war, daß er mit dem Fernglas vom Hügelrücken aus nicht hätte sehen können, ob die Plünderer bei Sonnenaufgang noch dort waren. Doch er wollte nur weiterreiten und sich in Sicherheit bringen. Er trieb die Pferde an, damit sie sich wieder in Bewegung setzten. Nach kurzer Zeit befand er sich inmitten von Bäumen, im Kiefernland.

Nach einer Weile schlossen sich um ihn die Bäume. Er sagte sich, er würde endlich anhalten, wenn er nur einen Wasserlauf finden könnte, um die Pferde zu tränken. Er hatte Glück. Er überquerte einen breiten, offenen Hang aus glitschigem Schiefergestein, wo die Pferde ganz vorsichtig gingen, und kam durch eine Senke zu einer kleinen offenen Stelle zwischen Bäumen, wo er Wasser fließen hörte. Ein paar Meter weiter gelangte er zu einem kleinen Wasserlauf, der ungefähr in Richtung der Ranch drunten im Flachland floß.

Mit Mühe und unter Schmerzen saß er ab, band die Pferde an Bäume an und ließ sie am Rand des Baches zurück, wo sie auch etwas Gras um sich herum hatten.

Er hatte nicht einmal die Kraft, abzuladen oder abzusatteln. Das war hart für die Pferde, aber Jeebee hatte seine Grenzen erreicht. Er nahm den Wassersack vom Sattel und die Krücke. Dann zerrte er eine Decke aus Sallys Traglast, rollte sich darin ein, hockte sich in der Decke am Fuß einer der Kiefern nieder und nahm das Dilaudid, mit dem er bis jetzt gewartet hatte – so viele Stunden, daß sein von der Erschöpfung betäubtes Hirn nicht mehr wußte, wie viele es gewesen waren.

Er schlief sofort ein.

Als er erwachte, hatte der nächste Tag schon begonnen.Die Sonne schien durch die grünen Zweige über ihm.

Einen Moment lang fühlte er sich vollkommen normal. Dann kamen plötzlich Schmerz und Erschöpfung wieder über ihn. Er war immer noch schwach und hungerte nach Ruhe. Einen Augenblick lang glaubte er sogar, er könne nicht einmal mehr auf die Beine kommen.

Der Schmerz in seinem verletzten linken Bein erinnerte ihn daran, wie es während des größten Teils des langen Ritts gekrümmt über dem Sattel gelegen hatte.

Er zog das linke Hosenbein so weit hoch, wie er konnte, um nach der Wunde zu sehen, brachte es aber nicht weit genug hoch. Eigentlich war es zu unangenehm, weiter hochzuziehen, da an diesem Punkt der Stoff des unteren Hosenbeins eng an dem geschwollenen Bein anlag. Jeebee hatte jedoch den Eindruck, die Schwellung des Beins sei jetzt stärker als vierundzwanzig Stunden zuvor, und ihn durchfuhr die Angst vor einer Infektion. Doch an diesem Punkt meldete sich der Schmerz.

Jeebee schaute auf die Uhr. Sicher waren über acht Stunden vergangen, seit er sich schlafen gelegt hatte.

Er ging zu seinem Rucksack hinter dem Sattel, holte den Beutel mit den Medikamenten hervor, nahm das Dilaudid heraus und spülte es mit Wasser aus dem Wassersack hinunter. Er blieb eine Weile liegen, wobei er den Wassersack in Händen hielt und hin und wieder einen weiteren kleinen Schluck trank. Er wartete darauf, daß das Dilaudid zu wirken begann.

Langsam wurde seine Wirkung spürbar. Langsam ließ der Schmerz etwas nach. Er war wieder fähig, an etwas anderes als seinen Körper zu denken und über sich selbst hinauszuschauen. Das erste, was seine Aufmerksamkeit auf sich zog, war die Tatsache, daß Wolf nicht da war. Und daß die beiden Pferde ihn anschauten. Sally hatte einen ausgesprochen mitleiderregenden Ausdruck in ihren Augen, und sogar Brutes Blick wirkte ungewöhnlich flehentlich.

Jeebee wartete ein bißchen länger, um möglichst viel aus dem Dilaudid herauszuholen. Dann erhob er sich mit Hilfe der Krücke und ging zuerst zu Sally, wobei er schlimm humpelte, aber für eine sehr kurze Zeit etwas von seinem Gewicht auf das verletzte Bein verlagern konnte. Er löste den Sattelgurt, der die Satteldecke mit der Traglast darauf hielt, und die Last fiel mit einem Plumps auf den Boden.

Sally gab einen buchstäblichen Seufzer der Erleichterung von sich. Jeebee hielt sich einige Augenblicke an ihrer Kruppe fest, während er das Gewicht von dem verletzten Bein nahm, dann umrundete er das Packpferd und näherte sich Brute, der diesmal ihm nicht auswich.

Jeebee mußte auch um Brute herumgehen, um an die Seite zu gelangen, wo der Sattelgurt an der Schnalle befestigt war. Dabei vergaß er diesmal ganz Brutes Hufe, und Brute wiederum nutzte die Gelegenheit nicht aus, seinem Herrn einen Tritt zu versetzen. Langsam löste Jeebee mit nur einer Hand Brutes Sattelgurt und ließ den Sattel heruntergleiten.

Als dies getan war, ging Jeebee zu dem kleinen Wasserlauf und setzte sich daneben nieder. Er schnallte seinen Gürtel auf, zog seine Hosen und den linken Stiefel samt dem Socken herunter und tauchte dann das linke Bein ins fließende Wasser.

Es war eiskalt, aber nach dem ersten Schock fühlte es sich an seinem Bein gut an. Das Bein war vom Ritt nicht so geschwollen, wie er befürchtet hatte. Dann rollte er den linken Ärmel hoch und hielt den verletzten Arm ebenfalls ins Wasser.

Eine Zeitlang blieb er so liegen. Dieser Bach schien klarer zu sein als der zwischen den Weiden, und schließlich überkam ihn eine angenehme Taubheit und verstärkte die Wirkung des Dilaudid in beiden Gliedmaßen.

Als die persönliche, körperliche Seite seiner Probleme in den Hintergrund trat, begann Jeebees Denken sich mit größeren Dingen zu beschäftigen. Beim Aufwachen war ihm klar geworden, daß er nicht in der Verfassung war weiterzuziehen – zumindest nicht heute.

Nicht nur er war nicht in der Lage, sondern auch die Pferde nicht. Beide hatten sich schon hingelegt – ein sicheres Zeichen, daß sie ihre Grenzen erreicht hatten. Das war zu erwarten gewesen. Besonders nachdem sie Sattel und Traglast so viele Stunden getragen hatten. Sie sollten auf jeden Fall ein paar Tage haben, um auszuruhen und zu fressen. In dieser kleinen Lichtung zwischen den Kiefern gab es hier und am Bach genügend Gras.

Hier dürfte er ziemlich sicher sein. Zumindest für den Augenblick bestand keine Notwendigkeit, weiter nach einem Rastplatz zu suchen.

In diesen Bergen gab es nichts, was Plünderer anziehen könnte, und falls Nachbarn kämen, um das Ergebnis des Überfalls zu untersuchen, würden sie wohl kaum weit in das Hügelland hineinreiten, um zu sehen, ob in der Umgebung noch irgend jemand lauerte. Und es gab auch keinen Grund, warum einer von denen, die gemordet und gebrandschatzt hatten, noch weiter hier bleiben sollte.

Also waren er und die Pferde hier wahrscheinlich einstweilen sicher. Er hätte an schlimmere Orte geraten können.

Inzwischen war es von entscheidender Bedeutung, daß seine Wunden weiter heilten. Vor allem war wichtig, daß er körperlich so bald wie möglich wieder einsatzfähig war.

Jeebee hob das linke Bein aus dem Wasser und war sich danach sicher, daß die Schwellung mehr als nur ein bißchen zurückgegangen war. Er berücksichtigte dabei, daß er sich vielleicht zu sehr von der Tatsache beeinflussen ließ, daß die Haut vom Verweilen unter Wasser weiß und schwammig geworden war. Dennoch war er sich sicher, daß das Bein besser aussah.

Unglaublich, daß er einen solchen Ritt machen und danach noch so gut beieinander sein konnte. Vielleicht hatten das gute Essen, das er im Wagen bekommen hatte, und die körperliche Bewegung der vergangenen Monate ihn nicht nur gestärkt, sondern auch widerstandsfähiger gegen Verletzungen gemacht, als er je zuvor in seinem Leben gewesen war.

Wie viel besser es ihm tatsächlich schon ging, zeigte sich, als er seine Hose wieder anzog und sich mit Hilfe der Krücke wieder hochrappelte. Sein linkes Bein war biegsamer, als er gedacht hatte.

Er ging den schweren und unbequemen Weg zum Sattel, den er von Brutes Rücken hatte fallen lassen. Dort nahm er eine gute Portion von dem Trockenfutter aus Nüssen und Obst, das noch als letztes in seinem Rucksack übrig war. Er sagte sich, wenn er hier noch mindestens einen weiteren Tag bleiben müßte, dann würde er aus Sallys Traglast Mehl und Salz herausholen und Mehlkuchen backen. Das war zwar nicht gerade Brot, aber wenn der Mehlkuchen an einem Stock langsam über der Glut eines Feuers geröstet wurde, dann kam er dem Brot denkbar nahe, und er war nahrhaft. Es würde noch einige Zeit dauern, bis Jeebee hoffen durfte, auf die Jagd zu gehen, selbst wenn er das Geräusch eines Gewehrschusses riskieren wollte, das vielleicht zu anderen Leuten drunten im Flachland dringen würde.

Die .30/06 war wirklich zu schwer für Kleinwild wie Eichhörnchen und Kaninchen.

Wenn er sich erst einmal weiter hinten in den felsigen und bewaldeten Teilen dieses Vorgebirges befand, am Fuß der wirklichen Berge, dann sollte er eigentlich weit genug weg sein, um halbwegs ohne Gefahr auf alles schießen zu können, was eßbar aussah. Wenigstens konnte er dann einigermaßen sicher sein, daß man den Schuß nicht hören würde.

Und selbst wenn er gehört würde, dann würde angesichts der Felswände mit ihren Echos ein einzelner Schuß wahrscheinlich seinen Standort nicht verraten. In Sallys Traglast gab es auch noch Speck, doch den sparte er sich für eine spätere Notlage auf, wo er das Fett als zusätzlichen Teil seiner Nahrung zu sich nehmen konnte.

Sobald er in diesen Hügeln ein provisorisches Lager aufschlagen konnte, mußte er hinuntergehen und versuchen, eines der Freilandrinder der Ranch zu schlachten, um an Rindfleisch zu kommen. Für den Kadaver würde man wahrscheinlich die Plünderer verantwortlich machen, falls er in der nächsten Woche gehen konnte. Selbst wenn er es erst nach diesem Zeitraum erlegen könnte, dann würden doch bald Wolf oder andere Raubtiere sich über den Kadaver hermachen, und es würde aussehen, als seien sie für den Tod des Rindes verantwortlich.

In der Zwischenzeit wäre es wahrscheinlich eine gute Idee – falls sein Bein mitmachte –, auf Brute zurückzureiten zu einer Stelle, wo er mit dem Fernglas, das Merry ihm geschenkt hatte, einen Blick auf die geplünderte Ranch werfen konnte. Die Plünderer waren sicher schon weg. Doch es wäre wohl klug, dies sorgsam zu überprüfen.

Der Gedanke, auf Brute zu reiten, scheiterte jedoch an der Tatsache, daß weder Brute noch Sally zumindest in den nächsten paar Tagen geritten werden konnten. Jeebee überlegte, wie weit es bis zur höchsten Hügelkette hinter ihm war. Nicht mehr als etwa neunhundert Meter; wenn er es also in langsamen Etappen machte …

Er erinnerte an einen Übungskurs in Erster Hilfe, an dem er teilgenommen hatte, als er klugerweise begonnen hatte, das Elektrobike, die Uhr mit der Hundert-Jahre-Batterie und die anderen Sachen zu sammeln, die er dann aus Michigan mitgenommen hatte. Er konnte zwar nicht vor seinem geistigen Auge die Seite sehen, auf der es gestanden hatte, aber der methodische, akademische Teil seines Verstandes wußte, es war auf Seite 129 des Handbuches gewesen, das im

Kurs verteilt worden war, und zwar im Abschnitt über Quetschungen, besonders über schwere Quetschungen.

Körperliche Bewegung, so hatte das Handbuch erklärt, »ist angezeigt, sobald die Schwellung hinreichend zurückgegangen ist und der Patient spürt, daß er das Glied benutzen kann. An diesem Punkt beschleunigt körperliche Bewegung die Genesung; sie hilft, das gestaute Blut aus dem Gewebe zu pumpen und fördert die Heilung.«

Jeebee schaute auf sein Bein und dachte daran, wie es ausgesehen hatte, als er es aus dem Wasser gezogen hatte. Er konnte nicht bestimmen, ob die Schwellung ›hinreichend zurückgegangen‹ war. Aber er war gewiß in der Lage, es weiter zu beugen. Es fühlte sich besser an – obwohl das wahrscheinlich mehr am Dilaudid lag, als an einem natürlichen Heilungsprozeß. Er spürte das Bedürfnis eines wilden Tieres, sich bewegen zu können. Wenn er den Ausflug von seinem derzeitigen Standort zum Kamm des Hügelrückens in leichten Etappen zurücklegte, dann konnte er es vielleicht schaffen und dabei dem Bein eher helfen als ihm noch mehr zu schaden.

Zuerst brauchte er allerdings etwas Stabileres als Krücke – etwas Besseres als den Stock mit dem Stoffbündel am einen Ende. Er trug immer noch das Schweizer Armeemesser bei sich und am Gürtel ein etwas größeres Klappmesser mit feststellbarer Klinge in einer mit Druckknöpfen verschließbaren Scheide. Letzteres holte er heraus und machte sich auf die Suche nach trockenem Holz, das so aussah, als könnte es ihm für sein Vorhaben dienen.

In der Nähe gab es nichts. Jedoch war vielleicht einer der jungen Bäume oder größeren Schößlinge – er wußte nicht recht, wie er sie bezeichnen sollte – kräftig genug. Er würde sich vielleicht ein wenig biegen, wie es grünes Holz eben tat, aber trotzdem noch das Gewicht tragen, das Jeebee auf den Stock einer neuen Krücke würde stützen wollen.

Er fand einen geeigneten Schößling von etwa zwei bis drei Zentimetern Durchmesser und schnitt ein Stück davon ab. Er schnitzte mit seinem Messer daran herum, bis er eine Länge erreicht hatte, die bequem unter seine linke Achselhöhle paßte.

Er ließ die Krücke absichtlich ein wenig länger, da er sich dachte, er könnte sie immer noch ein wenig kürzen, wenn nötig. Er spitzte das obere Ende an und suchte sich dann ein kürzeres und dickeres Stück, in das er ein Loch für das spitze Ende des Stockes bohrte, wozu er zuerst die Messerspitze und dann den Lederlocher des Schweizer Armeemessers verwendete.

Er schob das spitze Ende des Stocks durch dieses Loch, so weit er konnte, und band das Querstück mit Lederschnüren fest. Dann hielt er das festgezurrte Ende ins Wasser des Baches, bis es völlig eingeweicht war.

Es fiel ihm schwer, dem Holz Zeit zum Trocknen zu geben, aber er wartete eine gute Stunde. Schließlich steckte er das noch feuchte Ende der Krücke unter seine Achselhöhle und begab sich auf seinen Ausflug.

Wolf hatte sich nicht sehen lassen, seit er erwacht war, und darüber war Jeebee froh. Er war sich hinsichtlich Wolfs Fürsorglichkeit – falls dies das richtige Wort dafür war – jetzt sicherer, nachdem Wolf sie durch das Lecken seiner Wunden bewiesen hatte. Doch besonders seit seiner Lektüre der Wolfsbücher nahm sich Jeebee jetzt in acht davor, wie das instinktive System des anderen reagieren mochte, wenn er sah, wie Jeebee in einem offensichtlich verletzlichen Zustand dahinhumpelte. Ihm gefiel es selbst nicht, aber ohne zu zögern steckte er den Revolver in den Gürtel, wo er ihn in seinem gegenwärtigen behinderten Zustand leichter erreichen würde, und nahm das Gewehr und das Fernglas mit. Er war sich nicht sicher, ob er sich dazu überwinden könne, auf Wolf zu schießen. Selbst Monate zuvor, als er aus dem Rübenkeller gekommen war, hatte er das Gewehr umgedreht, um seinen Kolben als Keule zu benutzen.

Aber Wolf war auf jeden Fall keineswegs die einzige Gefahr, der er begegnen konnte. Er fühlte sich besser, wenn er die geladenen Waffen dabei hatte.

KAPITEL 24

Der Ausflug zum Hügelrücken wurde weit schwieriger, als er gedacht hatte.

Er hatte sich darauf verlassen, daß die Lederschnur das Oberteil der Krücke fest an seinem Platz halten würde. Doch es funktionierte auch nicht annähernd so, wie er es sich vorgestellt hatte. Vielleicht hätte er geduldiger sein und abwarten sollen, bis sie getrocknet war, so daß die Schnur hätte so sehr schrumpfen können, bis sie ganz straff geworden war – so wie er immer gemeint hatte, daß es mit Leder geschah, wenn es trocknete.

Wie dem auch sei, allmählich lockerte sich beim Gebrauch das Querstück mehr und mehr, so daß es am Ende des senkrechten Stabes wackelte. Sein linkes Bein schmerzte trotz des Dilaudids und fühlte sich schwach an, und das schwere Fernglas baumelte an seinem Hals und schlug bei jedem Schritt gegen seine Brust.

Letzteres war eine Kleinigkeit, die er normalerweise kaum bemerkt hätte. Doch zusätzlich zu den Schmerzen in Arm, Bein und Kopfhaut war es irritierend. Er ertappte sich dabei, daß er zunehmend gereizt und ärgerlich auf alles und jedes reagierte, und mit hartnäckiger Entschlossenheit vertrieb er schließlich den Ärger aus seinen Gedanken.

Am Ende schaffte er den Fußmarsch zum Kamm des Hügelrückens, indem er sich in kleinen Etappen vorwärts bewegte, von Punkt zu Punkt. Als Etappenziel suchte er sich jeweils einen weiter vorn stehenden Baum aus, auf den er zuging und an dem er sich dann, wenn er ihn erreicht hatte, zu einer sitzenden Stellung auf dem Boden niederlassen konnte, das linke Bein gerade ausgestreckt und den Rücken an den Baumstamm gelehnt.

Nach einer kurzen Ruhepause suchte er sich dann einen nächsten Baum weiter vorn aus, hievte sich mit seinem unversehrten Arm hoch und machte sich erneut auf den Weg.

Die wahren Probleme kamen, als er an dem Hang, über den er und die Pferde auf dem Herweg so vorsichtig gegangen waren, die Fläche mit den lockeren Schiefersteinen überqueren mußte. Er hatte sich die kürzestmögliche Stelle zur Überquerung ausgesucht, so weit oben nahe dem höchsten Punkt des Hangs, wie er nur gehen konnte, bevor es so steil wurde, daß Jeebee fürchtete, er würde ausgleiten und hinunterrutschen. Die Oberseite des Hanges ging schließlich in die senkrechte Wand einer kleinen Felsenklippe über.

Selbst die Strecke, die er zur Überquerung ausgesucht hatte, war lang, und er wagte es nicht, sich hinzusetzen und auszuruhen, als er einen Teil des Weges zurückgelegt hatte. Allein mit der Krücke und den losen Steinen unter den Füßen war er sich nicht sicher, ob er wieder auf die Beine kommen würde. Auch war selbst hier die Steigung des Hanges so steil, daß er – wenn er stürzte – mindestens einige hundert Meter hinabrutschen würde – denn der Schiefer breitete sich hangabwärts fächerartig aus, bevor er unten in ebeneres Gelände überging.

Jeebee hatte gewußt, daß ihm diese Überquerung bevorstand. Doch er hatte sich nicht so recht vorgestellt, was es bedeutete, in seinem behinderten Zustand über dieses Schieferfeld zu gehen. Deshalb ruhte er sich länger aus, bevor er sich auf den Weg über das glatte Geröll machte. Dann zog er sich an der Krücke hoch, ging entschlossen los und schob sich beständig Zentimeter um Zentimeter über die offene Fläche.

Den größten Teil dieses Abschnitts legte er zurück,

indem er die Augen knapp voraus auf den Boden gerichtet hielt und jeweils den nächsten halben Meter vor sich prüfte. Es war notwendig, zwischen den losen Steinen eine Stelle auszusuchen, wo er seine Krücke aufsetzen konnte. Und außerdem wollte er feste, ebene Stellen finden, auf denen er seinen unverletzten Fuß aufsetzen konnte.

Bald war er in einer kleinen Welt aus Schweiß und Anspannung gefangen; seine Augen waren fast hypnotisiert von dem halben Meter Boden, den er vor sich sah, außer wenn er den Kopf hob, um zu überprüfen, wohin er ging.

In einem Augenblick einer solchen Fasthypnose durch den Boden bemerkte er aus dem rechten Augenwinkel flüchtig hangaufwärts etwas Schwarzes. Einen Moment lang ignorierte er es. Erst als er festen Boden für seine Krücke und seine Füße gefunden hatte, blieb er stehen und wandte den Kopf, um besser zu sehen.

Weiter oben befand sich, nur etwa fünf Meter entfernt, unter einem massiveren Felsen, der inmitten des Schiefers zu Tage trat, ein ziemlich großes dunkles Loch, das unbehaglicherweise wie der Eingang zum Bau eines Tieres aussah. Während seines Rittes durch die nächtliche Dunkelheit wäre es ihm verborgen geblieben, selbst wenn er mit den Pferden ganz nahe daran vorübergekommen wäre.

Als er erkannte, um was es sich bei dem dunklen Kreis handelte, hob er im selben Augenblick instinktiv sein Gewehr, um den Eingang im Schußfeld zu haben. Einige Sekunden vergingen, während er nervös wartete, dann entspannte er sich.

Das Loch war groß genug, um einem ziemlich großen Tier Durchschlupf zu bieten. Doch eine Kreatur, die groß genug war, um dort oben zu hausen, würde wahrscheinlich keine Scheu kennen und herauskommen, um ihr Revier zu verteidigen, nachdem Jeebee schon so nahe gekommen war. Gleichzeitig wußte er, daß kein wildes Tier einem Regelbuch folgte, sondern daß jedes auf seine individuelle Weise reagierte. Der Puma, das Tier, das am wahrscheinlichsten in diesem Bau hausen würde, dürfte wohl kaum mitten am Tag da sein, denn die großen Katzen jagten bei Tageslicht.

Trotzdem ... Jeebee hielt die Mündung des Gewehrs auf die Öffnung gerichtet, als er sich wieder in Bewegung setzte und sich an ihr vorüberarbeitete.

Doch aus dem Bau kam nichts, und Jeebee hörte nichts sich darin bewegen. Als er aus geringer Entfernung auf das Loch schaute, gelangte er mehr und mehr zu der Überzeugung, daß der Bau – wenn es denn überhaupt einer war ... doch wer sonst würde in die weiche Erde unter dem Schiefer ein Loch solcher Größe graben? –, daß also der Bau nicht bewohnt war, und das wahrscheinlich schon einige Zeit. Es könnte sich um eine Bärenhöhle handeln. Doch wenn, so war jetzt Sommer, wo sich die Bären außerhalb ihrer Höhlen aufhielten und wie die meisten großen Tiere ihre Zeit völlig auf die Suche nach der lebensnotwendigen Nahrung verwendeten.

Jeebee war erschöpft und wurde nur noch von einem letzten Ausbruch an Entschlossenheit angetrieben, als er die andere Seite des Schieferhanges erreichte und zusammensank.

Doch jetzt befand er sich am Fuß eines ziemlich kurzen und gleichmäßigen, wenn auch steilen Hangs ohne lose Steine. Sobald er wieder bei Atem war und ein wenig von seiner Kraft zurückgewonnen hatte, machte er sich auf die letzte Strecke seiner Expedition. Unterwegs kam ihm ein Gedanke, den er schon eher hätte haben sollen. Natürlich war der Bau unbewohnt, sonst hätten ja die Pferde letzte Nacht reagiert, weil sie im Vorübergehen den Geruch seines Bewohners aufgefangen hätten.

Auf dem Kamm der Hügelkette ließ er sich auf den Bauch fallen und hob das Fernglas an die Augen. Er stellte es auf die Ruinen des Ranchhauses und seiner Nebengebäude ein.

Es war offensichtlich, daß die Plünderer abgezogen waren und niemanden zurückgelassen hatten. Zum einen hatten sie keinen Grund, jemanden lebendig zurückzulassen. Zum anderen gab es kein Anzeichen von Leben – nicht einmal von einem Nachbarn, der gekommen wäre, um die Sache zu untersuchen, wie Jeebee feststellte, als er die Umgebung mit dem Fernglas absuchte.

Entweder lag diese Ranch so weit entfernt von den anderen, daß ihre Nachbarn nicht wußten, was geschehen war, oder sie hatten den Flammenschein am Nachthimmel gesehen, waren jedoch klugerweise zu dem Schluß gekommen, daß sie wahrscheinlich nicht zahlreich genug waren, um es aus einer unbefestigten Stellung heraus mit hundert oder mehr dieser berittenen Nomaden aufzunehmen. Bestimmt war jetzt kein Nachbar in Sicht.

Jeebee war überrascht, wieviel vom Ranchhaus noch stand und wieviel von seinen Nebengebäuden das Feuer überstanden hatte.

Er hatte schon vorher, bei der Durchquerung von Indiana, bemerkt, wie oft ein Haus in Brand gesteckt worden zu sein schien, bei dem dann doch die Flammen von selbst erloschen waren, bevor das Gebäude niedergebrannt war. Anscheinend leisteten alte und massive Holzteile, wie etwa große Deckenbalken, dem Feuer ziemlichen Widerstand.

Es reichte nicht aus, einfach an einer Ecke einen Schwelbrand zu entzünden und dann zu erwarten, es würde so weitergehen, bis das ganze Ding in Flammen aufging. Oft hatte er sehen können, wo das Feuer an einem solchen Balken begonnen hatte und dann ausgegangen war, so daß noch Teile des Hauses standen, wobei das Dach direkt über ihnen noch ganz oder teilweise an Ort und Stelle war. Nach seiner Flucht aus

Stoketon hatte er in einigen solchen abgeschiedenen Ruinen Unterschlupf gesucht.

Als er jetzt auf das Ranchhaus hinunterschaute, sah er, daß nahezu drei Viertel des Daches unbeschädigt zu sein schienen, wenn auch die Fenster, die er durch das Fernglas erkennen konnte, nur wenig mehr als geschwärzte Löcher in den Wänden eines schwarzen und brandnarbigen Gebäudes waren.

Jeebee senkte das Fernglas, damit seine Augen ausruhen konnten. Ihm kam der Gedanke, daß es sowieso nicht im Interesse der Plünderer gelegen hatte, das Ranchhaus bis auf die Grundmauern niederzubrennen. Zumindest nicht, solange sie noch nicht die Gelegenheit gehabt hatten, es nach Dingen zu durchsuchen, die sie haben wollten. Die ersten Flammen, die es erreicht hatten, konnten zufällig von einem oder mehreren der Nebengebäuden herübergeweht worden sein. Die Plünderer konnten sich sehr wohl auch bemüht haben, das Feuer am Haus zu löschen, nachdem der Widerstand seiner Bewohner erlahmt war, damit die Flammen nicht das vernichteten, was sie drinnen zu finden hofften.

Doch je mehr er darüber nachdachte, desto wahrscheinlicher erschien es ihm, daß dort drunten sich noch viele Dinge befanden, die für ihn nützlich wären – falls er Kraft, Zeit und Sicherheit hätte, um die Ruinen zu durchsuchen.

Nirgends waren lebende Tiere zu sehen. Alle Pferde, Milchkühe, Hunde und dergleichen, die einst dort gelebt haben mochten, waren tot oder fort. Die Kadaver einiger toter Pferde waren zu sehen, aufgedunsen in der Sonne, allerdings ein Stück vom Ranchhaus entfernt. Möglicherweise hatten sie den Plünderern gehört und waren vom Gewehrfeuer aus dem Ranchhaus getötet worden.

Jedenfalls waren die Tiere jetzt ihrer Sättel, oder was sonst sie getragen hatten, beraubt, und man hatte sie einfach dem Raubzeug und der Verwesung überlassen.

Jeebee nahm das Fernglas von den Augen und wurde sich der Tatsache bewußt, daß Wolf neben ihm stand. Wolf legte die Ohren zurück und kauerte leicht nieder, als Jeebees Blick auf ihn fiel. Er streckte sich vor und schaute Jeebee ins Gesicht, und Jeebee langte reflexartig in den Pelz unter Wolfs Hals und Kinn und kraulte ihn dort.

Als er das Fernglas wieder an die Augen hob, wurde Jeebee bewußt, daß er auf Wolf reagiert hatte, ohne an die Schußwaffen zu denken, die er mit sich trug, und daß Wolf schon mindestens einige Sekunden neben ihm gewesen sein mußte.

Wölfe, so erinnerte er sich aus den Büchern, die er mitgenommen hatte, logen nie. Ihre Absichten wurden immer durch ihre Körpersprache signalisiert, und Wolfs Gruß gerade eben war so freundlich gewesen wie immer.

Ihm kam in den Sinn, daß Wolf, wenn er jetzt bei ihm war, so gut wie sicher schon den größten Teil dieses Weges ihm nahe gewesen sein mußte. Es gehörte zu Wolfs Natur, daß er aus Neugier außer Sichtweite mitlief. Wenn also Wolf jemals wirklich von seinem Instinkt dazu getrieben worden wäre, ihn anzugreifen, dann wäre das schon längst geschehen … und Jeebees Hand hätte keinerlei Chance gehabt, irgendeine Waffe einzusetzen.

Ein fast schuldbewußtes Gefühl ungeheurer Erleichterung überkam ihn. Er gestand sich offen ein, daß er diesen vierbeinigen Gefährten zu lieben gelernt hatte, so wie er sich früher eingestanden hatte, daß er in Merry verliebt war. Nun, er war ein Mensch. Er hatte ein Recht zu lieben, da er zur Liebe fähig war, welche anderen Imperative auch immer Wolfs Spezies antreiben mochten.

Ihn überfiel ein plötzliches Zittern. Er erinnerte sich daran, daß er auch des Tötens fähig war. Das hatte er sich vor langem eingestanden, als er aus dem Rübenkeller heraufgekommen war, doch jetzt betrachtete er dies zum ersten Mal als einen dauernden Zug seines Charakters. Er würde töten. Er würde töten, um am Leben zu bleiben; er würde töten, um zu bekommen, was er zum Überleben brauchte. Er würde töten, um Merry und Wolf zu schützen.

Er war ein Lebewesen, das lieben und töten konnte. Das war so, und daran ließ sich nichts ändern.

Seine Halsmuskeln ermüdeten, weil er seinen Kopf ständig hochhielt, um über den Hügelrücken zu schauen. Er schob sich mit dem ganzen Körper ein Stückchen vorwärts und senkte den Kopf, so daß seine Wange auf seiner heilen rechten Hand ruhte, während er seitlich auf die verbrannten Gebäude hinabschaute.

Dort unten waren alle tot. Alle, die dort unten hätten sein können, *mußten* tot sein. Das Ranchhaus war eigentlich nur ein paar hundert Meter von ihm entfernt. Doch es war zu weit, als daß er jemanden hätte hören können, der unter einem der halbverbrannten Balken eingequetscht lag und vielleicht nach Hilfe rief, oder ein Baby, das weinte. Der gesunde Menschenverstand sagte ihm, daß die Plünderer, wenn dort so jemand gewesen wäre, ihn ohne Zweifel vor ihrem Abzug umgebracht hätten, bloß um des Tötens willen, wenn schon aus keinem anderen Grund. Zu der Art von Killer, so sagte sich Jeebee jetzt, gehörte er nicht – noch nicht, jedenfalls.

Seine Gedanken kehrten zu den Menschen zurück, die dort unten gelebt hatten. Nein, dort konnte niemand mehr am Leben sein.

Er bemerkte plötzlich, daß er versuchte, sich irgend etwas auszureden.

Es wäre die schlimmste Art von Narretei, dort hinunterzugehen. Gegenwärtig würde noch die Spur der Plünderer alle Art von Aufmerksamkeit auf sich ziehen, falls und sobald die Nachbarn auftauchten und wenn sie Hunde mitbrachten. Würde er jetzt hinuntergehen, dann wäre seine eigene Spur die frischeste. Wenn allerdings die Bücher recht hatten mit ihren Berichten, daß ein Wolf sich schon fast direkt über einer nur einen Tag alten Fußspur befinden mußte, um deren Geruch aufzuschnappen, dann war es unwahrscheinlich, daß Haushunde eine ältere Spur finden oder ihr folgen würden.

Nein, es war vor allem der Gedanke an den langen Fußmarsch diesen Hang hinab, an die schwierige Kletterei wieder herauf auf dem Rückweg und an alles, was die Folge dieser Strapaze sein mochte, weshalb es töricht gewesen wäre, hinabzugehen.

Doch wenn er nicht ginge, dann würde er für den Rest seines Lebens in seiner Vorstellung ein verletztes und verlassenes Kind schreien hören.

Er stand mit Hilfe seiner Krücke auf und begann vorsichtig den Hang hinabzusteigen. Das Gefälle war hier größer als ein paar hundert Meter rechts von ihm, wo er in der Nacht zuvor heraufgekommen sein mußte. Doch geradewegs hinunter würde es schneller gehen, und er mußte daran denken, daß er wieder zu den Pferden zurückkam.

Er war nur wenige Schritte gegangen, als er bemerkte, daß Wolf nicht bei ihm war. Er schaute zurück und sah Wolf immer noch auf dem Hügel stehen und zu ihm herunterschauen.

»So ist's richtig«, sagte Jeebee, »du bist nicht so ein verdammter Narr wie ich.«

Er richtete Blick und Aufmerksamkeit wieder auf die Aufgabe, den Hang hinabzusteigen. Er stieg seitwärts hinunter, wobei er das Ende der Krücke und seine Füße fest in den Boden stemmte. Das letzte, was er jetzt noch gebrauchen konnte, war hinzufallen. Das Gefälle war hier nicht so schlimm, daß er ein Stück rutschen oder purzeln würde, doch schon beim Gedanken, auf das verletzte Bein oder den verwundeten Arm zu fallen, zuckte er zusammen.

Er erreichte die Ranch und begann zu untersuchen, was noch übrig war. Er überprüfte alle Stellen, unter oder hinter denen sich Leichen befinden konnten, und fand insgesamt sieben. Eine erwachsene Frau, drei Männer, zwei Jungen und ein Mädchen – das älteste Kind schien etwa sechzehn zu sein. Das jüngste, das Mädchen, sah wie zwölf aus. Sie waren alle tot, und das schon seit Stunden. Er berührte keine der Leichen.

Im Haus und in den Nebengebäuden befanden sich zweifellos Werkzeuge und andere Dinge, die die Plünderer vielleicht nicht hatten haben wollen, die er aber noch benutzen konnte. Während er eines der Nebengebäude durchsuchte, hatte er einen drei Pfund schweren Hammer mit kurzem Griff gesehen, der vom Feuer unversehrt geblieben war. Es handelte sich um einen einhändigen Schmiedehammer oder Schlegel von der Art, wie Nick Gage sie erwähnt hatte. Ideal zum Gebrauch in einer solchen einfachen Schmiede, wie Nick sie beschrieben hatte und von der Jeebee sich wünschte, sie eines Tages für sich zu bauen. Doch er konnte das Werkzeug jetzt nicht mitnehmen. Selbst mit der Krücke würde er alle Kraft aufwenden müssen, die ihm zur Verfügung stand, um den Rückweg zu den Pferden zu schaffen. Außerdem war es schon später Nachmittag.

Er machte schließlich kehrt und begann seinen Weg hangaufwärts. Der Aufstieg war schwierig. Als er endlich oben ankam, auf relativ ebenem Boden, setzte er sich hin und erlaubte sich eine Ruhepause, die länger war als geplant. Wolf, so stellte Jeebee fest, war wieder verschwunden, und der Tag neigte sich dem Ende zu. Schließlich rappelte er sich hoch und begann die lange, langsame Serie kleiner Etappen, die notwendig waren, um zu den Pferden zurückzukommen.

Als er dort ankam, hatten sein Arm und sein Bein wirklich schlimm zu schmerzen begonnen. Er schaute auf die Uhr und war erleichtert, als er sah, daß irgendwie fast sechs Stunden seit seinem letzten Dilaudid vergangen waren. Jetzt durfte er eine weitere Tablette nehmen, obwohl ihn das wieder zur Dosierung von vier Pillen am Tag brachte, mit der er direkt nach dem Unfall begonnen hatte. Es war der letzte der sieben Tage, die er es riskieren konnte, das Medikament zu nehmen, ohne daß die Gefahr bestand, süchtig zu werden.

Nach Ablauf des sicheren Zeitlimits für Dilaudid konnte er auf Tylenol und Aspirin zurückgreifen, die er auch bei sich hatte. Doch er stellte sich jetzt vor, was für ein schwacher Ersatz diese Mittel gegenüber der wirksameren Droge sein würden.

Trotzdem nahm er ein Dilaudid, wartete eine Weile, bis der Schmerz nachgelassen hatte, und machte sich dann auf die Suche nach trockenem Brennholz.

Er brachte das Feuer in Gang und band die Pferde an einer Stelle fest, wo es frisches Gras gab und wo sie trotzdem nahe an dem kleinen Wasserlauf waren. Jeebee setzte sich hin, den Rücken gegen einen Baum gelehnt, und blickte in das Feuer. Der Nachmittag verging, und er fiel in einen Schlummer.

Eine große, klebrige Zunge wischte unerwartet über seine rechte Wange, eine Pfote landete auf seiner rechten Schulter. Jeebee erwachte. Es herrschte Dämmerung; Wolf war zurückgekommen.

Sie durchliefen die übliche Begrüßungszeremonie, und Wolf legte sich neben dem Feuer nieder. Jeebee, der jetzt völlig wach war, machte sich daran, einige schwere Stücke Holz in die Flammen zu legen und etwas von seinem kargen restlichen Lebensmittelvorrat aus dem Rucksack zu holen, den er klugerweise oben an den Sattelgurt gehängt hatte, den er Brute umgebunden gelassen hatte.

Wolf war inzwischen zu sehr an Jeebees Bett aus Sattel und Traglast plus Planendecke gewöhnt, um seinem instinktiven Antrieb, es zu zerreissen, nachzugeben. Jeebee aß im Stehen, dann ging er zum Gepäck. Er angelte eine weitere Decke heraus, rollte sich in die beiden, die er damit nun hatte, ein und legte sich hin. Dann schaute er mit halb geschlossenen Augen ins Feuer und auf Wolf, bis er wieder einschlummerte, und aus dem Schlummer fiel er schließlich in festen Schlaf.

Er schlief lange und tief, wachte nur ein- oder zweimal kurz auf und kehrte sehr schnell wieder in den Schlaf zurück. Er träumte, er und Merry seien geschäftig dabei, Möbel für ein neues Haus zu kaufen, das sie gerade erworben hatten.

Als Jeebee zum zweiten Mal erwachte, stand die Sonne schon am Himmel, und ihr Licht drang durch die oberen Äste der Bäume in seiner Nähe. Zuerst schmerzten nach dem Erwachen sein Arm und sein Bein kaum, die Kopfhaut überhaupt nicht. Doch als er sich aus seinem Bett erhob, begann der nun schon vertraute Schmerz.

Doch er war nicht annähernd so schlimm, wie er einmal gewesen war, selbst am Tag zuvor, als Jeebee zum ersten Mal aufgewacht war. Und seine Uhr sagte ihm, es seien fast vierzehn Stunden seit dem letzten Dilaudid vergangen. Er war versucht auszuprobieren, ob er mit Aspirin allein zurechtkam.

Nach einigem Herumtappen fand er das Aspirin und schluckte zwei Tabletten mit Wasser aus einem Wassersack. Dann machte er sich daran, das Feuer wieder in Gang zu bringen. Es war in der Nacht erloschen, die letzte Glut wahrscheinlich erst kurz vor dem Morgen. Obwohl er inzwischen daran gewöhnt war, im Freien zu schlafen, war ihm die Kälte tief in die Knochen gekrochen, und er zitterte, während er darauf wartete, daß das erste kleine Flackern zu einer Flamme emporwuchs, die etwas Wärme in seine Richtung werfen würde.

Wolf war natürlich schon auf und davon.

Nach einer Weile hatten die größer werdenden Flammen Jeebee erwärmt; er stand auf, ging zu Brute und gestattete sich eine weitere magere Handvoll von

Trockenfutter aus seinem abnehmenden Lebensmittelvorrat, wobei er sich sagte, er wolle etwas zu kochen versuchen, sobald er seine Lebensgeister wiedergewonnen hätte und bereit wäre, sich zu bewegen.

Seine Uhr sagte ihm, es sei zwölf nach zehn am Vormittag. Jeebee machte sich Selbstvorwürfe, daß er einen guten Teil des Tages verschlafen hatte, als ihm plötzlich aufging, daß er sich seit einigen Wochen schon in der Zeitzone der Rocky-Mountains-Staaten befunden haben mußte, statt in der Zone der *Central Time,* und er stellte die Digitalanzeige des Uhrenmodus seiner Uhr um eine Stunde zurück.

Das Aspirin erwies sich als nutzlos gegen den Schmerz. Wie alle Schmerzen, so schien auch der seine besonders tückisch an ihm zu nagen, sobald er ihm Aufmerksamkeit schenkte. Jeebee gab nach und nahm eine halbe Tablette Dilaudid, wobei er sich sagte, er wolle mindestens weitere sechs Stunden aushalten, bevor er die zweite Hälfte nahm. Nach der Einnahme der halben Tablette wartete er erwartungsvoll. Schließlich begann der Schmerz etwas nachzulassen. Nach einer halben Stunde konnte er ihn ignorieren.

Jeebee war auf seinem Bett gelegen, während er wartete. Jetzt erhob er sich, wobei er den Stock seiner Krücke einfach als Stock benützte. Das Querstück hatte sich völlig gelöst, da die Lederschnur versagte. Ihm kam der Gedanke, daß wahrscheinlich nur Rohleder wirklich straff schrumpfte, wenn es naß aufgebunden wurde und dann trocknete. Oder vielleicht hatte es sich ausgedehnt, als es trocknete, weil das Querstück gewackelt hatte, während er ging. Wie dem auch sei, als er mit Hilfe seines Stabes auf die Beine gekommen war, fand er heraus, daß er auf diese Art und Weise herumhumpeln konnte.

Die Pferde fanden dort, wo er sie angebunden hatte, immer noch Futter. Jeebee ging zurück zu Sallys Traglast und holte Mehl, Speck und eine Bratpfanne heraus.

Es gefiel ihm nicht, daß er so früh schon von dem Speck essen mußte, aber er brauchte Kraft, und das bedeutete, er mußte zu essen haben, und der Speck war die einzige übrig gebliebene greifbare Nahrung mit dem hohen Anteil an Kalorien und in den Mengen, die sein Bedürfnis nach Stärkung stillen würden.

Er machte mit Mehl, Wasser und Speckfett einen Mehlkuchen und rollte den gebratenen und aufgewärmten Speck hinein.

Mit dem Essen im Bauch fühlte er sich buchstäblich, als hätte ein neues Leben begonnen. Er absolvierte die komplizierte Prozedur, den Flaschenzug so hoch an dem Stamm einer der Murray-Kiefern anzubringen, wie er hochreichen konnte, um Kerben für das Halteseil anzubringen. Damit hob er schließlich die Traglast, die erneut vom Netz umschlossen war, wieder auf Sallys Rücken.

Mit seinem unverletzten Arm und einem Knie am Bauch des Pferdes beim Festziehen des Sattelgurtes sattelte er Brute.

Er war bereit weiterzuziehen.

Diesmal suchte Jeebee nach einem Platz für ein zeitweiliges Lager. Einen Platz, der etwas größer und besser geeignet war als der Ort, an dem er sich befand. Wasser war die erste Voraussetzung, und das hatte er schon in diesem Bach. Die einzige Frage war folglich, ob er bachaufwärts oder bachabwärts suchen sollte. Also dann bachaufwärts, entschied er sich.

Obwohl er höher ins Vorgebirge hinaufkam, wurden seltsamerweise für eine Weile die Hänge sanfter, und Jeebee kam leichter voran, und er fand auch einige Lichtungen inmitten der Baumgruppen, die auf allen Seiten die Hügel umgaben.

Sie bewegten sich nur langsam voran. Das verletzte Bein plagte Jeebee noch immer, wenn es im Steigbügel hinabhing, und es war nicht wirklich bequem, wenn er es hochzog und um den Sattelknopf krümmte. Doch der kleine Wasserlauf führte sie schließlich zu einem Ort, den man mit Recht eine Bergwiese nennen konnte. Jeebee schätzte, daß sie etwa dreihundert Meter lang und etwa halb so breit war.

Hier zweigte der Bach von einem breiteren Wasserlauf ab, den man eigentlich schon einen kleinen Fluß nennen konnte. Er war seicht, voller großer Felsbrokken, floß aber schnell dahin. Hier dürfte es keine Möglichkeit geben die Pferde hinüberzuführen, dachte Jeebee, der auf Brute saß und durch das klare Wasser des Flusses auf das felsige Bett schaute. Selbst wenn er körperlich dazu in der Lage gewesen wäre, was er immer noch nicht war, so schienen die Felsbrocken unpassierbar. Sie waren zu groß und zu schwer auszumachen und wären für Pferdehufe zu glitschig gewesen. Es war fast sicher, daß sich eines der Tiere ein Bein brechen würde.

Jeebee band Sally an einen Baum am Rande der Wiese fest und ritt auf Brute den Rest des Gebietes ab, um es eingehender anzuschauen.

Zuerst untersuchte er die Stelle, an der der kleine Wasserlauf sich von dem größeren trennte. Es war so, wie er es vermutet hatte, als er die beiden Bäche erblickt hatte. Der kleinere wies deutliche Zeichen dafür auf, daß er von Menschen angelegt worden war. Jeebee vermutete, daß der Bach bewußt abgeleitet worden war, um Wasser direkt zur Ranch zu schicken, zu der jetzt toten Ranch, die ein gutes Stück weit hinter ihnen unten im Flachland lag.

Dann setzte er die Besichtigung der Wiese fort. Es handelte sich bei ihr mehr oder weniger um eine breite Schneise zwischen den Bäumen, wobei das Ende, durch das er sie betreten hatte, von ziemlich wenig Bäumen bestanden und offen war; auf der anderen Seite standen die Bäume enger beisammen und wurden von zwei Anhöhen des Berghangs überschattet, die auf beiden

Seiten begannen und sich jenseits der Bäume, die die Wiese umstanden, und weiter hinauf fortsetzten und nur ein schmales Bett für den größeren Wasserlauf frei ließen – so daß die Wiese fast in einen natürlichen Festungswall eingeschlossen war, der sich jenseits ihres Baumgürtels erhob.

Am unteren Teil des Flusses war derzeit nur ein halber Meter zwischen Ufer und Wasserfläche, doch weiter oben zum Ende der Wiese hin, wo der Hang selbst anstieg, erhob sich das Ufer fast jäh zu einer kleinen Klippe, ähnlich der Wand, die den Schieferhang krönte, den Jeebee am Tag zuvor zweimal überquert hatte, um die Ranch anzuschauen.

Die letzten sechs bis acht Meter der Klippe stiegen fast senkrecht an, und hier gab es auch, wie in der Wand über dem Schieferhang, ein Loch, das vielleicht einmal der Eingang zum Bau eines Tieres gewesen war. Jeebee ritt näher heran, und als er nahe genug war, konnte er im Tageslicht sehen, daß das Loch zwar mindestens ein paarmal größer war als dasjenige, das er an dem Schieferhang gesehen hatte, daß es sich dabei aber nur um eine nicht sonderlich tiefe Öffnung in einem Boden handelte, der aus fast reinem Sand zu bestehen schien. Jetzt verwarf er den Gedanken, daß es vielleicht einmal der Bau eines Tieres gewesen sei. Es schien sich eher um das Ergebnis einer natürlichen Aushöhlung des lockeren Materials der Klippe zu handeln – vielleicht durch starken Frost und späteres Auftauen.

Das Loch war sicher leer. Es gab kein Anzeichen dafür, daß darin ein Tier lebte – oder in letzter Zeit gelebt hatte. Auch von Vegetation war nichts zu sehen.

Der Anblick des Loches faszinierte Jeebee. Mit etwas Arbeit und unter Einsatz der Zeltplane und seiner anderen Plastiktücher, die er von Paul bekommen hatte, konnte er die Höhle zu einer vor Regen geschützten, halbwegs bequemen Kammer für sein Nachtlager machen.

Der sandige Erdboden sah so aus, als ließe sich darin leicht graben. Vielleicht war das Loch tatsächlich irgendwann einmal von einem Tier ausgegraben worden, oder vielleicht hatte zumindest ein Tier begonnen, es zu graben. Es wäre sicher nicht schwer, tiefer zu graben und innen mehr Raum zu schaffen. Wenn er dann noch die Öffnung mit etwas abdeckte, hätte er zum erstenmal, seit er den Wagen verlassen hatte, eine eigene Behausung.

KAPITEL 25

Drei Tage später war eine große Veränderung vollzogen. Die Pferde hatten sich dank der Ruhe und dem ständigen Grasen gut erholt. Die Reise vom Bach an den Weiden herauf, vorbei an der Ranch, hatte sie erschöpft, aber nun zeigten sie endlich Anzeichen völliger Erholung. Jetzt waren sie beide fast ausgelassen; selbst Sally, die normalerweise so gesetzt und ruhig wirkte, schien unzufrieden zu sein, daß sie angebunden war.

Was ihn selbst anging, so betrachtete Jeebee seinen Arm und sein Bein jetzt als fast geheilt. Er hatte sogar versucht, die zweite Nacht in der Höhle bei der Wiese ohne ein einziges Dilaudid zu schlafen, und hatte statt dessen nur Aspirin genommen und herausgefunden, daß er in seiner Müdigkeit eingenickt war und ohne Schwierigkeiten geschlafen hatte.

Seitdem hatte er an den letzten vier Tagen vier Dosen Tylenol genommen, und das war alles. Abgesehen davon, daß Bein und Arm protestierten, wenn sie gegen etwas stießen oder ihre Muskeln zu abrupt benutzt wurden, konnte er die meiste Zeit einfach vergessen, daß sie verletzt gewesen waren. Arm und Bein waren beide noch dunkelblau von den Blutergüssen, doch die Schwellung in beiden Gliedmaßen war fast verschwunden.

Er hatte während der letzten paar Tage diese Verbesserung ausgenutzt, denn jetzt konnte er nachts auf Brute ins Flachland hinunterreiten. Er war sogar über die zerstörte Ranch hinaus geritten, in der Hoffnung, er würde eine Freilandkuh finden, die er schießen konnte. Und er hatte auch tatsächlich eine geschossen.

Bei der Aufgabe, die eßbareren Teile des Fleisches herauszuschneiden, war er ziemlich unbeholfen vorgegangen. Und die Fleischstücke auf Brute zur Wiese zurückzubringen war ein Problem gewesen. Brute hatte sich heftig geweigert, das Fleisch zu tragen, das für ihn sehr stark nach Blut roch. Doch Jeebee humpelte zu Fuß zurück und führte das Pferd fest am Kopf, mit einem strengen Griff an den Zügeln direkt vor den Zähnen des Pferdes. Brute blieb nichts anderes übrig als zu folgen.

Für Jeebee wurde es ein langer und schwieriger Marsch. Besonders schwierig, weil er bei den ersten Hängen hinter dem Ranchhaus schon müde angekommen war und sich ins Zeug legen mußte, um sie hinaufzusteigen. Notwendigerweise hatte er schließlich das gleiche getan wie damals bei seinem ersten Ausflug mit der Krücke von seinem Lagerplatz aus: er ging eine kleine Entfernung und hielt dann an, um auszuruhen, dann ging er eine weitere kurze Strecke und hielt wieder an und so fort.

Er war schon früh am Morgen gestartet, und darüber konnte er froh sein, denn es war erst Nachmittag, als er schon tief im Vorgebirge war. Vor ihm lag noch die eine Strecke, an die er gedacht und die er gefürchtet hatte: der Schieferhang; er glaubte nicht, daß er es wagen würde, sich dort hinzusetzen und auszuruhen.

Theoretisch müßte er eigentlich, wenn er sich mitten am Hang niedersetzte, mit Brutes Hilfe wieder auf die Beine kommen können, indem er buchstäblich Bein und Rücken des Pferdes sowie den Sattel als Halt verwendete, um sich hochzuziehen.

Doch das war nur theoretisch. Bei den letzten paar Pausen hatte er bemerkt, daß er es nicht wagte, sich zu lange auszuruhen, weil besonders das Bein steifzuwerden begann, wenn er sich nicht bewegte. Das bedeutete, daß es gefährlich war, eine lange Ruhepause einzulegen, bevor er den Hang in Angriff nahm.

Schließlich erreichte er den unteren Rand des Hangs. Er setzte sich hin, wobei er die Zügel ständig festhielt, während Brute über ihm stand und auf den Hang schaute.

Auf den ersten Blick sah der Hang unschuldig aus. Nur ein offenes Gelände, über das er mit gebotener Vorsicht gehen mußte, weil es nach rechts sehr steil abfiel. Bei näherem Hinsehen sah man die scharfen und losen Stücke nackten Schiefergesteins, die den Hang bedeckten und das Sonnenlicht reflektierten.

Jeebee schaute sehnsüchtig zum oberen Ende des Hangs empor, vorbei an dem Loch, das vermutlich einmal der Bau eines Tieres gewesen war, zu der kurzen senkrechten Klippe und den Bäumen, die sie krönten. Es war verlockend zu versuchen, auf diesem Weg hinaufzusteigen. Doch er hatte diese mögliche Route beim erstenmal überprüft, als er den Hang mit der Krücke überquert hatte. Oberhalb der Klippe standen die Bäume zu dicht und die Hänge zu beiden Seiten stiegen so steil an, daß es unsicher wäre, Brute dort hinaufzuführen.

Überdies war er erpicht darauf, zum Lagerplatz zurückzukehren. Sein Bein schmerzte ihn jetzt wie schon einige Tage nicht mehr. Nach einer Weile wurde er sich bewußt, daß er nicht wagte, noch länger sitzen zu bleiben, da sein Bein steif wurde. Er erhob sich und begann Brute vorsichtig über den Hang zu führen.

Er hätte jetzt die Krücke gebrauchen können, denn Brute ging hinter ihm so vorsichtig wie er selbst; offensichtlich stand das Pferd inmitten der losen Steine auf dem Hang nicht fester als er. Jeebee schwitzte im Sonnenschein und arbeitete sich auf das andere Ende des Geröllfeldes zu.

Aber er kam voran. Das andere Ende kam immer näher, und trotz der Proteste seines Beins erwachte in ihm ein Gefühl des Triumphs. Das Ende des Schieferhangs war nur noch etwa zwanzig Meter entfernt. In wenigen Augenblicken würde er den Hang sicher hinter sich gebracht haben. Jeebee begann kräftiger auszuschreiten.

Seine Aufmerksamkeit war ganz auf das andere Ende des Hangs gerichtet, das er zu erreichen suchte. Da fiel er hin – so plötzlich, daß es passiert zu sein schien, bevor er es bemerkte; später allerdings erinnerte er sich daran, wie der Stein rutschte und sich unter seinem linken Bein drehte und wie dieses vor sein rechtes Bein glitt und ihn zum Stolpern brachte.

Nur sein fester Griff an den Zügeln und die Tatsache, daß Brutes Hufe sich ganz auf festem Boden befanden und das Pferd sich sofort dagegenstemmte, hatten verhindert, daß er den Hang hinuntergerollt war.

Keuchend und erleichtert, daß er nicht hinabgestürzt war, richtete Jeebee seine Aufmerksamkeit darauf, wieder hochzukommen. Bei dem Versuch aufzustehen fuhr ihm ein Schmerz wie ein Messer vom Fußknöchel aufwärts durch das linke Bein. Ihm wurde klar, daß es sich unter ihm verdreht hatte und er mit dem Körper teilweise draufgefallen war.

Keuchend streckte er Bein und Knöchel gerade. Der scharfe Schmerz ließ etwas nach, doch er spürte, daß zweifellos im Knöchel etwas beschädigt worden war. Obwohl Brute protestierend wieherte, zog er sich Hand über Hand an den Zügeln hoch.

Als er aufrecht stand und sich am Sattel festhielt, versuchte er vorsichtig etwas Gewicht auf das linke Bein zu verlagern.

Das Fußgelenk gab fast sofort nach, und wieder fuhr der Schmerz durch das Bein, als wäre es ein hohles Rohr, durch das der Schmerz wie ein Blitz dahinschießen konnte. Schnell entlastete er den Fuß wieder. Mit beiden Händen hing er am Sattel und schwitzte. Es war unmöglich, den Rest des Weges zum Lagerplatz von hier aus zu Fuß zu gehen.

Er würde reiten müssen. Das war die einzige Möglichkeit. Zu reiten bedeutete notwendigerweise, daß er im Sattel sitzen mußte, und das bedeutete wiederum, daß er das ganze Fleisch wegwerfen mußte, das er aufgeladen hatte. Er hatte das in Plastik eingewickelte Bündel oben auf dem Sattel befestigt, da Brute heftig dagegen protestiert hatte, daß es irgendwo aufgeladen wurde, wo er die ungewohnte Berührung spüren konnte.

Es gab keine andere Wahl. Jeebee löste das Seil, das das Bündel festhielt, und ließ seine Beute zu Boden fallen. Er würde später zurückkommen und die Plastikplanen holen, falls dann noch etwas davon übrig wäre. Doch daran zweifelte er. Wolf oder andere Raubtiere würden das Fleisch schon beseitigen. Dann packte er das Sattelhorn fest, hüpfte mit dem unversehrten Bein hoch, zog dabei seine Arme hoch und schaffte es so, den unverletzten Fuß in den Steigbügel zu schieben und sein verletztes Bein, begleitet vom einem unbarmherzig stechenden Schmerz, über den Sattel auf die andere Seite zu werfen.

Dann trieb er Brute an.

Brute war jetzt noch unzufriedener als zuvor. Doch auch er sah das Ende des Schieferhangs vor sich und war erpicht darauf, es zu erreichen. Einen Augenblick später befanden sie sich auf festem Boden.

Die Ladung Fleisch, die Brute getragen hatte, war leicht gewesen. Das Pferd war nicht im geringsten müde, doch der Schmerz, der Jeebees Bein jedesmal durchzuckte, wenn Brutes Hufe auf dem Boden aufkamen, hielt ihn davon ab, das Tier zu einer schnelleren Gangart als dem Schritt anzutreiben, obwohl er gerne so schnell wie möglich seinem Lagerplatz zugestrebt wäre. Es dauerte eine weitere dreiviertel Stunde, bis Jeebee endlich aus dem Sattel glitt – begleitet von einem weiteren stummen Protestschrei des verletzten Beins und des Fußgelenks – und Brute mit den Zügeln an einen Baum am Fluß anband, nahe genug, daß das Pferd trinken konnte.

Brute ging sofort zum Wasser. Jeebee, der sich am Sattel festhielt und neben dem Pferd her hüpfte, löste den Sattelgurt, während Brute trank, und brachte das Tier dann durch Schieben und Ziehen an den Zügeln zu einer Stelle zurück, wo er es erneut an einen Baum binden konnte, und ließ dann den Sattel fallen. Dabei nahm er auch den Rucksack, das Gewehr, die Satteldecke und einen halbgefüllten Wassersack herunter.

Diese seine kostbarsten Besitztümer behielt er immer bei sich. Dann ließ er sich auf Hände und Knie nieder und kroch los, wobei er all diese Dinge samt seines Gewehrs hinter sich her zog, bis er seine Schlafstelle erreichte, bachaufwärts am Wasser. Er legte sich auf die Decke, den Sattel unter dem Nacken und das Gewehr neben sich, und holte seinen Medikamentenbeutel heraus.

Jeebee hatte sich gesagt, er würde kein weiteres Dilaudid nehmen. Doch jetzt nahm er es, und dabei sagte er sich, er würde nur diese einzige nehmen und sonst keine mehr, gerade soviel, daß er, wenn das Medikament wirkte, wieder zum Wasser hinabkriechen konnte, das lediglich etwa sechs Meter entfernt war.

Nach ungefähr zwanzig Minuten begann das Schmerzmittel zu wirken. Jeebee kroch zum Wasserlauf und tauchte sein Fußgelenk ins kalte Wasser. Unter dem Einfluß des Dilaudid und der taub machenden Wirkung des Wassers, schwand der Schmerz soweit, daß Jeebee daran denken konnte, eine Art Schiene zu basteln, um den Fuß bewegungslos zu halten. Er hatte schon eine bestimmte Vorstellung. Sie stammte aus einem Ski-Rettungshandbuch, das er vor seiner Flucht aus Stoketon studiert hatte.

Es gelang ihm recht gut zurückzukriechen, doch er achtete dabei sehr sorgfältig darauf, den Knöchel so wenig wie möglich zu beugen. Als er wieder an seinem Platz angelangt war, nahm er Brutes Satteldecke, faltete sie mehrfach, bis er eine dicke und kurze Bandage hatte, die er um den Spann seines Fußes biegen konnte, wobei die beiden Enden zu beiden Seiten seines Unterschenkels hochstanden. Aus einer Gesäßtasche holte er die Lederschnüre, die noch übrig waren, nachdem er mit dem größeren Teil die Plastikplane mit dem rohen Fleisch zugebunden hatte.

Damit band er die Decke an Spann, Fußgelenk und Bein fest. Er band die Schnüre so straff, wie er nur konnte, ohne daß er Gefahr lief, sich das Blut im Bein abzuschnüren. Dann ordnete er den Sattel und den Rucksack so an, daß er – den Rücken an einen Baum gelehnt – mit hochgelegtem Bein sitzen konnte.

Jeebee überließ sich seinen Gedanken. Zu allererst war er wütend über sich selbst, daß er so unvorsichtig gewesen war. Eine Sekunde Gedankenlosigkeit, und er war aufs neue fast hilflos. Es war fast, als hätte ein feindliches Schicksal beschlossen, ihn umzustoßen, als er am verwundbarsten war.

Er schüttelte das Selbstmitleid ab, das sich in diesem Gedanken zeigte. Er hatte einfach nicht richtig hingeschaut, und was dann geschehen war, war alles seine Schuld. Er hätte bei jedem Schritt achtgeben und sicherstellen sollen, daß er den Fuß auf festen Boden setzte. Nichts anderes als seine Ungeduld, vom Hang wegzukommen, hatte zu dieser Situation geführt.

Nicht zum erstenmal erkannte er, wie sogar eine kleine Verletzung – etwas so Geringes wie eine wunde Zehe – das Leben eines wilden Tieres bedrohen konnte, indem sie seine normale Fähigkeit zur Flucht vor den Feinden und zum Sammeln der Nahrung beeinträchtigte. Er befand sich in genau der gleichen Lage, einfach weil er sich wieder zur falschen Zeit verletzt hatte. Er hatte nur noch wenige Lebensmittel übrig und war für mindestens einige weitere Tage zur Unbeweglichkeit verurteilt.

Jeebee zwang sich bewußt, die angenehmere Seite der Situation zu betrachten. Er war unendlich besser dran als jedes verletzte Tier. Seine Waffen funktionierten noch, auch wenn er persönlich behindert sein mochte. Es war wenig wahrscheinlich, daß jemand hier zufällig über ihn stolpern oder irgend jemand ihn jagen würde. Die geschlachtete Kuh würde man zweifellos den Reiternomaden zuschreiben, falls jemand käme, um bei der Ranch nachzuschauen, was dort geschehen war. Zu seiner Überraschung hatte das noch niemand getan, soweit er die Zeichen um die Brandruinen richtig deuten konnte. Es blieb allerdings die Tatsache bestehen, daß er nicht zu seinem Gepäck hochklettern konnte, wo sich Mehl und Speck befanden. Er hatte nichts zu essen. Nun, ein paar Tage ohne Essen würden ihm nichts ausmachen. Das Dilaudid hatte den Schmerz in seinem Fußgelenk fast völlig gestillt. Er sammelte einige trockene Zweige, die in der Nähe lagen, entzündete das Feuer aber noch nicht. Er wollte es lieber nach Einbruch der Dunkelheit haben. Wieder lehnte er sich an den Baum. Der Nachmittag verging.

Jeebee schlief ein.

Er erwachte, als Wolf sein Gesicht leckte. Dämmerung herrschte. Sie tauschten ihre üblichen Grüße aus, die sich nur darin unterschieden, daß Wolf fast auf der Stelle die Tatsache zu bemerken schien, daß Jeebee, obwohl er so kameradschaftlich wie immer war, sich dabei nicht wie gewöhnlich bewegte.

Eigentlich lud Wolf zum Spiel ein, und Jeebee, der den anderen inzwischen besser kannte, vermutete, daß Wolf damit zumindest teilweise ausprobieren wollte, ob sein menschlicher Partner einen Grund hatte, weswegen er sich nicht bewegte.

Um allen weiteren Spekulationen ein Ende zu bereiten, zündete Jeebee das Feuer an. Wolf hörte mit seinen Aufmerksamkeiten auf und legte sich neben dem Feuer nieder. Jeebee lag da, schaute ins Feuer und dachte daran, wie die Verzögerung durch seinen verdrehten Fußknöchel seine Reisepläne beeinflussen würde.

Wegen der Bärin hatte er insgesamt mehr als eine Woche verloren, und jetzt war schon August. So hoch wie sogar das Flachland der Ranchgebiete lag – hier um die neunhundert Meter –, mußte er schon im späten August mit Herbstwetter und sogar mit Schnee rechnen.

Vielleicht hatte er Glück. Andrerseits vielleicht auch nicht. Doch da er nur die Erinnerungen an seine Fahrt als Junge zur Ranch seines Bruders als Anhaltspunkte hatte, würde er wahrscheinlich ein ziemlich großes Gebiet erforschen müssen, um sie zu finden. Glücklicherweise erinnerte er sich an eines sehr deutlich: das Brandzeichen der Rinder seines Bruders, das aus zwei sich überschneidenden Dreiecken bestand. Wenn er Rinder mit diesem Brandzeichen sah, dann würde er wissen, daß er seinem Ziel nahe war.

Jeebee hatte den Aufenthalt an seinem Lagerplatz benutzt, um mit Hilfe von Kompaß und Karte zu bestimmen, wo er sich befand.

Nach bester Schätzung war das Territorium, in dem die Ranch seines Bruders liegen mußte, von seinem gegenwärtigen Aufenthaltsort noch etwa hundert Kilometer Luftlinie in nordöstlicher Richtung entfernt. Wenn er wieder ins Flachland hinabstieg, alle möglicherweise bewohnten Orte umrundete und generell außer Sichtweite anderer Menschen blieb, dann konnte diese Entfernung auf das Dreifache oder Vierfache ansteigen. Alles in allem, so rechnete er, konnte es mindestens ein paar Wochen dauern, bis er das Territorium erreicht hatte, das er durchsuchen mußte, wobei er immer bei Nacht dahinziehen würde, im Schrittempo und mit Aufenthalten, um dort Nahrung aufzusammeln, wo er konnte. Und dann wußte er nicht, wieviel Zeit er für die Suche selbst brauchen würde.

Die Ereignisse hatten seinen Zeitplan gefährlich

durcheinandergebracht. Der Gedanke, im offenen Flachland von einem plötzlichen Schneesturm überfallen zu werden, bevor er die Ranch seines Bruders gefunden hätte, war erschreckend. Unter diesen Bedingungen würde er keinesfalls überleben. Wenn er genügend Warnungen vor dem Wintereinbruch bekäme, um sich in die Hügel begeben und wie ein Tier in einen Bau zurückzuziehen, wie in diese Erdhöhlen oberhalb des Schieferhangs oder hier…

Doch auch dann war es unwahrscheinlich, daß er überlebte.

Sein Knöchel begann wieder zu schmerzen. Er nahm drei Aspirin, um den Schmerz zu vertreiben. Auf jeden Fall hatte er jetzt einige Tage vor sich, an denen er nichts anderes tun würde als nachzudenken.

KAPITEL 26

Irgendwann in der Nacht weckte Jeebee der Schmerz. Glücklicherweise war der Nachthimmel so klar, wie es der Taghimmel jetzt schon seit einigen Wochen gewesen war. Das konnte nicht andauern. Es ging auf das Ende des Sommers zu, und das gute Wetter würde bestimmt umschlagen.

Er fingerte im Medikamentenbeutel herum, fand nach Gefühl die Flasche mit dem Dilaudid, nahm sie heraus und öffnete sie mit Händen, die vor Schmerz und dem dringenden Verlangen nach Erleichterung zitterten. Gerade rechtzeitig brachte er sich noch davon ab, das Schmerzmittel zu nehmen. Er machte die Flasche mit besonderer Sorgfalt wieder zu und suchte statt dessen nach dem Tylenol. Mit dem Verstand wußte er, daß es den Schmerz nicht schneller vertrieb, wenn er mehr als die empfohlene Dosis nahm; trotzdem zählte er vier Tabletten ab. Dann kam die Suche nach dem Wassersack, den er offensichtlich im Schlaf woandershin verschoben hatte.

Jeebee entdeckte den Wassersack weniger als eine Armlänge entfernt unter der Zeltplane und trank daraus, um die Pillen hinunterzubekommen. Jetzt zitterte er fröstelnd, wieder wach genug, um die Kälte zu spüren. Er kratzte einiges von dem trockenen Holz zusammen, das er sich aufgehoben hatte, und brachte das Feuer in Gang. Doch die Flammen brannten nur langsam hoch und schickten nur eine geringe Wärme aus.

Sein Instinkt veranlaßte ihn, sich zu bewegen, um sich zu erwärmen. Er kroch herum und fand dabei noch mehr Brennholz. Schließlich hörte sein Zittern auf.

Wolf, der auf der anderen Seite der Flammen zusammengerollt lag, den buschigen Schwanz über die Nasenspitze gelegt, betrachtete Jeebee mit schläfrigen Augen.

Jeebee konnte nicht so weitermachen, ohne jede Hülle, die seine Körperwärme zurückhielt. Sobald er keine losen Äste mehr fände, die nahe genug lagen, daß er sie im Feuerschein sehen konnte, würde er an Unterkühlung sterben. Doch die Decken befanden sich alle oben in der Traglast, außerhalb seiner Reichweite. Es war ihm unmöglich, mit den Händen hoch genug zu langen, um auch nur eine herauszuziehen...

Er verwünschte sich, weil er ein solcher Idiot gewesen war, und machte sich auf Händen und Knien auf den Weg zu den dunklen Silhouetten der Pferde. Selbst in der Dunkelheit war die kleinere Sally von Brute zu unterscheiden.

Er kroch auf die andere, Brute abgewandte Seite und kletterte buchstäblich an ihrem Bein hoch und zog sich so auf die Füße. Brute hätte das nicht einen einzigen Moment geduldet, doch Sally ließ sich geduldig als Haltegriff benutzen.

»Gutes Mädchen!« keuchte Jeebee. Sally drehte ihm ihren Kopf zu und schaute ihn durch die Dunkelheit an. Jeebee duckte sich, sprang mit seinem unversehrten Fuß mächtig hoch und drehte sich dabei; irgendwie gelang es ihm, sein verletztes Bein hoch und über Sallys Rücken zu werfen. Der Schmerz der Bewegung raubte ihm für eine Sekunde fast das Bewußtsein. Eine innere Wut half ihm, den Schmerz zurückzuschlagen. Er zog sich auf dem Rücken des Pferdes hoch. Während er hochkletterte, stemmte sich Sally automatisch gegen sein außermittiges Gewicht.

Als er sich schließlich auf ihrem Rücken befand, zog er sich an ihrem Hals nach vorn und drängte sie zu dem Baum, an dem ihr Halteseil befestigt war. Er band es los und steuerte Sally mit Kniedruck und Fersenberührung zu dem Baum, an dem die Traglast hing.

Er ließ sie daneben anhalten. Er konnte gerade die dunkle Masse des Gepäckbündels ausmachen, das wie eine riesengroße Morchel aussah, die sich über seinem Kopf an den dunklen Baumstamm klammerte.

»Jetzt ruhig Blut, mein Mädchen«, sagte er zu Sally, »bleib ganz ruhig stehen!«

Jeebee klammerte sich an den Baumstamm und zog sich hoch, bis er auf Sallys breitem Rücken kniete. Die Knochen ihres Rückgrates drückten sich hart und unbequem gegen seine Schienbeine, aber er ignorierte es. Er langte so hoch, wie er in dieser Stellung konnte, und spürte, wie seine Hände die vom Netz umgebene Plastikplane ergriffen und hielten, die die Traglast trug.

Es war zu dunkel, um zu sehen, wo die Ränder der Plastikplane unter der einen Ecke zusammentrafen, die er als Regenschutz über die Ränder drapiert hatte. Doch er tastete sich durch ihre Falten, bis seine Finger die Ränder der Plane ausmachen konnten, dann schob er die Hände hinein und tastete nach der rauh-weichen Oberfläche seiner Schlafdecken. Und fand sie.

Einige Minuten später kletterte er triumphierend herunter und setzte sich wieder – mit drei Decken im Arm – im Reitersitz auf das Pferd. Kurz darauf drängte er Sally wieder zu dem Baum, an dem sie ursprünglich angebunden gewesen war.

Ihm war die Versuchung gekommen, auf Sally bis zum Feuer zu reiten und sie daneben an einen Baum zu binden. Doch es wäre unfair gewesen, sie an einer Stelle anzubinden, wo sie nicht trinken konnte. Erneut kroch er auf Händen und Knien zurück. Wolf war aufgestanden und starrte Jeebee an, als er zurückkehrte. Jeebee hatte die Decken in seine Jacke gesteckt, da er fürchtete, Wolf würde sich veranlaßt fühlen, mit den Zähnen nach den freien Enden zu schnappen.

Doch Wolf unternahm nichts. Falls er überhaupt reagierte, so schien er ein bißchen argwöhnisch zu sein, weil Jeebees Figur durch die Decken angeschwollen wirkte.

Jeebee schob sich wieder an seinen Platz neben dem Feuer, breitete die Decken aus und rollte sich dankbar in ihre doppelte Hülle. Erst als Jeebee damit fertig war, legte sich Wolf wieder hin. Das heißt, er ließ sich eher fallen, mit einem Grunzen, das fast wie ein Knurren klang.

Jeebee war es egal. Das Tylenol begann zu wirken. Es beeinflußte den Schmerz nur wenig, aber jetzt, wo er das Bein nicht mehr herumwarf, schien es sich ein bißchen von selbst zu erholen. Wenig später fühlte sich Jeebee warm, und kurz darauf war er erneut eingeschlafen.

Als Jeebee am nächsten Tag erwachte, war Wolf nirgendwo zu sehen. Jeebee merkte, daß ihn dies auf seltsame Weise beunruhigte. Seit dem Abend, als Wolf sich ihm mit dem Verhalten genähert hatte, von dem er jetzt wußte, daß es Unterwerfung bedeutete, hatte Wolf den Lagerplatz selten verlassen, ohne zuerst mit Jeebee Kontakt aufzunehmen, nachdem dieser am Morgen erwacht war.

Bedeutete die Tatsache, daß Wolf diesmal einfach fortgegangen war, eine Veränderung seiner Einstellung Jeebee gegenüber? Von Wolf als Rudelgenosse angenommen worden zu sein, konnte ebenso Vorteile wie auch Nachteile haben.

Aber Jeebee war nicht in der Verfassung, um im Augenblick über diese Frage nachzugrübeln. Es war schon Vormittag, und der Schmerz in seinem Knöchel peinigte ihn wieder. Er nahm wieder Tylenol, diesmal nur drei Tabletten.

Sie schienen überhaupt nicht zu helfen. Er lag da und schwitzte, aber schließlich kam er zu dem Schluß, daß es zwar arg weh tat, daß aber die Beschwerden nicht unerträglich waren – wenigstens solange er das Fußgelenk nicht bewegte. Er beherrschte sich also, und sein Körper erinnerte ihn an andere Bedürfnisse. Er mußte unbedingt urinieren, und dazu würde er sich zumindest aus seinem Bett herausbewegen müssen.

Er kroch deshalb seitlich von dem Erdbuckel herunter, auf dem er gelegen hatte, und versuchte dabei den schlimmen Knöchel in die Luft zu halten, um ihn nicht am Boden dahinzuschleppen. Ein plötzlich aufflackernder Schmerz ließ ihn grunzen, weil er den Knöchel anstieß, als er die paar Zentimeter von seinem Schlafhügel herunterfiel.

Er hatte sich darauf verlassen, daß die dicken Lagen der aus der Decke gefertigten Schiene bei seinen Bewegungen den Knöchel wenigstens bis zu einem gewissen Grad abpolsterten. Aber der Schmerz war so jäh und wild, daß es ihm vorkam, als befände sich gar kein Stoff zwischen der verletzten Körperstelle und dem Boden.

Er blieb für einige Minuten liegen und wartete darauf, daß der Schmerz nachließe, bevor er versuchte, sich wieder zu bewegen.

Der Schmerz ließ etwas nach – oder vielleicht war es nur seine angeschwollene Blase, die ihn drängte und bewog, sich wieder in Bewegung zu setzen. Auf jeden Fall zog er sich seitwärts ein bißchen weiter, dann drehte er sich, bis er längs am Rand des Abhangs zum Fluß lag. Seine Hand zitterte, es gelang ihm, die starren Metallknöpfe der Arbeitshose aufzuknöpfen, die er von den Leuten vom Wagen bekommen hatte, und endlich konnte er sich erleichtern.

Erst später fiel ihm ein, daß er wenigstens einen der Wassersäcke hätte mitbringen sollen, so daß er die Tatsache, daß er sich so weit bewegt hatte, hätte ausnutzen können, um von dem fließenden Wasser des Flusses zu schöpfen.

Zuerst dachte er, daß er – sobald er sich wieder in sein Bett begeben hätte – nie wieder an einen weiteren solchen Ausflug würde denken können, diesmal nicht nur zur Uferkrone, sondern über die scharfen Steine hinunter zum Wasser. Doch sobald er den Rückweg geschafft hatte, wurde ihm bewußt, daß er es tun würde. Er würde schließlich alles tun, was er tun mußte, um am Leben zu bleiben, solange sein Körper das aushielt. Und wenn er es schließlich irgendwann tun würde, warum nicht jetzt, bevor er den Punkt der Verzweiflung erreicht hatte?

Also machte er sich zum Bach auf und holte Wasser.

Er besiegte den Schmerz im Knöchel keineswegs. Aber irgendwie arrangierte er sich mit ihm.

Während der Tag voranschritt, entdeckte Jeebee, daß er sich tatsächlich umherbewegen konnte, indem er die Arbeit in kurze Momente der Anstrengung einteilte und dann jeweils ausruhte, bis er sich zu einem neuen Versuch bereit fühlte. In ihm wuchs eine Hartnäckigkeit heran, die zu besitzen er nie geahnt hatte. Und auch diese Erfindungsgabe. Er nahm einen Stein von der Erde neben der Feuerstelle und legte ihn ins Feuer, um ihn zu sterilisieren. Nachdem der Stein abgekühlt war, tat er ihn in den leeren Wassersack, zog eine Schnur durch den Tragegriff des Sacks und band sie in einem Laufknoten um den Hals des Sacks.

Mit einer seitlichen Armbewegung warf er den Sack von seinem Schlafplatz aus in den Fluß; nachdem der Behälter gesunken war und sich mit Wasser gefüllt hatte, zog er ihn an der Schnur zurück.

Obwohl der Laufknoten sich fest um den Hals des Sacks zugezogen hatte, rann das meiste von dem Wasser heraus, während Jeebee ihn ruckweise zu sich zurückzog. Doch diese Methode zur Ergänzung seines Wasservorrats war um soviel leichter, daß dieser Verlust keine Rolle spielte.

Der Erfolg verschaffte ihm einen klaren Kopf. Er begann sich als sehr viel weniger hilflos zu betrachten, als er zuvor angenommen hatte. Indem er sich leichte Methoden ausdachte, um bestimmte Dinge zu tun, und dazu große Bewegungen in kleine, langsame Schritte zerlegte, brachte er allerhand zuwege.

Auf diese Weise sammelte er tagsüber nach und nach genug frisches Brennholz, so daß sein Feuer die ganze Nacht brennen konnte. Es gelang ihm sogar, einen Kiefernschößling durchzuhacken, die Äste abzuschneiden und sich so eine weitere primitive Krücke zu machen.

Sie war nicht besser zu benutzen als die vorherige. Aber mit ihrer Hilfe konnte er nach einigen Tagen die Pferde eins nach dem anderen zu neuen Standplätzen bringen, wo es frischen Pflanzenwuchs gab statt des kargen Grases, das sie im Umkreis ihrer früheren Plätze völlig abgefressen hatten.

Es dauerte bemerkenswert lange, bis der Fußknöchel besser wurde. Es erschien widersinnig, daß alles, was die Bärin angerichtet hatte, so schnell heilen sollte, während ein lediglich verdrehtes Fußgelenk nur so langsam besser wurde. Jeebee machte sich Sorgen, daß es möglicherweise mehr war als nur verstaucht. Er wußte, daß Verstauchungen nur sehr langsam heilten, aber... Er war auch beunruhigt über die Zeit, die er verlor, wo er doch schon unterwegs sein sollte. Bis er sich an der Kandare riß und sich sagte, daß es keinen Sinn hatte, sich Sorgen über die Tatsache zu machen, daß er nicht weiterziehen konnte, denn damit käme er auch nicht schneller voran.

Um sich davon abzulenken, kehrte er zu den Wolfsbüchern zurück, las die wenigen, die er noch nicht hatte beenden können, und las die anderen noch einmal.

Für diese Art von Aufmerksamkeit war er durch seine Jahre als Akademiker trainiert, und es dauerte nicht lange, da war er aufs neue in die Wolfskunde vertieft. Während er las, löste sein Denken endlich ein Rätsel, das ihn seit dem Augenblick zwischen den Weiden begleitet hatte, als er gegen die Bärin um sein Leben gekämpft hatte.

Das letzte, was er damals erwartet hatte, war gewesen, daß Wolf ihm zu Hilfe kommen würde, so wie ein treuer Hund aus dem Bilderbuch seinem Herrn zu Hilfe eilt.

Aber Wolf war gekommen. Das schien allen pragmatischen Reaktionen und jedem Instinkt zur Selbsterhaltung zu widersprechen, die Jeebee ansonsten Wolf hatte an den Tag legen sehen. Wolf hatte persönlich nichts zu gewinnen, indem er sein eigenes Leben gefährdete und den Bären anfiel, der mit Jeebee kämpfte, und er hatte viel zu verlieren.

Es wäre für Wolf viel klüger gewesen, so hatte Jeebee damals und später gedacht, wenn er sich zurückgehalten und abgewartet hätte, ob Jeebee gewann oder nicht. Und wenn er erst dann angerannt gekommen wäre, als es klar war, daß der Bär besiegt war. So hätte er es klugerweise vermieden, in eine Situation verwickelt zu werden, in der vielleicht Jeebee besiegt worden und der Bär dann frei gewesen wäre, auf Wolf loszugehen.

Jetzt merkte Jeebee, daß er verstand, warum Wolf sich so verhalten hatte, und das kam nicht aus den Buchseiten vor seinen Augen, sondern aus einer Summe all dessen, was er bisher gelesen hatte.

Der Schlüssel lag – wie er flüchtig vermutet hatte, als er dagelegen war und sich von seinen Wunden erholt hatte – bei der sozialen Evolution. Ihre soziale Organisation erlaubte es den Wölfen, Tiere zu jagen, die viel größer waren als sie selbst, und sie hatte sie zum erfolgreichsten Raubtier in Nordamerika vor der Ankunft des Menschen gemacht. Doch das Jagen in Gruppen erforderte Vorausschau. Planung, Kommunikation und andere Formen intelligenten Verhaltens, die man nur bei Geschöpfen wie Menschen und Schimpansen fand, bei Lebewesen also, die langsam reiften und daher eine lange Zeit ihres Lebens hilflos und abhängig blieben.

Damit Junge eine so ausgedehnte Periode der Unreife überlebten, war die Entwicklung kooperativer Sorge für den Nachwuchs und ein Instinkt für kooperative Verteidigung notwendig.

Wolf war nicht der Person Jeebee zu Hilfe gekommen, sondern er hatte einem *Rudelgenossen* geholfen, der angegriffen wurde. Für einen Wolf war immer das Rudel von höchster Wichtigkeit, das Individuum kam erst an zweiter Stelle.

Kurz gesagt, Wolf hatte einfach mitgemacht, wie er es auch normalerweise getan hätte, wenn ein anderer Wolf seines Rudels in einen Kampf mit einem Bären verwickelt worden wäre.

Die Entdeckung war wie ein helles Licht für Jeebees Denken, das einen Großteil der übrigen Berichte beleuchtete, die er studiert hatte. Aufgrund seiner wissenschaftlichen Ausbildung rief er sich wieder in Erinnerung, daß es immer eine Erklärung geben mußte.

Alles, was er je gelernt hatte, hatte nach der Erklärbarkeit verlangt.

Das bedeutete nicht, daß die Erklärung immer sofort verfügbar war. Aber nichts geschah ohne Grund, besonders was das Verhalten höherer Säugetiere anging. Für jede Aktion mußte es einen Grund geben.

Diese Einsicht brachte sein Denken zurück zu seiner jüngsten Besorgnis über Wolf – daß Wolf, gegen seine Gewohnheit, fortgegangen war, ohne darauf zu warten, daß er aufwachte.

Natürlich war Wolf immer gekommen und gegangen, wie es ihm gefiel. Doch in letzter Zeit war sein normales Verhaltensmuster gewesen, daß er in der Abenddämmerung erschien, die Nacht über dablieb und dann fortging, sobald Jeebee seine Morgengrüße in Empfang genommen hatte.

Jetzt ging Wolf fort, bevor Jeebee wach war, doch er erschien dreimal oder öfter während des Tages; dabei begrüßte er Jeebee kurz, beschnupperte ihn und zeigte – nach Jeebees Empfinden – eine andere Art von Interesse für ihn.

Es war, als wartete Wolf jetzt darauf, daß etwas geschähe. Kurze Zeit nach seiner Rückkehr verschwand er jedoch immer aufs neue. Nie war es zu sehen, wenn Wolf kam oder ging. Er war plötzlich da, oder er war plötzlich wieder weg. Wenn Jeebee nicht seit langem mit diesem Verhalten vertraut gewesen wäre, dann wäre er sich fast ein wenig vorgekommen, als lebte er mit einem Gespenst zusammen.

Jeebee ertappte sich dabei, daß er sich auf das neue Rätsel konzentrierte, warum sich Wolf so verhielt. Wieder mußte es dafür einen Grund geben. Jeebee hatte Schwierigkeiten nachzudenken: zwar hielt jetzt das Tylenol den Schmerz allein in Schach, aber es war schon Tage her, daß er etwas gegessen hatte, und sein Verlangen nach Nahrung beschäftigte ihn immer mehr.

Es war eine Sache, wenn er sich sagte, er könnte ein paar Tage ohne Essen auskommen. Doch jetzt hatten die wenigen Tage sich zu fast einer ganzen Woche ausgedehnt und der Körper begann andere und drängendere Signale zu schicken, daß Nahrung notwendig war. Es handelte sich dabei nicht so sehr um Hunger wie um ein Wissen in Hirn und Körper, daß es gefährlich wäre, zu lange ohne Nahrung zu sein. Und sein Leib sagte ihm, es sei an der Zeit, daß er etwas an der Situation änderte.

Aber er konnte natürlich nichts tun. Er konnte sich in der Lichtung umherbewegen, aber er konnte nicht, wie er es gern getan hätte, auf Sallys Rücken so *stehen*, daß er weit genug hochreichen konnte, um in seine Traglast greifen und Mehl und Speck suchen zu können, die er vorsichtigerweise in die Mitte gepackt hatte. Genaugenommen hatte er Glück gehabt, daß er die Zipfel der Decken so nahe am Rand gefunden hatte, wo er noch hatte hinreichen können.

In letzter Zeit hatte er überlegt, ob er mit einem seiner Messer das Netz und die Plastikverpackung der Traglast aufschlitzen sollte, so daß alles, was darin war, auf den Boden fiele. Doch damit würde er sich selbst schaden. Er würde zwar für einige Tage zu essen bekommen, doch dies würde bedeuten, alles, was er hatte, um drei oder vier Tagesrationen willen zu beschädigen oder der Beschädigung auszusetzen.

Mehr noch: sobald seine Besitztümer auf dem Boden verstreut wären, würde er sie nicht mehr schützen können. Wolf oder andere wilde Tiere würden wahrscheinlich ein Gutteil dessen, was er besaß, zerreissen, zerkauen oder forttragen.

Außerdem würde er das Netz nicht mehr reparieren können. Theoretisch hatte er genug Lederschnüre, um es wieder zusammenzubinden. Doch selbst wenn er es reparieren könnte oder eine andere der zusammengefalteten Plastikplanen benutzte, die er in der Traglast mit sich führte – dann würde er immer noch den Baum hinaufklettern müssen, um es wieder an dem Flaschenzug zu befestigen und so weit hochzuziehen, daß es sicher war.

Seine eigene Klugheit, die ihn veranlaßt hatte, das Seil, das den Flaschenzug und den Oberteil der Traglast sicherte, oberhalb der Last an den Baum zu binden, hinderte ihn jetzt daran, an das zu kommen, was er brauchte.

Eines Morgens lag er kurz nach Tagesanbruch auf seinem gewohnten Ruheplatz auf den Decken und dachte angestrengt nach, wie er an die Traglast kommen könnte, als Wolf zu einem seiner Besuche zurückkam. Inzwischen fühlte Jeebee sich nicht nur schwach aufgrund seines Nahrungsmangels, sondern er war auch deprimiert. Er nahm Wolf kaum zur Kenntnis, als der plötzlich über ihm auftauchte und ihn zu beschnuppern begann. Als Wolf sich zu Jeebees Gesicht emporschnüffelte, nahm Jeebee mit einer Nase, die durch ein Leben im Freien sensibler geworden war, einen bestimmten Geruch wahr. Im gleichen Moment stellte er fest, was er gerochen hatte.

An den Haaren um Wolfs Schnauze hing eine rötliche Feuchtigkeit.

Plötzlich kam Jeebee ein wilder Gedanke. Es war unmöglich und – unter gewöhnlichen Maßstäben – undenkbar. Doch er fürchtete sich vor einer Schwächung durch Nahrungsmangel, die ihn am Überleben hindern könnte. Er hatte nichts mehr zu verlieren.

Er zog sich auf einen Ellbogen hoch. Er richtete sein Gesicht zu Wolf auf und leckte absichtlich am nassen Pelz um dessen Maul.

Der Geschmack auf seiner Zunge war salzig.

Einen Moment lang schien nichts zu geschehen. Dann schien Wolf zu husten, und während Jeebee seinen Kopf zurückzog, würgte Wolf auf die Decken einige Stücke von rohem rot-grauen Fleisch hervor, das in der kühlen Morgenluft dampfte.

Jeebee fühlte in sich eine lächerliche Freude ausbrechen. Es war die verrückteste der denkbaren Möglichkeiten gewesen. Doch er hatte sich die Art zunutze gemacht, wie Wölfe ihren Welpen und deren Mutter – wenn sie mit ihnen zusammen hauste – Nahrung brachten. Das Hervorwürgen war ein Reflex – noch ein weiterer der sozialen Instinkte, die es für Wolfswelpen möglich machten, sich einer ausgedehnten Kindheit zu erfreuen und die Intelligenz zu entwickeln, die sie für das Jagen in der Gruppe brauchten. Der Wolf, der gefressen hatte, konnte sich absichtlich in die Lage versetzen – wie es Wolf in den letzten paar Tagen getan haben mußte –, die Nahrung wieder herzugeben, die er verschlungen hatte. Doch sobald er an der Schnauze geleckt wurde, wie es die Welpen seiner Spezies instinktiv taten und Jeebee es eben getan hatte, dann war der Reflex zum Hervorwürgen unwillkürlich.

Es war eines der Wunder der Natur. Eine der Abhandlungen über Wölfe hatte erwähnt, daß ein erwachsener Wolf auf diese Weise sogar einem Gefährten, der im Bau bleiben mußte, Nahrung bringen würde – oder sogar einem anderen erwachsenen Rudelgenossen, der vielleicht zu krank oder sonstwie zu geschwächt war, um herumzulaufen oder zu jagen.

Letzteres geschah selten, wie Jeebee den Büchern entnommen hatte. Aber es konnte geschehen. Und es hatte sich soeben ereignet.

Ihm wurde plötzlich bewußt, daß Wolf ihn mit leuchtenden Augen ansah. Jeebee schickte sich an, ihn dankbar zu berühren, doch dann ging ihm auf, daß Wolf auf etwas anderes wartete.

Jeebee änderte seine Bewegung und beugte sich über die Fleischstücke. Normalerweise hätte der Gedanke, etwas zu essen, das ein Tier oder ein Mensch hervorgewürgt hatte, unüberwindliche Ekel in ihm hervorgerufen. Doch Jeebee wußte, daß Wolf seine Nahrung als Ganzes verschlang. In seinem Maul fand kein richtiges Zerkauen oder Verdauen statt. Wolfs Magensäure dürfte lediglich begonnen haben, das Fleisch von der Oberfläche her zu verdauen, und es war für ihre Wirkung wohl noch nicht genug Zeit gewesen. Die Säure hatte höchstens vielleicht schon begonnen, es weich zu machen, außerdem dürfte sie es wirksam sterilisiert haben, da es sich um eine sehr starke Säure handelte. Sie würde alle Bakterien zerstören, sogar die, die im Fleisch selbst waren.

Jeebee senkte den Kopf und mummelte mit dem Mund an den Fleischstücken herum, wobei er so tat, als äße er.

Offensichtlich reichte dieses Zeichen aus, um Wolf zufriedenzustellen. Denn als Jeebee den Kopf wieder hob, war er verschwunden. Jeebee nahm seinen Wassersack, der glücklicherweise voll war, und wusch das Fleisch ab, Stück um Stück, bis es völlig sauber war. Dann baute er mit begierig zitternden Fingern ein kleines Feuer, obwohl hellichter Tag war. Sobald es heiß genug war, um etwas zu rösten, spießte er die Fleischstücke auf einen zugespitzten Stecken und hielt sie über die Flammen.

Während das Fleisch über dem Feuer zischte, lief ihm ständig der Speichel im Mund zusammen, den er abwechselnd schluckte und ausspuckte. Er leistete dem Hunger in seinem Bauch Widerstand, so lange er konnte, dann zog er den Stecken zu sich und begann das noch halbrohe Fleisch zu essen.

Seit damals, als er die Konserven in dem Rübenkeller gefunden hatte, noch vor seiner Begegnung mit Merry, Paul und Nick, hatte er nichts so Wunderbares gekostet. Glücklicherweise erinnerte er sich daran, wie ihm von der Konservennahrung schlecht geworden war, weil er sie so plötzlich in einen lange leeren Magen geschlungen hatte. Er gab acht, daß er langsam und mit Pausen aß. Diesmal konnte er es vermeiden, daß ihm schlecht wurde.

Von da an leckte er immer an Wolfs Barthaaren, wenn er kam und an ihm schnupperte, und Wolf brachte ihm in ziemlich häufigen Abständen Fleisch.

Auf diese Weise überlebte er eine weitere Woche. Am Ende dieser Zeit war sein Knöchel soweit besser geworden, daß er auf dem Fuß herumhumpeln konnte, und das sogar ohne die Krücke.

Endlich fühlte er sich in der Lage, sich auf Sally zu stellen und die Traglast weit genug herunterzulassen, daß er Mehl und Speck herausholen konnte.

Gestärkt durch einige Tage mit diesem Speisezettel wagte er es schließlich, das Packpferd, das kleinere, ruhigere und trittsicherere der beiden, zu satteln und das Gewehr mitzunehmen und über eine Route, die den Schieferhang vermied, ins Flachland hinunterzureiten. Dort hatte er Glück und fand ein weiteres Mittsommerkalb, das er erlegte. Er schnitt von ihm nach seiner Schätzung etwa dreißig Pfund Fleisch ab, ohne Knochen.

Die Menge war größer als die, die er mit Brute hatte zurückbringen wollen, weil Brute einfach nicht dulden wollte, das rohe und blutige Fleisch auf dem Sattel zu tragen. Sally war nachgiebiger. Sie war nicht nur bereit, die zusätzlichen dreißig Pfund zu tragen, sondern auch Jeebee; der nie diese Entfernung hätte zu Fuß gehen können.

Die kleine Stute leistete weit mehr, als ihre Pflicht war. Sie mußte mit einer Last von fast hundertzehn Kilo (Jeebee, den Sattel und das Fleisch zusammengerechnet) Hänge erklimmen, doch sie kämpfte sich die Hügel hinauf zurück zum Lagerplatz, ohne zu protestieren.

Aus tiefer Dankbarkeit band Jeebee sie neben dem Fluß an einer Stelle an, wo es frisches Gras gab, und er nahm sich vor, sie die nächsten paar Tage ruhig stehenzulassen, während sie sich erholte.

Jeebee röstete das Fleisch. Als er noch dabei war, erschien Wolf. Jeebee kauerte über dem Haufen rohes Fleisch und bewachte ihn, aber er warf auch etwa zehn Pfund Stück für Stück seinem Partner zu, während er den Rest vollends briet. Jeebee war der Meinung, daß Wolf sich seinen Anteil an dem Kalbfleisch verdient hatte. Außerdem wäre es sowieso unmöglich gewesen, das ganze Fleisch vor ihm zu schützen, während Jeebee es röstete.

Als das Fleisch gar aussah, nahm Jeebee seinen Anteil und wickelte ihn in eine seiner Decken, die er mit einer seiner Lederschnüre zu einem Sack zusammenband.

Mit der Bitte um Verzeihung nahm er Sally doch noch einmal in Dienst und kniete sich auf ihren Rücken. Er band das Bündel mit dem gebratenen Fleisch so nahe wie möglich an drei der Seile, die das Netz mit der Traglast hielten. Sein neues Paket hing ein wenig weiter herunter als die Last. Doch Jeebee hatte es um eine Armeslänge aus der knienden Stellung auf

Sallys Rücken hochgebunden, und der Baumstamm war absolut senkrecht.

Jeebee glaubte nicht, daß Wolf hoch genug springen könnte, um seine Zähne hineinzuschlagen. Er schaute ihm von unten zu.

Das Tageslicht erlosch. Jeebee ging zu seiner einzigen freien Decke und zum Feuer zurück. Wolf legte sich auf der anderen Seite nieder und betrachtete ihn melancholisch.

Jeebee wußte, was er empfand, und er nahm es ihm nicht übel. Nach Wolfs Maßstäben hätte Jeebee von dem Fleisch soviel essen sollen wie er fassen konnte, und dann hätte er Wolf gestatten sollen, auch soviel in sich hineinzuschlingen, wie er konnte.

Eigentlich hätte Jeebee es so machen können. Aber er wußte, daß Wolf selbst dann, wenn sein Bauch schon voll war, sich immer noch Fleischstücke geschnappt hätte und mit ihnen fortgerannt wäre, um sie irgendwo zu verstecken, bis alles fort war.

Er entschuldigte sich bei Wolf – nicht, daß es für den anderen einen Unterschied machte, aber Jeebee fühlte sich danach besser – und setzte sich dann mit dem Rücken an den Baumstamm, beobachtete das Feuer und versank in tiefe Gedanken. Ihm stand die wahrscheinlich ernsteste Entscheidung seit seiner Flucht aus Stoketon bevor.

KAPITEL 27

Das Problem, das Jebees Denken unablässig beschäftigt hatte, war gewesen, ob sein Knöchel bald genug geheilt sein würde, damit er wenigstens Brute reiten konnte. So daß er nach höchstens ein paar Tagen in der Lage wäre, die Traglast vom Baum herunterzuholen und die Pferde für die Reise vorzubereiten. Doch jetzt war diese Frage einer anderen gewichen: Sollte er überhaupt weiterziehen und versuchen, die Ranch seines Bruders noch in diesem Jahr zu finden?

Es war schon August. Mitte August dürfte die Reise noch problemlos verlaufen, aber Ende August bestünde schon die Möglichkeit eines frühen Schneesturms. Ende September würde Schnee allmählich zur Gewißheit, auch wenn er noch nicht häufig fallen und liegen bleiben dürfte.

Damit blieben Jeebee nicht mehr als zwei Monate für die Suche nach der Ranch seines Bruders, und seiner Schätzung nach konnte sie sich irgendwo innerhalb eines Territoriums von mehr als zweitausendfünfhundert Quadratkilometern befinden, und dieses Gebiet läge drunten im Flachland. Jeebee würde den Landbesitz anderer Leute überqueren müssen, die ihn nicht kannten und die vielleicht nicht einmal seinen Bruder kannten, geschweige denn mochten.

Wenn er die Ranch nicht schon gefunden hätte, sobald ihn der erste schwere Schneesturm oder gar eine Folge von Schneestürmen überfiel, dann würde er dort unten nicht lange durchhalten. Selbst wenn er es von dem Ort, wo der Schnee ihn erwischte, hinauf ins nahe Vorgebirge schaffen sollte, so würde er sich immer noch mit der Notwendigkeit konfrontiert sehen, unter den Bedingungen des beginnenden Winters eine Art Unterschlupf zu finden oder zu schaffen, wo er sich dann die ganze Jahreszeit hindurch aufhalten konnte – eine fast unmögliche Aufgabe.

Doch – wenn er bliebe, wo er sich jetzt befand, und schon beginnen würde, einen Schutzraum für den Winter herzurichten, dann hätte er diese zwei Monate Zeit, um daran zu arbeiten.

Alles sprach überwältigend dagegen, daß er weiterzog.

Eigentlich war der einzige Grund weiterzuziehen gewesen, daß all seine Pläne darauf beruht hatten, das Haus seines Bruders zu erreichen, bevor ein solches Wetter einsetzte.

Wenn er jetzt diesen Grund der hohen Wahrscheinlichkeit einer Katastrophe gegenüberstellte, dann blieb ihm keine echte Wahl mehr.

Er würde hier bleiben und den besten Gebrauch von seiner Zeit machen, um einen Unterschlupf zu bauen, in dem er überwintern konnte. Alles andere wäre nicht nur töricht, sondern auch gefährlich.

Nachdem er endlich diese Entscheidung getroffen hatte, stellte Jeebee überrascht fest, daß eine emotionale Last von ihm genommen zu sein schien. Die ganze Spannung, die aus den Sorgen entstanden war, wie er die für die Weiterreise notwendige körperliche Verfassung bekäme, war plötzlich von ihm gewichen. Sie wurde lediglich langsam durch eine andere, wenn auch gesündere Spannung ersetzt. Als er darüber nachzudenken begann, was er hier auf der Wiese tun wollte, dann erschienen ihm die beiden kurzen Monate, die er gerade gewonnen hatte, noch kürzer.

Bei mehr als einer Gelegenheit hatte er, während er herumlag und darauf wartete, daß sein Knöchel heilte, mit dem Gedanken gespielt, das Loch in der sandigen Klippe am Ende der Wiese zu vergrößern. Ihn beschäftigte sogar der Gedanke, sich eine Art bewohnbarer Höhle mit einer hölzernen Vorderwand zu schaffen. Und in dieser Vorderseite sollte eine Tür sein, und vielleicht sogar Fenster.

Nachdem Jeebee sich jetzt seiner Entscheidung gestellt hatte, wurde ihm klar, daß sie unbewußt schon vor einiger Zeit gefallen sein mußte. Als er darüber nachdachte, was getan werden müßte, sah er allmählich, wieviel das Bauvorhaben, das seine Phantasie sich so locker und leicht zusammengeträumt hatte, nach sich ziehen würde.

Zunächst einmal war der Boden, den das Loch offenlegte, sehr sandig und bröckelig. Wenn er einfach nur tiefer hineingrub, dann bestand die Gefahr, daß die sandige Höhlendecke und die Seitenwände einstürzen und ihn verschütten würden. Er wußte, wie Bergarbeiter mit solchen Dingen umgingen. Sie stützten die Decke und verschalten die Seiten mit Balken, um den umgebenden Erdboden zurückzuhalten. Drunten bei der niedergebrannten Ranch gab es Balken und sogar Bretter. Doch um sie zusammenzufügen, würde er Nägel brauchen, und das bedeutete, er müßte entweder auf der Ranch einen Vorrat unbenutzter Nägel finden – was wohl möglich war, denn Nägel gehörten nicht zu den Dingen, an denen die Plünderer interessiert gewesen sein dürften – oder aus den Nebengebäuden und dem Haus selbst Nägel herausziehen.

Das konnte er natürlich tun, während er die Bretter abnahm, die er brauchte, um die Vorderwand seiner Höhle zu bauen. Doch all das bedeutete, daß er mehrfach zur Ranch würde hinunterreiten und viel Baumaterial heraufholen müssen – wenn er es sich recht überlegte, so wäre es leichter, das Holz zu schleifen, anstatt es auf den Rücken der Pferde zu tragen. Besonders die längeren Holzstücke würden sich nicht leicht auf einem Pferderücken transportieren lassen, aber er könnte sie auf jeden Fall hinter den Pferden anbinden und von ihnen über den Boden ziehen lassen.

Während er dies alles tun würde, müßte er in regelmäßigen Abständen auf die Jagd gehen und zu seiner Verpflegung verwilderter Rinder schießen.

Was die Jagd anging, so dürfte sie leichter werden, sobald das Wetter kälter würde. Sobald die nächtliche Temperatur unter den Gefrierpunkt fiel, könnte ein großes Loch im Boden als Kühlschrank oder später sogar als Tiefkühltruhe dienen.

Bis der Boden fest gefror, konnte natürlich Wolf alles wieder ausgraben, was Jeebee vergrub. Jeebee hatte gelesen, daß in einem Zoo die Wölfe so geschickt darin geworden waren, sich unter dem Zaun ihres Geheges durchzugraben, daß der Zoo Tausende von Dollars ausgeben mußte, um entlang der Innenseite des Geheges einen Sicherheitsstreifen aus Beton gießen zu lassen. Einrichtungen mit geringerem Budget – wozu, wie er amüsiert gelesen hatte, auch der Zoo der Universität von Michigan gehörte – hatten entdeckt, daß ein neunzig bis hundertzwanzig Zentimeter breiter Sicherheitsstreifen aus Maschendraht fast genauso wirksam war. Wenn er sicher im Boden verankert war, dann hatten die Wölfe keinen wirkungsvollen Angriffspunkt für ihre Zähne, und daran zu graben war offensichtlich für ihre Pfotenballen und Krallen unangenehm.

Auf der Ranch hatte Jeebee einige Drahtzäune mit der Maschenweite 5 x 10 cm bemerkt, wie sie für gewöhnlich in ländlichen Gebieten benutzt wurden. Ein solcher Zaun hatte ein Rechteck mit dunklerer Erde umgeben, das offensichtlich der private Gemüsegarten der Familie gewesen war. Dieser Draht würde gut taugen, um ein Kaltwetter-Vorratsloch für Fleisch abzudecken. Allerdings müßte Jeebee wahrscheinlich eine Methode finden, um den Zaun mit Gewichten oder Pfosten niederzuhalten, so daß niemand außer ihm selbst den Maschendraht vom Loch nehmen konnte. Im übrigen kletterten Wölfe, den Büchern zufolge, nicht gern über eine dünne Barriere, auch wenn sie nicht höher war als zehn Zentimeter.

Während kaltes Wetter ihm manche Vorteile bot, so würde es doch die Arbeit im Freien zunehmend erschweren. Jeebee mußte mit kaltem Regen rechnen, der in Graupelschauer übergehen konnte, auf den Schnee folgen würde. Die Arbeit wäre nicht nur schwieriger, sondern auch gefährlicher für seine Gesundheit – er konnte es sich nicht leisten, hier draußen krank zu werden, wo er ganz auf sich allein gestellt war.

Der Gedanke an das Wetter erinnerte ihn daran, daß er eine Methode würde finden müssen, um das Innere der Höhle zu beheizen. Bis zu einem gewissen Grad würde in einem solchen abgeschlossenen, isolierten Raum die Körperwärme helfen, doch er brauchte mehr.

Eine der ersten Maßnahmen würde sein, eine Art provisorischer Abdeckung des Höhleneingangs anzufertigen, um Regen und Schnee abzuhalten, während er drinnen arbeitete. Die Abdeckung sollte etwas Schwereres sein als die Plastiktücher, die er hatte und die zwar Planen hießen, es aber genaugenommen nicht waren. Vielleicht würde er unten auf der Ranch wirklich wasserdichtes Segeltuch finden. Vielleicht sogar eine Plane, die am unteren Rand beschwert oder anderswie gesichert werden konnte, damit sie dem Wind widerstand.

Jeebees Gedanken spannen weiter und beschäftigten sich mit einer Menge Dinge. Er ließ ihnen im Augenblick freien Lauf und zwang sie noch nicht, sich mit den praktischen Problemen zu beschäftigen, die mit diesen Dingen verbunden waren. Schließlich, so sagte er sich, war es immer besser, zuerst in großen Zügen zu denken und sich erst später mit den Details zu befassen.

Einer der Gedanken, der ihm sofort gekommen war,

als er erwogen hatte, hierzubleiben, war, daß er vielleicht jetzt seine Schmiede aufbauen konnte.

Er stellte sich die Höhle vor – tiefer ausgegraben und mit Decke, Wänden und Fußboden ausgestattet. Sie würde eine hölzerne Vorderwand haben – es gab keinen Grund, warum er diese Vorderwand nicht nach einer Seite ausdehnen konnte, so daß sie auch eine Schmiede abschloß.

Die nahezu senkrechte Wand der Klippe machte dort, wo sie vom Fluß zurückwich, eine leichte Biegung rückwärts. Wenn er also die Vorderwand verlängerte, dann würde sich diese Verlängerung direkt vor dieser Kurve befinden. Der zusätzliche Teil der Vorderwand hätte dann einen Raum hinter sich, der sich – von der Höhle aus gesehen – wie ein Tortenstück verbreiterte. Jeebee konnte dort weitergraben, um diesen Raum zu verbreitern, falls notwendig, und ihn außerdem mit einer kurzen Endwand abschließen, die zur Vorderwand in einem rechten Winkel stand und sie wieder mit der Klippenwand verband. Und darüber könnte er ein kleines Dach anbringen.

Er könnte diesen Raum auch durch eine Wand vom inneren, beheizten Bereich der Höhle abtrennen, denn die Schmiede würde von der Esse kräftig erwärmt werden, sobald Jeebee sie in Betrieb hatte. Wichtiger war, Regen und Schnee abzuhalten.

Die Schmiedeesse und den Raum dafür herzurichten, und den Teil der Höhle, in dem er leben würde, auszubauen, würde ihn die ganze Zeit beschäftigt halten, die er noch hatte, bis der Boden gefror. Mit einem Mal entdeckte Jeebee, daß er verzweifelt darauf erpicht war, sofort damit anzufangen. Es war frustrierend, daß er im Augenblick nicht Brute reiten und Sally als Packpferd verwenden konnte.

Dann fiel ihm ein, daß es Dinge gab, die er tun konnte, während er noch ein paar Tage darauf wartete, daß sein Fußgelenk besser wurde. Eins war, zur Ranch hinunterzureiten und dort einige Zeit nach Sachen zu suchen, die er gebrauchen konnte. Nachdem jetzt seine Entscheidung gefallen war, war es Zeit, Pläne zu machen, und umsichtige Planung war Teil seiner Natur.

Es war noch früh am Tag. Er sattelte Sally. Jetzt, wo er die Gegend besser kannte, wußte er eine Route hinab zur Ranch, die den Schieferhang völlig mied. Auf ihr war es anderthalbmal so weit wie auf dem Weg über den Schieferhang. Aber trotzdem war er nach zwei Stunden bei der Ranch, und er schätzte, daß er dort mindestens drei Stunden verbringen konnte, bevor er zum Lagerplatz zurückkehren mußte, solange es noch Nachmittag war.

Er hatte seine Krücke mitgebracht. Nicht, weil er nicht ohne sie auskam, sondern um die Belastung seines schwachen Fußgelenks zu verringern, wenn er zu Fuß ging.

Jeebee war erstaunt über das, was er vorfand, als er an Ort und Stelle ankam. Zum ersten Mal betrachtete er einen Ort wie diesen mit den Augen eines Beutesuchers und sah mehr darin als nur einen möglichen zeitweiligen Unterschlupf. In den Nebengebäuden entdeckte er nicht nur ein Fäßchen mit ungebrauchten Nägeln, sondern auch eine große Auswahl an Handwerkzeug, darunter auch einige Drahtscheren, mit denen er ein dreieinhalb Meter langes Stück zehn Zentimeter hohen Drahtzauns um den früheren Küchengarten abschneiden und zusammenrollen konnte.

Die Bettlaken und -decken hatten die Plünderer abgezogen und mitgenommen. Doch Jeebee fand von beidem noch Vorräte unter anderen Haushaltsgegenständen, die in einem Lagerraum eingeschlossen waren. In einem Nebengebäude fand er auch alte und beschädigte Decken. Aus einer von ihnen machte er ein Polster, das er hinter seinem Sattel befestigte und darauf die Drahtrolle transportierte. Er war versucht, noch viel mehr Dinge mitzunehmen. Doch auf diesem Ritt war er nicht darauf vorbereitet, sie zu tragen oder zu schleppen. Zusätzlich zu den Werkzeugen entdeckte er eine Anzahl anderer Gegenstände, die beim Ausbauen oder Einrichten der Höhle nützlich sein würden.

Neidisch blickte Jeebee auf einen elektrischen Generator, den ein Wasserrad an dem Bach antrieb, der an der Ranch vorüberfloß. Er hatte offensichtlich bei Stromausfällen oder anderen Notfällen die Gebäude mit Strom versorgt. Es gab Pfosten, auf denen Drähte zum Ranchhaus und zu den Nebengebäuden führten, die zu einer Überlandleitung entlang einer Straße laufen mußten, doch die war zu weit weg, als daß Jeebee sie von hier aus hätte sehen können. Damals, als der Strom noch in diese Gegend gekommen war, hatte der Draht die Ranch wohl mit der landwirtschaftlichen Elektrizitätsversorgung verbunden.

Abgesehen von Dingen, die er nur aufzuheben brauchte, gab es eine beträchtliche Menge an Seitenwandung an dem Haus, die den Flammen entgangen war. Viel mehr, als er brauchen würde. Zusätzlich gab es in einem der Nebengebäude einen Vorrat an Brettern und ungebrauchten Kanthölzern vom Querschnitt 5x10 Zentimetern. Selbst wenn sich herausstellen sollte, daß in dem Fäßchen weniger Nägel waren, als er brauchte, so steckte – wie er erwartet hatte – eine Menge von ihnen in den noch stehenden Wänden der Gebäude.

Wenn er sich aus den hier vorhandenen Materialien eine Art Zugschlitten baute, würde er größere oder schwerere Sachen auseinandernehmen und hinauf in die Hügel transportieren können. Wenn beide Pferde den Schlitten zogen, sobald Schnee gefallen war, dann konnte er eine beträchtliche Ladung auf einmal wegschaffen.

Er schaute sich sogar eine Bettstatt an, die zum Transport auseinandergenommen werden konnte.

So etwas bedeutete einen lächerlichen Luxus – wenigstens zum gegenwärtigen Zeitpunkt. Er könnte jedoch Küchenstühle und einen Tisch gebrauchen. Außerdem gab es Küchengeräte, Besteck und Geschirr sowie einige Teller, die er mitnehmen würde. Das meiste, was von diesen Gegenständen einmal im Ranchhaus gewesen war, hatten die Plünderer mitgenommen, doch es war allerhand übrig geblieben, besonders Küchengeräte, große Löffel, Spachteln und andere Sachen.

Einer plötzlichen Eingebung folgend, schaute Jeebee nach den Fahrzeugen, die noch auf der Ranch herumstanden. Es gab vier Autos, von denen drei so aussahen, als seien sie noch fahrbereit gewesen, als der Nachschub an Benzin versiegt war. Außerdem gab es einen großen und einen kleinen Traktor und zwei Kleinlaster. An einem der Lastwagen war an der Vorderseite noch eine Pflugschar befestigt, zum Schneepflügen oder einem anderen Zweck.

Zusätzlich gab es noch ein Schneemobil, in dessen Gepäckkorb ein paar schwere Schneemobilstiefel steckten. Sie waren für Jeebee groß genug und würden von unschätzbarem Wert sein, wenn der Winter kam. Es gab auch noch einen zweirädrigen offenen Anhänger sowie einen massiven, vierrädrigen Anhänger mit Ladepritsche und Gummireifen, den entweder ein Traktor oder ein schwerer Lieferwagen hatte ziehen müssen, wenn er beladen gewesen war.

Es gab sowohl Skis wie auch Schneeschuhe, dazu noch einen Rodelschlitten. Doch mehr als all dies interessierten ihn die Batterien in den Autos, Lastwagen und Traktoren. Sie waren natürlich alle leer. Doch da es sich bei allen um versiegelte Batterien neuester Bauart handelte, deren Säure im Innern eingeschlossen war, war Jeebee der Gedanke gekommen, er könnte vielleicht die Solarzellendecke benutzen, um die Batterien wieder aufzuladen. Dann könnte er die Batterien selbst dafür verwenden, die Innenleuchten am Dach der Autos zur alltäglichen Beleuchtung seiner Höhle mit Strom zu versorgen. Er könnte sie sogar dazu einsetzen, für kurze Zeit ein oder zwei Scheinwerfer aus den Autos zu aktivieren, falls er aus irgendeinem Grund eine sehr helle Lichtquelle brauchte. Auf diese Idee war er gekommen, als er sich erinnerte, wie in Sandersons Wagen ein Dynamo an den Wagenrädern die Glühlampen mit Strom versorgt hatte.

Alle Batterien, die er gefunden hatte, schienen in gutem Zustand zu sein. Sie waren alle versiegelt, was bedeutete, daß die Säure noch sicher in ihnen eingeschlossen war. Er drehte versuchsweise die Lichter der verschiedenen Fahrzeuge an, um zu sehen, ob eine der Batterien noch Spannung hatte, doch alle waren natürlich erschöpft.

Es war verlockend, eine einzelne Batterie und einen Scheinwerfer von einem der Traktoren (wo sie leicht abzumontieren waren) zu nehmen und sie zum Lagerplatz hinaufzutransportieren. Dort droben konnte er dann mit ihnen und der Solarzellendecke herumprobieren, um herauszufinden, ob er nicht die Batterie aufladen und den Scheinwerfer für eine kurze Zeit – wenn auch schwach – zum Leuchten bringen könnte.

Aber es wäre falsch gewesen, Sally soviel unnötiges Gewicht zusätzlich zu seinem eigenen aufzuladen – zumindest auf seinem ersten Ritt. Die Pferde waren sein wertvollster Besitz. Er durfte nicht riskieren, eines von ihnen zu verletzen oder zu überanstrengen.

Viel besser wäre, zusätzlich zum Draht ein paar nützliche, aber leichte Gegenstände mitzunehmen. Schließlich packte er eine Anzahl kleiner Werkzeuge in eine der Decken, dazu Papier und einige Bleistifte, die die Plünderer nicht beachtet hatten. Besonders über die Stifte war er sehr froh.

Seit seinen Jugendtagen, als er begonnen hatte, sich an Zeichnungen über das Innenleben der Uhren und

Radios, an denen er arbeitete, zu versuchen, hatte er die Gewohnheit angenommen, mit einem Bleistift in der Hand zu denken. Er war daran gewöhnt, auf Papier zu denken – oder auf einem Computerbildschirm. Jetzt konnte er sich hinsetzen und Pläne zeichnen, nicht nur von der Höhle, sondern auch von den Hilfsmitteln, mit denen er einige der schwereren oder sperrigeren Gegenstände heraufholen konnte.

Zu den Sachen, die er diesmal – eingerollt in die zweite Decke – mitnahm, tat er nur noch einen alten, abgerissenen Plaidmantel hinzu, den er in einem der Nebengebäude gefunden hatte. Alles andere an Kleidung hatten offensichtlich die Plünderer mitgenommen; sie würden die Sachen wahrscheinlich tragen, ohne sie abzulegen, bis sie ihnen am Leib zerfielen, und dann würden sie sie wahrscheinlich wegwerfen in der Erwartung, sie an einem anderen Ort, den sie plünderten, ganz und gar ersetzen zu können.

Jeebee steckte dieses Bündel in die Drahtrolle hinein, um es für den Ritt zu sichern und band es fest. Glücklicherweise hatten die Plünderer offensichtlich keine Verwendung für den größten Teil der leichten und schweren Seile gehabt, die in den Nebengebäuden zu finden waren.

Als er wieder im Sattel saß, nahm Jeebee dieselbe Route zurück zum Lager wie auf dem Herweg. Dort angekommen, schloß er alles, auch die Decke, die er als Polsterung für Sally verwendet hatte, mitten in die Drahtrolle ein.

Aufs neue vollführte er den Trick, sich auf Sallys Rücken zu knien. Diesmal war es viel bequemer, weil er jetzt auf dem Sattel kniete. Er band die vollgestopfte Drahtrolle an einem anderen Baum fest als an dem, der die Traglast trug, und dazu benutzte er eines der Seile, die er von der Ranch mitgebracht hatte. Er befestigte die Drahtrolle in einer Höhe, die – dessen war er sich ziemlich sicher – außerhalb von Wolfs Reichweite sein dürfte. In dem Bündel war sowieso nichts, was wie Nahrung aussah, so daß Wolf nur aus Neugier davon angezogen werden würde. Das dürfte ausreichen, ihn von dem Versuch abzuhalten, auf den Baum zu klettern, um nur seine Zähne in das Bündel zu graben.

Wolf war nicht dagewesen, als Jeebee zurückkam, und war immer noch nicht zurückgekehrt, als Jeebee das Bündel hochgebunden und Sally abgesattelt hatte. In den letzten paar Tagen waren Wolfs Besuche weniger geworden, bis er schließlich nur noch ein- oder zweimal am Tag kam. In Jeebee keimte der Verdacht, daß Wolf vielleicht den Lagerplatz besucht haben könnte, während er selbst weg war. Falls dem so war, dann hätte sein Partner wohl die Ansicht aufgegeben, daß Jeebee nicht mehr in der Lage war, seine eigene Nahrung zu finden. Jeebee dachte, Wolf würde höchstwahrscheinlich erst wieder zu seiner gewohnten Zeit in der Abenddämmerung zurückkehren.

Die noch verbliebenen zwei Stunden nutzbaren Tageslichts brachte Jeebee damit zu, eine Skizze davon anzufertigen, wie er die Vorderseite der Höhle verändern wollte.

In einem der Nebengebäude hatte sich ein Gerät zum Graben von Pfostenlöchern befunden. Das hatte natürlich zu den Dingen gehört, für die die Plünderer keine Verwendung hatten. Jeebee kam nun zu dem Schluß, eine Lösung für das Problem des Transports langer Bretter von Ranch herauf zur Höhle bestehe darin, eine größere Anzahl kürzerer Bretter zu bringen. Folglich hatte er eine Reihe von Pfostenlöchern gezeichnet, die an der Wand der Klippe entlangliefen, in die er aufrecht verdoppelte und zusammengenagelte Kanthölzer stellen konnte, Dann konnte er die kurzen Bretter dazwischennageln und so eine solide Wand errichten.

In einem der Nebengebäude der Ranch waren einige dreieinhalb Meter lange Kanthölzer gelagert. Genug, um wenigstens die Reihe von Pfosten zu errichten, die Jeebee vorschwebte.

Er würde seine Pfosten nicht mehr als neunzig Zentimeter von einander getrennt errichten. Folglich sollten zwölf von ihnen die Vorderwand seiner zukünftigen Höhle markieren. Darin wären auch die eingeschlossen, die er für die zusätzliche kleine Wand bräuchte, die das andere Ende der Vorderwand mit der Klippe verbinden und so den Bereich für die Schmiede bilden würde.

Er war immer noch dabei, seine Skizze zu verbessern, und schaute mit zusammengekniffenen Augen auf das Blatt von dem großen Block, den er mitgebracht hatte, als sich ein pelziges Gesicht zwischen das Papier, auf dem er so viel radiert hatte, und seine Nase schob. Wolf war wieder da.

Jeebee hieß ihn mit ungewöhnlicher Ausgelassenheit willkommen.

Nachdem die Begrüßungszeremonie vorbei war, entzündete Jeebee das Feuer, und ihm wurde klar, daß er seit dem Morgen nichts mehr gegessen hatte. Klugerweise hatte er beschlossen, nicht an sein gebratenes Fleisch zu gehen, während Wolf in der Nähe war. Leider hatte er in diesem Fall zu lange gewartet.

Er war versucht, Sally zu dem Baum hinüberzunehmen und in den Sack mit dem Fleisch zu langen, um einige Handvoll von den gerösteten Stücken herauszuholen. Dann konnte er bleiben, wo er war, einige der Stücke Wolf zuwerfen und auf dem Pferd sitzend den Rest selbst essen.

Theoretisch würde der Plan funktionieren, aber er würde Wolfs Aufmerksamkeit besonders auf den Sack mit dem gerösteten Fleisch lenken. Nach Jeebees Einschätzung befand sich der Sack außerhalb von Wolfs Reichweite und Wolf wußte auch schon, daß er da war. Aber Jeebee hatte insgeheim das Gefühl, je weniger Aufmerksamkeit er dem Fleischsack widmete, desto besser. Er wußte nicht, wie Wolf einen Weg finden sollte, um an das Fleisch heranzukommen, aber er war schon so weit, daß er glaubte, ihm sei fast alles möglich.

Außerdem wäre das nicht die erste Mahlzeit, die er ausfallen ließ.

Er verdrängte den Gedanken ans Essen, und nachdem er eine Weile dagesessen, ins Feuer geschaut und sich halb denkend, halb träumend seine Höhlenwohnung vorgestellt hatte, wie sie am Ende aussehen könnte, rollte er sich in seine Decken, bereit zu schlafen. Es würde sowieso zwei oder drei Tage dauern, bis sein linker Knöchel stark genug wäre, daß er es riskieren konnte, Brute zu reiten und ihn, das temperamentvollere Pferd, dazu zu bringen, Sachen von der Ranch heraufzutragen oder heraufzuschleifen.

Er könnte diese Tage nutzen, indem er auf Sally hinunterritt und sie ein Bündel der dreieinhalb Meter langen Kanthölzer heraufziehen ließ, wobei das vordere Ende des Bündels am Sattel befestigt wäre, während das hintere Ende am Boden nachschleifte. Dazu noch ein paar andere Dinge, die er nicht nur vor Wolf sicher aufbewahren, sondern auf der Stelle benutzen konnte. Jeebee war versucht, das Grabgerät für die Pfostenlöcher ohne weiteren Aufschub mitzubringen. Aber es wäre schwierig zu ziehen, und es war zu lang und zu starr, um bequem hinter dem Sattel getragen zu werden.

Er zwang sich zur Vernunft und sagte sich, daß er dieses Gerät nur dann benutzen konnte, wenn er mit einem Bein fest auf dem Boden stand, während er mit dem anderen das Spatenende des Grabgeräts in den Boden trieb. Der verstauchte Knöchel würde wahrscheinlich noch einige Tage brauchen, bis er auf eine der beiden Arten eingesetzt werden konnte.

Den Knöchel wieder zu schädigen, indem er versuchte, den Pfostenlochgraber in den Boden zu treiben, oder ihn wieder zu verdrehen, indem er versuchte, auf diesem Fuß allein zu stehen – ein entnervender Gedanke! Das letzte, was er jetzt brauchen konnte, war noch eine weitere lange Zeit liegen zu müssen.

Er maß und markierte die Punkte, wo er die Pfosten errichten wollte, bevor er sich bei Wolf am Feuer für die Nacht niederließ.

Die nächsten drei Tage war er damit beschäftigt, Ausrüstungsgegenstände von der Ranch heraufzubringen, und schließlich brachte er auch den Pfostenlochgraber mit, ebenso eine Säge und anderes Werkzeug sowie eine zusammenklappbare Metalleiter, die er im Gebälk eines der noch einigermaßen erhaltenen Nebengebäude gefunden hatte. Er versteckte die Leiter unter den beiden Schlafsäcken, die ihm als Bett dienten, und er lag gerade auf ihnen, als am dritten Abend Wolf auftauchte.

Jeebee war sich nicht ganz sicher gewesen, ob nicht Wolf, wenn er roch oder sonstwie feststellte, daß da etwas war, zwischen den Decken wühlen und suchen würde, aber er tat nichts dergleichen.

Drei Tage später hatte Jeebee vier der Pfosten erfolgreich am Lagerplatz aufgerichtet, indem er den Lochgraber benutzte und dabei vorsichtig auf seinem schlimmen Fuß stand. Als Wolf zurückkam, inspizierte er die Pfosten mit großem Interesse, urinierte auf sie und nagte einige an, richtete aber keinen Schaden an.

Jeebee untersuchte die Zahnspuren auf den Holzstücken und kam zu dem Schluß, daß die Pfosten doch zu gebrauchen waren. Eines nach dem anderen wurden die Pfostenlöcher gegraben. Wolf tauchte einmal auf, als Jeebee gerade das Grabgerät benutzte, und als er es für einen Moment niederlegte, versuchte Wolf es fortzutragen. Doch es war sowohl zu schwer wie auch zu sperrig, und als Jeebee so tat, als wäre er an etwas auf der anderen Seite der Wiese interessiert und seinem Partner keinerlei Aufmerksamkeit schenkte, ließ Wolf das Grabgerät fallen und trottete hinüber, um zu sehen, was dort so anziehend sei.

Als Wolf sich ihm näherte, verwickelte Jeebee ihn für eine kleine Weile in ein Spiel und legte sich dann auf seine Decken. Wolf legte sich ebenfalls hin. Aber es war erst später Nachmittag, und welcher Impuls auch immer Wolf zur Höhle zurückgetrieben hatte, er war jetzt gestillt oder vergessen. Wolf machte sich wieder davon.

Obwohl Wolf fort war, ignorierte Jeebee klugerweise das Grabgerät und ließ es über Nacht liegen, wo es lag. Am darauffolgenden Tag versuchte er etwas Neues, nachdem Wolf verschwunden war. Er holte die Rolle mit dem Maschendraht herunter und zäunte sich vor der Klippenwand ein, wobei der Draht einen Halbkreis um ihn bildete, aufrecht gehalten von Winkeleisenpfosten vom Küchengarten der Ranch, wobei die Enden in die senkrechte Wand der Klippe getrieben wurden.

Jeebee zweifelte nicht daran, daß Wolf die Enden eines nach dem anderen würde herausziehen können, wenn er sich ernstlich anstrengte, doch er hoffte, daß sein Partner nicht auf ein solch methodisches Vorgehen verfallen würde. Sicher war der Zaun jetzt so befestigt, daß er standhielt, wenn Wolf auf spielerische Weise gegen ihn drücken oder an ihm scharren würde.

Jeebee ging wieder an die Arbeit. Schließlich kam Wolf zurück und schlich am Zaun entlang. Er scharrte ein- oder zweimal daran herum und winselte Jeebee zu. Jeebee unterbrach seine Arbeit und stieg über den Zaun, wobei er das Grabgerät drinnen ließ. Er begrüßte Wolf und entfernte sich dabei vom Zaun. Eine Weile lockte er Wolf, so gut er konnte, damit er den Zaun vergaß. Dann ging Jeebee, während Wolf noch da war, absichtlich zum Zaun zurück, stieg hinüber und kehrte zu seiner Arbeit zurück.

Wolf kam aufs neue zum Zaun und protestierte erneut dagegen, daß der Draht ihn aussperrte. Doch als

Jeebee weiterarbeitete und ihm keine Aufmerksamkeit schenkte, drehte er sich plötzlich um und trottete mit übertrieben gleichgültigem Gehabe davon. Er ging zu einer kleinen Kuhle zwischen den Wurzeln eines Baums am Rande der Wiese nahe dem Feuerplatz, die er sich vor einiger Zeit zu seinem bevorzugten Ruheplatz erkoren hatte, und legte sich dort nieder.

KAPITEL 28

So begann eine der arbeitsreichsten Wochen in Jeebees Leben.

Spätsommer, wenn nicht schon schönes Frühherbstwetter, lag noch klar und warm über dem Land. Die Tage waren noch lang, und es kam Jeebee so vor, als sei der Großteil ihrer nützlichen Länge in den Nachmittagsstunden enthalten.

Er nutzte dies bis zum Äußersten aus, stand vor Tagesanbruch auf, um so früh wie möglich an der Ranch anzukommen. Bei jedem Ritt nach unten brachte er etwas mit; er füllte sogar seinen Rucksack mit kleinen Gegenständen wie gebrauchten Nägeln, Schrauben oder Tuch in jeder Größe und Form.

An diesen frühen Tagen verbrachte er seine Zeit eigentlich vor allem mit Arbeiten auf der Ranch. Zusätzlich zu den Traktoren, Autos, Lastwagen und dem Schneemobil gab es da noch die beiden verschieden großen Anhänger. Beide liefen auf normalen Autoachsen und hatten Y-förmige Anhängerkupplungen, so daß sie von Lastwagen oder Traktoren gezogen werden konnten.

Der größere Wagen hatte eine Ladepritsche mit einem Bretterboden, drei Meter breit und sechs Meter lang, und war höher gelegt, um kleine Hindernisse überwinden zu können, doch gleichzeitig auch so gebaut, daß man damit schwere und sperrige Ladungen transportieren konnte. Vielleicht, so dachte Jeebee, hatte man ihn verwendet, um zu den Jahreszeiten, wo gewöhnliches Weidefutter rar war, Trockenfutter auf die Weiden hinauszufahren, wo das Freilandvieh davon fressen konnte.

Im Winter, wenn Schnee lag, hatte man wohl seine Räder gegen Kufen austauschen können. Jeebee suchte danach und fand sie im Gebälk eines halbverbrannten Nebengebäudes, zusammen mit Kufen für den anderen, viel kleineren zweirädrigen Wagen.

Jeebee ließ die Kufen, wo sie waren. Er hatte jetzt keine Zeit, die er darauf verschwenden konnte, sie zu untersuchen. Der größere Wagen war sowieso von keinerlei Nutzen für ihn. Seine beiden Pferde konnten ihn sicher leer über das Flachland ziehen, aber nicht mit einer halbwegs schweren Last darauf.

Und selbst wenn sie das gekonnt hätten, dann wäre es für sie unmöglich gewesen, den Anhänger die offenen Hänge des Vorgebirges hinaufzuziehen, wo es keine Straßen und nicht einmal Feldwege gab. Jeebee wandte sich statt dessen dem zweirädrigen Anhänger zu und untersuchte ihn.

Der Wagen war offensichtlich selbstgebaut, vor allem aus Metall. Er hatte eine verkürzte Autoachse, dazu zwei gewöhnliche Autoräder und besonders dicke Bündel Blattfedern zwischen den Rädern und der Ladefläche. Letztere bestand aus dicken Brettern, die gegen Verschleiß mit Blech verkleidet waren. Sie war von einer Gitterwand umgeben, die aus vier Querstangen aus geschweißten, fast vier Zentimeter dicken Rohren bestand, die an neunzig Zentimeter hohen, senkrechten Pfosten aus schwereren Rohren befestigt waren. An der Rückseite bildete die Bordwand eine Klappe, die mit Angeln an der Ladefläche befestigt und sowohl mit Brettern wie mit Blech verkleidet war, so daß sie als Rampe heruntergelassen werden konnte, über die man den Anhänger beladen konnte. Die verkratzte und abgenutzte Blechverkleidung der Ladefläche hatte etwa die Ausmaße der Pritsche eines kleinen Lastwagens.

Die Kupplung an der Vorderseite war offensichtlich zur Befestigung an der Rückseite eines Traktors oder Lastwagens bestimmt. Wahrscheinlich an einem Traktor, dachte Jeebee. Damit hatte man wohl Geräte und andere kleine, aber schwere Lasten ins offene Gelände hinaustransportieren können, wo sie gebraucht wurden.

An die hintere Stange des Rahmens, der die Ladefläche des Anhängers trug, hatte man in der Mitte auch eine Stütze geschweißt, die an ihrem Ende ein Laufrad trug. Jeebee hatte keine Ahnung, warum. Aber das Laufrad war für seine Bedürfnisse ideal, wenn er den beladenen Wagen über Hänge hinaufzog, wo dessen Rückseite sonst vielleicht auf dem Boden schleifen würde.

Wenn der zweirädrige Wagen, wie im Augenblick, für sich allein auf ebenem Boden stand, dann war er nur leicht nach hinten geneigt und ruhte auf dem Laufrad. Offensichtlich würde sich die Ladefläche des Anhängers, wenn ihn ein Traktor zog, horizontal legen und das Laufrad etwa fünfzehn Zentimeter über dem Boden schweben.

Diesen Anhänger würden Sally und Brute gemeinsam ziehen können, wenn sie bereit waren, als Gespann zusammenzuarbeiten. Und sie würden ihn auch über die weglosen Hänge zu seiner Höhle hinaufziehen können.

Jeebee machte sich auf die Suche nach einer Art doppeltem Joch, das die beiden Pferde tragen konnten, um den Wagen im Tandem zu ziehen. Er fand jedoch nichts dergleichen und kam zu dem Schluß, daß es so vielleicht auch besser war.

Auf dem unebenen Boden der Hänge, wo die beiden Pferde ihre Rücken vielleicht nicht immer auf gleicher Höhe hatten, waren sie vielleicht mit getrennten Geschirren besser dran. Mit solchen Geschirren, die eng zusammengebunden waren, aber nicht so eng, daß das eine Pferd das andere aus der Balance ziehen würde, wenn es plötzlich hangabwärts träte, wären sie viel sicherer.

Folglich fertigte er zwei Geschirre aus Seil an und wickelte weiche Tücher um alle Teile des Seils, an denen die Pferde sich wundscheuern könnten. Er dachte sich auch einen ziemlich komplizierten Seilknoten aus, mit dem er beide Geschirre am Y-Punkt der Anhängerkupplung befestigen würde.

Der Knoten würde zweifellos durchscheuern und von Zeit zu Zeit reißen, aber auf der Ranch gab es reichlich Stricke, und so konnte er ihn immer wieder ersetzen.

An dem Tag, als er all dies erledigt hatte, war es noch nicht ganz Mittag. Jeebee war auf Brute allein heruntergekommen und verbrachte den Rest des Tages damit, das Gebiet zwischen der Ranch und seiner Wiese zu erkunden, um eine Route zu finden, die über möglichst sanfte Hänge verlief. An den meisten Stellen hatte er keine große Auswahl. Am Ende fand er jedoch einen Weg, auf dem die Pferde mit dem beladenen Anhänger vielleicht drei Stunden oder etwas länger brauchen würden.

In letzter Zeit war er nur auf Brute geritten, um Sally Ruhe zu gönnen, nachdem sie vorher tagelang sowohl ihn wie auch die Sachen, die er von der Ranch heraufholte, hatte tragen müssen. Aber nach der Erkundung der neuen Route nahm er am darauffolgenden Tag beide Pferde früh nach unten.

Auf der Ranch weigerte sich Brute, sich das Geschirr anlegen zu lassen. Aber schließlich war ja bei ihm zu erwarten, daß er sich gegen fast alles sträubte. Sally war offensichtlich auch nicht sonderlich erfreut über ihr Geschirr, aber sie erhob keinen nennenswerten Protest. Die wirkliche Probe kam aber, als Jeebee beide vor den leeren Anhänger gespannt hatte und versuchte, sie mit dem Wagen dahinter zu führen. Es war gut, daß er ihre Halfterseile fest gepackt hielt, denn Brutes erster Impuls war durchzugehen. Der Braune hatte offensichtlich die Vorstellung, wenn er nur schnell und weit genug liefe, dann würde er das abscheuliche Gerät los, das hinter ihm her rollte.

Jeebee verbrachte schließlich den größten Teil des Nachmittags damit, die Pferde herumzuführen. Erst am späten Nachmittag war er so weit, daß er meinte, er könne versuchen, sich auf den Wagen zu stellen und die Pferde zu lenken.

Er hatte jedes Pferd mit langen, doppelten Zügeln ausgestattet, und zwar nicht so sehr, weil er meinte, er müsse alle vier Seile zugleich in den Händen halten, sondern weil beide Pferde auf Halslenkung abgerichtet waren, bei der der Zügel nur gegen die Seite des Halses gelegt wurde, um eine Wendung zu signalisieren. Jeebee hatte sich überlegt, daß leicht ein Zügel zufällig gegen den Hals eines Pferdes fallen könnte, wenn sie mit dem Anhänger auf den Hängen unterwegs waren. Er wollte so wenige Risiken wie möglich eingehen. Wenn er sie für die Arbeit im Gespann zur Maullenkung abrichten könnte, so wäre das sicherer.

Die Fahrübung war nur teilweise erfolgreich. Schließlich gab Jeebee seine Versuche auf. Er sagte sich, er würde auf keinen Fall auf dem Anhänger sitzen, wenn sie tatsächlich die Hänge hinauffuhren, sondern gehen und die Pferde führen. Das war nicht nur sicherer, sondern sie würden auch ohne sein Gewicht schon genug Ladung haben.

Es wurde spät. Jeebee gab seine ursprüngliche Hoffnung auf, den Wagen schon diesmal zur Höhle zu bringen, und spannte beide Pferde los. Er ritt auf Brute zurück; Sally folgte wie gewöhnlich an einem Leitseil.

Am nächsten Morgen nahm er sie früh wieder mit nach unten, spannte sie vor den Anhänger und war schon dabei, den Wagen in einem Probelauf leer hinaufzufahren. Doch die schiere Notwendigkeit, aus jedem Ausflug zur Ranch soviel wie möglich herauszuholen, veranlaßte ihn, ein paar Sachen in den Anhänger zu legen.

Er bündelte sie in eine alte Decke und band sie an die Ladefläche, über der Achse. Seile hielten das Bündel an allen vier Seiten an der Bordwand fest.

Als er sich relativ sicher war, daß das Bündel nicht verrutschen würde, lenkte er die Pferde eine kleine Strecke durch das Flachland nach Norden. Seine neue, leichtere Route begann erst, wenn sie eine Art Einschnitt im Vorgebirge erreicht hatten, ungefähr achthundert Meter vom Ranchhaus entfernt.

Während sie über das offene Flachland zogen, fand sich Brute damit ab, daß er mit Sally zusammen den Wagen zog. Jeebee war optimistisch, daß der Hengst mit der Zeit sich völlig an diese Arbeit gewöhnen würde.

Als sie zu dem Einschnitt kamen, stieg Jeebee vom Wagen herunter und begann die Tiere zu führen. Brute war erleichtert, daß er geführt wurde. Doch da gab es noch die Probleme mit den Kurven und mit jenen Stellen, wo ihr Weg am Fuß eines Hangs verlief und ein anderer Hang in einem Winkel daraufstieß, so daß der Anhänger eine kleine Strecke hindurch nach einer Seite kippte. Nach etwa zwanzig Minuten Fahrt im Vorgebirge riß das Deichselseil und mußte neu geknotet werden, so daß es schließlich gute vier Stunden dauerte, bis sie beim letzten Tageslicht an der Höhle ankamen.

Jeebee spannte die Pferde innerhalb des Drahtzauns aus, um den Anhänger und seine Ladung vor Wolf zu schützen. Dann brachte er sie in den hölzernen Pferch, den er gebaut hatte, und trug das Bündel in den Innenraum der Höhle.

Er entzündete ein Feuer und ging wieder nach draußen zum Anhänger, wobei er den Zaun hinter sich schloß. Im selben Augenblick erschien Wolf aus der zunehmenden Dämmerung, und Jeebee trat aus dem umzäunten Bereich heraus und absolvierte ihr gewohntes abendliches Grußzeremoniell. Nach einigem Zögern untersuchte Wolf dann den Anhänger durch den Zaun hindurch so gründlich, wie er nur konnte. Jeebee hatte den Wagen sorgsam so aufgestellt, daß die Seile der Geschirre und der Anhängerkupplung sich außerhalb von Wolfs Reichweite befanden.

Endlich zufriedengestellt, kam Wolf zum Feuer und legte sich nieder.

Als Jeebee dasaß und ihn beobachtete, sagte er sich, daß Wolf in diesen letzten paar Tagen oder sogar Wochen so gut wie sicher ihm außer Sichtweite hinunter zur Ranch gefolgt sein mußte. Wahrscheinlich hatte Wolf die Route hinunter zur Ranch und wieder hinauf bei vielen von Jeebees Ausflügen parallel zu ihm zurückgelegt.

Er war sicher nicht dort erschienen, wo Jeebee ihn sehen konnte. Aber das war Wolfs Natur. Er hatte genauso lange gebraucht, um sich Pauls Wagen zu nähern. Er würde an keinen unbekannten Ort kommen wollen, solange er sich dort nicht sicher fühlte, ganz gleich, wie gewohnt er daran war, diesen Platz aus der Entfernung zu beobachten. Zweifellos, so dachte Jeebee, als er sich schließlich in die Decken rollte, würde Wolf am Ende doch mit ihm in die Gebäude kommen. Was sich vielleicht als Problem erweisen würde, wenn Jeebee die Dinge aufsammelte, die er zur Höhle mitnehmen wollte.

Im Laufe der nächsten Woche stellte sich heraus, daß er recht hatte. Fünf Tage später erschien Wolf, kurz bevor Jeebee bei der Ranch anlangte, und kam mit ihm bis zum Rand des einstmals bewohnten Bereichs. An den nächsten paar Tagen kam er zunehmend näher, bis er sich sogar zwischen die Gebäude wagte.

Doch nachdem er sie in einem gewissen begrenzten Ausmaß erforscht hatte, wobei er die meiste Zeit nahe bei Jeebee geblieben war, machte sich Wolf aufs neue rar. An den folgenden Tagen stellte Jeebee fest, daß das Problem, das er erwartet hatte, sich nie wirklich zeigte. Wolf hatte Hemmungen, einen umschlossenen Raum zu betreten. Und er war auch viele Tage einfach nicht da.

Nach einigem Nachdenken erkannte Jeebee, daß die Tage seines Partners notwendigerweise zum größten Teil der Jagd nach der benötigten Nahrung gewidmet sein mußten. Wolf mochte sich manchmal davon ›beurlauben‹, aber zuviel freie Zeit konnte er sich nicht nehmen. Normalerweise war am Ende Jeebee immer allein mit den Pferden, während er zusammentrug, was er von der Ranch haben wollte.

Er machte sich Vorwürfe, daß er nicht schon vorher daran gedacht hatte, den zweirädrigen Anhänger einzusetzen. Damit hätte er die Kanthölzer und das meiste andere Holz in nur ein paar Wagenladungen, wenn nicht sogar in einer einzigen, hochbringen können. Er hatte vorsichtig die Menge, die mit dem Anhänger transportiert wurde, vermehrt und dabei die Pferde beobachtet, um sicherzugehen, daß er sie nicht überforderte. Für ihn war es ebenso notwendig wie für sie, daß sie bei Kräften blieben.

Jetzt ging er zu notwendigerweise schwereren Ladungen und zu Dingen über, an deren Transport er ursprünglich gar nicht gedacht hatte. Wie die Plünderer hatte er zunächst ein Gebäude aus Aluminium nicht beachtet, das etwas abseits vom Rest der Ranchgebäude stand. Jetzt erkannte er, daß es sich dabei um einen Heustadel handelte, einen Bau aus Pfosten und Aluminiumplatten, dessen Zweck lediglich darin bestand, Heuballen aufzunehmen und vor dem Wetter zu schützen, so daß sie für den Winter gelagert werden konnten und für die Pferde oder anderen großen Tiere auf der Ranch verfügbar waren. Der Stadel war einfach deshalb so weit abseits errichtet worden, weil Heu sehr leicht Feuer fing und das ganze Gebäude von einer achtlos weggeworfenen Zigarette im Nu zerstört werden konnte.

Als Jeebee jetzt diesen Stadel sah, fiel ihm ein, daß er für die beiden Pferde einen Vorrat an Trockenfutter für den Winter würde einlagern müssen. Hier lag das Futter bereit, und mit dem Anhänger konnte er es transportieren. Nicht nur das, auch der Stadel selbst zog seine Aufmerksamkeit auf sich. Seine Türen, Seitenwände und das Dach waren aus Einzelteilen zusammengesetzt, die leicht zu tragen waren und von ihrer Größe her auf dem zweirädrigen Anhänger transportiert werden konnten.

Die Seitenpfosten waren in die Erde gerammt. Die Dachbalken waren an waagrechten Brettern angebracht, die zwischen die Seiten- und Eckpfosten genagelt waren. Die Wand- und Deckenplatten aus Aluminium waren einen Meter zwanzig breit, um den Abstand zwischen den Pfosten zu überbrücken, und etwa drei Meter hoch. Insgesamt lagerte hier eine beträchtliche Menge Heu.

Jeebee konnte die Seitenwände und das Dach zerlegen, die Balken nehmen und die Pfosten ausgraben und dann das ganze Ding einfach zur Höhle transportieren. Nach etwas Nachdenken kam er darauf, daß er die Pfosten nicht einmal ausgraben mußte. Er konnte bei der Höhle Pfosten aus jungen Baumstämmen schneiden und aufstellen. Alles in allem war es die Tage durchaus wert, die er brauchen würde, um den Stadel auseinanderzunehmen und seine beweglichen Teile und ihren Inhalt hinaufzutransportieren.

Das tat er dann auch während eines Teils der folgenden Woche. Die Einzelteile der Scheune ergaben eine sperrige, aber nicht übermäßig schwere Ladung für den Anhänger. Mit dem Heu dauerte es länger, nicht nur der Transport, sondern auch das Aufladen – und der Heustaub und die Halme, die sich in seinem Haar verfingen und durch seine Kleidung drangen und ihn fürchterlich juckten, trieben ihn schier zum Wahnsinn.

Trotzdem war schließlich alles getan, und Jeebee empfand einen seltsamen Stolz, als er den Stadel anschaute, neu aufgebaut, mit Futter gefüllt, bereit, während des Winters für die Pferde zu sorgen.

Er ging wieder dazu über, die anderen Dinge, die er haben wollte, zur Höhle heraufzubringen, und die Höhle selbst fertigzustellen. Es war ein Wettlauf mit dem Kalender. Er wollte, daß alle Materialien, die er brauchte, oben bei der Wiese waren, bevor der Schnee kam.

Zwei seiner schwierigsten Fahrten standen ihm bevor, als er damit begann, sowohl die Vorder- wie die Hintertür der Ranch samt den Türrahmen herauszubrechen. Eine einzige von ihnen war schon eine volle Wagenladung für die Pferde. Er war gezwungen, zwei Fahrten zu unternehmen, um beide Türen hinaufzuschaffen.

Es war ziemlich viel Muskelarbeit nötig, um jede Tür zum Anhänger zu bringen, selbst nachdem er sie aus dem Haus herausgebrochen hatte. Doch er mußte sie haben. Er war zu dem Schluß gekommen, daß er Außentüren mit solider Füllung für seine Höhle brauchte, denn er wollte, daß sie Kälte, Wind und Schnee so gut wie möglich abhielten.

Die Rahmen waren notwendig, weil Jeebee kein Vertrauen in seine Fähigkeit hatte, einen Türrahmen zu bauen oder die Tür in einen Rahmen einzuhängen. Er hatte gehört, dies sei ziemlich vertrackt. Die Tür mußte genau richtig aufgehängt werden, sowohl senkrecht wie auch in den Rahmen. Schließlich brachte er beide Türen zur Höhle herauf und baute die erste in die Öffnung ein, die er für sie in der Außenwand übrig gelassen hatte.

Seine Wetterseite für das ausgegrabene Heim war nun komplett. Nur der Innenraum war noch unfertig.

Aber mit den Arbeit im Innern, meinte Jeebee, konnte er sich Zeit lassen.

Er feierte diesen Tag, indem er den Drahtzaun umlegte. Es war erst später Nachmittag, aber Wolf war schon zurückgekehrt und beobachtete Jeebee, wie er den Zaun entfernte.

Zu seiner Überraschung betrat Wolf nicht sofort den Bereich, den der Zaun geschützt hatte. Statt dessen ließ er sich zunächst Zeit und näherte sich gemächlich dem jetzt zusammengerollten Maschendraht, der ein wenig entfernt von der Stelle, wo er gestanden hatte, auf der Wiese lag. Schließlich kam er nah genug heran, um sowohl den Draht wie auch die Winkeleisenpfosten, die den Zaun gesichert hatten, gründlich zu beschnüffeln. Doch dann kam er nach und nach weiter in den vorher ihm vorenthaltenen Raum herein, bis er die Wand selbst erreichte, die er vom einen Ende bis zum anderen eingehend untersuchte.

Am nächsten Morgen begann Jeebee innerhalb der Wand zu arbeiten, nachdem Wolf sich entfernt hatte.

Seine letzte Arbeit draußen war gewesen, ein Dach über das Ende der Wand zu legen, das so weit von der Klippenwand entfernt war, daß der Zwischenraum überbrückt werden mußte – dieser Zwischenraum, in dem er seine Schmiede einrichten wollte. Er hatte das Ende des Daches dicht an der Klippenwand anbringen müssen; dazu hatte er eine Fuge in die Erde gegraben, in die er das Holzdach schräg nach oben hineinschob, so daß der Regen ablaufen würde. Später würde er Ritzen und Öffnungen im Dach und in der Wand finden, doch die konnte er dann mit Lehm zukitten. Wenn der Winter kam, würden Schnee und Eis helfen, indem sie alle Öffnungen füllten und zufroren.

Er war so damit beschäftigt, das Gebäude abzudichten, daß er erst dann, als er schließlich im Innern der Höhle zu arbeiten begann, entdeckte, daß er etwas völlig vergessen hatte. Nachdem die Wand errichtet und das Dach an Ort und Stelle angebracht war, war es in der Höhle zu dunkel, um arbeiten zu können.

Er hatte schon festgestellt, daß die Solarzellendecke die Autobatterien aufladen würde, selbst wenn es einige Zeit dauerte. Doch er fand heraus, daß er die Ladung der Batterien schneller verbrauchte, als er sie ersetzen konnte, wenn er ständig bei Licht arbeitete.

Er fand eine Lösung, indem er die Batterien an die Deckenleuchten der Autos anschloß. Der Gedanke, diese Lampen zu verwenden, war ihm schon vorher gekommen, doch er hatte ihn vergessen. Jetzt stellte er sich als ideal heraus. Die Innenlampen der Autos spendeten Jeebee mehr als ausreichende Beleuchtung und beanspruchten die Batterien nur wenig.

Doch am Ende gab er schließlich auf und ging wieder hinunter zur Ranch, baute eines ihrer unbeschädigten Fenster aus, brachte es zur Höhle herauf und setzte es in eine Öffnung, die er in seine Vorderwand sägte.

Dementsprechend verlor er anderthalb Tage Arbeitszeit, bevor er die Ausgrabung des Höhleninneren wieder ernsthaft fortsetzen konnte.

Er hatte sich einige vorläufige Skizzen gezeichnet, wie er die Holzverkleidung machen wollte. Jetzt begann er die Arbeit, indem er die Erde in der Höhlung hinter der Vorderwand ausgrub, angefangen einen knappen Meter vor dem Ende, das dem Schmiedebereich entgegengesetzt lag, bis hinüber zu dem Punkt, wo die Klippe sich nach hinten krümmte und so den Raum für die Schmiede bildete.

Hin und wieder mußte er eine Pause einlegen, damit der Staub sich absetzte. So kam er noch langsamer voran, aber er entwickelte die Gewohnheit, hinauszugehen und einstweilen irgendeine andere kleine Arbeit zu erledigen. Schließlich hatte er jedoch einen Raum geschaffen, der etwa einen Meter zwanzig tief war und einen ebenen Boden hatte. Das war alles, was er mit einfachem Graben schaffen konnte.

Er stellte Kanthölzer als Wandpfosten auf und begann eine zweite, innere Wand zu bauen, die er oben mit einem inneren Dach abschloß, um den sandigen Boden der Klippe über ihm zurückzuhalten. Er verschalte ein wenig, grub ein bißchen weiter, dann verschalte er wieder. Schließlich verschalte er seine innere Wand zwischen den Wandpfosten bis hin zur Krümmung der Klippe und ließ zwischen ihr und der äußeren Wand einen Raum von etwa neunzig Zentimeter frei; außerdem ließ er in der inneren Wand eine Öffnung für die zweite Tür, die er vom Ranchhaus mitgebracht hatte.

Als er damit fertig war, war er drauf und dran, den inneren Raum seiner Höhle auszugraben und zu verschalen. Doch bei der Schätzung seines Materialbedarfs hatte er sich jämmerlich verkalkuliert. Er sah sich zu weiteren Fahrten zur Ranch gezwungen, um Bauholz und Nägel hochzubringen.

Als er endlich alles auf der Wiese oben hatte, begann er durch die Türöffnung, die er in der inneren Wand gelassen hatte, hindurch zu arbeiten.

Er verschalte die Höhle, je weiter er kam, und grub schließlich einen Raum aus, der etwa 2,40 m breit und 3 m tief war, dazu zimmerte er über seinem Kopf eine innere Decke, um den Erdboden über sich zu stützen und zu verhindern, daß der Sand auf ihn herabrieselte.

Jeebee hatte den Boden des inneren Raums absichtlich gute fünfundsiebzig Zentimeter über dem des vorderen Raums, den er mit seinen zwei Wänden geschaffen hatte, zu graben begonnen. Damit versuchte er etwas in die Praxis umzusetzen, von dem er gelesen hatte, daß es offensichtlich beim Bau von Iglus und Schneehöhlen funktionierte. Bei einem Iglu, so hatte er vor Jahren gelesen, lag der Eingang und ein kleiner innerer Bereich niedriger als der Sockel, auf dem ein Großteil des alltäglichen Lebens stattfand. Dies bewirkte, daß sich im unteren Bereich eine Barriere aus kalter Luft bildete. Die schwerere kalte Luft unten konnte nicht aufsteigen, und so ging die Wärme oben nicht an die eisigen Außentemperaturen verloren.

Die Theorie war ohne Zweifel ausgezeichnet, aber er entdeckte, daß in der Praxis selbst dann, wenn er beide Türen nach draußen öffnete, die Luft schlecht zu werden begann. In dem Bereich, wo er grub, gab es keine echte Luftzirkulation.

Er war gezwungen aufzuhören. Es war ganz klar, daß er in der Höhle für Luftzufuhr sorgen mußte.

Glücklicherweise hatte er sich schon einige Pläne zurechtgelegt, wie er nicht nur das Problem der Luftzirkulation, sondern auch das der Beheizung der Höhle lösen würde.

Jeebee ging zum Oberseite der Klippe hinauf und positionierte sich durch Messungen über dem Raum, den er unter sich in der ursprünglichen Höhle schon freigeräumt hatte. Er begann von dort ein etwa vier Meter langes schräges Loch nach unten zu graben. An diesem Punkt war er sich sicher, daß er schon beträchtlich unterhalb der Decke angekommen war, die er für die innere Höhle von unten aus ausgraben würde.

Er kehrte in die Höhle zurück, um dort weiterzugraben, und brach bald auf der vom Eingang aus gesehen linken Seite des inneren Raums zu dem Punkt durch, den das von der Oberseite der Klippe gegrabene Loch schon erreicht hatte. Von einem staubigen, lange nicht mehr benutzten Kanonenofen in einem der Nebengebäude der Ranch hatte er ein Stück Ofenrohr mitgebracht. Er schob das Rohr durch das Loch, so daß es an der Oberseite der Klippe gerade über dem Boden herausschaute, und befestigte es an Ort und Stelle. Dann begann er aus Steinen mit Lehm als Mörtel einen offenen Kamin samt Rauchfang an das Ofenrohr anzubauen.

Nachdem er jetzt in einer Wand der Höhle über Ventilation verfügte, nahm er das Graben wieder auf.

Durch die offenen Türen kam Luft herein, wurde von seinem Körper erwärmt und entwich durch das Ofenrohr. Als er einen Versuch mit geschlossenen Türen unternahm, kam immer noch genügend frische Luft herein, während er arbeitete. Ob es sicher wäre, in dem Kamin ein Feuer zu entzünden, war eine andere Frage.

Jeebee hegte große Zweifel, ob seine grob gemauerte Heizstelle überhaupt funktionieren mochte, und ob sie nicht, wenn sie funktionierte, ihn ausräuchern oder ersticken würde. Doch er zündete ein Feuer im Kamin an und ließ dabei die Türen offen, und er erlebte einen Augenblick höchster Freude, als er sah, daß der Ofen einen ziemlich guten Zug hatte. Selbst wenn er beide Türen schloß, hatte der Ofen Zug, und das Feuer spendete der Höhle etwas Beleuchtung; nicht viel, aber doch genug, daß er sogar ohne die Deckenlampen der Autos auskommen würde, wenn er müßte.

Das Feuer im Ofen gab nur eine behelfsmäßige Beleuchtung, aber einstweilen würde es reichen müssen. Es war für Jeebee wieder an der Zeit, auf die Jagd zu gehen. Er hatte dem Herbeischaffen von Fleisch nur widerwillig ein Minimum an Zeit gewidmet, da es ihn von seiner Arbeit abhielt. Doch jetzt hatte er das Ende seiner Vorräte aus seinem letzten Schlachtausflug ins Flachland erreicht, und die letzten Fleischstücke hatten sich nicht wirklich gut gehalten. Ihm war nicht schlecht geworden, doch obwohl die Nächte jetzt viel kühler waren, so hatte es doch im Freien noch keine Temperaturen, die einem Kühlschrank, geschweige denn einer Tiefkühltruhe nahe kamen.

So saß er an diesem Abend an einem Feuer im Freien – denn Wolf wollte immer noch nicht den inneren Raum der Höhle betreten – und schmiedete Pläne, für mindestens ein paar Tage ins Flachland hinunterzugehen. Den ersten würde er mit der Jagd verbringen, am zweiten würde er auf der Ranch sein und wenigstens einige weitere Fahrzeugbatterien zusammenholen.

Trotz des Feuers war die Luft kalt, und Jeebee dachte, er spüre in der dunklen Nachtluft, die ihn umgab, eine Vorankündigung von Schnee. Er änderte seinen Plan. Ursprünglich hatte er daran gedacht, auf Brute hinunterzureiten und Sally als Packpferd mitzunehmen, um Fleisch und Batterien zu tragen – was zusammen für sie keine allzu schwere Last ergeben würde.

Jetzt beschloß er, den Anhänger zu nehmen. Bisher hatte er es noch verschoben, die Kufen dafür mitzubringen. Er wollte sie nehmen und mit dem Anhänger mitführen, nachdem er herausgefunden hätte, wie man sie montierte. Er würde die notwendigen Schrauben, Muttern und Schraubenschlüssel – oder was sonst – mit sich führen müssen, damit er die Kufen montieren konnte, falls er vom Schnee überrascht würde.

Der nächste Morgen war frostig. Jeebee spannte beide Pferde an den Anhänger und machte sich auf den Weg nach unten. Es war erst Mitte September. Er hatte schon an die Möglichkeit unberechenbarer früher Schneestürme gedacht, aber es war ihm bis jetzt nicht wirklich klar geworden, was für einen Unterschied es für ihn machen würde, wenn ein solcher Sturm ihn unvorbereitet überfiele, mit dem Wind und einem jähen, tiefen Temperatursturz.

Selbst auf der Fahrt hinunter nahm der Wind zu und wurde kälter. Als er bei der Ranch ankam, war Jeebee froh, und er war sich sicher, daß die Pferde es ebenfalls waren. Er band sie unter dem Dach eines der teilweise abgebrannten Nebengebäude an und machte sich auf die Suche nach den Kufen für die beiden Wagen. Beim letzten Mal hatte er nur einen Blick auf sie geworfen und die Tatsache registriert, daß sie da waren, doch er hatte sie nicht untersucht.

Als er jetzt ins Gebälk kletterte und die Kufen eingehender anschaute, entdeckte er, daß die für den größeren Wagen nicht zu gebrauchen waren. Bei der einen war die Spitze vom Feuer beschädigt worden, die andere war halb verbrannt. Die Kufen für den kleinen Anhänger waren unbeschädigt, doch als er sie anschaute, schob der gesunde Menschenverstand mit einem Mal seine Vorstellungen beiseite.

Er konnte sie bei leichtem Schnee auf ebenem Boden verwenden. Doch in tiefem oder rutschigem Schnee und bei einer Fahrt hangaufwärts wäre das Gewicht des Anhängers allein schon zu viel für die Pferde.

Jeebee nahm die Kufen trotzdem herunter. In einem großen und kräftigen Segeltuchsack, der an eine der Kufen gebunden und auf dessen einstmals weiße Oberfläche mit schwarzen Lettern eine inzwischen nicht mehr lesbare Aufschrift gestempelt war, fand er alle Teile, die notwendig waren, um die Kufen gegen die Räder auszutauschen.

Er nahm sie zum Anhänger und lud sie auf. Ein paar einsame Schneeflocken schwebten im Wind; eine landete auf seinem Handrücken, und es war, als berührte ihn plötzlich ein eiskalter Finger.

Jeebee schaute die Flocke an, bevor sie von seiner Körperwärme schmolz und verschwand. Er überlegte einen Moment, dann nahm er die Kupplung des Anhängers und zog ihn selbst in das Nebengebäude, wo er die Pferde untergestellt hatte.

Falls es sich um einen echten Schneefall handeln sollte, dann würden sie alle sich ein, zwei Tage hier auf der Ranch verkriechen müssen. Für Jeebee war es immer noch schwer, sich so früh im Jahr einen echten brausenden Schneesturm vorzustellen. Doch der Himmel über ihm schien sich unter dem Gewicht der dunklen Wolken zu senken, die vom einen Horizont zum anderen hingen, und die Schneeflocken fielen dichter.

Jeebee beschloß, den Schnee zu ignorieren – zumindest für den Augenblick. Er war warm gekleidet und indem er den Kragen seiner Jacke um Hals und Ohren hochschlug, konnte er dem kalten Wind trotzen. Er dachte darüber nach, was er tun konnte, falls der Anhänger sich als unbenutzbar erwies. Nicht nur der Anhänger, hielt er sich vor Augen, sondern auch die Pferde. Bei tiefem Schnee würde es für sie fast unmöglich werden hindurchzukommen. Und sicher wäre es für sie unmöglich, irgend etwas von nennenswertem Gewicht zu ziehen.

Er würde einen leichten Schlitten bauen müssen, den er selbst ziehen konnte. Dann konnte er zu Fuß ins Flachland hinuntergehen, und zwar auf Schneeschuhen, die praktischerweise zu den Dingen gehörten, die er hier im Haus gefunden hatte. Allerdings hatte er sich mit ihnen schon vor seiner Flucht aus Stoketon befaßt. Er kannte zwei Muster, um Schneeschuhe herzustellen, darunter eine provisorische Art für Notfälle, wenn jemand sich bei plötzlichem Schneeeinbruch in der Wildnis verirrt hatte.

Er mußte jetzt nicht versuchen, sie anzufertigen, und er hatte auch schon die Schneeschuhe zur Höhle mitgenommen, die er hier zusammen mit den Kufen sowie den schweren Schneemobilschuhen gefunden hatte.

Jeebee machte sich auf die Suche nach Holz, das er von den Nebengebäuden der Ranch abnehmen konnte, Holz, das es ihm ermöglichen würde, einen solchen Einmannschlitten zu bauen, wie er ihn sich vorstellte.

Als er begonnen hatte, das Ranchhaus auszuschlachten, um sich die Materialien für seine Höhle zu beschaffen, war ihm der Gedanke gekommen, daß es nützlich sein könnte, die unbeschädigten Teile des Hauses und seiner Nebengebäude so intakt wie möglich zu lassen, um sie später als Unterschlupf oder sonstwie nutzen zu können. Dementsprechend untersuchte er zuerst diejenigen Nebengebäude, denen das Feuer am meisten Schaden zugefügt hatte.

Am schlimmsten dran war ein Gebäude, das ursprünglich offensichtlich nur aus wenig mehr als einem Dach und zwei oder drei Wänden bestanden hatte. Es war entweder die Schmiede der Ranch gewesen, oder das Gebäude, in dem eine transportable Esse aufgebaut worden war. Er hatte dort schon einen Amboß entdeckt, den er zu seinem eigenen Gebrauch in die Höhle zu schaffen beabsichtigte, sobald er die Liste seiner anderen Prioritäten abgearbeitet hatte. Im Augenblick war die Notwendigkeit dafür noch so weit in der Zukunft, daß er sich darüber keine Gedanken machte.

Von diesem Gebäude war fast nichts übrig. Sicher hatte es da keines der Materialien gegeben, die er jetzt am meisten brauchte.

Er hatte gehofft, zwei Bretter der Länge 1,80 m bis 2,40 m dort zu finden, beide wenigstens 2,5 cm dick. Wenn er sie fände, dann könnte er ihre Enden diagonal absägen, und wenn er hier irgendwo eine Säge fände, die es ihm erlauben würde, geschweift zu sägen, dann könnte er am Ende eines jeden Brettes von der unteren Kante her eine kontinuierliche Krümmung nach oben sägen. Die beiden Bretter könnten dann die Kufen seines Schlittens bilden. Danach müßte er lediglich mit ein paar Kanthölzern eine Verstrebung zwischen den beiden Kufen zimmern und leichte Bretter über die beiden Oberkanten legen, um eine Ladefläche zu bekommen. Das ganze Ding brauchte nur stark genug zu sein, um etwa hundert Pfund Rindfleisch oder eine gleich schwere Last zu transportieren.

Doch in dem Schmiedegebäude war nichts übrig. Jeebee ging als nächstes zu dem Schuppen, der am meisten beschädigt war: offensichtlich ein Lager für allerhand Krimskrams, kleine Geräte und Werkzeuge, die repariert werden mußten oder noch für möglicherweise nützlich gehalten und deshalb nicht weggeworfen worden waren.

Dieses Gebäude war nur etwa zur Hälfte vom Feuer zerstört worden. Jeebee warf einen Blick hinein, doch er sah nichts von der Dicke, die er haben wollte. Er war schon drauf und dran weiterzugehen, als ihm aufging, daß das, was er suchte, sich unter seinen Füßen befand.

Die Bodenbretter des Schuppens, genaugenommen die Bodenbretter aller Schuppen, waren dicker als die Bretter, die bei den Seitenwänden der Gebäude oder des Ranchhauses verwendet worden waren.

Jeebee hatte schon eine Anzahl von Handwerkzeugen in die Höhle hinaufgeschafft. Doch in letzter Zeit hatte er es für klug befunden, von den allgemeineren Werkzeugen wenigstens eines von jeder Art unten auf der Ranch zu lassen, damit er dort ebenfalls arbeiten konnte. Deshalb ging er zu dem Lager, wo er diese Gegenstände aufbewahrte, und holte sich einen Klauenhammer und ein Brecheisen.

Damit stemmte er zwei Bodenbretter hoch. Als er damit fertig war, entdeckte er, daß an ihnen eine Zugabe hing. Denn die Bretter waren nicht nur so dick, wie er sie haben wollte, sondern sie waren mit Nägeln befestigt gewesen, die größer waren als alle, die er bis jetzt aus dem Haus und den anderen Gebäuden geborgen hatte.

Er machte sich an die Arbeit mit einer Säge, die ganz entschieden nicht dazu gemacht war, Kurven zu schneiden. Es war nicht nur eine gerade schneidende Säge – gedankenlos hatte er vorher schon die beste Säge mit sich zur Höhle genommen –, sie war auch rostig und stumpf. Doch gegen Mittag war er endlich mit dem Sägen fertig und begann die beiden Bretter miteinander zu verbinden, indem er die schweren Nägel durch ihre Seitenflächen in die Enden zweier Streben trieb, die er aus Kanthölzern gemacht hatte.

Die Ladefläche des Schlittens aus den leichtesten Brettern zu zimmern, die er finden konnte, dauerte weniger als eine weitere Stunde. Das Endprodukt war gut. Doch als er es anschaute, ging ihm auf, wieviel totes Gewicht er mit sich ziehen würde, selbst wenn keine Last darauf wäre. In einen Schneesturm hineinzustapfen und dabei diesen Apparat voll beladen hinter sich herzuziehen, könnte durchaus über seine Kräfte gehen. Er mußte irgendwie Gewicht sparen, aber ganz gewiß konnte er nichts an den Kufen oder den Streben sparen.

Jeebee machte sich auf die Suche nach etwas anderem, um das Gerippe des Schlittens abzudecken. Er fand es in einem Stück Sperrholz, das einen Zentimeter dick war und in einem Gebäude, das offensichtlich als zeitweilige Scheune für drei Pferde oder drei Rinder gedient hatte, für Trennwände zwischen den Boxen verwendet worden war.

Jeebee fluchte leise, weil er soviel Zeit verschwendet hatte, dann entfernte er die Bretter von seinem Schlitten und ersetzte sie durch das Furnierholz.

Als er fertig war, verdiente der Schlitten immer noch nicht die Bezeichnung ›leicht‹. Aber er stellte das beste dar, was Jeebee unter diesen Umständen herstellen konnte. Ganz in die Arbeit vertieft, hatte er fast das Wetter vergessen. Doch jetzt trat er vor das Gebäude, in dem er gearbeitet hatte und sah, daß der Tag sehr dunkel geworden war. Der Schnee bestand nicht mehr aus weichen, rieselnden Flocken, sondern aus harten, fast unsichtbaren Eiskörnern. An diesem Tag würde er es nicht mehr versuchen können, zum Lagerplatz und zur Höhle zurückzugelangen.

Als der Morgen dämmerte, lag auf dem Boden körniger Schnee, gut zehn Zentimeter tief. Doch der Wind hatte aufgehört, und obwohl die Temperatur niedrig war, machte die fehlende Bewegung der kalten Luft sie erträglich. Noch erträglicher wurde sie, als die letzte Wolke verschwand und die Sonne herauskam.

Der Schnee war nicht so tief und die Temperatur nicht so niedrig, daß der Niederschlag sich nicht schnell in Schneematsch oder Eis verwandeln würde, was für die Hufe der Pferde rutschig werden konnte. Doch ... Jeebee entschied sich schnell dafür, den Schlitten auf den Anhänger zu laden und sich auf den Rückweg zum Lager zu machen.

Sobald er dort ankäme, könnte er die Pferde in dem Pferch unterstellen, den er angrenzend an die kleine, rechteckige Wand seiner zukünftigen Schmiede errichtet hatte. Der Anhänger wäre am Lagerplatz sicher, und Jeebee würde auch den Schlitten zur Hand haben, so daß er, falls das Wetter weiterhin schlecht blieb und noch mehr Schnee fiel, allein auf dem Schlitten ins Flachland hinunterfahren konnte.

Zu Fuß. Wie er es sich schon früh vorgestellt hatte.

KAPITEL 29

Der Rückweg zur Höhle war ein langer, schwerer Kampf. Obwohl die Lufttemperatur niedrig blieb, war für die Pferde der Boden meist rutschig, und es war offensichtlich schwierig für sie, den Wagen zu ziehen, besonders wenn sie in kleine Schneewehen gerieten.

Jeebee ging ihnen voran, um ihnen den Weg zu bahnen und um sicherzugehen, daß sie nicht in eine Schneewehe stapften, die zu tief war, um den Anhänger hindurchzuziehen. Die einzige Ladung war der Schlitten, doch unter diesen Bedingungen war das schon genug.

Am späten Nachmittag erreichten sie die Wiese. Der helle wolkenlose Himmel über ihnen und die Tatsache, daß die umstehenden Bäume den größten Teil des schwachen Windes abhielten, ließ die Wiese wärmer erscheinen, als sie tatsächlich war. Jeebee hängte den Anhänger ab, ohne sich die Mühe zu machen, den Schlitten abzuladen, spannte die Pferde aus und brachte sie in den Pferch.

Dann begab er sich direkt in den Schutz der Höhle und entzündete im Kamin ein Feuer. Wolf, der zuerst gezögert hatte, sich hinter die neu gebaute Wand zu wagen, hatte sich seit einigen Tagen so weit überwunden, daß er schon in den äußeren Teil kam. Er hatte jede Besonderheit dieses Raums eingehend untersucht. Viele der Hölzer trugen Zahnspuren seiner Erforschung, und eine der senkrechten Streben wies Flecken auf, wo er sie mit seinem Urin markiert hatte. Wolf hatte einen Winkel an der Wand gefunden, wo Jeebee einen groben Rahmen für eine Wetterbarriere aus Tuch gebaut hatte, die zwischen der Schmiede und dem Rest des tiefer gelegenen Vorderraums stehen sollte, und er hatte diesen Winkel in Beschlag genommen, als hübschen Platz, um sich zusammenzurollen und zu schlafen.

Jeebee schloß die äußere Tür, klinkte sie jedoch nicht zu; er zog sie nur zu und machte sie mit einer Lederschlaufe fest, nachdem Wolf ihm in den vorderen Raum gefolgt war. Jeebee war sich sicher, daß Wolf an die Tür stupsen würde, wenn er hinauswollte, und daß er die Lederschnur entdecken würde. Selbst wenn er nicht erkennen sollte, daß sie die Tür zuhielt, so würde er sie fast sicher durchbeißen – und danach würde er immer auf die Lederschnur losgehen, wenn er wollte, daß sich die Tür öffnete.

Jeebee schaltete eine seiner batteriegespeisten Autodeckenlampen ein und ließ sie lange genug an, bis er das Feuer im Kamin in Gang gebracht hatte, wozu er trockenes Holz und Zunder benutzte, die zum Gebrauch bereit neben der Feuerstelle lagerten.

Das Feuer loderte auf. Es begann fast sofort den Innenraum zu erwärmen. Jeebee schaltete das elektrische Licht aus. Als er sich im Feuerschein in der noch unfertigen Höhle umschaute, wurde ihm bewußt, daß sein Heim noch nicht sonderlich gemütlich war und außer Wärme und Unterschlupf wenig bot. Nur die Vorderwand war fertig. Die beiden Seitenwände, auch die mit dem Kamin, waren noch in Bau, und die hintere Wand war einfach ein Hang aus Erde und Sand, von dem sich immer wieder Brocken lösten, herunterkollerten und den Dreck am Boden vermehrten. Jeebee sagte sich, er müßte sich endlich einmal daranmachen, im inneren Raum einen Fußboden zu legen, sobald er mit der Verschalung der Wände und der Decke fertig war.

Einstweilen hatte er schon seinen Kamin. Sein Traglast-Bett hatte er schon hereingeschafft und solche

Dinge wie Speck eingewickelt auf die Balken der noch nicht fertiggestellten Decke gelegt, wo sie außer ihm niemand erreichen konnte.

So fühlte er sich sicher, und in einem plötzlichen Ausbruch von Wohlwollen, weil er dem Wetter entronnen und wieder in der Wärme war, ließ er die innere Tür offen und versuchte Wolf zu bewegen, zum Feuer zu kommen. Doch er erreichte damit nur, daß sich direkt über der Türschwelle eine zögernde Schnauze ein wenig durch die Türöffnung schob.

Jeebee gab seine Versuche auf. Er richtete seine Aufmerksamkeit darauf, sein Bett für die Nacht nahe ans Feuer zu schieben. Da würde er ausreichend bequem liegen, selbst wenn die innere Tür offen und die äußere nur knapp geschlossen war. Es kam genügend Zugluft herein, um das Feuer in Gang zu halten. Nur eins würde ihm vielleicht Sorgen bereiten: daß das Brennholz in der Nacht zu Ende gehen könnte.

Jeebee trat noch einmal in die Kälte hinaus, um genügend schwere Holzstücke zu sammeln, damit sein Vorrat für die Nacht ausreichte, und ging dann zu Bett. Er wußte, die zunehmende Kälte würde ihn von Zeit zu Zeit wecken und dann würde er Holz ins Feuer legen, bevor es ausging.

Das letzte, woran er sich erinnerte, bevor er einschlief, war ein Stück Erde, das von der unfertigen Decke in sein Haar fiel. Er wischte Erde und Sand schläfrig ab und erinnerte sich duselig daran, daß er sich eine Mütze für den Winter machen müßte. Voll bekleidet, die Wärme des Feuers auf dem Gesicht spürend, schlummerte er ein und dachte noch, daß er am nächsten Tag versuchen würde, die Schneeschuhe auszuprobieren.

Doch noch während der Nacht wurde es draußen wärmer. Als Jeebee erwachte, war das Feuer ganz ausgegangen, aber unter den zwei Decken und in den Kleidern war ihm immer noch angenehm warm.

Er tastete sich das kurze Stück über den Boden aus Erde zur inneren Tür und öffnete sie, um das Licht des frühen Morgens zu sehen. Die äußere Tür stand weit offen, und die durchbissenen Reste der Lederschnur hingen am Türpfosten.

Wolf hatte hinausgewollt, aber er hatte die Wiese nicht verlassen. Er lag zusammengerollt draußen im ersten Sonnenschein. Jetzt stand er auf, schüttelte sich und kam herbei, um Jeebee zu begrüßen, als der durch die Tür ins Freie stolperte. Sie tauschten die kurzen Grüße aus, auf denen Wolf gewöhnlich bestand, bevor er sich am Morgen davonmachte. Dann war er auch schon fort.

Jeebee absolvierte seine Morgenroutine. Den Gedanken an die Schneeschuhe hatte er aufgegeben. Der Tag erwärmte sich auf normale Herbsttemperaturen, und der Schnee schmolz genaugenommen nicht, sondern verdampfte einfach vor Jeebees Augen. Ein sanfter Wind wehte.

Das Dringendste, erkannte Jeebee, war, was er am Tag zuvor hatte tun wollen: die Jagd nach Nahrung. Nachdem sie am Vortag so lange den Wagen durch den Schnee gezogen hatten, setzte er die Pferde nur ungern ein. Doch wenn eines von ihnen noch Kräfte haben dürfte, dann Brute. So sattelte er den Braunen und nahm Sally an einem Leitseil mit, nicht zur Ranch, sondern geradewegs hinab und hinaus ins Flachland, um nach verwilderten Rindern Ausschau zu halten.

Als er jedoch auf der Ebene angekommen war, änderte er seine Meinung. Er schwenkte nach Südosten ab, bis er auf die Reihe von Pfosten traf, die einst die Ranch mit Elektrizität beliefert hatten. Sie standen parallel zu einer Straße, bei der es sich nach Jeebees Vermutung um eine Verbindung der Ranch zu einer Hauptstraße handelte, die irgendwo im Osten verlief. Vom Schnee war jetzt nur noch eine dünne Eiskruste auf dem Land übrig.

Jeebee war der Gedanke gekommen, die Landmarken, an die er sich unbewußt gewöhnt hatte, seien jetzt entweder verborgen oder verändert, wo doch die Landschaft plötzlich die gleiche Farbe hatte, und es wäre klug, einen Orientierungspunkt zu haben. Er konnte natürlich sein Geschick in der Kompaß-Orientierung einsetzen, aber die Strommasten waren über einige Entfernung zu sehen und konnten leicht als Bezugslinie dienen. Er konnte an ihnen entlang weiterreiten, und wenn er vorhatte, nordwärts nach Rindern zu suchen, dann konnte er einfach in diese Richtung reiten und sicher sein, daß er sich nur nach Süden umdrehen mußte, um schließlich wieder auf die Reihe der Masten zu stoßen, die ihn zurück zur Ranch und in vertrautes Gebiet führen würden.

In den Bergen in seinem Rücken würde er immer wenigstens zwei hohe Punkte haben, die er kilometerweit sehen konnte. Wenn er zwei solche Punkte anpeilte, dann ergab sich daraus für ihn ein dritter Punkt, zu dem er immer zurückkommen konnte. Wenn man einen Kompaß und Berge am Horizont hatte, war es fast unmöglich, sich zu verirren.

Wenn er so vorgehen müßte, dann würde sich zwar daraus nicht die direkteste Route zurück zur Wiese und zu seiner Höhle ergeben, aber es war eine sichere Methode, um wieder nach Hause zu kommen.

Jeebee folgte der Reihe der Masten und ritt langsam an ihr entlang ins Land hinaus, nach Ostsüdost, wie sein Kompaß zeigte.

Er blieb nahe an der Reihe der Pfosten, doch mit seinem Fernglas suchte er ständig den Süden und den Norden nach Rindern ab.

Gegen Mittag entdeckte er im Süden in der Ferne einige dunkle Punkte. Er hatte die Masten gezählt, während er an ihnen entlang geritten war, und war gerade am zweihundertsechzehnten vorbeigekommen, als er diese Punkte sichtete.

Jetzt wünschte er sich, er hätte vorsorglich das Beil mitgebracht, das er auf der Ranch gefunden und zur Höhle hinaufgeschafft hatte, wo es sich wirklich als sehr nützlich erwiesen hatte. Doch mit seinem kleineren Arbeitsmesser am Gürtel hatte er immerhin das zweitbeste Werkzeug mitgenommen.

Damit schnitt er ein schmales Stück aus dem zweihundertsechzehnten Mast und legte die hellere Farbe frischen Holzes frei, indem er die graue, verwitterte Oberschicht entfernte. Die Kerbe befand sich auf der Südseite des Pfostens und dürfte aus einer gewissen Entfernung noch durch das Fernglas zu erkennen sein. Jeebee legte das Messer wieder in die Scheide, knöpfte sie zu und hielt erneut mit dem Fernglas nach den Punkten Ausschau.

Sie hatten sich, wenn überhaupt, nicht weit von der Stelle entfernt, wo er sie zuerst gesehen hatte. Er ritt auf sie zu.

Jeebee hatte Glück. Es handelte sich um eine Kuh mit ihrem fast erwachsenen Kalb. Das Kalb hatte bei weitem noch nicht das Gewicht eines ausgewachsenen Rindes, doch es war fast so groß wie seine Mutter.

Wie die anderen Rinder, die er schon zuvor aufgespürt und geschossen hatte, ließen diese beiden ihn ganz nahe an sich herankommen, bevor sie Anstalten machten, sich abzusetzen. Fast alle diese Rinder mußten bis vor ein paar Jahre daran gewöhnt gewesen sein, daß sich ihnen Menschen auf Pferden und in Fahrzeugen näherten, und es gab in der Gegend gewiß nicht viele Jäger, die angeritten oder angefahren kamen, um sie zu bedrohen.

Jeebee tötete das Kalb mit einem einzigen Schuß, was nicht nur besser für seinen Vorrat an Munition, sondern auch für das Tier gnädiger war. Aus dieser kurzen Entfernung war es kein Problem, ein Rind mit einer einzigen Kugel so schnell zu töten.

Einige Minuten lang dachte er, er würde Schwierigkeiten haben, die Kuh zum Verlassen des toten Kalbes zu bewegen, damit er sicher absteigen und mit dem Zerlegen beginnen konnte. Doch als er Sallys Leitseil losband und auf Brute auf die Kuh zu galoppierte und dabei brüllte und sein Gewehr über dem Kopf schwenkte, bekam sie Angst und rumpelte in schwerfälligem Galopp davon. Jeebee stieg ab und begann das blutige Geschäft, das Fell des Kalbes durchzuschneiden und soviel Fleisch wie möglich abzumetzgern, damit er es wieder in einer der Plastikplanen forttragen konnte.

Als er bereit war zum Aufbruch, mußte er feststellen, daß er, während er die Kuh verscheucht hatte, abgestiegen war und das Kalb geschlachtet hatte, in der reglos weißen Wildnis, die ihn umgab, die Orientierung verloren hatte. Auf die Möglichkeit hin, daß er nicht zu weit entfernt war, um die Kerbe zu sehen, die den zweihundertsechzehnten Pfosten markierte, nahm er sein Fernglas und suchte nach dem Zeichen. Doch er konnte nicht einmal mehr die Masten entdecken.

Er befestigte die Ladung aus frischen, warmen, glitschigen Fleichbrocken in der Plastikplane und dem Netz auf Sallys Rücken, band das Leitseil des Packpferds wieder an der Rückseite von Brutes Sattel fest, stieg auf Brute und machte sich mit Hilfe des Kompasses auf den Weg nach Norden.

Entweder hatten die Kuh und ihr Kalb sich die ganze Zeit von ihr fortbewegt, während er sie jagte, oder die Straße hatte auf ihrem Weg zur Hauptstraße eine Biegung nach Norden gemacht – Jeebee war noch nie so weit draußen gewesen –, doch er mußte eine Weile reiten, bevor er am Horizont eine Reihe schwarzer Punkte ausmachte.

Jeebee kam zu dem Schluß, daß es sich dabei um die Spitzen der Strommasten handelte, die zum größeren Teil durch eine Bodenwelle verdeckt waren. Er steckte das Fernglas weg und ritt einfach geradewegs in die Richtung, wo er sie gesehen hatte. Nach etwa fünfzehn

Minuten wurden sie für das unbewaffnete Auge sichtbar und schienen immer länger und länger aus dem Boden herauszuwachsen, während er näher kam.

Er ritt bis zu ihnen hin, bog dann nach links – was westwärts und zurück zu Ranch bedeutete – und begann nach einem Pfosten zu suchen, der die Markierung trug, die er in ihn eingekerbt hatte. Er fand ihn nicht, und Jeebee kam der Gedanke, daß er vielleicht auf dem Weg zu den Rindern einen größeren Bogen zurück nach Westen in Richtung aufs Vorgebirge gemacht hatte, als er gedacht hatte, so daß er jetzt vor dem zweihundertsechzehnten auf die Reihe der Masten gestoßen war.

Doch sein Kompaß zeigte ihm auf jeden Fall den Weg nach Westen, und er wußte, daß er auf die Ranch und das Vorgebirge zuritt. Das war alles, was er wirklich wissen mußte. Er ritt an mehreren Masten vorbei, bevor er etwas bemerkte, das ihn veranlaßte, Brute scharf anzuhalten.

Jeebee wunderte sich, daß es ihm nicht schon eher aufgefallen war. Auf der anderen Seite der Masten verlief eine Spur im Schnee: eine Spur von Stiefeln, die in dieselbe Richtung wies, in die er jetzt unterwegs war. Er hob die Zügel und Brute ging weiter, bis Jeebee ihn erneut direkt über der Spur anhielt. Die Stiefel waren kleiner und schienen durch den Schnee zu schlurfen. Wer immer das war, er ging zu Fuß – was in diesem Gelände nicht vorkommen sollte, wo es, wenn auch keine Fahrzeuge mehr fuhren, doch reichlich Pferde gab. Und die Spur führte zu der zerstörten Ranch, von der inzwischen alle Nachbarn wissen mußten, daß dort niemand mehr lebte.

Die Spur konnte nur von jemand stammen, der in dieser Gegend, so wie er selbst, fremd war. Und jeder Fremde war eine mögliche Gefahr. Seine erste instinktive Regung war, kehrtzumachen und zu fliehen. Dann überwältigte ihn die Neugier.

Er nahm sein Fernglas hoch und schaute nach vorn. Deutlich war eine Gestalt zu erkennen, die schwer in Kleider eingemummelt war und, wie die Spur zeigte, auf die Ranch zutrottete, die noch nicht zu sehen war. Sie trug einen Rucksack auf dem Rücken, doch der schien leer zu sein, und sie trug kein Gewehr und auch keine anderen sichtbaren Waffen.

Jeebee hielt sich vor Augen, daß der andere durchaus einen Revolver vorn in seinem Gürtel stecken haben konnte. Ein Revolver, den der Fremde ziehen konnte, wenn er sich zu ihm umwandte, während Jeebee sich ihm näherte.

Doch er schob seine Bedenken beiseite, war er doch selbst fast ein wandelndes Waffenlager aus Schußwaffen und Messern.

Er beschloß, den Unbekannten einzuholen, doch so leise wie möglich. Vorsichtig ließ er die Pferde weitergehen, immer noch im Schritt, aber in einem schnellen Schritt – schneller als die Person da vor ihm ging.

Der Schnee dämpfte den Hufschlag. Jeebee und die beiden Pferde bewegten sich wirklich sehr leise voran. Doch als er immer näher an den Gehenden herankam, konnte er es kaum glauben, daß der nicht anhielt und sich umschaute, wer ihm da folgte.

Als Jeebee nur noch acht bis zehn Meter hinter der Gestalt war, konnte er ihre Bewegungen deuten. Wer immer es war, seine Schultern waren herabgesunken, und er schob sich dahin, als wäre in dem Leib über den Beinen, die sich noch weiterbewegten, alle Kraft verausgabt.

Wenn der andere wirklich nahe daran war, aus Müdigkeit umzufallen, was gut möglich war, wenn er seit Sonnenaufgang durch den Schnee stapfte, dann war er vielleicht auch zu erschöpft, um zu hören, wie Jeebee sich ihm von hinten näherte, oder um sich umzuschauen und die üblichen Vorkehrungen zu treffen. Jeebee holte sein Gewehr aus dem Halfter und schloß die

Lücke zwischen sich und der dahinstapfenden Gestalt. Er kam direkt hinter sie, dann auf gleiche Höhe, bevor der Fremde stehen blieb, den Kopf hob und ihn anschaute.

Es war Merry. Ihre Augen waren wie schwarze Löcher in einem Gesicht so bleich wie das Gesicht eines Menschen, der im Koma lag.

Einen langen Augenblick starrte sie ihn ungläubig an. Dann war er sofort vom Pferd herunter und schlang seinen Arm um sie. Als sie spürte, wie er sie hielt, sackte sie so plötzlich zusammen, daß Jeebee ihr ganzes Gewicht in Armen hielt. Ihm wurde plötzlich klar, daß sie sich am Rande der totalen Erschöpfung befinden mußte, nur noch vorangetrieben von dem, was immer sie so weit gebracht hatte.

Seine Arme, die sie hielten, hatten ihre Kleidung um ihr Gesicht hochgeschoben. Er küßte ihr eiskaltes Ohrläppchen; es war das einzige, was er sehen konnte.

»Merry«, sagte er, und sein ganzes Herz und sein ganzer Leib sprachen dieses Wort mit. Er spürte, wie ihre Arme ihn umschlangen und dann sanken.

»Kannst du reiten?« fragte er sanft, die Lippen nahe an ihrem Ohr.

Es verging ein Augenblick, dann nickte sie. Er hob sie auf Brute, ein regloses Bündel zuerst, dann versuchte sie ihm zu helfen, doch nur schwach. Er setzte sie in den Sattel, dann schob er seinen linken Fuß in den Steigbügel und schwang sich hinter den Sattel hinauf, setzte seinen Fuß in den anderen Steigbügel und schob Merrys rechten Fuß fort, der instinktiv nach dem Steigbügel suchte.

»Bleib einfach sitzen«, flüsterte er ihr sanft ins Ohr. »Wir reiten zusammen, und ich kümmere mich um alles. Lehn dich einfach an mich. Wir brauchen ein oder zwei Stunden, dann sind wir am Ziel. Also entspann dich, so gut du kannst, und denk dran, ich halte dich. Du wirst nicht fallen.«

Er drückte sie mit einem Arm an sich und hielt Brutes Zügel in der anderen Hand. Brute war nicht erfreut, zwei Reiter zu tragen, aber Jeebee reagierte auf seinen ersten Versuch zum Protest heftig mit Zügel und Stimme.

»Verdammt noch mal«, knurrte er, »geh geradeaus!«

Von da an war das verdutzte Pferd den ganzen Ritt hindurch bis zur Höhle bemerkenswert folgsam. Sally folgte an ihren Leitseil in ihrer üblichen guten Laune.

Sie ritten im Schritt. Wie sehr Jeebee sich auch wünschte, Merry so schnell wie möglich zur Höhle zu bringen, so spürte er doch, daß es für sie viel einfacher war, wenn er die Pferde nicht einmal zu einem Trab anspornte. Und wenn es ins Vorgebirge hinaufging, würden sie sowieso nur noch im Schritt gehen können.

Nach einer Weile holte Jeebee sein Fernglas heraus und schaute an der Reihe der Masten nach vorn. Ja, nun waren die dunklen winzigen Silhouetten der Ranchgebäude zu sehen. Er schwenkte in nördliche Richtung ab. Als sie sich dem Vorgebirge näherten, steuerte er auf den Einschnitt zu, durch den die Route zur Wiese führte, so wie er auch mit dem Anhänger gefahren war. Die leichteren Hänge würden für Brute am einfachsten sein.

Der Weg war noch rutschig, aber ohne das Gewicht des Anhängers, das sie immer nach hinten zog, waren die Pferde trittsicherer. Schließlich kamen sie auf der Wiese und an der Höhle an. Jeebee stieg von Brute herab und trug Merry hinein. Er schaltete die elektrischen Lichter an, ohne einen Gedanken an die Beanspruchung der Batterien zu verschwenden, und entzündete im Kamin ein Feuer. Erst dann dachte er daran, die Pferde abzuladen und abzusatteln. Sie konnten ein bißchen länger warten. Merry kam zuerst.

Er schloß die innere Tür und klinkte sie zu, wobei er die äußere offen ließ. Ängstlich schaute er auf das Feuer. Doch anscheinend gab es, wenn die äußere Tür offen war, noch genug Spalten in und um die innere Tür wie auch in der inneren Wand, durch die Luft drang, so daß das Feuer auch weiterhin genug Zug bekam und fröhlich brannte.

Jeebee berührte Merrys Stirn. Sie kam ihm heiß vor, doch seine Hände waren ja noch kalt von draußen.

Sie packte heftig seine Hand, als er sich von ihr wegbewegte.

»Verlaß mich nicht!« sagte sie.

»Es ist schon gut«, sagte er sanft. »Ich hole nur ein Thermometer, um deine Temperatur zu messen. Wir sind jetzt zu Hause. Du bist in Sicherheit. Ich werde für dich sorgen.«

Er nahm das Thermometer aus seinem Rucksack, das er seit Stoketon in seiner Erste-Hilfe-Tasche mit sich getragen hatte, und steckte es ihr in den Mund. Als nach seiner Uhr fünf Minuten vergangen waren, holte er es heraus. Sie hatte kein Fieber, wie seine kalten Hände ihn hatten glauben machen. Statt dessen war ihre Körpertemperatur volle anderthalb Grad unter normal.

Jeebee häufte alles Warme, was er besaß, auf sie und schürte das Feuer im Kamin.

Ihm fiel ein, daß man einem an Unterkühlung leidenden Menschen als erstes warme Nahrung geben müsse. Er hatte eine Suppe über dem Feuer köcheln lassen, als er es entzündete – eine Art *pot-au-feu* –, wobei er eine gebogene Metallstange aus dem zerstörten Ranchhaus verwendete. Er hatte die Stange neben dem Kamin in den Boden gerammt und ihre obersten fünfzehn Zentimeter in einem rechten Winkel über die Flammen gebogen, wobei ein Haken, den er in das Ende gekrümmt hatte, den Drahtgriff eines Topfes hielt, den er auch aus dem Ranchhaus mitgenommen hatte. Indem er die Stange drehte, schob er jetzt den Topf übers Feuer.

Danach kehrte er zu Merry zurück und hielt ihre

Hand, während die Suppe warm wurde. Merry lag mit geschlossenen Augen da, und er wagte nicht, sie anzusprechen. Als die Suppe heiß war, füllte er eine Suppenschale und brachte sie ihr.

Das Bett war so niedrig, daß er, wenn er daneben kniete, immer noch zu groß war. Er setzte sich kniend auf die Fersen und stellte die Schale neben sich auf den Boden. Mit dem linken Arm hob er ihren Oberkörper in eine halb sitzende Stellung und führte einen Löffel mit Suppe an ihre Lippen.

Zuerst schien sie nur kleine Schlucke aufnehmen zu können. Dann nahm sie größere. Nach einer Weile schlang sie die Suppe gierig hinunter. Doch unvermittelt schloß sie die Lippen und schüttelte leicht den Kopf.

»Genug«, sagte sie. »Laß mich runter.«

Er legte sie wieder aufs Bett. Sie schloß die Augen und schlief fast auf der Stelle ein. Jeebee blieb neben ihr sitzen, schürte das Feuer und sorgte dafür, daß sie zugedeckt blieb. Sie hatte nichts über Paul, Nick und den Wagen gesagt. Es war offensichtlich, daß ihnen etwas zugestoßen war, sonst hätte sie sie schon erwähnt.

Offenkundig gab es einen Grund, warum sie nicht über sie sprach. Jeebee verstand dies aufgrund seiner neuen Kenntnis der Welt und seiner selbst. Also würde er keine Fragen stellen. Wenn sie bereit sein würde zu sprechen, dann würde sie es tun. Plötzlich fielen ihm die Pferde ein.

Es war wahrscheinlich besser, die Gelegenheit auszunutzen und sich um sie zu kümmern.

Zuerst lud er das Bündel Fleisch von Sally ab. Er deponierte es sicher neben der Tür des inneren Raums, dann führte er beide Pferde in den Pferch und nahm ihnen Sättel und Decken ab. Dort ließ er sie zurück und ging wieder zu Merry, die sich nicht gerührt zu haben schien. Er nahm den Suppentopf vom Feuer und füllte, neben der Feuerstelle kniend, einen größeren Topf mit Fleischstücken des kürzlich geschlachteten Kalbs und mit Wasser.

Diesmal verwendete er eine andere Stange, die an einem Ende in eine grobe Y-Form gebogen war und das umgebogene Ende der anderen Stange stützen sollte. Er hängte den Topf mit dem Wasser und dem rohen Fleisch darin über die Flammen, um es zu kochen.

KAPITEL 30

Als Jeebee zwei Stunden später erneut Merrys Temperatur maß, war sie wieder normal. Er stieß einen Seufzer der Erleichterung aus und beschäftigte sich weiter damit, das Fleisch zu kochen. Wolf kam und kratzte an der Tür, doch Jeebee ignorierte ihn, und nach einer Weile hörte das Kratzen auf.

Merry schlief die Nacht und den größten Teil des folgenden Tages durch und wachte nur einige Male kurz auf. Am zweiten Abend maß Jeebee jedoch aus Prinzip ihre Temperatur erneut und fand, daß sie leicht gestiegen war. Es handelte sich nur um einen geringen Anstieg, kaum etwas mehr als ein halbes Grad, als Jeebee kurz nach acht Uhr nachschaute, aber es bereitete ihm Sorgen. Merry erschien ihm nur erschöpft, aber er traute seinen medizinischen Kenntnissen nicht, um sicher zu sein, daß der kleine Temperaturanstieg nicht irgendeine verborgene Bedeutung haben könnte. Doch bei Tagesanbruch war Merrys Temperatur ein viertel Grad unter normal, was Jeebee als Zeichen von Gesundheit betrachtete.

Wolf kratzte aufs neue an der Tür und winselte draußen.

»Kann ich ihn hereinlassen?« fragte Jeebee Merry, und dann erkannte er, daß er Wolf auf genau die gleiche Weise erwähnt hatte, wie er vielleicht von einem Verwandten geredet hätte, der einen Krankenbesuch machen wollte.

»Ja«, sagte Merry, »nur ein paar Minuten. Aber ich würde ihn gerne sehen.«

Jeebee öffnete erneut die Tür. Er wußte nicht, ob

Merry klar war, daß Wolfs hartnäckige Forderung, hereingelassen zu werden, vermutlich zum Teil auf seiner Neugier beruhte. Er war wohl äußerst interessiert daran, Merry hier in der Höhle zu riechen und zu hören, wo er sie doch vor vielen Tagen und viele Kilometer entfernt zum letztenmal gesehen hatte.

»Sag es mir, wenn du möchtest, daß ich ihn rausbringe«, sagte er über die Schulter zu Merry und öffnete die Tür.

Vor kurzem hatte Wolf den Mut gefunden, sich zuerst in den inneren Raum der Höhle zu begeben, dann alles darin zu untersuchen und sich schließlich dort häuslich niederzulassen. Jeebee hatte eine Methode entwickeln müssen, ihn hinauszuwerfen, wenn Wolfs Besuche zu lang ausgedehnt waren oder wenn es so aussah, als wollte er seinen Darm entleeren oder urinieren. Wolf neigte dazu, sich zu erleichtern, wo immer er sich gerade aufhielt, und die Berichte von Leuten, die in ihren Wohnungen Wölfe aufgezogen hatten, stimmten – wie Jeebee gelesen hatte – darin überein, daß es außerordentlich schwer war, Wölfe stubenrein zu machen.

Jeebee öffnete die Tür. Wolf sprang ziemlich mutig herein, stutzte jedoch, als er in der Höhle war. Er stand da, seine Aufmerksamkeit auf Merry geheftet und den Kopf in einer Haltung der Unsicherheit angehoben, als würde er sie nicht ganz erkennen.

»Hallo, Wolf, Alter«, sagte Merry sanft. »Bist du gekommen, mich zu besuchen? Komm schon. Wolf. Ich habe dich schon lange nicht mehr gesehen ...«

Sobald sie zu sprechen begann, schob sich Wolf an Jeebee vorbei und schlurfte zum Bett. Seine Ohren waren unterwürfig zurückgelegt, sein Schwanz wedelte leicht, doch den Kopf hielt er hoch und signalisierte damit weder Schüchternheit noch den Wunsch nach Besänftigung – einfach die freundliche und angenehme Erneuerung einer alten Bekanntschaft.

Als er bei ihr war, leckte er ihr das Gesicht. Sie versuchte der Zunge auszuweichen und streckte die Hand aus, um ihn in seinem winterdichten Pelz unter dem Hals zu kraulen. Wolf verfiel schnell in die Begeisterung seiner normalen Begrüßung, und je mehr Merry versuchte ihn zu bändigen, desto hartnäckiger bedachte er sie mit seinen Aufmerksamkeiten.

»Das reicht«, sagte Merry schließlich.

Jeebee trat vor und nahm Wolf hoch, einen Arm unter seinen Bauch und den anderen zwischen seinen Vorderbeinen. Wolfs Brust lag in Jeebees Armbeuge, und sein Kopf war gegen Jeebees Schulter gedrückt, so daß er sich nicht umdrehen und im Protest nach Jeebees Gesicht schnappen konnte. Während er ihn so umklammert hielt, schob sich Jeebee zuerst durch die innere Tür, dann durch die äußere. Draußen stieß er die äußere Tür hart genug zu, so daß sie hinter ihnen zuklinkte. Dann setzte Jeebee Wolf ab.

Wolf versuchte wieder durch die Vordertür hineinzukommen, doch Jeebee blieb an Ort und Stelle stehen.

»Es ist zwecklos«, sagte er zu Wolf. »Sie muß sich ausruhen. Später kannst du sie so oft besuchen, wie du möchtest. Was hältst du davon?«

Wie gewöhnlich machten weder die Worte noch der Ton von Jeebees Stimme sichtbaren Eindruck auf Wolf, während sie die erregten Gefühle eines Hundes vielleicht besänftigt hätten. Doch – auch wie gewöhnlich – fühlte sich Jeebee besser, wenn er seine Gedanken laut aussprechen konnte. Nach einigen Sekunden gab Wolf seine Versuche auf, die eingeklinkte Tür zu öffnen, warf Jeebee einen verdrießlichen Blick zu und ging davon. So plötzlich wie eh und je vollführte er seinen Trick vom Verschwinden, und die Wiese war leer.

Jeebee wartete noch einen Augenblick, um sicherzugehen, daß er allein war, dann schlüpfte er durch die äußere Tür hinein, klinkte sie hinter sich zu und kehrte zu Merry zurück.

»Ich glaube, ich bin schwächer, als ich dachte«, sagte Merry, als Jeebee in die Höhle kam.

»Dafür gibt es auch reichlich Gründe«, sagte Jeebee. Seine Stimme klang in seinen Ohren rauh. »Schlaf jetzt. Oder würdest du gerne zuerst noch etwas essen?«

»Nichts mehr essen«, sagte Merry. »Du hast mich so vollgestopft, daß ich fünf Tage ohne Essen auskommen könnte.«

»Du hattest wahrscheinlich schon fünf Tage nichts mehr gegessen, als ich dich traf«, sagte Jeebee.

»Nicht ganz«, sagte Merry. Doch während sie dies sagte, zuckten ihre Augenlider. Ein Moment später war sie schon wieder eingeschlafen.

Am Morgen des vierten Tages schienen ihr Bedürfnis zu schlafen und ihre Erschöpfung sie zum größten Teil verlassen zu haben. Sie erwachte, als Jeebee aufstand. Da beide Türen geschlossen waren, konnten sie nicht durch das Fenster hinausschauen, das Jeebee in die Vorderwand eingesetzt hatte, aber er wußte aus Gewohnheit, daß der Tag kaum begonnen hatte. An diesem Morgen glänzten Merrys Augen, und sie sah fast so aus, wie er sie von ihrem Abschied am Wagen in Erinnerung gehabt hatte.

Merry bestand darauf aufzustehen und selbst etwas vom Speck zu braten, dann machte sie aus dem geschmolzenen Speckfett, Mehl und Wasser ›ärmliche‹ Pfannkuchen, wie sie sich ironisch ausdrückte.

Jeebee aß, wobei er sich außerordentlich häuslich vorkam, und ging dann hinaus, um die Pferde an den Anhänger zu spannen. Es war ein heller Morgen, kühl zwar, aber im Laufe des Tages würde es warm werden. Als alles fertig war, gab er ihr den Revolver. »Ich werde nahe am Vorgebirge jagen«, sagte er. »Am Nachmittag dürfte ich eigentlich wieder dasein.«

»Ich wünschte, ich könnte mit dir gehen«, antwortete sie.

»In ein, zwei Tagen, wenn du kräftiger bist«, sagte er. Sie umarmten sich einen Augenblick lang eng.

Beide mußten sich einen Ruck geben, um wieder voneinander zu lassen. Jeebee nahm die Zügel der beiden Pferde knapp vor ihren Mäulern, wickelte den Rest der Seile um seinen Arm und führte sie über die Wiese und hinunter auf das Flachland zu.

Als er, wie versprochen, am Nachmittag wiederkam, fand er die Höhle und deren Inhalt aufgeräumt und so weit wie möglich von lockerem Sand gereinigt. Er lieferte sein rohes Fleisch ab, Merry machte sich daran, es zu kochen, und sie absolvierten die übliche Prozedur zum Tagesende, Wolfs Rückkehr und Begrüßung in der Dämmerung eingeschlossen, und am Ende war alles Fleisch, das Jeebee mitgebracht hatte, gekocht.

Jeebee hatte während der ersten paar Nächte auf dem Sandboden der Höhle zusammengerollt geschlafen, um Merry nicht zu stören. An diesem Abend machte sie für ihn Platz im Bett. Einen Moment lang lagen sie da und schauten einander im Feuerschein in die Augen, dann kamen sie so natürlich zusammen, wie Schatten vom Sonnenschein draußen sich in einem Zimmer einander nähern und am Ende des Tages miteinander verschmelzen.

Es dauerte eine volle Woche, bis Merry sich soweit erholt hatte, daß sie zu annähernd normalen Aktivitäten übergehen konnte. Es war offensichtlich, daß Merry ziemlich an Gewicht verloren hatte. Ihre Kleider hingen ihr schlottrig am Leib, und sie wirkte noch verlorener in einigen von Jeebees Kleidern, die sie sich für die Zeit ausborgte, während sie ihre eigenen wusch.

Merry drängte Jeebee, er solle wieder seiner normalen Routine nachgehen, worin auch immer sie bestünde.

»Ich komme gut allein zurecht«, sagte sie. »Ich kann ein Feuer machen, wenn ich will. Ich kann alles kochen, was ich essen möchte. Ich bin hier völlig sicher. Du kannst mir deinen Revolver lassen, wenn du dir Sorgen über meine Sicherheit machst. Aber im Handumdrehen wird der Schnee anderthalb Meter tief liegen. Sobald es geht, möchte ich auch mit dir zu dieser Ranch hinuntergehen. Ich wette, daß ich eine Menge Dinge finde, an die du gar nicht einmal gedacht hast.«

»Das kann schon sein«, sagte Jeebee.

Ihm war, als hätte er in ihrer Stimme einen Ton gehört, mit dem irgend etwas nicht stimmte und den man damit in Verbindung bringen konnte, was Paul, Nick und dem Wagen zugestoßen war – und folglich auch ihr. Es war, als versuchte sie angestrengt so zu tun, als gäbe es nichts Unausgesprochenes zwischen ihnen – eine Art unnatürlicher Sprödigkeit. Doch er sagte nichts. Er nahm das Gewehr, die Pferde und den Anhänger – denn der Schnee war jetzt fast ganz verschwunden und das gute Wetter hielt an – und machte sich wieder auf die Jagd. Nun, wo Merry hier war und für ihn kochte, konnte er einfach eine Ladung rohes Fleisch an der Höhle abladen und ohne zu warten ins Flachland zurückkehren. Da sie jetzt zu zweit waren und der Winter näherrückte, war es nötiger denn je, Fleischvorräte anzulegen.

Der Tag war noch sonnig, doch es wurde kälter. Am Morgen war es jetzt immer frostig, und sie konnten das gekochte Fleisch an Stellen aufhängen, wo es den ganzen Tag über schattig war. So konnte es zu Temperaturen aufbewahrt werden, die einem gewöhnlichen Kühlschrank nahekamen.

Auf diese Weise verbrachte Jeebee die nächsten paar Tage auf der Jagd. Oben bei der Höhle kam Merry allmählich wieder zu Kräften, doch die seltsame Sprödigkeit ihres Charakters hielt an. Sie war fast zu geschäftig, reinigte den inneren Raum ein ums andere Mal, kochte das Fleisch, das Jeebee anbrachte, und begann im kalten vorderen Raum das Loch am anderen Ende des langen, engen Durchgangs zur Schmiede zu vergrößeren – was Jeebee allerdings erst erfuhr, als sie schon halb damit fertig war.

Doch sie schien sich endlich völlig erholt zu haben. Hatte Jeebee früher, als er allein gewesen war, die Gewohnheit angenommen, sich kurz nach Sonnenuntergang schlafen zu legen und dann bis kurz vor Tagesanbruch zu schlafen, so gewöhnte er sich jetzt an, am Abend mit Merry zusammen länger aufzubleiben und mit ihr vor dem Feuer zu reden. Bei diesen Gesprächen kam nach und nach, ohne daß er sie dabei drängte, die Geschichte ihrer Reise heraus, aber es war, als seien für sie die Erinnerungen daran schmerzlich.

Es fiel Merry sichtlich schwer, sich zu überwinden, ihre Geschichte zu erzählen; sie rückte nur stückweise damit heraus und begann zuerst mit den Dingen, die leichter zu erzählen waren.

Jeebee kam sich ein bißchen vor, als läse er in einem Buch, das aus lauter einzelnen Abschnitten bestand, die man zwar wie gewöhnlich von vorn nach hinten las, die jedoch nicht notwendigerweise chronologisch oder sogar in zeitlich umgekehrter Reihenfolge geordnet waren.

Sie habe auf alle Fälle ungefähr gewußt, sagte Merry, wohin Jeebee unterwegs war, und sie habe gedacht, sie wisse, welchen Weg er nehmen würde. Allerdings hatte sie natürlich angenommen, er würde nach dem Abschied vom Wagen direkt nach Montana hinaufgehen. Ihr war nicht der Gedanke gekommen, er könnte kehrtmachen, den Powder River Pass überqueren und einen Abstecher zu den Wolfsbüchern unternehmen. Deshalb war sie auf der anderen Seite der Big Horn Mountains hinauf nach Montana gezogen und hatte Jeebees Spur erst hinter Billings gekreuzt.

Ihm gegenüber hatte sie einen Vorteil gehabt: Sie hatte sich unterwegs eher getraut, nach dem Weg zu fragen.

Anfangs waren die Leute, bei denen sie übernachtet und die sie nach Jeebee gefragt hatte, frühere Kunden von Paul gewesen, oder Leute, die Paul kannten.

Als sie die Gegend verlassen hatte, wo man Paul kannte, hatte sie nach einer Kettenmethode weitergemacht, bei der sie die letzte Familie, die sie beherbergt hatte, fragte, an wen sie sich weiter nördlich wenden könnte. So mit einem Namen und einigen Informationen ausgerüstet, die ihr helfen würden, sich bei jemandem einzuführen, der sie noch nicht kannte, war sie weitergezogen, und immer weiter; jedesmal fragte sie beim Abschied nach dem Namen von jemand, der weiter oben im Norden wohnte.

Keiner von denen, die sie fragte oder besuchte, hatte Jeebee gesehen oder unmittelbar etwas von ihm gewußt. Aber als sie schon ziemlich weit gekommen war, hatte sie zufällig aufgeschnappt, daß man jemanden gesehen habe, der mit zwei Pferden nach Norden unterwegs war.

Selbst dies hörte sie nur von Zeit zu Zeit. Doch da sie wußte, daß sie in der gewünschten Richtung unterwegs war, setzte sie ihren Weg nach Norden fort. Ihre Überlegung war, Jeebee würde, da er im Wettlauf mit der Jahreszeit bestrebt wäre, rechtzeitig zur Ranch seines Bruder zu gelangen, sich in der Richtung bewegen, die sie selbst einhielt. Sie befürchtete nur, daß er nach Erreichen des Gebietes, in dem sich die Ranch seines Bruders befand, beginnen würde auf der Suche nach dem Anwesen herumzuwandern und daß sie ihn dann verfehlen könnte. Sie hoffte, daß sie ihn noch einholen würde, bevor er zu weit nach Norden gekommen wäre.

Sie fühlte sich immer noch ziemlich sicher, als ihre Kette der Empfehlungen von Haushalt zu Haushalt abriß.

Für den Fall, daß es zum Schlimmsten kam und sie Jeebee nicht vor dem Wintereinbruch einholte, hatte sie schon den Beschluß gefaßt, eine Familie zu suchen, die sie bis zum Frühling aufnehmen würde. Eine Familie, die bereit wäre, ihr im Austausch für die Arbeit, die sie leisten würde, Kost und Logis zu geben.

Sie wußte, daß sie mit ihrem Wissen über Pferde, Heilpflanzen, allgemeine Medizin und einer Vielzahl anderer nützlicher Dinge für eine Farm oder Ranch viel zu bieten hatte. Sie wußte, daß sie für jeden Hof eine wertvolle Kraft sein und mehr als ihren Unterhalt verdienen konnte. Die einzige Gefahr bestand darin, bei Leuten hängenzubleiben, die ihr keine Chance geben würden zu beweisen, wozu sie fähig war.

»... und das ist mir mehr oder weniger passiert«, erzählte sie Jeebee, während sie in die Flammen des Kamins schaute. »Ich wurde schließlich von einer Familie weitergeschickt, die Henderson hieß, nette Leute, aber sie gaben mir nur einen einzigen Namen mit auf den Weg, den Namen einer einzigen Person in einer Familie. Es handelte sich um einen alten Mann namens Gary Brutelle. Man sagte mir, er habe keine Frau und keine Kinder, solle aber ein paar jüngere Männer bei sich haben, Neffen oder Cousins oder so, die bei ihm lebten.«

Merry hatte sich immer davor gehütet, bei einer Familie oder Gruppe haltzumachen, wo es keine Frau gab. Doch die Hendersons hatten ihr versichert, der alte Brutelle sei ein ganz netter Mann. Außerdem sei er für alle, die unter seinem Dach lebten, ganz klar der Boss.

Brutelle war der einzige Tip, den sie hatte. Also zog sie weiter, zumal sie das Gefühl hatte, sie müsse Jeebee sehr nahe auf den Fersen sein, denn bei den Hendersons hatte man davon gesprochen, man habe Spuren gefunden, die darauf hindeuteten, daß jemand in der Nähe im Weidengrund eines kleinen Flusses mit Pferden kampiert habe. Und diese Spuren, so sagte man ihr, seien noch sehr frisch.

Wenn dies also Jeebee gewesen war, dann mußte er ziemlich nahe vor ihr sein.

Jeebee fühlte sich versucht, ihr von dem Bären zu erzählen, aber er wollte sie nicht unterbrechen, wo sie jetzt schon mitten im Erzählen war.

Sie schaute ihn nicht einmal an, sondern redete weiter, die Augen auf das Feuer gerichtet.

»Doch als ich zum Haus dieses Brutelle kam«, erzählte sie, »da war der alte Mann gestorben. Es waren nur noch die beiden Cousins da, Männer in den Vierzigern, und sie machten einen ziemlich anständigen Eindruck. Ich hatte sowieso vor, weiterzuziehen, aber sie machten einen sehr guten Eindruck und bestanden wirklich darauf, ich solle über Nacht bleiben.«

Sie machte eine Pause.

»Ich hätte ihnen nicht trauen sollen.«

Jeebee erstarrte. Diesmal schaute sie ihn an.

»O nein, sie haben mir nichts angetan.« Sie schaute wieder ins Feuer. »Aber als ich am Morgen aufstand und in die Küche kam, da stand einer von ihnen und zielte mit einem Gewehr auf mich. Der andere nahm mir meinen Revolver ab. Sie sagten, sie hätten es am Vorabend durchgesprochen, nachdem ich ins Bett gegangen war. Ich solle bei ihnen bleiben – und für sie arbeiten. Sie bräuchten eine Frau im Haus. Solang ich ihnen keine Schwierigkeiten machte, würden sie mir auch keine Schwierigkeiten machen. Aber ich müßte bleiben, und damit basta!«

Sie zögerte.

»Irgendwie«, sagte sie, »glaube ich, daß sie gar nicht so schlimm waren. Es war einfach, daß sie mich wirklich behalten wollten, und sie wußten, daß ich nie freiwillig bleiben würde. So nahmen sie mir meine Schußwaffen und meine Pferde weg – alles, was ich hatte – und stellten sicher, daß ich nichts anderes bei mir trug – nicht einmal ein Messer –, was ich gegen sie hätte einsetzen können. Und des Nachts sperrten sie mich ein. Tagsüber war immer einer von ihnen in meiner Nähe und trug ein Gewehr.«

Sie brach ab und schwieg, bis schließlich Jeebee fragte: »Und was ist dann geschehen?«

Sie schaute ihn an.

»Nun ja«, sagte sie, »ich dachte, es sei am besten so zu tun, als fügte ich mich ihnen, und vielleicht würden sie dann in ihrer Wachsamkeit nachlassen und ich hätte eine Chance abzuhauen. Und so kam es dann auch, nach einigen Wochen. Doch ich mußte bei Nacht davonrennen, mit wenig mehr als diesem Rucksack auf dem Rücken, mit ein paar Decken und ein bißchen Essen, das ich aus der Küche gestohlen hatte. Ich machte mich blindlings auf den Weg nach Norden. Ich hatte nicht einmal die Möglichkeit, mein Fernglas mitzunehmen. Mit dem hätte ich nämlich abwarten und ein Ranchhaus aus der Ferne beobachten können, bis ich sicher war, daß sich dort eine Frau aufhielt oder ob es andere Anzeichen gab, daß es sicher wäre, zu den Leuten zu gehen. Ich war erst an ein paar Häusern vorbeigekommen – und das bei Nacht –, als dieser Schnee mich überfiel. Ich schlich mich in die Scheune einer Ranch, doch ich machte mich am Morgen aus dem Staub, bevor jemand aufgestanden war, so daß ich nicht weiß, wie die Leute da waren. Ich ging weiter nach Norden, aber am Ende wußte ich, daß es keinen Zweck hatte. Ich hatte nichts mehr zu essen und war verzweifelt. Beim nächsten Haus, zu dem ich kommen würde, müßte ich hineingehen und mich ihnen auf Gedeih und Verderb ausliefern, selbst wenn sie mich zu ihrer Sklavin machen würden. Und wenn ich kein Haus fand, dann würde ich in die Berge gehen, wie du es getan hast, und schauen, ob ich nicht Fallen für Kaninchen und andere Kleintiere aufstellen könnte und einen Ort finden würde, wo ich mich verkriechen könnte.«

Sie schaute ihn an.

»Nun, den Rest kennst du«, sagte sie. »Dann hast du mich gefunden.«

»Du warst wirklich zum Umfallen erschöpft«, sagte Jeebee. »Ich weiß nicht, wie du es geschafft hast, so lange zu gehen, ohne daß du dich irgendwo hingehauen hast.«

»Ich hoffte immer noch, dich einzuholen«, sagte sie und schaute ihn an. »Es ist komisch. Ich habe dich wirklich erst gefunden, als ich schon ganz die Hoffnung aufgegeben hatte, dich zu finden.«

»Du warst zu Fuß draußen unterwegs«, sagte Jeebee rauh. »Du wärest in jener Nacht gestorben, wenn ich dich nicht gefunden hätte.«

»Vielleicht«, sagte sie und schaute wieder ins Feuer. »Vielleicht ... aber vielleicht auch nicht. Ich hatte einen wichtigen Grund, warum ich weiterleben wollte.«

Merry saß einige Augenblicke lang da, ohne weiterzureden. Jeebee wartete darauf, daß sie mit ihrer Geschichte fortfuhr, und lauschte auf das Geknister und Geknacke des brennenden Holzes im Kamin. Schließlich schüttelte sie den Kopf, als wollte sie die ganzen Erinnerungen, die sie erzählt hatte, loswerden. Sie schaute ihn an und lächelte.

»Hast du dort unten auf der Ranch schon nach einem Außenthermometer gesucht?« fragte sie. »Das gehört nicht gerade zu den Dingen, an die solche Plünderer denken, wenn sie so eine Ranch überfallen. Die Leute auf der Ranch müssen ein Thermometer gehabt haben, damit sie sehen konnten, welche Temperatur im Freien herrscht. Hast du eins gesehen?«

»Nein«, erwiderte Jeebee langsam. Der springende Punkt war, daß es ihm auch nie eingefallen war, danach zu schauen. Oder wenn er eins gesehen hatte, dann hatte er ihm keine Aufmerksamkeit geschenkt. Er dachte schon lange nicht mehr beim Wetter an Temperaturgrade. Es war kalt, es war heiß, es war erträglich, es war unerträglich. Nur mit diesen Werten beschäftigte er sich, wie wohl Wolf auch.

»Du hast vermutlich recht«, sagte er. »Es muß eins

geben. Ich kann danach schauen. Doch wofür brauchen wir eigentlich ein Thermometer?«

»Das solltest du mich nicht fragen«, erwiderte Merry. »Du weißt doch, ich habe in dem kalten Vorderraum dieses Loch als Fleischlager gegraben. Aber wir wollen doch auf Nummer Sicher gehen. Wenn du ein Thermometer von der Ranch holst, dann können wir die Temperatur unten in der Grube kontrollieren und wissen, ob sie okay ist.«

Jeebee kam sich dumm vor.

»Natürlich«, sagte er. »Ich werde morgen dort vorbeischauen, lang genug, um zu sehen, ob ich eins finden kann, ohne viel herumzusuchen. Ich würde gern noch mehr hochbringen, bevor das Wetter umschlägt.«

»Ich würde auch gern mal nach unten mitgehen«, sagte Merry. »Warum läßt du mich nicht mitgehen und dann auf der Ranch bleiben, während du auf die Jagd gehst? Du kannst dann zurückkommen und mich aufsammeln – und alles, was ich zum Mitnehmen gefunden habe.«

Jeebee war versucht, Merry zu erklären, daß es seine Reichweite im offenen Gelände auf der Suche nach Rindern einschränken würde, wenn er sie zur Ranch mitnähme und nachher wieder abholen müßte. Während er noch zögerte, redete Merry weiter.

»Wie du sagst, wird das gute Wetter nicht bleiben, vielleicht nicht länger als ein oder zwei Tage noch – wenn überhaupt. Genaugenommen könnte es heute nacht schon schneien, und wir wären schon mitten im Winter«, sagte sie. »Ich möchte hinuntergehen und die Ranch durchkämmen, bevor alles mit Schnee bedeckt ist.«

»In Ordnung«, sagte Jeebee.

Doch das schöne Wetter hielt an; es war fast ein Wunder. Es wurde nicht nur wärmer als zuvor – und auch wärmer, als es in dieser Jahreszeit eigentlich hätte sein sollen –, sondern der Himmel blieb wolkenlos, die Tage waren relativ lang hell, und die beiden hatten viel Zeit, ihre Arbeiten zu erledigen.

Jeebee machte Fortschritte in der Anwendung der Solarzellendecke zum Aufladen aller Batterien. Offensichtlich funktionierte der Umformer, der in die Decke eingebaut war, auch für Autobatterien; allerdings war die Decke, wie Jeebee erwartet hatte, nicht besser als ein Kleinlader. Es dauerte sehr lange, bis er eine Batterie soweit hatte, daß sie Betriebsspannung erreichte.

Trotzdem breitete er die Decke an einer Stelle aus, wo die Sonne sie den ganzen Tag lang beschien, und hielt sie ständig an eine Batterie angeschlossen, so daß immer eine Batterie während der ganzen Stunden des Tageslichts aufgeladen wurde. Schließlich hatten sie vier voll aufgeladene Batterien in Reserve, die zur Zusatz- oder Notbeleuchtung eingesetzt werden konnten, wenn während der Nacht oder am frühen Morgen das Feuer ausgegangen war oder wenn sie aus einem anderen Grund zusätzlich Licht brauchten. Die Verwendung der Deckenlampen der Autos ermöglichte es, daß die Batterien schneller aufgeladen wurden, als Jeebee sie durch den Gebrauch entlud. Dazu half auch das Licht des Feuers im Kamin.

Am nächsten Morgen begaben sich also Merry und Jeebee mit den Pferden und dem Anhänger hinunter zur Ranch. Merry ließ sich am Ende dazu überreden, im Anhänger mitzufahren, obwohl dies alles andere als bequem war.

Der Anhänger war sehr hart gefedert, denn er war für schwere Lasten gebaut, für Maschinen oder Geräte, die auf der Ranch hatten umhertransportiert werden müssen. Deshalb war die Federung nicht sehr brauchbar, um die Stöße während der Fahrt abzufangen. Außerdem war der Anhänger immer bergab oder bergauf oder manchmal nach der einen oder der anderen Seite geneigt. Deshalb mußte Merry sich unterwegs am obersten Rohr des Geländers festhalten, das die Ladefläche des Anhängers umgab, damit sie nicht umgeworfen wurde.

Als sie einen Teil des Weges nach unten zurückgelegt hatten, wurde ihr von dem Geholper so schlecht, daß sie darauf bestand anzuhalten, auszusteigen und zu Fuß zu gehen. Doch nach kurzer Zeit erkannte sie, daß sie noch nicht zu einem ausgedehnten Fußmarsch fähig war. Darauf schlossen sie einen Kompromiß, indem sie immer wieder kurze Ruhepausen einlegten, und Jeebee versprach, er würde eine Art gepolsterten Sitz mit Gurten bauen, den man in den Anhänger einhängen konnte, wenn jemand auf ihm mitfahren wollte. Bisher war der Gedanke ihm nicht gekommen, aber es konnte ja vorkommen, daß einer von ihnen irgendwo fern der Höhle verletzt wurde und im Anhänger zurückgebracht werden mußte. Er begann darüber nachzudenken, wie man ein Bett polstern und am Ladeboden des Anhängers befestigen könnte.

Jeebee ließ Merry bei der Ranch absteigen. Für ihn war hier alles schon so selbstverständlich, daß er ein bißchen überrascht war, als er sah, wie Merry darauf reagierte, als handelte es sich bei der Ranch um eine Art Weihnachtsbaum voller Geschenke. Er ließ sie da zurück und war dabei etwas besorgt, daß sie vielleicht enttäuscht wäre, wie wenig noch zu finden war. Dann begab er sich auf die Jagd.

Er hatte einen seiner erfolglosen Tage. Meistens konnte er ziemlich leicht Rinder finden. Doch gelegentlich schienen sie sich aus ihrem Selbsterhaltungstrieb heraus alle versteckt zu haben oder er klapperte aus irgendeinem verflixten Grund gerade all die Orte ab, wo sie nicht waren.

Er hatte schon aufgegeben und war auf dem Rückweg zur Ranch, als er merkte, daß er mit den Pferden und dem Anhänger Eselhasen aufscheuchte. Anscheinend war dieses Gebiet aus einem genauso unerklärlichen Grund, weshalb die Rinder weg waren, plötzlich voll von den großen Nagern. Die .30/06 war wirklich eine zu schwere Waffe, um sie gegen so kleine Tiere einzusetzen. Ein direkter Treffer auf den Körper riß das Tier schlicht in Stücke. Aber es waren genug von ihnen da, so daß er versuchen konnte, auf den Kopf zu zielen; er tat es und erlegte schließlich auf diese Weise drei von ihnen. Jeebee weidete die Kadaver aus, reinigte sie und brachte sie, an die Bordwand des Anhängers gebunden, zurück zur Ranch.

Er hatte gehofft, daß Merry eine zufriedenstellende Anzahl kleiner Dinge gefunden hätte, wie etwa das Thermometer, so daß sie von ihrem Besuch auf der Ranch nicht enttäuscht wäre, doch er hatte sie völlig unterschätzt.

Sie hatte ihn anscheinend schon erblickt, als er noch ein Stück entfernt gewesen war, und kam heraus ins Freie und winkte ihm zu. Er winkte zurück und fuhr heran. Sie kam ihm glücklich entgegen.

»Bring den Anhänger mit, wir laden auf«, sagte sie.

Jeebee folgte ihr zur Rückseite des Ranchhauses und fand dort einen Haufen gefüllter Plastiksäcke. Von den Säcken hatte er schon gewußt. In einem der Nebengebäude gab es einen Stapel davon, und keiner der Plünderer war anscheinend an ihnen interessiert gewesen. Doch Merry hatte jetzt sechs von ihnen mit verschiedenen Dingen vollgestopft. Um was es sich dabei tatsächlich handelte, konnte Jeebee durch das milchige, halbdurchsichtige Plastik nicht erkennen.

KAPITEL 31

»Was ist denn das alles?« fragte Jeebee. Sechs große Säcke, ähnlich denen, die man einst zum Aufsammeln von welkem Herbstlaub verwendet hatte, standen da vollgestopft und mit Drähten zugebunden. »Ich habe nichts auf dem Anhänger. Wir können sie schon mitnehmen. Aber wo werden wir das Zeug hintun, wenn wir wieder oben sind?«

»Du wirst schon sehen«, sagte Merry. Ihr Gesicht wirkte fast fröhlich. »Das meiste davon ist sowieso leicht, und ein Teil von dem Zeug kommt überhaupt nicht in die Höhle.«

»Was ist es denn?« fragte Jeebee.

»Krimskrams – allerdings nützlicher«, sagte Merry, »und eine Menge Wurzelgemüse aus dem Garten. Einiges davon werden wir essen, aber eine Menge werden wir aufheben als Saatgut für nächstes Frühjahr.«

Jeebee wollte ihr sagen, sie würden im Frühling weiterziehen, sobald das Wetter gut genug zum Reisen war. Doch dann hielt ihn der Gedanke zurück, daß es falsch wäre, ihr nach allem, was sie durchgemacht hatte, diesen Augenblick der Freude zu vergällen. Sie würde noch Zeit genug haben herauszufinden, daß sie beide dann, wenn im Frühling gepflanztes Gemüse reif zur Ernte wäre, schon weiß Gott wo wären, nur nicht hier.

Jeebee war überrascht gewesen, wieviel Zeug sie aufgesammelt hatte. Aber er war noch mehr überrascht – und beeindruckt –, als sie zur Höhle zurückkamen und Merry ihm genau zeigte, was sie gefunden hatte. Es war eine reiche Vielfalt, vom Außenthermometer, von dem sie schon vorher geredet hatte, zu einer Anzahl kleiner Büchsen mit verschiedenen Gewürzen sowie Salz, Zucker, Backpulver, Natron, Beutel mit getrockneten Bohnen, Erbsen und anderem getrockneten Gemüse – Dingen, an die Jeebee nicht einmal gedacht hatte.

Zusätzlich hatte sie eine Anzahl weiterer kleinerer, aber nützlicher Gegenstände entdeckt wie Haken, die in die Bretterwände geschraubt werden konnten, so daß sie daran Sachen aufhängen konnten, und alte, abgenutzte Bettvorleger, die die Plünderer nicht beachtet hatten – doch die, wie Merry erklärte, nicht nur dafür verwendet werden konnten, den Boden des inneren Raums ihrer Höhle wärmer zu machen, sondern vielleicht auch die Wände.

Merry hatte auch eine Menge Garn und Wolle in verschiedenen Farben mitgebracht.

»Hast du schon gestrickt?« fragte sie Jeebee.

Jeebee erinnerte sich schuldbewußt daran, wie sie ihm Stricknadeln und Wolle zugesteckt hatte, als er den Wagen verließ, und wie sie betont hatte, er solle sich Handschuhe und Mützen stricken.

»Nein«, antwortete er, »dafür habe ich noch keine Zeit gehabt.«

»Nun, diesen Winter wirst du Zeit haben«, sagte sie.

Merry hatte recht gehabt, als sie sagte, die Dinge, die sie aufgesammelt hatte, würden im inneren Raum der Höhle nicht soviel Platz einnehmen, wie Jeebee gefürchtet hatte, sobald sie ordentlich aufgeräumt waren. Sie brachte sie zum größten Teil an den Wänden unter, abgesehen von den Dingen, die direkt beim Kochen verwendet wurden; die legte sie in die Nähe des Kamins und sagte, sie würde Regale bauen und die Sachen so unterbringen, daß man sie am Feuer in Reichweite hatte.

»Eigentlich«, sagte sie, »könnten wir hier drinnen eine Menge Regale gebrauchen. Dafür kann ich sorgen, während du dich mit anderen Dingen beschäftigst.«

Jeebee mußte ihr zustimmen. Regale zu bauen lag nahe. Er hatte selbst daran gedacht, doch nicht geglaubt, daß er in naher Zukunft dazu kommen würde. Für ihn kamen andere Dinge zuerst – auch die Schmiede, die er bauen wollte. Doch jetzt hatte sich die Lage natürlich geändert.

Jeebee häutete die Hasen – es war für ihn eine kleine Selbstbestätigung, daß er darin erfahrener war als Merry. Sie gab das offen zu und sagte, sie sei ziemlich vertraut mit dem Säubern und Zubereiten von Haustieren, doch sie habe wenig Erfahrung mit Wild, weil sie am Wagen nicht viel davon gegessen hätten.

Sie hängten die Hasen übers Feuer zum Kochen; Merry reinigte und schnitt einiges von dem Gemüse und gab es in den Topf dazu. Jeebee hatte selbst einiges aus dem Garten geholt, doch nur von Zeit zu Zeit, da er gemeint hatte, der Garten enthalte nicht viel Gemüse und er müsse es sich einteilen, damit er regelmäßig davon essen konnte, ohne den Vorrat zu erschöpfen.

Gemüse mit Hasenfleisch war folglich ein Leckerbissen. Das langfristige Problem einer ausgeglichenen Ernährung hatte Merry auch auf unerwartete Weise gelöst. Jeebee war nie auf den Gedanken gekommen, unten auf der Ranch nach Vitamintabletten zu suchen.

Merry hatte gesucht und fast einen ganzen Jahresvorrat gefunden. Sie hatte auch noch einen großartigeren Fund gemacht. Jeebee hatte schon vorher überrascht geschaut, als sie aus einem Sack eine Anzahl von Beuteln mit getrockneten Bohnen und Erbsen herausgeholt hatte. Und er hatte noch verblüffter dreingeblickt, als sie danach aus einem der anderen Beutel einen runden, mit Paraffin überzogenen Käse hervorzog, der gute fünfzehn Zentimeter Durchmesser haben mochte und etwa fünf Zentimeter dick war.

»Woher kommt denn der?« fragte er. »Ich könnte schwören, ich hätte dieses Haus ein dutzendmal nach Lebensmitteln durchsucht, die die Räuber übersehen haben, und ich war der Meinung, sie hätten alles mitgenommen, was eßbar war. Ich habe nur etwas Mehl und ähnliches gefunden. Aber ich habe das ganze Anwesen nach einem Rübenkeller abgesucht und konnte keinen finden.«

»Hast du daran gedacht, unter dem Küchenboden nachzuschauen?« fragte Merry.

»Unter dem Küchenboden?«

»Natürlich«, sagte Merry. »Wo sonst würde man Lebensmittel hintun, an die man schnell herankommen möchte, die man aber in der Küche auch nicht im Weg haben will? Irgendwo, wo es kühl ist, aber auch trocken, und wo es sicher nicht gefriert?«

»Die Küche …«, sagte Jeebee nachdenklich. »Ich habe in der Küche nichts gesehen, was wie eine Klapptür zu einem Keller aussieht.«

»Die Klapptür war in der kleinen Speisekammer mit all den Regalen«, sagte Merry. »Die Leute, die sie plünderten, haben einfach aus den Regalen genommen, was sie wollten, und nicht nach unten geschaut. Und du auch, nicht wahr? Du hast in die Speisekammer geschaut, hast dort außer diesen Gewürzbüchsen praktisch nichts gesehen und aufgegeben. Stimmt's?«

Jeebee nickte nachdenklich.

»Ja«, sagte er. »Ich habe den Boden dort nicht untersucht. Wie bist du darauf gekommen?«

»Ich war mir einfach ziemlich sicher, daß da so etwas sein mußte. Ich habe eine Menge solcher Zugänge in den Küchen aller möglichen Häuser offenstehen sehen. Solche Vorratskeller gibt's häufig. Übrigens ist da unten noch eine Menge mehr, und wir sollten es lieber heraufholen und mitnehmen, bevor das wirklich kalte Wetter kommt. Sachen, die normalerweise nicht gefrieren würden, weil das Haus über dem Keller geheizt wäre. Aber jetzt ist es ja bloß noch eine Ruine, und das Zeug wird dort so fest gefrieren wie hier in unserer Fleischgrube im kalten Vorderraum. Zum Beispiel gibt es dort noch mehr Käse. O ja, und auch noch mehr davon.«

Sie hielt eine große Flasche voller langer, dunkler Tabletten hoch.

»Vitamine«, sagte sie, »von der Sorte ›Einmal täglich‹. Von jetzt an werden wir beide sie nehmen, und zwar solange wir soviel von Fleisch leben. Und der Käse wird auch helfen. Eine gute Quelle für Vitamin C und D.«

Während das Essen kochte, trat Jeebee in den äußeren Raum, um nachzuschauen, wie weit Merry mit dem Kühlloch gekommen war, das sie in den Boden des kalten Raums gegraben hatte. Ihm war der Gedanke gekommen, er könnte vielleicht seine Zeit dafür verwenden, es fertigzustellen. Doch er sah, daß sie ihre Zeit bemerkenswert gut ausgenutzt hatte. Entweder war sie in mancher Hinsicht stärker, als er gedacht hatte, oder sie war besonders stolz darauf gewesen, daß sie dieses Loch graben konnte. In beiden Fällen war es vielleicht besser, wenn er sich nicht einmischte, indem er es für sie fertiggrub.

Da er schon hier war und Zeit hatte, ging er den ganzen kalten Raum ab, vorbei an der Ecke, wo Wolf sich jetzt zusammengerollt hinzulegen pflegte, und betrat den Bereich, der zur Schmiede werden sollte.

Hier gab es nichts außer einigen Steinen, die er schon gesammelt hatte, und einem großen Haufen Lehm. Nachdem er das Bett des größeren Wasserlaufs ein gutes Stück abgesucht hatte, hatte er eine Lehmablagerung gefunden und diesen Vorrat in ein paar Eimern von der Ranch Portion um Portion hergebracht.

Die beiden vollen Eimer waren jedesmal hübsch schwer für diese Entfernung, aber auch von unschätzbarem Wert gewesen. Die Steine würden, mit dem Lehm vermörtelt, eine ausgezeichnete Feuergrube ergeben. Doch Jeebee kam jetzt der Gedanke, daß er den Lehm lieber in den inneren Raum holen sollte, bevor er an seinem derzeitigen Platz gefror. Sonst würde er ihn nicht mehr in Klumpen zerteilen können, die er erwärmte, weich machte und mit Wasser vermischte, um ihn als Mörtel zu verwenden.

Die beiden Eimer waren noch da. Jeebee holte eine Schaufel aus der inneren Höhle, wo er das Werkzeug aufbewahrte, damit Wolf nicht die Griffe zernagte, ging hinaus, um Eimer zu füllen, und begann damit, den Lehm nach innen zu bringen.

»Was ist denn das?« wollte Merry wissen, als er die ersten beiden Eimer hereinbrachte.

Er erklärte es ihr.

»Und du hast dir Sorgen gemacht, daß ich hier alles vollstopfe!« sagte sie.

Mehr sagte sie jedoch nicht. Jeebee gelang es, den Lehm umzulagern, bevor das Essen fertig war. Er häufte ihn in einer groben Pyramide an der innersten Sandwand auf, an der Wand, die er weiter ausgraben wollte, sobald er vom Wetter in die Höhle verbannt wäre und nur drinnen arbeiten könnte.

Die Hasen waren zart und schmeckten gut.

»Mal eine Abwechslung nach all dem Rindfleisch«, sagte Merry während des Essens, »meinst du nicht auch?«

»Ja«, antwortete Jeebee.

In Wirklichkeit machte die Abwechslung für ihn keinen großen Unterschied. Irgendwann seit seiner Flucht aus Stoketon war Appetit für ihn unwichtig geworden. Hunger war wichtig, und Nahrung zu haben war gut. Doch er vermißte keinen besonderen Geschmack, und es machte ihm auch nichts aus, daß Sachen, die er früher gemocht hatte, nicht mehr verfügbar waren.

Doch Merry hatte sich mit den Hasen allerhand Mühe gegeben und auch einige Gewürze verwendet, die sie herausgebracht hatte. Jeebee wollte ihre Gefühle nicht verletzen. Doch persönlich wäre er mit anderem Fleisch zu dem Gemüse auch zufrieden gewesen.

Als sie an diesem Abend vor dem Feuer saßen, begann sie zum erstenmal ihm einiges von den letzten paar Tagen ihrer Suche nach ihm zu erzählen.

Die meisten Leute, bei denen sie haltgemacht hatte, waren hilfsbereit, einige andere gleichgültig gewesen. Einige waren nur aus einem Gefühl der Verpflichtung heraus gastfreundlich gewesen, oder aus Erwägungen bezüglich des Kontakts, den sie in Zukunft vielleicht mit Paul und dem Wagen haben wollten.

Fast alle von ihnen hatten gedacht, Merry sei töricht, nach jemandem zu suchen, der vermutlich verschwunden war. Nach jemandem, den man unter den neuen Bedingungen der Gegenwart wahrscheinlich nie mehr finden würde. Doch bis sie das Gebiet verließ, in dem sie, Paul und der Wagen bekannt waren, waren die Besuche immer angenehm gewesen.

Während sie erzählte, wurde Jeebee von Staunen gepackt. Nicht nur Staunen darüber, daß sie sich auf so ein Wagnis wie die Suche nach ihm eingelassen hatte, sondern auch, daß sie so unbeirrbar an dem Ziel festgehalten hatte, ihn zu finden. Da war eine treibende Kraft in ihr am Werk, die er nie wirklich erkannt hatte.

»Weißt du«, sagte sie ihm, als sie schließlich das Feuer mit Asche belegten, um den Zug zu vermindern, und sich fürs Bett fertig machten, »wir sollten für ein paar Tage die Rollen tauschen. Laß mich auf die Jagd gehen. Du arbeitest hier oben oder unten auf der Ranch, was du willst. Was willst du übrigens machen?«

»Es gibt Vorhaben, mit denen sollte ich hier oben anfangen, wie zum Beispiel die Schmiede bauen«, sagte er, weil das in seinen Gedanken den ersten Platz einnahm, »bevor es dort draußen zu kalt wird. Der Lehm wird mir in der Hand gefrieren, wenn ich zu lange warte.«

»Seltsam, daß du dort unten keine Esse gefunden hast, in dem Nebengebäude, von dem du sagst, daß dort ein Schmiedeplatz für die Ranch gewesen sein muß«, sagte Merry. »Eine Esse würde doch nicht abbrennen.«

»Vielleicht haben sie einen tragbaren Schmiedeofen benutzt, und die Plünderer haben ihn mitgenommen«, sagte Jeebee. »Nick hat mir von den tragbaren Schmiedeöfen erzählt. Sears oder Montgomery Ward's haben sie früher angeboten, vor langer Zeit. Vielleicht immer noch – ich meine, vielleicht haben sie sie bis zum Zusammenbruch verkauft. Es handelte sich um eine Art dreibeinige Metallschale, die man aufheben und wegtragen und darin ein Kohlenfeuer anzünden konnte. So etwas wegzutragen wäre nicht schwer.«

»Vielleicht hast du recht«, sagte Merry.

Am nächsten Morgen ritt sie mit den beiden Pferden und dem Gewehr davon. Sie nahm den Anhänger nicht mit, da sie vorhatte, statt dessen Sally als Packpferd zu verwenden. Das Wetter war immer noch gut, wenn auch frisch, und der Himmel war klar. Jeebee machte sich unwillkürlich Sorgen um sie. Doch sie hatte gesagt, sie würde nahe am Vorgebirge bleiben.

Als er in der Höhle allein war, begann Jeebee an der Esse zu arbeiten. Zunächst ging es darum, aus den Steinen, die er gesammelt hatte, ein rundes, brunnenartiges Ding zu bauen. Die Steine maßen alle etwa fünfzehn Zentimeter im Durchmesser und waren ziemlich rund. Jeebee baute mit ihnen eine kleine kreisförmige Mauer und dichtete die Zwischenräume mit Lehm ab. Als die Mauer ungefähr fünfzehn Zentimeter hoch war, legte Jeebee in einem Winkel einen Holzklotz darüber, so daß dessen oberes Ende in die Feuergrube ragen würde, und mauerte die Seitenwand darum herum hoch.

Der Raum, den der Klotz zurückließ, sobald Jeebee ihn herausnahm, würde als Kanal für die Belüftung dienen, für die er mit dem Fußblasebalg sorgen würde, den er später anzufertigen plante.

Während Merry die nächsten paar Tage jagte und

Fleisch nach Hause brachte, baute Jeebee die Mauer weiter, bis sie etwa neunzig Zentimeter hoch war. Dann füllte er sie mit den restlichen Steinen bis zu der Höhe auf, bis der Holzklotz oben abschloß, und so hatte die Feuergrube ihren Boden.

Schließlich zog er den Klotz heraus und überzog die Feuergrube und die Innenseite des Luftschlitzes mit einer glatten Schicht Lehm.

Am dritten Tag war die Esse fertig, und der Lehm begann zu trocknen. Inzwischen war Jeebee schon schwer damit beschäftigt, seinen Blasebalg zu bauen. Er fertigte ihn einfach aus zwei großen dreieckigen Bretterstücken, die er an den Seiten mit einem Leder verband, das sich von etwa sieben Zentimetern an der hölzernen Schnauze, die in den Luftkanal eingepaßt wurde, zu gut dreißig Zentimeter um das breite Ende des Rückens weitete, wo Jeebee an jedem Brett einen festen, fünfundzwanzig Zentimeter langen Handgriff befestigt hatte.

Zog man den Blasebalg an den Handgriffen auseinander, dann saugte er durch das Lederventil an der Unterseite eines Loches in dem oberen Brett Luft ein; wenn dann die beiden Seiten an den Handgriffen wieder zusammengedrückt wurden, preßte er die Luft durch den Kanal in die Esse empor.

Jeebee hatte geplant, einen Handgriff und eine Seite mit einem Pflock im Erdboden zu befestigen, und den Blasebalg zu pumpen, indem er auf den oberen Griff trat und so die beiden hölzernen Seiten zusammenpreßte, sobald der Blasebalg sich mit Luft gefüllt hatte. Doch dafür brauchte er noch einen Mechanismus, der die obere Seite von der unteren wegziehen würde, um den Blasbalg wieder zu füllen.

Jeebee löste dieses Problem, indem er an der Oberseite ein Seil befestigte, das zu einer Seilrolle emporlief, die er fest an eines der Kanthölzer seines dünnen Daches geschraubt hatte. Ans andere Ende des Seils, das durch die Rolle lief, hängte er ein Gegengewicht.

Jetzt konnte er den oberen Griff mit dem Fuß zu Boden drücken und so den Blasebalg zusammenpressen, und das Gegengewicht würde ihn dann wieder hochziehen und so den Blasebalg füllen, wenn Jeebee den Fuß vom Handgriff nahm. So konnte er jetzt Luft in das Feuer pumpen, das in der Esse brannte, und hatte doch beide Hände zur Arbeit frei.

All dies dauerte freilich ein bißchen länger als die drei Tage. Jeden Abend aßen sie nach Merrys Rückkehr, und wenn sie danach am Feuer saßen, sprach Merry etwas freier über ihre lange Suche nach Jeebee. Es war, als könnte sie diese Reise nicht auf sich beruhen lassen, doch gleichzeitig hatte Jeebee das Gefühl, daß sie um einen Teil einen Bogen machte – um etwas, das zu erzählen ihr Schwierigkeiten bereitete.

Jeebee überlegte allmählich beunruhigt, was sie wohl quälen mochte. Doch er war inzwischen so sehr daran gewöhnt, keine Fragen zu stellen, daß er sie nicht dazu bringen konnte, ihm davon zu erzählen.

Am Tag nach der Fertigstellung der Esse befestigte er darüber einen Rauchfang aus einem Stück Ofenrohr, das die Dünste des Schmiedefeuers durch die Vorderwand hinausleiten sollte. Er konnte sich nicht daran erinnern – und sein einziger Kurs in Chemie für Anfänger war nicht ausreichend dafür –, welche Art gefährlicher Dämpfe seine selbstgemachte Holzkohle hervorbringen könnte.

Doch mit dem Luftzug vom Boden her und dem Ofenrohr, das über dem Schmiedefeuer nach draußen führte, müßten eigentlich die meisten Gase nach draußen geleitet werden, und die unverputzten Ritzen der Wände um ihn herum dürften genügend Luft hereinlassen. Zum Schluß baute Jeebee in der Esse ein kleines Holzfeuer, und als es zufriedenstellend brannte, fügte er die Holzkohle hinzu.

Er war aufgeregt und erfreut, wie gut die Holzkohle anbrannte. Einige Tage zuvor hatte er den Amboß aus der Asche des Schmiedehauses der Ranch heraufgebracht. Er hatte ihn neben der Esse bereitgestellt, und jetzt versuchte er, einfach als Experiment, ein Stück Winkeleisen zu erhitzen und zu biegen, wobei er den Sechspfundhammer von der Ranch verwendete, sobald das Eisen ein leuchtendes Kirschrot angenommen hatte.

Das Winkeleisen ließ sich biegen. Nicht elegant, aber doch leichter als im kalten Zustand reagierte es auf die Hammerschläge.

Jeebee war voller Triumph. Merry war noch nicht zu Hause, sonst wäre er sofort zu ihr gelaufen, um ihr zu zeigen, daß seine Schmiede endlich funktionierte.

Er hörte auf, den Blasbalg zu treten, und ließ die Holzkohle verglühen.

Theoretisch sollte sie erlöschen, bevor sie völlig zu Asche verbrannt war. Er mußte daran denken, das später zu überprüfen. Er hatte regelmäßig Holzkohle hergestellt, und zwar auf die altmodische Weise, ein Feuer mit gut getrocknetem Holz in Gang zu bringen und es dann mit Erde zu bedecken, so daß es langsam schwelte, abgeschnitten vom Sauerstoff der freien Luft. Das Holz dafür sollte hart sein, wie zum Beispiel Eichenholz. Leider hatte er nur Kiefer zur Verfügung, aber totes Holz schien, wenn es fest und trocken war, zumindest brauchbare Holzkohle zu ergeben.

Auf diese Weise hatte Jeebee einen ziemlichen Haufen an Brennstoff für die Esse zusammengebracht. Doch als er hinausging und den Stapel anschaute, den er an der Außenseite der Schmiede angehäuft hatte, erkannte er, daß er den ganzen Winter hindurch würde weiter Holzkohle herstellen müssen, wenn er die Schmiede regelmäßig benutzen wollte. Wenn der Blasebalg Luft hineinpumpte, fraß die Esse regelrecht den Brennstoff.

Jeebee ging zurück in den Innenraum der Höhle, um dort zu arbeiten. Seit er Merry wiedergefunden hatte,

hatte er den Plan gehegt, weiter in die sandige Wand hineinzugraben, so daß er später einen etwas größeren Innenraum würde ausbauen können. Merry hatte die abgenutzten Bettvorleger noch nicht ausgelegt, weil er ihr gesagt hatte, er habe vor, noch weiter zu graben. Es war sinnlos, Teppiche auszulegen und sie dann mit Sand zu beschmutzen.

Jeebee arbeitete so sauber, wie er konnte, doch in der Luft sammelte sich bald Staub an und nebelte alles unter der trüben Beleuchtung der Autodeckenlampen ein. Jeebee war versucht, das Außenflutlicht zu verwenden, das er auf der Ranch gefunden hatte. Die Solardecke lud die Batterie dieses Geräts sehr gut auf. Durch das Vorderfenster des kalten Raums und die Tür des inneren Raums, die er offengelassen hatte, kam etwas Tageslicht herein, doch das half nicht viel. Er mußte genau sehen, wo und was er grub.

Schließlich gab Jeebee auf, damit die Luft im inneren Raum wieder klar werden konnte, bevor Merry nach Hause kam. Er ging hinaus zu seiner nie endenden Aufgabe, Brennholz für den Kamin zu sammeln und zu hacken.

Davon konnten sie nicht zuviel haben, und er stapelte es griffbereit an der Außenwand der Höhle auf, wo es als zusätzlicher Windschutz dienen würde, wenn nicht später noch als zusätzliche Isolierung. Schließlich kam Merry mit einer guten Ladung Fleisch nach Hause, dazu mit einigen leichten Sachen von der Ranch als Krönung einer ziemlich umfangreichen Last auf Sallys Rücken.

»Ich habe Glück gehabt«, sagte sie, als sie gemeinsam die Pferde abluden und absattelten. »Ich habe fast auf der Stelle, als ich unten auf der Ebene ankam, ein Kalb gefunden, das ganz allein war. Also habe ich den Rest der Zeit auf der Ranch verbracht. Wie geht's mit der Esse voran?«

»Sie ist fertig«, erwiderte Jeebee. »Heute abend kann

ich da drinnen keine Lampen mehr aufhängen; wenn du also morgen früh eine Weile warten kannst, bevor du wegreitest, dann werde ich dir zeigen, wie sie funktioniert.«

An diesem Abend sprach Merry nicht über ihre Reise auf der Suche nach Jeebee. Sie redete über alles mögliche, über ihre Jagd, über die Ranch, über einige Dutzend Dinge. Ihr Ton war aufgekratzt und fröhlich. Sie lief geschäftig in der Höhle hin und her. Schließlich stimmte sie fast bedauernd zu, daß sie und Jeebee sich vielleicht ins Bett begeben sollten, da sie immer schon bei Tagesanbruch aufstanden.

Jeebee schlief fast sofort ein, wie es seine Gewohnheit geworden war. Er erwachte und merkte, wie Merry sich eng an ihn drückte und an seiner Brust weinte.

»Was ist?« fragte er und legte die Arme um sie.

»Halt mich einfach fest«, schluchzte sie.

Er umfaßte sie enger. Sie weinte wirklich schlimm. Es war ein herzzerreißendes Weinen.

Es hatte einmal eine Zeit gegeben, dachte Jeebee, da wären ihm tausend Fragen und Vermutungen gekommen, was sie so quäle. Doch die vergangenen Monate hatten ihn auch in diesem Punkt verändert. Sie würde es am Ende schon erklären. Es bestand keine Notwendigkeit, es zu beschleunigen. Irgend etwas quälte sie, etwas, woran sie sich erinnerte, und alles, was er tun konnte, war, sie wie eine Festung zu umgeben und zu warten. Also, er würde warten.

Er legte seine Wange zärtlich auf ihr weiches Scheitelhaar und versuchte sie, so sehr er konnte, mit seiner Gegenwart zu umschließen. Ohne Grund erinnerte er sich daran, wie Wolf im Weidengrund zu ihm gekommen war, und auch dann, als er sich den Knöchel verdreht hatte. Wolf war oft gekommen, wenn er geschlafen hatte oder so zwischen Wachsein und Schlaf schwebte, daß er sich des Erscheinens des anderen kaum bewußt gewesen war. Wolf hatte ihn immer von oben bis unten beschnuppert und dann mit der Nase seinen Arm oder seinen Körper gestupst. »Mit der Nase gehoben«, sagte sich Jeebee, wäre eigentlich ein besserer Ausdruck, denn Wolf hatte hauptsächlich seine Nasenspitze unter einen Arm oder ein Bein geschoben und dann das Glied nach oben geschubst, um zu sehen, ob Jeebee reagierte. Sobald Jeebee ganz wach wurde oder reagierte, begrüßte ihn Wolf entweder, oder – was öfter vorkam – er schien einfach alles Interesse zu verlieren, drehte sich herum, trottete davon und verschwand.

Ohne die Wolfsbücher hätte Jeebee sein Verhalten nicht begriffen. Aber mit ihrer Hilfe verstand er es jetzt. Wolf hatte sich einfach vergewissert, daß Jeebee noch am Leben war. Zuerst war dieser plötzliche Übergang zu totaler Gleichgültigkeit für Jeebee schockierend gewesen. Doch dies war das gleiche Tier, das ihm auf die einzige Art und Weise Nahrung gebracht hatte, die ihm zur Verfügung stand – in seinem eigenen Magen.

Wölfe nahmen die Dinge, wie sie waren, und Jeebee sagte sich, es sei jetzt an ihm, ziemlich genau das Gleiche zu tun.

Er wartete. Merry weinte eine Zeitlang. Schließlich wich die Emotion von ihr, ihr Körper entspannte sich, und die Tränen wichen trockenen Seufzern, die Seufzer dem Schweigen. Sie lag eine lange Zeit still, einfach an Jeebee gedrückt. Dann zog sie fast abrupt ihre Arme zurück, setzte sich auf und wischte sich die Augen.

»Stehen wir auf und legen wir Holz nach«, sagte sie.

Ohne seine Antwort abzuwarten, stand sie auf, wikkelte sich eine Decke um und ging zum Feuer, wo sie sich niederkauerte und auf die noch glimmenden Kohlen nachlegte. Jeebee stand auf, zog Hose und Jacke an und ging zu ihr.

Das Feuer loderte hoch. Sie setzten sich zusammen vor dem Kamin auf die beiden Stühle, die er von der Ranch heraufgebracht hatte. Merry nahm den Wasserkessel von seinem Haken und wog ihn in der Hand. Offensichtlich zufrieden, daß noch Teewasser darin war, hängte sie ihn wieder an den Haken und drehte die Stange herum, so daß der Kessel über den Flammen hing.

Sie sagte auch weiterhin nichts, und so schwieg Jeebee auch. Sie saßen zusammen da. Nach einer Weile, als das Wasser heiß war, füllte sie seine Tasse, dann die ihre, und setzte sich wieder auf ihren Stuhl; sie nippte nicht an der Tasse, sondern hielt sie in beiden Händen, als wollte sie sich wärmen. Das Feuer strahlte inzwischen genug Hitze aus, daß zusätzliche Wärme eigentlich nicht nötig war, aber immer noch hielt sie die Tasse umfaßt.

»Ich habe nicht geweint«, sagte sie ins Feuer hinein. »Ich konnte nicht, bis jetzt.«

»Willst du es mir erzählen?« fragte Jeebee.

»Ja«, sagte sie, »das wollte ich vom ersten Augenblick an, als ich dich fand. Aber ich konnte nicht.«

Sie zögerte.

»Erinnerst du dich an die Pferde?« fragte sie.

»Ja«, sagte Jeebee, und er wußte, an welche Pferde sie im einzelnen dachte.

»Weißt du, welche ich meine?« fragte sie hartnäckig.

»Diejenigen, die immer gesattelt und bereit an das Ende des Wagens gebunden waren, wenn er fuhr«, antwortete Jeebee.

Als er diese Worte aussprach, kam die Erinnerung an sie wieder. Die drei Pferde – vier, nachdem er zur Mannschaft des Wagens gestoßen war –, alle gesattelt, den vollen Reitsack hinter dem Sattel, ein geladenes Gewehr im Futteral an jedem Sattel und ihre Zügel an Haltestangen an der Rückseite des Wagens gebunden. Er erinnerte sich daran, daß jedes Pferd, das Merry ritt, auch ein Gewehr am Sattel gehabt hatte. Genauso wie sie immer eine Handfeuerwaffe im Halfter an dem Waffengürtel um ihre Hüfte gehabt hatte, und einen gefüllten Reitsack hinter dem Sattel. Diese Säcke, so hatte er an seinem dritten Tag mit dem Wagen erfahren, enthielten alles, was für das Überleben wesentlich war, soweit Paul es liefern konnte. Sie enthielten einen Teil von Pauls verborgenem Vorrat an Antibiotika, Munition und zusätzlichen Handfeuerwaffen, die immer wertvolle Handelswaren darstellten, Bettrollen, Kleidung und andere Notwendigkeiten. Die Pferde, die diese Dinge trugen, waren für eine Flucht gedacht.

Merry hatte ihn einen Moment lang angeschaut, während sie die letzte Frage stellte, doch jetzt waren ihre Augen wieder auf das Feuer gerichtet.

»Sie haben uns aufgelauert«, sagte sie mit ruhiger Stimme. »Wir waren auf einer ziemlich guten Hauptstraße – nicht auf einer zweispurigen Schnellstraße, aber einer guten örtlichen Hauptstraße, wo das Gelände zu beiden Seiten fünfzehn bis dreißig Meter frei war, und dahinter Bäume…«

Sie hob die Schultern.

»Wenn es nicht so gewesen wäre, dann wäre ich nicht hier«, fuhr sie fort. »Sie hätten mich auch erwischt…«

Sie verstummte. Jeebee wartete. Schließlich sprach er.

»Die Leute in der Gegend hatten euch nicht gewarnt, daß Gefahr bestand?« fragte er.

Was sie ihm erzählen wollte, kam ihr nicht einmal jetzt leicht über die Lippen. Offensichtlich war es an ihm, es aus ihr herauszuholen und ihr mit Fragen zu ermöglichen, ihm alles zu erzählen.

»Keiner von den Einheimischen hatte uns etwas gesagt«, antwortete Merry matt. »Ich glaube, sie wußten selbst nicht, daß Plünderer in der Gegend waren.«

»Aber jemand von den Einheimischen muß etwas gewußt haben, wenn die Plünderer euch aufgelauert haben.«

»Ja«, antwortete sie, »sie haben auf uns gewartet. Ich weiß nicht, wie sie von uns wußten. Vielleicht hatten sie in der Nähe kampiert, irgendwo in einem Waldstück, oder vielleicht auf einem Hof, den sie schon geplündert hatten. Bloß – es gab keine Warnung. Überhaupt keine Warnung. Sie waren einfach ganz plötzlich da und kamen auf beiden Seiten der Straße aus dem Wald heraus.«

»Dann war es geplant«, bemerkte Jeebee.

»Ja«, sagte Merry gleichgültig. Ihre Worte waren immer noch an das Feuer gerichtet. Es war, als könnte sie alles, was wichtig war, in der Glut sehen, dort unter den Flammen, wo die größte Hitze des Feuers saß.

»Es war ein Hinterhalt.« Sie schüttelte ganz sacht den Kopf. »Sie waren bei weitem zu viele für uns, aber sie wollten es leicht haben.«

Sie verstummte wieder. Jeebee wartete. Doch diesmal war es, als fehlten ihr die Worte, um weiterzureden. Er stupste sie mit einer weiteren Frage an, so wie Wolf seine Arme mit der Nase hochgehoben hatte, als er bettlägerig war und sich nicht regte.

»Was hatten die sich vorgestellt, wie es laufen sollte?«

»Ich weiß es nicht«, sagte Merry mit derselben leblosen Stimme zu den Flammen. »Leicht, nehme ich an. Es müssen mehr als hundert Mann gewesen sein. Sie ließen den Wagen genau in die Mitte der Stelle kommen, wo sie warteten, bevor sie zwischen den Bäumen hervorkamen. Es war purer Zufall, daß ich hinten war, weiter als gewöhnlich, denn ich gewöhnte gerade Missy ein«, sie blickte Jeebee nur kurz an, »du kennst sie nicht. Wir tauschten sie ein, nachdem du uns verlassen hattest. Sie war noch nicht ganz darauf abgerichtet beim Wagen zu bleiben, und so streunte sie manchmal umher ...«

Merry hielt für einen Moment inne.

»Wenn ich nicht wegen ihr zurückgeritten wäre ... aber ich ritt zurück, und als sie den Wagen umschwärmten, waren sie alle vor mir. Ich hörte die Alarmsirene, als Dad sie auslöste, und ich schaute zurück und sah sie, wie sie von beiden Seiten heranritten. Dann hörte die Sirene auf, und ich wußte, Dad mußte schon mit Nick im Wagen sein. Fast gleichzeitig hörte ich unsere Maschinengewehre, beide ...«

Sie verstummte. Jeebee wartete. »Du weißt, was er immer sagte«, fuhr sie matt fort. »›*Reite, so schnell du kannst. Schau nicht zurück.*‹«

Wieder brach Merry ab. Der Feuerschein schimmerte auf ihrem Haar. Sie saß mit den Ellbogen auf den Knien da und konzentrierte scheinbar alle Aufmerksamkeit auf das Feuer. Das Schweigen zog sich hin.

»Ich bin geritten«, sagte sie schließlich monoton. »Ich glaube, einige von ihnen haben mich sogar ein Stück weit gejagt – aber da bin ich mir nicht sicher. Aber ich bin geritten, und nach einer Weile war ich zu weit weg, um die Schießerei noch zu hören ...«

Wieder verstummte sie. Wieder folgte Schweigen. Nur das Feuer knisterte und knackte.

»Sie haben nicht wissen können, wie gut Dad und Nick darauf vorbereitet waren, um zurückzuschlagen«, redete sie schließlich weiter. »Sie müssen überrascht gewesen sein ...«

Sie hob langsam den Kopf und blickte Jeebee ruhig an.

»Du weißt, was er sonst noch gesagt hat.« Sie wartete.

Jeebee nickte, und sie fuhr fort.

»›Versuch nicht zurückzukommen‹ – das hat er uns immer gesagt. ›Komm niemals zurück!‹«

Ihre Augen waren immer noch auf Jeebee gerichtet. Er wollte die Hand nach ihr ausstrecken und sie tröstend berühren, doch er befürchtete, daß in diesem Augenblick sogar das falsch gewesen wäre.

»Du bist zurückgegangen«, sagte Jeebee.

Merry senkte den Blick und nickte.

Er wartete.

»Ich ritt tief in einen Wald und wartete dort – oh, vielleicht ein paar Stunden«, sagte sie zu der Glut.

»Schließlich ritt ich zurück... langsam. Ich hatte das Fernglas. Ich fand eine gute Stelle, von der aus ich schauen konnte, vielleicht hundert Meter oder mehr entfernt. Ich hätte sogar noch näher herankommen können. Sie gaben auf nichts acht als nur auf den Wagen. Sie versuchten ihn niederzubrennen. Der Kutschbock war schon ab, die Holzverkleidung an der Vorder- und Hinterseite war weg, das Segeldach mit unserem Zeichen darauf war weggebrannt, und auch die Reifen. Nur der Stahl darunter war noch übrig. Sie waren bei der Stahlkammer des Wagens selbst angelangt, und da müssen sie erkannt haben, daß sie es hier nicht mit dem Üblichen zu tun hatten. Die Maschinengewehre hätten ihnen das schon sagen können. Daß es nicht so leicht sein würde, an Dad und Nick zu kommen.«

Merrys Pupillen klammerten sich nun an Jeebees Augen, als hielte sie sich allein mit ihrem Blick an ihm fest.

»Sie hatten sich vorn und hinten fächerförmig verteilt, so daß sie sich außerhalb des Schwenkbereichs der Schießscharten befanden, durch die die Maschinengewehre feuern konnten«, sagte sie. »Und das Feuer, das sie zuerst angezündet hatten, war erloschen. Doch während ich sie beobachtete, da zündeten sie ein neues Feuer an, zwischen den Rädern und unter der Ladefläche des Wagens. Sie wollten das Metallgehäuse des Wagens erhitzen, bis Dad und Nick herauskamen, oder sie bei lebendigem Leibe rösten.

Ich habe sie gesehen. Sie benahmen sich wie eine Menge Zuschauer im Zirkus«, sagte sie. »Sie warteten darauf, daß das Feuer unter dem Wagen ihre Arbeit erledigte. Ich konnte nichts tun, und ich wußte nicht, was Dad und Nick noch tun konnten. Doch Dad hatte etwas... Er hatte es mir nur nie gesagt. Nie hatte Dad es mir gesagt.«

Jeebee wartete. Merry biß sich in die Lippe.

»Du hast auch nicht gewußt, was sie geplant hatten,

oder?« fragte sie Jeebee. »Sie haben es dir nicht gesagt? Nein. Natürlich nicht, denn wenn sie es mir nicht gesagt haben, dann hätten weder Dad noch Nick es dir jemals gesagt. Sie hatten es mir nicht gesagt, weil sie nicht wollten, daß ich es wußte, vor allem, weil sie befürchteten, ich würde dann vielleicht nicht von ihnen fortreiten.«

Sie holte tief Luft.

»Ganz plötzlich gab es eine Explosion«, sagte sie. »Es war, als wäre der Wagen eine einzige große Stange Dynamit gewesen. Für einen Sekundenbruchteil sah ich einen hellen Blitz, dann konnte ich selbst dort, wo ich stand, den Luftdruck spüren, und der Knall machte mich für einen Moment taub. Ein Augenblick lang war ich taub und blind – und dann sah ich, daß der Wagen verschwunden war. Einfach verschwunden. Und die Plünderer, die nahe dran gewesen waren, waren auch verschwunden. Fünfzehn Meter oder mehr von der Stelle entfernt, wo der Wagen gewesen war, lagen in weitem Umkreis Fetzen und Gliedmaßen von Menschen und Pferden umher – tote Plünderer. Keiner bewegte sich mehr. Keiner. Es war vorbei. Es war aus.«

Sie schloß die Augen und lehnte sich auf ihrem Stuhl zurück, als wäre sie sehr müde.

Jeebee verließ seinen Stuhl, kniete sich neben ihr nieder und schlang seine Arme um sie. Mit einer Hand hielt er ihren Kopf an den seinen.

»Sie haben es getan, um sicherzustellen, daß du davonkommst«, sagte er.

Mit seiner Wange spürte er, wie sie leicht nickte.

»Ja«, flüsterte sie.

Sie blieben eine Zeitlang beisammen, ohne sich zu rühren. Dann bewegte sich Merry, entzog sich seinen Armen und drehte sich um, so daß sie ihm ins Gesicht schaute. Sie lächelte, nahm seinen Arm und schob Jeebee hoch und zurück zu seinem Stuhl.

Sie lächelte ihn an.

»Es geht schon«, sagte sie, »jetzt geht es schon, weil ich es dir erzählt habe. Es wird für mich nie mehr so schlimm sein, wo du es jetzt auch weißt.«

Jeebee setzte sich. Er schaute sie immer noch an und versuchte etwas zu sagen.

Es gab nichts. Nach einer Weile nahm sie den Wasserkessel und füllte vorsichtig seine Tasse, dann goß sie ein bißchen mehr in ihre eigene und nippte daran. Sie saßen schweigend da, beide blickten sie ins Feuer, und von Zeit zu Zeit bückte sich Jeebee, nahm ein weiteres Stück Holz und legte es auf die Glut.

KAPITEL 32

Im Laufe der folgenden Woche wurde es wirklich Winter. Er begann mit einem drei Tage wütenden Schneesturm, der sie in der Höhle gefangenhielt. Darauf folgte eine Periode mit klarem Wetter, dann in Abständen von durchschnittlich etwa zwei Tagen Stürme, die von ein paar Stunden bis zu ein paar Tagen dauerten.

Die Schneedecke auf dem Boden nahm rasch zu. Jeebee konnte nur noch zwei weitere Fahrten mit dem Anhänger unternehmen. Danach konnte er nur noch auf Schneeschuhen gehen, ohne die Pferde, und den Schlitten hinter sich herziehen.

In den Vorbergen war die Tiefe der Schneedecke, vor allem zwischen den Bäumen, sehr unterschiedlich. Manche Gebiete waren nur leicht mit Schnee bedeckt. Andere waren unter drei Meter tiefen Schneewächten versunken. Der Schieferhang war jetzt ein einziger glitzernder Abhang von unbekannter Tiefe, und am weniger steilen Hang oberhalb der ihn krönenden Klippe begann sich eine massive, metertiefe Wand aus angewehtem Schnee aufzutürmen, die drohend über dem ganzen darunterliegenden Hang hing.

Nachdem Jeebee die Fläche aus respektvoller Entfernung geprüft hatte, ließ er sie links liegen. Möglicherweise konnte man sie mit dem Schlitten überqueren, aber es war sinnlos, unnötige Risiken einzugehen. Inzwischen war Jeebee mit dieser Gegend des Vorgebirges sowieso vertraut und verfügte über eine Vielzahl von Routen hinunter ins Flachland.

Er wählte einen Weg, der ihn entweder durch relativ geschütztes, mit Bäumen bestandenes Gebiet führte, oder über offene Hänge, die so sanft waren, daß er den Schlitten dort würde wieder hinaufziehen können.

Einige Male hatte er versucht, wie ein Kind auf dem Schlitten einen Hang hinunterzurodeln. Doch es war fast unmöglich, ihn zu lenken. Beim vierten Versuch landete er tief in einer Schneeverwehung und brauchte einige Minuten, um sich wieder auszugraben. Er versuchte es nicht noch einmal.

Als er Zeit und Grund hatte, die Ranch zu besuchen, sah er, daß sie praktisch eingeschneit war. Der Teil des Ranchhauses, den das Feuer für die Elemente geöffnet hatte, war voller Schnee geweht. In den meisten Nebengebäuden (oder um sie herum) gab es Schneewächten. Kein Teil davon bot noch Schutz vor Wind oder Eisregen, wie damals im Herbst, als er hier über Nacht geblieben war.

Jeebees Leben bestand nun einfach aus Arbeit an der Höhle und in der Schmiede. Er vergrößerte und verschalte die Höhle ständig. Er begann auch mit echter Arbeit an der Esse, sowohl um aus der Erfahrung zu lernen wie auch herzustellen, was sie brauchten.

Das meiste, was er zurechthämmerte, waren Dinge für den inneren Raum der Höhle. Er schmiedete eine kräftigere und dauerhaftere Stütze für die gebogene Stange, die Kessel und Töpfe über die Flammen der Feuerstelle gehalten hatte. Er stellte auch Halter und Stützen für die Regale her. Allmählich wurde das Höhleninnere einer Wohnung immer ähnlicher.

Mit dem kalten Wetter hatte Wolf einen prächtigen Pelz bekommen. Er schlief noch in seiner Lieblingsecke vorn im kalten Raum. Für ihn war es mit seinem Pelz offensichtlich unbequem, sich längere Zeit in der Wärme der inneren Höhle aufzuhalten. Doch er bestand immer noch darauf, zu seinen Morgen- und Abendbegrüßungen hereinzukommen, besonders, wenn er von der Höhle weg gewesen war.

Den größten Teil der Zeit während der Schneestürme verbrachte er jedoch in seiner Ecke und schlief. Jeebee staunte, daß Wolf soviel schlafen konnte. Wenn nichts geschah, konnte Wolf anscheinend sechzehn Stunden oder mehr schlafen; allerdings unterbrach er den Schlaf periodisch, indem er kurz aufwachte und sich umherbewegte.

Es war schwer, ihn aus dem inneren Raum herauszuhalten, besonders wenn sie für mehr als einen Tag vom Sturm eingeschlossen waren. Doch er war völlig undiszipliniert, was seine Ausscheidungsgewohnheiten anging, und Merry hatte inzwischen doch die Bettvorleger ausgelegt. Jeebee und Merry hatten die Gewohnheit angenommen, sich entsprechend warm gekleidet morgens und abends in den äußeren Raum zu ihm zu begeben, und Wolf gesellte sich gern zu Jeebee in der Schmiede, bis die Hitze der Esse ihn wieder vertrieb.

Eigentlich war der vordere Raum nicht ganz so ungemütlich. Seine Wände hielten den Wind ab, und das blasse, manchmal helle Winterlicht drang durch sein eines Fenster und erhellte selbst die hintersten Winkel.

Die Kaltlagergrube für das gefrorene gekochte Fleisch war fertig und erfüllte ihre Aufgabe bewundernswert. Ein Stück Drahtzaun schützte sie, derselbe Zaun, der Jeebee vor Wolf spielerischen Neckereien beschützt hatte, als er die Vorderwand der Höhle baute.

Die Bücher hatten recht gehabt. Der Zaun bewahrte die Grube vor Wolfs Zugriff. Wolf versuchte ihn wegzuziehen. Doch Jeebee hatte den Zaun mit großen, metallenen, von ihm geschmiedeten Klammerhaken verankert. Offensichtlich mochte Wolf nicht auf dem Zaungeflecht gehen oder stehen. Darin hatten die Bücher recht. Und auch darin, daß Wolf nicht versuchte, sich unter der empfohlenen neunzig Zentimeter breiten Einfassung hindurchzugraben, die Jeebee mit Pflöcken ringsum auf dem bloßen Erdboden festgepflockt hatte.

Die Stürme flauten ab. Sie kamen nur noch gelegentlich. Manchmal vergingen eine Woche oder zehn Tage ohne einen Sturm. Jeebee war nicht sicher, wie erfolgreich Wolfs Jagd unter diesen Winterbedingungen war. Sein Gewissen hielt ihn an, von Zeit zu Zeit Wolf Fleisch aus ihrem Vorrat zu überlassen.

Er hatte dies immer angestellt, indem er das Fleisch aus der Grube nahm, wenn Wolf weg war, und es dann im inneren Raum auftaute. Dann trug er es nach Wolfs Rückkehr ein Stück vor die Vorderwand ins Freie und ließ es einfach in den Schnee fallen. Wolf schnappte es sich immer schnell.

Dies funktionierte gut. Doch Jeebee konnte nur Vermutungen darüber anstellen, ob er Wolfs Ernährung nur ergänzte oder ob er Wolf füttern mußte, um ihn buchstäblich vor dem Verhungern zu bewahren. Doch so oder so fuhr Jeebee mit dieser Fütterung fort. Das natürliche und unvermeidliche Ergebnis davon war, daß ihr eingelagerter Vorrat an Rindfleisch schneller abnahm, als Jeebee erwartet hatte. Dies zwang ihn, öfter auf die Jagd zu gehen.

Er tat dies in den Perioden klaren Wetters. Das Fleisch und manchmal auch das Fell von mehr als einem Rind mit dem Schlitten heimzuziehen, erwies sich als zu schwer für ihn. Im hügeligen Gelände war der beladene Schlitten ein Scheißding – das war das einzig passende Wort. Drunten auf der flachen Ebene hätte er ihn mit dem Doppelten seiner gewöhnlichen Ladung ziehen können. Aber bergauf und in einem Terrain, das sich plötzlich scharf und unerwartet nach rechts oder links neigte, war schon die halbe Ladung zuviel.

Jeebee hatte sich daran gewöhnt, daß er den Weg hinunter und wieder herauf ohne Schwierigkeiten hinter sich brachte. Dann kam ein Jagdausflug, bei dem er, am zweiten Tag unterwegs und ohne ein Tier gefunden zu haben, von einem Sturm überrascht wurde.

Das Unwetter kam so schnell über ihn, daß er nicht einmal Zeit hatte, an eine Rückkehr zur Höhle zu denken.

Die erste Warnung, die er bekam, war ein vager Unterschied im Licht. Jeebee blickte zum Himmel empor und sah, so meinte er, keine Wolken. Doch das Blau schien blasser zu sein als sonst, als hätte man eine Schicht weiße Gaze davorgezogen. Als Jeebee auf die Sonne schaute, waren deren Umrisse verschwommen, als hätte sich hoch oben ein feiner Dunst entwickelt.

Jeebee nahm automatisch das Fernglas, um den Horizont abzusuchen, und fand, daß der undeutlich geworden war. Es gab keine Linie mehr, an der sich Himmel und Erde trafen.

Jeebee hatte inzwischen mehr als ein halbes Jahr im Freien gelebt. Es gab nichts Konkretes, worauf er sich stützen konnte, aber in ihm kam ein unbehagliches Gefühl auf, als lauerte etwas Titanisches und Feindliches über ihm. Wenn er Wolf gewesen wäre, so hätte er nervös in der stillen Luft geschnuppert.

Noch vor einem Jahr hätte er dieses Unbehagen ignoriert, doch jetzt gab er darauf acht. Er hielt den Schlitten an, holte das Zelt heraus und stellte es neben dem Schlitten auf.

Er hatte es kaum festgemacht, seine Decken hineingetan und an einer Seite einen Zeltpflock eingeschlagen, als mit einem Mal um ihn herum ein dichter Nebel zu gerinnen schien. Das unbehagliche Gefühl nahm zu. Er rammte auf der anderen Seite des Zeltes die Pflöcke ein und hämmerte die Zeltpfosten noch fester in die zusammengepreßten Unterschichten des harten Schnees. Dann nahm er die Decken wieder heraus und schaufelte Schnee heraus, um den Raum wettzumachen, den er durch das tiefere Einschlagen der Pfosten dem Zelt an Höhe genommen hatte.

Er kletterte in sein Zelt und verschloß die Enden des Zelts so fest, wie er nur konnte. Er schlüpfte in seine

Deckenrollen. In dem umschlossenen Raum um ihn herum erwärmte sich die Luft schnell. Die Luft draußen blieb still. Doch das Unbehagen, das er empfand, war immer noch da. Er behielt alle seine Kleider und seine Stiefel an und wartete.

Er mußte nicht lange warten. Binnen Minuten hörte er den Wind aus der Ferne, wie den Laut eines Tiers auf der Jagd. Fast im selben Moment, als er den Wind hörte, traf der auch schon das Zelt; ein leichter Stoß wurde zu einem schweren Faustschlag aus Luft, der das Innere des Zeltes mit einem Mal eiskalt werden ließ. Gleichzeitig prasselten plötzlich Graupelkörner gegen den Zeltstoff.

Jeebee zog sich so weit aus den Decken, daß seine Arme frei waren. Er grub die Hände in den Fausthandschuhen auf der dem Schlitten gegenüberliegenden Seite in den Schnee, packte die Pflöcke, die er dort in den Boden getrieben hatte und legte sein Gewicht auf sie, um mitzuhelfen, daß sie stecken blieben. Die Zeltwände wurde nach innen gesaugt und blähten sich dann plötzlich mit einem Knall wieder auf. Jeebee spürte nur wenige Zentimeter von sich entfernt den Druck des Windes, der ihn nicht direkt berührte, doch es war, als hätte eine riesige Hand das Zelt mit ihm darinnen gepackt.

Er lag da, während das Zelt um ihm herum wie wild knallte und zitterte; es reichte ihm, einfach durchzuhalten, wenn er konnte, bis die Böen vorüber wären.

Doch sie vergingen nicht. Sie kamen eine Zeitlang in etwas größeren Abständen und setzten dann wieder ein, heftiger als zuvor. Das Fußende des Zeltes ging plötzlich auf und flatterte wild; von der Gewalt des Windes wurden die Innenecken unter Jeebees Stiefelabsätzen hervorgerissen, mit denen er sie in den Schnee gedrückt hatte.

Er konnte nichts tun, er mußte es flattern lassen. Er drückte mit einem Ellbogen auf die Zeltklappen über seinem Kopf; dabei spürte er die eiskalte Luft, die nach ihm griff. Der Sturm war wie ein riesengroßes lebendes Wesen, das versuchte, ihm das Zelt zu entreißen und zu zerfetzen, ihn, den Schlitten und alles andere in Stücke zu reißen und nur die weiße, sterile Welt des Schnees und der mit Schnee erfüllten Luft zurückzulassen.

Jeebee hielt durch – er hielt durch. Am Ende wurde jedoch die Außenseite des Zelts aus dem Schnee hochgerissen, und im nächsten Augenblick flatterte das ganze Zelt wie wild und klatschte wie verrückt.

Jeebee griff nach der Innenkante und erwischte sie, rollte sich auf sie drauf, um sie niederzuhalten, rollte sich weiter, bis er das Zelt wie einen unordentlichen Kokon um sich gewickelt hatte. Dann rollte er sich wieder rückwärts, bis der Unterrand des Schlittens ihn stoppte.

Indem er sich, ins Zelt gewickelt, krümmte und wand, bekam er seine behandschuhten Hände ausreichend frei, um in den Schnee unter der Kufe zu graben.

Wie ein wühlender Maulwurf grub er, bis er sich samt dem Zelt-Kokon darunter hineinschlängeln konnte. Er kroch, bis er unter dem Schlitten war, den er schräg über seinen Körper kippte und so zwischen sich und den Wind brachte.

Jeebee lag da und rang nach Luft.

Der Schnee wurde in dichten Schwaden herangeweht. Um Jeebee und den Schlitten bildete sich eine Wächte.

Bald waren sie völlig eingeschlossen, und die Schneedecke dämpfte das wilde Zerren des Windes. Das Geräusch des Sturms klang immer ferner, bis Jeebee es kaum noch hören konnte. In seiner schweren Kleidung, in Zelt und Schnee gewickelt, war ihm fast warm.

»Ich darf nicht einschlafen«, sagte er sich. »Sonst könnte ich ersticken.«

Folglich lag er wach da und starrte in eine unveränderliche Finsternis. Um ihn herum war es völlig schwarz. Ihm kam der Gedanke, es sei vielleicht schon soviel Zeit vergangen, daß schon die Sonne untergegangen und das Tageslicht erloschen war, während der Schnee immer höher über ihm aufgeweht wurde. Er konnte den Sturm noch aus der Ferne hören, aber jetzt war er zu einem sanften Laut geworden, der fast einem Wiegenlied glich.

Mit einem Ruck erwachte Jeebee.

Er war doch eingeschlafen. Aber er atmete immer noch. Offensichtlich hatte der Wind die Schneewehe nicht so fest gepreßt, daß ihn keine Luft mehr erreichte. Vielleicht ließen sich Graupelkörner, wie sie gegen die Zeltplane geprasselt waren, als er sich darunter versteckt hatte, nicht so fest zusammenpressen wie weichere Flocken.

Er zappelte und schob sich seinen Weg durch den Schnee, bis er plötzlich in helles Sonnenlicht hinausplatzte.

Gerade ging an einem strahlend blauen Himmel die Sonne auf. Die Luft war so kalt, daß der erste Atemzug, mit dem er sie einsog, seine Lunge zu lähmen schien. Aber – es war Morgen. Gewohnheitsmäßig war er etwa zu seiner üblichen Zeit erwacht.

Nichts hatte jemals so gut für ihn ausgesehen wie diese Sonne und der glänzend blaue Himmel über ihm. An der großen blauen Kuppel über dem weißen Land sah er nirgendwo auch nur eine Wolke. Außer der Schneewächte, die Jeebee und seinen Schlitten umgeben und beschützt hatte, wirkte die weite verschneite Ebene unverändert. Nur ein paar kleine, schwarze Strünke, Stengelspitzen erstarrter Vegetation, ragten noch in großen Abständen voneinander aus der weißen Decke hervor.

Nach einer Weile machte sich Jeebee daran, den Schlitten auszugraben. Er war froh, daß er nicht die Zeit gehabt hatte, sich eine Ladung Fleisch zu verschaffen, so daß er den Schlitten hatte ausreichend weit hochheben können, um darunterzukriechen.

Plötzlich wurde ihm bewußt, daß er ausgehungert war.

Sein Rucksack war als einziges auf dem Schlitten gewesen. Er schaute nach: der Rucksack war noch da, sicher an den Schlitten gebunden. Er band ihn los und holte den Proviant heraus, den er für den Jagdausflug mitgenommen hatte. Das Essen war hartgefroren wie Stein.

Merry hatte es klugerweise in kleinen Stücken eingepackt. Es handelte sich um eine Mischung aus getrocknetem Rindfleisch und gekochtem Gemüse, in dem ein Gutteil Rinderfett enthalten war. Jedes Stück hatte ungefähr die Größe eines Golfballs. Jeebee steckte ein halbes Dutzend dieser Portionen unter die oberen Schichten seiner Kleidung, damit sie durch seine Körperwärme aufgetaut würden. Steif erhob er sich, nahm das Zugseil des nun befreiten Schlittens und machte sich auf den Rückweg zur Höhle.

Eiseskälte herrschte, aber das Wetter war wieder gut geworden. Theoretisch hätte er jetzt die Jagd fortsetzen können. Doch im Augenblick fühlte sich Jeebee nicht in Form für die Jagd. Die Zeit, die er unter der Schneewächte und zuvor im Kampf gegen den Sturm verbracht hatte, hatte ihn erschöpft. Er wollte nur zur Höhle zurückkehren, sich aufwärmen und erholen. Er wandte sich dem Vorgebirge zu und zog dabei den schweren, unhandlichen Schlitten nur deshalb hinter sich her, weil er es sich nicht leisten konnte, ihn zurückzulassen.

Es kam ihm vor, als hätte er ihn schon beträchtliche Zeit gezogen, als er endlich die ersten Hänge der Vorberge erreichte. Als er losgegangen war, hatte er sich der Aufgabe, so weit zu kommen, kaum gewachsen gefühlt. Doch die Plackerei hatte ihn warm gemacht. Nach der Anstrengung fühlte er sich jetzt besser, statt schlechter. Am Fuß des ersten Hangs hielt er an und schaute nach dem Proviant in seiner Kleidung. Der war so weit aufgetaut, daß er davon essen konnte.

Er setzte sich schwer auf den Schlitten, kaute und schluckte. Die Nahrung schien ihn das letzte Stück Weg ins Leben zurückzubringen. Besonders das Fett, das Merry hineingemischt hatte, schmeckte für Jeebee süßer als aller Zucker, und er spürte fast, wie es seinen müden Körper wieder mit Kraft auflud.

Als er mit dem Essen fertig war, fühlte er sich fast stark genug, doch wieder zur Jagd zurückzukehren. Doch die Vorsicht hielt ihn zurück. Er hatte einen ersten Sturm knapp überlebt, und das mehr aus Glück als aus eigener Kraft. Er war nicht in der Verfassung, einen weiteren zu riskieren. Bevor er wieder in die winterlichen Ebenen hinunterstieg, mußte er sich nicht nur einen Plan überlegen, sondern auch alle Dinge, die er mit sich nehmen müßte, um sich richtig einzugraben und zukünftige Stürme zu überleben.

Zum einen würde er in der Zukunft mehr Proviant mitnehmen müssen, zusätzliche Kleidung und alles andere, wonach eine solche Notsituation verlangte. Während er darüber nachdachte, legte er keuchend den langen Aufstieg zur Höhle zurück. Es war erst kurz nach zwölf Uhr mittags, als er dort eintraf, aber Jeebee kam sich vor, als hätte er kaum die Kraft gehabt, um den Heimweg zu schaffen.

Er murmelte Merry eine Erklärung zu, als sie ihm half, die Oberbekleidung abzulegen. Er war zu erschöpft, um die Mahlzeit zu sich zu nehmen, die sie ihm anbot. Alles, was er wollte, war, in ihrer beider Bett zu kriechen, unter einen Berg von Decken, und als er dies schließlich tat, fiel er sofort in tiefen, traumlosen Schlaf.

Erwachen bedeutete diesmal, langsam zur Bewußtheit aufzutauchen. Aus Merrys Aktivitäten in der Höhle erkannte er, daß er nur drei oder vier Stunden geschlafen hatte. Wolf war anscheinend noch nicht nach Hause gekommen und hatte ihn nicht für die regelmäßige Grußzeremonie in der Abenddämmerung geweckt. Doch Merry war dabei, etwas zu kochen, das offensichtlich für das Abendessen bestimmt war.

»Fühlst du dich besser?« fragte sie, als er aufstand und sich den letzten Schlaf aus den Augen rieb.

Jeebee setzte sich auf den Bettrand.

»Viel besser«, sagte er. Tatsächlich war er überrascht, wie viel besser er sich fühlte. Es war ihm, als sei sein Schlaf während des Sturms und danach unter der Schneewächte überhaupt kein echter Schlaf gewesen. Doch die wenigen Stunden, die er gerade eben hinter sich gebracht hatte, kamen ihm vor, als hätten sie ihm die erholsamste Bewußtlosigkeit seit Jahren geschenkt. Jeebee sagte sich, dieses Gefühl beruhe wahrscheinlich einfach auf der Tatsache, daß er wieder sicher in der Höhle bei Merry war.

»Nirgendwo ist es so schön wie zu Hause«, sagte er zu ihr.

Merry lächelte. Ihr gewohntes strahlendes Lächeln. Doch außerdem war da eine Glut an ihr, ein stärkerer Glanz als sonst. Als hätte ihr jemand gerade ein innig gewünschtes Geschenk überreicht.

Jeebee fand die leichtere Hose, die er normalerweise in der Wärme der Höhle trug, nahm sie von ihrem Haken, wo Merry sie aufgehängt hatte, zog sie an und stopfte sein Hemd hinein. Er hatte trotz Merrys Protest in seinem Hemd geschlafen, da er nichts hatte hergeben wollen, was helfen könnte, wieder Wärme in seinen Leib zu bringen. Als er angezogen war, ging er zu Merry und küßte sie dankbar, und sie erwiderte seinen Kuß mit besonderer Begeisterung.

»Haben wir Zeit?« fragte er sie. Ihre Glut hatte ihn angesteckt.

»Ja – nein«, sagte Merry. Sie schob ihn zu seinem Stuhl am Tisch. »Setz dich. In einer Minute ist das Abendessen fertig.«

Jeebee setzte sich.

»Wolf war nicht da?«

»Er ist vor etwa einer halben Stunde zurückgekommen«, antwortete sie. »Ich bin eine Weile zu ihm hinausgegangen, damit du weiterschlafen konntest. Er hat sich wundgelaufen – du weißt schon, so wie er's macht, wenn er eine lange Strecke zurückgelegt hat. Er hat sich in seine Ecke gelegt. Ich glaube, er ist noch dort.«

Ohne aufzustehen streckte sich Jeebee auf seinem Stuhl und schob seine Hände hoch über seinen Kopf, was er nicht konnte, wenn er aufrecht stand. Die Decke war nämlich noch zu niedrig. Eines Tages, so sagte er sich, würde er das ändern.

Während Merry das Essen auftrug, blieb er sitzen und erzählte ihr mehr über den Sturm, als er ihr in dem kurzen Gebrummel nach seiner Heimkehr mitgeteilt hatte. Sie fühlte mit ihm mit, doch er bemerkte, daß ihre Glut nicht nachließ. Es verwirrte und faszinierte ihn. Abgesehen von einem Gefühl, das ihm sagte, daß es nicht recht wäre, nach dem Grund zu fragen, entsprach es nicht seiner Natur, leichthin persönliche Fragen zu stellen. Und wie er darauf gewartet hatte, daß sie ihm davon erzählte, was mit ihrem Vater und Nick geschehen war, so wartete er nun auf die Erklärung, warum sie so glühte.

Sie setzte sich mit ihm an den Tisch. Während sie aßen, ging ihr Gespräch zu Dingen über, die in der Höhle erledigt werden mußten. Ihr Fleischvorrat machte höchstens noch zwei bis drei erfolgreiche Jagdausflüge nötig. Er begann ihr davon zu erzählen, welche zusätzlichen Ausrüstungsgegenstände er sich von nun an für solche Unternehmungen vorstellte. Dazu gehörte eine Art selbstgemachter Schlafsack, statt der Decken, in die er sich gewöhnlich rollte. Zweitens würde er am Schlitten seitlich eine Reihe von Klötzen oder Stielen anbringen, die es ihm erlauben würden,

den Schlitten – auch beladen – zu heben, während er neben ihm flach auf der Schneedecke lag.

Auch wollte er zusätzlich zu dem Rucksack, den er immer auf dem Rücken trug, noch einen extraleichten Notfallbeutel haben. Einen, der nur etwas Proviant und vielleicht ein paar andere notwendige Dinge enthielt. Gerade solch ein plötzlicher Sturm, wie er ihn unter dem Schlitten und dem Schnee erlebt hatte, konnte bis zu zwei Tage dauern. Jeebee müßte mit entsprechenden Mitteln darauf vorbereitet sein, sich so lang warm und satt zu halten.

Seine Neugier über Merrys Glut wurde während des ganzen Abendessens nicht befriedigt, bis Merry den Tisch abgeräumt hatte, die wenigen Reste von ihren Tellern ins Feuer kratzte und die Teller selbst zum Einweichen in einen Topf mit warmem Wasser gab.

Nachdem sie dies getan hatte, wischte sie sich die Hände an einem der Tücher von der Ranch ab, die sie sich ausgesucht und gewaschen hatte, damit sie als Geschirrtücher dienten, dann wandte sie sich vom Feuer ab und schaute ihn an. Jeebee saß immer noch auf seinem Stuhl.

»Ich muß dir etwas sagen«, sagte sie.

Jeebees Herz tat einen Sprung. Unwillkürlich erwachte ein Gefühl der Besorgnis in ihm. Was von Merrys Standpunkt aus eine gute Nachricht sein mochte, konnte durchaus den Keim von etwas in sich bergen, das Schwierigkeiten für sie beide bedeutete, einen Keim, dessen Gefahr sie vielleicht nicht einmal ahnte.

»Um was geht es denn?« fragte er.

»Ich bin schwanger.« Merry sang die Worte fast.

»Ach du lieber Himmel!« Jeebee sprang vom Stuhl hoch. Merrys Glut war plötzlich erloschen. Sie blickte ihn grimmig an.

»Was meinst du mit ›Ach du lieber Himmel‹?« fragte sie. »Hier sage ich dir, daß ich unser Kind erwarte, und du sagst ›Ach du lieber Himmel!‹ Was soll das heißen?«

»Es gibt hier kein Krankenhaus! Keine Ärzte!« erwiderte Jeebee fast heftig. »Wahrscheinlich finden wir nicht einmal eine Krankenschwester, und wenn wir meilenweit in der Umgebung suchen! Du hast nur mich, und ich bin keinen Pfifferling wert, wenn es darum geht, ein Baby zur Welt zu bringen!«

Merry stieß einen langen Seufzer der Erleichterung aus.

»Also darum geht's«, sagte sie mit ruhigerer Stimme. Sie schob ihn zu seinem Stuhl. »Setz dich!«

Wie benommen stolperte Jeebee fast über den Stuhlrand hinter seinen Kniekehlen und setzte sich unter der Wirkung von Merrys nicht unbeträchtlicher Kraft abrupt hin.

»Also«, sagte Merry, setzte sich auf seinen Schoß und sprach aus nur etwa fünfzehn Zentimeter Entfernung unmittelbar in sein Gesicht, »jetzt laß mich mal dir ein paar Dinge erzählen. Erstens habe ich schon vor fünf Jahren, im ersten Jahr, als Dad mit dem Wagen unterwegs war, bei einer Geburt geholfen. Ich war damals vierzehn. Seitdem war ich bei Dutzenden von Geburten dabei. Genaugenommen habe ich an jedem Ort, wo wir haltmachten, nach möglichen Geburten gefragt und dann noch gefragt, ob ich nicht dabei helfen könnte, damit ich soviel wie möglich darüber lernen konnte, was getan werden mußte. Sehr oft gab es mindestens eine Frau in der Nachbarschaft, bei der die Geburt bevorstand, und Dad ließ dort immer den Wagen halten, bis ich die Gelegenheit hatte, bei der Geburt dabei zu sein. Was glaubst du denn, was auf meiner Liste der Empfehlungen an Leute stand, die ich darum gebeten hätte, mich für diesen Winter einzustellen, wenn ich dich nicht gefunden hätte? Sie hätten wahrscheinlich kaum jemanden gefunden, der einer ausgebildeten Hebamme so nahe käme wie ich. Na, was denkst du jetzt?«

»Aber ich …«, begann Jeebee.

»Aber du – Unsinn!« unterbrach sie. »Laß mich dir sagen, daß Dad nicht nur auf mich gewartet hat, wenn es nötig war, so daß ich bei einer Geburt zugegen sein und helfen und lernen konnte; nach jener ersten Geburt, bei der ich dabei war, als ich vierzehn war, hat er mir auch drei Bücher besorgt, sobald er sie finden konnte. Er kam zu mir und schob sie mir in die Hände. ›*Lern das*‹, sagte er. ›*Ich meine, lern sie auswendig. Du wirst einmal in Situationen sein, wo vielleicht niemand da ist, der dir helfen kann. Ich möchte, daß du den Inhalt dieser Bücher auswendig weißt.*‹ Und das habe ich getan. Ich habe jedes einzelne Wort in diesen drei Büchern auswendig gelernt. Und was noch mehr ist, ich werde dir beibringen, und damit fangen wir jetzt auf der Stelle an. Sobald ich mit dir durch bin, wirst du sie auch auswendig gelernt haben. Na, was meinst du dazu?«

»Schön«, sagte Jeebee, »und glaube mir, ich werde jedes Wort lernen, das du weißt. Aber dadurch werde ich immer noch nicht zu einem echten Doktor, nicht mal zu einer echten Krankenschwester. Was ist, wenn etwas schiefgeht?«

»Liebling«, sagte Merry, »nichts wird schiefgehen. Ich bin jung, ich bin stark, meine Hüften sind breit. Mit dem Käse, den Bohnen und der restlichen Nahrung, die wir haben zusammentragen können, und den Vitamintabletten, werde ich in den Monaten der Schwangerschaft die richtige Ernährung haben. Nichts wird schiefgehen. Denk doch bloß dran: schon Tausende von Jahren, bevor es Ärzte oder Krankenschwestern oder Hebammen gab, haben Frauen Kinder zur Welt gebracht, manchmal ganz allein mitten in der Wildnis oder in einer Höhle. Außerdem kannst du jetzt nichts mehr daran ändern. Das Baby ist unterwegs, und ich werde es zur Welt bringen. Außerdem wird es das beste, hübscheste und kräftigste Baby sein, das es je gegeben hat. Also solltest du dich an diese Tatsache gewöhnen.«

»Das werde ich auch«, sagte Jeebee etwas unsicher, »laß mir bloß etwas Zeit, ja? Ich hatte nämlich an so etwas überhaupt nicht gedacht.«

Merry küßte ihn und stand von seinem Schoß auf.

»Nein, vermutlich nicht«, sagte sie. »Nun, du kannst es ja heute nacht überschlafen. Aber morgen fange ich damit an, dir die ersten paar Kapitel des ersten Buchs beizubringen.«

»Das ist schön«, sagte Jeebee. Doch seine Stimme klang ihm immer noch etwas schwächlich in den eigenen Ohren.

Merry grinste ihn an, die Fäuste in den Hüften.

»Du hast Angst«, sagte sie.

»Da hast du verdammt recht«, erwiderte Jeebee.

KAPITEL 33

Jeebee hatte auch weiterhin Angst.

Inzwischen schleppte sich der Winter dahin, es wurde kälter, der Schnee wurde tiefer, bis schließlich die eisigen Temperaturen wieder anstiegen, die Schneedecke allmählich zu schrumpfen begann und es endlich auf den Frühling zuging. Während dieser ganzen Zeit mangelte es nicht an Problemen und Notsituationen, die für den Augenblick Merrys Zustand aus dem Mittelpunkt von Jeebees Gedanken hatten verdrängen können.

Doch sobald einer dieser Notfälle vorbei war, nahm er in Jeebees Denken wieder den ersten Platz ein, so wie der Powder River Pass ihn mit Vorahnungen erfüllt und zugleich doch angezogen hatte.

Sobald Jeebee frei war, an etwas anderes als unmittelbare Bedürfnisse zu denken, meldete sich aufs neue unausweichlich, drohend und lockend die Tatsache, daß die Geburt näherkam.

Wie auch immer er es betrachten mochte, es blieb die Gewißheit, daß er die einzige Person war, an die sich Merry um Hilfe wenden konnte, wenn ihre Stunde kam. Jeebee war sich ganz und gar nicht sicher, wie hilfreich er dann sein würde, zu dem Zeitpunkt, da nicht nur das Leben des Kindes in ihrem Leib, sondern auch ihr eigenes auf Messers Schneide stand.

Er hatte sich nie vorgestellt, daß er jemals mit so einem Problem konfrontiert sein würde: Auf ihm, Jeebee, lastete die entscheidende Verantwortung für die sichere Geburt eines Kindes und für dessen Mutter. Und es half gar nichts, daß dieses Kind sein eigenes sein würde und daß die Mutter dieses Kindes der Mensch auf Erden war, den er am meisten liebte.

Es gab keine Möglichkeit, wie er das, was geschehen sollte, ändern oder steuern konnte. Das wußte er, aber dieses Wissen änderte nichts an seinen Gefühlen. Er verdrängte seine Ängste, indem er grimmig das in Angriff nahm, was gebraucht werden würde, wenn der Augenblick gekommen war. Selbst die zeitweilige Erleichterung, die diese Arbeit ihm schenkte, wurde ihm nur in den Zeiten zwischen seinen normalen Pflichten für Nahrung, Heim und Schutz zuteil.

Für das Überleben war es erforderlich, daß er auch weiterhin im Flachland jagte. Noch sechsmal wurde er unten von Stürmen überrascht, bevor der Frühling kam. Bei fünf dieser Gelegenheiten wurde er mit allem problemlos fertig. Ausreichend warm – wenn auch nicht gerade bequem – lag er in seinem selbstgemachten Schlafsack unter dem Schutz des Schlittens und des Schnees, der schnell über ihn geweht wurde, und wartete, bis der Sturm vorüberging.

Doch beim sechsten Mal dauerte der Sturm sechzehn Stunden und wechselte nach den ersten zehn die Richtung um 90 Grad. Aus diesem neuen Winkel blies der Wind die Schneewächte wieder weg, die sich über Jeebee und seinem Schlitten angesammelt hatte.

Jeebee mußte den Schlitten mühsam in eine neue Stellung bringen, mit Fingern, die im kalten Wind zu erstarren drohten. Sturm und Schnee drückten dagegen, als wäre der Schlitten ein hölzernes Segel, und machten ihm jeden Zentimeter des Weges streitig.

Als er sich endlich seine neue Stellung erkämpft hatte und der Schnee wieder um ihn aufgetürmt wurde, war er erschöpft. Er glaubte, er hätte keine fünfzehn Minuten mehr kämpfen können, ohne an die Grenzen seiner Kraft zu geraten. Doch wie die Dinge lagen, rettete er nicht nur sich selbst, sondern auch die Ladung gefrorenen Fleisches, die er schon auf dem

Schlitten hatte. Eine Ladung, wegen der unglücklicherweise der Schlitten um so schwieriger zu verschieben gewesen war.

Auf einem anderen Jagdausflug hatte sein Schuß einen Freilandbullen verfehlt, das einzige Tier, das er an diesem Tag hatte finden können. Jeebee hatte den Stier verwundet, aber nicht ernsthaft genug, um das Tier in seiner Bewegung zu hemmen. Der Bulle war auf ihn losgegangen. Nur die Tatsache, daß Jeebee hinter den Schlitten geflüchtet war und daß der Bulle über eine schneebedeckte Ecke von Jeebees Gefährt gestolpert war, hatte ihm die Zeit gegeben, dem Tier einen weiteren Schuß hinter die Schulter zu verpassen und es zu Fall zu bringen. Doch da war der Bulle immer noch nicht tot. Jeebee mußte einen dritten Schuß abfeuern, bis der Stier endlich still dalag.

In den gleicherweise eiskalten Monaten von Januar bis Anfang März war Merry oben bei der Höhle auch einmal mit knapper Not davongekommen. Als sie eines Nachmittags auf ein leises Geräusch hin in den äußeren Raum nachschauen ging, war sie um Haaresbreite auf einen Puma getreten, der durch die schwingende Wolfstür hereingekommen war, die Jeebee für Wolf in eine Wand der Schmiede eingebaut hatte.

Der Silberlöwe war vom Geruch des gelagerten Fleisches angelockt worden. Von dem Drahtnetz über der Lagergrube wie Wolf am Raub gehindert, hakte er seine Klauen in das Geflecht und versuchte es hochzuziehen, und das hatte das Geräusch verursacht, das Merry gehört hatte.

Merry reagierte ohne nachzudenken. Sie hatte gerade die letzten Frühstücksteller getrocknet, als das Geräusch ihre Aufmerksamkeit auf sich gezogen hatte, und sie hielt noch das Geschirrtuch in Händen. Sie rannte auf die verdutzte Katze zu, schlug auf sie mit dem Geschirrtuch ein und fuchtelte wild mit den Armen.

»Hau ab von unserem Fleisch!« schrie sie.

Der Berglöwe sprang an ihr vorbei zurück durch den Kaltraum und die Wolfstür und verschwand im Gebüsch. Am hölzernen Rahmen ließ er ein paar Haare zurück.

In dem weißhaarigen Gesicht des Pumas war der Ausdruck schieren Entsetzens über das flatternde Geschirrtuch gestanden, und Merry ertappte sich dabei, wie sie am Rahmen der inneren Tür lehnte und über die offensichtliche nackte Angst und den komischen Rückzug der armen Kreatur wie hysterisch lachte.

Die Vorstellung von einem Raubtier, das vor einer wütenden Frau floh, die ein Geschirrtuch schwenkte, löste bei ihr einen zweiten Anfall von Gelächter aus, als sie später Jeebee die Geschichte erzählte.

Jeebee fand das gar nicht lustig. Jedes wilde Tier war unberechenbar, besonders eines, das hungrig genug war, um einen Ort zu betreten, der so gründlich nach Mensch und Wolf riechen mußte wie ihre Höhle. Jedes wilde Tier war gefährlich, wenn es in die Enge getrieben wurde, und Merry hatte den Puma in hinteren Teil des Kaltraums fast in die Enge getrieben. Und wenn der Silberlöwe wirklich so von Panik gepackt gewesen war, wie Merry erzählt hatte, dann hätte er sie gerade bei seinem Fluchtversuch verletzen können. Am nächsten Tag verdreifachte Jeebee die Kanthölzer, die die senkrechten Teile des Türrahmens verstärkten. Dann verankerte er tief in ihnen zwei U-förmige Eisenhaken, die eine Stange aus Achseisen hielten, mit der die Tür verschlossen wurde.

Von da an hielt Merry die Tür verriegelt und öffnete sie nur, wenn sie Jeebees Stimme oder Wolfs Winseln und Kratzen hörte. Und selbst dann gürtete sie den Revolver um, bevor sie die Tür entriegelte.

Doch trotz der Episode mit dem Puma blieb und vertiefte sich das Glühen, das Jeebee an jenem Abend an Merry bemerkt hatte, als er erfahren hatte, er solle Vater werden. Jeebee fand es schwer zu beschreiben, sich selber wie auch ihr.

»Es ist eine Art Ausdruck des Glücks und der Zufriedenheit«, sagte er einmal zu Merry.

»Nein«, hatte sie geantwortet und tätschelte sich zufrieden auf die beginnende Rundung ihres Bauches, »es ist einfach das Muttergefühl.«

»Stimmt's nicht, mein Baby?« fragte sie das Kind in ihrem Leib.

Doch dann schaute sie Jeebee ins Gesicht.

»Weißt du«, sagte sie, »du siehst auch anders aus.«

»So?« fragte Jeebee verwundert.

Zu den Dingen, die Merry von der Ranch heraufgebracht hatte, gehörte der einzige Spiegel, den die Plünderer übersehen und nicht in Scherben geschlagen hatten, auf dem Deckel des Medikamentenkästchens im Badezimmer des Ranchhauses. Später, als er es tun konnte, ohne von Merry dabei ertappt zu werden, schaute Jeebee auf seine bärtigen Züge im Spiegel. Er versuchte angestrengt den Unterschied zu sehen, den Merry erwähnt hatte. Doch soweit er sehen konnte, was es dasselbe alte Gesicht.

Gerade als er sich vom Spiegel abwendete, kam Merry zufällig in den inneren Raum zurück.

»Na, hast du dich endlich entschieden, ihn abzurasieren?« fragte sie.

Merry hatte Jeebees Bart nie gemocht, aber sie hatten einen Kompromiß geschlossen. Jeebee durfte den Bart die kalten Wintermonate hindurch tragen. Er hatte herausgefunden, daß dieser Bart wirklich ein Vorteil war, wenn es darum ging, sein Gesicht zu wärmen, besonders drunten im windoffenen Flachland. Aber wenn der Schnee des Winters schmolz, würde sein Bart auch verschwinden.

»Im Frühling, wie versprochen«, erwiderte er.

Jeebee ging hinaus, um seinen Holzkohlenmeiler zu kontrollieren. Während seiner Zeit oben an der Höhle waren seine Tage ausgefüllt mit Arbeiten wie der Herstellung von mehr Holzkohle für seine Esse. Darum und um eine stetig wachsende Liste anderer Dinge mußte er sich immerzu kümmern. Der Verbrauch von Holzkohle war gestiegen wegen der vielen Sachen, die aus Metall hergestellt werden mußten, besonders im Hinblick auf die Verbesserungen, die sie beide jetzt im inneren Raum vornahmen.

Gegen Ende März war Jeebee damit fertig geworden, den hinteren Teil der Höhle weitere anderthalb Meter weit auszugraben und die Wand zu verschalen. Noch eine Woche, und die Decke war fertig. Jeebee und Merry hatten eine Anzahl von Methoden erörtert, Wände, Boden und Decke abzudichten, damit sie den Wohnbereich sauberhalten konnten. Jeebee hatte einen Bretterboden verlegt. Nun sollte auch der irgendwie abgedichtet werden, damit sich nicht die Erde durch die Ritzen zwischen den Brettern nach oben schob.

Merrys ursprüngliche Methode, alte Decken und dergleichen, als Teppiche oder Bettvorleger zu verwenden, sorgte zwar erfolgreich für einen warmen Boden, besonders wenn sie keine Stiefel oder Strümpfe an den Füßen hatten, aber sie garantierte keine Sauberkeit. Das lag daran, daß es in ihrem beschränkten Raum unmöglich war, ständig die Fußbodenbeläge zu waschen, was notwendig gewesen wäre, um sie frisch und sauber zu halten.

Schließlich entschieden sie sich dafür, auf den schon vorhandenen Boden noch einen zweiten zu legen, wobei eine Plastikdecke dazwischen als Dichtungsschicht dienen sollte. Dafür würden sie warten müssen, bis der Frühling weit genug vorgeschritten war und die Nebengebäude der Ranch von dem angewehten Schnee befreit waren.

Jeebee dachte, er könne die Dichtungsschicht aus den

großen Plastiksäcken anfertigen. Von diesen Säcken, die einen Meter mal fünfundachtzig Zentimeter maßen, gab es in einem der Nebengebäude einen großen Stapel, wo sie glatt zusammengelegt aufeinanderlagen. Ihm war die Idee gekommen, einige dieser Säcke zu einer einzigen großen Fläche zu verbinden, indem er an der Esse eine Eisenstange erhitzte und damit die Plastiksäcke an ihren Rändern miteinander verschmolz. Der schwierige Teil dieser Arbeit würde darin bestehen, die Stange auf die richtige Temperatur zu erhitzen und diese dann beizubehalten.

Eine solche Schicht sandwichartig zwischen zwei Holzböden würde vielleicht den Sand davon abhalten, sich von unten in ihre Räume zu schieben.

Schließlich ging der April seinem Ende entgegen, und der Schnee verschwand schnell. Er schien mehr zu verdampfen als zu schmelzen. Tatsächlich, dachte Jeebee, als er berücksichtigte, in welcher Höhe sie sich befanden, dürfte wohl ein Gutteil normaler Verdunstung den Schnee beseitigen. Mit Bedauern rasierte er seinen Bart ab und kam zu dem Schluß, daß es Zeit war, nach der Ranch zu schauen.

Er beschloß, Sally zu nehmen, da sie das ruhigere der beiden Pferde war – besonders nach einem Winter, in dem sie überhaupt nicht hatten arbeiten müssen, weder geritten noch mit einer Traglast beladen worden war –, und hinabzureiten, um zu sehen, wie die Gebäude den Winter überstanden hatten.

Es war notwendig, sich vorsichtig den Weg mit dem Pferd zu suchen. Es gab immer noch Stellen, wo er absteigen und das Tier durch Schneeverwehungen führen mußte, die besonders dort noch ziemlich tief lagen, wo zwei Hänge aneinanderstießen. Doch sie schafften den Weg nach unten. Aus Neugier ritt Jeebee an dem Schieferhang vorüber und sah zu seiner Überraschung, daß er an bestimmten Stellen völlig schneefrei war. Das

Loch zu der Höhle, oder was immer das da hoch oben sein mochte, war jetzt völlig offen.

Damit hätte er auf das vorbereitet sein müssen, was er auf der Ranch finden würde. Doch obwohl er wußte, wie trocken hier die Luft war, verglichen mit der damals in Michigan, und wie die kürzlichen sonnigen und warmen Tage gewirkt haben mußten, war Jeebee überrascht, als er auf der Ranch ankam.

Die Ranch war schon fast ganz frei von Schnee. Nur noch an schattigen Plätzen war etwas übrig, oder dort, wo sich hohe Schneewehen aufgetürmt hatten. Jeebee konnte das Nebengebäude betreten, in dem sich die Plastiksäcke befanden, und den Stapel untersuchen. Er schätzte, daß mindestens ein paar hundert Säcke hier leer aufeinandergestapelt waren. Flüchtig überlegte er, daß er, wenn die Abdichtung des Fußbodens funktionierte, schließlich auch die Decke und danach vielleicht die Innenwände abdichten könnte.

Nach einem beiläufigen Blick in die anderen Gebäude und die Überreste des Ranchhauses ritt er zurück zur Höhle, mit soviel Säcken, wie Sally bequem hinter dem Sattel tragen konnte. Er hatte mehr als genug, um in einem Experiment die richtige Temperatur herauszufinden, mit der man sie zusammenschweißen konnte.

Dies würde er nach der Methode Versuch und Irrtum herausfinden müssen. Er erinnerte sich fast wehmütig an elektrische Geräte, mit denen man Lebensmittelbeutel für die Tiefkühltruhe hatte zuschweißen können. Einst hatte man sie überall verkauft. Wenn die Ranch über so etwas verfügt hätte, dann hätte er vielleicht mit Hilfe der Solarzellendecke diesen Apparat benutzen können, um die Sackränder miteinander zu verschweißen.

In den nächsten paar Wochen experimentierte er mit seiner erhitzten Stange. Die Arbeit war frustrierend. Es kam ihm so vor, als wäre das Eisen immer entweder zu heiß oder zu kalt. Wenn er es für ein paar Sekunden auf genau die richtige Temperatur brachte, dann hatte es sich wieder abgekühlt, bevor er sein Vorhaben vollendet hatte. Doch schließlich fand er die richtige Temperatur heraus und baute sich ein Gestell über die Esse. Dann konnte er die Stange, indem er sie eine bestimmte Zeit auf Haken an dem Gestell in genau der richtigen Höhe ablegte, für die Arbeit erhitzen oder genau ausreichend (und nicht zuviel) nachwärmen.

Am Ende hatte er auch in dieser Arbeit Erfahrung.

Er schweißte genügend Säcke aneinander, daß sich eine Plastikplane ergab, die ein bißchen größer war als die Bodenfläche des inneren Raums.

Zusammen legten er und Merry sie aus und befestigten sie mit Latten aus schmalen Brettern, die sie auf die Sockel der senkrechten Wände nagelten. Danach ging es nur noch darum, Bretter für den oberen Boden heraufzubringen und aufzunageln. Zum Transport der Bretter benutzten sie den Anhänger. Denn inzwischen war es schon Ende April, und der Boden war trocken genug, so daß sie für Ausflüge zur Ranch beide Pferde vor ihr Fahrzeug spannen konnten.

Merry begleitete ihn dabei. Bei den Aufenthalten auf der Ranch pflanzte sie dort im Garten Kartoffeln, die sie den Winter über in einer kühlen Ecke des inneren Raums aufbewahrt hatte. Sie hatte auch noch weitere Samen, die sie aussäte, doch Jeebee war zu sehr in seine eigenen Vorhaben vertieft, um Merrys Pflanzungen viel Aufmerksamkeit zu schenken.

»Warum tust du das?« fragte er sie. »Wenn der Herbst kommt, werden wir schon fort sein.«

»Neue Kartoffeln erntet und ißt man nicht im Herbst«, sagte Merry.

Sie hatte natürlich recht.

Danach brachte Jeebee keine Einwände mehr gegen etwas vor, das sie zu tun beschlossen hatte. Es gab sowieso andere Dinge, die ihn beschäftigten.

Als der Schnee völlig verschwunden war, nahm Jeebees innere Unruhe zu. Nun, wo die Erde nackt lag und neues Grünzeug sproß, war es nicht zu leugnen, daß die Zeit fortschritt.

Bis vor kurzem hatte er noch auf den Schnee schauen und zu sich sagen können: »Noch ist Winter. Es dauert noch eine Weile. Ich habe noch Zeit, mich vorzubereiten.«

Doch wenn er auf die Keime schaute, die aus der nackten Erde sprossen, dann war ihm, als hörte er das Ticken einer Uhr. Bis zum voraussichtlichen Geburtsdatum waren es nur wenig mehr als zwei Monate.

Jeebee hatte die Bücher auswendig gelernt, deren Text Merry ihn gelehrt hatte, und zwar Zeile um Zeile, wie ein Mensch aus der Zeit vor der Erfindung der Schrift. Sie sagte ihm einen Satz auf, ließ Jeebee dann das Gesagte für sie wiederholen, dann immer wieder für ihn selbst, bis der Satz ganz automatisch kam. Jeebee fand die Wiederholung der Worte tröstlich, selbst nachdem er die Bücher schon vorwärts und rückwärts auswendig wußte. Die Worte waren etwas Autoritäres, etwas, woran man sich halten konnte.

Gleichzeitig sagten sie ihm nicht, was er wirklich hören wollte – nämlich daß er in der Lage sein würde, seinen Beitrag zu leisten, wenn die Stunde kam. Er suchte zwischen den Worten nach dieser Art von Bestätigung, doch er konnte sie nicht finden. Dann schweifte sein Denken in ein Dutzend verschiedener Richtung ab, um sich über ein Dutzend anderer verschiedener Dinge Sorgen zu machen.

Er machte sich Sorgen um Wolf. Ein Haushund konnte eifersüchtig werden, wenn ein Baby zur Welt kam. Das war allgemein bekannt. Natürlich war Wolf kein Haushund. Andrerseits, wenn ein Haushund auch eifersüchtig sein mochte, so war es doch unwahrscheinlich, daß er das Baby als etwas möglicherweise Freßbares betrachtete.

»Es ist gut, daß du das Baby im Juni haben wirst«,

sagte Jeebee zu Merry. »Das ist wirklich ein Glückstreffer.«

»Glückstreffer – Unsinn!« erwiderte Merry fröhlich. »Man muß nur einfach die Tage vorwärts rechnen. Für ein Baby sind neun Monate nötig. Mehr braucht man nicht zu wissen.«

»Ja, ja«, sagte Jeebee. »Das weiß ich. Doch das habe ich nicht gemeint. Der Juni ist der Monat, wo der Testosteron- Spiegel bei Wölfen am niedrigsten ist. Sie sind dann am wenigsten aggressiv.«

Merry, die gerade Tuch für Babykleider zurechtgeschnitten hatte, unterbrach ihre Arbeit abrupt.

»Aggressiv? Was meinst du damit – aggressiv?«

»Oh, einfach was ich sage«, erwiderte Jeebee. Er war plötzlich besorgt, weil er die Sache Merry gegenüber überhaupt erwähnt hatte. »Die Zeit mit hohem Testosteronwerten ist während der Wintermonate. Januar, Februar und so. Das ist die Zeit, wo die Wölfe in einem Rudel um Rang und Fortpflanzungsrechte kämpfen. Im Mai und Juni ist es genau das Gegenteil. Juni, noch mehr als Mai, ist die Zeit, wo sie am wenigsten rivalisieren, und da werden dann auch die Welpen geboren. Dann sorgen alle Wölfe in einem Rudel für alle Welpen. Ich habe dir davon erzählt. Sie helfen alle, die Neugeborenen zu füttern, und passen auf sie auf, wenn die Mutter eine Zeitlang fortgehen muß. Was ich sagen wollte, war, daß wir unser Baby genau zu der Zeit bekommen, wo Wolf am freundlichsten und am hilfsbereitesten sein wird.«

»Du meinst, er ist dann voraussichtlich dem Baby gegenüber am wenigsten aggressiv?«

»Nun ja«, sagte Jeebee, »aber aggressiv ist nicht das richtige Wort. Im Gegenteil. Es ist die Zeit, wo Wolf voraussichtlich am fürsorglichsten und hilfsbereitesten sein wird.«

»Ich verstehe«, sagte Merry, und ihre gerunzelte Stirn glättete sich ein wenig.

Jeebee fühlte sich immer noch unbehaglich, weil er vielleicht Merry eine Sorge eingepflanzt hatte. Er nahm sich vor, das Thema nicht wieder anzuschneiden. Merry war vollkommen in der Lage, sich auf Dauer davon zu überzeugen, daß Wolf keine potentielle Gefahr für das Baby darstellte. Er wünschte keinerlei drastische Reaktionen.

Andrerseits wollte er auch unbedingt, daß Wolf damit einverstanden war, ihr Rudel um diesen Neuankömmling zu erweitern. Wenn die Zeit kam, würde Jeebee Wolf gegenüber auf der Hut sein müssen. Neben seinen anderen Vorbereitungen stellte sich Jeebee auch darauf ein.

Inzwischen gab es eine endlose Liste von Dingen, die er zu tun hatte. Er baute ein Gestell um das Bett und um ein zusätzliches Stück Boden daneben, wo die Geburt stattfinden sollte. Er stellte aus den Säcken Plastikbahnen her, die – falls nötig – als Schutz gegen Erde und Sand diesen Raum völlig umschließen konnten, wie ein Zelt innerhalb der Höhle.

Jeebee hatte schon die Decke und die Oberseiten der Wände des Raums mit Plastik überzogen. Von unten her eine zweite Bretterschicht an die Decke zu nageln war nicht möglich, aber die Decke war schon so gut abgedichtet wie möglich. Nun hatten sie noch zusätzlich dieses zeltähnliche Gebilde zur Verfügung. Merry würde wahrscheinlich nicht wollen, daß die Seitenwände des Zeltes die meiste Zeit heruntergelassen würden, einfach weil es drinnen unerträglich heiß werden und möglicherweise eine ausreichende Versorgung mit Luft verhindern würde.

Auf jeden Fall war es da, einsatzbereit. Nach Jeebees Erfahrungen mit der Plastikabdichtung des Bodens war das Zelt nicht schwer zu bauen gewesen.

Merry hatte sich für den Zeitpunkt, wenn die Wehen begannen, auch eine Klistierspritze gewünscht. Erstgeburten dauerten nach den Büchern und Merrys Erfahrungen für gewöhnlich länger als die Geburten von Kindern, deren Mütter schon früher einmal geboren hatten. Drunten in den Ruinen des Ranchhauses fanden sie eine solche Spritze mit einer Plastikröhre und einem Gummiballon, doch das Gummi war so alt, daß es rissig geworden war und nicht mehr funktionierte. Sie behielten die Röhre und nahmen statt des Gummiballons einen langen, rechteckigen Beutel, den Jeebee aus Plastik zusammengeschweißt hatte, und befestigten ihn an der Röhre mit straff gewickelten Schnüren aus Rohleder, die sie um das hintere Ende der Röhre herum hatten schrumpfen lassen, bis die Verbindung wasserdicht war.

Den Beutel zu füllen war ein mühsamer Vorgang: man mußte ihn in einen Behälter mit warmem Seifenwasser eintauchen und unter Wasser halten, bis die Luft nach oben entwich und statt dessen Wasser in den Beutel sickerte. Wenn der Beutel voll war, konnte man ihn entleeren, indem man ihn einfach zusammenrollte.

Merry hatte Jeebee auch gebeten, ihr eine Art Gebärschemel zu bauen, wie er jahrhundertelang unter primitiven Bedingungen verwendet worden war, mit einer stabilen senkrechten Stange davor und einer stabilen Querstange, an der sie sich festhalten konnte, um die Muskeltätigkeit bei der Entbindung zu unterstützen.

Jeebee brachte schließlich einen Dreifuß an, der die benötigte Stange enthielt. Merry zeichnete ihm eine Skizze von dem Gebärschemel, den er bauen sollte. Es handelte sich dabei einfach um einen dreibeinigen Schemel mit einem Sitz. Doch der Sitz sollte halbmondförmig ausgeschnitten sein, damit das Baby ungehindert herauskommen und Jeebee ungehindert hineinlangen und helfen konnte, wenn der Zeitpunkt gekommen war.

Jeebee hatte Glück gehabt und unten auf der Ranch eine Stichsäge gefunden, und mit ihr, die zwar klein und ziemlich dünn war, aber Kurven schneiden konnte, schnitt er aus leichtem Sperrholz drei gleichförmige Flächen für den Sitz, die er zusammenklebte und zur Verstärkung noch zusammennagelte und dann die Nägel versenkte. Am Ende polsterte er den Sitz mit Tuch und mit Leder, das sie selbst aus Rinderfellen gegerbt hatten.

Der Dreifuß, die Stangen und der Schemel mit seinem besonderen Sitz erwiesen sich als robuste Stücke, und Merry freute sich darüber.

Als es Mai wurde und dann auf das Geburtsdatum Anfang Juni zuging, war Jeebees letzte und wichtigste Sorge die Beleuchtung in der Höhle.

Er hatte so viele Batterien wie möglich voll aufgeladen in Bereitschaft.

Seiner Schätzung nach reichten seine Batterien, selbst wenn er die Autoscheinwerfer einsetzte, mindestens für dreißig Stunden.

Doch die Beleuchtung, die er so erzielte, war zwar gut, aber nicht das, was er vielleicht im Augenblick der Geburt wirklich brauchte. Dafür verließ er sich auf das solar gespeiste Außenflutlicht, das die Plünderer anscheinend übersehen hatten.

Warum sie es zurückgelassen hatten, wußte Jeebee nicht genau. Zugegeben, das Flutlicht war auf der Rückseite des Hauses unter das Dachgesims geklemmt gewesen. Doch Jeebee hatte keine Ahnung, wie die Plünderer es hatten übersehen können, es sei denn, die Verteidigung des Ranchhauses hatte zusammen mit dem Feuer die Angreifer bis zum Tageslicht vom Plündern abgehalten, als das Flutlicht sich automatisch ausgeschaltet haben mußte.

Es blieb jedoch die Tatsache, daß sie es übersehen hatten. Als Jeebee das Flutlicht gefunden und ausprobiert hatte, hatte es nicht funktioniert. Er war schon drauf und dran gewesen aufzugeben, als er bemerkte, daß die Kollektorfläche völlig mit einer Art teeriger schwarzer Substanz überzogen war; dabei schien es sich um Asche zu handeln, vermischt mit einem Harz, das vielleicht unter der Hitze des Feuers aus dem Dachmaterial des Hauses ausgetreten war.

Jeebee reinigte den Kollektor sorgfältig und brachte ihn ins Sonnenlicht; er war beeindruckt von dem hellen Licht, das er bekam, nachdem er den Kollektor einen ganzen Tag im Sonnenlicht gelassen hatte.

Die Batterie des Flutlichts hielt nur etwa zehn Stunden; doch sie würden es erst im Augenblick der tatsächlichen Entbindung benötigen, dachte Jeebee, und so konnte er die ganze Ladung der Batterie in Reserve halten.

Merry freute sich darüber genauso wie er. Wie das Elektrobike, auf dem Jeebee aus Michigan weggefahren war, bezog das Flutlicht seinen Strom vom fortschrittlichsten Solarzellentyp, und es konnte auf verschiedene Stärken geschaltet werden. Bei voller Stärke würde seine Helligkeit der einer Operationssaalbeleuchtung gleichkommen. Jeebee befestigte das Flutlicht an einer eigenen Stange an dem Dreifuß, ziemlich weit oben und mit einer Klammer, so daß es, wenn nötig, in jede Stellung gedreht werden konnte. Inzwischen hatte Merry die Babykleider und -decken fertiggestellt, und sie hatte darauf bestanden, selbst ein kleines Kinderbett mit hohen Seitenwänden zu bauen, das neben dem Feuer stehen sollte, damit das Baby es immer warm hätte. Inzwischen war es später Frühling, und für Jeebee waren die Nächte angenehm kühl. Doch er konnte verstehen, daß ein Baby andere Bedürfnisse haben mochte, was die Wärme anging.

Unerwarteterweise stellte Jeebee eines Tages fest, daß er nichts anderes mehr tun konnte als warten. Er werkelte an Bett, Schemel, Dreifuß und Beleuchtung herum – eigentlich nur, um sich Arbeit zu verschaffen –, bis Merry ihn buchstäblich aus dem inneren Raum vertrieb.

»Geh, und such dir anderswo was zu tun!« sagte sie schließlich. Sie war nicht verärgert, aber bestimmt.

»Was, zum Beispiel?« fragte Jeebee. Es war nur noch eine Woche zum voraussichtlichen Termin der Geburt.

»Such dir was!« sagte Merry. »Bau dir was in deiner Schmiede!«

Jeebee ging in die Schmiede und stellte fest, daß er keinerlei Ideen hatte. Ihm gingen nur die Worte der Bücher durch den Kopf, die Merry ihn hatte auswendig lernen lassen. Da er sonst nicht wußte, was er tun sollte, machte er ein Feuer in der Esse. Einige Wochen zuvor hatte er den Teil des Daches entfernt, der der Klippe am nächsten war. Ihm war es lieber, von einem gelegentlichen Regenguß durchnäßt als von der Hitze der Esse in diesem engen Raum bei lebendigem Leibe geröstet zu werden.

Als das Feuer brannte, untersuchte er die Metallstücke, die er heraufgebracht hatte. Es gab einige Winkeleisen, etliche Stahlstangen, einige Stücke Wasserrohr aus Stahl, und ein paar Stück Achseisen aus einem der älteren Autos.

Jeebee untersuchte das kürzere Stück Achseisen, das etwa fünfzig Zentimeter lang war und einen Durchmesser von knapp vier Zentimetern hatte. Ihm fiel nichts Nützliches ein, was man daraus machen konnte, und er schaute es verdrießlich an. Zu schade, dachte er, daß er kein Mittel hatte, um es auszubohren und dann fest mit Draht zu umwickeln. Dann hätte er wenigstens eine Art Einzelladergewehr daraus machen können, das Merry nach der Geburt des Babys hätte bei sich haben können, wenn er fort war und ihr nur den Revolver zurückgelassen hatte.

Der Vorfall mit dem Puma hatte einen tiefen Eindruck auf beide gemacht. Die große Katze mochte vor einem Erwachsenen davonlaufen – oder vielleicht auch nicht, nächstes Mal –, doch wenn Pumas wie Wölfe waren, dann würde ein Kind sich in noch weit ernsterer Gefahr befinden.

Jeebee fühlte sich immer noch schuldig, weil er damals weggewesen war. Sein Gewissen hatte ihn seitdem dauernd gequält. Er hatte einige mögliche Methoden erwogen – und verworfen –, wie er Merry angemessen bewaffnet zurücklassen konnte, während er drunten im Flachland jagte. Er hatte sogar überlegt, ob er ihr das Gewehr überlassen und versuchen sollte, die Rinder allein mit dem Revolver zu erlegen.

Als er jetzt das Stück Achseisen betrachtete, kam ihm eine verrückte Idee. Merry hatte gesagt, er solle sich etwas zu tun suchen. Dann könnte er genausogut auch das machen. Er hatte sich vorher schon einmal so etwas wie einen langen Speer vorgestellt. Etwas, womit Merry sich wenigstens ein Tier wie den Puma vom Leibe halten konnte.

Als die Vorstellung in seinem Kopf eine festere Gestalt annahm, begann er sich auszumalen, wie er die Achse in die Länge und platt hämmerte, so daß sie um die Hälfte oder mehr verlängert würde, und dann würde er sie vielleicht auseinanderschneiden und eine Speerspitze formen. Eine Speerspitze und ein metallenes Schaftstück, die zusammen die vordere Hälfte eines solchen Speers bilden konnten. Die hintere Hälfte würde er vielleicht aus einem der Wasserrohrstücke anfertigen können, wenn er es entsprechend der Länge zuschnitt, ein Ende dem Endstück des Vorderteils anpaßte und es dann anschmiedete.

Jeebee begann das Achseisen im Feuer zu erhitzen und zu bearbeiten. Als es unter den Hammerschlägen flach zu werden begann, hatte er einen weiteren Einfall. Der Speer sollte ein Querstück haben. Genaugenommen sollte etwas entstehen wie die Sauspieße des Mittelalters, bei denen ein Querstück den Keiler davon abhielt, sich an dem Schaft des in ihm steckenden Speeres hochzuschieben, in dem wütenden Verlangen, den

Menschen zu erreichen, der den Spieß hielt, und ihn mit den Hauern anzugreifen.

Das Stück Achseisen war rund, annähernd fünfzig Zentimeter lang und hatte einen Durchmesser von vier Zentimetern. Jeebee hämmerte es aus, bis es, in die Länge gedehnt und platt gehämmert, wie ein achtzig Zentimeter langes Metallpaddel mit einem fünfzehn Zentimeter langen und zweieinhalb Zentimeter dicken quadratischen Griff aussah. Das Paddelende war sieben Zentimeter breit und etwas mehr als einen Zentimeter dick.

Jeebee machte der Länge nach zwei Schnitte in das Paddelende, wozu er den Abschroter benutzte, dieses kleine meißelähnliche Werkzeug, das Nick ihm damals am Wagen gegeben hatte, als er in die Geheimnisse des Schmiedens eingeführt hatte. Der Abschroter hatte einen viereckigen Griff von etwa zweieinhalb Zentimetern Durchmesser, der in ein Loch in einem der Hörner von Jeebees Amboß paßte, wobei der dreieckige Kopf dann nach oben zeigte und die Meißelkante eine Klinge darstellte, an der Jeebee das schmiedeheiße Metall schnitt. Das Paddel war nun zu einem Griff geworden, von dem drei Stücke ausgingen.

Zwei der Stücke bog er jeweils in einem 90-Grad-Winkel ab, dann kürzte er sie auf etwa acht Zentimeter. Was er jetzt hatte, sah ungefähr aus wie ein grober Metallrohling für ein Schwert oder ein Kreuz, wobei der Griff den oberen Arm des Kreuzes darstellte, die Verlängerungen zu beiden Seiten die Querstange, und der mittlere Teil des ursprünglichen Paddels entweder den langen Fuß des Kreuzes oder den Rohzustand der Schwertklinge.

In diesem Fall war es jedoch keins von beiden. Der lange Fuß würde Schaft und Spitze des Speeres bilden.

Jeebee gab mit dem Hammer dem Schaft seine endgültige Form und schmiedete das andere Ende in eine tückisch stachelartige Speerspitze mit Widerhaken, die gut zehn Zentimeter lang waren.

Von einem der drei Zentimeter dicken Wasserrohre schnitt er ein fünf Zentimeter langes Stück ab und schob es über das kurze Griffende des Speers. Er erhitzte Rohrstück und Ende zusammen in der Esse, dann setzte er sie zusammen auf den Amboß und hammerschweißte sie, bis sie ein Stück waren.

Am Ende hatte er eine fertige Speerspitze, die nun auf einem Schaft befestigt werden konnte, der vorzugsweise aus Hartholz sein sollte.

Die Wälder rings um die Höhle bestanden aus Kiefern. Doch Jeebee hatte im vergangenen Herbst eine Anzahl Werkzeuge von der Ranch heraufgebracht, darunter auch eine rostige Hacke, deren Metallblatt halb abgebrochen war. Damals hatte er daran gedacht, sie in seiner Schmiede auszubessern, halb zur Übung, halb als Versuch, etwas herzustellen, das für Gartenarbeit nützlich war.

Nun beschloß er, die Hacke zu opfern und einfach ein Stück von 1,20 m Länge von ihrem Holzstiel abzuschneiden. Er schnitt das Ende des Stiels etwas zurecht, und schon glitt es in das Ende des hohlen Rohrstücks, das er gerade an seinen Speer geschweißt hatte. Danach mußte er nur noch mit einem Locheisen gegenüber an beiden Seiten des Wasserrohrs zwei Löcher stanzen und einen Nagel durch die Löcher und das Holz schlagen. Als der Nagel auf der anderen Seite herausschaute, schnitt Jeebee ihn ab und plattete beide Enden ab, so daß der Nagel zu einem Niet wurde, der den hölzernen Schaft in der metallenen Speerspitze sicher festhielt.

Als Jeebee so weit gekommen war, waren vier Tage vergangen; es war um die Mittagszeit. Er hatte sich völlig in die Herstellung des Speers vertieft und war gerade dabei, die Enden des Nagels abzuplatten, den er abgeschnitten und als Niet verwendet hatte, als er Merry rufen hörte.

Jeebee warf den Speer beiseite und lief in den inneren Raum. Wolf hatte sie schon vor drei Stunden gegrüßt und war dann fortgegangen; dafür war Jeebee jetzt dankbar, denn in Merrys Stimme hatte etwas angeklungen, das plötzlich alle anderen Gedanken aus seinem Kopf verscheucht hatte.

Er stürzte in den inneren Raum und zog besorgt die Tür hinter sich zu. Merry saß auf dem Bett und lächelte ihm glücklich zu. Das Lächeln dauerte nur eine Sekunde lang, dann wich es einem Blick großer Anspannung.

»Die Zeit ist gekommen, Jeebee«, sagte sie mit bemerkenswert ruhiger Stimme. »Die Wehen kommen schon seit einiger Zeit, aber ich war mir noch nicht sicher. Jetzt glaube ich, daß das Baby wirklich kommen will!«

Jeebee starrte sie an. Mit einem Mal war sein Kopf völlig leer. Ihm fielen die Worte aus den Büchern, die er auswendig gelernt hatte, nicht ein; er konnte sich nicht daran erinnern, was er tun sollte.

»Aber es soll doch erst in drei Tagen ...«, begann er einfältig.

»Nun, eben nicht«, sagte Merry. »Es kommt jetzt. Los, hilf mir auf die Füße! Ich muß soviel wie möglich herumgehen.«

KAPITEL 34

Im inneren Raum brannten nur zwei der Auto-Innenlampen. Die beiden anderen Lichtquellen, die Scheinwerfer und das Flutlicht über dem Dreifuß über dem Gebärschemel, waren noch dunkel. Im Kamin brannte kein Feuer, und nach dem Aufenthalt in der Schmiede kam Jeebee die Luft kühl vor. Doch im Licht der Lampen schimmerte auf Merrys Gesicht und Armen Schweiß.

»Ich habe mir den Einlauf gemacht«, sagte sie, »ungefähr vor einer halben Stunde. Ich habe mich ganz gereinigt und bin bereit. Ich habe mich ein bißchen ausgeruht, aber jetzt hilf mir hoch. Wie ich schon sagte, ich muß herumgehen.«

Jeebee trat automatisch zu ihr, doch seine Gedanken mußten sich immer noch an die Tatsache gewöhnen, daß das Baby beschlossen hatte, drei Tage früher als geplant zu erscheinen. Er war Merry dankbar, daß sie in diesem ersten Augenblick für sie beide denken konnte – auch für ihn, der immer noch nicht glauben mochte, daß der Augenblick wirklich gekommen war.

Er nahm sie an den Händen und half ihr vom Bett hoch. Er wußte, daß sie es alleine auf die Beine geschafft hätte, doch von nun an sollte sie ihre Kräfte so weit wie möglich schonen. Das Gehen war für sie gut und notwendig. Vom Bett aufzustehen war eine unnötige Kraftverschwendung.

Merry begann zu gehen. »Ich habe jetzt schon einige Zeit Wehen«, sagte sie. »Am Anfang kamen sie etwa alle acht Minuten. Und dauerten etwa eine Minute.«

Jeebee nahm einen Schreibblock und einen Bleistift,

die er auf einem Wandbrett bereitgelegt hatte; der Bleistift stammte aus seinem Rucksack, den Block hatte er aus Papier gemacht, das er aus der Ranch mitgenommen hatte. Er notierte sich Merrys Zeitangaben.

»Wie schnell kommen sie jetzt?« fragte er, und schaute auf die treue alte Uhr mit ihrer Hundert-Jahre-Batterie, die er noch immer am Handgelenk trug.

»Stoppe sie!« erwiderte sie. »Jetzt. Und ... jetzt!«

»Sechs Minuten, vierzehn Sekunden«, sagte Jeebee und schaute von der Uhr auf. »Wie lang hast du gewartet, bevor du mich riefst?«

»Nicht lange. Beruhige dich!« sagte Merry.

Jeebee zwang sich, tief Luft zu holen. »Ich bin ruhig – noch ruhiger«, sagte er. »Glaube ich.«

»Gut«, sagte Merry. Dabei biß sie ein wenig die Zähne zusammen, da wieder eine Wehe kam.

»Kann ich etwas für dich tun?«

»Du kannst mit mir hin und her gehen«, sagte Merry. »Ich bin ein bißchen schwerfällig.«

Jeebee ging mit ihr hin und her.

Die nächsten sechs Stunden ging Merry auf und ab, dazwischen ruhte sie sich aus, indem sie sich auf das Bett setzte. Jeebee überprüfte wahrscheinlich zum zwanzigsten Mal, ob er ihr drei Laken untergelegt hatte. Drei Laken, und zwischen jedem eine Plastikplane. Und er überprüfte noch einmal die Sauberkeit des Bettes und des Geburtsbereiches. Alles schien so zu sein, wie es sein sollte. Über dem Gebärschemel befand sich der Dreifuß mit der Querstange, damit sich Merry während der eigentlichen Geburt würde daran festhalten können.

Ihre Wehen kamen allmählich häufiger, und obwohl sie – mit kleinen Ruhepausen – weiter auf und ab ging, machte Jeebee sich Sorgen, daß sie sich auf diese Weise zu sehr verausgabte. Nach sechs Stunden hörte sie auf ihn und war damit einverstanden, eine Viertelstunde auf dem Bettrand zu sitzen.

Inzwischen waren die Wehen schneller geworden. Sie kamen häufiger und dauerten länger. Sie hatten beide die Idee völlig verinnerlicht, daß eine Erstgeburt langsam vonstatten ginge, aber insgeheim hatte Jeebee gehofft, daß die Dinge schneller verlaufen würden als es jetzt der Fall war. Er bot seine Willenskraft auf, um seiner Phantasie einen Dämpfer zu verpassen, denn sie drohte ihm alle Arten von Komplikationen vorzugaukeln. Er hielt sich vor Augen, daß es jetzt noch viel zu früh sei, sich Vorstellungen über solche Schwierigkeiten zu machen.

»Setz dich«, sagte Merry vom Bett aus. »Du bist ebenso lange auf den Beinen gewesen wie ich.«

»Ich habe kein Baby in mir, das darum kämpft, herauszukommen«, brummte Jeebee. »Außerdem müssen wir den Bereich von Bett und Schemel steril halten.«

Doch schließlich setzte er sich ihr zu Füßen auf den Boden, kreuzte die Beine und sagte sich, sie habe genug mit sich selbst zu tun und es wäre zuviel, wenn sie auch noch seine Nervosität zu ertragen hätte.

Nach einer Weile stand sie auf und ging wieder eine Weile hin und her, dann setzte sie sich erneut nieder. Die Wehen lagen jetzt nur noch vier oder fünf Minuten auseinander und waren stärker als zuvor. Jeebee machte sich eine Notiz darüber, während sie sich ausruhte und bevor er sich selbst wieder setzte.

In Wirklichkeit hatte er nicht das Bedürfnis, sich zu setzen. Das Herumgehen bedeutete keine Anstrengung. Er war daran gewöhnt, den ganzen Tag auf Schneeschuhen oder in seinen Stiefeln zu gehen, wenn nötig. Doch mit zunehmender Spannung fand er, daß es sogar für ihn angenehm war, wenn er sich einen Moment hinsetzte, und er konnte damit zweifellos seine Besorgnis für Merry verheimlichen. Er bemühte sich, die gleiche Nüchternheit an den Tag zu legen, mit der sie die Dinge zu nehmen schien.

Der Punkt ist, daß man hilflos ist und nichts tun

kann, sagte er sich. Männer sind nicht dafür geschaffen, hilflos zu sein. Frauen natürlich auch nicht. Kein Lebewesen ist dafür geschaffen.

Jeebee war so ausschließlich auf Merry konzentriert, daß er den Rest des Raums nicht wahrnahm. Er stand über ihr, als sie wieder auf dem Bettrand saß, es war ungefähr fünf Uhr nachmittags, und plötzlich schob sich ein pelziger Kopf an seinem linken Bein vorbei und tauchte seine Nase in Richtung auf genau den Mittelpunkt der Aufmerksamkeit aller Anwesenden.

Wolf war erschienen. Jeebee hatte offensichtlich vergessen, die innere Tür zuzuklinken. Jedenfalls war Wolf jetzt hereingeschlüpft, ohne daß es Jeebee oder Merry bemerkt hatten. Angesichts der aktiven Neugier, die er immer an den Tag gelegt hatte und von der die Wolfsbücher berichteten, daß sie eine grundlegende Eigenart des wölfischen Verhaltens war, war es unvermeidlich, daß Wolf, sobald er in der Höhle war, versuchte, sich am Geschehen zu beteiligen.

»Wolf…«, rief Jeebee – und in diesem Augenblick platzte Merrys Fruchtblase.

Das kurze unterhemdartige Gewand, das sie für den Geburtsvorgang geschneidert hatte und das sie jetzt als einziges trug, war über ihre Knie hochgezogen. Ihr Fruchtwasser lief auf das Laken, einiges davon spritzte sogar auf das Gesicht des Eindringlings. Mit einem Ruck nach hinten verschwand Wolf wie der Blitz aus Jeebees Blickfeld.

»Geht es dir gut…?« begann Jeebee.

»Ja, mir geht es gut!« sagte Merry. »Du könntest mir etwas bringen, womit ich hier ein wenig saubermachen kann – und bring Wolf nach draußen!«

Jeebee langte nach dem Fuß des Bettes, wo er eine Anzahl kleiner, frisch gewaschener und gekochter Tücher gestapelt hatte, die der Größe nach irgendwo zwischen Waschlappen und Handtüchern einzuordnen waren. Er reichte Merry ein Tuch, und als er dann eine

Sekunde Zeit hatte, blickte er über die Schulter. Wolf lag am anderen Ende der Höhle auf dem Boden, so weit weg, wie der kleine Raum es erlaubte, leckte an seinen Pfoten, und nachdem er sie angefeuchtet hatte, rieb er sich mit ihnen das Gesicht. Er wusch sich wie eine Katze.

»Raus hier!« sagte Jeebee. Er erinnerte sich daran, daß es wesentlich besser war, mit Wolf in dessen eigener Sprache zu reden. So knurrte er den anderen an. Und dieses Knurren war vielleicht das Beste, was er bisher zustande gebracht hatte.

Wolf hörte auf, sein Gesicht zu waschen, und blickte auf. Merry knurrte auch, und über die Bedeutung ihres Knurrens gab es keinen Zweifel.

Wolf stand auf. Nach ihrer ersten Begegnung hatte es einige Wochen gedauert, bis Jeebee erkannte, wie ausdrucksvoll das Gesicht und der Körper eines Wolfs sein konnten. Jetzt las Jeebee an ihnen höchste Entrüstung ab. Wolf ging steifbeinig zur Tür und blickte dabei mit einem verächtlichen Schnauben über die Schulter, und sein Gesichtsausdruck sagte deutlich: *›Ich muß doch hier nicht rumstehen und mir eine solche Behandlung gefallen lassen!‹*, dann zog er sich nach draußen in den niedrigeren Raum zurück. Jeebee wandte sich wieder Merry zu.

»Geht es dir wirklich gut?« fragte er. »Ich könnte die Tür zumachen, aber dann wird es hier drinnen schrecklich stickig.«

»Nein«, sagte Merry und gab ihm das Tuch zurück, mit dem sie sich gereinigt hatte. Jeebee warf es an dem Dreifuß vorbei auf den offenen Platz vor dem Kamin. Er würde später Zeit haben, es aufzuheben. »Er wird mich nicht mehr belästigen.«

»Nein, das wird er nicht!« sagte Jeebee mit einem so tiefen und aufrichtigen Gefühl, wie er es nicht mehr empfunden hatte, seit er aus dem Rübenkeller geklettert war, wo er Konservendosen mit Lebensmitteln gefunden und dann gesehen hatte, wie Wolf auf ihn wartete, möglicherweise mit der Absicht, ihm die Nahrung wegzunehmen. Damals war Jeebee bereit gewesen, Wolf zu töten, und er merkte, wie er jetzt ein fast ebenso heftiges Gefühl ihm gegenüber empfand. Zweifellos würden der Moment und das Gefühl vorübergehen, aber im Augenblick war auch Jeebee nur ein Tier.

Jeebee befahl sich, Wolf zu vergessen. Der war jetzt fort. Da er wie jeder Wolf ein praktisch veranlagtes Individuum war, hatte er sich wahrscheinlich einfach an seinem normalen Schlafplatz im Vorderraum zusammengerollt. Jeebee konnte ihn vergessen und sich auf wichtige Dinge konzentrieren. Er wandte sich wieder dem Bett zu und zog das befleckte Laken und die darunter befindliche Plastikunterlage herunter.

Merry stand auf und ging weiter hin und her. Jeebee ging drei oder vier Minuten an ihrer Seite. Dann ließ eine starke Wehe sie innehalten. Sie setzte sich erneut auf den Bettrand.

Zwölf Minuten nach sieben Uhr hatte sie im Abstand von anderthalb Minuten zwei noch stärkere Wehen, und dann kamen fast unmittelbar Wehen im Abstand von nur noch einer Minute, die eine volle Minute andauerten.

Von diesem Augenblick an verging für Jeebee die Zeit irgendwie nebelhaft, und er war sicher, daß es Merry genauso ging. Sie saß auf dem Bettrand, und die Wehen kamen immer schneller. Wie die Worte der Bücher, die er auswendig gelernt hatte, es ihn gelehrt hatten, überprüfte Jeebee gelegentlich mit zwei Fingern, ob der Gebärmutterhals, etwas weniger als zehn Zentimeter tief innerhalb der Vagina, sich zu seiner vollen Apertur geöffnet hatte. Bis jetzt noch nicht; und auch der Muskelring hatte sich noch nicht so weit gedehnt, daß der Durchgang für das Baby völlig offen und frei war.

Irgendwann nach 21:45 Uhr (Jeebees Notiz darüber

war so arg gekritzelt, daß er später nicht mehr lesen konnte, was er geschrieben hatte) wurden Merrys Wehen wirklich sehr stark und dauerten anderthalb Minuten.

Sie saß jetzt ständig auf dem Bettrand und hatte einen starken Drang, am Ende der Wehen zu pressen. Es war seltsam, dachte Jeebee, weil Merry das, was er ihr sagte, besser wußte als er selbst, aber der Drang zu pressen war in ihr fast automatisch da und außerhalb ihrer bewußten Kontrolle, daß es ihr half, wenn er sie davor warnte.

»Nein, nicht pressen. Noch nicht«, sagte er immer wieder.

Zuerst hatte sie genickt, als er dies sagte, doch nach einer Weile hörte sie sogar damit auf. Sie keuchte jetzt wie ein Welpe, um sich vom Pressen abzuhalten, denn sie wußte, wie es auch Jeebee gelernt hatte, daß sie, wenn sie zu diesem Zeitpunkt preßte, Membranen zerreißen könnte, was Blutungen und mögliche Infektionen nach sich ziehen würde.

Irgendwann – Jeebee schätzte später, daß es fast schon Mitternacht gewesen war – waren die Wehen noch stärker, und als Jeebee den Gebärmutterhals überprüfen wollte, konnte er ihn nicht mehr als einen Muskelring spüren. Er war so dünn geworden, daß er den Durchgang des Babys gestatten würde. Der Weg von der Gebärmutter her war endlich völlig offen, und Jeebees Fingerspitzen spürten schließlich etwas, bei dem es sich nur um die Schädeldecke des Babys handeln konnte. Gott sei Dank, es lag mit dem Kopf nach unten!

Jetzt war es Zeit für Merry, sich auf den Gebärschemel zu begeben. Jeebee trug sie dorthin, denn sie war jetzt von den Wehen erschöpft. Ihr Mund war trocken vom Keuchen, und Jeebee hielt eine Tasse an ihre Lippen, damit sie noch einen der kleinen Schlucke Wasser nehmen konnte, die er ihr immerzu gegeben hatte. Merry war jetzt sehr erschöpft, und sie trat gerade in jene Phase des Geburtsvorgangs ein, vor der die Bücher gewarnt hatten und die das ›Übergangsstadium‹ genannt wurde. Der Punkt, an dem der Körper umschaltet und die Wehen am Gebärmutterhals, der jetzt völlig geweitet ist, aufhören. Merry sah aus, als sei sie am Ende ihrer Kräfte, erschöpft, niedergeschlagen und verzweifelt. Sie hatte einen Punkt erreicht, wo sie nicht mehr vernünftig reagierte, und blickte Jeebee zornig an.

»Ich muß aufgeben. Das ist alles deine Schuld. Das werde ich nie mehr mitmachen.«

»Jetzt dauert es nicht mehr lang«, sagte Jeebee beruhigend, »es dauert nicht mehr lang. Halt noch ein wenig durch. Du möchtest doch jetzt nicht aufhören...«

Merry zitterte, und als er sie berührte, war ihre Haut eiskalt. Jeebee wickelte eine Decke nach der anderen um sie. Die Zeit schritt voran. Allmählich kehrte die Wärme in ihren Leib zurück, und die Periode der Niedergeschlagenheit verging.

Plötzlich hatte sie eine große Wehe, die sie nach Luft schnappen ließ. Unwillkürlich hatte sie gepreßt, und jetzt redete Jeebee ihr nicht länger zu, sie solle es nicht tun. Von nun an war Pressen angezeigt. Jetzt schmerzte es sie nur, wenn sie den Druck steigerte, um zu pressen. Das entsprach dem, was sie aus den Büchern über Geburt gelernt hatten. Wenn sie tatsächlich preßte, würde der Schmerz vergehen. Jeebee würde sie später danach fragen, und sie würde ihm dann sagen, daß sie nicht mehr wußte, ob es so gewesen war. Sie konnte sich einfach nicht mehr erinnern.

Merry hielt mit aller Kraft die Querstange gepackt und hing jetzt fast mit all ihrem Gewicht an dem Dreifuß.

Das Baby sank weiter herunter. Seine Stirn erschien am vergrößerten Eingang der Vagina. Jeebee war damit beschäftigt, sanft beim Öffnen zu helfen, indem er Merrys Leib um den heraustretenden Kopf herum zurückzog.

Vor seinen Augen sah er, wie das erste der Wunder geschah. Die Geburtsbücher hatten gewarnt, daß er vielleicht würde helfen müssen, das Baby in die richtige Lage zu bringen, doch diesmal zumindest war dies nicht notwendig. Vor seinen Augen drehte sich der Kopf und der Körper dahinter von selbst, so daß die Schultern jetzt senkrecht standen.

Der Kopf begann herauszutreten; Jeebee wölbte sanft seine Hand darunter, stützte den Schädel des Kindes und hielt ihn ein bißchen zurück, so daß er nicht zu schnell kommen und Membranen in Merrys Leib zerreißen würde. Mit der anderen, der rechten Hand, half er weiter, ihren Körper um die Öffnung zurückzuziehen, und Merry preßte mit aller Kraft, preßte und preßte...

In diesem Augenblick, in nur einem Sekundenbruchteil, sah Jeebee, daß Wolf wieder im Raum war. Wolf senkte gerade seine Schulter zum Schultern-Schieben-und-Rollen über der befleckten Decke, die Jeebee zuvor vom Bett gezogen hatte, nachdem Merrys Fruchtblase geplatzt war. Aber Jeebee hatte jetzt keine Zeit auf Wolf zu verschwenden. Seine ganze Aufmerksamkeit mußte auf Merry konzentriert bleiben.

Als er wieder etwas freier war und für einen weiteren Sekundenbruchteil einen Blick in Wolfs Richtung werfen konnte, da sah er, wie Wolf in Beobachtungsstellung dalag, die Pfoten vor sich gekreuzt, und mit den Augen den ganzen Vorgang in sich aufnehmend.

Der Kopf des Babys war jetzt schon ganz heraus, und Jeebee stützte ihn noch; er saß kniend auf den Fersen, damit er und das Baby sich tiefer befanden als Merry und die Schemelfläche. Endlich trat die untere Schulter heraus, und damit geriet alles plötzlich in schnelle Bewegung.

Jeebee versuchte, das Baby davon abzuhalten, daß es zu schnell kam, aber es kam trotzdem geschwind, nachdem seine schwierigen Körperteile jetzt die engste Stelle des Geburtsweges hinter sich hatten.

Fast unmittelbar darauf schien er das Baby in beiden Händen zu halten. Jeebee blieb weiterhin auf den Fersen sitzen, um sicherzustellen, daß er das Baby niedriger hielt als Merrys Leib, und er beobachtete die Nabelschnur, um zu sehen, ob sie noch pulsierte.

Ja, das tat sie. Aber während Jeebee noch schaute, wurde das Pulsieren allmählich langsamer und hörte auf.

Jeebee wiegte die winzige nackte Gestalt in seinem linken Arm, wobei er mit der Hand den Kopf noch halb umschlossen hielt, langte blind hinter sich zum Fuß des Bettes und nahm eines der sterilisierten, gekochten und noch feuchten Tücher von dem Stapel, den er dort abgelegt hatte. Damit reinigte er sanft Nase und Mund des Babys vom Schleim.

An dieser Stelle verlangten die Bücher, Schleim abzusaugen, um Nase und Mund des Neugeborenen völlig freizumachen. Doch Merry und Jeebee hatten kein Gummi oder anderes elastisches Material, um so ein Gerät herzustellen. Jeebee legte seinen Mund auf die winzige Nase und den Mund und saugte sanft. Er spürte nur eine leichte Berührung auf der Zunge, die ihm sagte, daß etwas herausgekommen war. Er spuckte seitwärts auf die Plastikplane aus.

Sobald das Baby atmen konnte, holte es tief Luft und stieß sofort einen winzigen Schrei aus. Sanft reinigte Jeebee mit dem Tuch auch den Rest des kleinen Gesichts. Sobald die Augen des Babys frei waren, blickten sie unglaublich blau umher.

Mit dem Aufblitzen dieser Augen schwoll etwas gewaltig in Jeebee an, eine stumme Explosion von Emotionen, die er nicht für möglich gehalten hätte, eine Verbindung zwischen ihm und diesem seinem Kind, das er da hielt.

Seine früheren beschützerischen Gefühle hatte er mit dem Augenblick identifiziert, da er bereit gewesen war, Wolf zu töten, um die Lebensmittel zu schützen, die er gefunden hatte. Jetzt besann er sich anders. Was er in diesem Augenblick gegenüber dem kleinen Kind in seinen Händen an Beschützerinstinkt empfand, war viel größer. Es richtete sich nach draußen, wie eine bewaffnete Mauer gegen die Welt und alles, was sein Kind bedrohen mochte.

Er fuhr fort, den kleinen Körper abzuwischen, der beim Austreten aus Merrys Leib noch einfach blau gewesen war, und das unter einer dünnen weißen Umhüllung, die wie Rahmkäse ausgesehen hatte. Es war ein Junge, wie Jeebee zum ersten Mal bemerkte. Jetzt begann das Neugeborene unerwarteterweise schnell rosafarben zu werden – und das war das zweite Wunder. Jeebee, der das Baby jetzt vorsichtig wieder mit beiden Händen hielt, hob es und legte es auf Merrys Brust. Sie hob müde, aber sofort die Arme und umfing es und lenkte seinen Kopf zu ihrer linken Brust, die am nächsten war. Sofort fand das Baby instinktiv mit dem Mund die Brustwarze und begann zu saugen.

Dies war für Jeebee der erste Augenblick, wo seine Spannung nachließ, und während er die beiden beobachtete, merkte er, daß sich ihm vor Erschöpfung und den Nachwirkungen der eben gemachten emotionalen Erfahrung alles dreht, und plötzlich fiel ihm ein, daß dies die Geburtsbücher vorausgesagt hatten. Es war sein Augenblick der instinktiven Bindung an seinen Sohn gewesen. Die würde für ihn nun nie mehr aufhören.

Jeebee blieb bei dem Gebärschemel knien, einen Augenblick lang halb benommen, fasziniert von dem zeitlosen Bild, wie Merry ihr Kind stillte. Dann riß ihn plötzlich ein Gefühl von Verantwortung aus seiner Benommenheit. Er hatte noch zu tun. Er schaute auf das Bett und sah die Schere, die er abgekocht hatte, bevor er sie dort auf eines der gekochten Tücher gelegt hatte, und neben ihr lagen auf dem benachbarten Tuch zwei saubere Stück Rohlederschnüre, fast so dünn wie eine Angelschnur.

Mit einem Stück band er die Nabelschnurr etwa zweieinhalb Zentimeter von Merrys Haut entfernt ab, und dann band er die andere Schnur knapp vier Zentimeter davon entfernt fest. Dann nahm er die Schere, die aus einem Nähkasten stammte, die sie im Ranchhaus gefunden hatten, und schnitt zwischen den beiden Knoten die Nabelschnur durch – das Baby war entbunden.

Jeebee stand unsicher auf und merkte plötzlich, daß er mit seinen verkrampften Beinmuskeln kaum stehen konnte, nachdem er so lange in kniender Stellung gesessen war. Das Blut floß wieder in seine Beine.

Sanft hob er Merry mit dem Baby vom Gebärschemel hoch und legte sie beide, so wie sie waren, auf das saubere Laken, das er freigelegt hatte, als er nach dem Platzen von Merrys Fruchtblase das oberste Laken und die Plastikplane abgezogen hatte.

Merry nahm den Ortswechsel hin, anscheinend ohne ihn zu bemerken. Sie saß jetzt halb aufrecht, zwei Kissen zwischen ihr und dem Kopf des Bettes stützten ihren Rücken. Sie hatte immer noch leichte Wehen, und immer wieder sickerte ein Rinnsal einer rötlichen Flüssigkeit auf das Laken unter ihr. Jeebee fiel ein, daß dies ›Wochenfluß‹ genannt wurde.

Als Vorbereitung dafür hatte Jeebee mehrere Lagen von Plastik unter abwechselnden Lagen von Laken gelegt, so daß er, wenn ein Laken zu feucht wurde, es wegnehmen konnte und sich darunter ein neues, trockenes befand.

Einen Augenblick später sah er, wie die Nachgeburt, glitschig vor Blut, austrat. Er wickelte sie in Plastik ein und legte sie auf ein hohes Wandbrett; später würde er sie nach draußen bringen.

Das Baby hörte auf zu saugen und schloß die Augen. Merry, die es beobachtet hatte, ließ mit einem Seufzer des Glücks ihren Kopf auf das Kissen sinken. Ihr Baby wechselte ab zwischen Saugen und Umherschauen. Die blauen Augen blickten träge hierhin und dorthin, dann schlossen sie sich wieder, während das Baby eine Weile zu schlummern schien. Schließlich erwachte es wieder, suchte nach der Brustwarze und trank noch ein bißchen.

Mit einem der abgekochten Tücher, das er in warmes Wasser getaucht hatte, vollendete Jeebee die Reinigung seines Babys und wickelte es dann in das wärmste und weichste Tuch, das er finden konnte. Dann wickelte er Mutter und Kind in ihre weichste Decke.

Er wandte sich ab, um mit dem Saubermachen zu beginnen. Ein leises Winseln, wie es Wolf in gewissen sozialen Situationen von sich gab, war zu hören. Jeebee drehte sich um, er hatte völlig vergessen, daß Wolf da war.

Zu seiner Überraschung näherte sich Wolf langsam Merry und dem Baby im Bett, und zwar in seiner unterwürfigsten und schmeichlerischsten Haltung. Er hielt den Kopf gesenkt, die Ohren waren zurückgelegt, er wedelte mit dem Schwanz und gab dieses leise Winseln der Beruhigung und der Beteuerung der besten Absichten von sich.

Merry, die völlig erschöpft, aber doch voll auf der Hut war, knurrte ihn mit überraschender Stärke und Intensität an. Das Knurren kam so reflexartig und klang so echt, daß es Jeebee überraschte. Er mußte kein Wolf sein, um es sehr deutlich zu verstehen. Merry war eine Mutter, und Wolf würde nicht näher an ihr Baby herankommen.

Wolf blieb sofort stehen, und Jeebee, der plötzlich wieder zur Besinnung kam, wachte auf und ging auf Wolf zu, um ihn handgreiflich hinauszuwerfen, wenn nötig.

Doch Wolf war zur Tür hinaus, bevor Jeebee den ersten Schritt getan hatte. Diesmal hatte Wolf keinerlei

Empörung an den Tag gelegt, als er verschwand, sondern eher einen schnellen Rückzug, der in seiner Geschwindheit fast magisch war.

»Nimm es«, sagte Merry und hob das Baby von ihrem Leib. »Würdest du mir bitte den Nachttopf bringen? Und ich habe einen Bärenhunger.«

Jeebee trat zu ihr, um ihr das Baby abzunehmen.

»Vorsichtig!« Merrys Stimme klang fast so scharf wie vorhin, als sie Wolf angeknurrt hatte. Jeebee fühlte kurz Empörung aufflackern, aber sie verging so schnell, wie sie gekommen war, als er das Baby aus ihren Armen entgegennahm. *Ich habe doch das Baby schon vorsichtig gehalten, bevor Merry es überhaupt in Händen hatte,* dachte er. Doch er sprach diesen Gedanken nicht aus.

»Oh«, sagte Merry und verließ langsam und unter Schmerzen das Bett. »Bringst du mir auch etwas zu Essen? Ich verhungere bald! Und ich möchte gern einen großen Becher Wasser haben – und danach vielleicht noch fünf weitere.«

Der Nachttopf stand bereit, Becher und Wasser waren vorhanden. Merry schlüpfte wieder unter die Decken und nahm das Baby wieder an sich. Der Kleine war aufgewacht, als Jeebee ihn übernommen hatte, und als er wieder zu seiner Mutter kam, suchte er aufs neue ihre Brust. Sie seufzte wieder vor Glück. Es war ein sehr, sehr tiefer Seufzer.

Jeebee brachte Merry Sandwiches, die aus einem Stück kaltem gekochten Fleisch zwischen zwei Scheiben Käse bestanden. Sie hatten für diesen Augenblick einigen Käse gehortet. Merry biß gierig hinein.

»Weißt du, daß es überhaupt nicht weh tut, wenn er nuckelt?« Sie sprach mit vollem Mund, doch das war in Ordnung. Niemand auf der ganzen Welt hat etwas dagegen, dachte Jeebee.

KAPITEL 35

Jeebee war erschöpft. Er war nahe daran, sich ein paar Decken zu nehmen, sich auf dem Boden zusammenzurollen und zu versuchen, wenigstens etwas Schlaf zu bekommen.

Merry jedoch war noch hungrig. Jeebee machte im Kamin Feuer, um einen ziemlich großen Kochtopf mit der dicken Suppe aufzuwärmen, die er vorbereitet hatte. Sie bestand hauptsächlich aus Wurzelgemüse, denn der Garten unten bei der Ranch hatte noch nicht viel Sommergemüse hervorgebracht. Aber sie hatten immer noch einige Karotten, Rote Bete und Gelbe Kohlrüben, dazu getrocknete Erbsen aus dem Obstkeller der Ranch, alles aufgehoben für besondere Gelegenheiten.

Das Wurzelgemüse hatten sie im vorigen Herbst im Garten ausgebuddelt, dann das Rübenkraut abgeschnitten und die Rüben in einem Kasten mit sandigem Erdreich vergraben. Es war ein wenig vertrocknet und zäh, aber in einer Suppe wurde es zart und diente als Ausgleich zum tierischen Protein von Käse und Fleisch.

Schließlich war Merrys Hunger gestillt. Etwas mehr als drei Stunden nach der Geburt schlummerte sie ein und fiel dann in einen Schlaf, der Jeebee normal bis tief vorkam. Das Baby lag neben ihr im Bett.

Vor der Geburt hatte Jeebee sich Sorgen gemacht, ob es gut wäre, wenn sie mit dem Neugeborenen zusammen im gleichen Bett schliefe.

»Du wirst ziemlich erschöpft sein«, hatte er erst vor ein paar Tagen gesagt, »und du wirst wahrscheinlich ziemlich tief schlafen. Wenn du dich im Schlaf herumrollst, dann könntest du …«

»Ich werde mich doch nicht auf mein eigenes Baby rollen!« erwiderte Merry. »Wie kannst du nur so etwas denken?«

»Vielleicht merkst du es gar nicht …«

»Ich werde es merken!« hatte Merry gesagt. »Niemand wird außer mir dieses Baby bei sich haben, bis ich es erlaube!«

Gezwungenermaßen hatte Jeebee es dabei belassen. Später hatte er sich an eine Stelle in einem der Wolfsbücher erinnert und sie nachgeschlagen. Gewiß, da war eine Aussage über Ersatzeltern, Leute, die bereit waren, sich um sehr junge Tiere zu kümmern und sie für Zoos und ähnliche Institutionen aufzuziehen, die sie nicht mit ausgewachsenen Tieren der gleichen Art sicher in einem Käfig halten konnten oder wo die Tiermutter tot oder zur Aufzucht unfähig war.

Diese Menschen mußten oft nachts mit den sehr jungen Tieren schlafen, und es wurde festgestellt, daß sie das ohne Gefahr für den Nachwuchs tun konnten. Es war erwiesen, daß keiner der Menschen im Schlaf sich über die jungen Kreaturen rollte, solange er weder sediert war noch unter der Auswirkung einer Droge oder eines Medikaments stand.

Als Jeebee jetzt Merry anschaute, wie sie im Schlaf mit einem Arm das schlafende Baby noch an ihre Brust hielt, war er beruhigt und glücklich.

Er brachte seine Putzarbeit zu Ende, ging nach draußen und trat für einen Augenblick in den Sommermorgen.

Wolf war aus dem Vorderraum verschwunden und nirgendwo in der Nähe der Höhle oder draußen auf der Wiese zu sehen. Der frühe Tag erwärmte sich, während die Sonne höher stieg, und Jeebee ertappte sich dabei, wie er dachte, er habe sich noch nie so glücklich gefühlt wie in diesem Augenblick.

In gewissem Sinne war seine Welt vollständig. Er fühlte sich umschlossen von Glück, unter den hochragenden Kiefern, durch deren Zweige eine leichte Brise wisperte, und an den beiden Bächen, die zwischen ihren Ufern dahinmurmelten. Über ihm segelten weiße Wolken langsam über die blauen Junihimmel. Jeebee empfand Erfüllung. In diesem Augenblick erschien ihm das Leben endlich völlig sinnvoll und überaus befriedigend.

Zum ersten Mal, seit Merry ihn hereingerufen hatte, war er sich seiner eigenen Müdigkeit bewußt. Merry war offensichtlich während der Stunden, die der Geburt gefolgt waren und wo sie so hungrig gewesen war, aufgedreht gewesen, und anscheinend hatte er sich etwas an ihrer Aufgedrehtheit angesteckt. Jetzt wollte er nur schlafen.

Er ging wieder hinein, wobei er die Außentür offen ließ, aber die innere schloß, und richtete sein Bett auf dem Boden direkt vor der Innentür her, wobei er die Tür nur einen winzigen Spalt aufließ, damit Luft hereinkommen konnte. Wenn Wolf oder ein anderer hereinkommen wollte, dann würde er Jeebee beiseiteschieben müssen. Und der würde dabei aufwachen. Merry und das Baby waren geschützt.

Danach wurde er immer wieder einmal von Merry kurz geweckt, wenn sie noch etwas zu essen oder trinken haben wollte. Jedesmal tastete er sich zum nächsten elektrischen Licht und schaltete es ein. Beim zweiten Mal schlug Merry vor, er solle ein Licht in ihrer Nähe abstellen, wo sie es selbst erreichen könnte. Alle Scheinwerfer waren an lange Kabel angeschlossen und leicht zu bewegen. Jeebee schob den nächsten Scheinwerfer zum Bett und trat nach draußen und sah, daß Wolf zurückgekehrt war und im vorderen Raum in seiner üblichen Ecke zusammengerollt lag. Vor der offenen Außentür ging der Tag in den späten Nachmittag über.

Jeebee ging ganz nach draußen, um wieder den Sommer zu fühlen und nach einer Spur des bemerkenswerten Gefühls der Vollständigkeit zu greifen, das er zuvor empfunden hatte. Als er wieder hineinging, fiel ihm neben der Tür etwas ins Auge und er erinnerte sich daran, daß er irgendwann nach der Geburt des Babys die Nachgeburt in Plastik gewickelt und hier herausgelegt hatte, um sie später zu entsorgen. Die Nachgeburt war noch da, aber die Plastikhülle war sauber abgerissen worden. Die Nachgeburt lag völlig offen da, war aber unberührt.

Die Plastikhülle wegzureißen war offensichtlich Wolfs Werk gewesen. Doch Wolf – der alles fraß, was freßbar war – hatte die Nachgeburt nicht berührt. Jeebees Herz machte einen neugierigen Sprung. Was konnte Wolf veranlaßt haben, die Nachgeburt zu verschmähen, wo er doch normalerweise alles Freßbare vertilgte oder davontrug?

Jeebee versuchte sich an etwas in den Büchern über Wölfe, die er gelesen hatte, zu erinnern, das dieses Verhalten erklären würde, doch ihm fiel nichts ein. Langsam formte sich in ihm ein Gedanke, den er nicht auf Anhieb akzeptieren konnte, weil es sich vielleicht einfach um bloßes Wunschdenken handelte. Hatte Wolf vielleicht die Nachgeburt verschont, weil er vielleicht eine Verbindung zwischen ihr und der Geburtsszene – soweit er sie beobachtet hatte – und damit mit Merry und dem Baby selbst hergestellt hatte?

Wenn dem so war, dann könnte es der Beginn der Erkenntnis gewesen sein, daß das Baby ein Teil ihrer Familie war, Teil des Rudels, wie Wolf es auffassen würde. Waren das nicht bloße Vermutungen? Jeebee war sich nur allzu sehr bewußt, wie wenig er über Wölfe wußte. Doch er fragte sich, ob vielleicht Wolfs Erfahrung mit dem Fruchtwasser in seinem Gesicht und das später Schulter-Rollen in dem besudelten Laken, wie auch die Beobachtung der Geburt – und dazu Merrys warnendes Knurren –, ob all diese Dinge nicht wie eine Art von Prägung gewirkt hätten.

Das war pure Spekulation, aber vielleicht gab es diese Möglichkeit. Als Jeebee wieder hineinging, suchte er die Kette, die er auf der Ranch gefunden hatte und die er vor langer Zeit an einem Ende mit einem Schnapper versehen hatte, so daß sie als Leine dienen konnte, so wie die Ladenbesitzerin in dem Ort, wo Jeebee sein Elektrobike verloren hatte, Wolf an einer Leine geführt hatte. Jeebee war nie dazu gekommen auszuprobieren, ob Wolf sich daran erinnern und die Leine akzeptieren würde. Jetzt hängte er die Kette an einen Nagel im Rahmen der inneren Tür, wo sie nahe zur Hand sein würde. Später würde er sie als Leine ausprobieren.

Jeebee kam es vor, als hätte er kaum die Augen geschlossen, als er durch ein Kratzen an der Tür geweckt wurde und Wolf durch den Türspalt ihm scheinbar direkt ins Ohr winselte und schnüffelte. Er setzte sich auf. Merry schaltete das Licht an. Wolfs Bitte um Einlaß hatte auch sie geweckt.

»Soll ich ihn hereinlassen?« fragte Jeebee und langte nach der Kette. »Ich habe jetzt hier die Kette. An die kann ich ihn legen. Ich glaube wirklich, daß wir ihn von Anfang an an das Baby gewöhnen sollten.«

Er dachte flüchtig an die Nachgeburt draußen, von der die Plastikhülle sorgfältig abgepellt worden war.

»Soll ich ihn an die Kette legen und dann hereinlassen, nur nahe genug, daß er dich und das Baby wieder sehen kann?« wiederholte Jeebee, als Merry nicht antwortete.

»Ja«, sagte Merry, »aber laß ihn nicht näher als bis zum Bettrand herankommen.«

Jeebee stand auf und hielt die Tür zu, indem er sich mit seinem gesamten Körpergewicht dagegenlehnte. Er nahm die Kette vom Haken, drehte sich um, wobei er die Tür immer noch zuhielt, und öffnete sie dann nur so weit, daß er sich durch den Spalt zwängen und Wolf zurückschieben konnte. Jeebee schlang die Kette, die er bereithielt, locker um Wolfs Hals, während er ihn mit den Armen festhielt, und ließ den Schnapper in eines der Kettenglieder einrasten. Wolf war jetzt an der Kette, doch sie hing locker um seinen Hals, und der Schnapper würde dafür sorgen, daß sie locker blieb, so daß sie Wolf nicht würgen würde. Wolf schien nichts dagegen zu haben. Vor der weit offenen äußeren Tür herrschte Dämmerung. Es war die übliche Zeit für Wolfs Abendbesuch.

Jeebee trat einen Schritt zurück, wobei er die Kette immer noch festhielt und damit verhinderte, daß Wolf sich ihm entzog, doch er erlaubte ihm, den Raum zu betreten. Wolf zerrte an der Kette. Er kämpfte nicht dagegen an, sondern versuchte in den inneren Raum zu gelangen. Jeebee ließ sich von Wolf in den inneren Raum ziehen und hielt ihn erst mit der Kette an, als er etwa einen Meter von der vorderen Bettkante entfernt war. Merry setzte sich auf und musterte ihn prüfend, während das Baby auf ihrer anderen Seite lag, durch ihren Körper Wolfs Sicht entzogen.

Jeebee erlaubte Wolf, noch einen Schritt vorwärts zu tun. Er war immer noch etwa einen halben Meter vom Bett entfernt, winselte, wedelte mit dem Schwanz und blickte Merry freundlich und bittend an.

Plötzlich begann das Baby zu schreien – es war ein dünnes Gewimmer – und seine Arme in die Luft zu werfen, so daß sie hinter Merrys Körper zu sehen waren. Merry wandte sich um, nahm das winzige Bündel in die Arme und legte den kleinen Kopf an ihre Brust.

Noch bevor sie das Baby ganz hochgehoben hatte, war Wolf zurückgesprungen und hatte sich hinter Jeebee versteckt.

»Schau dir das an!« sagte Jeebee. »Er fürchtet sich vor dem Baby!«

»Mein Baby ist hungrig«, sagte Merry sanft, mehr zum Baby als zu Jeebee oder Wolf. »Ist mein Baby hungrig?«

Sie hatte das Baby an ihre Brust gelegt, und es fand die Brustwarze und saugte – doch nur ein paar Augenblicke lang. Es war offensichtlich nicht so hungrig, wie es gemeint hatte. Es ließ von der Brustwarze ab und drehte den Kopf Jeebee zu. Kleine blaue Augen blickten unsicher umher.

Eine lange graue Schnauze stahl sich um Jeebees Bein. Wolf spähte nach dem Baby.

Das Baby warf mit einer plötzlichen, reflexartigen Bewegung einen Arm hoch, und Wolfs Schnauze verschwand erneut hinter Jeebees Bein.

Das Baby schaute noch einen Moment lang umher, bevor es sich entschloß, erneut nach der Brustwarze zu suchen und wieder zu saugen. Wieder stahl sich die graue Schnauze nach vorn.

Stumm, fast unmerklich kam Wolf hinter Jeebee hervor, den Hals gestreckt, die Nase zum Bett gereckt, die Augen auf Merry und das Baby gerichtet. Merry hatte den Blick gesenkt und beobachtete das Baby, das sich ganz dem Saugen widmete.

Wolf bewegte sich allmählich nach vorn, bis sein Körper sich zum größten Teil an Jeebee vorbeigeschoben hatte. Die Kette, die Jeebee locker gehalten hatte, straffte sich und hielt Wolf dreißig Zentimeter vor dem Bett an.

Jeebee trat ein wenig vor und lockerte die Kette. Wolf setzte an, das Spiel der Kette auszunutzen, doch plötzlich erstarrte er. Jeebee schaut auf Merry. Merrys Augen und Aufmerksamkeit waren ganz auf Wolf gerichtet. Ihr Gesicht hatte einen starren Ausdruck angenommen, und sie hatte ihre Zähne entblößt. Es war kein Gesicht, das einen willkommen hieß. In dem fluoreszierenden Licht schimmerten ihre Zähne wie die Zähne einer Raubtiermutter. Wolf hatte die Ohren flach an den Kopf gelegt und den Kopf gesenkt und begann mit dem Schwanz zu wedeln, während er sich vorwärts bewegte. Jetzt stand er in den gleichen Stellung still und begann leise, besänftigende Winseltöne von sich zu geben.

»Darf er bis zum Bettrand kommen?« fragte Jeebee.

»Bis zum Rand«, Merrys Gesichtsausdruck hatte sich nicht verändert, »aber nicht weiter!«

Jeebee blieb stehen, wo er war, und lockerte die Kette. Zentimeter um Zentimeter schob sie Wolf vor, bis seine Nase nur noch wenige Fingerbreit vom Bettrand entfernt war.

»Das reicht!« sagte Merry.

Jeebee hielt Wolf an. Er zog die Kette nur für einen Moment straff, doch Wolf war schon stehengeblieben, bevor Merry noch die Worte ausgesprochen hatte. Jetzt ging Wolf einen Schritt zurück, drehte sich um und verließ den inneren Raum, lief durch die Außentür und hinaus ins Freie.

Draußen nahm Jeebee ihm die Kette ab.

Da schien Wolf alles Interesse am Höhleninneren zu verlieren. Er begrüßte Jeebee in der üblichen Weise und forderte ihn auf, mit ihm zu spielen und ihn zu jagen. Jeebee kannte sich jedoch inzwischen zu gut in Wolfs Tricks aus und ließ sich nicht von seinem Posten im Eingang weglocken. Wolf hatte den inneren Raum aus eigenem Entschluß verlassen. Aber es war einer seiner ältesten Tricks zu versuchen, ob er nicht Jeebees Aufmerksamkeit von etwas ablenken konnte, das er, Wolf, selbst haben wollte, und dann Jeebee auf dem Rückweg zu dem Ding zu überholen. Es konnte durchaus sein, daß Wolf nur wie üblich tollen und toben wollte, aber genausogut konnte er lediglich versucht haben, Jeebee so weit wegzulocken, daß er an ihm vorbei und wieder durch die Tür hineinschlüpfen konnte. Vielleicht dachte er, daß Merry ihn näher an den neuen Welpen herankommen lassen würde, wenn Jeebee nicht dabei war.

Jeebee wich jedenfalls nicht von der Stelle, und nach einer Weile drehte sich Wolf, der freundlich keuchte, plötzlich um und vollführte seine übliche Nummer vom Verschwinden zwischen den Bäumen. Jeebee machte kehrt und schloß Außen- und Innentür, als er wieder hineinging.

Er war sich nicht sicher, ob Wolf in nächster Zeit noch einmal versuchen würde zurückzukommen, oder ob sein Verschwinden einfach bedeutete, daß er es aufgegeben hatte. Aber um sicherzugehen überzeugte sich Jeebee davon, daß die innere Tür fest zugeklinkt war.

Drinnen war das Licht noch an. Merry saß noch im Bett und hielt ihr Kind.

»Ich hoffe, es hat dich nicht beunruhigt, daß er so nahe war«, sagte Jeebee.

»Mich beunruhigt? Nein«, erwiderte Merry.

Sie hob die rechte Hand von der anderen, verborgenen Seite ihres Körpers, wo das Baby gelegen war, und hielt darin Jeebees Revolver. »Den werde ich von jetzt an immer zur Hand haben.«

Jeebee schaute auf die Waffe und auf Merry und stieß einen tiefen Seufzer aus. Er erinnerte sich an den Augenblick, als er vor Monaten mit den Konservendosen aus dem Rübenkeller hochgestiegen war.

»Ja«, sagte er. »Aber ich glaube wirklich nicht, daß er eine Gefahr für das Baby bedeutet.«

»Nein«, erwiderte Merry.

Sie legte den Revolver wieder dorthin, wo er gelegen hatte, und ihre Stimmung änderte sich so abrupt, wie es draußen bei Wolf der Fall gewesen zu sein schien.

»Ist er nicht schön?« fragte sie zärtlich und blickte auf das Baby.

»Ja«, sagte Jeebee und wunderte sich ein wenig, als er merkte, daß er wirklich glaubte, das Baby sei schön. Er war es nicht gewohnt, in solchen Begriffen über Männer, Jungen oder selbst männliche Kinder zu denken. Aber Merry hatte recht. Ihrer beider Baby war schön.

»Wir müssen ihm einen Namen geben«, stellte Merry entschieden fest. Am Ende des Satzes hatte sie die

Stimme etwas gehoben. Nicht genug, um eine Frage daraus zu machen, aber doch genug, um Jeebee zu einer Stellungnahme aufzufordern. Oder – wenn nicht – zu einer Reaktion.

»Wie möchtest du ihn nennen?« fragte Jeebee diplomatisch.

»Paul«, antwortete sie sofort. Ihr Blick war etwas umwölkt. »Er wird seinen Großpapa nie kennenlernen, aber er kann seinen Namen tragen.«

Sie schaute auf Jeebee. »Gefällt dir Paul für ihn etwa nicht?« fragte sie ihn.

»Ich hatte noch gar nicht darüber nachgedacht«, sagte Jeebee. »Doch, natürlich gefällt mir Paul.«

Seine Antwort entsprach völlig der Wahrheit. Er hatte einfach noch nicht so weit vorausgedacht, und er hatte auf jeden Fall nichts dagegen, das Baby nach Merrys Vater zu nennen. Zu spät kam ihm der Gedanke, daß er den Namen seines eigenen Vaters hätte vorschlagen können. Aber Merry hatte seinen Vater gar nicht gekannt. Tatsächlich hatte Jeebee seinen Vater in den Jahren seit dessen Tod und seit seiner eigenen Volljährigkeit nahezu vergessen.

Paul, dachte er jetzt, Paul war ein Name, den er wahrscheinlich selbst gewählt hätte, wenn er Zeit gehabt hätte, darüber nachzudenken.

»Schalt das Licht aus«, sagte Merry schläfrig, kuschelte sich mit dem Baby im Arm ins Bett und schloß die Augen. »Aber laß die Türen ein bißchen auf.«

Jeebee tat, wie sie gebeten hatte, und ging wieder nach draußen. Wenn Merry sich keine Sorgen über Wolfs Rückkehr machte, dann war es töricht, wenn er sich darum beunruhigen würde.

Der Abend war warm. Vor Jeebee lag eine Wiese im Hochsommer des Nordens, umringt von kerzengeraden, dunkel benadelten Kiefern, und durch ihr Grün flossen die beiden Wasserläufe von ihrer Gabelung über den natürlichen Abhang hinab. Das Wasser war tiefblau unter einem Himmel, der gewaltig hoch über ihm stetig dunkler wurde und an dem einige große Wolken so hoch hingen, daß sie noch im Licht der Sonne badeten. Sie zogen dahin wie eine Flotte von Schatzschiffen, die vor einem westwärts wehenden Wind nach den Ländern von Gold und Verheißung segelten.

Jeebee spürte, wie sich die Welt durch die Zeit hindurch vorwärts drehte, heraus aus der Dunkelheit, die ihn hierher in eine hellere Zukunft gebracht hatte.

Die Wärme, die milde Luft, der Duft des zu Ende gehenden Sommertages erfüllten ihn und dehnten ihn aus, als wäre er ein Ballon. Er holte die Luft tief in seine Lungen, und ihm kam es vor, als wüchse er mit jedem Atemzug. Er würde Merry von diesem Augenblick erzählen müssen, später, wenn sie ausgeruht war und sie beide Zeit hatten. Tatsächlich würden sie einander viel erzählen müssen über dieses großartige Ereignis auf dem Zenit des Jahres. Mit einem weiteren gewaltigen Atemzug sog er die Luft tief in seine Lunge. Er war bereit, die Höhle da hinter ihm zu einem Palast auszubauen. Er war bereit, die ganze Welt umzubauen. Er kam sich vor wie ein Gigant.

Jeebee stieß die Luft aus. Plötzlich kam ihm ein Gedanke. Etwas anderes, worüber er noch nicht mit Merry gesprochen hatte, war sein ursprünglicher Plan, nach der Geburt des Kindes weiterzuziehen und die Suche nach der Ranch seines Bruders zu vollenden. Diesen ganzen Teil ihrer Zukunft hatte er in Gedanken beiseitegeschoben, während die Geburt des Babys näherrückte, und er hatte selbst fast darauf vergessen.

In Wahrheit hatte er sich noch nicht mit den Problemen einer Reise mit dem Baby auseinandergesetzt. Nun, da das Kind endlich geboren war, konnte er voll abschätzen, was das bedeuten würde. Er, Merry und der kleine Paul würden gezwungenermaßen auf den höher gelegenen Ebenen herumwandern; möglicherweise würden einheimische Rancher auf sie schießen, wenn sie ihrer ansichtig wurden, und sie würden leben müssen wie Landfahrer. Ihm wurde plötzlich klar, wie töricht die Idee gewesen war.

Sie konnten frühestens nächsten Sommer von hier wegziehen, wenn Paul größer und kräftiger sein würde, wenn auch noch zu jung zum Reisen, selbst wenn er in einer Art Korb getragen würde, den sie sich auf den Rücken oder vor die Brust hängten, so wie die Indianer ihre Jüngsten transportiert hatten. Merry mußte es einfach für selbstverständlich angenommen haben, daß er das am Ende einsehen würde. Für sie mußte es so offensichtlich gewesen sein, daß sie sich nicht die Mühe gemacht hatte, ihn auf die Unmöglichkeit einer Weiterreise hinzuweisen. In dieser Hinsicht war sie ihrem Vater sehr ähnlich.

Jeebee hatte sich diesen Tatsachen nicht bewußt gestellt. Doch jetzt erkannte er, daß er sich unbewußt längst damit abgefunden hatte, in all seinen Plänen über den Ausbau der Schmiede und der Erweiterung der Höhle. Er schaute wieder um sich. Der Abend war herrlich. Er kam sich immer noch wie ein Gigant vor. Eine lächerliche Empfindung, dachte er plötzlich. Merry hatte alles zustandegebracht, nicht er. Aber trotzdem fühlte er sich so. Und er war auch hungrig, wie ihm jäh bewußt wurde.

Er ging zurück in die Höhle, schaltete eines der Innenlichter an, das am weitesten vom Bett entfernt war, und schnitt sich etwas Fleisch und Käse ab. Dann breitete er sein Bett wieder am Boden vor der Tür aus und schaltete das Licht aus. Im Nu schlief er mit den beiden anderen den Schlaf der Erfolgreichen und Gerechten.

KAPITEL 36

Mit der Geburt des Babys verfiel Jeebee in einen Wirbel von Aktivität. Sie hatten sich so sehr auf die Geburt konzentriert, daß sie fast den unerbittlichen Wechsel der Jahreszeiten vergessen hatten. Nun war es, als wäre der kleine Paul eine Kalenderuhr und als mäße er mit seinem Wachstum ihnen die Tage ab und als betonte er, wieviel zu tun war, bevor wieder der Schnee fiel.

Jeebee ertappte sich dabei, wie er immer unwilliger den notwendigen einen Tag pro Woche opferte, um drunten in der Ebene nach Fleisch zu jagen. Unter guten Bedingungen konnte er im allgemeinen immer noch im Bereich eines Tagesrittes wenigstens eine Kuh oder ein Kalb ausfindig machen, aber der Bestand würde nicht ewig reichen; allerdings gab es jetzt junge Kälber, die aufwuchsen und einen zukünftigen Vorrat darstellten.

Obwohl dies gute Aussichten für die Zukunft eröffnete, bestand auch die Möglichkeit, daß jederzeit ein benachbarter Rancher anrückte, um diese Territorium zu beanspruchen. In diesem Fall würde Jeebee vielleicht eines Tages plötzlich bewaffnete Männer im Flachland entdecken, und die Jagd würde nicht mehr so sicher sein, wie er es inzwischen schon als selbstverständlich betrachtet hatte.

Er begann wenigstens damit, dann und wann einen weiteren halben Tag darauf zu verwenden, das Territorium der Vorgebirge und Berge innerhalb einiger Reitstunden von der Höhle aus zu erforschen, wobei er nach Anzeichen von Hirschen suchte. Er fand nicht nur

Spuren, die nach einem Hirschwechsel aussahen, sondern er sichtete tatsächlich auch eine Anzahl von Hirschen.

Dabei half ihm natürlich die Tatsache, daß im Frühling Hirschkälber geboren worden waren. Obwohl schon beträchtlich herangewachsen, schränkten sie doch noch in gewissem Ausmaß die Bewegungsmöglichkeit ihrer Mütter und derjenigen Hirschkühe ein, die zwar nicht geworfen hatten, aber während des vergangenen Winters mit den anderen zusammengeblieben waren.

Jeebee kam zu dem Schluß, daß es hier eine hübsche Menge Vorrat an Wildbret gab, aus dem er sich bedienen konnte, wenn nötig. Er konnte sogar schon jetzt damit beginnen, aber es gab einen ausgezeichneten Grund, es nicht zu tun.

Es ging darum, daß er das Ausmaß der Arbeiten unterschätzt hatte, die er für die Zeit nach der Geburt des Babys und vor Einbruch des kalten Wetters geplant hatte.

Wenn er hier noch ein weiteres Jahr bleiben wollte, dann entstanden Bedürfnisse, denen er sich jetzt stellen mußte. Dazu gehörte die Munition für seine Schußwaffen, besonders wenn er an keinen Ort gelangen würde, wo er noch Pulver und möglicherweise weitere Patronen bekommen konnte.

Er wußte, wie er seine eigenen Patronen präparieren konnte, weil Paul die Materialien in seinem Wagen mitgeführt und Nick ihm die Technik gezeigt hatte. Paul hatte das Material für Patronen billiger verkauft als die fertigen Patronen, teils weil das Material en gros leichter zu transportieren war.

Jeebee hatte sich daran gewöhnt, die meisten seiner Patronenhülsen zur Wiederverwendung aufzuheben, doch weder Zündhütchen noch modernes rauchloses Pulver würden leicht zu finden sein, und es war für ihn unmöglich, sie selbst herzustellen.

Vielleicht konnte er Schwarzpulver herstellen, wenn er mußte. Doch soweit er wußte, würde er eine lange und wahrscheinlich gefährliche Reise durch fremdes Gebiet nach Süden machen müssen, um an Schwefel zu kommen. Das Silbernitrat für die Zündhütchen konnte man aus Vogelkot gewinnen. Doch das Einsammeln des Kots würde mehr Zeit erfordern, als er dafür übrig hatte.

Eine viel bessere Alternative wäre es, etwas anderes zu haben, womit er Rinder und Hochwild erlegen und wofür er die Geschosse selbst herstellen konnte. Etwas, das den zusätzlichen Vorteil hätte, daß es lautlos war, so daß er nicht mit dem weittragenden Hall eines Schusses aus einer Feuerwaffe die Aufmerksamkeit eines anderen erregen würde, der sich drunten im Flachland aufhielt und zwar nicht zu sehen war, aber sich noch in Hörweite befand.

Die ideale Antwort auf dies alles wäre, so dachte Jeebee, eine Armbrust. Er hatte einmal eine selbstgemachte Armbrust in der Hand gehabt und sogar abgeschossen, die man aus der stählernen Blattfeder einer Autofederung hergestellt hatte. Der kurze, schwere Bolzen – oder Pfeil – mit seiner metallenen Flachkopfspitze hatte das Ziel aus Sperrholz von einem Zentimeter Dicke glatt durchschlagen. Da seine Schmiede jetzt funktionierte, konnte Jeebee sich eine solche Waffe samt Geschossen anfertigen. Wenn er die Armbrust wann immer möglich zur Jagd einsetzte, konnte er seinen verbleibenden Munitionsvorrat beträchtlich strecken.

Seit klar war, daß sie bleiben mußten, hatte er überdies geplant, ihre gegenwärtige Höhle nach oben zu verbessern. Dazu wollte er Fensterrahmen benutzen, und Glas, das er auf der Ranch aufgestöbert hatte, die – wie viele abgelegene Gehöfte – ihren eigenen Vorrat an zusätzlichem Glasermaterial gehabt hatte.

So konnte er sogar in einige der Fensterrahmen,

deren Glasscheiben die Plünderer eingeschlagen oder das Feuer zerstört hatte, neue Scheiben einsetzen. Dafür war nur notwendig, daß der Rahmen selbst stabil war. Jeebee schwebte vor, in einem nach oben verlängerten Teil der Wand des kalten Raums eine Art Oberlicht oder Dachfenster einzubauen, wodurch das von außen kommende Sonnenlicht vorbei an einem Dachboden, der es gegen den darunter liegenden kalten Raum abschließen würde, direkt in den inneren Raum gelangte.

Das Fenster, das er sich vorstellte, würde tatsächlich aus drei Fensterrahmen von der Ranch bestehen, die aufeinander befestigt würden, so daß Jeebee eine dreifache Verglasung erzielte, die die Kälte ausschloß und doch das Tageslicht durchließ.

Doch die Armbrust wie auch das Oberlicht würden viel Zeit erfordern, und angesichts der Jagd und der anderen notwendigen Pflichten fiel es schwer zu glauben, daß er damit so schnell fertig würde, wie er gerne gewollt hätte. Je eher er die Armbrust im Einsatz hatte, desto früher konnte er beginnen, seine Munition zu sparen. Andrerseits würde das Fenster vor dem Winter fertiggestellt sein müssen.

Verglichen mit dem, was sie beide in den vergangenen Monaten geleistet hatten, schien die Arbeit nicht viel zu sein, dachte Jeebee, aber jetzt hatte Merry die meiste Zeit alle Hände voll damit zu tun, daß sie sich um Paul kümmerte.

Erst allmählich wurde Jeebee in den folgenden Wochen und Monaten klar, daß es sich anders verhielt.

Aufgrund seiner fast nicht vorhandenen Kenntnisse über Frauen, die gerade entbunden hatten, hatte Jeebee ziemlich vage angenommen, Merry würde – abgesehen vom Stillen des kleinen Paul – einen Monat nach der Geburt oder länger nahezu invalide sein. Vielleicht fähig, sich in der Höhle und direkt davor umherzubewegen und kleinere Dinge zu erledigen, aber nicht in der Lage zu jeder Art normaler Arbeit, die von ihr vielleicht schwere Anstrengungen forderte.

Zu seiner Überraschung hatte Merry anderthalb Wochen nach der Geburt nicht nur eine Babytrage für Paul gebastelt, sondern sie erledigte auch eine Reihe einfacherer Arbeiten. Einige der Samenpflanzen, die sie aus dem Garten der Ranch gerettet und dann wieder in dessen fruchtbaren Mutterboden eingepflanzt hatte, wuchsen auf und konnten geerntet werden.

Folglich brachten sie sogar jetzt im Hochsommer eine Menge selbstgezogener Nahrungsmittel von unten zur Höhle hoch, die sie kochten und lagerten. Anscheinend hatten die Leute von der Ranch regelmäßig im Herbst viele ihrer Gartenerzeugnisse eingemacht. Auch darin kannte sich Merry aus. Während Jeebee jagte und andere notwendige Dinge erledigte, war sie damit beschäftigt, eine Menge dessen, was so konserviert werden konnte, zu kochen und einzumachen.

Wenn es von bestimmten Gemüsen mehr gab, als sie Einmachgläser hatten, so kochte Merry es. Einiges davon wurde in einer Art zubereitet, die besser zur Lagerung geeignet war. Aus reifen Tomaten machte sie Tomatensoße und sogar eine Art von Ketchup. Karotten, Gelbe Kohlrüben und ähnliches Wurzelgemüse hielten sich gut, wenn man das Rübenkraut abschnitt und sie in offenen Kisten mit trockenem Sand vergrub.

Inzwischen war Jeebee mit der Arbeit an der Armbrust beschäftigt. Glücklicherweise hatte man ihm damals, als er die Armbrustvorführung verfolgt und auch die Chance gehabt hatte, selbst zu schießen, auch die Pläne gezeigt, nach denen die Waffe hergestellt worden war, und er hatte sie noch im Gedächtnis, das in solchen Dingen gut war. Er zeichnete die Pläne neu, auf Papier von der Ranch, einfach um sich alles noch einmal deutlich vor Augen zu führen, bevor er mit der Arbeit begann.

Für den Schaft, den man auch ›Säule‹ nannte, war

nach Jeebees Einschätzung stärkeres Holz als Kiefer erforderlich, und die gewöhnlichen Kanthölzer wären am Kolbenende für ihn nicht breit genug gewesen. Glücklicherweise befand sich über dem einstigen offenen Kamin der Ranch ein Kaminsims aus gefirnißtem Holz, das Jeebee als Eiche identifiziert hatte. Er war dreißig Zentimeter breit, ungefähr 2,40 m lang und etwa fünf Zentimeter dick.

Mit etwas Anstrengung löste Jeebee den Sims aus seiner Halterung und schaffte ihn zur Höhle hinauf. Dort sägte er schwitzend ein Stück von fünfundsiebzig Zentimeter ab, dem er dann mit der Axt die groben Umrisse der Säule einer Armbrust gab.

Als er fertig war, hatte er einen hölzernen Schaft, der an seinem Kolbenende etwa fünfzehn Zentimeter breit war und sich auf der Unterseite zu seiner engsten Stelle emporschweifte. Den Bogen bildete eine Blattfeder der Autofederung; für die Sehne nahm Jeebee das Bremskabel eines Autos, seine Schlaufen wurde an beiden Enden des Bogens von kleinen Stellschrauben gehalten, mit denen das Bremskabel im Auto befestigt gewesen war.

Als nächstes bohrte Jeebee an der schmalsten Stelle des Schafts nach oben, um den Durchlaß zu schaffen, an dem er den Drücker einsetzen wollte. Dieser Drükker würde eine Vorrichtung auslösen, die ›Nuß‹ genannt wurde und die Sehne hielt, wenn letztere gespannt war; sie würde Jeebee noch anfertigen müssen. Von der Kerbe, in der die Nuß saß, schnitt er bis zum vorderen Ende des Schaftes eine Rinne ein, in der der Bolzen liegen sollte, wenn die Armbrust gespannt und bereit zum Schuß war.

Nach dieser Bolzenrinne und dem Durchlaß für den Drücker mußte er nur noch vorn querüber eine Nut in den Schaft schneiden; da würde er die Stahlblattfeder mit ihrer Unterseite hineinschieben, sobald sie als Bogen dienen konnte. Dazu kamen noch unten am Vorderende des Schaftes zwei Löcher zur Befestigung eines aus Stahl geschmiedeten Bügels, in den er beim Spannen der Armbrust seine Schuhspitze hineinschieben konnte, um so die Waffe nach unten gerichtet festzuhalten, während er die Sehne zurückzog und gespannt auf die Nuß legte. Und noch zwei weitere Löcher waren nötig, durch die er Lederschnüre ziehen würde, um den Bogen an seinem Platz festzuzurren, sobald er in seine Nut eingeschoben war. Nach kurzem Nachdenken beschloß Jeebee, dafür Tiersehnen zu benutzen, die er naß aufziehen würde, und die dann trocknen und schrumpfen konnten, bis sie so straff saßen wie erforderlich.

Die restliche Arbeit fand in der Schmiede statt. Jeebee mußte die Stahlfeder etwas umschmieden, um sie in eine leicht gebogene Form zu bringen. Er mußte auch den Stahlbügel herstellen, dazu den Niet, der ihn halten sollte.

Dann kam der Drücker, ein Metallstück, das zweifach gekrümmt war und drehbar auf einem Stift saß, der in der Mitte des Durchlasses unterhalb der Nuß angebracht war. Mit seinem oberen Ende, dem Abzugsstollen, wurde der Drücker gegen eine Kerbe an der Unterseite der Nuß gedrückt, wo er gegen den Zug der Sehne festgehalten wurde, sobald sie gespannt war. Um den Bolzen abzuschießen, brauchte Jeebee dann nur das untere Ende des Drückers hochzuziehen, wodurch er den Abzugsstollen hinunterdrückte und die Nuß freigab, die sich dann nach vorn drehte und die Sehne vorwärts schnellen ließ.

Der letzte Teil des Mechanismus, den er schmiedete, war die Nuß selbst. Sie war im wesentlichen ein dicker Metallring mit einer tortenstückförmigen Kerbe an der Stelle, wo die Sehne eingelegt wurde, und einer umlaufenden Nut an der Außenseite, so daß der Bolzen an die Sehne gelegt werden konnte, bereit zum Schuß.

Jeebee fügte als nützliches, wenn auch nicht völlig

notwendiges Teil einen weiteren Fingerbolzen aus Federstahl hinzu, der an der Unterseite des Schafts angebracht wurde und dem herausstehenden Teil des Drückers Spannung zum Abschießen des Bogens verlieh.

Als Jeebee die Armbrust selbst hergestellt und zusammengebaut hatte, war nur noch wenig weitere Schmiedearbeit notwendig. Sie bestand darin, Breitkopfspitzen für die Bolzenschäfte aus dem vom Kaminsims übriggebliebenen Hartholz zu schnitzen, und zwar mit einem röhrenförmigen Ende, das an das Vorderteil des Schafts geleimt werden konnte. Anstatt der Befiederung, die ein gewöhnlicher Bolzen gehabt hätte, hatte Jeebee Steuerflossen aus Holz hergestellt und angeleimt. Merry wußte, wie man aus Rinderhufen Leim herstellte.

Bei der Herstellung dünstete der Leim einen fast unerträglichen Geruch aus – der Wolf faszinierte –, doch danach diente er Jeebees Absichten sehr gut, nicht nur bei der Herstellung der Armbrust, sondern auch in anderen Fällen, wo Leim nützlich war.

Alles in allem war die Herstellung der Armbrust ein ziemlich einfacher Vorgang. Doch am Ende war Jeebee einige Wochen damit beschäftigt, wenn man die Zeit einrechnete, die er brauchte, um die notwendigen Teile aus dem Auto und dem Ranchhaus zu besorgen und alles zusammenzubauen. Eine seiner letzten Arbeiten war, den Bogen mit der Sehne zu versehen, bevor er am Schaft befestigt wurde.

Da der Bogen, wie Jeebee schätzte, einen Spannzug von 350 bis 500 Newton hatte, würde er ihn gerade noch spannen können, indem er mit dem Fuß in den Bügel trat und dann die Sehne hochzog. Deshalb war es zunächst ein Problem, den Bogen mit der Sehne zu bespannen. Jeebee löste es dadurch, daß er den geschmiedeten Bogen quer über zwei Baumstämme legte und dann parallel zu ihnen auf den Bogen einen schmalen

Stamm, und zwar wie einen Hebel mit einem langen und einem kurzen Ende. Ein Stein, der schwerer war als dieser Stamm, drückte das kurze Ende zu Boden.

Danach konnte Jeebee das lange Ende des Hebels herunterdrücken und mit einem weiteren Stein beschweren. Dadurch wurde der stählerne Bogen so weit gebogen, daß Jeebee die gebrauchsfertige Bremskabel-Bogensehne über die Bogenspitzen ziehen konnte, auf die Lederdämpfer, die er dort um die Bogenenden gewickelt hatte, wo die Schlaufen der Sehne ruhen würden.

Als er den Bogen schließlich zusammengebaut hatte, fertigte Jeebee rund ein halbes Dutzend Bolzen an, mit Breitkopfspitzen, angeleimter hölzerner Befiederung und Endkappen, die er aus Patronenhülsen herstellte. Dann probierte er seine neue Waffe aus.

Jeebee hatte von der Ranch ein Stück Sperrholz mit heraufgebracht, das einen Zentimeter dick und seiner Erinnerung nach mit dem vergleichbar war, das als Ziel verwendet worden war, als er zum ersten Mal mit einer Armbrust geschossen hatte. Er schnitt es in zwei Hälften und stellte ein Stück locker hinter das andere, da er den Bolzen nicht verlieren wollte, falls er tatsächlich ganz hindurchging. Dann spannte er die Waffe, legte den Bolzen in die Rinne und zielte aus der leichten Entfernung von etwa fünfzehn Meter auf das Sperrholz.

Die Armbrust übertraf seine Erwartungen. Der Bolzen durchschlug glatt das erste Stück Sperrholz, seine Spitze drang mindestens zu einem Drittel, vielleicht sogar zur Hälfte ins zweite Stück ein, so daß Jeebee das Holz um den Bolzen herum aufschneiden mußte, bevor er ihn herausziehen konnte.

An den folgenden Tagen übte er mit seiner Armbrust, wann immer er freie Zeit hatte, und wurde schließlich ein ziemlich guter Schütze.

Jeebee war sehr erfreut über diese Vermehrung ihres

Waffenbestandes. Er hatte sich ein weiteres Gewehr gewünscht, das Merry bei sich behalten konnte, wenn er unterwegs war. Während der Arbeit an der Armbrust hatte er gedacht, daß er vielleicht die Armbrust oder das Gewehr bei ihr lassen könnte. Deshalb ließ er sie ihre Treffsicherheit mit der Armbrust ausprobieren. Doch es wurde schnell offensichtlich, daß es besser war, wenn er ihr das Gewehr überließ.

Es war seltsam. Merry, die buchstäblich eine überragende Schützin mit Gewehr und Pistole war, schoß mit der Armbrust ungleichmäßig und ungenau. Er zerbrach sich den Kopf darüber. Doch die einzige Antwort, auf die er kam, lautete, daß er, der sich seit seiner Kindheit eine Armbrust gewünscht und diese hier gebaut hatte, vielleicht mit mehr Begeisterung an den Gebrauch der Waffe herangegangen war als Merry. Entweder lag es daran, oder Merry versuchte die Armbrust so einzusetzen wie eine Feuerwaffe, die anders an der Schulter auflag, einen bestimmten Rückstoß hatte und deren Geschoß ein anderes Flugverhalten aufwies.

Am Ende war Jeebee froh, daß sie mit dem Gewehr besser zurechtkam. Der Bolzen der Armbrust war ein Geschoß, das sein Ziel durchbohrte, nicht zerschmetterte. Aus diesem Grund tötete es langsamer, weil es im Körper des Tieres innere Blutungen verursachte, es sei denn, der Schütze hatte Glück und traf direkt eine besonders verwundbare Stelle wie das Herz oder eine Augenhöhle. Das bedeutete, ein Armbrustschuß verletzte ein Tier zunächst nur, das dann zu einer noch größeren Bedrohung werden konnte, bevor es endlich starb.

Jeebee befand sich in der Schmiede und war – zur Vorbereitung seines ersten Versuchs mit der Armbrust auf einem Jagdausflug ins Flachland – in die Herstellung einiger weiterer Bolzen vertieft, als er von oben her ein seltsames, stampfendes Geräusch hörte. Er horchte einen Moment lang angespannt. Das Geräusch kam nicht direkt von oben, sondern wurde durch die Erde und die hölzernen Wände übertragen, die er um den Schmiedeofen aufgestellt hatte. Er ließ seine Arbeit liegen, griff das Gewehr, das direkt neben der Tür des inneren Raums stand, und rannte nach draußen.

Das Gewehr schußbereit, drehte er sich um und schaute auf die Klippe oberhalb der Höhle.

Dort stand Merry, genau über der Höhle, und grub in die Klippe und in die Klippenwand.

Jeebee ließ die Hände mit dem Gewehr sinken, die Spannung fiel abrupt von ihm ab.

Sie begann, wie er sah, an seiner Stelle mit seinem letzten Projekt, dem Einbau des Oberlichts für den inneren Raum. Der erste Schritt dazu war natürlich, über der Decke des inneren Raums eine Öffnung in die Klippe zu graben, in die das Fenster des Oberlichts eingesetzt werden konnte.

Merry hatte die metallene Leiter von der Ranch an die Vorderseite der Höhle gelehnt und war hinaufgeklettert, bis sie oben auf die schräge Wand der Klippe steigen konnte. Dort war sie eifrig mit einer Schaufel zugange. Jeebee trat schnell zurück, damit er nicht von einer Schaufelladung Erde getroffen wurde, und beobachtete in aller Ruhe die Szene, die sich ihm bot.

Neben der Stelle, wo Merry in die steile Wand der Sandklippe grub, sah Jeebee etwas, das er auf den ersten Blick nicht verstand.

Dann erkannte er, daß es sich um eine Plattform aus Pflöcken handelte, die in einem leichten Winkel tief in die Klippenwand getrieben waren. Diese Pflöcke trugen, fest angebunden, die Babytrage, in der Merry normalerweise Paul außerhalb der Höhle trug. Man konnte gerade noch Pauls Gesicht über seiner Verpackung erkennen, und dann fuchtelte er plötzlich mit den Armen.

Paul war dick in warme Kleider eingemummelt und

schien die freie Luft, das Sonnenlicht und die lebhafte Aktivität seiner Mutter neben sich zu genießen.

»Merry!« rief Jeebee zu ihr hinauf. »Was machst du da? Das ist doch meine Sache!«

»Wenn du bereit bist, dich hier an die Arbeit zu machen, dann ist's gut«, erwiderte Merry ein bißchen außer Atem, ohne daß sie aufhörte zu graben. »Inzwischen fang ich schon mal an. Mach dir keine Sorgen, ich werde nicht bis zur Zimmerdecke durchgraben.«

»Also gut, ich übernehme es jetzt!« rief Jeebee.

»Wenn du fertig bist«, rief Merry zurück. »Bis dahin arbeite ich weiter.«

»Ich bin jetzt fertig«, sagte Jeebee, schuldbewußt, weil er am letzten Schliff der Armbrustbolzen herumgetändelt hatte.

Er stieg hinter ihr die Leiter hoch. Sie arbeitete weiter, bis er direkt neben ihr stand, doch dann hörte sie auf und gab ihm ohne Widerrede die Schaufel. Dabei handelte es sich nicht um ein Werkzeug, das er in seiner Schmiede schon hatte herstellen können, sondern eine ziemlich rostige Schaufel, die sie in den Trümmern der Ranch gefunden hatten. Sie besaßen natürlich auch die kleine zusammenklappbare Schanzschaufel, die Jeebee auf dem Pferd oder dem Schlitten mit sich nach unten genommen hatte, als er im schneebedeckten Flachland auf die Jagd gegangen war. Doch diese alte, normal große Schaufel war hier oben viel wirkungsvoller, denn sie bewegte ein Mehrfaches der Ladung Erde, die man mit der Schanzschaufel heben konnte.

Jeebee übernahm die Arbeit und war bald schwer damit beschäftigt, über der Decke des inneren Raums in die Klippe hineinzugraben. Die Stützen, die er früher einmal aufgestellt hatte, um die Erde am Herabfallen zu hindern, waren wahrscheinlich ausreichend, so daß er auf den Kanthölzern, die die Deckenbalken darstellten, stehen und arbeiten konnte, aber um auf Nummer

Sicher zu gehen, fügte er zwischen ihnen einige zusätzliche Stützen und Bretter ein.

Die Folge war, daß die Decke des äußeren Raums zu einem stabilen Boden wurde, während Jeebee allmählich bis zur Höhe von etwa ein Meter fünfzig an der Vorderseite der Öffnung in der Klippe Erde herausholte, wobei die Öffnung immer niedriger wurde, bis sie auf die Wand an der Rückseite der Decke auftraf.

In diesem neuen freien Raum stellte er neue Strebebalken und Stützen für die Erde auf, die sich darüber befand.

Jeebee arbeitete noch hart, war aber bereit, aufzuhören, als gegen Abend Wolf zurückkehrte. Als Wolf Jeebee oben in dem Loch sah, das er gegraben hatte, war er sofort interessiert und wollte die Leiter zu Jeebee hinaufklettern, doch er besann sich anders, bevor seine Hinterbeine den Boden verließen. Wie Jeebee vor einiger Zeit herausgefunden hatte, konnte sein Partner ohne Schwierigkeiten Leitern hinaufsteigen, aber es gefiel ihm ganz und gar nicht, sie wieder hinunterzuklettern.

Jeebee rief die Nachricht von Wolfs Rückkehr Merry zu, die sich in der Höhle befand, stieg die Leiter hinab und nach ausführlicher Begrüßung begaben sich beide in den inneren Raum zu Merry und Paul.

Merrys Besorgnis, ob man Wolf nahe an Paul heranlassen konnte, hatte allmählich abgenommen. Wolf war alles andere als eine Gefahr für das Kind, er war Paul gegenüber sehr sanft und besorgt. Tatsächlich ließ er sich von Paul mehr gefallen als von Jeebee oder Merry. Er bestand darauf, den Kleinen jedesmal gründlich zu beschnüffeln, wenn er hereinkam, um sie begrüßen. Und wenn dabei zufällig einer von Pauls herumfuchtelnden Armen einen Finger in Wolfs Auge steckte, dann kniff er nur das Auge halb zu und fuhr mit seiner Untersuchung fort.

Für Wolf schien Pauls Faszination nicht mit zunehmender Vertrautheit abzuklingen. Ihn erfüllte offensichtlich auch weiterhin Staunen über den Kleinen. Aus dem Wolfsbüchern hatte Jeebee gelernt, daß dies für Wölfe typisch war, daß sie alle an den Jungen ihrer eigenen Spezies sehr interessiert und ihnen gegenüber sehr fürsorglich waren sowie bereit, mit ihnen stundenlang zu spielen. Von Wolfs Standpunkt aus gesehen war Paul einfach ein weiteres Mitglied der Gemeinschaft.

Die Einstellung war in Wolfs ganzem Verhalten gegenüber Jeebee und Merry deutlich geworden, aber sie erstreckte sich offensichtlich auch auf Paul. Nicht, daß Wolf jemals dem Baby nahe gekommen wäre, ohne daß Merry und gewöhnlich auch Jeebee sich in der Nähe aufhielten. Wolfs hatte – seinem Instinkt folgend – zum Beispiel versucht, Paul mit dem Maul aufzuheben. Aber Merry hatte dem Einhalt geboten.

Wolf war anscheinend bereit, sich – zumindest innerhalb bestimmter Grenzen – an Paul anzupassen, der noch in seiner Krippe lag und noch nicht herumkroch, und das in einem Alter, wo kleine Wolfswelpen schon außerhalb des Baus herumpurzelten.

Nach den Regeln und Verhaltensmustern der Wölfe waren sie ein Rudel geworden. Wolf und Jeebee selbst waren nur ein wanderndes Paar gewesen. Nachdem sie sich in einem Territorium fest niedergelassen hatten und Merry und jetzt noch Paul dazugekommen waren, hatte sich das soziale Klima verändert. Wolf betrachtete Jeebee offensichtlich als das Alphamännchen, Merry als das Alphaweibchen und sich als das Betamännchen des Rudels. Paul betrachtete er wahrscheinlich als einen etwas seltsamen Wolfswelpen – das heißt, falls er überhaupt selbst einen Wolfswelpen gekannt hatte, damals, als er sehr jung gewesen war.

Falls er fast völlig von Menschen aufgezogen worden war, so dachte Jeebee, dann konnte er vielleicht einen echten Wolfswelpen auf den ersten Blick gar nicht als solchen erkennen. Allerdings, sobald er seine anfängliche Vorsicht ihm gegenüber (wie allen fremden Dingen gegenüber) überwunden hätte, dann würde er ihn sicher untersuchen und ihn schnell genug akzeptieren.

KAPITEL 37

Das Ende des Sommers, der Herbst und der Winter rückten mit einem Mal schneller heran und gingen nahtlos ineinander über. Plötzlich war da einfach nicht mehr genug Zeit für alles.

Der Bau des schrägen Dachraums über der alten Decke des inneren Raums und der Einbau eines dreifachen Fensters in eine neue Wand höher oben quer über der Vorderseite der Klipper erwies sich als komplizierter, als Jeebee gedacht hatte. Eines der Probleme, auf die er stieß, war das Abstützen der Decke des Oberlichtraums, dessen Boden fest von den Stützen und den Wänden des darunterliegenden inneren Raums getragen wurde. Trotz seiner besten Absichten hatte seine Arbeit zur Folge, daß Sand in den inneren Raum hinabrieselte, während er werkelte, und Merry mußte Paul in seiner Babytrage oder seinem Kinderbett entweder ganz hinaus oder in die Schmiede tragen, um ihm zu ersparen, daß Sand auf ihn fiel.

Inzwischen mußte auch noch gejagt werden. Es stellte sich heraus, daß die Armbrust für die Jagd auf Rinder gut funktionierte; wie Jeebee erwartet hatte, töteten ihre Bolzen die Tiere durch innere Blutungen, ohne die Wucht der viel schnelleren Gewehrkugeln. Es war oft grausam zuzusehen, bis es seinen inneren Verletzungen endlich erlag. Folglich mußte Jeebee bei einigen Expeditionen dankbar sein, daß er auf dem Pferd saß und deshalb leichter den Angriffen einer angeschossenen Kuh oder eines waidwunden Bullen ausweichen konnte.

Doch er lernte, wie er die Waffe aus größerer Distanz

genau einsetzen konnte. Wenn er Glück hatte und das Tier aus der Entfernung traf, dann brachte es den Bolzen, von dem es getroffen worden war, nicht mit ihm in der Ferne in Beziehung. Dabei entstand auch ein größerer Abstand zwischen ihm und dem verwundeten Tier, falls es beschloß, ihn anzugreifen. Dies würde einen entscheidenden Unterschied ausmachen, sobald er wieder den Schlitten über den Schnee zur Jagd ins Flachland hinunterziehen und seiner Beute zu Fuß gegenüberstehen würde.

In der Zwischenzeit mußte er sich für die Höhle Zeit nehmen, um den Schornstein, den er gebaut hatte, gründlich zu reinigen und dort, wo er aus dem Boden der Klippe trat, eine kleine Einfassung mit einem kräftigen Dach errichten, damit er nicht vom Schnee oder von Geröll oder Staub, den der Wind heranwehte, verstopft würde. Dabei ging es nicht so sehr um ihn und Merry, sondern Jeebee wollte nicht, daß der kleine Paul durch eine plötzliche Verstopfung des Schornsteins der Gefahr einer Rauchvergiftung ausgesetzt würde.

Als all dies erledigt war, hatte Jeebee das Oberlicht immer noch nicht vollendet, als die ersten Schneeflocken fielen. Glücklicherweise handelte es sich dabei nur um einen Schneeschauer, der vielleicht zwanzig Minuten dauerte und dann aufhörte, aber ihm wurde bewußt, daß ihm die Zeit davonlief. Er ließ seine elektrischen Lichter im oberen Raum brennen und arbeitete die Nacht durch. Er hatte seine drei Fenster ausgewählt und eingesetzt und begann mit der Abdichtung der Außenwand, wobei er bei künstlichem Licht arbeitete.

Er war gegen Morgen fertig, aber er hatte alle seine Batterien bis auf eine erschöpft und war selbst zum Umfallen müde. Er schlief etwa vier Stunden lang, dann machte er sich an die abschließende Arbeit, alles wetterdicht zuzumörteln. Das bedeutete Lehm zu nehmen, den man jetzt nicht mehr draußen lassen konnte, weil er sonst einfror, ihn mit Wasser zu mischen und eine

Ladung auf einmal hinaufzutragen, um die Fensterkanten und den neuen Abschnitt der oberen Wand abzudichten.

Merry hätte ihm geholfen, aber es gab dort oben nicht genügend Platz für beide. Am späten Nachmittag hatte der Schneefall wieder eingesetzt. Jeebee brachte die Arbeit gerade noch rechtzeitig zu Ende und fiel fast die Leiter hinab, als er hinuntersteigen wollte.

Er ging wieder hinein und machte sich blindlings an die Arbeit, endlich die Decke über ihren Köpfen zu öffnen. Merry unterbrach ihn dabei.

»Bist du von allen guten Geistern verlassen?« fragte sie. »Du bist so fertig, daß es dich jeden Augenblick umhauen kann.«

Jeebee drehte sich um und merkte, daß ihm von der Bewegung schwindlig wurde. Er gab nach, ließ sich von ihr zum Bett führen und legte sich nieder.

»Gib mir nur noch eine Stunde«, sagte er, »dann bin ich fertig.«

»Eine Stunde – Unsinn!« erwiderte Merry. »Du hast dort oben jetzt alles abgedichtet und hast den ganzen Winter Zeit, die Decke dieses Raums herunterzunehmen. Du schläfst jetzt, und zwar soviel du kannst.«

Jeebee hatte immer noch das Gefühl, er solle mit ihr streiten, aber irgendwie fehlte ihm dazu die Kraft. Er erinnerte sich an nichts mehr, bis er schließlich erwachte und feststellte, daß ihm die Sonne ins Gesicht schien.

Verdutzt kam er zu sich, öffnete die Augen und setzte sich gleichzeitig am Bettrand auf. Über ihm war die Decke in Richtung auf die Vorderseite des inneren Raums zur Hälfte heruntergenommen, Tageslicht strömte hindurch und auf ihn herab. Im Kamin brannte ein Feuer, Paul lag still in seinem Kinderbett, und Merry saß am Tisch und nähte.

»Du hast die Decke geöffnet ...«, sagte Jeebee benommen.

Merry biß einen Faden ab. »Und ich schaffe den Rest ohne deine Hilfe«, sagte sie, ohne ihn anzusehen. Doch ihr Ton war sanft. »Schlaf weiter!«

Jeebee versuchte aufzustehen, fand aber, daß ihm immer noch schwindlig war, und er legte sich wieder aufs Bett. Sofort kam der Schlaf zurück. Doch diesmal war es keine tiefe Bewußtlosigkeit, die ihm das Zeitgefühl geraubt hätte. Diesmal träumte er, und zwar den alten Alptraum, den er mit sich aus Michigan ins nördliche Indiana und weiter nach Westen getragen hatte.

Er träumte wieder, daß er in der Studiengruppe arbeitete, und daß der Bildschirm, an dem er saß, voll von den Symbolen seiner Gleichungen war. Plötzlich erschien in der Mitte des Schirms eine Dunkelheit, zuerst nur eine Nadelspitze von Dunkelheit, und zerstörte einige der Symbole. Aber sie wuchs, breitete sich aus und löschte seine ganze Arbeit.

Dabei handelte es sich, wie er schon lange herausgefunden hatte, um sein Wissen um den Zusammenbruch, der – im Rückblick gesehen – kam, um alles zu unterbrechen und zu zerstören, was Jeebee – zusammen mit den anderen – zu schaffen versucht hatte. Wieder träumte er von der schwarzen Gestalt, die ihn verfolgte, ihn immer mehr in die Enge trieb und drohend immer näher kam und dabei alles auslöschte, während sie sich ihm näherte, um auch ihn auszulöschen.

Er erwachte schweißgebadet.

Merry saß neben ihm auf dem Bett und hatte ihr Hände auf seine Schultern gelegt. Sie war es, die ihn gepackt hatte, nicht die Finsternis.

»Du hattest einen Alptraum«, sagte sie, lockerte ihren Griff und ließ ihn wieder ins Kissen sinken. »Du hast gerufen – etwas über Eisen.«

»Über die eisernen Jahre,« sagte er dumpf.

»Die eisernen Jahre?« Sie blickte ihn an und kniff die Augen zusammen.

»Das war einfach mein Name für die Zeit, in der wir leben, für die Zeit nach dem Zusammenbruch«, sagte Jeebee. »Das ist alles. Ich dachte – ich sagte mir, wir seien ins eiserne Zeitalter zurückgekehrt. Verstehst du?«

Merry nickte.

»Ich glaube schon«, sagte sie. »Du meinst, wir sind in ein Zeitalter eingetreten, wo die Dinge hart sind, wo alles hart ist, wie Eisen?«

»Ja, das ist es«, sagte Jeebee und erinnerte sich daran, während er noch mit ihr sprach. »Vielleicht noch ein bißchen mehr. Ich meinte – du weißt, es gab einmal eine Zeit, als Eisen die Welt regierte. Menschen mit eisernen Waffen, in eisernen Rüstungen, beherrschten alles. Und in gewisser Weise sind wir jetzt wieder in diese Zeit zurückgekehrt, und sie wird zumindest Jahrzehnte dauern, vielleicht ein paar hundert Jahre...«

Er brach ab und schaute in ihr besorgtes Gesicht auf.

»Oh, wir werden zur Zivilisation und zur Technik zurückkehren«, sagte er. »Das ist unvermeidlich. Sie werden nicht genau wie vorher sein, aber das ganze Wissen wird wieder aufgebaut werden. Das war immer so.«

»Immer?« fragte Merry. »Das ist noch nie geschehen – ein Zusammenbruch, bei dem alles auseinanderfällt, die ganze Welt bankrott geht, Transport- und Kommunikationssysteme und alle anderen versagen, und das alles auf einmal.«

»Nein«, antwortete Jeebee, »aber das ist nur die Form, die der Zusammenbruch in unserer Zeit angenommen hatte. Zuvor war es die Pest gewesen, oder Barbaren, die allen – außer einigen wenigen Glücklichen – alles abgenommen haben, das Leben eingeschlossen, und jedesmal ist die Menschheit so ziemlich auf den gleichen Weg zurückgekehrt, auf dem sie von Anfang an gewesen ist. Wir werden es wieder schaffen. Doch bis dahin ist es eine harte Zeit. Das habe ich gedacht, als ich begann, von den ›eisernen Jahren‹ zu reden.«

Merry nahm einen Zipfel des obersten Lakens und wischte zärtlich sein feuchtes Gesicht ab.

»Es ist mein Fehler«, sagte sie.

»Dein Fehler?« Jeebee starrte sie an.

»Oh, ich meine nicht die eisernen Jahre. Ich meine, du bist überarbeitet. Du hast geschuftet, bis du zum Umfallen müde warst. Und das war meine Schuld, denn ich habe dich in diese Richtung gelenkt. Ich habe mir so viele Gedanken gemacht, was wir in diesem Winter für Paul brauchen würden. Ich hätte wissen sollen, daß man dich nicht anzustupsen braucht, daß du sowieso an deine letzten Grenzen gehst, ohne daß dich jemand von hinten schieben muß.«

»Nun denn«, Jeebee langte hoch und zog sie zu sich herunter, damit er sie küssen konnte. »Ich hätte sowieso das Gleiche getan, nicht wahr?«

»Vielleicht«, sagte Merry und legte ihre Wange an die seine, »aber wenn du es von jetzt an tust, dann hast du es nur dir selbst vorzuwerfen.«

Jeebee schaute um sich. Das Licht, das durch das Dachfenster zu ihnen herabfiel, wirkte seltsam. Es konnte nicht nur daran liegen, daß es schon Spätnachmittag war; der Einfallswinkel der Lichtstrahlen hatte sich nicht so sehr verändert. Er konnte höchstens nur eine weitere Stunde geschlafen haben.

»Ich muß aufstehen«, sagte er.

Merrys Hände drückten seine Schultern sanft aufs Bett.

»Es schneit. Ziemlich stark«, sagte sie. »Wir sind eine Weile eingeschlossen. Außerdem ist es an der Zeit, daß du ein paar Tage nichts tust und dich erholst. Laß dir Zeit.«

»Aber ich …«

»Kein Aber«, unterbrach ihn Merry. »Am Anfang wird es schwer sein, die Räder anzuhalten, aber du mußt einfach warten, bis sie stillstehen. Jetzt leg dich zurück, nimm es leicht, tu nichts; wenigstens bis der Sturm aufhört und wahrscheinlich die nächsten paar Tage. Wir haben es jetzt nicht mehr eilig. Wir sind hier eingeschlossen, hübsch und dicht und warm, wir drei. Wir haben reichlich Fleisch und Gemüse auf Lager. Jetzt haben wir alle Zeit der Welt.«

Natürlich hatte sie recht. Jeebee brauchte eine kleine Weile, um es sich einzugestehen, aber angesichts der Art und Weise, wie er vor seinem ersten langen Schlaf körperlich zusammengebrochen war, war jeder Disput sinnlos.

Er arbeitete daran, sich auszuruhen. Die ersten beiden Tage war es wirklich Arbeit. Jeebee mußte mit sich kämpfen, um nicht aufzustehen und etwas zu tun, und am Ende, um den dritten oder vierten Tag, erlaubte er sich die Öffnung der ganzen Decke des inneren Raums zum Oberlicht hin zu vollenden. Er erlaubte sich auch kleine Dinge zu tun, wie Holz hereinzubringen, um das Feuer zu schüren, oder zu prüfen, ob die Solarzellendecke nicht mit Schnee bedeckt war, sondern an der Vorderseite der Höhle hing, wo sie voll die niedrig stehende Sonne ausnutzen konnten, um die Batterien aufzuladen, die er während seiner letzten Arbeitsorgie entladen hatte.

Nach und nach entspannte er sich. Es war nicht einfach, aber allmählich verstummte der Drang, der in seinem Innern danach rief, tätig zu sein, immer tätig zu sein, und fiel in Schweigen. Jeebee las seine Wolfsbücher aufs neue, er beobachtete Merry, er dachte nach, und vor allem studierte er Klein-Paul, saß auf einem Stuhl neben der Wiege und beobachtete das Baby lange Zeit, wenn es schlief und wenn es wach war.

In dieser Zeit lag etwas Heilsames. Jeebee fühlte es, doch dessen Mechanismus wurde ihm erst bewußt, als er eines Tages spürte, wie Merry ihren Arm um seine

Schulter legte, als er dasaß und Paul beobachtete und dann sah, wie sie auf ihn herabblickte.

Er schaute zu ihr auf.

»Weißt du«, sagte er, »ich habe dir doch über den Augenblick während der Geburt erzählt, als er seine Augen öffnete? Über diesen Augenblick der Verbindung?«

Merry nickte.

»Jedesmal, wenn ich ihn anschaue, gibt er mir etwas«, sagte Jeebee langsam. Er blickte wieder auf Paul hinab. »Es ist seltsam ... ich versuchte gerade, es mir zusammenzureimen. Ich versuche herauszubekommen, wie etwas so Großes mir zufallen konnte – du, und dann er.«

Jeebee schaute wieder zu Merry auf.

»Ich versuche einfach, es zu begreifen.«

Merry beugte sich zu ihm herab und küßte ihn.

»Das ist so großartig an dir«, sagte sie. »Du versuchst immer, alles zu verstehen.«

Sie fuhr sanft mit der Hand durchs Haar an seinem Hinterkopf und kehrte wieder zu einer Strickarbeit zurück, an der sie schon einige Zeit saß. Es sollte ein warmer wollener Kopfschützer werden, der nur Jeebees Augen, Nase und Mund unbedeckt ließ und den er bei der Jagd tragen sollte. Merry strickte ihn aus dunkelblauer Wolle. Nicht so hell wie diese blitzenden Augen, die er kurz nach Pauls Geburt entdeckt hatte, dachte Jeebee. Nicht so blau, denn nichts würde für ihn jemals wieder so wie bei diesem Erlebnis sein.

Es hörte auf zu schneien, und es folgte eine ungewöhnlich heftige Kälteperiode. Jeebee blieb in der Höhle und wartete auf das Ende der Kälte, doch als es wärmer wurde, fand die Erwärmung bei Nacht gegen Morgen hin statt, und bei Tagesanbruch begann es erneut zu schneien.

Es war kein starker Schneefall, aber er dauerte an.

Am zweiten Tag ging Jeebee schließlich hinaus, um zu sehen, wie die Dinge standen. Das Wetter war kalt, aber normal für diese Jahreszeit. Tagsüber stieg die Temperatur einige Grad über den Gefrierpunkt, nachts sank sie auf 23 bis 26 Grad unter Null. Doch der Schnee war nicht so tief, daß es unmöglich gewesen wäre zu reiten.

Wie Merry gesagt hatte, waren sie mit Fleisch schon gut versorgt, und das Kühlloch auf dem Grund der Grube behielt den ganzen Tag hindurch die nächtliche Bodentemperatur bei, so daß das Fleisch hartgefroren blieb.

Deshalb war ein Jagdausflug nicht notwendig, aber er wollte ein paar kleine Dinge von der Ranch heraufholen und feststellen, wie tief in verschiedenen Gegenden des Vorgebirges und drunten im Flachland der Schnee lag, um eine Vorstellung davon zu bekommen, was ihm bei zukünftigen Jagdausflügen bevorstand.

Also sattelte er Sally und ritt los. Er wollte nur den Revolver und die Armbrust mitnehmen, aber Merry bestand darauf, daß er die Pistole und die Armbrust bei ihr ließ und statt dessen das Gewehr mitnahm. Es war vielleicht vernünftiger, aber er hatte ein unbehagliches Gefühl, daß er die beiden dort allein ließ, mit weniger Feuerkraft zur Verteidigung, als er selbst mitnahm, zumal er nicht die Absicht hatte zu jagen.

Der Himmel war fast wolkenlos. Er hatte dieses hohe blaue Aussehen, das der Himmel im Winter annimmt, wenn er sich immer weiter unendlich nach oben zu dehnen scheint. An vielen Stellen war der Schnee nur etwa zehn bis fünfzehn Zentimeter tief. Nur unter den Klippen und in abgeschiedenen Winkeln hatten sich Schneewehen gebildet. Nur an wenigen Stellen mußte er aus dem Sattel steigen und Sally am Zügel führen.

Dazu gehörte der Schieferhang. Gewöhnlich umging Jeebee ihn. Doch er war der direkteste Weg zur Ranch. Nun war der Hang, wie gewöhnlich, eine schräge weiße Fläche von weit unten bis hinauf zur Klippe, wo sich schon Schnee hoch aufgetürmt hatte. Der Eingang der Höhle, die vermutlich früher einmal ein Unterschlupf für Tiere gewesen war, war etwa in halber Höhe noch als schwarzer Fleck zu sehen, doch zu seiner Bestürzung sah er, daß Fußspuren eines Tieres zu ihr hinführten – und zwar nur zu ihr hin.

Jeebee untersuchte die Abdrücke. Selbst jetzt war er noch kein Fachmann, der aus einer Spur lesen konnte, welches Tier sie hinterlassen hatte. Aber die hier, dessen war er sich ziemlich sicher, waren die Abdrücke von Bärentatzen, und sie stammten von den Tatzen eines Bären, der viel größer war als jener, der ihn drunten im Weidengrund angefallen hatte. Es konnte sich bei ihnen sogar um die Spuren eines Grizzly handeln.

Angst überkam ihn. Wind und Schneetreiben veränderten Spuren im Schnee, aber diese hier waren ziemlich frisch, und Jeebee war sich fast sicher, daß es Bärenspuren waren.

Keine Spur führte heraus. Wenn es sich um einen Bären handelte, so hatte er vielleicht schon den Winterschlaf begonnen. Auf jeden Fall war es jetzt schon passiert, daß Jeebee seine und Sallys Spur hinterlassen hatte.

Doch die Stelle, wo er angehalten hatte, um die Spuren zu untersuchen, war gute sechs Meter vom Eingang der Höhle entfernt. Jeebee machte kehrt und führte Sally sanft den Weg zurück, den sie gekommen waren, während er sich vornahm, sich nicht wieder in diese Gegend zu wagen, bis wenigstens weiterer Schneefall seine Spuren zugeweht hatte. Dann dürfte es für das Tier in dem Loch, was immer es auch sein mochte, keine Spur mehr geben, der es zu ihrer Höhle hätte folgen können.

Als er den Schieferhang nahe der Stelle verließ, an der er ihn ursprünglich betreten hatte, waren seine Befürchtungen beträchtlich abgeflaut.

Falls der Bär nicht herausgekommen war – Grizzly

oder Schwarzbär, obwohl es schwer zu glauben war, daß ein Schwarzbär Spuren dieser Größe hinterlassen hätte –, dann mußte er schon seinen Winterschlaf begonnen haben. Und den würde er wahrscheinlich bis zum Frühjahr nicht unterbrechen. Wenn ihn nichts aufstörte, dann konnten sie ihn bis dahin vergessen.

Jeebees erster Impuls war gewesen, samt dem Gewehr geradewegs zur Höhle zurückzukehren, damit Merry und Paul nicht dem Bären ausgeliefert wären, mit nichts in Händen als dem Revolver und der Armbrust, um ihn abzuhalten – und gegen einen Grizzly würde eine Handfeuerwaffe vom Kaliber .38 wenig ausrichten. Jeebee bezweifelte, daß irgendeine der Waffen, über die sie verfügten, dem Bären ernsthaften Schaden zufügen konnte, es sei denn, ein Armbrustbolzen träfe ihn so in den Unterleib, daß er schließlich verbluten würde. Aber bis dahin konnte der Grizzly nicht nur die Höhlenwohnung zerstört, sondern auch Merry und Paul getötet haben.

Doch dann dachte er, es sei lächerlich, jetzt zurückzukehren. Er konnte sich nicht mit den Seinen den ganzen Winter hindurch in der Höhle verschanzen. Er würde auf die Jagd gehen und verschiedene andere Dinge erledigen müssen. Es war nicht einmal sinnvoll, zurückzugehen und ruhig dazusitzen, bis wieder Schnee fiel. In dieser Jahreszeit konnten ein paar Wochen vergehen, ohne daß es auch nur ein wenig schneite.

Folglich setzte er seinen Ritt zur Ranch hinab fort. Dort hatte der Schnee sich nur leicht niedergesetzt, abgesehen von den Winkeln, wo er in die offenen Teile des Hauses oder der Nebengebäude geweht worden war. Jeebee holte die kleinen Sachen, die er mitnehmen wollte – sie bestanden aus einigen Schindeln, die er aus dem Aschenhaufen auf dem Boden der früheren Schmiede der Ranch gerettet hatte, und aus einer Badezimmerwaage, die Merry wollte, um das Baby zu wiegen.

Mit dem relativ leichten Gewicht dieser Dinge schlug Jeebee einen Bogen ins offene Land und entdeckte (wie er erwartet hatte), daß es gar nicht schwer war, sich vorwärtszubewegen, abgesehen von den Stellen, wo eine Senke oder Mulde tief genug war, daß sich dort angewehter Schnee ansammeln konnte. Da nur an wenigen Orten tiefer Schnee lag und kein starker Wind wehte, der die wilden Rinder in eine bestimmte Richtung trieb, würden sie nach Jeebees Erfahrung wie gewöhnlich frei herumschweifen. Schließlich schwenkte Jeebee wieder ins Vorgebirge zurück und kehrte zur Höhle auf einer Route zurück, die den Schieferhang völlig mied.

KAPITEL 38

Zu Hause in der Höhle war alles in Ordnung. Jeebee gratulierte sich insgeheim dazu, daß er so vernünftig gewesen war und seinen Ritt fortgesetzt hatte, anstatt einfach direkt zurückzukommen. Er sattelte Sally ab, brachte sie in den Pferch und ging mit dem Sattel und den Sachen, die er von der Ranch geholt hatte, in den inneren Raum.

»Wir haben einen Bären im Winterschlaf als Nachbarn«, sagte er zu Merry, nachdem er alles aufgeräumt hatte.

»Einen Bären?« fragte Merry und runzelte die Stirn. »Wo?«

»Vielleicht einen Kilometer von hier«, antwortete Jeebee, »oder sogar ein bißchen mehr als einen Kilometer. Kennst du das Loch im Schieferhang?«

»Dort?« fragte Merry.

»Ja, dort«, erwiderte Jeebee. »Du weißt doch noch, ich dachte schon immer, es sei vielleicht früher einmal als Unterschlupf benutzt worden. Ich habe heute Spuren gesehen, die hineinführen. Aber es waren keine da, die herauskommen. Es muß ein ziemlich großer Bär sein. Vielleicht ein Grizzly.«

»Ein Grizzly!« Merry unterbrach ihre Arbeit. »Das gefällt mir gar nicht. Ein Grizzly, und so nahe!«

»Weißt du, das ganze Jahr hindurch«, sagte Jeebee, »könnte er bis auf fünfzig Meter an diese Höhle herangekommen sein, und wir haben es nicht gewußt. Es kann nicht so übermäßig viele Grizzlys geben, und Bären wandern sowieso viel herum. Sie müssen Nahrung suchen. Außerdem führen die Spuren in die

Höhle hinein, aber nicht heraus. Wie dem auch sei, wenn's ein Bär ist, dann hat er gerade den Winterschlaf begonnen und kommt erst im Frühjahr wieder heraus. Wir werden das einfach immer im Auge behalten, und ich glaube, ich werde auf jeden Fall nur noch mit Pistole und Armbrust auf die Jagd gehen. Von jetzt an behältst du das Gewehr hier bei dir.«

»Es müßte doch eine Möglichkeit geben, ihn zu töten, während er dort drinnen noch schläft«, sagte Merry, »falls es sich um einen Grizzly handelt. Ich möchte nicht, daß ein Grizzly auch nur in Pauls Nähe kommt.«

»Ich kann mir da keine Möglichkeit vorstellen«, erwiderte Jeebee, »aber wenn es sich um einen Grizzly handelt, dann ist die .30/06 etwas zu leicht, um ihn mit einem einzigen Schuß zu töten, es sei denn, man trifft ein lebenswichtiges Organ. Und mir gefällt der Gedanke nicht, in einem pechschwarzen Loch zu versuchen, ihn an einem lebenswichtigen Organ zu treffen, besonders wenn er zusammengerollt liegt, wie es die Bären im Winterschlaf wohl tun.«

»Wir könnten das Flutlicht mit der Batterie mitnehmen«, sagte Merry. »Ich könnte das Licht halten, während du auf ihn schießt – so oft wie nötig.«

»Und was ist, wenn er auf uns losgeht, obwohl er schon einige Male getroffen ist? Ich hätte ein Gewehr, das sich dann schon als zu leicht erwiesen hätte, und du hättest nur einen Revolver.«

»Ich könnte deinen verrückten Speer nehmen«, sagte Merry.

Jeebee prustete.

»Wenn es so weit käme«, sagte er, »dann würde ich den Speer und das Licht nehmen. Du würdest schießen. Du bist die bessere Schützin als ich.«

Jeebee holte tief Luft.

»Auf jeden Fall«, sagte er, »ist der Gedanke lächerlich, jetzt zu versuchen ihn zu erschießen. Wir würden uns nur Schwierigkeiten einhandeln. Wir würden ihm eine Gelegenheit bieten, uns beide zu töten – und was würde dann mit Paul geschehen? Andrerseits, wenn wir ihn einfach in Ruhe lassen. dann schläft er bis zum Frühling. Und wenn er dann herauskommt, wird er wahrscheinlich in jede andere Richtung gehen als hierher. Er hätte sich nicht hier verkrochen, wenn er nicht in diese Gegend gehörte. Wenn er hierher gehört, dann weiß er, daß es drunten im Flachland Rinder gibt, und sein erster Instinkt nach dem Erwachen wird sein, hinunter in die Ebene zu gehen. Er wird wissen, daß es nach einem Winter eine Anzahl toter Rinder gibt, die noch freßbar sind, weil sie eingefroren und bis zum Frühling mit Schnee bedeckt waren. Ein hungriger Grizzly, der den Winterschlaf hinter sich hat, wird zuerst an dieses tote Fleisch denken und hinter ihm her sein. Jeder Grund spricht dafür, daß er geradewegs nach drunten geht, und kein Grund dafür, daß er in unsere Richtung kommt.«

Merry war offensichtlich nicht davon überzeugt, aber sie setzte den Disput auch nicht fort. Jeebee hatte das heimliche Gefühl, daß seine Frage, was mit Paul geschehen würde, wenn sie beide getötet würden, sie von dem Gedanken abgebracht hatte, jetzt auf den Bären loszugehen.

Er fühlte sich ein wenig schuldig, als hätte er die Diskussion mit unfairen Mitteln zu seinen Gunsten entschieden. Aber er tröstete sich mit der Tatsache, daß er ja nichts anderes als die Wahrheit gesagt hatte. Ein Bär dieser Größe mußte mehr als ein Jahr alt sein. Wenn er in dieser Gegend lebte, dann wußte er von den Rindern und hatte mehr als einen Frühling erlebt, in dem die gefrorenen Kadaver allmählich bloßgelegt wurden, während der Schnee schmolz. Der Bär würde sich sicherlich ins Flachland aufmachen, wenn er erwachte.

Dabei beließen sie es. Jeebee legte die Hände in den Schoß und wartete auf den nächsten Schnee. Sobald seine Spuren mit Schnee bedeckt waren, konnte er sich entspannen. Doch anstatt mehr Schnee hervorzubringen, beschloß das Wetter perverserweise, wärmer zu werden.

Nicht nur das, sondern das warme Wetter dauerte auch am nächsten Tag an, am übernächsten, und am überübernächsten. Diese ungewöhnliche Wärmeperiode wurde dann von einem plötzlichen Kälteeinbruch unterbrochen, der über Nacht andauerte und am nächsten Morgen von einem heftigen, aber kurzzeitigen Schneeschauer gefolgt wurde, dessen Folgen vielleicht eine halbe Stunde lang auf dem Boden liegen blieben und dann in der Sonne verschwanden. Die Tage wurden wieder warm.

Die Wiederkehr der Wärmeperiode war ein unerwartetes Geschenk des Wetters, das ihnen Zeit gab, um noch die allerletzten Dinge zu erledigen, die sie wegen Jeebees Zusammenbruch und dem ersten Schneesturm versäumt hatten.

In einem der Nebengebäude der Ranch hatte sich der staubige, offensichtlich lange nicht mehr benutzte Kanonenofen befunden, von dem sich Jeebee den Rauchfang für seine Esse geholt hatte. Klein-Paul zuliebe hatte Merry gewünscht, daß sie diesen Ofen heraufbrächten und ihn an ihren Schornstein anschlössen, als Ersatz für den offenen Kamin. Sie wies Jeebee daraufhin, daß sie damit viel besser kochen könnte und daß der Ofen das Innere der Höhle viel wirksamer heizen würde.

Während der warmen Herbsttage hatte Jeebee es von einem Tag zum anderen verschoben, den Ofen heraufzubringen, bis er sich plötzlich im Wettlauf mit dem Einbruch des Winters befand, um noch das Oberlicht rechtzeitig fertigzustellen. Als er damit fertig war, war es nicht mehr möglich gewesen, mit den zwei Pferden den Anhänger hinunter ins Flachland zu fahren.

Der Anhänger war absolut notwendig gewesen. Für ein Pferd allein war der Ofen zu schwer. Die Füße wären noch gegangen, dazu einige andere äußere Teile, aber der gußeiserne Rumpf des Ofens war selbst für Brute zu schwer. Mit dem Anhänger konnten die beiden Pferde ihn bequem transportieren, vorausgesetzt, daß der Schnee nicht die Hänge unpassierbar gemacht hatte.

Nun gab es dank dieser außergewöhnlichen Wärmeperiode genügend nackten Boden bis hinunter zur Ranch, so daß Jeebee versuchen konnte, mit dem Anhänger den Ofen zu holen. Und das tat er dann auch. Oben in der Höhle war Merry inzwischen damit beschäftigt, einige Wandbretter abzunehmen und dafür neue aufzuhängen, um das Kochen bequemer um einen Ofen herum zu organisieren, statt um den offenen Kamin.

Unterwegs gab es einige glatte Stellen, die der Frost mit Eis überzogen hatte und die leicht mit Neuschnee bedeckt waren. Auf dem Weg zur Ranch hinunter mußte Jeebee sie mit den Pferden und dem Anhänger überqueren. Ansonsten hatte er keine Schwierigkeiten und entdeckte nichts, was sie davon abhalten würde, den Ofen heimzubringen.

Auf dem Weg nach unten hielt Jeebee an einer bestimmten Stelle an und suchte aus der Ferne den Schieferhang mit dem Fernglas ab. Zu seiner Erleichterung gab es dort auch große schneefreie Flächen, und mit dem starken Fernglas konnte er auch den Eingang der Höhle heranholen. Alle Anzeichen, daß er nahe an der Höhle gewesen war, waren verschwunden.

Er bemerkte zum ersten Mal, daß es auf der Klippe, die den Hang krönte, noch eine ungewöhnliche, außerordentliche Häufung von Schnee gab. Mehr, als seiner Meinung nach vom Schneefall allein gekommen sein konnte. Vielleicht hatte es von den steileren Hängen weiter oben einen Schneerutsch gegeben, der in dem nach oben gerichteten Rand der Klippe eine natürliche Barriere gefunden und sich daran aufgehäuft hatte.

Jeebee setzte den Weg zur Ranch fort. Dort gab es jetzt noch weniger Schnee, als er erwartet hatte. Er lud den Ofen mit seinem Rauchabzug und allem anderen, was dazu gehörte, auf den Anhänger und band die Teile stramm fest. Glücklicherweise waren alle notwendigen Teile da, einschließlich der Deckel für die zwei Kochflächen auf der Oberseite des Ofens, durch die Brennholz nachgelegt werden konnte, wie auch durch die Ofentür an der Vorderseite.

Für die Pferde war der Rückweg hinauf zur Höhle relativ leicht. Mit Merrys Hilfe brachte Jeebee den Rest dieses Tages und die ganzen nächsten beiden Tage damit zu, den Ofen aufzubauen und in Gang zu bringen.

Jeebee stellte fest, daß es ihm leid tat, das offene Feuer des Kamins zu verlieren. Andrerseits gab es keinen Zweifel, daß der Ofen wirksamer, praktischer und viel sicherer war. Jeebee freute sich, daß er seine Esse nicht ihres Rauchfangs berauben mußte, um den Rauch aus dem Ofen in den Schornstein hinaufzuleiten, und daß er den Rauch durch den neuen Rauchabzug los wurde und nicht über die nackten, mit Lehm vermörtelten Steinwände seines selbstgemachten Schornsteins.

Er setzte den Rauchabzug in den Schornstein ein und schob ihn hoch, bis das Rohr den kleinen Wetterschutz erreichte, den er oben auf der Klippe gebaut hatte. Der Rauchabzug würde leichter auseinanderzunehmen sein, Teil um Teil, wenn der Frühling kam. Er würde dann von Teer und möglicherweise brennbarem Ruß gereinigt werden müssen. Genau wie es mit dem Inneren des Schornsteins gewesen war, obwohl Jeebee sein Bestes getan und den Schornstein so sauber wie möglich gerieben hatte.

Die Batterien waren zum größten Teil wieder voll aufgeladen. Folglich konnten Jeebee und Merry bis in die Nacht hinein arbeiten, wenn sie wollten. Das taten sie dann auch, nachdem sie den Ofen aufgestellt und ihre erste Mahlzeit darauf gekocht hatten. Es gab allerlei Kleinigkeiten an Merrys Regalen zu Ende zu bringen, die Möbel mußten neu aufgestellt und um den Ofen statt um den offenen Kamin gruppiert werden. Jeebee nahm sich fest vor, während der stürmischen Wintertage, die sie in der Höhle festhalten würden, den Raum weiter auszugraben.

Als der Ofen hereingebracht und aufgestellt wurde, hatte Wolf mehr als nur ein paar Gelegenheiten gehabt, ihn zu untersuchen. Zuerst war er vorsichtig gewesen, wie allem Neuen gegenüber. Doch als Merry und Paul ihre erste Mahlzeit gegessen hatten, die darauf gekocht worden war, hatte er sich mit ihm schon mehr oder weniger angefreundet. Allerdings kam es Jeebee insgeheim vor, als vermisse Wolf wie er selbst die offenen Flammen des Kamins – wo man hatte liegen und ins Feuer schauen können.

Der Grund, weshalb es so lange gedauert hatte, den Ofen aufzustellen, war, daß der Rauchfang des ursprünglichen Schornsteins relativ weit unten begann, und die runden biegsamen Rohre des Rauchabzugs des Ofens so konstruiert waren, daß sie etwa in Kopfhöhe durch eine Wand hinausführten.

Jeebee hatte einen Teil der Wand entfernen und an einer Stelle graben müssen, wo er für die Rohre des Rauchabzugs einen neuen Eingang in den Schornstein machen konnte. Es war auch notwendig gewesen, auf die Klippe hinaufzusteigen und den Wetterschutz teilweise auseinanderzunehmen, um den Rauchabzug oben zu befestigen. Außerdem mußten die runden Metallrohre unten an der Stelle befestigt werden, wo sie in Schornsteinwand eintraten.

Dafür hatte Jeebee schon dünne metallene Halter geschmiedet, Stücke aus flachem Metall, die um das Rohr gelegt und mit Eisenstiften verankert wurden, die Jeebee in den Lehm zwischen den Steinen trieb und dann fest mit frischem Lehm zumörtelte. Glücklicherweise hatte sich unter den staubigen Teilen, die auf der Ranch noch vorrätig gewesen waren, auch die mit Metall verkleidete Asbesteinfassung befunden, die die Ofenfabrik konstruiert hatte, um das Holz der Wand, durch die das Rohr ging, zu schützen. Jeebee hätte eine metallene Einfassung schmieden können, doch ein Isoliermaterial wie Asbest war nirgendwo auf der Ranch zu finden.

Die Folge von all dem war, daß sie in jener letzten Nacht fast bis Mitternacht arbeiteten.

Glücklicherweise hatte Paul sich inzwischen endlich angewöhnt, die Nacht durchzuschlafen. Sie fielen beide dankbar ins Bett, und Jeebee schlief fest ein.

Er wurde unerwarteterweise geweckt und setzte sich in der Dunkelheit auf, um einen der Scheinwerfer einzuschalten, der sich vom Bett aus in Reichweite befand und sein Licht von ihren Augen wegstrahlte. Merry war ebenfalls wach und setzte sich neben Jeebee auf.

»Was war das?« fragte Jeebee.

»Ich weiß es nicht«, antwortete Merry. Sie schauten einander an. Es war ein gedehntes Brüllen gewesen, weit weg, wie wenn man das Geräusch eines Güterzuges verstärkt und komprimiert hätte. Jetzt war alles wieder völlig still.

»Was immer das war«, sagte Jeebee, »es war ein Stück weg von hier.«

»Ja«, sagte Merry.

Zögernd legten sie sich wieder nebeneinander nieder.

»Am Morgen werde ich mich einmal umschauen«, sagte Jeebee.

»Ein guter Gedanke«, sagte Merry. »Ich möchte schon wissen, was ein solches Geräusch macht.«

Jeebee lag eine kleine Weile, bevor er wieder einschlafen konnte. Lange bevor es ihm gelang, hörte er, wie neben ihm Merry langsam und stetig atmete. Sie war schon wieder eingeschlafen. Er hatte den Scheinwerfer ausgeschaltet, und sie lagen in völliger Finsternis. Schließlich holte der Schlaf auch ihn.

Jeebee erwachte wieder – ganz plötzlich.

Durch das Dachfenster über ihm kam frühes Morgenlicht. Merry war nicht mehr neben ihm. Einen Augenblick lang lag er da und überlegte, was ihn wohl geweckt hatte. Dann hörte er es wieder und erkannte es, so wie er es sogar in den Tiefen des Schlafs erkannt hatte. Ein verzweifelter Beinahe-Schrei der Pferde, die voller Entsetzen im Pferch wieherten. Im gleichen Moment hörte er Merrys Stimme von der anderen Seite der Wand, die ihn vom vorderen Raum trennte.

»Jeebee!«

Das Wort war kein Schrei. Es war ein Ruf. Doch in ihm klang die gleiche Angst an wie in den Stimmen der Pferde. Gleichzeitig hörte er das Bellen der .30/06 von jenseits der Wand am Kopfende ihres Bettes.

Jeebees Reaktion erfolgte instinktiv und unverzüglich. Er packte den Revolver von den beiden Haken an der Wand hinter dem Bett, wo zwei weitere Haken darüber das Gewehr gehalten hatten, das nicht mehr da hing.

Den Revolver in der Hand stürzte Jeebee aus dem Bett und durch die Tür in den äußeren Raum. Merry schoß mit dem Gewehr durch eine der Schießscharten, die er für genau diesen Zweck in die Vorderwand eingebaut hatte. Die äußere Tür des kalten Raums stand einen Spalt offen. Draußen herrschte das graue Licht des beginnenden Tages. Jeebee war mit zwei schnellen Schritten draußen und erblickte in weniger als fünfzig Meter Entfernung die massige Gestalt eines Grizzly, der auf allen vieren schnell auf sie zukam.

»O Gott!« sagte Jeebee laut, ohne zu denken. »Die Pferde! Er ist auf die Pferde aus!«

»Komm zurück, Jeebee!« schrie Merry hinter ihm.

Doch der Bär hatte ihn schon gesehen und lief jetzt

nicht mehr allgemein auf die Höhle und den Pferch, sondern direkt auf Jeebee zu. Jeebee zog sich in den äußeren Raum zurück, schwang die Außentür halb zu, ließ sich jedoch genügend freien Raum, um mit dem Revolver nach draußen zu feuern. Er und Merry schossen fast gleichzeitig.

»Du hattest recht, Jeebee!« Merrys Stimme klang gepreßt. »Mit diesem Gewehr, das ist ja, als wenn man bloß Steine auf ihn wirft!«

Es stimmte, wie Jeebee durch den Spalt in der Tür sah, während er noch mit der Pistole zielte und schoß. Der Grizzly achtete nicht auf die Kugeln, die ihn treffen mußten. Selbst wenn Jeebee danebenschoß, so würde Merry den Bären nicht verfehlen. Nicht auf diese kurze Entfernung, und nicht mit einem Gewehr.

»Versuch, ihn ins Auge oder ins Maul zu treffen!« sagte Jeebee. Wo war Wolf? Es war Tagesanbruch, die Zeit, zu der er immer zurückkam. Wenn schon nichts anderes, so konnte er den Grizzly stören und ablenken, wie er es mit dem Schwarzbären drunten bei den Weiden gemacht hatte.

Die Pistole klickte leer in Jeebees Hand. Er warf sie weg, griff sich die Armbrust und warf sie wieder zu Boden. Der eine Bolzen, für den die Zeit reichen würde, konnte den Bären vielleicht genügend verwunden, um ihn am Ende zu töten, aber er würde ihn im Augenblick nicht aufhalten. Wilde Wut packte Jeebee. Er riß den Sauspieß an sich, der an der Vorderwand neben der Armbrust gelehnt hatte, und stürzte wieder durch die Tür ins Freie.

»Jeebee, komm zurück!« rief Merry. Doch in diesem Augenblick gab es Wichtigeres, als auf sie zu hören.

Genau in diesem Moment erschien Wolf, wie aus dem Dämmerlicht heraus. Er stürzte zwischen den Bäumen hinter dem Bären hervor auf die Szene. Es war seine übliche Zeit, und er war gekommen.

Der Morgenwind wehte von der Höhle auf den

Bären zu. Wolf konnte ihn auf seinem Heimweg durchaus aus einigen hundert Metern Entfernung gerochen haben – gerochen, wie sie das Revier seines Rudels angriff – und instinktiv zu dessen Verteidigung gekommen sein.

Jetzt ging er von hinten auf den Bären los, nicht so, wie damals auf die Bärin im Weidengrund, sondern wie er mit seinen phantastisch weiten Sprüngen den Collie an der Bahnstation angegriffen hatte.

Der Grizzly hörte ihn und drehte sich, auf den Hinterbeinen stehend, um, doch erst, als Wolf ihn erreicht hatte und sich auf das Hinterteil des Bären stürzte.

Der Bär schlug nach Wolf. Es war nicht so sehr ein Hauen, sondern ein plötzliches Greifen mit den beiden großen Tatzen, als wollte er Wolf mit ihnen fangen. Doch Wolf war schon wieder außer Reichweite und änderte seinen Angriffswinkel, und als Jeebee rief und der Bär einen Moment in seine Richtung schaute, stürzte sich Wolf wieder auf ihn.

Erneut grapschte der Bär nach ihm und griff daneben. Immer noch voll ausgestreckt warf er eine Tatze nach außen und traf Wolf mit dem Rücken der Pfote hoch an der einen Schulter – berührte ihn kaum, so schien es, aber Wolf purzelte über den Wiesenhang auf den nahen Wasserlauf zu.

Der Grizzly, der immer noch auf den Hinterbeinen stand, wandte sich wieder Jeebee zu. Aus Merrys Gewehr knallten weitere Schüsse, doch der Bär beachtete auch jetzt die Kugeln nicht, die ihn getroffen haben mußten. Auf den Hinterbeinen aufgerichtet kam er auf Jeebee zu.

Jeebee sah ihn kommen. Der Bär schien ins Riesige zu wachsen, während er sich näherte. Mit dem Kopf und den Schultern, die über Jeebee aufragten, schien der Grizzly die Ausmaße eines Berges anzunehmen und Himmel und Erde auszulöschen, schwarz und unverwundbar.

Die Schwärze des Bären war die Schwärze aus Jeebees Alpträumen, hier jetzt im Tageslicht und in der Wirklichkeit. In seinen Träumen war sie eine formlose Leere gewesen, die Schwärze, die seine ganze Arbeit zerstört hatte. Sie hatte die Stunden seines Schlafes heimgesucht und ihn von Michigan westwärts über das verwüstete Land verfolgt. Sie hatte ihn nie auf Dauer verlassen, und nun hatte sie leibhafte Gestalt angenommen. Hinter ihm befanden sich Merry und Paul, und er, Jeebee, war das einzige, was zwischen ihnen und der Schwärze stand. Eine wilde Raserei packte ihn und trieb ihn voran. Er hob den Sauspieß und rannte auf den Grizzly zu.

In dieser Sekunde war keine Angst oder Wut in ihm, nur Entschlossenheit. Was war, war vor ihm, und ihr Aufeinandertreffen war unvermeidlich. Den Spieß in der Hand rannte Jeebee voll auf den Bären los.

Kurz bevor sie aufeinandertrafen, riß er den Speer in beide Hände hoch und stürzte sich vorwärts – »Ziel auf die Eier«, hatte Nick gesagt. Jeebee erinnerte sich an den Schwarzbär bei den Weiden. Als sie mit ihrer vereinten Wucht aufeinandertrafen, schob er das stumpfe Ende des Speers nach unten, um ihn im Boden zu festzurammen.

Es war, als schleuderte er seinen Körper gegen eine Felswand, und dann schlug der Speer, dessen Spitze jetzt tief in den weichen Unterleib des Grizzly eingedrungen war, in Jeebees Griff so mächtig aus, daß er beiseite geschleudert wurde und davonpurzelte, so wie es Wolf gegangen war.

Jeebee rappelte sich wieder hoch und sah, daß der Grizzly seine ganze Aufmerksamkeit von den menschlichen Zielen abgezogen hatte und sie nur auf den sichtbaren Speerschaft richtete, der aus seinem Körper herausragte. Wolf umtanzte ihn und biß von hinten auf die kräftigen Beine ein, doch der Bär ignorierte auch ihn.

Die ganze Aufmerksamkeit des Bären war auf den sichtbaren Teil des Speers konzentriert. Er senkte den struppigen schwarzen Kopf mit dem offenen Rachen, um nach dem Speer zu beißen, doch sein Maul reichte kaum so weit hinunter, und die Zähne des Bären schabten wirkungslos über Eisen. Der Bär schlug mit den Pfoten auf den Schaft und zog daran, brüllte jedesmal, wenn er ihn traf, weil die Spitze in seinem Leib riß und schnitt. Der hölzerne Teil des Schafts zerbrach und zersplitterte, aber die Widerhaken der Speerspitze verhinderten, daß er sie herauszog.

Der Bär kämpfte gegen den in seinen Leib eingedrungenen Speer wie gegen einen Feind, gegen den einzigen Feind, den es gab. Wolf setzte seine Angriffe von hinten fort, und von der Schießscharte aus pumpte Merry immer noch Gewehrkugeln in den großen Körper. Jeebee stand mit leeren Händen, weniger als vier Schritte entfernt, und starrte wie hypnotisiert auf die massige, verwundete Kreatur.

Der Bär begann zu taumeln und kämpfte immer noch mit Zähnen und Klauen darum, den Speer loszuwerden. Er stolperte wie betrunken einige Schritte, als müßte er darum kämpfen, das Gleichgewicht zu halten. Dann hob er den Kopf, öffnete das Maul und stieß ein seltsam menschenähnliches stöhnendes Gebrüll der Qual und der Frustration aus.

Eines seiner Beine gab nach. Der Bär fiel seitwärts auf den Boden und zog die Hinterbeine mit einem krampfhaften Ruck zu seinem Bauch hoch, wie ein Mensch, der einen Krampf erlitt. Dann lag er still.

Merrys Gewehrfeuer brach ab. Wolf stürzte herbei, schnappte nach der Kehle des gestürzten Tiers und sprang wieder weg, bevor man erkennen konnte, ob sein Maul den Bären tatsächlich berührt hatte. Dann stürzte er sich erneut knurrend nach vorn und blieb, noch ein paar Schritte entfernt, stehen und starrte gespannt mit funkelnden Augen auf das tote Tier.

Einen langen Moment stand er da, das Maul aufgerissen, keuchend, und schaute auf den Bären mit einer Art wachsamer Enttäuschung – als wartete er darauf, daß das tote Tier aufstünde und sie erneut bedrohte.

Der Grizzly bewegte sich nicht mehr. Wolf trat näher heran und beschnupperte den Bären, wartete, schnupperte erneut. Plötzlich schob er seine Nase unter eines der schweren Vorderbeine, hob es leicht an und wich zurück – alles in einer einzigen schnellen Bewegung. Dann wartete er. Das Vorderbein lag, wo es hingefallen war.

Wolf hob Schwanz und Ohren. Dann den Kopf. Die Spannung begann von ihm zu weichen.

Doch Jeebee eilte schon davon, zurück in den vorderen Raum. Er kam gerade rechtzeitig, um Merry aufzufangen, als sie sich ihm zuwandte. Sie ließ das Gewehr fallen, und ihre Knie gaben nach. Jeebee fing sie auf und hielt sie eng an sich. Ihre Arme umschlangen ihn und hielten ihn fest, mit dem Griff eines Menschen, der endlich eine Zuflucht gefunden hat.

KAPITEL 39

Als Jeebee sich der Tür zum inneren Raum der Höhle zuwandte, versteifte sich Merry plötzlich.

»Du brauchst mich nicht zu tragen!« sagte sie. »Ich kann gehen!«

Jeebee knurrte ein Nein, schob mit seiner Schulter die Tür auf und legte Merry auf das Bett. Als er sich geweigert hatte sie loszulassen, hatte sie sich mit einem leisen Seufzer wieder entspannt, doch in dem Augenblick, als sie das Bett berührte, sprang sie wieder auf die Füße, als hätte Jeebee sie auf ein Bett aus glühenden Kohlen gelegt.

»Paul!« rief sie.

Sie stürzte an Jeebee vorbei durch den Raum und schaltete die kleine Lampe über Pauls Wiege ein. Doch das war nicht wirklich notwendig. Jeebee war dankbar für das Oberlicht. Das Tageslicht, das jetzt durch das Dachfenster einfiel, war hell genug, um in der Höhle deutlich zu sehen.

In diesem Moment erreichte Merry das Kinderbett, blieb mit den Händen am Gitter stehen und stieß einen langen, langsamen Seufzer der Erleichterung aus.

»Er schläft noch«, sagte sie zärtlich. »Er hat alles verschlafen.«

Jeebee setzte sich auf den Bettrand. Plötzlich hatte ihn eine Schwäche überkommen. Er war in den Augenblick versunken, da er und der Grizzly aufeinander getroffen waren, und er blieb darin versunken. Er war sich nur undeutlich bewußt, daß Merry zurückgekommen und an ihm vorbei wieder auf die Innenseite des Bettes gekrochen war.

»Nun?« fragte sie nach einer Weile mit warmer Stimme. »Wirst du einfach hier sitzen bleiben?«

Die Schale, die ihn umkapselt hatte, die Erinnerung an den Augenblick, der ihn gebannt hielt, zerbrach. Jeebee spürte plötzlich, wie ein heftiges, tiefes Verlangen nach ihr ihn durchströmte. Gleichzeitig war noch die Schwäche da, die er empfand. Wie benommen merkte er, daß die Strümpfe, in denen er der Wärme wegen schlief, vom Schnee durchnäßt waren. Er trug noch die leichte Hose und das Hemd, in denen er geschlafen und gegen den Grizzly gekämpft hatte. Seine Füße fühlten sich kalt an – bis jetzt waren sie ihm nicht kalt vorgekommen. Es war fast, als bestünde er aus zwei Personen. Benommen bückte sich Jeebee und zog die Strümpfe aus, dann legte er sich im Bett zurück und rollte sich auf die rechte Seite, um Merry anzuschauen. Er legte die Arme um sie, abrupt und mit dem gleichen Drängen, mit dem sie ihn umfaßt hatte, als er sie bei der Schießscharte aufgefangen hatte. Sie schlang nun aufs neue ihre Arme um ihn und legte ihre Hand an sein Gesicht.

»Du bist eiskalt«, sagte sie.

Das stimmte. Jetzt fühlte er sich ganz durchfroren, doch er hatte es nicht bemerkt, bis sie es gerade eben erwähnt hatte. Er hielt ihren wärmeren, lebendigen Leib eng umschlungen.

»Das muß die Reaktion sein«, sagte er stumpf. Etwas Rauhes, Feuchtheißes fuhr ihm über den Nacken. Er sprang fast aus dem Bett auf diese Berührung hin und drehte sich um. Wolfs Zunge traf ihn diesmal mitten ins Gesicht.

Jeebee prustete und setzte sich auf. Er drängte Wolf zurück und verfiel doch in das vertraute Verhaltensmuster, ihn auf dem Rücken und hinter den Ohren zu streicheln und zu kraulen, das Teil der regelmäßigen Morgen- und Abendgrußzeremonie zwischen ihnen und diesem vierbeinigen Partner war.

»Kannst du ihn nicht raustun?« fragte Merry hinter Jeebee, und Wolf richtete seine Aufmerksamkeit auf sie. Er versuchte über Jeebee hinwegzuklettern, auf das Bett hinauf, um an sie zu gelangen.

»Nicht jetzt«, sagte Jeebee und drängte ihn zurück. »Nicht nach dem, was er gerade mit uns durchgemacht hat. Er würde uns das nie verzeihen.«

Jeebee war wieder er selbst. Die Schwäche war verschwunden. Merry richtete sich auf und setzte sich neben ihm auf das Bett, und Wolf drängte sich an sie, gab Laute der Begrüßung von sich und leckte ihr das Gesicht und die Hände. Sie reagierte genauso wie Jeebee, und der normale Ablauf der Begrüßungszeremonie – die jetzt auch eine allgemeine Glückwunschzeremonie war – wurde fortgesetzt, bis Wolf sich schließlich auf den Rücken rollte und seinen Bauch hinhielt, damit man ihn auch dort kraule.

»Der Bär hat ihn an der linken Schulter erwischt«, sagte Jeebee. »Fühl mal da unten. Das ist eine beträchtliche Prellung. Dabei hat er Glück gehabt, daß er mit der Rückseite der Pfote statt mit der Vorderseite getroffen wurde, sonst hätten ihn diese Klauen zerrissen.«

Merry kraulte Wolfs Flanke und erforschte unter dem Vorwand pflegender Handbewegungen die getroffene Stelle.

»Du hast recht«, sagte sie. »Die Schwellung ist so groß, daß ich sie nicht mit meiner Hand abdecken kann. Und er hinkt nicht einmal!«

»Wahrscheinlich ignoriert er sie einfach, so wie er sich jetzt fühlt«, sagte Jeebee. »Er würde schnell genug reagieren, wenn wir ein Getue darum machen würden.«

»Da hast du recht«, sagte Merry und nahm ihre Hand von der verletzten Stelle. Sie schaute auf ihre Finger. »Und kein Blut. Das ist gut.«

Jeebee nickte. Er wußte, worauf sie sich bezog. Er

hatte es nicht nur in den Wolfsbüchern gefunden, sondern auch selbst in Wolfs Fall einige Erfahrungen dazu bei einigen kleineren Schnittverletzungen und Krankheiten gesammelt. Die einzige Methode, um einem Wolf eine Pille einzugeben, bestand darin, sie in einem Stück Fleisch zu verstecken, das er im ganzen verschlingen würde. Und selbst wenn er still stünde, damit man eine Wunde reinigen und verbinden konnte, so würde doch der Verband, sobald Wolf mit seinen Zähnen drankam, in Nu wieder abgestreift werden. Glücklicherweise mußten sie sich gerade jetzt nicht den Kopf darüber zerbrechen.

Wolf, der jetzt zu ihren Füßen lag, kam zu dem Schluß, daß er genug hatte vom Bauchkraulen; er rappelte sich hoch, leckte beiläufig Merrys Hand und trottete grinsend zum Kinderbett hinüber, um den schlafenden Paul gründlich abzuschnuppern.

Merry unternahm nichts, um ihn aufzuhalten; sie war inzwischen schon lange zufrieden, daß Wolf Paul als einen von der Familie akzeptiert hatte. Noch vor ein paar Wochen wäre sie besorgt gewesen, wenn Wolf das Gesicht des Babys ableckte und den Kleinen aufweckte. Aber Paul war kürzlich in das Greifstadium eingetreten und fand Wolfs Schnauze unwiderstehlich. Seine kleine Faust hatte es gelernt, die Haare dort mit überraschender Kraft zu fassen, und Wolf gab deshalb jetzt nur ein paar leise Geräusche von sich, um den Welpen aus einer sicheren Entfernung aufzumuntern, dann begab er sich zur Tür.

»Schau nur«, murmelte Merry, »wer den Bären ganz allein getötet hat.«

Und Wolf tat sichtlich großspurig, als er hinausging.

Jeebee stand auf und streifte unter der sanften Beleuchtung des Morgenlichts seine Kleider ab. Als er sich zum Bett umwandte, sah er, daß Merry schon die ihren abgelegt hatte. Sie lag unter der untersten der Decken, mit denen sie sich bei kälterem Wetter in der

Nacht zuzudecken pflegten. Sie hatte den Rand bis zu ihrem Kinn hochgezogen. Ihre Augen funkelten.

Jeebee glitt unter die Decke. Er spürte, wie sie sich zu ihm umdrehte. Sein Verlangen war jetzt tiefer als jemals zuvor, und als sich sein Arm um ihren Leib und Rücken schloß, war seine Lust größer, als er es jemals erlebt hatte. Tatsächlich war alles gleich, und gleichzeitig war alles anders.

Sie war so kostbar, wo sie beide jetzt am Leben waren und der Bär, der sie beide hätte vernichten können, tot war. Sie waren am Leben, weil sie einander hatten, und es war, als hätten sie einander zum ersten Mal neu gewonnen, und als brächte dieser Gewinn ihnen beiden etwas von viel größerem Wert.

Er hatte gewußt, daß er sie seit langem geliebt hatte, seit den Tagen am Wagen, aber niemals hatte er sie so sehr geliebt wie in diesem Augenblick, gerade nach einer Stunde, in der er sie für immer hätte verlieren können. Ihre Haut war unter seiner Hand wie Seide, und ihre Brüste fügten sich in die Krümmung seiner Hand. Ihre Brustwarzen weckten, so schien es, Verlangen sogar in seinen Fingern. Als er in sie eindrang, entstand für ihn eine neue Empfindung des Verschmelzens – ein Gipfel, eine Vereinigung, die sie zum ersten Mal wirklich zu einem einzigen lebenden Wesen machte, das zu einer einzigen Person verbunden war.

Ihr Zusammensein war zeitlos. Doch als sie schließlich einander wieder freigaben und Seite an Seite lagen, immer noch einander umschlungen haltend, erschöpft und glücklich, da hielt diese Einzigkeit sie immer noch in einer Einheit zusammen. Und zusammen glitten sie unmerklich in den Schlaf.

Als Jeebee wieder erwachte, war der Tag weit fortgeschritten, aber immer noch war der ganze Raum hell. Denn die Höhle blickte nach Westen, und jetzt fiel das Licht des späten Nachmittags durch das Dachfenster.

Merry war auf und angekleidet und rührte etwas in einem Topf auf dem Ofen an. Ihre Hand bewegte sich fast automatisch, während sie sanft und melodisch Paul etwas vorsummte, der hinter den hohen Seitenwänden des Kinderbetts neben ihr verborgen war. Paul war offensichtlich wach, denn er gluckste und gab von Zeit zu Zeit leise Geräusche von sich – offenbar wollte er selbst singen wie seine Mutter.

Jeebee lag da und spürte immer noch das Wunder, das dieses Gefühl von Einheit gewesen war, dieser Einheit, die immer noch ihn und Merry umfaßte – und auch Paul, jetzt, da er wach war und seinen Beitrag dazu leistete. Es war, so erkannte Jeebee plötzlich, der Beginn einer neuen Wertschätzung des Lebendigseins. Sie alle kamen sich jetzt näher, als sie sich je zuvor gewesen waren, und das würde von jetzt an immer so sein, denn sie hatten alles verteidigt, was ihnen kostbar war, und in dieser Verteidigung hatten sie gewonnen.

Genau in diesem Augenblick hätte Jeebee selbst ein leises Geräusch von sich geben können, denn Merry schaute zum Bett herüber und sah ihn mit offenen Augen daliegen.

»Laß dir Zeit mit Aufstehen«, sagte Merry leise. »Später gibt es etwas zu essen, aber jetzt noch nicht.«

In ihrem Gesicht war die gleiche Sanftheit, die er auch in ihrem Gesumm für Paul gehört und in der Zärtlichkeit ihrer Berührungen gespürt hatte – in der manchmal wilden Zärtlichkeit ihrer Berührungen –, als sie im Bett zusammengewesen waren. Jeebee, der tatsächlich automatisch vorgehabt hatte aufzustehen und sich anzuziehen, erkannte plötzlich, daß er sich wirklich Zeit lassen konnte. Sie hatte recht. Nach dem Einfallswinkel und der Farbe des Lichts zu schließen war es noch etwas hin bis zur Abenddämmerung. Es würde eine Weile dauern, bis Wolf zurückkam und an der Tür kratzte und winselte, um seine regelmäßigen Grüße zum Tagesende anzubringen, falls er überhaupt zurückkam. Es stimmte, daß es Arbeit zu tun gab. Immer war Arbeit zu tun. Immer. Aber es gab nichts, was ihn unmittelbar jetzt rief, und selbst der Bärenkadaver konnte warten, bis man sich um ihn kümmerte.

Der ganze Druck, den Jeebee die letzten paar langen Monate gespürt hatte, der Druck des halsbrecherischen Kampfes, die Höhle für den Winter zu bereiten, war von ihm gewichen.

Er schwelgte in diesem plötzlichen seltenen und wunderbaren Müßiggang, wo er im Bett liegen, die Nähe seiner Frau und seines Kindes fühlen und das Licht und den gegenwärtigen Augenblick genießen konnte. Und im ihm wuchs ein Keim einer Entdeckung, der sich abrupt durch ihn hindurch ausdehnte, ihn sprengte und die Höhle, sein Leben, ihrer aller Leben zusammen umschloß.

Während des vergangenen Sommers hatte Jeebee sich der Tatsache gestellt, daß es unmöglich war, die Suche nach dem Haus seines Bruders fortzusetzen, solange Paul so klein war. Aber er hatte für selbstverständlich angenommen, als hätte es sich dabei noch um einen festen und unwandelbaren Bestandteil ihrer Pläne gehandelt, daß sie alle drei diese Suche im nächsten Sommer wieder aufnehmen würden, wenn Paul größer und kräftiger wäre.

Nun ging ihm ein völlig neuer Gedanke auf – ein Verständnis wie das eines Menschen, dem plötzlich klar wird, daß die Erde rund ist, wo er doch immer geglaubt hatte, sie sei eine Scheibe –, der Gedanke, daß sie auch im nächsten Sommer nicht zu gehen brauchten.

Sie brauchten überhaupt nicht weiterzuziehen.

Warum diesen Ort hier verlassen? Sie würden ja alles aufgeben, was sie zusammen geschaffen hatten, alles, was vertraut und nützlich war und was sich nun fähig erwiesen hatte, den Angriff einer Kreatur zu überleben, die sie und ihr Heim hätte vernichten können.

Wenn es auch klein war, so war es doch eine Festung.

Bewaffnet, wie er und Merry waren, konnten sie es verteidigen. Hier konnte Paul in Sicherheit heranwachsen, statt daß sie das Wagnis eingingen, durch unbekanntes Gebiet zu reisen, wo andere Leute vielleicht zuerst auf sie schossen und dann erst kamen, um herauszufinden, wer sie waren. Es war sogar durchaus möglich, daß sie sich tatsächlich bis zu den Grenzen der Ranch seines Bruders durchschlugen und dann dort von Männern, die für seinen Bruder arbeiteten, aber Jeebee keine Zeit ließen zu erklären, wer er war, niedergeschossen wurden.

Warum alles verlassen, was sie hier geschaffen hatten, und einer ungewissen Zukunft nachjagen? Warum eine Reise unternehmen, bei der sie drei – besonders Paul in der Hilflosigkeit des Kleinkindes – der Gnade von Fremden ausgeliefert wären, deren Einstellungen und Reaktionen sie nicht vorauswissen konnten?

Selbst wenn sie auf der Ranch seines Bruders nach ihrer Ankunft dort in Sicherheit willkommen geheißen würden, dann wären sie an das gebunden, worauf immer sich die Leute auf der Ranch festgelegt hätten. Falls Martin sich aus irgendeinem Grund mit einem anderen Rancher im Krieg befand, dann konnten Jeebee und seine Familie am Ende in diesen Krieg verwickelt werden, ob es ihnen gefiel oder nicht. Hier war Jeebee sein eigener Herr, und Merry war ihre eigene Herrin.

Außerdem waren sie hier in Sicherheit verborgen. Niemand wußte, daß sie hier existierten. Es war unwahrscheinlich, daß jemand kommen und nach ihnen suchen oder erwarten würde, hier jemanden zu finden. Wenn jemand zufällig auf sie stieß, dann handelte es sich wahrscheinlich dabei um nicht mehr als eine einzelne Person – und eine einzelne Person brauchten sie beide zusammen nicht zu fürchten.

Überdies hatte er hier seine Schmiede, und in ihr und der Höhle gab es viel zu lernen und zu tun. Natürlich gab es Probleme, die gelöst werden mußten, doch darunter war keines, bei dem er das Gefühl hatte, er würde damit nicht fertig.

Er mußte vorsichtig seine nächsten Nachbarn drunten im Flachland kennenlernen und Wege finden, Schmiedearbeiten gegen Dinge einzutauschen, die er vielleicht von ihnen brauchte. Er mußte lernen Schwarzpulver herzustellen – und Feuerwaffen, die damit schossen.

Es gab viel zu tun, womit er auf der Stelle beginnen konnte.

Dann gab es auf lange Sicht noch viel mehr Dinge, die zu tun oder zu verbessern waren, damit dieses ihr Heim noch wohnlicher würde. Er konnte noch viel mehr Sachen von der Ranch in Gebrauch nehmen, wie zum Beispiel den dortigen wassergetriebenen Ersatz-Stromgenerator, den er ursprünglich für zu schwer gehalten hatte, um ihn hier heraufzutransportieren.

Er konnte den Generator doch Stück um Stück heraufholen und den Wasserlauf eindämmen, um einen künstlichen Wasserfall zu schaffen. Hier war alles möglich. Fern von hier wäre alles nur eingeschränkt.

Hier waren sie frei, und das Leben war gut.

Jeebee lächelte, aus tiefstem Herzen froh, und blickte in den Sonnenschein, der durch das Oberlicht fiel.

»Warum lächelst du so glücklich?« hörte er Merry fragen.

NACHWORT

von Harry Frank

Ich weiß nicht mehr, wann ich zum ersten Mal etwas von Gordon Dickson gelesen habe. Von Zeit zu Zeit (für gewöhnlich dann, wenn mein Keller überschwemmt wird und ich meine Taschenbücher in höhere Gefilde umlagern muß) blättere ich eine alte Ausgabe von *Galaxy* oder *Astounding* durch und stoße auf eine Geschichte, an die ich mich deutlich und gern erinnere, und ›entdecke‹ dann, daß Gordon Dickson sie geschrieben hat. Ich glaube, man wird erst dann wirklich Leser eines bestimmten Autors, wenn man nach seinen Büchern und Geschichten zu suchen beginnt. Bei mir ist das vor mehr als fünfundzwanzig Jahren geschehen.

Aber wenn ich auch nicht sagen kann, wann ich Dicksons Werke zu lesen begann, so weiß ich doch sicher, warum ich sie auch weiterhin gelesen habe. Erstens ist er ein großartiger Geschichtenerzähler. Selbst Mitte der sechziger Jahre, in jener finsteren Zeit, als viele erstklassige SF-Autoren viele zweitklassige Imitationen avantgardistischer ›Mainstream‹-Literatur produzierten, konnte man sich auf Dicksons gute, elementare Erzählkunst verlassen: Geschichten mit einem Anfang, einer Mitte und einem Ende an plausiblen Schauplätzen mit Figuren, die man gerne persönlich kennenlernen würde.

Zweitens geht es in Dicksons Werk bei Wissenschaft eher um Verhaltensforschung als um Physik. Das soll nicht heißen, daß in seinen Zukunftsromanen das übliche Drum und Dran wie Reisen im Hyperraum, Desintegratorstrahlen und dergleichen fehlt, aber es ist hier nur technologisches Zubehör. Er plagt den Leser nie mit langweiligen Erklärungen, wie es tatsächlich funktioniert, und ich kann mich nicht an eine einzige Handlung erinnern, die von seltsamen Eigenschaften von Neutronensternen oder den Paradoxien der Reise mit Überlichtgeschwindigkeit abhingen. Das bedeutet nicht, daß ich solche Geschichten nicht mag. Asimov und Niven erzählen sie glänzend, und ich habe großes Vergnügen daran – aber um sie richtig beurteilen zu können, sind meine Kenntnisse in den Naturwissenschaften zu gering.

Ich bekenne mich auch freimütig zur Voreingenommenheit eines Verhaltensforschers in solchen Dingen: Ich verwende weniger Zeit auf die Frage, wie wir zu den Sternen gelangen werden, als auf die Überlegung, was wir tun werden, wenn wir dort ankommen.

Mir sagt nicht nur zu, daß Dickson den ›Aufhänger‹ vieler seiner Geschichten aus der Verhaltensforschung nimmt, sondern auch, daß er dies mit peinlich genauer Sorgfalt tut. Er nimmt sich keine Freiheiten gegenüber der Bedeutung eines wissenschaftlichen Begriffs heraus, nur um dessen augenblickliche populäre Zugkraft auszubeuten. *None but Man* z. B. ist weniger ein SF-Roman als eine Parabel über den Zusammenprall von Kulturen. Weit besser als viele Texte von Kulturanthropologen illustriert dieses Werk, wie die Kultur uns mit Brillen ausstattet, mit denen wir die Wirklichkeit interpretieren, und wie schwierig es ist zu erkennen, daß andere Menschen mit anderen Werten oder Brillen die Welt anders sehen können, und zwar vollkommen berechtigt.

In ähnlicher Weise wurde das Problem, dem die Hauptfigur in *The Alien Way* gegenüberstand, letztlich durch die Erkenntnis gelöst, daß verschiedene evolutionäre Pfade selbst dann, wenn sie zu ähnlichen

Endprodukten führen, ein sehr unterschiedliches Instinkterbe hinterlassen können. Tatsächlich hängte Dickson den Plot an der Erinnerung der Figur an einen Bericht von Peter Krott in der Zeitschrift *Natural History* über Verhaltensmuster in der Nahrungssuche von Bären auf. Die Forschungsergebnisse wurden genau dargestellt, die zentrale Verbindung mit dem Handlungsablauf war plausibel, sogar das Zitat war richtig.

Folglich erfüllte mich mehr als nur mein gewöhnliches Gefühl der Erwartung, als ich mich gemütlich niederließ, um die Titelgeschichte von Dicksons Erzählband *In Iron Years* zu lesen. Das Titelbild zeigte einen Mann mit einer Waffe, die vage der finnischen Version des Sturmgewehrs AK-47 ähnelte, begleitet von einer ziemlich altmodischen, aber doch erkennbaren Darstellung eines Wolfes. Ich hatte mit Wölfen gearbeitet und einige Jahre hindurch das Sozialverhalten von Wölfen und Hunden verglichen, und so freute ich mich darauf zu sehen, wie Dickson die komplexen Feinheiten, die ich als so schwer faßbar und faszinierend empfunden hatte, in seine Handlung einflechten würde. Als ich die Geschichte zu Ende gelesen hatte, war ich nicht nur enttäuscht – ich war ausgesprochen verärgert. Dickson hatte seinem Leser nichts anderes geboten als einen übergroßen Hund in einem Wolfspelz!

Der Leser zieht sich zurück; der Pädagoge betritt die Bühne. In einem seiner Romane hatte Dickson eine konkrete Landschaft und Innenstadt so detailliert geschildert, daß ich vermuten konnte, bei dem Schauplatz handle es sich um seine eigene Heimatstadt. Ohne weitere Anhaltspunkte rief ich bei der Auskunft an und bekam zu meiner Überraschung die Telephonnummer eines gewissen Gordon R. Dickson. Ich wählte sie, sprach mit einem seiner Assistenten, hinterließ meinen Namen – komplett mit der Angabe meiner Stellung an der Universität, wodurch meiner Meinung nach sein Interesse geweckt werden könnte –, und zu meiner weiteren Überraschung rief er in weniger als einer Stunde zurück.

Der Pädagoge tritt ab; der Leser kehrt zurück. Ich weiß nicht mehr viel von unserem Gespräch. Ich erinnere mich nur noch, wie angenehm, zurückhaltend und freundlich die Person am anderen Ende der Leitung war. Ich schickte ihm ein paar Nachdrucke einiger meiner frühen Arbeiten über Wolfsforschung, erwähnte ein paar Tage lang seinen Namen beiläufig gegenüber Studenten und Kollegen, von denen ich wußte, daß sie SF lasen, und legte das Gespräch unter der Überschrift ›Interessante Leute, denen ich begegnet bin‹ zu den Akten.

Ein paar Jahre später bekam ich einen weiteren Anruf. Gordon erzählte mir, er erweitere *In Iron Years* zu einem Roman und frage an, ob ich bereit wäre, die Passagen zu lesen, in denen das wölfische Verhalten beschrieben wird, und ihre Glaubwürdigkeit zu überprüfen. Ich erklärte mich sofort dazu bereit, und so begann meine Rolle als Gordon Dicksons Berater in Sachen Wolf.

Ich war geschmeichelt und freute mich darauf, immerhin einen kleinen Beitrag zu einem Werk eines bevorzugten Autors leisten zu dürfen. Gordon weiß es nicht, aber die meisten meiner Kollegen, denen ich von dem Projekt erzählte, hatten große Zweifel. Ich werde die Liste der Fallgruben nicht aufzählen, die sie sich für mich ausmalten. Ich erinnere mich auch gar nicht mehr im einzelnen daran – ich weiß nur noch, daß sie ziemlich düster waren. Aber ich dachte mir, es würde mir viel Spaß machen. Meine Kollegen hatten unrecht. Ich hatte recht.

Im Rückblick kann ich alle Arten von Problemen erkennen, die hätten auftreten und das Projekt zu einer schlimmen Plackerei machen können. Daß es – wie ich unbekümmert erwartet hatte – ein großes Vergnügen wurde, liegt an Gordons Persönlichkeit. Es soll nicht herablassend klingen, aber er ist der Typ Student, den sich jeder Dozent wünscht. Er ist an allem interessiert, versenkt sich in praktische und theoretische Details, stellt Fragen, über die ich einige Tage nachdenken muß, und taucht aus allem mit einem sicheren und zuversichtlichen Zugriff auf das Wesentliche auf. Es ist ein Glück für seine Fans, daß er das Schreiben von Romanen zu seiner Lebensaufgabe gemacht hat. Hätte er sich anders entschieden, dann hätte er – dessen bin ich mir sicher – in jeder Wissenschaft eine ähnlich glänzende Karriere gemacht.

John Le Carré hat einmal gesagt, die Authentizität sei weniger wichtig als die Plausibilität. Für Gordon ist Authentizität die Methode, um Plausibilität zu erreichen, und sie ist für ihn nicht nur ein Mittel zum Zweck, sondern eine Leidenschaft. Ihm reichte es nicht, daß er genug über bestimmte Aspekte des Wolfsverhaltens wußte, um sicherzustellen, daß diese richtig dargestellt wurden. Er mußte alles über das Verhalten von Wölfen erfahren. Er las nicht nur Bücher und Artikel, die ich ihm empfahl, sondern befragte mich auch darüber, um sicherzugehen, daß er sie richtig verstand. Und er ging weit über die Bücher hinaus, die ich empfahl. Er ging weit über das hinaus, was ich ihm zuverlässig aus erster Hand erzählen konnte, und brachte mich dazu, ans Telephon zu rennen und Freunde und Kollegen anzurufen, die mehr Erfahrung mit dem Verhalten von Wölfen in der Wildnis hatten oder die jemanden kannten, der wiederum jemanden kannte, der einmal darüber berichtet hatte, wie Wölfe auf Pferde reagierten, oder auf Bären ...

Bei anderen Fragen schickte ich ihn ans Telephon, nur bewaffnet mit dem Namen von jemand, den ich flüchtig (oder gar nicht, außer dem Namen nach) kannte und der ihm alles erzählen konnte, was er etwa über die Ernährungsgewohnheiten von Grizzlybären in Montana wissen wollte.

Und es blieb nicht nur bei Lesen und Fragen. Mit einigem Zögern schlug ich Gordon vor, er solle der *Animal Behavior Society* beitreten und an ihrer Jahrestagung teilnehmen, die 1988 an der Universität von Montana in Missoula abgehalten wurde. Viele der Forscher, deren Arbeit und Gedanken ich ihm aus zweiter Hand berichtet hatte, würden zugegen sein, und er konnte persönlich mit ihnen reden. Da er die Gegend erkunden wollte, in der der größte Teil der Handlung des Buches stattfinden sollte, folgte er meinem Vorschlag.

Und es blieb auch nicht nur bei den Wölfen. Gordon entwickelt ein starkes und detailliertes Interesse an allem, worüber er schreibt. Ein Anruf von Gordon konnte mich veranlassen, ihm eine Beschreibung der Organisation einer Universität oder einen Überblick über die aktuellen Theorien der Verhaltensökologie zu geben – oder *The Shooter's Bible* aufzuschlagen, um die Ballistik einer Winchester .308 mit der einer .30/06 zu vergleichen, oder im Magazin *Blade* nach einem maßgeblichen wissenschaftlichen Artikel über Bowiemesser zu suchen.

Das, was in diesem Buch erscheint, stellt gewiß nur den kleinsten Bruchteil dessen dar, was Gordon gelesen hat, was in unsere Gespräche, unseren Briefwechsel und schließlich unsere SF-gemäßen Übertragungen von Computer zu Computer einging. Ich erinnere mich daran, wie ich einmal einige hundert Seiten Material über ein Randproblem in einem wissenschaftlichen Aufsatz, den ich schrieb, durchging. Diese Stunden an Arbeit fanden schließlich in einem einzigen Satz der Abhandlung ihren Niederschlag. In der Welt der Wissenschaft ist dies typisch, aber ich nehme an, daß es in der Welt der Belletristik selten vorkommt. Wissenschaftler müssen produktiv sein, aber ihr Lebensunterhalt hängt nur indirekt vom absoluten Umfang ihrer Produktion ab, und die Positionen, die sie vertreten, müssen von einem breiten Verständnis vorhergehender Arbeiten gestützt werden. Das ist die Natur des Systems der *peer-review*, der Überprüfung durch die Fachkollegen. Professionell arbeitende Schriftsteller haben weder den Auftrag zu erschöpfender Forschung und scharfsinniger, abwägender Auslese, noch können sie sich diesen Luxus leisten.

Trotzdem sind die Passagen von *Wolf and Iron*, in denen Wolfsverhalten vorkommt, Ergebnis der gleichen Art von Verdichtung auf das Wesentliche. Somit hat Gordon nicht nur einen typisch spannenden, interessant bevölkerten Gordon-Dickson-Zukunftsabenteuerroman hervorgebracht, sondern auch eine glaubhafte und meines Erachtens durch und durch wissenschaftlich vertretbare Darstellung von Wolfsverhalten und Interaktionen zwischen Wolf und Mensch.

Die Erklärungen, die für *Wolfs* Verhalten geliefert werden, sind eine andere Sache. Erklärungen sind ihrer Natur nach im Wesentlichen theoretisch; in der natürlichen Welt gibt es keine Theorien. Sie existieren nur im Bewußtsein des Wissenschaftlers. Folglich kann das Verhalten, das *Wolf* (oder irgendein Wolf) an den Tag legt, oft auf viele Arten erklärt werden, und die Erklärungen können sehr unterschiedlich sein. Manchmal liegt das daran, daß die Frage nach dem Warum verschiedene Bedeutungen haben kann. In anderen Fällen beruhen unterschiedliche Erklärungen auf unterschiedlichen Annahmen und sind schlicht und einfach widersprüchlich.

Als Gordon mich bat, eine Erklärung für die eine oder andere von *Wolfs* Verhaltensweisen zu skizzieren, ließ ich mich von zwei Dingen leiten: Erstens versuchte ich im allgemeinen eine Erklärung zu geben, die auf einer Theorie beruht, die in der wissenschaftlichen Welt ziemlich weit verbreitet ist. Wenn mir das die Wahl zwischen mehreren Möglichkeiten ließ, versuchte ich die Erklärung anzubieten, die mit der Entwicklung der Romanhandlung am meisten übereinstimmte. Es anders zu machen hätte bedeutet, den Wolf mit der Geschichte wackeln* zu lassen.

HARRY FRANK, Ph.D.
Professor und Lehrstuhlinhaber
Fachbereich Psychologie
Universität von Michigan, Flint

---

* im Original ›wagging the tale‹ – ein Wortspiel mit ›wagging the tail‹ (mit dem Schwanz wackeln) – *Anm. d. Übers.*